잃어버린 시절을 찾아서 2

스완 댁 쪽으로 2

마르셀 프루스트

잃어버린 시절을 찾아서 2

스완 댁 쪽으로 2

이형식 옮김

펭귄클래식코리아

옮긴이 이형식

서울대학교 불어교육과를 졸업하고 파리대학에서 마르셀 프루스트에 대한 연구로 석사, 박사학위를 받았다. 현재 서울대학교 명예교수이다. 지은 책으로는 『마르셀 프루스트』, 『프루스트의 예술론』, 『작가와 신화-프루스트의 신화 세계』, 『프랑스 문학, 그 천년의 몽상』, 『그 먼 여름』이 있다. 옮긴 책으로는 『레 미제라블』, 『쟈디그·깡디드』, 『모빠상 단편집』, 『웃는 남자』, 『93년』, 『미덕의 불운』, 『사랑의 죄악』, 『중세의 연가』 등이 있다.

잃어버린 시절을 찾아서 2 스완 대 쪽으로 2

초판 1쇄 발행 2015년 11월 20일
초판 5쇄 발행 2022년 4월 18일

지은이 | 마르셀 프루스트   옮긴이 | 이형식

발행인 | 이재진   단행본사업본부장 | 신동해
편집장 | 김경림   마케팅 | 최혜진 이은미
홍보 | 최새롬   국제업무 | 김은정   제작 | 정석훈

브랜드 펭귄클래식 코리아
주소 경기도 파주시 회동길 20
문의전화 031-956-7066 (편집) 02-3670-1123 (마케팅)
홈페이지 http://www.wjbooks.co.kr
페이스북 www.facebook.com/wjbook
포스트 post.naver.com/wj_booking
발행처 ㈜웅진씽크빅
출판신고 1980년 3월 29일 제406-2007-000046호

펭귄클래식 코리아는 유리장 에이전시를 통해 펭귄북스와 제휴한 ㈜웅진씽크빅 단행본사업본부의 브랜드입니다.
펭귄 및 관련 로고는 펭귄북스의 등록 상표입니다. 허가를 받아야만 사용할 수 있습니다.
Penguin Classics Korea is the Joint Venture with Penguin Books Ltd.
arranged through Yu Ri Jang Literary Agency. Penguin and the associated logo
are registered and/or unregistered trade marks of Penguin Books Limited.
Used with permission.
이 책은 저작권법에 따라 보호받는 저작물이므로 무단 전재와 무단 복제를 금지하며,
이 책 내용의 전부 또는 일부를 이용하려면 반드시 저작권자와 ㈜웅진씽크빅의 서면 동의를 받아야 합니다.

한국어 판 ⓒ㈜웅진씽크빅, 2015
ISBN 978-89-01-20499-4 04800
ISBN 978-89-01-08204-2 (세트)

* 잘못된 책은 바꾸어 드립니다.
* 책값은 뒤표지에 있습니다.

차례

2부 스완의 어떤 사랑 · 7
3부 고장들의 명칭-명칭 · 317

옮긴이 주 · 387

▶ 일러두기
1. 모든 외래어는 현지 발음에 가깝도록 표기하고, 라틴어는 추정되는 고전 라틴어 발음 규범을, 고대 그리스어는 에라스무스의 발음 체계를 따른다.
2. [f]음은 한글 음운 체계에 존재하지 않는지라, 혼동 여지의 유무, 인접한 철자와의 관련 및 관행 등을 고려하여 [ㅎ]음이나 [ㅍ]음으로 표기한다.
3. [th]음 또한 [f]음과 같은 기준으로 고려하여 [ㄸ]음이나 [ㅆ]음 혹은 [ㅌ]음으로 표기한다.
4. 특정 교단들이 변형시켜 사용하는 어휘들(수단, 가톨릭, 그리스도, 모세 등)은 원래의 발음에 가깝게 적는다(쏘따나, 카톨릭, 크리스토스, 모쉐 등).
5. 우리말 어휘들 중 많은 것들은 실제로 통용되는 형태로 적는다(숫소, 생울타리, 우뢰 등).

2부

스완의 어떤 사랑

베르뒤랭 내외가 구심점을 이루는 '작은 핵'의, '작은 덩어리'의, '작은 동아리'의 일원이 되기 위해서는 조건 하나만 충족시키면 충분했다. 그러나 필요한 조건이었다. 그 조건이란 하나의 크레도[1]에 묵묵히 동의해야 하는 것이었던 바, 그것의 신앙조항들 중 하나는, 그 해에 베르뒤랭 부인의 후원을 받았으며, 또한 그녀가 '바그너의 작품을 그처럼 완벽하게 연주할 줄 안다는 것은 법을 어기는 짓이야!'라고 칭찬하던 젊은 피아니스트가, 쁠랑떼[2]와 루빈슈타인[3]을 아예 보이지도 않게 '처박을' 만큼 능가하며, 의사 꼬따르가 진단에 있어서 뽀땡[4]보다 뛰어나다는 것이었다. 자기네 집에 오지 않는 사람들의 야회는 궂은비처럼 지루하다는, 베르뒤랭 내외의 말에 설복당하지 않은 모든 '신참들'은, 즉시 축출되는 처지를 맞았다. 그러한 점에 있어서는 여인들이 남자들보다 더 반항적이어서 사교계에 대한 자기들의 호기심과 다른 응접실들에서 얻을 수 있는 즐거움을 직접 알아보고 싶은 욕구를 감추지 않는지라, 그리고 또 한편으로는, 베르뒤랭 내외가, 그렇게 검토하려는 성향과 경박함의 악령이 전염성 때문에 자기들의 작은 교회의 정통 신앙에 치명적일 수 있다고 느꼈기 때문에, 두 내외가 모든 여성 '신도들'을 연속적으로 축출하기에 이르렀다.

그해에는 여성 신도들이, 의사의 젊은 아내를 제외하면(비록 베르뒤랭 부인 자신은 덕망 있었고, 또 그녀가 스스로 조금씩 일체의 관계를 중단한, 매우 부유하고 세상에 알려지지 않은 어느 존경스러운 부르주와 가문 출신이었지만), 베르뒤랭 부인이 격의 없이 오데뜨라고 그 이름을 부르며 '사랑의 신'이라고 추켜세우던, 화류계 출신에 가까운 크레씨 부인이라는 사람과, 피아니스트의 숙모뿐이었는데, 그녀는 출입문의 빗장 끈이나 당기던 사람임에 틀림없었다. 두 사람 모두 사교계에 대해 아는 것이 전혀 없었고, 따라서 그녀들의 어수룩함으로 하여금, 싸강 대공 부인과 게르망뜨 공작 부인이 자기네들의 만찬에 사람들을 참석시키기 위하여 가엾은 사람들을 매수할 처지에 있다고 믿도록 하는 것이 어찌나 쉬웠던지, 만약 어떤 사람이, 그 두 지체 높은 귀부인 댁에 초대되게 해주겠노라고 그녀들에게 제안하였다면, 그 옛날의 여자 문지기와 갈보는 그러한 제안을 멸시하듯 거절하였을 것이다.

베르뒤랭 내외는 누구를 구태여 만찬에 초대하지 않았다. 신도들을 위하여 항상 '상이 차려져 있기' 때문이었다. 야회를 위하여 프로그램도 만들지 않았다. 젊은 피아니스트는 '흥이 날 때만' 연주를 하였다. 그 누구에게도 무엇을 강요하지 않았기 때문이다. 또한 베르뒤랭 씨도 이렇게 말하곤 하였다. "모든 것은 친구들을 위하여, 동무들 만세!" 피아니스트가 「발퀴러」중의 기마행렬5)이나 『트리스탄』6)의 서곡을 연주하려 할 때마다, 베르뒤랭 부인이 항의를 하곤 하였다. 그 음악이 마음에 들지 않아서가 아니라, 그 반대로, 너무나 강렬한 인상을 자기에게 남기기 때문이라고 하였다.⁷⁾ "제가 또 그 편두통에 시달리기를 원해요? 그가 그 음악을 연주할 때마다 저에게 같은 일이 닥친다는 사실을 여러분들도 잘 아시지요. 저는 무엇이 저를 기다리고 있는지 알아요! 내일 제가 잠자리에서 일어나려 해도, 그것이 불가능할 거에요!" 피아니스트가 연주를 하지 않을 때에는 한담을 나누었는데, 그들의 친구들 중 하나가, 즉 당시 그들의 총애를 받던 화가가 유난히 자주, 베르뒤랭 씨의 말처럼, '모든 사람들이 웃음보를 터뜨리도록 걸죽한 농담의 방아쇠를 당기곤' 하였고, 특히 베르뒤랭 부인의 경우가 심하여—그녀는 자기가 느끼던 감동을 유발한 비유적 표현들을 원의대로 이해하는 버릇을 가지고 있었다—의사 꼬따르가(그 시절 젊은 신출내기였던) 언젠가는, 그녀가 지나치게 웃다가 뒤틀어지게 한 그녀의 턱뼈를 제자리에 다시 놓아주어야 했다.

검은색 정장은 금지되었다. 우선 '격의없는 동료들' 사이였기 때문이었고, 그다음, '따분한 사람들'을 닮지 않기 위해서였는데, 그러한 사람들을 마치 흑사병인 양 경계하였고, 그들은, 화가를 즐겁게 해주기 위해서 혹은 피아니스트의 명성을 높여주기 위해서만, 그러나 가급적 매우 드물게 개최하던 큰 야회에만 초대하였다. 어느 때에는 단어 수수께끼 놀음과 정장 차림으로 밤참 먹는 것으로 만족하였다. 그러나 그 '작은 핵'에 어떤 이방인도 섞지 않고 자기들끼리만 모였다.

그러나 '동무들'이 베르뒤랭 부인의 생활 속에서 점점 더 큰 자리를 차지하게 됨에 따라, '따분한 자들' 즉 '신에게 버림받은 자들'이란 곧, 친구들을 그녀로부터 멀리 떼어놓는 모든 것, 그들의 자유를 가끔 속박하는 것, 이를테면, 어떤 사람의 경우에는 그의 모친, 다른 사람의 경우에는 그의 직업, 또 어떤 사람의 경우에는 그의 시골집이나 좋지 않은 건강 등, 모든 것이었다. 그리하여, 의사 꼬따르가 위독한 환자 곁으로 돌아가기 위하여 식사를 마치기 무섭게 떠나야겠다고 하면, 그녀가 이렇게 말하곤 하였다. "오늘 저녁에는 그를 성가시게 하지 않는 것이 아마 그에게 훨씬 더 이롭지 않을지 누가 알겠어요. 그는 당신이 없어도 편안한 밤을 보낼 거예요. 내일 아침 일찍 가보세요. 그가 쾌유되어 있을 거예요." 그녀는 신도들이 성탄일과 1월 초하루를 맞아 '느슨해질 것'이라는 생각에, 12월 초만 되면 병석에 누울 지경이 되곤 하였다. 피아니스트의 숙모가, 1월 초하루에는 자기의 모친 댁에 가서 가족 만찬에 참석해야 한다고 그에게 강권하자, 베르뒤랭 부인이 거칠게 언성을 높였다.

"당신이, 촌에서들 그러듯, 1월 초하루에 당신의 어머니 댁에서 저녁식사를 하지 않으면, 그것 때문에 당신의 어머니가 돌아가시기라도 할 것처럼 생각하시는군!"

부활절 전의 성(聖)주간이 되면, 그녀의 근심이 다시 꿈틀거렸다.

"박학하시고 불요불굴의 강한 정신을 가지신 의사 양반, 당신은 물론 다른 날처럼 성금요일[8]에도 오실 것이지요?" 그녀가 첫해에, 다른 대답이 나오리라고는 생각하지 않는 듯한, 확신에 찬 어조로 꼬따르에게 말했다. 하지만 그녀는 그의 대답을 기다리며 두려움에 떨었다.

그가 오지 않겠다고 하면 자기가 외톨이로 남을 위험이 컸기 때문이다.

"성금요일에…. 작별인사를 드리러 오겠습니다. 우리 가족이 오베르뉴에 가서 부활절을 보낼 것이기 때문입니다."

"오베르뉴에서? 벼룩과 기타 다른 기생충들에게 산채로 뜯어 먹히기 위해서?'" 당신에게 참 이롭겠군!'

그리고 잠시 침묵하다가 다시 말하였다.

"그러한 일에 대하여 우리에게 최소한 언질이라도 주었다면, 우리가 계획을 세워 함께 편안한 조건에서 여행할 수 있도록 노력하였을 거예요."

마찬가지로, 혹시 어느 '신도'에게 친구가 있을 경우, 혹은 어느 '단골 여자'에게 가끔 그녀를 '느슨하게' 만들 수 있는 가벼운 연애 상대가 있을 경우, 한 여인에게 정인이 있다 하더라도, 그 여인이 그를 자기들 집에서 만나고 자기들과 어울려 그를 사랑하며 자기들보다 그를 더 좋아하지만 않는다면, 베르뒤랭 내외가 그것을 두려워하지 않았던지라, 그녀에게 말하곤 하였다. "좋아요! 당신의 친구를 데려와요." 그런 다음, 그 친구가 베르뒤랭 부인에게 어떤 비밀이라도 모두 털어놓을 수 있는 사람인지, 그리하여 그 '작은 동아리'에 받아들여질 수 있는 사람인지를 보기 위하여, 그를 시험 삼아 끼워주곤 하였다. 만약 그 사람에게 그러한 자격이 없으면, 그를 소개한 신도를 별도로 불러, 그 신도와 친구 혹은 정인 사이에 불화가 생기도록 도와주었다. 그 반대의 경우, '신참' 또한 신도가 되었다. 마찬가지로, 그해에 화류계 출신 여자가 베르뒤랭 씨에게, 스완이라고 하는 매력적인 사람과 사귀게 되었다고 하면서, 그가 그들 집에 받아들여질 수 있다면 큰 행운으로 여길 것이라는 그의 뜻을 넌지시 암시하자, 베르뒤랭 씨가 그 소청을 즉시 자기의 처에게 전하였다(그는 자기 처의 견해만 따를 뿐 자신의 견해라곤 없었고, 그의 특별한 역할이란, 그녀가 원하는 바를, 신도들이 원하는 바와 함께, 풍부한 재간을 동원하여 실행에 옮기는 것이었다).

"크레씨 부인이 당신에게 요청할 것이 있는 모양이오. 그녀가 자기의 친구들 중 하나인 스완 씨를 당신에게 소개하고 싶다 하오. 당신의 생각은 어떻소?"

"이것 보세요, 요렇게 완벽한 어린 천사에게 무엇인들 거절할 수 있겠어요? 아무 말 말아요. 아무도 당신의 견해를 묻지 않을 것이니, 내 다시 말하지만, 당신이 작은 천사이기 때문이에요."

"부인께서 원하시니." 오제뜨가 부자연스럽게 꾸민 어조로 대답하더니, 다시 한마디 덧붙였다. "부인께서 잘 아시다시피 저는 찬사를 낚는(fishing for compliments)[10] 사람이 아니에요."

"좋아요! 그가 멋있는 사람이라면, 친구를 데려와요."

물론 그 '작은 핵'이 스완이 드나들던 사교계와는 아무 관련도 없었고, 따라서 진정한 사교계 인사들이라면, 베르뒤랭 내외의 집에 소개되기 위하여, 스완처럼 사교계에서 그토록 예외적인 지위까지 차지할 필요가 없다고 생각하였을 것이다. 그러나 스완이 여인들을 어찌나 좋아하였던지, 그가 귀족 계층의 여인들을 거의 다 알고 난 다음부터는, 그리고 그녀들이 더 이상 그에게 가르쳐줄 것이 없게 된 날부터는, 쌩-제르맹 구역 사교계가 그에게 특혜처럼 수여하던, 거의 귀족 작위와 같던 그 귀화 허가서를, 일종의 유통 가능한 채권, 자체로는 아무 가치 없으되, 한미한 시골 귀족이나 재판소 서기의 딸이 예뻐 보이는, 지방의 작은 구멍처럼 궁벽한 두메나 빠리의 어느 후줄근한 구역에서, 그에게 그럴듯한 지위 하나를 급조할 수 있도록 해주는, 일종의 신용장 정도로밖에 중시하지 않게 되었다. 왜냐하면, 그러한 경우, 욕망 혹은 사랑이, 이제는 그가 일상생활에서 떨쳐버렸으되(지난날 그로 하여금 자기의 지적 재능을 경박한 즐거움에 빠져 허비하게 하였고, 예술 분야에 관한 그의 해박한 고증학적 지식을, 사교계 귀부인들이 그림을 구입하고 자기네들 저택의 실내를 장식할 때 조언해 주는데 사용하던, 그 사교계 생활로 그를 이끌어간 것이 비록 의심할 나위 없이 그 자만심이었지만), 그러나 그의 마음을 사로잡은 미지의 여인 앞에서, 스완이라는 이름만으로는 드러내 보일 수 없는 고상함이 빛나도록 하고 싶은 욕망을 그에게 불러일으키는, 그 자만심을 그에게 돌려주었기 때문이다. 그는 미지의 여인이 미미한 신분일 경우 특히 자기의 고상함이 빛나기를 갈망하였다. 총명한 사람이 바보처럼 보이는 것을 두려워하는 것이 다른 총명한 사람 앞에서가 아닌 것처럼, 고상한 사람이 두려워하는 것은, 자기의 고상함이 지체높은 사람에 의해서가 아니라 일개 시골뜨기에 의해 인정받지 못하는 것이다. 이 세상이 존재하기 시작한 이래, 자신들의 명성을 추락시킬 뿐인 정신적 노고와 자만심에서 비롯된 거짓말을 사람들이 아낌없이 낭비하였거니와, 그 4분의 3은 자기들보다 열등한 사람들을 위해서였다. 스완 또한, 어느 공작 부인과 함께 있을 때에는 소박하고 무심하다가도, 일개 침실 하녀 앞에 서면, 자신이 무시될까 두려워하여 한껏 거드름을 피우곤 하였다.

　그는, 자신들의 높은 사회적 지위에 의해 만들어진, 특정 계류장에 얽매여 있어야 한다는 의무 앞에서 느끼는 체념의 감화나 게으름 때문에, 자신들이 죽을 때까지 그곳이 마치 숙영지인 양 처박혀 살아야 하는 사회적 범주 밖에서 실생활이 자기들에게 제시하는 쾌락들을 단념한 채, 그 사회적 범주 안에 있는 초라한 오락거리 혹은 거우 감당할 만한 권태에 익숙해지기에 일단 도달하면, 그것들을 궁여지책으로 즐거움이라고 부르는 것으로 만족하는 사람들과는 같지 않았다. 스완의 경우, 그는 자기와 함께 시간을 보내는 여인들을 구태여 아름답다고 생각하려 하지 않고, 자기가 우선 아름답다고 여긴 여인들과 함께 시간을 보내려 하였다. 또한 그러한 여인들이란, 대개의 경우, 그 아름다움이 저속하였는데, 그가 무의식적으로 추구하던 육체적 특질이, 자기가 좋아하던 거장들에 의해 조각되거나 그려진, 그리하여 자기가 매우 좋아하던, 여인의 육체적 특질과 완전히 상반되었기 때문이다. 표정의 그윽함이나 우수가 그의 감각을 얼어붙게 하였지만, 반대로, 건강하고 충만하며 분홍빛 도는 살만 있으면 그 감각이 깨어나기에 충분했다.

혹시 여행 중에, 친분을 맺으려 하지 않는 것이 더 우아할 법한, 그러나 그가 보기에 일찍이 느껴보지 못한 매력으로 치장된 여인 하나가 있는, 어느 가족을 만날 경우, 멀찍이서 오불관(吾不關)의 태도를 취하고, 그 여인이 태동시킨 욕망을 속이며, 자기의 옛 정부들 중 하나에게 급히 오라고 편지를 써서, 새로 나타난 여인과 어울려 맛볼 수 있을 쾌락을 다른 쾌락으로 대체하는 등의 짓들이, 그에게는 마치, 직접 지역을 방문하는 대신 자기의 방에 틀어박혀 빠리 풍경이나 바라보는 짓만큼이나 비겁한 삶의 포기, 새로운 행복을 단념하는 짓으로 보였을 것이다. 그는 자기가 이전에 맺은 관계들의 화려한 건조물 속에 자신을 가두지 않고, 어떤 여인이 자기의 마음에 들기만 하면 어디에서든 새로운 경비를 지출하여 즉석에서 그것을 재축조하기 위하여, 탐험가들이 항상 지니고 다니는 것과 같은 분해할 수 있는 텐트로 변형시켰다. 그리고 운반할 수 없는 것이나 새로운 쾌락과 교환할 수 없는 것은, 그것이 비록 다른 사람들에게는 아무리 탐낼 만한 것이라 할지라도, 아무 대가 받지 않고 주어버렸을 것이다. 여러 해 전부터, 기회를 얻지 못한 채, 그의 환심을 사려고 하던 어느 공작 부인의 누적된 갈망에서 비롯된, 그에 대한 그 공작 부인의 신망을, 그가 시골에 갔다가, 그녀가 부리는 관리인의 딸을 본 후, 그녀에게 삼가지 않는 전보를 보내어, 자기를 즉시 그 관리인에게 소개시켜 달라고 간청함으로써, 극도로 허기진 녀석이 다이아몬드 한 알을 빵 한 덩이와 바꾸듯, 단번에 무너뜨리기 그 몇 번이었던가! 그런 다음, 심지어 그 일을 두고 즐거워하기까지 하였는데, 그의 내면에, 보기 드문 섬세함에 의해 상쇄되기는 했지만, 얼마간의 야비함이 있었기 때문이다. 게다가 그는, 한가함 속에서 살다가, 그러한 한가함이 자기들의 총명함에, 예술이나 학문이 제공할 수 있을 것에 못지않게 가치 있는 주제를 제공한다는 생각에서, 그리고 '삶 자체'가 어느 소설보다도 더 소설적이고 흥미로운 상황들을 내포하고 있다는 생각에서, 하나의 위안을, 혹은 일종의 핑계를 찾는, 총명한 사람들의 부류에 속해 있었다. 그는 그러한 생각을, 적어도 자기의 사교계 친구들 중 가장 날카롭게 세련된 이들에게 천명하며 또 그들을 설복하였고, 특히 샤를뤼스 남작에게 그렇게 하였는데, 그는, 여행 중 기차에서 어떤 여인을 우연히 만나 그녀를 자기의 집으로 데려갔다가, 그녀가 현재 유럽 정치의 모든 엉크러진 실마리를 손아귀에 쥐고 있는 어느 군주의 누이라는 사실을 알았고, 그리하여 매우 기분 좋은 방법으로 유럽 정치의 흐름을 파악하게 되었다든가, 혹은 여러 상황들의 복잡한 장난으로 인하여, 자기가 어느 식모의 정인이 될 수 있는지 여부는, 다음 추기경 선거회의에서 누구를 교황으로 선출하느냐에 달렸다는 등, 자기가 겪은 톡 쏘는 사랑 이야기로 남작에게 흥거움을 안겨 주면서 그것을 즐기곤 하였다.

    스완이 자기를 위하여 뚜쟁이 역할을 해달라고 그토록 냉소적으로 압박하던 이들은, 자기와 각별한 사이였던 명문가의 덕성 높고 부유한 미망인들, 장군들, 학술원 위원들로 이루어진 화려한 집단뿐만이 아니었다. 그의 모든 친구들이 그로부터 가끔 편지를 받곤 하였는데, 그 편지들에서 그가 친구들에게 외교적 능란함을 발휘하여, 추천하거나 소개하는 말 한마디를 요구하였으며, 그 외교적 능란함이, 실수가 그랬을 것보다도 더, 하나의 변함없는 성격과 항상 유사한 목적들을 드러내곤 하였다. 여러 해 후에, 전혀 다른 측면에서이긴 하지만 나의 성격과 많은 유사점을 보이는지라 내가 그의 성격에 관심을 갖기 시작하던 시기에, 나는 그가 나의 할아버지(내가 태어나던 무렵에 스완의 그 위대한 사랑이 시작되었고, 그 사랑으로 인하여 그의 그러한 버릇이 중단되었으니, 나의 할아버지가 아직은 할아버지가 아니었지만)에게 편지를 보낼 때마다, 할아버지가 겉봉에 있는 친구의 필체를 알아보고 다음과 같이 외치시곤 하였다는 이야기를 해주십사 자주 간청하곤 하였다. "스완이 또 무엇을 요청하겠군, 조심해야지!" 그리고 불신 때문이었는지, 혹은 어떤 것을 갈망하지 않는 사람들에게만 그것을 제공하도록 우리를 충동질하는, 우리가 의식하지 못하는 그 악마적인 감정 때문이었는지, 나의 조부모님께서는, 들어주기 가장 수월한 그의 간청들을, 가령 우리 집에서 일요일마다 저녁식사를 하는 어느 젊은 아가씨에게 그를 소개하는 것을 완강히 거절하셨으며, 그리하여 한 주 동안 내내, 그녀와 함께 누구를 저녁식사에 초대할까 궁리하시던 끝에, 그토록 행복해했을 그 사람에게는 내색조차 하시지 않은지라, 결국 아무도 찾지 못하는 경우가 빈번하건만, 당신들께서는 스완이 그 아가씨 이야기를 꺼낼 때마다, 더 이상 그 아가씨를 보시지 않는 척하실 수밖에 없었다.

때로는, 내 조부모님의 친구이며, 아직 스완을 만나지 못하여 불평하던 어느 내외가, 만족스러워진 기색으로, 그리고 아마 조금은 부러워하는 마음을 불러일으키려는 생각으로, 그가 자기들에게는 이 세상에서 가장 매력적인 존재로 변하였으며, 그들 곁을 더 이상 떠나지 않는다고 나의 조부모님께 알리기도 하였다. 할아버지는 그 내외의 기쁨을 퇴색시키고 싶지 않으셨으나, 나지막하게 입속으로 다음 구절들을 읊조리시며 할머니를 바라보시곤 하였다.

> 이것이 도대체 무슨 불가사의인가?
> 나는 도무지 영문을 모르겠노라.[11]

혹은,

> 덧없는 환영(幻影)이로다….[12]

혹은,

> 이 사건에서는
> 아무것도 보지 않음이 최선이로다.[13]

몇 달 후, 할아버지가 스완의 그 새로운 친구에게 이렇게 물으셨다. "그래, 스완 그 사람을 여전히 자주 만나시오?" 그러자 그 사람의 얼굴이 시무룩해졌다. "다시는 제 앞에서 그의 이름을 입에 담지 마십시오!"―"하지만 나는 당신들이 매우 친한 줄 알았는데…." 또한 그렇게 스완은 할머니의 사촌들과도, 거의 매일 그들의 집에서 저녁식사를 하며, 몇 달 동안 가까이 지냈다.

그러다가 별안간, 아무 예고 없이 그들 집에 발길을 끊었다. 모두들 그가 병석에 누운 줄로 믿었고, 그리하여 할머니의 사촌 자매가 사람을 보내어 그의 소식을 물으려 하였는데, 마침 식모의 장부 갈피에 끼워져 주방 옆 찬방에서, 식모의 부주의로 인해 방치된, 편지 한 통이 그녀의 눈에 띄었다. 편지를 읽어보니, 자기가 빠리를 떠날 예정이라, 더 이상 그녀를 보러 올 수 없으리라고 식모에게 알리는 내용이었다. 식모가 그의 정부였고, 따라서 결별의 순간, 자기가 그 집에 더 이상 오지 않을 것이라는 사실은 그녀에게만 알리면 족하다 여긴 것이다. 반대로, 사귀고 있던 정부가 사교계 여인이거나, 적어도 지나치게 미미한 출신 혹은 비정상적인 신분이 아니라, 그가 그녀를 사교계에 입문시켰을 경우, 그는 그녀 때문에 그곳에 다시 나타나곤 하였다. 그러나 오직, 그녀가 따라 이동하는, 혹은 그가 그녀를 이끌고 다니는, 특수한 궤도 속에서만 움직였다. "오늘 저녁에는 스완을 기다려 보았자 소용없소. 모두들 잘 아시다시피, 오늘은 그의 아메리카 여인이 오페라에 가는 날이오." 사람들이 그렇게 말하곤 하였다. 그는 자기가 항상 드나들며 매주 정기적으로 만찬에 참석하고 포커 놀이도 즐기는, 유난히 폐쇄된 사교집단에 그녀가 초대되도록 하기도 하였다. 매일 저녁 그는, 솔 모양으로 다듬은 자기의 적갈색 모발을 살짝 부풀려, 초록색 눈의 강렬함에 약간의 부드러움을 첨가하여 그 강렬함을 완화시킨 후, 장식용 단추구멍에 꽂을 꽃 한 송이를 고른 다음, 자기의 패거리에 속하는 여인들 중 하나가 베푸는 만찬에서 정부를 만나기 위하여 집을 나서곤 하였다. 그럴 때마다, 만찬석상에서 다시 만날, 그리고 그를 전능한 사람으로 여기는 상류 사교계 인사들이 그가 사랑하는 여인 앞에서 자기에게 한껏 쏟을 찬사와 우정을 생각하면서,

이미 사교계 생활에는 오래 전부터 무감각하게 되었으되, 자기가 그것에 새로운 사랑 하나를 합체시킨 이후, 그것을 구성하는 질료만은 그 속에 슬그머니 끼워 넣어져 명멸하는 하나의 불꽃에 의해 침윤되고 따스하게 채색되어 귀하고 아름답게 보이는지라, 그러한 사교계 생활의 매력을 다시 발견하곤 하였다.

그러나, 그러한 새로운 인연들 각개가, 그러한 가벼운 사랑들 각개가, 스완이 자연발생적으로, 그러려고 노력하지 않고도, 매력적이라 여기게 된 어떤 얼굴이나 몸뚱이를 보는 순간 태동한 꿈의 비교적 완전한 실현이었던 반면, 어느 날 극장에서 그의 옛 친구들 중 하나에 의해 그가 오데뜨 드 크레씨에게 소개되었을 때에는, 그리고 친구가, 그녀와 함께라면 그가 아마 상당한 성공을 거둘 것이라고 하면서, 그녀가 마치 매혹적인 여자인 듯 말할 뿐만 아니라, 그녀를 그에게 소개하는 것이 가장 호의적인 어떤 일로 보이도록 하기 위하여, 그로 하여금, 그녀가 실제보다 더 까다로운 여자인 것처럼 믿도록 하였을 때에는, 그녀가 스완에게 물론 아름다움이 없는 여자로 보인 것은 아니로되, 그에게는 전혀 흥미 없고, 그에게 어떤 욕망도 일으키지 않으며, 심지어 일종의 육체적 혐오감마저 야기시키는, 다시 말해 누구나 자기 것으로 가지고 있고[14] 또 그리하여 남자들에 따라 각양각색이며,[15] 따라서 우리의 감각기관이 요구하는 유형과는 정반대인 여인들 중 하나처럼 보였다. 그의 구미에 맞기에는 그녀의 옆모습이 지나치게 두드러졌고, 피부가 너무 여렸으며, 광대뼈가 너무 튀어 나온 데다, 용모가 너무 수척했다. 그녀의 눈이 아름답기는 하나 어찌나 큰지, 자체의 용적에 눌려 휘었고, 얼굴의 나머지 다른 부분을 피로하게 하였으며, 그녀에게 항상 안색이 좋지 않거나 기분이 상한 기색을 띠게 하였다. 극장에서 그렇게 인사를 나눈지 얼마 후, '예쁜 것들에 대한 취미를 가지고 있는, 자기와 같은 무식한 여자'의 관심을 끄는 그의 소장품들을 볼 수 있게 해달라는 편지를 그에게 보내면서, 아울러 말하기를, 그리고 비록, 그가 그토록 서글프며, '그토록 스마트한[16] 그에게는 그토록 스마트하지 못한' 거리에 산다는 사실에 대한 놀라움을 감추지 않았지만, 자기가 상상하기에 그가 '차를 마시고 책을 읽으면서 편안히 지내는' '그의 집(home)'에서 그를 만나면, 자신이 그를 더 잘 알 수 있을 것 같다고 하였다. 그리고 그녀가 그의 집을 방문하도록 허락하였을 때, 그녀는 돌아가면서, 들어올 수 있어 행복했던 그 거처에 그토록 짧은 시간 동안만 머무른 것이 아쉽다 하였고, 아울러, 자기가 알고 지내는 다른 모든 사람들에 비해 그에게는 어떤 무엇이 더 있기라도 한 듯 말하였으며, 그들 두 사람 사이에 일종의 소설적인 유대관계를 정립시키려 하는 것 같아, 그가 미소를 지을 수밖에 없었다. 그러나 스완이 도달하고 있던, 이미 미망에서 어느 정도 깨어난 나이에는, 그리하여 상호성을 지나치게 요구하지 않고 사랑에 빠지는 기쁨만을 위하여 연정에 사로잡히는 것으로 만족하는 나이에는, 두 심정의 그러한 접근이, 더 이상 젊음의 초기 시절처럼 사랑이 필연적으로 지향하던 목표는 아닐지라도, 반면, 그것이 사랑에 앞서 나타날 경우, 어찌나 강력한 연상에 의해 사랑과 결합되어 있던지, 사랑의 원인이 될 수도 있다. 젊은 시절에는 연모하는 여인의 마음 소유하기를 꿈꾸지만, 나이가 더 들어서는, 한 여인의 마음을 자신이 소유하고 있다는 막연한 생각만으로 그 여인을 연모하게 된다. 그리하여, 우리가 사랑에서 특히 주관적인 즐거움을 찾는지라, 한 여인의 아름다움에 대한 취향이 사랑의 가장 큰 부분을 차지하는 것처럼 보일 나이에는, 사랑이―가장 육체적인 사랑이다―

그 근저에 사전 욕망이 없어도 태동할 수 있다. 생애의 그 시기에 이르면, 우리가 이미 여러 차례 사랑에 의해 상처를 입었던지라, 사랑은 더 이상 자기 고유의 신비하고 숙명적인 법칙에 따라, 놀라서 수동적이 된 우리 심정 앞으로, 홀로 지나가지 않는다. 우리는 사랑을 도우러 달려들고, 기억으로, 충고로, 사랑을 왜곡한다. 사랑의 징후들 중 하나를 알아보는 순간, 우리는 다른 징후들을 기억해 내고 부활시킨다. 우리가 사랑의 노래를 우리 내면에 몽땅 각인된 채로 소유하고 있기 때문에, 우리는 어떤 여인이 그 노래의 도입부를―아름다움이 고취하는 찬미로 가득한―우리에게 알려 주지 않더라도, 그다음에 이어지는 것을 즉시 찾아낸다. 또한 그 노래가 중간에서―두 심정이 서로에게 다가가고, 오직 서로를 위해서만 존재한다고 말하는 지점이다―시작되면, 우리는 그 노래에 충분히 익숙해져 있기 때문에, 지나는 길에 우리를 기다리는 우리의 짝과 즉시 합류한다.

오데뜨 드 크레씨가 다시 스완을 보러 왔고, 그 이후 그녀의 방문이 더 잦아졌다. 그리고 의심할 나위 없이, 매번 방문할 때마다, 그가 그 얼굴 앞에서 느끼곤 하던 실망을 더욱 새롭게 하였는데, 그러한 방문과 다음 방문 사이의 기간에는 그가 그 얼굴의 특징을 조금은 잊었으며, 그 얼굴에 활기가 넘치는지 혹은, 그녀의 젊음에도 불구하고, 얼굴이 심하게 시들었는지조차 생각나지 않았다. 그는, 그녀가 자기와 이야기를 나누는 동안에도, 그녀의 빼어난 아름다움이 자기가 기꺼이 선택하였을 그러한 유형이 아니라는 점을 아쉬워하였다. 더구나, 이마와 볼의 상단부가, 그 고르고 더 평평한 표면이, 그 시절 여인들이 '앞쪽으로' 당겨 '곱슬곱슬하게' 부풀린 다음, 여러 갈래의 엉크러진 타래 형태로 양쪽 귓바퀴를 따라 늘어뜨리던 머리채에 덮여, 오데뜨의 얼굴이 더 수척하고 돌출한 듯 보였다는 점도 사실이다. 찬탄할 만하게 빚어진 그녀의 몸매에 대해 말하자면, 그 선의 연속성을 포착하기 어려웠던 바(그 시절의 유행 때문에, 그리고 그녀가 옷을 가장 잘 입는 빠리 여인들 중 하나였음에도 불구하고), 블라우스가, 그 밑에서는 겹스커트가 풍선처럼 부풀기 시작하는데, 마치 가상적인 복부를 덮듯 앞으로 돌출하다가 별안간 뾰족한 형태로 끝나는지라, 여인이 제대로 맞물리지 않은 서로 다른 두 조각으로 구성된 존재처럼 보였기 때문이다. 또한 레이스의 주름장식들과 스커트의 너풀거리는 밑단 장식들 그리고 조끼 등이, 그것들을 매듭들과, 레이스의 불룩한 부분들과, 수직으로 교차하는 흑옥(黑玉) 장식 쪽으로 인도해 가거나 혹은 코르셋을 따라 이끌어가는 선을, 디자인의 변덕이나 천의 밀도에 이끌려 제멋대로 따라가기는 하되, 그 잡동사니 장식품들의 축조물이 자기의 몸뚱이라는 축조물에 너무 가까이 다가가느냐 혹은 그것으로부터 너무 멀어지느냐에 따라 목이 움츠르든 것 같아 보이기도 하고 혹은 아예 사라져버리기도 하는, 그 살아 있는 존재에는 전혀 밀착되지 않았기 때문이기도 하다.

그러나 오데뜨가 돌아간 후 스완은, 그가 자기에게 그의 집에 다시 오는 것을 허락할 때까지 시간이 몹시 지루하게 흐를 것이라고, 그녀가 그에게 하던 말을 생각하며 미소를 지었다. 또한 그 시간이 너무 길지 않게 해달라고 그에게 간청하면서 그녀가 드러내던 불안하고 수줍은 기색과, 그 순간 두려워하며 애원하듯 그녀가 그에게 고정시키던, 그리하여 검은색 벨벳 턱끈이 달리고 인조 삼색제비꽃 묶음을 앞쪽에 꽂은 둥근 백색 밀짚모자를 쓴 그녀의 모습이 애처롭게 보이게 하던, 그 시선을 다시 상기하였다. 그녀가 이렇게 말하기도 하였다. "그리고 당신께서도 저의 집에 한번 오셔서 차 한 잔[17] 드시지 않겠어요?" 그는 진행 중인 작업,―실제로는 여러 해 전부터 내팽개처 놓은―델프트의 베르메르[18]에 대한 연구 때문이라는 핑계를 내세워 그 초대를 사양하였다. "저와 같은 변변찮은 여자가 댁들과 같은 위대한 학자들 곁에서는 아무것도 할 수 없음을 잘 알아요." 그의 말에 그렇게 대꾸하더니, 그녀가 말을 계속하였다. "저 따위가 아레오빠주[19] 앞에 서면 한 마리 개구리에 불과할 거에요. 하지만 저도 교양을 쌓고, 배우고, 깨우침 받았으면 좋겠어요. 고서들을 뒤적거리면서 그 낡아빠진 종이에 코를 처박으면[20] 얼마나 재미있을까!" 우아한 여인이, '손수 반죽을 주물럭거리면서' 요리를 하는 등, 자신의 몸이 더럽혀지는 것을 두려워하지 않고 허드렛일 하는 것이 자기의 기쁨이라고 천명하기 위하여 드러내는, 자신에 대하여 만족하는 듯한 기색을 나타내며 이렇게 덧붙였다. "당신이 저를 비웃겠지만, 저를 보러 하시는 당신을 방해하는 그 화가(베르메르를 가리키는 말이었다)에 대해, 사람들이 이야기하는 것을 저는 들어본 적이 없어요. 그가 아직도 살아 있나요? 그의 작품들을 빠리에서 볼 수 있나요? 당신이 좋아하는 것을 제 마음속에 그려보고, 그토록 열심히 연구하는 당신의 그 넓은 이마 밑에 있는 것을, 항상 생각에 잠겨 있는 당신의 머릿속에 있는 것을, 조금이나마 짐작해 보고, '그거야, 그가 생각하고 있는 것이 바로 그거야'라고 저 자신에게 말할 수 있으면 해서 어쭙는 거에요. 제가 당신의 연구에 참견할 수 있다면, 정말 꿈같은 일이에요!" 스완은 새로운 우정 맺기가 두렵다면서 자신을 변론하였고, 그러한 두려움을, 불행해지지 않을까 하는 두려움이라고, 한껏 우아하게 칭하였다. "애정을 두려워하시나요? 정말 이상하시군요. 제가 찾는 것은 그것뿐이고, 그것을 하나 얻을 수 있다면 저의 목숨이라도 바치겠어요." 그녀가 어찌나 자연스러운 음성으로, 또 어찌나 확신에 찬 음성으로 그 말을 하던지, 스완은 가슴이 뭉클해졌다. "당신이 어떤 여인 때문에 고통을 받으셨음에 틀림없어요. 그래서 다른 여인들도 그녀와 같으리라 생각하시는 거예요. 그녀가 당신을 이해하지 못하였어요. 당신이 특이한 분이시기 때문이에요. 제가 당신에게서 처음 좋아하게 된 것은 바로 그러한 점이었고, 저는 당신이 어느 사람들 같지 않음을 분명히 느꼈어요." — "당신도 그러합니다." 그가 그녀에게 말하였다. "저는 여인들에 대하여 잘 압니다. 당신은 틀림없이 하실 일이 많아 거의 여가가 없을 것입니다." — "저는 언제나 아무 할 일 없어요! 저는 항상 자유롭고, 당신을 위해서는 항상 그럴 거예요. 낮이건 밤이건, 또 어떤 시각이건, 저를 보시기에 편리하다 여기시면, 저를 부르러 사람을 보내세요. 그러면 행복에 겨워 달려오겠어요. 그렇게 하시겠어요? 당신을 베르뒤랭 부인에게 소개하면 참으로 좋겠어요. 제가 매일 저녁 그 부인 댁에 가요. 생각해 보세요! 우리가 그 댁에서 만난다면, 그리고 약간은 저 때문에 당신이 그곳에 계신다고 제가 생각하게 된다면, 얼마나 감동적일까요!"

그리고 의심할 나위 없이, 자기가 홀로 있게 되었을 때, 그렇게 자기들이 나눈 대화를 다시 뇌리에 떠올리면서, 그렇게 그녀를 생각하면서, 그가 단지, 그녀의 영상을, 자기의 소설 같은 몽상 속에서, 다른 많은 영상들 사이에 떠올려 어른거리게만 하였을 것이다. 그러나 만약, 어떤 우연한 상황 덕분에(혹은 심지어, 그때까지 잠재적이었던 어떤 상태가 갑자기 모습을 드러내는 순간에 닥치는 상황이 그에게 아무 영향도 끼치지 않았을 수도 있으니, 그 상황 덕분이 아닐지라도) 오데뜨 드 크레씨의 영상이 그 모든 몽상들을 몽땅 빨아들였다면, 그리하여 그 모든 몽상들이 그의 추억과 더 이상 분리될 수 없게 되었다면, 그 순간부터는 그녀의 몸뚱이에서 발견되는 결함이 더 이상 어떤 중요성도 갖지 못하고, 그 몸뚱이가 어느 다른 몸뚱이보다 다소나마 스완의 취향에 더 맞아야 할 필요도 없었던 바, 그것이 그가 사랑하는 여인의 몸뚱이로 변한지라, 차후로는 그것이 그에게 숱한 기쁨과 숱한 괴로움을 야기할 수 있을 유일한 몸뚱이가 되었을 것이다.

나의 할아버지께서는—그 가문의 현재 친구들 중 그 어느 사람과도 물론 교분이 없었지만—전에는 그 베르뒤랭 내외의 가문과 일찍이 교분을 맺으신 바 있었다. 그러나 당신께서 '젊은 베르뒤랭'이라 부르시던, 그리고—그가 수백만금을 간직하고 있었건만—거의 떠돌이 내지 천민으로 전락했다고 간주하시던, 그 사람과의 모든 관계를 이미 끊으셨다. 어느 날 할아버지께서, 자기를 베르뒤랭 내외에게 소개해 주실 수 없겠느냐고 여쭙는 스완의 편지 한 통을 받으셨다. "조심해! 조심해야지!" 할아버지가 큰 소리로 말씀하셨다. "나에게는 전혀 놀랄 일이 아니야. 스완이 결국 그쪽으로 귀착하게 되어 있어. 볼 만한 패거리지! 우선 내가 그 신사분과는 더 이상 교분이 없으니, 그가 요청하는 일을 할 수가 없어. 그리고 필시 여자 문제가 감추어져 있을 것인데, 나는 원래 그런 일에는 끼어들지 않아. 아, 좋아! 스완이 베르뒤랭의 조무래기들로 자신을 괴상하게 치장하고 다니는 꼴을 우리가 즐겁게 구경하게 되겠군."

할아버지로부터 부정적인 답장이 오자, 오데뜨가 직접 스완을 베르뒤랭 내외의 집으로 데리고 갔다.

스완이 그곳에 처음 등장하던 날, 베르뒤랭 내외가 차린 만찬에는 의사와 꼬따르 부인, 젊은 피아니스트와 그의 숙모, 그 무렵 그들의 총애를 받던 화가 등이 참석하였고, 저물녘에 다른 몇몇 '신도'들이 그들과 합류하였다.

의사 꼬따르는 누구와 대화를 하든, 상대방이 농담을 하는지 진지하게 말하는지를 분간하지 못하여, 자기가 어떤 어조로 대답해야 할지를 전혀 확신하지 못하였다. 그리하여 어찌 되든 간에, 자신의 모든 표정에, 조건적이고 잠정적인 미소 한 가닥을 마치 제안하듯 추가하여, 만약 상대방이 그에게 한 말이 혹시 농담일 경우, 그 기회주의적인 술책이 그의 우둔함을 변론해 주도록 하였다. 그러나 정반대의 가정에 맞서기 위해서는 그가 감히 그 미소를 자기의 얼굴에 선명히 드러낼 수 없었기 때문에, 하나의 애매모호함이 끊임없이 그의 표정에서 부유하였고, 그가 감히 던지지 못하는 다음 질문을 그것에서 읽을 수 있었다. "그것 진지하게 하시는 말씀입니까?" 그는 거리에서도, 그리고 심지어 일상생활 속에서도, 자기가 어떻게 처신해야 할지, 사교계에서 못지않게 확신을 갖지 못하였고, 그리하여 그의 태도에서 일체의 잘못을 미리 제거해 주는 간사한 미소 한 가닥을, 행인들에게, 마차들에게, 사건들에게, 일종의 방어선처럼 내미는 그를 사람들이 자주 목격할 수 있었던 바, 그의 태도가 부적절할 경우, 그가 그 사실을 잘 알고 있었으며 그가 그러한 태도를 취한 것이 그저 장난이었을 뿐이었음을, 그 미소가 입증해 주었기 때문이다.

하지만 그러면서도, 솔직한 질문을 던지는 것이 자신에게 허용된 것처럼 보이는 모든 점들에 대하여서는, 의문의 영역을 제한하여 자신의 지식을 보충하는 노력을 소홀히 하지 않았다.

그리하여, 그가 고향을 떠날 때 용의주도한 어머니가 그에게 해준 조언에 따라, 그는 자기가 모르는 관용구나 고유명사 하나라도, 그것들에 관한 자료를 수집하려 애쓰지 않고 그냥 흘러보내는 일이 결코 없었다.

관용구들에 관해서는 특히 게걸스럽게 많은 것을 알려고 하였는데, 그것들에게 일상적으로 부여된 것보다 더 정확한 의미가 있으리라 추측하여, 자신이 가장 흔히 들을 수 있던 관용구들이 정확히 뜻하는 바를 알고 싶어 하였기 때문이다. 그것들은 가령 '마귀의 아름다움'[21], '하늘색 피'[22], '의자 다리의 삶'[23], '라블레의 15분'[24], '우아함의 왕자'[25], '백색 카드를 주다'[26], '끼아에 몰리다'[27] 등이었고, 그는 어떤 특정한 경우에 그것들을 자기의 말 속에 넣어 활용할 수 있을지도 알고 싶어하였다. 그리고 적합한 관용구를 찾지 못할 경우, 전에 배워두었던 신소리들로 대치하였다. 어떤 사람이 그의 앞에서 꺼낸 새로운 인명들에 대해서는, 의문조의 어조로 그것들을 되뇌는 것으로 만족하였고, 그렇게만 하여도, 자기가 구태어 요구하는 기색을 보일 필요 없는 설명들을 얻기에 충분하다고 생각하였다.

자신이 항상 모든 일에 적용한다고 믿고 있던 분별력이 실은 그에게 전혀 없었던지라, 어떤 사람에게 은혜를 베풀면서, 물론 상대방이 그 말을 그대로 믿기를 바라지는 않지만, 자신이 그로부터 은혜를 입었노라고 말하는 세련된 예의가, 그를 상대로 해서는 헛수고였다. 그는 모든 말을 들리는 그대로 믿었다. 그를 바라보던 베르뒤랭 부인의 눈이 아무리 멀었다 해도, 결국 그녀 역시, 여전히 그가 매우 섬세하다고 여기기는 했지만, 다음과 같은 일을 겪으면서는 역정을 내지 않을 수 없었다. 그녀는 사라 브르나르의 공연을 감상하기 위하여 그를 무대 측면 윗층에 있는 귀빈용 칸막이 좌석에 초대하였고, 더욱 호의를 표하기 위하여 다음과 같이 말하였다. "와주시니 제가 감당할 수 없을 만큼 친절하세요, 의사 양반. 게다가, 제가 확신하거니와, 이미 사라 브르나르의 공연을 자주 감상하셨음에도 이렇게 와주시니 더욱 그래요. 뿐만 아니라, 우리가 아마 무대 너무 가까이에 자리를 잡은 거 같아요." 그러자, 그의 얼굴에서 더욱 분명해지거나 혹은 아예 사라지기 위하여 공연의 가치에 대하여 어떤 믿을 만한 사람이 귀뜸해 주기를 기다리는 듯한 미소를 지으며 귀빈용 칸막이 좌석으로 들어선 의사 꼬따르가, 그녀의 말에 이렇게 대답하였다. "정말 무대에 너무 가까이 자리를 잡았군요. 그리고 사라 브르나르에 대해 피곤을 느끼기들 시작합니다. 하지만 부인께서 제가 오기를 갈망하신다는 뜻을 저에게 표하셨습니다. 저에게는 부인의 갈망이 곧 명령입니다. 부인께 이토록 미미하게나마 봉사하는 것이 무척 행복합니다. 부인께서 그토록 너그러우신데, 부인의 뜻에 맞추기 위해서라면, 무슨 짓인들 못하겠습니까!" 그리고 다시 덧붙였다. "사라 브르나르는 정말 황금 목소리입니다, 그렇지 않습니까? 사람들이 그녀에 대하여 자주 쓰는 글을 보면, 그녀가 무대를 태운다[28]고도 합니다. 괴이한 표현입니다, 그렇지 않습니까?" 그가 기대하던 논평이나 설명은 들려오지 않았다.

어느 날 베르뒤랭 부인이 남편에게 말하였다. "우리가 의사에게 선사하는 물건을, 겸손함 때문에 우리 입으로 변변찮다고 하는 것은, 길을 잘못 들어서는 짓과 같다고 생각해요. 그는 현실적 생활 영역 밖에서 사는 학자이기 때문에, 자력으로는 물건들의 가치를 전혀 모르며, 우리가 자기에게 하는 말을 그대로 믿어요."—"내가 당신에게 감히 말은 하지 못하였으나, 벌써부터 그러한 사실을 간파하였소." 베르뒤랭 씨의 대답이었다. 그리고 다음 해 정월 초하루에는, 꼬따르 의사에게 변변찮은 물건이라고 하면서 삼천 프랑짜리 루비를 보내는 대신, 베르뒤랭 씨가 삼백 프랑 주고 인조 보석 하나를 사서 보내면서, 그토록 아름다운 것을 발견하기란 매우 어렵다는 말을 넌지시 곁들였다.

스완 씨가 야회에 참석할 것이라고 베르뒤랭 부인이 사람들에게 알렸을 때, 놀라움 때문에 거칠어진 음성으로 의사가 소리쳤다. "스완이라고?" 자신이 항상 매사에 대비하고 있는 것으로 믿던 그 사람이, 실은 가장 하찮은 소식에도 그 누구보다도 더 갈팡질팡하였기 때문이다. "스완? 그게 누구입니까, 스완이라니!" 아무도 그의 말에 대꾸를 하지 않자, 불안의 절정에 달하여 그렇게 울부짖었다. 그 불안이 베르뒤랭 부인의 다음 말에 문득 수그러졌다. "오데뜨가 우리에게 말한 그녀의 친구 있잖아요." ㅡ"아! 좋습니다, 좋습니다, 이제 되었습니다." 의사가 진정된 듯 대답하였다. 한편 화가는, 베르뒤랭 부인 집에 스완을 받아들이게 된 것을 기뻐하였는데, 그가 오데뜨에게 연정을 품었으리라 짐작하였기 때문이고, 연인들의 관계를 돕기 좋아하였기 때문이다. "저에게는 혼인을 성사시키는 것만큼 재미있는 일이 없습니다. 제가 이미 여러 건 성사시켰으며, 심지어 여인들 간의 혼인도 있습니다!" 그가 꼬따르 의사의 귀에다 소곤거렸다.

베르뒤랭 내외에게 스완이 매우 '스마트한' 사람이라고 말함으로써, 오데뜨가 그들로 하여금 혹시 어떤 '따분한 사람'이 아닐까 하는 근심에 사로잡히게 하였다. 하지만 반대로 그가 두 내외에게 멋진 인상을 주었고, 그러한 인상의 원인들 중 하나는, 그들이 미처 깨닫지 못하였지만, 그가 상류 사교계를 출입한다는 사실이었다. 정말 그에게는, 사교계에 단 한 번도 발을 들여놓지 않은 사람들에 비할 때(그들이 비록 총명한 이들이라 할지라도)[20], 조금이나마 그곳을 경험한 사람들이 보이는 우월성들 중 하나가 있었으며, 그 우월성이란, 사교계가 흔히 사람들의 상상 속에 불러일으키는 욕망 혹은 혐오감에 이끌려 사교계를 추하게 변모시키지 않고, 그것을 하찮게 여긴다는 점이다. 일체의 스노비즘[30]과 지나치게 싹싹해 보이지 않을까 하는 두려움으로부터 분리되어 독립성을 띠게 된 그들의 친절함에는, 유연해진 사지가, 몸의 나머지 부분이 조심성 없이 그리고 서투르게 참여하지 않아도, 원하는 동작을 정확히 수행하는 이들 특유의 편안함과 우아함이 있다. 누가 자기에게 소개한 낯선 젊은이에게 선뜻 손을 내밀어 악수를 청하고, 누가 자기를 어느 대사에게 소개할 경우 그 대사 앞에서 삼가는 태도로 정중히 몸을 굽히는, 사교계 생활에 익숙한 사람의 단순한 초보적 체조 습관이, 스완의 모든 사회적 태도에 그 자신도 의식하지 못하는 사이에 스며들었고, 그것이 베르뒤랭 내외나 그들의 친구들처럼 그의 계층보다 낮은 계층에 속하는 사람들을 대할 때에는, 본능적으로 열성을 과시하였고 적극적으로 환심을 사려 하였는데, 그들은 그가 '따분한 사람'이었다면 그렇게 하지 않았을 것이라고 생각하였다. 다만 의사 꼬따르에게만은 그가 한순간 냉랭한 기색을 보였다. 두 사람이 아직 한마디 말도 나누기 전에 그가 자기에게 눈짓을 하며 모호한 기색으로 미소를 짓는 것을(꼬따르는 그러한 무언의 몸짓과 표정을 가리켜 '오도록 내버려 둔다'고 하였다) 보자 스완은, 자기가 방탕한 사교계에는 전혀 드나들지 않은지라 환락의 장소에는 비록 거의 가지 않았지만, 의사가 우연히 그러한 곳에서 마주친 일이 있어 틀림없이 자기를 알고 있다고 믿었기 때문이다. 그러한 식의 암시가 저속한 취향의 발로라고 여겼던지라, 특히 그것으로 인해 자기에 대해 나쁜 견해를 가질 수도 있을 오데뜨 앞에서는 더욱 그렇다고 여겼던지라, 그가 짐짓 얼음장 같은 표정을 지은 것이다. 그러나 의사 가까이에 있던 여인이 꼬따르 부인이라는 사실을 알았을 때 그는, 그토록 젊은 남편이 자기 아내 앞에서 그런 종류의 유흥을 암시하려 하지는 않았을 것이라 생각하였고, 그리하여 의사가 보인 잘 아는 듯한 기색에 자기가 두려워하던 의미를 더 이상 부여하지 않았다. 화가는 즉시 스완을 초대하면서, 오데뜨와 함께 자기의 화실에 오라 하였고, 스완이 그에게 친절하다고 답례하였다. "아마 저보다 당신을 더 우대할 거예요." 베르뒤랭 부인이 삐친 척하는 어조로 말하였다. "그리고 아마 꼬따르의 초상화를(그녀가 화가에게 주문한 것이었다) 보여 드릴 거예요. 비슈 '씨', 눈의 그 귀여운 시선, 그 섬세한 작은 구석을 재미있게 그리는 것 잊지 말아요." 그녀가 화가에게 다시 환기시켰고, 그에게는 남자에게 붙이는 그러한 존칭(monsieur) 사용하는 것이 신성한 농담이었다.[30] "당신도 잘 알다시피, 제가 특히 갖고 싶어하는 것은 그의 미소이고, 제가 당신에게 주문한 것은 그의 미소를 그린 초상화예요." 그러더니, 자기가 사용한 표현이 탁월하다고 여겨졌음인지, 그녀는 여러 사람들에게 그것이 들리도록 몹시 큰 소리로 다시 그 말을 하였고, 심지어 애매한 핑계 하나를 내세워, 초대된 사람들 중 몇몇이 우선 가까이에 모이게 하였다. 스완은 모든 사람들과, 심지어 베르뒤랭 내외와 오랜 친구인 싸니에뜨와도 인사를 나누겠다고 하였는데, 싸니에뜨는, 자기의 고문서에 대한 해박한 지식과 엄청난 재산 및 명망 높은 가문에도 불구하고, 특유의 소심함과 순진함 및 착한 심성 때문에, 어디에서도 합당한 대접을 받지 못하였다. 그가 말을 할 때에는 죽을 한입 문 듯 우물거리는 소리를 내었는데, 그 소리가, 발음상의 단점보다는, 그 나이에 이르도록 그가 잃지 않은 유년기의 순진무구함이 남긴 영혼의 아름다움을 드러내는 것처럼 느껴져, 매우 귀엽게 들렸다. 그가 발음할 수 없었던 모든 자음들 하나하나가 곧 그가 결코 하지 못하는 냉혹한 말처럼 보였다. 스완은 자신을 싸니에뜨 씨에게 소개해 달라고 베르뒤랭 부인에게 요청하면서, 그녀로 하여금 그가 역할을 뒤바꾼다고[32] 여기게까지 하였으나(그리하여 그녀가, 바뀐 역할의 차이를 부각시키면서, 이렇게 대답했을 정도였다. "스완 씨, 우리들의 친구 싸니에뜨를 당신에게 소개하도록 허락해 주시겠습니까?"), 반면 싸니에뜨의 내면에는, 베르뒤랭 내외가 스완에게 결코 드러내지 않던 열렬한 친근감을 불러일으켰던 바, 싸니에뜨가 두 내외에게는 조금 성가셔서, 그들이 그에게 친구 만들어줄 생각을 전혀 하지 않았기 때문이다. 하지만 스완이 다른 한편으로는 두 내외를 무한히 감동시켰는데, 그가 즉시 자기를 피아니스트의 숙모에게 소개해 달라고 요청하였기 때문이다. 검은색 옷차림이 어느 경우에나 좋아 보이고 또 품위 있다고 여겨, 언제나처럼 검은색 드레스를 입고 있던 그녀는, 매번 식사를 마친 직후에 그렇듯, 안색이 지나치게 붉었다. 그녀가 스완 앞에서 공손히 상체를 숙였으나, 그것을 다시 일으켜 세울 때에는 태도가 당당했다. 그녀는 교육을 제대로 받지 못하여, 자기가 문법적 실수를 범하지 않을까 두려워한 나머지, 발음을 일부러 모호하게 하였는데, 그러면서 혹시 실수를 범하더라도 그것이 모호한 발음 때문에 흐릿해져 사람들이 선명히 분간할 수 없을 것이라 생각하였으며, 그리하여 그녀의 대화란 가래 섞인 탁한 가르릉거림에 불과했고, 그것으로부터 가끔, 그녀가 확신할 수 있는 매우 드문 몇 마디가 불쑥 떠오르곤 하였다. 스완은 베르뒤랭 씨에게 말을 건네면서, 자기가 그녀를 가볍게 비웃어도 좋다고 생각하였다. 하지만 베르뒤랭은 그의 말에 마음이 상하였다.

"아주 멋진 여인입니다." 그가 대꾸하였다. "그녀의 옷차림이 보는 사람의 얼을 뺄 만하지 않다는 점에는 동의합니다. 하지만 장담하거니와, 그녀와 단 둘이 대화를 나누어보면 매우 기분 좋은 여인입니다." — "저 또한 그 점에 대해서는 추호도 의심치 않습니다." 스완이 서둘러 인정하며 한 걸음 물러섰다. "제가 하려던 말은, 그녀가 '불쑥 돌출한' 것처럼 보이지 않는다는 뜻이었으며, 따라서 그것은 한 마디로 찬사에 더 가깝습니다!"[53] 스완이 그 형용사를 부각시키면서 덧붙였다. — "보십시오." 베르뒤랭 씨가 다시 말하였다.

"제가 드리는 말씀 들으시면 놀라실 것입니다. 그녀가 글을 아주 매력적으로 씁니다. 그녀의 조카가 연주하는 것을 아직 들어보신 적 없지요? 찬탄할 만합니다. 그렇지 않소, 의사 양반? 스완 씨, 제가 그에게 한 곡 연주해 달라고 요청하기를 원하십니까?" — "그렇게 해주신다면 물론 그것이 하나의 행복…."[54] 스완이 그렇게 대답을 시작하려는데, 그 순간, 의사가 빈정거리는 기색을 띠며 그의 말을 중단시켰다. 대화에서 과장된 어투로 말하거나 엄숙한 표현 사용하는 것은 구식이라고들 하는 말을 정말 기억해 두었던지라, 조금 전 '행복'이라는 단어를 스완이 그랬듯이, 어떤 엄숙한 단어를 누가 진지하게 입에 담기 무섭게, 그는 그 사람이 가소롭게 위엄을 부린다고 믿었다. 그리고 게다가, 그 단어가 혹시 자기가 낡은 상투적 문구라고 부르던 것 속에 우연히 나타날 경우, 그것이 다른 측면에서는 아무리 일상적으로 통용된다 할지라도, 의사는 상대방이 시작한 말이 우스꽝스러울 것이라고 추측하여, 그 사람은 그러한 생각을 전혀 하지 않았건만, 마치 그가 그러한 단어를 사용하려 하였다고 나무라는 듯, 그 상대방이 시작한 말을 진부한 이야기로 빈정거리듯 완성하곤 하였다.

"프랑스에게는 하나의 행복이지요!" 의사가 과장된 몸짓으로 두 팔을 번쩍 쳐들면서 농담조로 소리쳤다.

베르뒤랭 씨가 터지는 웃음을 억제하지 못하였다.

"저 착한 사람들이 무엇 때문에 모두들 저렇게 웃는단 말인가! 당신네들의 그 작은 구석에서는 우수를 잉태시키지 않는 기색이에요." 베르뒤랭 부인이 소리쳤다. "제가 이렇게 홀로 고행을 하면서 즐거워한다고는 생각하지들 마세요." 그녀가 분하다는 듯한 어조로, 응석 부리듯 덧붙였다.

베르뒤랭 부인은 밀랍 입힌 전나무로 짠 높직한 스웨덴식 의자에 앉아 있었고, 그 의자는 어느 스웨덴 출신 바이올린 연주자가 그녀에게 선사한 것이었다. 그 의자가 비록 기도대 형태를 연상시키고, 그녀가 가지고 있던 아름다운 고가구들과 어울리지 않았지만, 그녀는 '신도들'이 습관적으로 가끔 그녀에게 주던 선물들을 사람들의 눈에 잘 띄도록 간수하여, 기부자들이 왔을 때 그것들을 알아보고 기뻐하는 것을 중시하였던지라, 그 의자를 간수하고 있었다. 그리하여 그녀가 사람들에게, 선물을 소모될 수 있는 꽃이나 사탕 등으로 한정해 달라고 극구 설득하였으나 헛일, 그녀의 집은 발 보온기, 방석, 벽시계, 병풍, 기압계, 도자기 꽃병 등, 유사한 물건들이 진부하게 반복적으로 쌓이고 부조화를 드러내는 수집고로 변하였다.

그 높직한 자리에 앉아서 그녀는 신도들의 대화에 활기차게 참여하였고, 그들이 펼치던 '벽난로공들의 농담'[35)]에 흥겨워하였다. 그러나 그녀의 턱뼈에 닥친 사고 이후에는, 정말로 웃음을 터뜨리는 수고를 포기하고, 그 대신, 그녀가 눈물이 고이도록 웃는다는 것을 의미하되 그녀에게 피로나 위험 부담을 주지 않는,

상투적인 무언극 동작에만 전념하였다. '단골손님' 하나가, 어느 '따분한 사람'이나 따분한 자들의 진영으로 다시 내던져진 옛날의 단골손님을 헐뜯는 말 한마디를 쏟아놓기 무섭게,—오랫동안 자기의 처 못지않게 우호적[60]이라고 주장하였으되, 정말로 웃는 바람에 금방 숨을 헐떡거려, 그 멈추지 않는 허구적 폭소의 간계에 의해 멀찌감치 앞지름 당하고 패배당한 베르뒤랭 씨를 절망 속에 처박으면서—그녀가 가느다란 비명을 질러대고, 각막백반(角膜白斑) 한 조각이 앞을 가리기 시작한 그녀의 새를 닮은 눈을 몽땅 감았으며, 그러다가 문득, 외설스러운 장면을 서둘러 감추거나 치명적인 발작을 방지할 시간밖에 없다는 듯, 자신의 얼굴을 자기의 두 손에 처박아 손에 덮인 얼굴이 전혀 보이지 않게 되곤 하였는데, 그 순간 그녀는, 자신이 포기할 경우 자기를 기절 상태로 몰아가기라도 할 웃음을 억제하여 무산시키려 애를 쓰는 기색이었다. 그렇게 신도들의 쾌활함에 얼이 빠지고, 격의 없는 우의와 험담과 동감에 취하여, 베르뒤랭 부인은, 뜨거운 포도주에 담갔다가 준 모이를 먹은 새처럼 자기의 횃대 위에 높직이 앉아, 상냥함의 표시로 흐느끼는 소리를 내곤 하였다.

한편 베르뒤랭 씨는, 자신의 파이프에 불을 붙여도 좋겠느냐고 양해를 구한 다음("여기에서는 서로 어렵게 여기지 않아요. 동료들끼리니까."), 젊은 예술가에게 어서 피아노 앞에 앉으라고 하였다.

"이보세요, 그 사람에게 귀찮게 굴지 말아요. 그가 여기에 고문 받으러 온 것은 아니에요. 저는 아무도 그를 괴롭히지 않으면 좋겠어요!" 베르뒤랭 부인이 언성을 높였다.

"도대체 당신은 그것이 왜 그를 괴롭힐 거라 생각하시오?" 베르뒤랭 씨가 말하였다. "우리가 찾아낸 그 올림 '바' 장조 쏘나타를 스완 씨는 아직 모르실 거요. 그러니 우리를 위하여 피아노곡으로 편곡한 것을 연주해 달라는 것이오."

"아! 안 돼요, 나의 그 쏘나따는 안 돼요!" 베르뒤랭 부인이 소리쳤다. "지난번처럼 하도 울어서 안면신경통과 함께 코감기 하나를 꿰차는 짓은 다시 하기 싫어요. 선물은 고맙지만 다시 시작하고 싶지 않아요. 당신들 모두 착한 분들이지만, 여드레 동안 자리에 누울 사람이 당신들은 아니라는 것을 모두들 잘 아세요!"

피아니스트가 연주를 시작하려 할 때마다 되풀이되던 그 작은 연극이, 새로 창안된 다른 연극 못지않게, 그리고 '여주인'의 매력적인 독창성과 음악적 감수성의 징표이기라도 한 듯, 친구들을 매혹시켰다. 그녀 가까이에 있던 사람들은 그럴 때마다, 멀찌감치서 담배를 피우거나 카드놀이를 하고 있던 사람들에게, 무슨 일이 벌어지고 있으니 가까이 오라는 신호를 보내면서, 중요한 순간이 닥치면 라이히슈타그[37]에서들 그러듯 그들에게 말하곤 하였다. "들어보시오, 잘 들어보시오." 그리고 다음 날, 그 자리에 없었던 사람들에게, 연극이 평소보다 더 재미있었다고 하면서 아쉬움을 안겨 주곤 하였다.

"좋소! 알겠소, 그러면 안단떼 악장만 연주하게 합시다." 베르뒤랭 씨가 말하였다.

"안단떼 악장만이라니, 그 무슨 말씀이에요!" 베르뒤랭 부인이 소리쳤다. "바로 그 안단떼 악장이 저를 완전히 마비시켜요. 저 주인 양반이 하시는 말씀 좀 들어보세요, 정말 경이로워요! 「9번」[38]과 『명인들』[39]을 연주하려 할 때 이렇게 말씀하신 것과 같아요. '「9번」의 마지막 악장과 『명인들』의 서곡만 들읍시다.'"[40]

그럼에도 불구하고 의사는, 피아니스트가 연주를 하게 내버려 두라고 베르뒤랭 부인을 부추겼다. 물론 음악이 그녀에게 일으키는 장해가 짐짓 꾸민 것이라 믿었기 때문이 아니라―그가 그 장해에서 상당한 신경쇠약 증세를 확인하였으니 말이다―많은 의사들이 가지고 있는 습관 때문이었는데, 그 습관이란, 자신들이 속해 있고, 또 소화불량이나 유행성 감기 따위는 한번쯤 잊으라고 자신들이 권유하는 사람이 핵심적 역할을 맡고 있는, 어떤 사교적 모임의 운명이 달려 있을 경우―그것이 그들에게는 훨씬 더 중요해 보이는지라―자신들이 내렸던 처방의 엄격함을 즉시 누그러뜨리곤 하는 버릇이었다.

"두고 보시면 아시겠지만 이번에는 아프시지 않을 겁니다." 자기의 생각을 시선을 통해 그녀에게 주입하려 하면서 그가 그녀에게 말하였다. "그리고 혹시 아프시면 우리가 치료해 드릴 것입니다."

"정말이에요?" 그러한 특혜에 대한 희망 앞에서는 항복할 수밖에 없다는 투로 베르뒤랭 부인이 대답하였다. 아마 또한, 자기가 병석에 눕게 될 것이라는 말을 하도 자주 한 나머지, 자신이 하는 말이 거짓이라는 사실을 상기하지 못하고 자기가 정말 환자라고 생각하는 순간들이 있었을 것이다. 그런데 환자들은, 증세의 재발 빈도가 항상 자신들의 신중함에 의해 좌우된다는 사실에 지친지라, 자기들은 어떤 수고를 감당하지 않더라도 말 한마디나 약 한 알로 자기들을 회복시켜 줄 수 있을, 어느 강력한 존재의 수중에 자신들을 맡길 수만 있다면, 자기들의 마음에 들고 또 대개 자기들에게 해로운, 모든 짓을 해도 괜찮으리라고 믿어 버리는 편을 택한다.

오데뜨가 피아노 곁에 있던 융단 씌운 까나뻬에 가서 앉으며 베르뒤랭 부인에게 말하였다.

"아시다시피 저의 작은 자리가 있어요."

베르뒤랭 부인이 의자에 앉아 있던 스완을 보더니, 의자에서 일어나라고 하며 말하였다.

"그 자리가 편치 않을 거예요. 그러니 오데뜨 옆에 가서 앉으세요. 오데뜨, 스완 씨에게 자리 하나 만들어드리지 않겠어요?"

"정말 아름다운 보베산[41] 융단이군요!" 친절하게 처신하려는 스완이 앉기 전에 그렇게 말하였다.

"아! 저의 까나뻬를 높이 평가해 주시니 만족스러워요." 베르뒤랭 부인이 답례하였다. "그리고 미리 알려 드리지만, 혹시 그것만큼 아름다운 것을 보시고자 한다면, 그런 생각은 즉시 버리시는 것이 좋아요. 그들이 저것에 비할 만한 것은 아예 만든 적이 없으니까요. 작은 의자들 또한 경이로운 작품들이에요. 잠시 후에 그것들을 보실 수 있을 거예요. 각 청동 장식은 의자의 작은 주제에 상응하는 상징이에요. 그것들을 자세히 보기 원하신다면 재미있는 것들을 발견하실 거예요. 시간을 충분히 드리겠노라고 약속하겠어요. 저 융단의 가장자리 장식띠조차…. 저것 좀 보세요, 「곰과 포도」라는 그림에서 붉은색 배경 앞에 있는 작은 포도밭을 보세요. 잘 그리지 않았나요? 어떻게들 평가하세요? 제 생각에는 그들이 정말 그림을 그릴 줄 알아요! 저 포도밭이 입맛을 돋우지 않나요? 제가 자기보다 과일을 덜 먹는다 하여, 저의 남편은 제가 과일을 좋아하지 않는다고 해요. 하지만 그렇지 않아요. 제가 여러분들 중 그 누구보다도 과일을 탐내지만 저는 그것을 입에 넣을 필요가 없어요. 그것들을 눈으로 즐기니까요. 도대체 모두들 왜 웃는 거예요? 의사 양반에게 물어보세요. 저 포도들이 하제 역할을 하며 저의 장을 말끔히 씻어낸다고 할 거예요. 다른 사람들은 퐁텐느블로 요법을 사용하지만,[12] 저는 저만의 작은 보배 요법을 애용해요. 참, 스완 씨, 의자 등받이에 있는 청동 장식들을 만져보시기 전에 떠나시면 안 돼요. 저 녹청색이 상당히 곱지 않아요? 아니, 그렇게 말고 손바닥을 한껏 펴서 만져보세요."

"아! 베르뒤랭 부인께서 청동 장식들을 애무하기 시작하시면 우리들은 오늘 저녁 음악을 듣지 못할 것입니다." 화가가 말하였다.

"닥치세요, 당신은 상스러운 사람이에요." 그러더니 스완을 바라보며 다시 말했다. "사실 우리 여인들에게는 훨씬 덜 음탕한 말조차 못하게 금해요.[13] 여하튼 저 청동 장식들에 비할 만한 살은 없어요! 베르뒤랭 씨께서 영광스럽게도 질투를 하실 정도이니까요…. 최소한 예의는 갖추세요. 질투심을 품은 적이 없다고 잡아떼지는 마세요…."

"나는 입도 쩍 하지 않소. 이보시게, 의사 양반, 당신을 증인으로 삼겠소만, 내가 무슨 말이나마 하였소?"

스완이 예의상 청동 장식들을 가볍게 만져보았고, 차마 즉시 멈추지 못하였다.

"자, 그것들은 나중에 애무하세요. 지금은 당신을, 당신의 귀 속에서 애무할 거예요. 제 생각에는 당신이 그것을 좋아하실 것 같군요, 저기 있는 어린 젊은이가 그 일을 맡을 거예요."

그런데 피아니스트가 연주를 마쳤을 때, 스완은 그곳에 있던 다른 누구보다도 피아니스트를 더욱 친절하게 대하였다. 그 이유는 다음과 같다.

한 해 전 어느 야회에서 그는 피아노와 바이올린으로 연주된 곡 하나를 들었다. 그가 처음에는 악기들에 의해 분비된 소리들의 질료적 특성밖에 음미하지 못하였다. 그리고, 가늘되 저항하는 듯하고, 밀도 높으며, 선도적인 바이올린의 가냘픈 선율 밑에서, 달빛이 매혹하고 반음 낮추는 물결들의 연보라색 출렁거림처럼 형태 다양하고 분리되지 않았으며 평면적이고 서로 부딪치는 피아노 파트의 덩어리가, 액상의 찰랑거림 형태로 벌떡 일어서려 하는 것을 보았을 때, 이미 그것만으로도 그에게는 커다란 즐거움이었다. 그러나 어느 순간, 자기에게 기쁨을 주던 것의 윤곽을 선명히 분별할 수도 명명할 수도 없었으되, 문득 매료되어, 우리의 콧구멍을 벌름거리게 하는 속성을 가진 저녁나절의 습기 어린 대기 속을 감도는 특정 장미꽃 향기처럼, 그의 곁을 지나며 그의 영혼을 더 넓게 열어준 악절 혹은 화음을—그 자신도 정확히 알 수 없었던—거두어들이려 하였다. 그가 그토록 모호한 인상을, 하지만 크기가 없고 전적으로 원초적이며 다른 어떤 종류의 인상들로도 환원할 수 없는, 순수하게 음악적인 유일한 인상들일지도 모를 것들 중 하나를 느낄 수 있었던 것은, 아마 그가 음악을 몰랐기 때문이었을 것이다. 그러한 유형의 인상은, 한 순간 동안이나마, 흔히들 말하듯 질료 없는(sine materia) 인상이다. 의심할 나위 없이, 우리들이 그러한 순간에 듣는 음들은, 그것들의 고저와 장단에 따라, 우리의 눈 앞에서 벌써 다양한 크기의 표면들을 덮고, 화려한 아라베스크적인 선들을 그리며, 넓이와 가늚과 안정과 변덕 등의 느낌들을 우리들에게 주려는 경향을 띤다. 하지만 그 음들은, 자신들이 우리에게 주는 느낌들이, 뒤따르는 음들이나 심지어 자신들과 동시에 발생한 다른 음들에 의해 벌써 일깨워진 느낌들에 휩쓸려 그 속에 침몰되지 않을 만큼 우리의 내면에서 충분히 형성되기 전에, 스스로 자취를 감춘다. 따라서 그 모호한 인상은, 자기의 액체상 유동성과 '농익은 부드러움'으로 모티프들을 계속하여 감싸고, 이따금씩 그 유동성과 부드러움의 표면으로 떠올랐다가 즉시 그것들 속으로 다시 잠겨 사라지는, 겨우 분간할 수 있고, 자신들이 주는 특이한 희열에 의해서만 알려진 그 모티프들은—기억이, 물결 한가운데에 견고한 토대를 세우러 노력하는 인부처럼, 우리들을 위하여 그 순식간에 사라지는 악절들의 복사본을 만들어, 우리들로 하여금 그것들을 그 뒤에 이어지는 것들에 비교하고 또 구별하도록 허용하지 않는 한—묘사하기도, 상기하기도, 명명하기도 불가능하며, 형언할 수도 없다. 그렇게, 스완이 느낀 감미로운 인상이 겨우 소멸되기 무섭게, 그의 기억이 즉시 그에게 간략하고 잠정적인 복사본을 제공하였고, 하지만 그는 곡이 계속되는 동안 그 복사본을 일별하였던지라, 같은 인상이 불시에 문득 되돌아왔어도 그것은 이미 포착할 수 없는 인상이 아니었다. 그는 그 인상의 규모와 균형잡힌 집합 양상들과 기호법과 표현상의 특질 등을 상상해 보았다. 그의 앞에 이제, 더 이상 순수음악이 아닌 것이, 즉 그로 하여금 일찍이 들은 바 있는 음악을 상기할 수 있도록 해주는 설계도나 건축물의 구조 혹은 사상 등과 같은 것이 나타났다. 이번에는 그가 음파들 위로 몇 순간 동안 솟아오르는 악절 하나를 선명히 식별하였다. 그 악절이 즉시 그의 앞에 특이한 희열들을 내놓았는데, 그 악절을 듣기 전에는 그가 생각조차 할 수 없었고, 그 악절 이외의 다른 아무것도 그에게 알려줄 수 없을 법한 희열들이었던지라, 그는 그 악절에 대하여 일종의 겪어보지 못한 사랑 같은 것을 느꼈다.

  악절이 그를, 처음에는 이쪽으로 그런 다음 저쪽으로, 그리고 다시 방향을 바꾸어, 고아하고 난해하며 뚜렷한 행복 쪽으로, 느린 리듬에 실어 인도해 갔다. 그러다가 문득, 자기가 도달한 지점에서, 그리하여 악절을 계속 따라가려 그가 준비를 하고 있던 지점에서, 한순간 멈추더니, 별안간 방향을 바꾸어, 새롭고, 더 빠르고, 작고, 우수 어리고, 지속적이고, 부드러운 움직임으로 그를 미지의 경개가 펼쳐지는 곳으로 이끌어갔다. 그런 다음 사라졌다. 그가 그것을 세 번 다시 보았으면 좋겠다는 열렬한 희원을 품었다. 그러자 정말 악절이 다시 나타났다. 그러나 앞서보다 더 분명한 말은 해주지 않았고, 야기시킨 희열은 오히려 덜 깊었다. 그러나 자기의 집에 돌아오자 그 악절 생각이 간절해졌다. 그는 마치, 지나가는 어느 여인을 잠시 바라보았을 뿐인데 그녀로 말미암아 새로운 아름다움의 영상이 삶 속에 들어오게 된 한 남자와 같았다. 그 남자는 자기가 벌써 사랑하게 되었으되 이름조차 모르는 그 여인을 다시 볼 수나 있을지 알 수 없건만, 그 새로운 아름다움의 영상이 그 자신의 감수성에 하나의 더 큰 가치를 부여한다.

  하나의 악절로 향한 그러한 사랑이 한순간 스완에게 일종의 회춘 가능성을 열어줄 것 같아 보이기도 하였다. 그는 하도 오래 전부터 어떤 이상적인 목표에 자신의 삶 바치기를 포기하고 그날그날의 만족 추구에 그쳤던지라, 스스로에게 명백하게는 말하지 않았지만, 자기의 그러한 삶이 죽을 때까지 바뀌지 않으리라 믿고 있던 터였다. 게다가 자신의 뇌리에 더 이상 고결한 상념들이 떠오르지 않음을 느꼈던지라, 그 상념들의 실체에 대한 믿음을 이미 멈추었다. 하지만 그러면서도 그 실체를 완전히 부인하지는 못하였다. 그리하여 중요하지 않은 사념들 속으로 회피하는 것이 어느덧 그의 버릇처럼 되었고, 그 하찮은 사념들이 그로 하여금 매사의 본질을 등한시하게 하였다. 사교계에 드나들지 않았다면 더 좋지 않았을까 하는 질문을 자신에게 던지지는 않앉으되, 그 대신, 자기가 어떤 초청을 수락할 경우 초청한 사람의 집에 반드시 가야 하며, 초청을 수락하고도 가지 못하였을 경우, 그 집에 자기의 명함이라도 남겨야 한다는 것을 확실히 알고 있었던 것처럼, 그는 마찬가지로, 어떤 대화에서도 사물들에 대한 자신의 내밀한 견해를 결코 열심히 피력하지 않으려고 애를 썼던 반면, 어떤 면에서는 자체로 가치 있으며, 그가 자신의 진정한 능력을 드러내지 않도록 해주는, 물질적 세부사항들만을 제공하려 노력하였다.[11] 그가 어떤 음식의 조리법이나 어느 화가의 출생일 혹은 사망일, 자기가 소장하고 있는 작품들의 목록에 관해 이야기할 때에는 극도로 상세하고 정확했다. 가끔, 그렇게 삼감에도 불구하고, 그가 어떤 작품이나 인생을 이해하는 방식에 대하여 자신도 모르는 사이에 견해를 표출할 경우도 있었으나, 그럴 때마다 그는 마치 자기가 하는 말에 전적으로는 동의하지 않는다는 듯, 그 말에 빈정거리는 어조를 가미하곤 하였다. 그런데, 옮겨 살게 된 새로운 고장이나 전과 다른 식이요법, 때로는 자연발생적이고 불가사의한 생리적 변화가, 고질적인 병약자들의 몸에 문득 병세 초기로의 퇴행을 유발하는 듯하여, 그들이 뒤늦게 전혀 다른 삶을 시작할 수 있으리라는 뜻밖의 가능성을 맞기 시작하듯, 스완 또한 자기의 내면에서, 자기가 일찍이 들은 적 있는 악절의 추억 속에서, 혹시 그것을 발견할 수 있지 않을까 보기 위하여 자기를 위하여 연주하도록 하였던 몇몇 쏘나따 속에서, 자신이 이미 믿기를 멈추었던 보이지 않는 실체들 중 하나를 발견하였고, 음악이 마치 그를 괴롭히던 심정적 메마름에 깊숙이 공감하는 영향[15]이라도 끼친듯, 자신의 삶을 그 실체들에게 바치고 싶은 열망과 그럴 수 있으리라는 힘마저 느꼈다. 하지만 자기가 들은 작품이 누구의 것인지 알아내지 못하여 그것을 입수할 수 없었고, 결국 그것을 까마득히 잊고 말았다. 그 작품을 들은 바로 그 주간 동안, 그처럼 야회에 참석했던 몇몇 사람과 우연히 마주친 일이 있어, 그들에게 묻기도 하였다. 그러나 어떤 이들은 연주가 끝난 후에 도착하였고, 어떤 이들은 시작하기 전에 연회장을 떠났다고 하였다. 그리고 몇몇 사람들은 그 곡을 연주할 때 야회장에 있었으나, 다른 응접실에서 한담을 나누었고, 나머지 다른 이들은 연주를 듣기 위하여 그 자리에 머물러 있었으되, 옆 응접실에서 한담하던 사람들보다 더 들은 것이 없다고 하였다. 야회를 연 집주인들의 경우, 자기들이 고용한 연주가들이 연주하겠노라 요청한 새로운 곡이었다는 사실만은 알고 있었다. 그런데 연주가들이 순회공연을 위해 이미 떠난지라, 스완이 더 이상은 알아내지 못하였다. 그에게 물론 음악가 친구들이 있었다. 그러나, 악절이 그로 하여금 느끼게 하였던 특이하며 언어로 표현할 수 없는 희열을 생생히 기억하고, 그 악절이 그리던 형태가 그의 눈앞에서 어른거리건만, 그는 그 악절을 친구들에게 읊조려 들려줄 수 없었다.

그런데, 베르뒤랭 부인 댁에서 젊은 피아니스트가 연주를 시작한지 겨우 몇 분 후, 문득, 두 마디 동안 길게 지속되던 어느 높은 음 다음에, 마치 그 부화(孵化)의 신비를 감추기 위하여 드리웠던 음향 커튼 같은 그 연장된 음 밑에서 빠져나온, 은밀하고 소곤거리며 분리된, 그가 좋아하던, 공기처럼 가볍고 향기로운 악절이 그에게 다가오는 것이 보였고, 그는 그 악절을 즉시 알아보았다. 또한 그 악절이 어찌나 특이했던지, 그리고 다른 어떤 매력으로도 대체할 수 없는 고유한 매력이 그것에게 있었던지, 스완은 그 악절을 알아보는 순간, 거리에서 한 번 스치면서 자기가 찬미하였고, 영영 다시 만나지 못하리라 절망하던, 바로 그 사람을 친숙한 응접실에서 우연히 만난 것 같았다. 이윽고 의미심장하고 민활한 그 악절이, 스완의 얼굴에 자기 미소의 반사광을 남긴 채, 자기 향기의 무수한 갈래들 속으로 밀어져 갔다. 하지만 이제는 그가 자기의 마음을 사로잡은 그 낯선 존재의 이름을 물을 수 있었고(그것이 뱅뙤이유가 작곡한 「피아노와 바이올린을 위한 쏘나따」의 안단떼 부분이라고 사람들이 그에게 말해 주었다), 그리하여 그것을 자기의 수중에 넣었으며, 자기가 원하는 만큼 자주 집에서도 그것을 만나, 그것의 언어와 비밀을 알아내려 노력할 수 있게 되었다.[6]

그리하여, 피아니스트가 연주를 마쳤을 때, 스완이 사의를 표하기 위하여 그에게로 다가갔고, 그 열렬한 사의가 베르뒤랭 부인을 매우 기쁘게 하였다.

"대단한 마술사예요, 그렇지 않아요?" 그녀가 스완에게 말하였다. "저 어린 마귀가 쏘나따를 제법 이해하지요? 피아노가 저러한 경지에 이를 수 있다는 것은 모르셨을 거예요. 피아노라는 점만을 제외하면 저것이 곧 모든 악기들이에요. 정말이에요! 저는 매번 깜짝 놀라요. 오케스트라를 듣는 것으로 착각해요. 아니, 오케스트라보다도 더 아름답고 더 완전무결해요."

젊은 피아니스트가 허리를 굽혀 예의를 표한 다음, 미소를 지으면서, 그리고 자기가 마치 기지 넘치는 말이라도 하는 듯, 단어 하나 하나에 힘을 주었다.

"부인께서는 저에게 매우 관대하십니다."

베르뒤랭 부인이 자기의 남편에게 말하였다. "어서 그에게 오랑쟈드[7]를 주세요. 그것을 마실 충분한 자격이 있어요." 그동안 스완은 자기가 그 작은 악절에 연정을 품게[8] 된 사연을 오데뜨에게 이야기해 주었다. 베르뒤랭 부인이 조금 멀찌감치서 말하였다. "그렇군! 오데뜨, 어떤 분이 아름다운 일들을 이야기해 주시는 모양이에요." 그 말에 오데뜨가 대꾸하였다. "예, 아주 아름다운 일이에요." 스완은 그녀의 그 순진함을 귀엽게 여겼다. 그러면서 다른 한편으로는, 뱅뙤이유와 그의 작품, 그 쏘나따를 작곡한 시기, 그 작은 악절이 작곡자에게 어떤 의미를 가질 수 있었는지 등에 대하여 그곳에 있던 사람들에게 물었고, 특히 마지막 사항을 알고 싶어하였다.

그러나 그 음악가 찬미하는 것을 자랑거리로 여기던 그 모든 사람들(그의 쏘나따가 정말 아름답다고 스완이 말하자, 베르뒤랭 부인이 언성을 높혔다. "쏘나따가 아름답다는 당신의 말씀은 조금 믿어요. 그러나 사람들은 자기들이 뱅뙤이유의 쏘나따를 모른다고 고백하지 않아요. 그것을 모를 권리는 아무에게도 없어요." 화가가 한술 더 떴다. "아! 정말 매우 위대한 물건입니다, 그렇지 않습니까? 그것이 '친숙하고' '대중적' 이지 못하다고들 하겠지요, 그렇지 않습니까? 하지만 저희들과 같은 예술가들에게는 매우 육중한 인상을 남깁니다."), 그 사람들은 스완이 던진 질문들을 단 한 번도 자신들에게 던진 적이 없었던 것 같았는데, 아마 그 질문들에 답할 능력이 없었기 때문인 듯하다.[49]

자기가 좋아하는 작은 악절에 대하여 스완이 한두 가지 특이한 점을 지적하였을 때에도, 베르되랭 부인은 이렇게 대꾸하였다.

"흥, 그것 재미있군요, 저는 단 한 번도 주의해 듣지 않았어요. 솔직히 말씀드리지만, 저는 작은 벌레를 찾으려고 바늘끝들 사이에서 방황하는 것을 썩 좋아하지 않아요. 여기에서는 아무도 머리카락을 네 조각으로 쪼개며 자기의 시간을 낭비하지 않아요. 여기는 그러한 종류의 집이 아니에요." 그 진부한 표현들의 물결 속에서 들뜬 듯 떠들어대고 있던 베르뒤랭 부인을, 의사 꼬따르가 황홀경에 빠져 찬미하듯, 그리고 학구적인 열정을 가지고 바라보았다. 게다가 그와 꼬따르 부인은, 보통 사람들도 가지고 있는 상식에 이끌려, 어떤 곡에 대하여 자기들의 견해를 표하거나 찬탄하는 척하기를 삼갔으며, 자기들 집에 돌아와서는, 그 곡이 '비슈 씨'의 그림 못지않게 이해할 수 없었노라고, 내외가 서로에게 고백하곤 하였다. 일반 대중이, 자연의 매력과 우아함과 형태들 중, 어떤 예술이 서서히 흡수하여 동화시킨 상투적 표현에서 퍼올린 것만 아는지라, 그리고 독창적인 예술가는 그러한 상투적 표현들 거부하는 것을 최우선으로 삼는지라, 그러한 면에서는 대중의 전형이었던 꼬따르 씨 내외는, 뱅뙤이유의 쏘나따에서도, 화가의 초상화들 속에서도, 두 예술가에게는 음악적 조화와 회화의 아름다움을 구성하는 바로 그것을 발견하지 못하였다. 피아니스트가 쏘나따를 연주할 때, 두 내외가 보기에는, 그가 자기들에게 익숙해진 형태들에 실제로 연관되어 있지 않은 음들을 아무렇게나 피아노에 걸어놓는 것 같았으며, 화가는 여러 색들을 아무렇게나 캔버스 위에 뿌리는 것 같았다. 두 내외가 캔버스에서 어떤 형체를 알아볼 수 있게 되었을 때, 그들은 그 형체가 둔중해지고 상스러워졌다고(즉, 거리에서조차 살아움직이는 존재들을 그들에게 보여 주던 유파의 우아함이 결여되었다고) 여겼으며, 비슈 씨가 마치, 사람의 어깨가 어떻게 구성되었으며 여인들의 머리카락이 연보라색이 아니라는 사실을 몰랐을 것이라는 듯, 진실이 결여되었다고 생각하였다.

하지만 마침 '신도들'이 흩어진지라, 의사는 좋은 기회가 왔다고 여겼으며, 그리하여 베르뒤랭 부인이 뱅뙤이유의 쏘나따에 관해 마지막 한마디를 더 하는 동안, 수영을 배우기 위하여 물속으로 뛰어들기는 하되 자기를 보는 사람이 너무 많지 않은 순간을 고르는 초보자처럼, 급작스러운 결단을 내려 이렇게 소리쳤다.

"그렇다면 흔히들 최고의 음악가(di primo cartello)[50]라고 부르는 그런 사람이군!"

스완은, 뱅뙤이유의 쏘나따가 최근에 세상에 알려져, 가장 진보적인 어느 유파에게 강한 인상을 남겼으나, 대중에게는 전혀 알려지지 않았다는 사실만을 알게 되었다.

"뱅뙤이유라는 이름을 가진 어떤 사람을 제가 잘 압니다." 내 할머니 자매들의 피아노 선생을 뇌리에 떠올리며 스완이 말하였다.

"아마 그 사람일 거예요." 베르뒤랭 부인이 소리쳤다.

"오! 아닙니다." 스완이 웃으며 대꾸하였다. "부인께서 그 사람을 단 2분 동안만이라도 보셨다면, 부인 자신에게 그러한 질문을 던지시지는 않을 것입니다."

"그러면 질문을 던지는 게 곧 그것의 답을 발견하는 것인가요?"[51] 의사가 말하였다.

"하지만 하나의 친척일 수는 있습니다. 상당히 서글픈 일이기는 하지만." 스완이 그렇게 다시 말을 이었다. "여하튼 천재적 재능을 가진 사람도 어느 늙은 멍청이의 사촌일 수 있습니다. 만약 그렇다면, 고백하거니와, 그 늙은 멍청이가 저를 쏘나따 작곡자에게 소개하도록 하기 위하여, 저는 어떠한 고초라도 감당할 것입니다. 우선 그 늙은 멍청이를 자주 찾아가야 하는 고초를 감당해야 하는데, 그 일이 끔찍할 것 같습니다."

화가는, 그 무렵 뱅뙤이유의 병세가 매우 위중하며, 그리하여 의사 뽀땡이 그의 목숨을 구하지 못할까 근심하고 있다는 사실을 알고 있었다.

"뭐라고요? 아직도 뽀땡으로부터 진료를 받는 사람들이 있다니요!" 베르뒤랭 부인이 소리쳤다.

"아! 베르뒤랭 부인, 저의 동업자들 중 한 사람에 대하여 말씀하고 계시다는 사실을 잊으셨습니다. 아니, 저의 사부들 중 하나라고 해야겠군요." 꼬따르가 부자연스럽게 꾸민 어조로 말하였다.

화가는 뱅뙤이유가 정신착란 증세의 위험에 놓여 있다는 말을 일찍이 들었노라고 하였다. 그러면서, 그러한 징후를 그가 작곡한 쏘나따의 특정 악절들에서 감지할 수 있다고 단언하였다. 스완은 그러한 언급을 터무니없다고 생각하지는 않았으나, 그 언급이 그의 마음을 뒤흔들었다. 왜냐하면, 하나의 순수음악 작품이란 일체의 논리적 관계를 내포하지 않고, 그러한 관계의 변질이 일반 언어에서는 곧 광증의 징표인지라, 하나의 쏘나따에서 확인된 광증이 그에게는, 신비하지만 실제로 관찰되곤 하는, 암캐의 광증이나 말의 광증처럼 신비한 무엇으로 보였기 때문이다.

"내 앞에서는 당신의 그 사부들 이야기 꺼내지 말아요, 당신이 당신의 사부보다 열 배는 더 잘 알아요." 자기의 소신을 끝까지 굽히지 않고 자기와 다른 견해를 가진 사람에게 과감히 맞서는 이의 어조로, 베르뒤랭 부인이 의사 꼬따르에게 대꾸하였다. "당신은 적어도 당신의 환자들을 죽이지는 않아요!"

"하지만 부인, 그는 학술원 위원입니다." 의사가 빈정거리는 어조로 반박하였다. "혹시 어떤 환자가 과학의 군주들 중 하나의 손에 의해 죽임 당하는 편을 택한다면…. 이렇게 말할 수 있으면 훨씬 더 멋있을 것입니다. '나를 진료하는 사람은 뽀땡이야.'"

"아! 그것이 더 멋있다고요?" 베르뒤랭 부인이 말하였다. "그렇다면 이제는 질환에도 멋이 있나요? 내가 그것은 몰랐어요…. 당신이 정말 나를 즐겁게 해주시는군!" 그녀가 자기의 두 손에 얼굴을 처박으면서 급작스럽게 소리쳤다. "그런데 나는, 이 착한 멍청이는, 당신이 나를 나무 위로 올라가게 하는[52] 것도 눈치채지 못한 채, 진지하게 토론을 벌이고 있었어요."

한편 베르뒤랭 씨는, 그토록 하찮은 일에 웃기 시작하는 것이 조금 피곤한 짓이라 여긴지라, 친절 경쟁에 있어서는 더 이상 자기의 처를 따라잡을 수 없다는 구슬픈 상념에 잠겨, 자기의 담배 파이프에서 연기를 한입 빨아들였다가 내뿜는 것으로 만족하였다.

"당신의 친구가 우리들 마음에 썩 들어요." 오데뜨가 좋은 저녁 보내시라고 하면서 작별인사를 할 때, 베르뒤랭 부인이 그녀에게 말하였다. "그 사람은 순진하고 매력적이에요. 혹시 그와 같은 친구들을 우리에게 소개하고 싶으면, 언제든지 데리고 와요."

하지만 스완이 피아니스트의 숙모를 별로 마땅치 않게 여겼다고 베르뒤랭 씨가 지적하였다.

"그 사람에게는 조금 낯설었을 거예요." 베르뒤랭 부인이 그 말에 대꾸하였다. "하지만 당신도 그가, 여러 해 전부터 우리의 작은 동아리의 일원인 꼬따르처럼, 처음부터 벌써 이 집 사람의 태도를 취하는 것은 원치 않을 거예요. 첫 번은 중요하지 않아요. 말문을 열게 하여 그에 대해 알아보는 데는 유익했어요. 오데뜨, 그가 내일 샤뜰레[53]에 와서 우리들과 다시 만나기로 되어 있어요. 당신이 가서 그를 데리고 오면 어떻겠어요?"

"그럴 수 없어요. 그가 원하지 않아요."

"아! 여하튼 뜻대로 해요. 그가 마지막 순간에 '놓아버리지만' 않으면 돼요!"

그가 결코 '놓아버리지' 않는지라, 베르뒤랭 부인이 크게 놀랐다. 그는 어디에서든 그들과 합류하였다. 때로는 아직 철이 아닌지라 사람들이 별로 찾지 않던 빠리 근교의 식당에서 그들과 어울리는가 하면, 베르뒤랭 부인이 매우 좋아하던 극장에서 특히 자주 어울렸다. 그리하여 어느 날, 그녀의 집에서, 그녀가 그의 앞에서 말하기를, 연극 초연일 등 특별 공연일에는 경찰이 발급하는 자유 통행증이 자기들에게 매우 유용하며, 강베따의 장례식이 있던 날 저녁에는 그것이 없어서 몹시 난처했노라고 하자,[54] 자기의 화려한 교분들에 대해서는 결코 아무 말도 하지 않되, 오직 자기가 보기에 변변치 않다고 여기며 따라서 구태여 감추는 것이 품위 있는 처사가 아니라고 여기던 교분들만을 발설하던 스완이—쌩-제르맹 구역 사교계에서 그가 관변 인사들과의 교분을 그 변변치 않은 교분들 중 하나로 여기는 비릇을 얻었던지라—그녀의 말에 선뜻 대꾸하였다.

"부인께 약속 드리거니와 그 문제는 제가 맡아 해결하겠습니다. 『다니세프』 재상연일에 맞춰[55] 통행증을 구해 드리겠습니다. 제가 내일 엘리제 궁[56] 오찬에 시경국장과 함께 참석할 예정입니다."

"엘리제 궁에서라니, 어떻게?" 의사 꼬따르가 벼락치듯 소리쳤다.

"그렇습니다, 그레비 씨 관저에서." 자기의 말이 남긴 여운에 조금 거북해진 듯한 어조로 스완이 대꾸하였다.

그러자 화가가 의사에게 농담조로 한 마디 던졌다.

"그런 발작 증세가 자주 일어납니까?" 꼬따르는 대개 설명을 한 번 들으면 '아! 좋아요, 좋아요, 알았어요' 하면서 더 이상 놀란 기색을 보이지 않는 것이 보통이었다. 그러나 이번에는, 스완의 마지막 말이 그를 평소처럼 진정시키는 대신, 자기와 함께 저녁식사를 하고 있는 사람이, 하등의 공적인 직책도 없고 저명하지도 않으면서 국가원수와 교제한다는 사실 때문에, 그를 놀라움의 절정으로 이끌어갔다.

"그레비 씨라니, 그게 무슨 말씀이오? 그레비 씨를 개인적으로 아신다는 말씀이오?" 그가 어이없고 믿지 못하겠다는 기색으로 스완에게 말하였으며, 그 순간 그의 기색은, 낯선 남자 하나가 나타나 공화국 대통령을 만나겠노라고 하자, '자기가 어떤 사람을 상대하고 있는지'를 즉시 간파하고(신문들이 자주 사용하는 표현이다), 가엾은 미친 사람에게 대통령께서 곧 그를 접견하실 것이라고 안심시킨 다음, 그를 수용소의 특별 의무실로 데려가는 빠리 경찰대원의 기색이었다.

"그와 약간의 친분이 있습니다. 우리들 두 사람이 사귀는 공통의 친구가 있습니다(그 친구가 웨일스 대공이라는 말은 감히 하지 못하였다). 게다가 사람들을 초대함에 그는 까다롭지 않습니다. 그리고 말씀드리거니와, 그러한 오찬에 재미있는 것이라곤 전혀 없습니다. 참석자들 모두가 지극히 소박하고, 식탁에 둘러앉는 사람들의 수가 절대 여덟을 넘지 않습니다." 공화국 대통령과의 친분이 자기의 대화 상대자의 눈에 지나치게 눈부셔 보일 듯한 것을 지워버리려 애쓰면서 스완이 대꾸하였다.

꼬따르는 즉시, 스완이 한 말을 믿어, 그레비 씨의 관저에 초대 받는 것의 가치에 관해 다음과 같은 견해를 갖게 되었던 바, 그것을 사람들이 별로 갈망하지 않으며, 거리 아무곳에서나 눈에 띄는 것쯤으로 여기게 되었다. 그리하여 그 이후부터는, 스완이나 다른 어떤 사람이 엘리제 궁에 드나든다는 사실에 더 이상 놀라지 않을 뿐만 아니라, 초대된 사람이 지루하다고 고백한 그러한 오찬에 참석해야 하는 사람들을 얼마간은 동정하기까지 하였다.

"아! 좋아요, 좋아, 됐어요." 조금 전까지 의심하는 듯하다가, 설명을 들은 후, 사증(査證)을 발급하고, 여행 가방을 열어 보지도 않은 채 통관시키는 세관원의 어조로 그가 말하였다.

"아! 저는 당신의 말씀을 믿어요. 그러한 오찬이 재미없을 것은 뻔해요. 그렇건만 그것에 참석하러 가시다니, 당신은 후덕한 분이세요." '신도들'을 상대로 사용할 경우, 그들로 하여금 자기들을 '놓아버리게' 할 유혹과 강제 수단들을 갖추었던지라, 공화국 대통령을 특히 두려워해야 할 '귀찮은 사람'으로 여기던 베르뒤랭 부인이 말하였다. "그 사람은 항아리처럼 귀머거리이고 음식을 손가락으로 먹는다고들 하더군요."[57]

"사실 그렇다면 그곳에 가시는 것이 별로 재미있지는 않겠습니다." 의사가 동정하는 듯한 어조로 말하였다. 그러더니, 오찬에 참석하는 사람들이 여덟이라는 숫자를 상기하였음인지, 어중이떠중이 구경꾼의 단순한 호기심보다는 언어학자의 열성에 이끌려 급작스럽게 물었다. "그것이 친밀한 사람들끼리의 사적인 오찬입니까?"

하지만 그가 보기에 공화국 대통령의 위세가 스완의 검손함도 베르뒤랭 부인의 악의도 뛰어넘는지라, 저녁식사 때마다 꼬따르가 첨예한 관심을 드러내며 묻곤 하였다. "오늘 저녁에 스완 씨를 우리가 볼 수 있을까요? 그는 그레비 씨와 개인적인 친분을 맺고 있어요. 그가 바로 흔히들 젠틀맨이라고 부르는 그러한 사람이지요?" 그는 심지어 스완에게 치과 진료기구 전람회 초대장을 주기도 하였다. 그러면서 이렇게 말하였다.

"함께 오시는 분들도 모두 입장이 허락될 것입니다. 그러나 개들은 들어오지 못하게 합니다. 이해하시겠습니다만, 그 점을 말씀드리는 것은, 저의 친구들 중에 그 사실을 몰라 자신들의 손가락을 깨문[58] 사람들이 있기 때문입니다."

한편 베르뒤랭 씨는, 스완이 단 한 번도 입 밖에 내지 않던 세력가들과의 교분이 드러나, 그것이 자기의 처에게 좋지 않은 결과를 가져다주었음을 간파하였다.

밖에서 모임을 갖지 않을 경우, 스완이 그 '작은 핵'과 다시 합류하는 것은 베르뒤랭 내외의 집에서였다. 하지만 그는 저녁에만 왔고, 오데뜨의 간청에도 불구하고 그곳에서 저녁식사를 하겠다고 수락하는 경우는 거의 없었다.

"당신이 그 편을 택하신다면 제가 당신과 단 둘이 저녁식사를 할 수도 있어요." 오데뜨가 그에게 말하곤 하였다.

"그러면 베르뒤랭 부인에게는 뭐라고 하지요?"

"오! 아주 간단한 일이에요. 저의 드레스가 미처 준비되지 않았다든가, 마차가 늦게 도착하였노라고 하면 그만이에요. 항상 해결책은 있어요."

"마음씨가 곱군요."

그러나 스완은, 자기에게(오직 저녁식사 후에만 다시 만나기를 동의함으로써) 오데뜨와 함께 있는 것보다 더 좋아하는 즐거움이 있음을 보여 주면, 그에게로 향한 그녀의 욕구가 오랫동안 충족되지 못할 것이라고 생각하였다. 그리고 다른 한편, 오데뜨의 아름다움보다는, 장미처럼 싱싱하고 포동포동한 그리하여 자기가 반한, 어린 직공 아가씨의 아름다움을 훨씬 더 좋아하는지라, 초

저녁 시간은 그 아가씨와 함께 보내는 편을 택하였고, 게다가 오데뜨는 그 이후에도 볼 수 있을 것이라 확신하였다. 베르뒤랭 내외의 집에 가기 위하여 오데뜨가 자기를 데리러 오는 것을 한사코 허락하지 않은 것도 같은 이유에서였다. 어린 여직공이 그의 집 근처, 그의 마부 레미가 잘 아는 길 모퉁이에서 그를 기다리다가, 스완의 옆자리에 올라, 마차가 베르뒤랭 내외의 집 앞에서 다시 멈출 때까지 그의 품속에 머물곤 하였다. 그가 들어서면, 당일 아침 그가 보낸 장미꽃들을 가리키며 베르뒤랭 부인이, '저의 꾸지람을 들으셔야겠어요' 하고 나서 오데뜨의 옆자리를 권하고, 그동안 피아니스트는 두 사람을 위하여, 그들 사랑의 국가(國歌)와 같았던 뱅뙤이유의 소악절을 연주하곤 하였다. 피아니스트는 바이올린 트레몰로의 지속음으로 시작하였고, 처음 몇 마디 동안은 최전경(最前景)을 차지하던 그 음만이 들리더니, 그 다음 문득 트레몰로가 양쪽으로 갈라져 물러서는 듯하고, 살짝 열린 문의 좁은 문틀로 인해서 깊은 원경(遠景)이 생긴 피터 데 호흐의 그림들 속에서처럼,[59] 아주 멀리에서, 다른 색조를 띠고, 스며든 빛의 벨벳 질감 속으로, 춤추는 듯하고, 목가적이고, 삽입되고, 우연적이고, 전혀 다른 세계에 속하는, 그 소악절이 모습을 드러내곤 하였다. 그런 다음, 단순하되 불후의 잔물결 형태를 이루어, 여기저기에 그 우아함의 선물을 나누어주면서, 형언할 수 없는 미소를 띤 채 지나가곤 하였다. 하지만 스완은 이제 그 속에서 환멸 같은 것이 발견되는 것을 느끼곤 하였다. 자신이 행복의 길을 보여 주면서도, 그 악절은, 그러한 행복의 허망함을 알고 있는 것 같았다. 그 악절은 자신의 가벼운 우아함 속에, 슬픔에 뒤이어 나타나는 초탈 같은, 완성된 그 무엇을 가지고 있었다. 하지만 그러한 점이 그에게는 별로 중요하지 않았다. 그는 그 악절을, 그것 자체로서보다는—즉 그것을 작곡하던 당시, 스완과 오데뜨가 존재한다는 사실을 몰랐던 음악가에게 그것이 의미할 수 있었을, 그리고 차후 여러 세기에 걸쳐 그것을 들을 사람들에게 의미할 수 있을 것 자체로서보다는—하나의 보증서처럼, 베르뒤랭 내외나 어린 피아니스트마저도 오데뜨와 동시에 그를 생각하게 해주며, 그 두 사람을 결합시켜 주는, 그의 사랑이 남긴 추억의 선물로 여겼다. 그리하여, 그 악절밖에 모르던 쏘나따 전곡을 어느 연주가로 하여금 연주하게 하려던 계획을, 제발 그만두라는 오데뜨의 뜻하지 않던 간청에 따라 포기할 정도였으며, 오데뜨가 그에게 한 말은 이러했다. "도대체 나머지 부분이 무엇에 필요한가요? '우리의' 악절은 이것뿐이에요." 그리고 심지어, 그 악절이 그토록 가까이 스쳐 지나가되 무한 속으로 사라지는 순간, 그것이 자기들 두 사람을 향해 말하면서도 자기들을 모른다는 생각에 괴로워하면서, 그것이 하나의 의미를, 그들과는 무관한 하나의 내재적이며 고정된 아름다움을 가지고 있다는 사실을 거의 애석하게 여겼으며, 그것은 마치, 우리가 선물로 받은 보석들 속에서, 혹은 심지어 사랑하는 여인이 쓴 편지들 속에서 발견된, 보석의 높은 순도와 탁월한 어휘들이, 덧없는 사랑이나 특정 인물의 진수로만 형성되지 않았다 하여, 그 순도와 어휘들에 불만을 품는 것과 같았다.

그가 베르뒤랭 내외의 집에 가기 전에 어린 여직공 아가씨와 어울려 너무 지체하였던지라, 피아니스트가 소악절을 연주하고 난 다음에는, 오데뜨가 곧 돌아가야 할 시각임을 스완이 간파할 때가 자주 있었다. 그가 오데뜨를, 개선문 뒤, 라 뻬루즈 로에 있는, 그녀의 작은 저택 출입문까지 데려다주곤 하였다. 그녀를 더 일찍 만나 베르뒤랭 내외의 집에 그녀와 함께 가는 즐거움을, 즉 그에게는 덜 필요한 즐거움을, 그녀도 인정하던 함께 돌아가는 권리, 그리고 그 덕분에 아무도 그녀를 만날 수 없고, 두 사람 사이에 끼어들 수 없으며, 자기가 그녀와 헤어진 후에도 그녀가 여전히 자기와 함께 있는 것을 방해할 수 없기 때문에 그가 더 큰 가치를 부여하던 그 권리의 행사를 위하여 희생한 것은, 아마 그러한 이유 때문에, 즉 그녀에게 모든 호의를 요구하지 않기 위해서였을 것이다.

그렇게 그녀는 스완의 마차를 타고 돌아오곤 하였다. 그러던 어느 날 저녁, 그녀가 마차에서 내린 직후 그가 다음 날 만나자며 작별인사를 하려는데, 그녀가 집앞에 있는 작은 정원에서 마지막 남은 국화꽃을 꺾어, 그가 다시 떠나기 전에 그에게 주었다. 그는 자기의 집으로 돌아가는 동안 내내 그 꽃을 자기의 입에 밀착시켰고, 몇일 후 그것이 시들자, 자기의 책상 서랍 속에 소중하게 간직하였다.

하지만 그가 그녀의 집 안으로는 들어가지 않았다. 다만 오후에 두 번, 그녀에게는 그 무엇보다도 중요한 활동인 '차 마시는' 행사에 참석하러 간 적이 있었다. 그 짧은 길들의 후미짐과 황량함(그 거리의 평판이 좋지 않던 시절의 역사적 증언자이며 불결한 잔재인 구멍가게가 문득 나타나 그 단조로움을 깨뜨리는, 작은 집들이 서로 잇닿아 형성한 골목길들이다), 정원과 나무들에 남아 있는 눈, 계절의 단정치 못한 차림, 그 자연에 가까운 광경 등이, 그가 안으로 들어가면서 발견한 따스함과 꽃들에게 더욱 신비한 그 무엇을 주었다.

지표면보다 높게 돋군 아래층에, 그 창문이 집앞 골목과 평행을 이루고 있던 뒷골목으로 나 있는 오데뜨의 침실을 왼쪽으로 끼고, 동방의 천들과 터키산 묵주들이 늘어져 있으며 커다란 일본 램프 하나가 가는 비단 끈에 매달려 있는(그러나 방문객들로부터 서양 문명의 최신 편의를 빼앗지 않기 위하여 가스로 불을 켠), 어두운 색으로 칠한 벽들 사이로, 곧은 층계 하나가 큰 응접실과 작은 응접실로 이어져 있었다. 그 두 응접실에 이르기 전에 좁은 현관 하나가 나타났고, 정원용 철망을 격자형으로 설치한 현관의 황금색 벽을 이 끝에서 저 끝까지 장방형 궤짝 하나가 뱃전처럼 장식하고 있었으며, 궤짝에는, 마치 온실 속에서처럼, 그 시절에는 아직 희귀했으되 훗날 원예가들이 개량에 성공한 품종들에는 훨씬 못미치는, 송이 굵직한 국화꽃들이 하나의 줄을 이루며 피어나고 있었다. 한 해 전부터 사람들 사이에서 국화꽃이 유행하는 것을 스완이 못마땅하게 여기던 차였으나, 이번만은, 회색빛 일광 속에서 빛나는 그 덧없는 별들의 향기로운 광선들에 의해, 분홍색과 오렌지색과 백색으로 얼룩덜룩해진[60] 실내의 어슴푸레한 빛을 보면서 즐거움을 느꼈다. 오데뜨가 분홍색 비단으로 지은 실내 가운 차림으로 그를 맞았고, 그녀의 목과 팔이 드러나 있었다. 그녀가 응접실의 움푹 들어간 구석에 꾸민 여러 신비한 은신처들 중 하나로 그를 인도하여 자기 곁에 앉게 하였는데, 그 은신처들은, 중국산 화분 넣는 장식용 그릇으로 밑동을 장식한 거대한 종려나무들이나, 사진들과 매듭 리본들과 각종 부채들을 고정시켜 장식한 병풍들에 의해, 아늑하게 가려져 있었다. 그녀가 그에게 말하였다. "그렇게 앉으시면 편안하지 않아요, 기다리세요, 제가 편안하게 해드리겠어요." 그러더니, 자기만의 특별한 방법이라도 고안해 낸 듯, 자랑스럽게 킥킥거리면서 스완의 머리 뒤와 발 밑에 일본산 비단 방석들을 놓아주었고, 그것들을 반죽 주무르듯 하는 것으로 보아, 그녀가 그 귀중품들을 아끼지 않고, 그것들의 가격에 개의치 않는 것 같았다.

그러나 침실 하인이, 거의 모두 중국제 장식용 도자기에 담겨 제각기 혹은 짝을 이루어 빛을 내고 있던 많은 램프들을 차례로 가져와, 그것들이 모두 각양각색의 가구들 위에서, 마치 제단들 위에서처럼, 거의 밤에 가까운 겨울 오후 끝자락의 황혼 속에 더 오래 가고, 더 불그레하며, 더 인간적인 석양녘을 다시 나타나게 할 때면,―그리고 아마 다시 밝혀진 유리창들이 드러내면서 동시에 감추는 실재(實在)의 신비 앞에서 걸음을 멈춘, 어느 연정에 사로잡힌 사람으로 하여금 길에 서서 몽상에 잠기게 하면서―하인이 그것들을 각각의 자리에 제대로 놓는지 보기 위하여, 그녀가 곁눈질로 하인을 엄히 감시하였다. 그녀는, 단 하나의 램프라도 제자리에 놓이지 않을 경우, 자기 응접실의 전체적인 조화가 파괴되고, 플러시 천을 씌운 비스듬한 받침대 위에 놓인 자기의 초상화가 제대로 조명 받지 못할 것이라 생각하였다. 그리하여 그녀는 그 거친 남자의 움직임 하나하나를 열띤 시선으로 따라다녔고, 혹시 누가 손상을 입히지 않을까 두려워 자기가 손수 닦는 두 화분 곁으로 그가 너무 가까이 지나갔다고 그를 심하게 나무라는가 하면, 그가 혹시 귀퉁이를 깨뜨리지 않았나 보려고 그것들에게로 다가가서 들여다보기도 하였다. 그녀는 자기의 모든 중국산 골동품들의 형태가 '재미있다'고 하였다. 또한 난초꽃들의 형태도 그렇다고 하였는데, 특히 카틀레이야[11]의 꽃 모양이 더욱 그러하며, 그것들이 일반 꽃들을 닮지 않고, 비단천으로, 새틴으로, 만든 것 같다는 특징을 가지고 있어, 국화꽃과 함께 자신이 가장 좋아하는 꽃이라고 하였다. "저것은 저의 외투 안감에서 잘라낸 것 같아요." 그녀가 카틀레이야 한 송이를 가리키면서, 그토록 '멋진' 그 꽃에 대한 존경심 어린 어조로, 생물들의 진화 단계 속에서는 자기로부터 까마득히 멀리 있으되 하도 세련되어 다른 많은 여인들보다 훨씬 더 자격이 있다고 여겨 자기의 응접실에 자리 하나를 마련해 준, 자연이 자기에게 선사한 우아하고 예상치 못하던 그 자매에 대한 존경심 어린 어조로, 스완에게 말하였다. 도자기 꽃병을 장식하거나 장막에 수놓은 불꽃 혀를 가진 키마이라[62]들과, 난초꽃 다발의 꽃부리들, 벽난로 위에 비춰 두꺼비와 나란히 놓인, 루비 눈알을 박은 눈 언저리를 검은색 에나멜로 상감한 은제 단봉낙타 등을 번갈아 그에게 가리키면서, 그녀는 괴물들의 사나움을 두려워하는 시늉을 하다가는 그것들의 익살맞은 몸짓에 웃는 시늉을 하는가 하면, 꽃들의 외설스러움[63]에 얼굴을 붉히는 척하다가는 자기가 '사랑스러운 것들'이라 부르던 단봉낙타와 두꺼비[64]를 포옹하고 싶은 억제할 수 없는 욕망을 느끼는 척하기도 하였다. 또한 짐짓 꾸민 그러한 시늉들이, 그녀가 가지고 있던 몇몇 믿음들의 진지함과, 특히 옛날 그녀가 니쓰에 살던 시절 그녀의 치명적인 병이 치유되게 하였다는 라게의 노트르-담므 교회당[65]에 대한 믿음의 진지함과 좋은 대조를 보였는데, 그녀는 그 교회당을 새긴 황금 메달에 무한한 능력이 있다고 믿었다. 오데뜨가 스완에게 '자기의' 차를 대접하며 물었다. "레몬 혹은 크림?" 그가 '크림'이라고 대답하자, 그녀가 웃으며 말하였다. "구름 한 조각!" 또한 그가 그러한 차가 좋다고 하자 이렇게 말하였다. "보시다시피, 당신이 무엇을 좋아하시는지 제가 알지요." 그 차가, 그녀에게 그랬던 것처럼, 그에게도 정말 진귀한 그 무엇처럼 보였으며, 사랑이라는 것이 쾌락(사랑 없이는 성립되지 않고 사랑이 끝남과 동시에 끝나는) 속에서 하나의 증명서 혹은 그것이 지속되리라는 하나의 담보 발견하기를 어찌나 갈망하는 법인지, 그가 자기의 집에 돌아가 야회복으로 갈아입기 위하여 일곱 시에 그녀와 헤어진 후, 마차를 타고 가는 동안 내내, 그 오후가 자기에게 안겨 준 기쁨을 억제하지 못하며, 홀로 중얼거리기를 반복하였다. "그 집에 들러 좋은 차를, 그 귀한 것을 맛볼 수 있는, 아담한 여인 하나 둔다는 것은 기분 좋은 일이야." 한 시간 후 그는 오데뜨로부터 짤막한 편지 한 장을 받았고, 커다란 글씨체를 즉시 알아보았으며, 그 글씨체 속에서는, 브리튼적 경직성을 짐짓 드러내려는 태도가, 그보다 호감을 덜 품은 이들의 눈에는 사유의 무질서나 교육의 부족 내지 솔직성과 의지의 결여를 의미할 수도 있을 형태 잡히지 않은 글자들에게, 엄정한 규율의 외양을 억지로 부여하고 있었다. 스완이 오데뜨의 집에다 자기의 담배 케이스를 놓아두었다는 것이다. "그 속에다 당신이 가슴도 놓아두고 가셨다면, 당신이 담배 케이스를 다시 가져가시도록 하지 않았을 거예요."

그의 두 번째 방문이 아마 더 중요했을 것이다. 그날 그녀의 집으로 가면서, 그녀를 보아야 할 때마다 매번 그랬듯이, 그는 미리 그녀를 뇌리에 떠올렸다. 그런데, 그녀의 얼굴이 귀엽다고 여길 수 있기 위해서는, 자주 노란색을 띠고 나른하며 때로는 작고 붉은 반점들이 여기저기 나타나는 그녀의 두 볼을, 오직 싱싱하고 분홍색을 띤 광대뼈까지만 한정시켜 상상해야 하는 그의 처지가, 이상에는 도달할 수 없고 행복은 보잘것없다는 증거처럼 그를 몹시 슬프게 하였다. 그는 그녀가 보고 싶어하던 판화 한 장을 가지고 갔다. 그녀는 몸이 조금 불편하다 하였고, 중국산 엷은 자주색 비단으로 지은 가벼운 실내 가운 차림으로 그를 맞으면서, 화려하게 수놓인 천 한 자락을 외투인 양 자기의 젖가슴 위로 끌어올렸다. 그의 옆에 서서, 풀어헤친 머리채가 볼을 따라 흐르듯 늘어지게 내버려 둔 채, 활기를 띠지 않았을 때에는 지치고 침울해 보이는 그 커다란 눈으로, 머리를 숙여 들여다보려는 판화 쪽으로 힘들이지 않고 몸을 기울이기 위하여, 가볍게 춤을 추는 듯한 자세로 다리 하나를 구부리는 그녀의 모습이, 씩스티나 예배당의 어느 벽화[66] 속에서 볼 수 있는 이트로의 딸 시뽀라의 모습과 어찌나 흡사한지, 스완은 강한 충격을 받았다. 스완은 거장들의 그림 속에서, 우리를 둘러싸고 있는 현실의 보편적인 성격들뿐만 아니라, 우리가 평소에 알고 지내는 얼굴들의 개별적인 모습 등, 반대로 보편성이 가장 희박해 보이는 것까지 다시 발견하기를 좋아하는 특이한 취향을 가지고 있었다. 그리하여, 안또니오 리쪼가 조각한 베네치아 총독 로레다노의 흉상[67]에서, 광대뼈의 돌출이나 눈썹의 비스듬한 곡선 등, 자기가 부리던 마부 레미와의 명백한 유사점들을, 기를란다요 같은 이의 채색화[68]에서 빨랑씨 씨의 코를, 그리고 띤또레또가 그린 어느 초상화[69]에서 의사 불봉의 볼살을 점령해 들어오는 구레나룻이나 코의 균열 및 꿰뚫는 듯한 시선과 충혈된 눈꺼풀 등을 발견하곤 하였다. 자기의 삶을 사교계에서의 교류나 대화에 한정시켰다는 가책감을 항상 간직하고 있었던지라, 그는 아마, 위대한 예술가들 역시 자기들의 작품에 현실과 삶의 기이한 증명서를, 하나의 현대적인 풍미를, 주는 그러한 얼굴들을 즐겁게 관찰하고 그 얼굴들을 작품에 포함시켰다는 사실에서, 그들에 의해 자기에게 인정된 일종의 관대한 용서를 발견할 수 있다고 믿었을 것이다. 또한 아마, 자신이 사교계 사람들의 경박함에 하도 휩쓸려들도록 내버려 두었던지라, 하나의 옛 작품 속에서 오늘날의 인물들에 대한 예언적이고 갱신적인 암시를 발견할 욕구를 절감하였을지도 모른다. 혹은 아마 그 반대로, 그가 어느 옛 초상화와 그것이 표상하지 않는 인물 간의 유사함 속에서, 뿌리 뽑히고 해방된 여러 개별적 성격들을 포착하기 무섭게, 그것들이 더 보편적인 의미 하나를 획득하면서 그의 내면에 기쁨을 태동시킬 만큼, 그가 예술가의 천성 하나를 충분히 간직하고 있었을지도 모른다. 어하튼, 그리고 얼마 전부터 그가 느끼게 된 인상들의 팽배된 풍요로움이, 비록 그것이 음악에 대한 사랑과 함께 그에게 왔다 할지라도, 아마 그림에 대한 그의 취향까지 풍요롭게 해주었던지라, 그 순간 그가 싼드로 디 마리아노(보띠첼리라는 대중적인 별명이 그 화가의 진정한 작품 대신 그의 작품에 대한 지속하고 왜곡된 통속적 생각을 상기시키게 된 이후부터는, 흔히들 그에게 그 별명 부여하기를 더 좋아한다)[70]가 그린 씨뽀라와 오데뜨 간의 유사함 속에서 발견한 희열이 더욱 깊었고, 장차 스완에게 지속적인 영향을 끼치게 되어 있었다. 그는 오데뜨의 얼굴을 더 이상, 그 두 볼의 다소 좋은 질에 입각해서도, 혹시 그녀를 감히 포옹하게 된다면 자기의 입술이 닿으면서 그것들에서 느낄 수 있으리라 가정하던 순전한 살의 부드러움에 입각해서도 평가하지 않고, 그녀의 유형이 이해 가능하고 명료해진 그녀의 초상화를 보고 그랬을 것처럼, 그의 시선이 그 감김 곡선을 따라가면서, 목덜미의 리듬을 머리카락들의 분출과 눈꺼풀들의 굴곡에 합류시키면서 풀어낸, 정묘하고 아름다운 선들의 실타래로 여겨 평가하였다.

그가 그녀를 응시하고 있노라면, 벽화의 편린이 그녀의 얼굴과 몸뚱이에 어른거렸고, 그 이후부터는, 자신이 오데뜨의 곁에 있건 혹은 단지 그녀를 생각만 힐 때건, 그녀의 일굴과 몸뚱이에서 벽화의 편린을 찾으러 애를 썼으며, 또한 그가 휘렌체의 걸작품[71]에 애착하는 것이 비록 의심할 나위 없이 그 편린을 그녀에게서 다시 발견했기 때문이라 할지라도, 그러한 유사점이 그러나 하나의 새로운 아름다움을 그녀에게 부여하였고, 그녀를 더욱 귀한 존재로 만들었다. 스완은 위대한 싼드로의 눈에도 사랑스러워 보였을 존재의 진가를 미처 알아보지 못하였던 자신을 나무랐고, 오데뜨를 보며 느끼는 기쁨이 자신의 미학적 교양 속에서 하나의 변론을 찾았다는 점에 만족해하였다. 그는 오데뜨에 대한 상념을 자기의 행복에 대한 꿈과 결합시킨 것이, 자기가 지금까지 믿어 왔던 것처럼 그토록 불완전한 임시변통을 마지못해 감수한 짓은 아니라고 생각하였다. 그녀가 그의 가장 세련된 예술적 취향을 만족시켜 주었으니 말이다. 그는 오데뜨가 그렇다 하여 그의 욕망에 더 부응하는 여자가 된 것은 아니라는 사실을 망각하고 있었다. 그의 욕망이 항상 그의 미학적 취향과는 정반대쪽을 향하고 있었으니 말이다. '휘렌체의 작품'이라는 말이 스완에게 큰 도움을 주었다. 그 말이, 하나의 작위처럼, 그로 하여금 오데뜨의 영상을, 그녀가 아직까지는 접근조차 하지 못하였으되 이제는 그 속에서 스스로에게 고결함이 배어들게 한, 꿈의 세계 속으로 침투시키도록 허락하였다. 또한, 그가 목격한 그 여인의 순전한 육체적 외양이, 그녀의 얼굴과 몸뚱이와 전체적 아름다움의 질에 대한 의구심을 끊임없이 반복하여 불러일으키면서, 그의 사랑을 약화시키고 있었던 반면, 그가 그 외양 대신에 의심할 여지 없는 심미적 원칙들[72]을 근거로 삼자, 의구심이 즉각 파괴되고 사랑이 확고해졌다. 뿐만 아니라, 하나의 망가진 살[73]에 의해 그에게 허락되었을 경우 자연스럽고 변변찮아 보였을 입맞춤과 육체적 관계가, 미술관에 있는 어느 작품에 대한 열렬한 찬미에 왕관을 씌워 마무리 장식을 한다면, 그 입맞춤과 육체적 관계가 틀림없이 초자연적이고 지극히 감미로워 보였을 것이다.

그리고 자신이 수개월 전부터 오데뜨 만나는 것 이외에는 아무 일도 하지 않았다는 가책감이 꿈틀거리려 할 때마다, 그는 자신에게 말하기를, 색다르고 특별한 풍미있는 하나의 질료 속에, 자신이 때로는 예술가의 겸허함과 구도자의 자세와 무사무욕의 마음으로, 때로는 수집가의 오만과 이기주의와 관능적 욕구에 휩쓸려, 한 번쯤 침몰한 채, 가치를 이루 가늠조차 할 수 없을 만큼 진귀한 걸작품에 자기의 많은 시간을 바치는 것이 사리에 합당하다고 하였다.

그는 이트로의 딸 모습을 복사한 사진 하나를 오데뜨의 사진인 양 자기의 책상 위에 놓아두었다. 그리고 커다란 눈, 결함 있는 피부를 짐작할 수 있게 해주는 연약한 얼굴, 지친 듯한 볼을 따라 늘어진 머리채의 경이로운 곱슬거림을 찬미하곤 하였으며, 이전에는 미학적인 측면에서만 아름답다고 여겨오던 것을 실제 살아 있는 한 여인에게 접합시킴으로써, 그 아름다움을 육체적 장점들로 변형시켰고, 그 장점들이 장차 자신이 품에 안을지도 모를 여인 속에 집결되어 있음을 깨닫고 기뻐하였다. 이트로의 딸이라는 그림을 탄생시킨 육체적인 원형을 알게 된 이제, 평소 우리가 바라보는 어느 걸작품으로 우리를 이끌어가는 그 막연한 친근감이 문득 하나의 욕망으로 변하였고, 그 욕망이 오데뜨의 몸뚱이가 처음에는 그에게 불어넣지 못하던 욕망을 대신하게 되었다. 그는 보띠첼리의 작품 사진을 오랫동안 응시할 때마다 자기의 살아 있는 보띠첼리를 뇌리에 떠올리면서 그녀가 더 아름답다 생각하였고, 그리하여 시뽀라의 사진을 자신의 몸 가까이로 끌어당기면서, 자기가 오데뜨를 자기의 가슴팍에 껴안는 것으로 믿었다.

그러나 한편, 그가 예방하려고 애쓰던 것은 오데뜨가 그에 대하여 느낄 피로감뿐만 아니라, 그가 가끔 느끼던 그 자신의 피로

감이기도 했다. 오데뜨가 그를 아주 쉽게 볼 수 있게 된 이후부터 그녀가 그에게 특별히 할 말을 가지고 있는 것 같지 않음을 느낀 그는, 그들이 함께 있을 때 그녀가 드러내는 무의미하고 단조로우며 영영 고착된 듯한 태도들이 결국, 언젠가는 그녀가 자기에게 열렬한 사랑을 고백하리라는 희망을, 그로 하여금 연정에 사로잡히게 하였고 그의 연정을 보존시켜 준 유일한 동인이었던 그 희망을, 그의 내면에서 소멸시키지 않을까 두려워하였다. 그리하여, 오데뜨의 지나치게 틀에 박힌, 따라서 그가 피로감을 느끼게 되지 않을까 두려워하던, 심적 국면을 조금 갱신시켜 주기 위하여, 그는 가장된 실망감과 노기로 가득찬 편지 한 통을 써서, 그것을 저녁식사 전에 불쑥 그녀에게 보냈다. 그는 그녀가 편지를 받고 크게 두려워하며 그에게 답장을 쓸 것을 알고 있었을 뿐만 아니라, 그를 잃지 않을까 하는 두려움이 그녀의 영혼에 일으킬 긴장으로부터 그녀가 아직 한 번도 그에게 하지 않은 말들이 분출할 것이라 기대하였다. 그리고 실제 그러한 방법으로, 그녀가 아직까지 그에게 보내지 않았던 가장 다정한 편지들을 얻어냈으며, 그것들 중 하나인, 그녀가 정오에 '메종 도레'[74]로부터 사람을 시켜 보낸(무르씨아 지방의 수재민들을 위하여 개최한 '빠리-무르씨아' 자선 잔치가 있던 날이었다)[75] 편지는 이러한 말로 시작되었다. "나의 벗님, 손이 하도 심하게 떨려 글씨를 쓰기가 힘들 지경이에요." 그는 그 편지를 마른 국화꽃과 함께 서랍 속에 간직하였다. 혹은 그녀가 답장을 쓸 여가를 내지 못할 경우, 그가 베르뒤랭 내외의 집에 도착하기 무섭게 그녀가 서둘러 그에게로 다가가서 '드릴 말씀이 있어요'라고 말할 것이며, 그러면 그는 그녀의 얼굴과 언사에서 그녀가 그때까지 가슴속에 감추어두었던 것을 호기심 가득한 눈으로 응시하게 될 것이라 기대하였다.

베르뒤랭 내외의 집에 가까이 가기만 하여도, 덧창들을 결코 닫는 일 없는 커다란 창문들이 램프들에 의해 환하게 밝혀진 것을 볼 때마다, 그는 자기가 곧 보게 될, 램프들의 황금색 불빛 속에서 활짝 피어 있을 매력적인 존재를 생각하며 감동에 젖곤 하였다. 이따금씩 손님들의 그림자가 가늘고 검게 부각되어 스크린처럼 램프들 앞에서 어른거렸고, 그것들은 마치, 나머지 다른 조각들로 이루어진 그저 밝은 빛일 뿐인 반투명 램프갓에, 듬성듬성 끼워넣은 작은 판화들 같았다. 그는 오데뜨의 윤곽을 구별해 내려 하곤 하였다. 그다음 순간, 그들의 집에 도착하기 무섭게, 그 자신도 의식하지 못한 상태에서, 그의 눈이 기쁨에 넘쳐 어찌나 형형하게 번쩍이는지, 베르뒤랭 씨가 화가에게 말하곤 하였다. "달아오르고 있음에 틀림없소." 사실 스완이 보기에는, 오데뜨라는 존재가, 그를 환대하는 집들 중 어느 곳에도 없는 것을 베르뒤랭의 집에 첨가해 주는 것 같았고, 그것은 일종의 감각장치, 즉 그 집의 모든 방에서 무수한 가지들을 치며 그의 가슴에 한결같은 자극을 가져다주는 일종의 신경망이었다.

그렇게, 작은 '동아리'였던 그 사회적 기구의 단순한 작동이 스완을 위하여 날마다 자동적으로 오데뜨와의 만남을 주선하였고, 그로 하여금 그녀를 보면서 무심한 척한다든가, 혹은 심지어, 그녀를 더 이상 보고 싶어하지 않는 척하도록 허용하면서도, 그가 큰 위험을 겪지 않게 하였던 바, 낮 동안에 그가 그녀에게 어떤 내용의 편지를 보냈다 하더라도, 저녁에는 틀림없이 그녀를 다시 만나 그녀의 집까지 데려다주게 되어 있었기 때문이다.

그러나 언젠가 한 번, 불가피하게 함께 돌아와야 한다는 침울한 생각에 잠긴 끝에, 베르뒤랭 내외의 집에 가는 순간을 한껏 뒤로 미루기 위하여, 그는 자기가 만나던 어린 여직공을 숲[76]까지 데려갔고, 그들의 집에 늦게 도착해 보니, 오데뜨는 그가 오지 않을 것이라 믿고 이미 그 집을 떠났다. 그녀가 더 이상 응접실에 없다는 사실을 알게 된 순간, 스완은 가슴에 일종의 통증을 느꼈다. 그는 자기가 처음으로 그 크기를 가늠해 본 즐거움을 빼앗기지 않았을까 근심하였다. 그날까지는 자기가 원하기만 하면 그것을 얻을 수 있으리라는 확신을 가지고 있었기 때문인데, 그러한 확신이, 우리가 느끼는 모든 즐거움을 감소시키거나, 심지어 우리가 그 크기를 전혀 깨닫지 못하게도 한다.

"그녀가 없다는 것을 알아차렸을 때 그가 짓던 표정을 보셨소?" 베르뒤랭 씨가 자기의 처에게 물었다. "심하게 꼬집혔다고 할 만하오!"

"그가 짓던 표정이라니요?" 잠시 자기의 환자를 보러 갔다가 자기 아내를 찾으러 오던 길이라, 사람들이 무슨 이야기를 하던 중인지 모르는 의사 꼬따르가 버럭 언성을 높이며 물었다.

"그 무슨 소리요, 대문 앞에서 스완의 얼굴들 중 가장 수려한 얼굴을 만나지 못했단 말이오…?"

"아뇨. 스완 씨가 오셨습니까?"

"오! 잠시 동안만 왔었소. 우리가 몹시 들뜨고 신경 날카로워진 스완을 맞았소. 이해하시겠지만, 오데뜨가 떠났기 때문이오."

"그녀가 그와 극히 친하다는, 다시 말해 그녀가 그로 하여금 목동의 시각[77]을 알게 해주었다는 말씀입니까?" 자기가 사용하는 관용적 표현들의 의미를 신중히 실험해 보면서 의사가 물었다.

"천만에요, 전혀 아무 일도 없어요. 우리끼리 말하지만, 제 생각에는 그녀가 큰 실수를 저지르고 있어요. 또한 그녀가 멍청이처럼 처신한다고 생각해요. 그녀가 사실 멍청이지만."

"따, 따, 따,"[78] 베르뒤랭 씨가 말하였다. "당신이 무얼 안다고, 아무 일도 없다고? 우리가 직접 보러 그곳에 가지는 않았소, 그렇지 않아요?"

"무슨 일이 있었다면 그녀가 나에게는 이야기하였을 거에요." 베르뒤랭 부인이 의기양양한 기세로 반박하였다. "당신에게 분명히 말하지만, 그녀가 나에게는 자기의 모든 소소한 일들까지 이야기해요! 지금은 그녀에게 아무도 없는지라, 그와 잠자리를 함께 해야 할 것이라고 제가 그녀에게 말하였어요. 그랬더니 그녀가 말하기를, 자기는 그럴 수 없다고, 한때 그에게 열렬히 반했었으나 그녀 앞에서는 그가 소심해진다고, 그래서 자신도 수줍어진다고, 그리고 게다가 자기는 그를 그러한 식으로 사랑하지 않는다고, 그는 하나의 이상적인 존재라고, 자기가 그에 대하여 품고 있는 감정을 퇴색시키지 않을까 두렵다고 하였어요. 제가 그 속을 어찌 알겠어요. 하지만 그녀에게 반드시 필요한 일이에요."

"내가 당신의 견해에 전적으로 찬동하지 않음을 허락해 주시오." 베르뒤랭 씨가 말하였다. "그 신사께서 내 마음에는 썩 들지 않소. 내가 보기에는 태깔 부리는 사람 같소."

베르뒤랭 부인의 몸이 문득 정지하더니, 그녀가 하나의 조각상으로 변한 듯, 무기력한 표정을 지었는데, 그것은 '태깔 부리는 사람'이라는 도저히 용납할 수 없는 말을 그녀가 듣지 못하였으리라고 여기도록 해주는 허위적 행위였던 바, 그 말이, 다른 이가 자기들 앞에서 감히 '무엇인 체' 할 수 있고 따라서 '자기들보다 우월하다'는 의미를 내포한 듯 보였기 때문이다.

"여하튼, 두 사람 사이에 아무 일이 없었다 하더라도, 나는 그 신사께서 그녀가 '정숙하다'고 믿어서였기 때문이라고는 생각하지 않소." 베르뒤랭 씨가 빈정거리듯 말하였다. "또한 결국 우리가 아무 말 할 수 없는 바, 그녀가 지적인 사람이라고 그가 믿는 모양이니 말이오. 지난번 저녁에 그가 뱅뙤이유의 쏘나따에 대하여 그녀에게 지껄여대던 말을 당신이 들었는지 모르겠소. 나도 오데뜨를 진심으로 좋아하지만, 그러나 미학적 이론들을 그녀 앞에 늘어놓기 위해서는 아주 특이한 멍청이어야 할 것이오!"

"이보세요, 오데뜨를 헐뜯지 말아요. 매력적인 여자예요." 베르뒤랭 부인이 어리광조로 말하였다.

"그렇다 해서 그녀가 매력적이지 말라는 법은 없소. 우리가 그녀를 헐뜯는 것이 아니라, 다만 정숙하지도 지적이지도 않다는 말을 하는 것뿐이오." 그가 화가에게로 고개를 돌리며 말하였다. "그녀가 정숙하다는 것을 당신도 진실로 그토록 중요시하시오? 누가 알겠소만, 그럴 경우, 그녀가 덜 매력적일 수도 있지 않겠소?"

스완이 층계참에 이르렀을 때 그 댁 우두머리 시중꾼이 그에게로 다가왔다. 그가 도착하였을 때에는 그곳에 없었으나, 혹시 그가 늦게라도 그 댁에 올 경우, 자기가 아마 찻집 프레보에 가서 집으로 돌아가기 전에 초콜릿 한 잔 마실 생각이라고 스완에게 전해 달라는 부탁을—하지만 벌써 한 시간 전 일이었다—오데뜨로부터 받은 사람이었다. 스완이 찻집 프레보를 향하여 즉시 떠났다. 그러나 한 걸음 옮길 때마다, 다른 마차들이나 길을 건너는 사람들 때문에 그의 마차가 멈추어야 했다. 경찰관의 조서가 행인들보다 그를 더 지체시키지만 않는다면, 깡그리 쓰러뜨려야 속이 후련할 듯한, 가증스러운 장애물들이었다. 그는 소요되는 시간을 헤아렸고, 자기가 그것들을 지나치게 단축시키지 않았음을 확신할 수 있도록 각 분(分)에 몇 초씩을 더하였으며, 그리하여 자기가 충분히 일찍 도착하여 아직도 그곳에서 오데뜨를 만날 수 있는 가능성이 실제보다 더 크리라고 믿었을 것이다. 그리고 어느 순간, 이제 막 잠이 들어, 자신과 선명히 분별하지 못한 채 응시하고 있던 꿈들의 어처구니없음을 의식하는 열병환자처럼, 스완이 문득 자신의 내면에서, 오데뜨가 이미 떠났다고 베르뒤랭 내외의 집에서 사람들이 그에게 말하던 순간 이후 자기가 뇌리에서 되새기던 생각들의 기이함과, 자기를 괴롭히고 있던 심적 고통의 새로움을 발견하였다. 하지만 다만 그는 마치 잠에서 막 깨어난 사람처럼 그것들을 확인하였을 뿐이다. 도대체 어찌 된 일이란 말인가? 불과 한 시간 전에, 베르뒤랭 부인 댁으로 가면서 자기가 바라던 바로 그것, 즉 오데뜨를 다음 날에야 볼 수 있다는 사실 때문에 그 모든 동요가 일어나다니! 그는 자기를 찻집 프레보로 데려가는 마차 속에 있는 자신이 더 이상 전과 같은 사람이 아니고, 자기가 더 이상 홀로 있지 않으며, 새로운 존재 하나가 그곳에 자기와 함께 있는데, 자기에게 밀착되어 있고 자기와 혼융되어 있어, 그를 더 이상 떨쳐 버릴 수 없을 것이며, 그 존재를 하나의 상전이나 질병처럼 조심스럽게 대해야 할 의무를 짊어지게 될 것이라는 사실을 분명히 확인할 수밖에 없었다. 그러나 한편, 새로운 사람 하나가 자기에게 덧붙여졌다고 느낀 순간 이후부터는 그의 삶이 더 흥미로워 보였다. 찻집 프레보에서 이루어질 수도 있을 그 만남이(그것에 대한 기대가 그 이전 순간들을 어찌나 뒤죽박죽으로 만들고 헐벗은 상태로 휘어져 놓았던지, 그는 단 하나의 생각도, 그 뒤에서 자기의 오성이 쉴 수 있도록 할 단 하나의 추억도, 더 이상 발견하지 못하였다) 정말 실현된다 해도, 그것이 다른 만남들처럼 그러나 지극히 변변찮은 것이 되리라는 생각조차 거의 하지 못하였다. 매일 저녁 그랬던 것처럼, 오데뜨와 함께 있기가 무섭게, 그녀의 변하기 쉬운 얼굴에 은밀히 시선을 던졌다가, 혹시 그녀가 그 시선에서 치솟는 욕망을 알아채고 더 이상 그의 무관심을 믿지 않게 되지 않을까 두려워 즉시 그것을 다른 쪽으로 돌리면서, 그녀 곁을 즉시 떠나지 않아도 좋게 해줄, 그리고 다음 날 그녀를 베르뒤랭 내외의 집에서 다시 만날 수 있으리라는 확신을, 그것에 애착하지 않는 듯한 기색으로, 얻게 해줄 구실 찾는데 너무나 골몰한 나머지, 다시 말해, 가까이 다가가기는 하되 감히 포옹하지 못하는 그 여인의 부질없는 헌신이 그에게 가져다주는 환멸과 괴로움을 우선 연장하고 하루 더 갱신할 구실 찾는데 너무나 골몰한 나머지, 그가 그녀 자체에 대하여는 생각할 수 없었을 것이다.

그녀가 찻집 프레보에 없었다. 그리하여 그는 인근 대로들에 있는 모든 까페들을 뒤져 그녀를 찾기로 하였다. 시간을 절약하기 위하여 그는 자신이 일단의 까페들을 뒤지는 동안 자기의 마부 레미(리쪼가 그린 총독 로레다노를 닮은)를 다른 까페들로 들여보낸 다음, 자신은 아무것도 발견하지 못한지라, 그와 약속한 장소로 가서 그를 기다렸다. 마차가 아직 돌아오지 않는지라, 스완은 다가오고 있던 그 순간에 레미가 자기에게 할 다음 두 마디 말을 동시에 뇌리에 떠올려 보았다. "그 부인께서 저기에 계십니다." "그 부인께서는 어느 까페에도 아니 계십니다." 그리하여 그는 자기 앞에 놓인 저녁의 끝을 보고 있었으며, 그 끝은 하나이되 양자택일적이기도 하였으니, 그의 괴로움을 말끔히 해소시켜 줄 오데뜨와의 만남이 선행된 끝이거나, 그날 저녁에는 그녀 찾기를 그만두어야 하는 강요된 포기와 그녀를 못 본 채 집으로 돌아가야 하는 처지의 감수가 선행된 끝이었다.

　마부가 돌아왔다. 그러나 그가 자기 앞에 멈추었을 때, 스완은 이렇게 말하지 않았다. "그 부인을 찾으셨소?" 그리고 대신 이렇게 말하였다. "내가 내일 장작을 주문하도록 꼭 상기시켜 주어요. 비축된 것이 거의 바닥나기 시작한 모양이오." 아마 그는 이렇게 생각하였을 것이다. 만약 레미가, 어떤 까페에서 그를 기다리고 있던 오데뜨를 발견하였다면, 불길한 저녁의 끝은 이미 다행스러운 저녁의 끝이 시작됨과 동시에 사라졌을 것이니, 손아귀에 들어와 안전한 장소에 있어 더 이상 도망가지 않을 그 행복에 도달하려고 서두를 필요는 없다. 하지만 그가 그러한 생각을 한 것은 소극적인 관성력(慣性力) 때문이기도 하였으니, 그의 영혼 속에는, 어떤 충격을 피하거나, 잘 차려입은 정장에 닿으려는 불길을 신속히 멀리 밀어내거나, 긴급하게 움직여야 할 순간에도, 조금 전까지 자기들이 처했던 상황에 머물러 꿈지럭거리면서, 마치 그 처지에서 도약에 필요한 받침점이라도 찾으려는 듯 시간을 끄는, 특정 부류 사람들의 몸 속에 있는 유연성의 결여 상태가 있었기 때문이다. 그리하여 마부가, '그 부인께서 저기에 계십니다'라고 하면서 그의 말을 중단시켰다면, 그는 이렇게 대꾸하였을 것이다. "아! 그래요, 사실이에요, 내가 당신에게 심부름을 시켰지! 좋아요, 그렇지요?" 또한 그러고 나서도, 자기가 느끼던 감동을 마부에게 감추기 위하여, 그리고 자신을 사로잡고 있던 불안감과 결별한 다음 자신을 행복감에 맡겨 버리는데 필요한 시간을 벌기 위하여, 마부에게는 비축된 장작에 대하여 계속 이야기하였을 것이다.

　그러나 마부가 돌아와 그에게 말하기를, 어디에서도 그녀를 찾을 수 없었노라 하면서, 늙은 충복답게 자기의 견해를 덧붙였다.

"이제 그만 댁으로 돌아가실 수밖에 없을 것 같습니다."

하지만, 레미가 더 이상 바꿀 수 없는 답변을 가지고 돌아오던 순간에도 스완이 어렵지 않게 가장하던 무관심이, 이제 그만 희망을 버리고 찾는 일을 포기하라고 레미가 자신을 설득하려 하는 것을 보았을 때, 문득 자취를 감추었고, 그가 언성을 높여 말하였다.

"천만에, 우리가 그 부인을 반드시 찾아내야 하오. 매우 중요한 일이오. 그녀가 나를 만나지 못할 경우, 어떤 일 때문에 심한 곤경에 처할 것이고, 마음이 상할 것이오."

"나리를 기다리지 않고 떠난 사람도, 찻집 프레보로 가겠다고 말한 사람도, 그곳에 있지 않은 사람도 자신인데, 그 부인께서 어떻게 마음에 상처를 입으실지 저는 이해할 수 없습니다." 레미가 대꾸하였다.

그들 주위 여기저기에서 소등을 시작하였다. 대로의 가로수들 밑에서, 그 신비한 어둠 속에서, 더 드물어진 행인들이 배회하고 있었으며, 그 형체들이 겨우 보일 정도였다. 가끔 다가와 그의 귀에다 한마디를 속삭이며 자기를 데려가라고 하는 어느 여인의 그림자가 스완으로 하여금 몸서리치게 하였다. 그는 캄캄한 왕국에서, 죽은 이들의 유령들 사이를 비집고 다니며 에우뤼디케를 찾는 사람처럼, 그 모든 희미한 몸뚱이들을 불안스러운 마음으로 스치며 지나갔다.[79]

사랑을 태동시키는 모든 양상들 중에서, 그 신성한 악을 유포시키는 모든 요인들 중에서, 가장 유효한 것 하나가 있으니, 그것은 가끔 우리들 위로 스쳐 지나가는 거대한 동요의 숨결이다.

그러면 운명은 결정된 것이니, 그 순간 우리가 함께 어울리며 즐거워하는 그 사람을 사랑하게 될 것이다. 그 사람이 그 순간까지 다른 사람들보다 더 혹은 못지않게 우리 마음에 들었어야 할 필요조차 없다. 필요한 것은 그에 대한 우리의 취향이 배타성을 띨 만큼 절대적으로 변하는 것이다. 그리고 그러한 조건은―그 사람이 우리 곁에 없을 때―그 사람의 매력이 우리에게 주던 즐거움이 우리 내면에서 별안간 불안스러운 욕구로 대체될 때 실현되는데, 그 욕구의 대상은 곁에 없는 그 사람으로, 이 세상의 법률로 인하여 충족될 수도 치유될 수도 없는 어처구니없는 욕구, 즉 그 사람을 소유하고자 하는 무모하고 괴로운 욕구이다.

스완은 마부에게 나머지 마지막 까페들로 가보자고 하였다. 그가 침착하게 직면하고 있던 유일한 행복의 가설(假說)이었다. 그는 이제 더 이상 자기의 내적 동요와 자신이 그 만남에 부여하던 가치를 숨기지 않았으며, 성공할 경우 후하게 사례하겠노라고 자기의 마부에게 약속하였는데, 마치 그에게 성공하고픈 열망을 불어넣어 주면 그 열망이 자기가 품고 있던 열망과 합세하여, 오데뜨가 이미 집에 돌아가 잠자리에 든 경우라 하더라도, 그녀로 하여금 다시 나와 그 대로변에 있는 어느 까페에 있게끔 할 수 있으리라 믿는 것 같았다. 그는 '메종 도레'까지 갔고, '또르또니'[80]에 두 번이나 들어갔으며, 그곳에서도 그녀를 만나지 못하자, 다시 '잉글랜드 까페'[81]에 들어갔다가 나와, 이딸리앵 대로 모퉁이에서 그를 기다리고 있던 자기의 마차로 가기 위하여, 살기등등한 기색으로 성큼성큼 걷고 있는데, 반대 방향에서 오던 사람 하나가 그와 맞닥뜨렸다. 오데뜨였다. 뒤에 그녀가 그에게 설명하기를, 프레보에 가니 자리가 없는지라, '메종 도레'로 가 한구석에서 밤참을 먹었는데 그가 자기를 발견하지 못하였고, 그런 다음 다시 자기의 마차가 있던 곳으로 가는 중이었노라 하였다.

그녀는 그를 만나리라고는 전혀 예상하지 못하였던지라, 그와 맞닥뜨리는 순간 두려운 듯 움찔하였다. 한편 그는, 빠리 시내를 그렇게 쏘다닌 것이 그녀를 다시 만날 수 있으리라 믿었기 때문이 아니라, 그 짓을 포기하는 것이 그에게는 너무 가혹했기 때문이다. 하지만 그의 이성이 그날 저녁에는 실현될 수 없을 것이라 믿기를 멈추지 않던 그 기쁨이, 그러한 이유로 해서 이제 그에게는 더욱 실재적으로 보였다. 그가 그 가망성을 예측하여 자기의 이성에 협조하지 않았던지라, 그 기쁨이 그의 외면에 머물렀기 때문이다. 그리하여 이제 그는, 자신이 두려워하던 고독을 하나의 꿈 소멸시키듯 흩뜨려 없애 줄 만큼 휘황하게 반짝이는 그 진실을 구태여 자신의 오성으로부터 이끌어낼 필요가 없게 되었으며, 그 진실이 그 기쁨으로부터 스스로 발산되었고, 그 기쁨 자신이 진실을 그에게로 투사하였던지라, 그는 자기의 행복한 몽상을, 아무 생각 없이, 그 진실 위에 기대어놓아 쉬게 하였다. 그것은 마치, 청명한 날 지중해 바닷가에 도착한 나그네가, 자신이 막 등지고 떠난 고장이 실제로 존재하는지 확신하지 못하는 상태에서, 바닷물의 반짝이며 단단한 푸른빛이 그에게로 발산하는 광선들에게로 시선을 던지기보다는, 자기의 눈이 부시도록 내버려 두는 편을 택하는 것과 같다.

그가 그녀와 함께 그녀의 마차에 올랐고, 자기의 마차는 그 뒤를 따르게 하였다.

그녀는 손에 카틀레야 한 다발을 들고 있었으며, 스완이 보자니, 그녀의 레이스 달린 스카프 밑에, 백조 깃털 장식에 묶은 같은 종류의 난초 꽃들이 머리카락들과 섞여 있었다. 그녀는 그녀가 항상 걸치고 다니는 만띠야[82] 밑에 검은색 벨벳으로 지은 물결 같은 드레스를 입었는데, 그 한 자락이 옆으로 비스듬히 휘말려 흰색 비단으로 지은 속치마의 아래쪽 부분이 커다란 삼각형 모양으로 드러났고, 역시 흰색 비단으로 만들어 덧댄 바대가 깊게 파인 드레스의 몸통부분에 보였으며, 그곳에도 다른 카틀레이야들이 깊숙이 꽂혀 있었다. 불시에 나타난 스완 때문에 놀랐던 그녀가 겨우 안정을 되찾았을 때, 말이 어떤 장애물에 놀라 뒷걸음질을 하였다. 두 사람의 몸이 격렬하게 흔들리며 밀렸고, 그녀가 비명을 지르더니 숨도 제대로 못 쉬고 할딱거렸다.

"별일 아니에요, 무서워하지 말아요." 그가 그녀에게 말하였다.

그러고 나서 그녀의 어깨를 감싸 잡아, 그녀로 하여금 자기의 몸에 의지하여 몸을 가누게 한 다음 다시 말하였다.

"특히 저에게 아무 말도 하지 마시고, 당신의 숨이 더욱 가빠지는 일이 없도록, 제가 하는 말에는 몸짓으로만 대꾸해요. 당신 상의에 꽂혀 있다가 충격 때문에 흩어진 꽃들을 제가 다시 꽂아드려도 거북하지 않겠어요? 그 꽃들을 잃으실까 저어되어 제가 그것들을 조금 더 깊이 꽂아드리고 싶습니다."

자기를 상대로 그토록 점잖을 빼는 남자들을 익히 보지 못하던 그녀가 미소를 지으며 대답하였다.

"아니에요, 전혀 거북하지 않아요."

하지만 그는, 그녀의 대답에 겁이 나서, 또한 아마 자기가 그러한 핑계를 내세울 때 진지하였다는 기색을 보이기 위하여, 혹은 심지어 자기가 정말 그랬다고 벌써부터 믿기 시작하면서, 다급히 말하였다.

"오! 안 돼요, 특히 아무 말씀 하지 말아요, 그러다간 다시 숨이 가빠지겠어요, 몸짓으로도 충분히 대답하실 수 있어요, 제가 당신의 뜻을 잘 알아들을 수 있을 거예요. 정말 제가 당신을 거북하게 해드리지 않습니까? 보세요, 무엇이 조금… 제 생각에는 꽃가루가 당신의 몸 위로 흩어진 것 같은데, 제가 손으로 닦드려도 되겠습니까? 저의 손길이 너무 거세거나 너무 난폭하지는 않습니까? 제가 당신을 조금 간질이지요? 하지만 그것은 제가 드레스의 벨벳이 구겨질까 저어되어 그것을 만지지 않으려 하기 때문이에요. 하지만 보시다시피, 꽃들을 다시 고정시켜야 했어요. 그러지 않았다면 그것들이 떨어졌을 거예요. 그래서 그렇게, 제가 그것들을 조금 더 깊이 꽂느라고…. 정말 제가 불쾌하지 않으십니까? 또한 꽃들에 정말 향기가 없는지 보기 위하여 제가 냄새를 맡아보아도 불쾌하지 않으시겠습니까? 저는 그 냄새를 느껴본 적이 없습니다. 냄새를 맡아보아도 되겠습니까? 솔직히 말씀해 주십시오."

그녀가 미소를 지으며 어깨를 가볍게 으쓱하였으며, 그 동작은 이러한 말을 하려는 것 같았다. "당신 미쳤군요, 그것이 제 마음에 든다는 것을 당신이 잘 알잖아요."

그가 자기의 다른 손을 오데뜨의 볼을 따라 천천히 치켜올렸다. 그녀가 휘렌체의 거장이 그린, 그리고 그녀와 닮았다고 그가 생각하던, 그 여인들의 나른하고 엄숙한 기색으로 그를 뚫어지게 응시하였다. 그녀들의 눈처럼 눈꺼풀 변두리까지 툭 불거진 가늘고 긴, 그녀의 반짝이는 두 눈이, 마치 두 방울 눈물처럼 떨어질 준비가 되어 있는 것 같았다. 이교도적 광경에서건 종교화에서건 그 거장의 모든 여인들이 그러듯, 그녀 또한 목을 살짝 수그렸다.[83] 그러면서, 틀림없이 그녀에게는 익숙해진, 그리고 그러한 순간에는 그러는 것이 합당함을 아는지라, 잊지 않으려

주의를 하던 태도를 취하는데, 마치 보이지 않는 어떤 힘이 자기의 얼굴을 스완 쪽으로 당기기라도 하는 듯, 그것을 붙잡기 위해서는 자기의 모든 힘이 필요하다는 듯한 기색이었다. 그리하여, 그녀가 마치 자기의 뜻에도 불구하고 그러는 양 자신의 얼굴이 스완의 입술 위로 떨어지게 내버려 두기 전에, 그 얼굴을 두 손으로 감싸 잡고 잠시 거리를 유지하게 한 사람은 스완이었다. 그는 자신의 사념에게, 달려와서, 그토록 오랜 세월 어루만지던 꿈을 확인하고, 그것의 실현에 동참할 시간적 여유를 주러 하였고, 그것은 마치 한 아이를 무척 좋아하던 친척 여인을 불러, 그 아이의 성공을 함께 기뻐하도록 하는 것과 같았다. 또한 스완은 아마, 자기에 의해 아직 소유되지도, 심지어 애부되지도 않은, 그리고 그러한 상태로는 마지막으로 보고 있던 오데뜨의 얼굴에, 어떤 고장을 떠나는 날, 영원히 이별할 그 고장의 풍경을 자기의 눈에 담고자 하는 사람의 시선을 비끄러매고 있었을지도 모른다.

하지만 그녀와 함께 있을 때에는 그가 하도 소심하여, 그날 밤 카틀레야를 다시 꽂아주는 것으로 시작하여 결국 그녀의 몸뚱이를 수중에 넣긴 하였지만, 혹시 그녀의 마음을 상하게 하지 않을까 하는 두려움 때문인지, 혹은 돌이켜볼 경우 자기가 거짓말을 한 것으로 보이지 않을까 두려워했음인지, 그리고 혹은 그 행위보다 더 과감한 요구를 할 수 있는 과감성이 없어서였는지(그 최초의 요구가 오데뜨를 불쾌하게 하지 않았으니 거듭 반복할 수 있었다), 그는 그 이후 여러 날 동안 같은 구실을 내세웠다. 그리하여 그녀가 드레스의 앞가슴 부위에 카틀레야를 꽂고 있으면 이렇게 말하곤 하였다. "오늘 저녁에는 카틀레야들이 지난번 밤처럼 자리를 옮기지 않아 다시 정돈해 줄 필요가 없으니 저에게는 불행한 일입니다. 하지만 이 한 송이는 조금 비뚤어진 것 같습니다. 혹시 이것들은 다른 카틀레야들보다 향기가 더 있는지 제가 확인해 보아도 되겠습니까?" 혹은, 그녀의 가슴팍에 꽃이 없을 경우에는 이렇게 말하였다. "오! 오늘 저녁에는 카틀레야가 없으니, 제가 맡은 그 작은 정돈작업에 몰두할 방법이 없군요." 그리하여, 한동안은, 오데뜨의 젖가슴을 손가락과 입술로 가볍게 접촉하는 것으로 시작하여 그가 따르던 순서가 바뀌지 않았고, 그의 애무들이 여전히 그러한 가벼운 접촉으로 시작되곤 하였다. 그리고 훨씬 후, 카틀레야를 젖가슴 위에 정돈하는 행위가(혹은 그 관례적 시늉이) 이미 오래 전부터 폐용(廢用)된 이후에도, '카틀레야를 한다'는 은유는, 두 사람이 육체적 소유 행위를 뜻하고자 할 때—실은 그 행위를 통해 아무것도 소유하지 못하지만[84]—아무 생각 없이 사용하는 평범한 어휘로 변하여, 두 사람의 언어 속에, 그 잊혀진 관행을 추모하며 더 오래 살아남았다. 그리고 아마 '사랑을 한다'는 그 특이한 화법도 그것의 동의어들과 정확히 같은 것을 의미하지는 않았을 것이다.[85] 우리가 여인들에 대하여 싫증을 느낄 지경이 되어도, 가장 다양한 형태의 육체적 관계라도 항상 같고 이미 경험한 것으로 간주하게 되더라도, 그 모든 경험들이 아무 소용없는 바, 그것이 상당히 까다로운—혹은 우리가 그렇다고 믿는—여인들을 상대로 할 경우, 그 육체적 관계가 오히려 새로운 즐거움이 되는지라, 우리는 여인들과의 일상적인 관계에서 일어나는 예상치 못한 어떤 삽화적 사건으로부터, 처음 스완에게 '카틀레야' 사건이 그랬던 것처럼, 그러한 육체적 관계가 태동하게 할 수밖에 없다. 그날 저녁에 스완은, 카틀레야들의 커다란 연보라색 꽃잎들로부터 나올 것이 그 여인을 육체적으로 소유하는 것이기를(하지만 오데뜨가 자기의 계략에 속는다면 그것을 짐작조차 못하리라 생각하면서) 떨리는 마음으로 희원하였다. 그리고 그가 이미 느끼고 있었으며, 스스로 생각하기를, 오데뜨가 아마 그것을 눈치채지 못하였기 때문에만 묵인하였으리라 여기던 즐거움이, 그러한 이유 때문에─지상 낙원의 꽃들 속에서 그 즐거움을 맛본 최초의 인간에게 그렇게 보였을 수 있었을 것처럼─그에게는, 그때까지 전혀 존재하지 않았던, 그가 창조하려고 하던 즐거움처럼 보였으며, 그것은 하나의─그가 그 즐거움에 부여한 특별한 명칭이 그 흔적을 간직하고 있듯이─온전히 특이하고 새로운 즐거움이었다.

이제는 매일 저녁, 그녀를 집에 데려다 줄 때마다, 집 안으로 들어가야 했고, 그가 돌아갈 때에는 그녀가 실내 가운 차림으로 따라 나와, 그를 마차가 있던 곳까지 배웅하는 일이 잦았으며, 마부가 보는 앞에서도 그를 포옹하며 이렇게 말하곤 하였다. "저에게 무슨 상관이에요, 다른 사람들이 저에게 무엇이죠?" 그가 베르뒤랭 내외의 집에 가지 않는 저녁에는(그가 그녀를 다른 식으로 볼 수 있게 된 이후부터는 가끔 생기던 일이다), 그가 사교계에 가는 그러나 점점 드물어진 날들 저녁에는, 그녀가 그에게, 어느 시각에도 좋으니, 집으로 돌아가기 전에 자기의 집으로 오라고 하였다. 봄철이었으며, 맑고 차가운 봄철이었다. 그는 야회장에서 나오기 무섭게 자기의 빅토리아[80] 위로 올라가 덮개 하나를 펴서 두 다리를 덮었고, 그와 동시에 떠나는 친구들이 그에게 함께 돌아가자고 하면, 방향이 같지 않아 그럴 수 없노라고 하였으며, 그러면 어디로 가야 하는지를 아는 마부가 말을 급히 몰아 출발하곤 하였다. 친구들은 놀랐고, 사실 스완이 이제는 더 이상 전과 같지 않았다. 어떤 여인에게 자신을 소개해 달라고 부탁하는 편지도 그가 더 이상 보내지 않았다. 그는 더 이상 어떤 여인에게도 관심을 보이지 않았고, 여인들을 만날 수 있는 곳에 가기를 삼갔다. 어느 까페나 야외에서도, 바로 얼마 전까지만 해도 그를 식별하게 해주던, 그리고 영원히 그의 것일 듯이 보이던 태도와는 정반대의 태도를 보였다. 하나의 일시적이고 전혀 다른 성격이 스스로 다른 것으로 대체되어, 그때까지 자신을 표현하던 수단이었던 징후들을 파괴하는 것처럼, 하나의 정염(情炎)이 우리의 내면에서 일으키는 작용이 그러하다! 반면, 이제 변함없이 여일한 것은, 스완이 어디에 있건, 오데뜨에게로 가서 그녀와 합류하기를 놓치지 않는다는 것이었다. 그를 그녀로부터 갈라놓고 있던 여정은 그가 불가피하게 주파하던 여정이었고, 그것은 그의 생애에 나타난 항거할 수 없고 가파른 언덕 그 자체와도 같았다. 사실을 말하자면, 사교장에 늦게까지 있던 날에는, 그 먼 거리를 달려가지 않고 곧장 자기의 집으로 돌아가, 그녀를 다음 날에야 보고 싶은 적이 자주 있었다. 그러나, 그녀의 집에 가기 위하여 비정상적인 시각에 불편함을 무릅쓰고 움직인다는 사실, 그리고 자기와 헤어진 친구들이 자기들끼리 '그가 꼼짝 못하도록 잡힌 거야. 아무 시각에나 자기의 집에 오라고 그를 강압하는 여인 하나가 있음에 틀림없어.'라고 수근거릴 것이라 짐작하는 사실 자체가, 자기들의 삶 속에 중대한 사랑 사건을 간직하고 있으며, 자신들이 하나의 관능적 몽상을 위하여 감수하는 휴식과 이권의 희생이 자신들 속에 하나의 내면적인 매력을 태동시키는 그러한 사람들의 삶을, 자신도 영위한다고 느끼게 해주곤 하였다. 뿐만 아니라, 그 사실을 의식하지는 못하였지만, 그녀가 자기를 기다리고 있으며, 그녀가 다른 사람들과 어울려 다른 곳에 있지 않을 것이고, 자기가 그녀를 보지 않고는 집으로 돌아가지 않을 것이라는 그 확신이, 오데뜨가 더 이상 베르뒤랭 내외의 집에 없던 날 저녁에 그가 느꼈던, 잊었으나 언제라도 되살아날 준비가 되어 있는, 그 혹독한 괴로움을 중화시켜 주었고, 이제 그것이 진정되었다는 사실이 어찌나 편안했던지, 그 상태가 행복이라 지칭될 만하였다. 오데뜨가 그에게 중요한 존재로 부각된 것은 아마 그 괴로움 때문이었을 것이다. 사람들이란 일상 우리에게 하도 무관심한지라, 우리가 그들 중 어느 하나가 우리를 위하여 괴로워하거나 기뻐할 수 있으리라 추측하는 순간, 그 사람이 다른 세계에 속하며, 시가 그를 둘러싸고 있는 것처럼 보일 뿐만 아니라, 그가 우리의 삶을 일종의 팽창된 감동적인 공간으로 만들어, 그 속에서 우리와 상당히 가까워질 것이다. 스완은 장차 닥쳐올 세월에 오데뜨가 자기에게 어떤 의미를 갖게 될지 스스로에게 물을 때마다 불안을 느끼지 않을 수 없었다. 가끔 그는, 차갑고 아름다운 밤이면, 자기의 빅토리아 속에서, 자기의 눈과 인적 끊긴 거리 사이로 빛을 뿌리고 있던 밝은 달을 바라보면서, 언젠가 자기의 사념 앞에 불쑥 나타나, 그 순간 이후부터 세상에 신비한 빛을 드리우면서, 그로 하여금 세상을 그 빛 속에서 보게 한, 달의 모습처럼 맑고 가벼운, 분홍색 띤 그 다른 모습을 생각하곤 하였다. 오데뜨가 하인들을 모두 잠자리에 들게 한 시각 이후에 그녀의 집에 도착할 경우, 그는 작은 정원의 문에 가서 초인종을 누르기에 앞서, 우선 모두 비슷하되 불이 꺼져 어두운 인접한 저택들의 창문들 사이에서 유일하게 불이 밝혀진, 그녀의 방 창문이 최저층에 나 있는 길로 가곤 하였다. 그가 창문을 두드리면, 신호를 알아들은 그녀가 응답한 후, 반대편에 있는 출입문으로 가서 그를 기다리곤 하였다. 그녀의 피아노 위에는, 「장미들의 월츠」[87]나 딸리아휘꼬의 「가엾은 미치광이들」[88]

(작곡자의 유언에 따라 그의 장례식에서 연주해야 했던) 등, 그녀가 좋아하던 곡들의 악보가 펼쳐져 있었다. 오데뜨의 연주 솜씨가 비록 형편없었지만, 그가 그녀에게, 그 작품들 대신 뱅뙤이유의 쏘나따 중 소악절을 연주해 달라고 하였다. 하나의 작품이 우리에게 남기는 가장 아름다운 세계란, 능란하지 못한 손가락에 의해 음조 어긋난 피아노에서 이끌어내진, 부정확한 음들 위로 나타나는 세계일 경우가 빈번하기 때문이었다. 스완이 보기에는 그 소악절이 오데뜨에게로 향한 자기의 사랑과 지속적으로 제휴하는 것 같았다. 그는 그 사랑이, 외부 세계의 그 무엇과도, 자기 이외의 다른 이들도 확인할 수 있는 어느 것과도, 결코 상응할 수 없는 그 무엇이라고 막연히 느꼈다. 또한 자기가 오데뜨의 곁에서 보낸 순간들에 그토록 큰 가치를 부여하는 것이 그녀의 자질에 의해 정당화될 수 없음을 깨닫곤 하였다. 그리하여, 스완의 내면에서 오직 실증적 지성만이 군림할 때에는, 그가 그 상상적인 즐거움에 그토록 많은 지적 그리고 사회적 이권을 희생하는 짓을 멈추고 싶어하는 경우가 잦았다. 하지만 그 소악절이, 그가 그것을 듣기 무섭게, 그의 내면에 그것에 필요한 자유로운 공간을 확보해 주었고, 그로 인해 스완의 영혼이 그 공간에 비례하여 크기의 변화를 나타내었다. 즉, 하나의 즐김을 위한 여백 하나가 그 속에 마련되었고, 그 즐김 또한 외부의 어떤 대상과도 상응하지 않으나, 사랑의 즐김처럼 순전히 개인적인 대신, 구체적인 사물들보다 우월한 하나의 실제처럼 스완에게 각인되었다. 소악절이 미지의 매력에 대한 갈증을 그의 내면에 일깨워 놓았으나, 그것을 해소시켜 줄 구체적인 그 무엇도 그에게 가져다 주지 못하였다. 그리하여, 스완의 영혼 속 그 부분들에서, 소악절이 물질적 이권들과 모든 사람들이 가치 있게 여기는 인간적 존경 등을

지워버려, 그 부분들이 텅 빈 여백 상태로 남게 하였고, 따라서 스완은 그 부분에 자기 뜻대로 오데뜨의 이름을 새길 수 있게 되었다. 그리고 오데뜨의 애정에서 부족하고 환멸스러울 수 있는 부분을 소악절이 보충해 주거나, 자신의 신비스러운 정수와 혼합시켜 주었다. 스완이 소악절에 귀를 기울이고 있는 동안 그의 얼굴을 보노라면, 그가 자기의 호흡에 더 큰 폭을 확보해 주는 마취제를 흡수하고 있는 것으로 여길 수 있을 정도였다. 그리고 그 악절이 그에게 주던, 그래서 그의 내면에 곧 하나의 진정한 욕구를 배태시키게 되어 있던 그 즐거움은, 그러한 순간, 그가 향료들을 시험 확인하면서, 혹은 우리들에게 어울리지 않으며 우리의 눈이 포착할 수 없기 때문에 형태가 없는 것처럼 여겨지고, 우리의 지성 밖으로 벗어나기 때문에 아무 의미 없는 것처럼 여겨지는, 그리하여 오직 우리의 감각만으로 도달할 수 있는 세계와 접촉하면서 그가 얻을 수 있었을 즐거움과 정말 유사했다. 스완에게는—섬세한 미술 애호가의 눈을 가졌건만, 날카로운 인간 관찰자의 기지를 가졌건만, 그러한 눈과 기지에 영원히 지워지지 않을 황량한 삶의 흔적이 남아 있던 그에게는—자신이 인간들에게 낯설고, 눈멀고, 논리적 능력 결여된, 전설 속의 일각수(一角獸)⁹⁹⁾와 거의 흡사한, 오직 청각만으로 세계를 인지하는 환상적인 생명체라고 느끼는 것이, 커다란 휴식이었으며 신비한 쇄신이었다. 그리고 그럼에도 불구하고, 그 소악절 속에서, 그의 지성이 내려가 닿을 수 없었던 의미 하나를 찾고 있었으니, 자기의 가장 내밀한 영혼으로부터 모든 추론의 도움을 박탈하고, 그 영혼으로 하여금 홀로, 그 통로를, 소리라는 그 어두운 여과기를 통과하게 하면서, 그가 얼마나 기이한 도취경을 느꼈겠는가! 그는 그 속에 있던 모든 고통스러운 것을, 그리고 아마 그 악절의 밑바닥에 있을 은밀함 속에서 진정되지 않은 것까지도 알아차리기 시작하였으나, 그것들로 인해 고통스러워할 수는 없었다. 그의 사랑이 그토록 강한데, 그 악절이 그에게 사랑이란 것이 부서지기 쉬운 것이라 말한다 하여 무슨 상관이었겠는가! 그는 그 악절이 쏟아내던 슬픔과 어울려 놀았고, 그 슬픔이 자기 위로 지나가는 것을 느꼈으나, 그가 자신의 행복에 대하여 가지고 있던 감정을 더욱 깊고 더욱 달콤하게 만들어주는 애무로 여겼다. 그는 오데뜨로 하여금 그 악절을 열 번이고 스무 번이고 반복해 연주하게 하였고, 동시에 그녀가 자기를 멈추지 않고 포옹하기를 요구하였다. 각 입맞춤이 또 다른 입맞춤을 부르게 마련이다. 아! 사랑하기 시작하는 그 초기에는, 입맞춤들이 그토록 자연스럽게 생겨나건만! 그것들이 하도 빽빽이 증식하는지라, 한 시간 동안에 나눈 입맞춤의 수를 헤아리는 것이 오월의 들판에 핀 꽃들의 수를 헤아리는 것만큼이나 어려울 것이다. 그러면 그녀가 멈추는 척하면서 이렇게 말하곤 하였다. "당신이 나를 잡고 계시면서 제가 어떻게 연주하기를 원하세요? 제가 동시에 모든 것을 할 수는 없어요. 그러니 원하시는 것이 무엇인지 말씀하세요. 제가 소악절을 연주해야 하나요 혹은 작은 애무를 해야 하나요?" 그가 화를 냈고, 그러면 그녀가 웃음을 터뜨렸으며, 그 웃음이 입맞춤으로 바뀌어 그의 위로 빗물처럼 쏟아졌다. 때로는 그녀가 침울한 기색으로 그를 응시하기도 하였는데, 그럴 때마다 그는 보띠첼리가 그린 「모쉐의 생애」속에 놓여도 손색없을 얼굴 하나를 다시 발견하였고, 그 얼굴을 그림 속에 놓아보며 오데뜨의 목을 필요한 만큼 살짝 기울게 하였다. 그리고, 15세기로 돌아가, 씩스티나 예배당 벽에 뗌뻬라[90] 기법으로 그녀의 모습을 완벽하게 그렸을 때, 그녀가 하지만 지금 자기가 있던 곳 피아노 곁에서, 포옹을 받고 몸뚱이를 내맡길 준비가 되어 있다는 생각, 즉 그녀가 질료적이며 생명체라는 생각이, 그를 어찌나 강력하게 도취시켰던지, 그는 초점 잃은 눈으로, 무엇을 삼키려는 듯 한껏 팽창시킨 턱뼈를 드러내며, 그 보띠첼리의 처녀에게 와락 덤벼들어 그녀의 볼을 꼬집기 시작하곤 하였다. 그리고 일단 그녀 곁을 떠나면, 그럴 때마다 그녀의 체취나 용모상의 어떤 특징 가져가는 것을 잊은지라 그녀를 다시 한 번 포옹하기 위하여 그녀의 집으로 되돌아가지 않는 경우가 없지만, 자기의 빅토리아를 타고 돌아가는 동안 그는, 자기에게 날마다 그러한 방문을 허락하는 오데뜨를 향한 깊은 감사의 정을 품었으며, 그러한 방문이 그녀에게는 그다지 큰 기쁨을 안겨 주지는 않으나, 그가 질투심을 느끼지 않도록 예방해 줌으로써—그가 그녀를 베르뒤랭 내외의 집에서 만나지 못하던 날 저녁에 갑자기 모습을 드러냈던 그 고통에 그가 다시 시달리는 일이 없게 하여—그로 하여금, 최초의 것이 그토록 괴로웠던 그 발작증세들을 더 이상 겪지 않고 그 최초의 것을 유일한 경험으로 남겨둔 채, 그의 생애 중 그 기이한 시기, 그가 달빛을 받으며 빠리 시가지를 가로지르던 시각들처럼 거의 마법에 걸린 듯한 시각들로 점철된, 그 시기의 끝에 도달할 수 있도록 그를 도와줄 수 있을 것 같았다. 또한 그렇게 돌아오는 동안, 이제 천체도 자리를 옮겨 지평선 거의 끝에 있음을 보고, 자기의 사랑 역시 영원불변의 자연법칙에 복종함을 느끼면서, 자기가 현재 들어선 그 시기가 아직도 오래 지속될지, 그리고 자기의 사념이 머지않아, 가마득히 멀고 왜소해진 자리를 차지하고 곧 매력 발산하기를 멈출 상태에 가까이 가 있는 그 다정한 얼굴을 보게 되지 않을지, 스스로에게 묻곤 하였다. 스완이, 소년시절 자기가 예술가라고 믿던 시절처럼, 사랑에 빠진 이후부터 사물들에서 매력을 느꼈기 때문인데, 그러나 이번 것은 같은 매력이 아니었으니, 사물들에게 매력을 부여한 사람은 오직 오데뜨뿐이었다. 그는 경박한 생활이 일소해 버렸던 젊은 시절의 영감들이 자신의 내면에서 다시 태동함을 느꼈다. 하지만 그 영감들은 모두 특정 개인의 반사광을, 즉 특징을 띠고 있었다. 그리하여 회복기에 있던 자기 영혼과 홀로 집에서 긴 시간을 보내면서 이제 섬세한 기쁨을 맛보는 동안, 그가 다시 조금씩 자신으로 변했으나, 그것은 다른 영혼으로였다.

그는 저녁에만 그녀의 집에 갔고, 따라서 그녀가 낮 동안에 무엇을 하는지 아무것도 몰랐던 것은 그녀의 과거에 대하여 그랬던 것보다 나을 것이 없었으며, 심지어, 우리가 모르는 것을 상상할 수 있도록 해주어 그것을 알고 싶어하도록 자극하는, 최소한의 단초가 되는 사항조차 그는 모르고 있었다. 그리하여 그는 그녀가 무엇을 하고 있을지, 그녀의 과거 생활이 어떠했는지, 생각조차 해보지 않았다. 다만 이따금씩, 몇 해 전, 자기가 그녀를 모르던 시절에 어떤 사람이, 그가 정확히 회상해 보았다면 틀림없이 그녀였을 어느 여인에 대하여, 마치 하나의 매춘부나 첩 혹은, 그가 아직 세상 경험이 적었던지라, 오랜 세월 동안 특정 소설가들의 상상이 그랬던 것처럼, 강퍅하고 근본적으로 패륜적인 성격을 가졌으리라 여겼던 여인들[91] 중 하나처럼, 그에게 이야기하였다는 사실을 생각하며 홀로 미소를 짓곤 하였다. 그는 어떤 사람을 정확히 평가하려면, 그 사람에 대한 세상의 소문과 정반대의 입장을 취하면 족한 경우가 흔하다고 생각하였으며, 그럴 때마다 그러한 여인의 성격에 오데뜨의 성격을 정면으로 대조시켜 보곤 하였는데, 오데뜨는 착하고 순진하며 이상적인 것에 반해 있을 뿐만 아니라, 진실을 토로하지 않을 능력이 거의 없어서, 어느 날엔가 그가 그녀와 단 둘이서만 저녁식사를 할 수 있도록, 베르뒤랭 내외에게 몸이 불편하다는 편지를 쓰라고 그녀에게 요청한 적이 있었는데, 다음 날 그가 보자니, 몸이 좀 나았느냐고 묻는 베르뒤랭 부인 앞에서, 그녀가 얼굴을 붉히는가 하면 말을 더듬다가, 거짓말하는 것이 자신에게는 슬픔이며 심한 고초라는 듯한 기색이 자신도 모르게 얼굴에 반사광처럼 어른거리게 하였고, 전날의 꾀병에 대하여 답변하면서 거짓 사실들을 세세하게 늘어놓는 동안 내내, 애원하는 듯한 시선과 절망한 듯한 음성으로, 자신이 한 말의 허위성에 대한 용서를 간구하는 것 같았다.

하지만 어떤 날은, 그것이 드물긴 하지만, 그녀가 오후에 그의 집으로 와서 그의 몽상이나, 그가 얼마 전에 다시 시작한 그 베르메르에 관한 연구를 중단시키기도 하였다. 그러한 날에는, 크레씨 부인이 작은 응접실에 와 계시다고 하인이 그에게 알렸다. 그가 그녀를 맞으러 응접실로 가서 문을 열자, 스완을 보는 순간 오데뜨의 발그레한 얼굴에―입 모양과 눈빛과 볼의 기복을 변화시키면서―한 가닥 미소가 섞였다. 그가 다시 홀로 있게 되면, 그 미소와, 그녀가 전날 지은 미소, 이러저러한 때에 그를 맞으며 짓던 또 다른 미소, 마차 속에서 카틀레야를 다시 꽂아주어도 불쾌하지 않겠느냐고 물었을 때 승낙한다는 뜻으로 짓던 미소 등을 다시 눈앞에 떠올리곤 하였다. 그러자 그를 만나지 않는 나머지 다른 시각에 오데뜨가 영위하는 생활이, 그가 그것에 대하여 아무것도 모르는지라, 특징도 색깔도 없는 배경과 함께 그의 앞에 떠올랐으며, 그 배경은, 누르스름한 종이 위 여기저기에, 모든 곳에, 온갖 방향으로, 세 가지 색을 이용하여 스케치해 놓은 무수한 미소들을 담고 있는 바또의 습작품들과 유사했다.[92]

그러나 가끔, 그녀의 생활 중 스완이 보기에는 텅 빈 그 구석에다—비록 그의 오성은 그렇지 않다고 그에게 말하지만, 그가 그 구석이 어떻지 상상조차 할 수 없었던지라—두 사람이 서로 사랑한다는 사실을 짐작하고 그녀에 대해서는 하찮은 일들 이외의 그 어떤 것도 감히 그에게 이야기하지 않는 어떤 친구 하나가, 어느 날 아침, 스컹크 모피로 장식한 '연회용 외투'에 '렘브란트풍' 모자[93]를 쓰고 블라우스에 제비꽃 한 묶음을 꽂은 채, 아바뚜치 로[94]를 걸어가는 오데뜨를 보았다고 하면서, 그녀의 윤곽을 묘사해 놓는 일이 생기곤 하였다. 그 간단한 스케치가 스완을 뒤흔들어 놓곤 하였다. 그에게 몽땅 바치지 않은 오데뜨의 다른 삶이 있음을, 그 스케치가 문득 그로 하여금 알아차리게 하였기 때문이다. 그는, 자기가 한 번도 본 적 없는 그러한 치장으로, 그녀가 누구의 호감을 사려 하였는지 알고 싶었다. 그는 자기 정부의 빛깔 없는 삶에—그에게 보이지 않으니 거의 존재하지 않는 그 삶에—자기에게로 향하던 미소들 이외에는 오직 한 가지 일밖에, 즉 렘브란트풍 모자를 쓰고 블라우스에 제비꽃을 꽂은 채 외출하던 그녀의 거동밖에 없다는 듯, 그녀가 그날 아침에 어디로 가고 있었느냐고 물어야겠다고 스스로에게 다짐하였다.

그녀에게 「장미꽃들의 월츠」대신 뱅뙤이유의 소악절을 연주해 달라고 요청하는 것을 제외하고는, 스완이 그녀로 하여금 구태여 자기가 좋아하는 곡들을 연주하도록 하지는 않았고, 문학과 관련해서와 마찬가지로, 음악과 관련해서도 특별히 그녀의 저속한 취향을 고쳐주려 애쓰지 않았다. 그는 그녀가 총명하지 않음을 충분히 간파하였다. 그가 자기에게 위대한 시인들에 대해 이야기해 주면 좋겠다고 말하면서도, 그녀는 보렐리 자작[95]이 읊어대던 류의 영웅적이고 몽상적인, 게다가 감동적인, 구절들과 즉각 친숙해질 수 있으리라 상상하였다. 베르메르에 관해서도 그녀는, 그가 어떤 여인 때문에 고통을 받았는지, 그에게 영감을 준 사람이 여인이었는지 등을 그에게 물었으며, 스완이 그러한 것에 대해서는 전혀 알려진 바가 없다고 하자, 그 화가에 대하여 더 이상 관심을 표하지 않았다. 그녀는 자주 이렇게 말하기도 하였다. "시가 진실을 말하고, 시인들이 정말 자기들이 말하듯 생각한다면, 당연히 그것보다 더 아름다운 것은 없다고 생각해요. 하지만 대개의 경우, 그 시인들이라는 사람들보다 더 타산적인 사람들은 없어요. 일종의 시인이란 자를 사랑하였던 친구가 하나 있어, 제가 그들에 대해서는 아는 것이 좀 있어요. 그의 구절들 속에는 사랑과 하늘과 별들에 관한 이야기밖에 없었어요. 아! 그녀가 속아 넘어간 꼴이라니! 그가 그녀의 돈 삼천 프랑 이상을 꿀꺽해 버렸지요."[90] 그럴 때마다 스완이, 예술적 아름다움이 무엇으로 이루어지는지, 시구들이나 그림들을 어떻게 감상해야 하는지 등을 가르쳐주려 하면, 단 몇 순간 지나지 않아 그녀가 듣기를 멈추고 이렇게 말하곤 하였다. "그렇군요…. 그렇게 하는 것인 줄을 저는 상상도 못하였어요." 그녀가 크게 실망하였다고 느낀 그는, 그 모든 것이 아무것도 아니며, 자기가 말한 것은 하찮은 일들에 불과하고, 그 근저까지 들추어 이야기할 시간은 없지만, 다른 것이 더 있다고 말하는 편을 택하였다. 그러자 그녀가 다그치듯 그에게 말하였다. "다른 것이요? 무엇이에요…? 그러면 말해 보세요." 하지만 그는 그것을 이야기해 주지 않았다. 그것이 그녀에게 얼마나 미약하고, 그녀가 기대하던 것과 다르며, 덜 충격적이고 덜 감동적임을 잘 알기 때문이었으며, 또한 그녀가 예술에 대한 환상에서 벗어남과 동시에 사랑에 대한 환상에서도 벗어나지 않을까 두려워했기 때문이기도 했다.

 그리하여 사실 그녀는, 스완이 자기가 믿던 것보다 지적으로 열등하다고 여겼다. "당신은 항상 냉정해요. 나는 당신을 이해할 수 없어요." 그녀는, 그의 금전에 대한 무관심, 모든 사람에게로 향한 친절, 세련됨에 그만큼 더 감탄하였다. 또한 실제로 그러한 일은 학자나 예술가 등 스완보다 더 위대한 인물에게도 자주 생기는데, 그러한 인물이 자기 주위 사람들로부터 인정을 받을 경우, 그의 지적 우월성이 그들에게 항거할 수 없는 힘으로 부각되었음을 입증해 주는 그들의 감정은, 그의 사상들에 대한 찬미의 정이 아니라 그의 착한 성품에 대한 존경심인 바, 그의 사상들은 그들에 의해 포착되지 않기 때문이다. 스완이 사교계에서 차지하고 있던 위치가 오데뜨에게 일으킨 것 역시 존경심이었다. 하지만 그녀는 그가 자기를 사교계에서 받아들이게 해주기를 원하지 않았다. 그녀는 아마 그가 성공할 수 없으리라 막연히 생각하였을 것이고, 더 나아가, 자신에 대한 이야기를 꺼내는 것만으로도, 자신이 두려워하던 폭로를 그가 유발하지 않을까 근심하였을 것이다. 그녀는 항상 그로 하여금 자기의 이름을 결코 발설하지 않겠다는 약속을 하게 하였다. 그녀가 그에게 말하기를, 자기가 사교계에 드나들기 원하지 않는 이유는, 과거에 자기와 자기의 친구 사이에 있었던 불화 때문인데, 그 친구가 보복하기 위하여, 불화 직후에 자기에 대하여 험담을 하였다는 것이다. 그 말에 스완이 이의를 제기하였다. "하지만 모든 사람들이 당신의 친구와 알고 지내지는 않았어요." — "틀림없이 그랬어요, 그래서 기름 얼룩이 번져요.[97] 세상은 그토록 심술궂어요." 한편으로는 스완이 그녀의 이야기를 이해하지 못하였다. 그러나 다른 한편으로는, '세상이 그토록 심술궂다'든가 '험담이 기름 얼룩처럼 번진다'는 등의 말이 일반적으로는 진실로 간주된다는 사실을 알고 있었다. 그러한 말들이 적용되는 경우들이 있음에는 틀림없었다. 오데뜨의 경우가 그러한 경우들 중 하나였을까? 그가 그러한 질문을 자신에게 던졌다. 하지만 오랫동안 그러지는 않았다. 그 역시, 자신에게 어려운 문제를 제기할 때에는, 자기의 선친을 무겁게 짓누르곤 하던 그 특이한 기지의 둔중함 밑에 예속되어 있었기 때문이다. 게다가, 오데뜨에게 그토록 두려움을 주는 세계가 아마 그녀에게 큰 욕구를 불러일으키지는 못하였을 것이다. 왜냐하면, 그녀가 그 세계를 자신의 상상 속에 선명히 떠올릴 수 있기에는, 그 세계가 그녀가 알고 있던 세계로부터 너무 멀리 떨어져 있었기 때문이다. 그렇건만, 어떤 측면에서는 진정 소박한 사람으로 남아 있으면서도(그녀는 예를 들어 은퇴한 어느 미미한 양장재단사를 한결같이 친구로 여겨, 거의 날마다 그녀가 사는 집의 가파르고 어두우며 악취 풍기는 계단을 기어오르곤 하였다), 멋에 대하여 갈증을 느끼고 있었다. 하지만 멋에 대하여 그녀가 가지고 있던 개념은 사교계 사람들의 것과 같지 않았다. 그들에게는 멋이라는 것이, 그 수가 많지 않은 몇몇 사람들로부터 나오는 일종의 발산물이며, 그들이 그것을 자기들의 친구들이나 친구들의 친구들로 형성되었고 그 이름들이 일종의 목록을 만드는 모임 속으로, 상당히 멀리 떨어진 단계까지―자기들 간에 성립된 친밀도로부터의 거리에 따라 더 혹은 적게 약화된 상태로―투사한다. 사교계 사람들은 그 목록을 기억 속에 간직하고 있으며, 그러한 일에 관해서는 하나의 고증학적 지식을 가지고 있어, 그것으로부터 일종의 취향 내지 감식력을 이끌어내는지라, 예를 들어 스완이 어느 신문에서 어떤 만찬에 참석한 인사들의 명단을 읽을 경우, 그는 사교계에 관한 자신의 지식을 동원하지 않고도, 문예에 해박한 사람이 어떤 문장 한 구절만을 읽고도 그 저자의 문예적 자질을 정확히 감식하듯, 그 만찬의 격조 수준을 즉각 판단할 수 있었다. 그러나 오데뜨는 그러한 개념을 가지고 있지 않은, 그리하여 멋이라는 것을 전혀 다른 것으로 상상하는 사람들(사교계 사람들이 그들을 어떻게 생각하든, 그리고 사회의 모든 계층에 존재하는, 극도로 많은 사람들) 중의 하나였으며, 그들이 상상하는 멋이란, 그들이 속한 부류집단에 따라 다양한 영상을 띠되—그 멋이 오데뜨가 꿈꾸던 것이건 그 앞에서 꼬따르 부인이 굴복하던 것이건—모든 사람들이 즉각적으로 알 수 있다는 특별한 성격을 가지고 있다. 다른 멋, 즉 사교계 사람들의 멋 역시, 사실을 말하자면 그러하지만, 그것의 경우 약간의 지체가 필요하다. 오데뜨가 어떤 사람에 대하여 이렇게 말하곤 하였다.

"그는 멋있는 장소들 이외에는 결코 가지 않아요."

그리하여 스완이 그 말의 뜻이 무엇이냐고 물으면, 그녀가 약간 경멸적인 투로 대답하곤 하였다.

"멋있는 장소들이라니까요, 참말로! 당신 나이에 이른 사람에게 멋있는 장소들이라는 것이 무엇인지 가르쳐드려야 하다니, 제가 당신에게 무슨 말을 해야 할까요? 예를 들자면 일요일 아침에는 앵뻬라트리스 대로,[98] 다섯 시에 호수[99] 한 바퀴 돌기, 목요일에 에덴 극장,[100] 금요일에 경마장, 무도회들…."

"하지만 어떤 무도회들?"

"물론 빠리에서 일상 개최하는 무도회들, 그 멋진 무도회들을 말하는 거예요. 참, 헤르빙거, 어느 증권 중매인 밑에서 일하는 그 사람 아시나요? 아니, 당신도 아실 거예요. 빠리에서 가장 잘 나가는 사람들 중 하나이니까요. 그 멋있는, 키 큰 금발 젊은이 말이에요. 장식용 단추구멍에 항상 꽃 한 송이를 꽂고 다니며, 등판 중앙이 가리마처럼 선명히 파였고,[101] 밝은색 짧은 외투를 자주 걸치지요. 그는 연극 초연이 있는 곳마다 자신이 끌고 다니는 그 우스꽝스러운 늙은 '그림'[102]과 함께 살지요. 그런데! 얼마 전 저녁에 그가 무도회를 열었고, 빠리의 모든 멋쟁이들이 그곳에 모였지요. 저도 얼마나 가고 싶었던지! 하지만 입구에서 그의 초청장을 제시해야 했는데, 저는 그것을 얻을 수 없었어요. 그러나 실은 가지 않은 것이 다행이었어요. 살인이 저질러져도 모를 만큼 사람들이 붐볐다더군요. 갔다 해도 저는 아무것도 못 보았을 거에요. 모두들 그곳에 간 것은 헤르빙거의 집에 갔었다고 말할 수 있기 위해서였지요. 당신도 아시다시피, 제가 보기에는 허영일 뿐이에요! 여하튼, 당신에게 자신 있게 말하지만, 그곳에 갔었다고 말하는 사람들 중 반은 사실이 아니에요…. 하지만 당신과 같은 '굉장히 멋진' 인사가 그곳에 가시지 않았다니 놀라운 일이에요."

그러나 스완은 전혀 그녀로 하여금 멋에 대한 그러한 개념을 고치게 하지 않았다. 멋이라는 것에 대하여 자신이 가지고 있던 개념 또한 그보다 더 진실할 것 없고, 못지않게 어리석으며, 중요성이 결여되었다고 생각하였던지라, 그는 자신의 정부에게 그것을 가르쳐주는 것에 하등의 이로움이 없다고 여겼다. 그리하여 몇 개월 후에는 그녀 역시, 그가 방문하던 사람들에 대하여, 오직 그들을 통해서 얻을 수 있는 경마장 출입증이나 연극 초연장 초대권 때문에만 관심을 보이게 되었다. 그녀는 그가 그토록 유용한 관계들을 돈독히 하기를 바랐다. 그러나 다른 한편으로는, 특히 검은색 모직 드레스를 입고 턱에 거는 끈이 달린 모자를 쓴 빌르빠리지 후작 부인이 거리로 지나가는 것을 본 이후부터는, 그 상류 사교계 사람들이 별로 멋지지 않다고 믿게 되었다.

"다알링,[103] 영낙없는 극장의 여자 안내원이나 늙은 여자 수위 꼴이예요! 그 꼴에 후작 부인이라니! 제가 후작 부인은 아니지만, 저로 하여금 그 꼴로 차려입고 외출하게 하려면 저에게 아주 비싼 값을 치러야 할 거예요!"

그녀는 스완이 오를레앙 강변로에 있는 집에 사는 것을 납득할 수 없었다. 그에게 자기의 생각을 털어놓지는 못하였지만, 그것이 그에게 어울리지 않는다고 여겼다.

물론 그녀는 '골동품들'을 좋아한다고 자부하였으며, '작은 장식품들을 수집하며', 즉 '잡동사니들' 다시 말해 '옛날' 물건들을 찾으며 하루 종일을 보내는 것이 그 무엇보다도 좋다고 하면서, 황홀해진 듯하고 섬세한 감식안을 가진 듯한 표정을 짓곤 하였다. 그녀가 비록 자신의 일과에 관한 질문에 일체 답변하지 않고 그것에 대해 '보고하지 않음으로써' 일종의 명예를 지키려 고집을 부렸지만(그리고 가문의 어떤 가르침을 실행하는 것처럼 보였지만), 언젠가 한 번 스완에게 자기를 집에 초대하였던 자기의 친구에 대해 이야기를 하면서, 친구의 집에 있는 것들은 모두 '옛날의' 것들이라 하였다. 하지만 스완은 그 옛날이 어느 시기를 가리키는지, 그녀로부터 대답을 듣는데 성공하지 못하였다. 그러나 한동안 생각에 잠겼다가 그녀가 대답하기를 그것들이 '중세풍'이라고 하였다. 그녀의 그 말이 의미하던 것은, 친구의 집에 소목장(小木匠) 제품들이 있었다는 뜻이었다. 얼마 후, 그녀가 자기의 친구에 대하여 그에게 다시 이야기하였으며, 전날 저녁에 함께 만찬에 참석하였고 그 이름을 일찍이 들어본 적 없으되 만찬을 주최한 암피트뤼온들[104]이 어찌나 유명한 인사로 대접하는 듯하던지, 자기가 어떤 사람에 대하여 이야기하는가를 잘 아리라 기대하는 사람의 머뭇거리는 어조와 잘 아는 사람 아니냐는 기색으로, 이렇게 덧붙였다. "그녀의 집 식당은…. 18세기의 것이에요!" 그녀는 그 식당이 눈 뜨고 볼 수 없을 만큼 아무 장식도 없어 마치 집을 짓다 만 것 같았고, 그곳에 있던 여인들도 끔찍하여, 그러한 식당이 결코 유행할 수는 없을 것이라고 하였다. 그리고 마지막으로, 즉 세 번째, 그녀가 그 식당에 관해 스완에게 다시 말하면서, 그것을 꾸민 사람의 주소를 스완에게 보여 주더니, 돈이 생기면 그 사람을 불러 그가 자기에게도 식당을 꾸며 줄 수 있는지 알아보겠다고 하였다. 물론 친구의 집에 있는 것과 똑같은 식당은 아니고, 자기가 꿈꾸던 그러나 불행하게도 자기의 작은 집 공간이 허용하지 못할, 높은 식기대들과 르네쌍스풍의 가구들과 블루와 성[105]의 벽난로들을 갖춘 식당이라고 하였다. 그날 스완 앞에서 그녀가 오를레앙 강변로에 있는 그의 거처에 대한 자기의 평소 생각을 자신도 모르는 사이에 드러냈다. 오데뜨의 친구가, 비록 실생활에는 나타나지 않지만 매력적일 수 있는 루이 16세풍[106]보다는 가짜 고풍(古風)을 더 좋아한다고 그가 비판하자, 그녀의 내면에서는 아직도 갈보의 딜레땅띠즘[107]보다 부르주와 여인의 체면이 우세한지라, 그녀가 이렇게 말하였다. "그녀가 당신처럼 부서진 가구들과 낡은 융단 속에서 살기를 바라시는 것은 아니겠지요."

골동품 수집하기를 좋아하는 사람들, 시를 좋아하는 사람들, 천한 계산을 경멸하는 사람들, 명예와 사랑을 꿈꾸는 사람들을, 그녀는 나머지 인간들보다 우월한 일류층 사람들로 여겼다. 하지만 그러한 취향들을 실제로 가질 필요는 없었다. 그것들을 가지고 있노라고 선포만 하면 그만이었다. 어떤 만찬 석상에서 그녀에게, 자기는 한가하게 거니는 것을 좋아한다든지, 골동품 상점에서 자신의 손 더럽히기를 좋아한다든지, 자신이 자기의 이권에 연연하지 않기 때문에 자기는 이 상업적인 세기에 의해 결코 높이 평가되지 못할 것이라든지, 그러한 이유로 자기는 다른 세기 사람이라든지 하는 등의 말을 어느 남자가 고백조로 그녀에게 하면, 그녀는 돌아오면서 이렇게 생각하곤 하였다. "정말 그는 사랑스럽고 정겨운 사람이야. 그런 사람이라고는 꿈에도 생각하지 못하였어!" 그와 동시에 그녀는 그 사람에 대한 무한하고 급작스러운 우정을 느끼곤 하였다. 하지만 반대로, 스완처럼 그러한 취향을 정말 가지고 있으되 그것에 대해 아무 말 하지 않는 사람들은 그녀를 감동시키지 못하였다. 물론 그녀도 스완이 금전에 집착하지 않는다는 점을 시인하지 않을 수 없었다. 그러나 뿌루퉁한 기색으로 한마디를 덧붙이곤 하였다. "하지만 그 사람은, 같은 경우가 아니에요." 사실 그녀의 상상을 자극하던 것은 무사무욕의 실천이 아니라 그것에 관한 어휘들이었다.

그녀가 꿈꾸던 것을 자기가 실현할 수 없을 때가 많음을 느낀 그는, 적어도 그녀가 자기와 함께 있는 것을 기뻐할 수 있도록 해주고, 그녀가 모든 일에서 드러내는 그녀 특유의 상스러운 생각들과 저속한 취향을 전적으로 거부하지 않으려 노력하였던 바, 그러한 생각들과 취향 마저도 그녀에게서 비롯된 다른 모든 것과 함께 그가 좋아하였고, 그것들이 심지어 그를 매혹하였는데, 그것들이 곧 그 여인의 진수가 그의 앞에 나타나 가시적으로 변하게 해주던 그녀 특유의 모습이었기 때문이다. 그리하여, 『여왕 또빠즈』[108] 공연에 가게 되어 있어서 그녀가 행복한 기색을 띨 때, 혹은 꽃축제를 놓치거나 단지, 한 여인의 우아한 명성을 확립해 주는데는 열심히 참석하는 것이 불가결하다고 여기던, '루와얄 로 찻집'[109]에서의 머핀과 토스트[110]를 곁들인 차 마시기 행사에 늦을까 두려워 그녀의 시선이 심각해지고 근심 가득하여 성마르게 변할 때에는, 흔히들 어떤 아이의 천진스러움이나 금방이라도 말을 할 듯한 어느 초상화의 사실감 앞에서 그러듯, 열광한 스완이, 자기 정부의 얼굴에 어른거리는 그녀의 영혼을 어찌나 생생히 느꼈던지, 자기의 입술을 얼굴 가까이로 가져가 그 영혼을 느끼고자 하는 욕망을 억제하지 못하였다. "아! 자기를 꽃축제에 데려가 주기를 바라는군, 귀여운 오데뜨, 사람들의 찬사를 받고 싶은 모양이야. 좋아, 데려가야지, 그 뜻에 복종하는 수밖에 없어." 스완의 시력이 조금 약한 편이라, 그가 집에서 일을 할 때에는 안경을 쓸 수밖에 없었고, 사교계에 갈 때에는, 그의 얼굴을 비교적 덜 일그러뜨리는 외알박이 안경의 힘을 빌려야 했다. 그의 눈에 있는 안경알 하나를 처음 보았을 때, 그녀는 기쁨을 억제하지 못하였다. "그것이 남자의 멋을 훨씬 돋보이게 해요, 두 말할 필요도 없어요! 당신 그걸 쓰니까 정말 멋있어요! 진정한 젠틀맨[111]처럼 보여요. 당신에게 작위 하나만 있으면 되겠어요!" 그녀가 아쉽다는 듯한 어조로 마지막 말을 덧붙였다. 그는 오데뜨의 그러한 면을 좋아하였다. 그가 만약 어느 브르따뉴 지방 여인에게 반해 있었다면, 그 여인이 브르따뉴 지방 특유의 여인모 쓴 것을 보고, 또는 그녀가 저승에서 가끔 돌아온다는 유령을 믿는다고 말하는 것을 듣고,[112] 행복하였을 것과 같았다. 그 이전까지는, 여러 예술에 대한 취향이 관능과는 관계없이 진전하는 많은 사람들의 경우처럼, 그가 점점 더 상스러운 여인들과 어울려, 예를 들어, 교양 있는 사교계 여인이라 해서 더 많은 것을 이해하지 못하면서도 얌전하게 입을 다물 줄도 모른다고 확신하게 된지라, 자기가 관람하고 싶어하던 어느 퇴폐적인 연극 공연이 있으면 하녀 하나를 칸막이 특별석으로 데려간다든가, 인상주의 그림 전람회에 그녀를 데려가, 날로 세련되는 예술품들을 즐길 때, 그가 각 예술에서 얻을 수 있다고 인정하던 만족감들 간에는 하나의 기이한 부조화가 존재해 왔었다. 그러나 그가 오데뜨를 사랑하게 된 이후에는, 그녀가 느끼는 것을 자기도 함께 느끼고, 두 사람에게 공통된 오직 하나만의 영혼을 가지려 노력하는 것이 그에게 어찌나 달콤한지, 그는 그녀가 좋아하는 것을 자신도 좋아할 방안을 찾았고, 그녀의 습관을 모방하는 것에서 못지않게 그녀의 견해를 받아들이는 것에서도 깊은 희열을 느꼈던지라, 그리고 또 그 견해들이 그 자신의 지성에는 어떠한 뿌리도 내리지 않은지라, 그 견해들이 오직 그의 사랑만을, 그로 하여금 그 견해들을 선호하게끔 한 그 사랑만을 그에게 상기시키곤 하였다. 그가 『쎄르쥬 빠닌느』[113] 공연을 거듭 관람하러 갔거나 올리비에 메트라가 지휘하는 것을 보러 갈 기회를 열심히 찾았던 것은, 오데뜨가 가지고 있던 모든 개념들에 입문하고, 자기가 그녀의 모든 취향들을 대등하게 공유한다고 느끼는 달콤함을 맛보기 위해서였다. 그녀가 좋아하던 작품들이나 장소들이 가지고 있던, 그를 그녀에게 가까이 이끌어가던 그 매력이, 그것들보다 더 아름다우나 그에게 그녀를 상기시켜 주지 못하는 다른 작품들이나 장소들에 내재하는 매력들보다 더 신비스러워 보였다. 게다가, 젊은 시절에 가지고 있던 지적 믿음이 약화되도록 내버려 두었고, 그의 사교계 인사 특유의 회의주의가 그 자신도 모르는 사이에 그 믿음 속으로 침투하였던지라, 그는 우리의 취향 대상들이 그것들 자체 속에 하나의 절대적 가치를 가지고 있지 않으며, 모든 것은 시대와 계층의 문제이고 단지 유행일 뿐이어서, 그것들 중 가장 상스러운 것들도, 가장 고상한 것들로 통하는 대상들에 못지않다고 생각하였다(혹은 적어도, 하도 오랜 세월 그러한 생각을 하였던지라 아직도 그렇게 말하곤 하였다). 또한 어느 미술전람회 개막식에 참석하기 위한 초청장에 오데뜨가 부여하는 중요성이, 그 자체로는, 자신이 지난 날 웨일스 대공 댁 오찬에서 맛보던 즐거움보다 더 우스꽝스러울 것이 없다고 생각하였던 것처럼, 마찬가지로 그는, 그녀가 몬떼-까를로나 리기[114]에 대하여 쏟아놓던 찬사 또한, 그녀가 추할 것이라 상상하던 홀랜드나 서글프다고 여기던 베르사이유에 대한 자기의 취향보다[115] 더 부조리하다고는 생각하지 않았다. 또한 그리하여, 그것이 그녀를 위해서였다고, 오직 그녀와 함께만 느끼고 좋아하기를 원한다고 생각하는 것이 기뻐서, 그가 홀랜드나 베르사이유에 가는 것을 포기하곤 하였다.

오데뜨를 둘러싸고 있는 모든 것이로되, 어떤 면에서는 그가 그녀를 만나고 그녀와 이야기할 수 있는 수단에 불과했던지라, 스완은 베르뒤랭 내외의 사교집단을 좋아하였다. 그곳에서는, 식사, 음악회, 격식 갖춘 야참, 야유회, 연극 관람, 심지어 '따분한 사람들'을 위하여 마련하던 '성대한 야회' 등, 모든 여흥의 한가운데에 항상 오데뜨의 존재와 오데뜨의 모습과 오데뜨와의 대화가 있었고, 베르뒤랭 내외가 스완을 초대함으로써 그 비할 데 없이 귀한 선물을 그에게 안겼던지라, 그는 다른 어느 곳에서 보다도 그 '작은 핵' 속에서 즐거워하며 그 작은 핵에 실질적인 가치를 부여하려 노력하였던 바, 그렇게 함으로써 자기가 평생 취향에 이끌려 그 모임에 드나들게 될 것이라고 상상하였기 때문이다. 그런데, 자신의 생각을 믿지 않을까 하는 두려움 때문에, 자기가 오데뜨를 언제까지라도 사랑할 것이라고 감히 스스로에게 말하지는 못하면서도, 최소한 자기가 언제까지라도 베르뒤랭 내외의 집에 드나들 것이라고 추측하면서(자기 지성으로부터의 원칙에 관련된 이의는 우선 적게 야기시킬 명제였다), 그는 미래에도 매일 저녁 오데뜨를 만나는 자신을 보고 있었다. 그것이 아마 그녀를 언제까지라도 사랑한다는 말과 완전히 일치하지는 않았을 것이나, 우선은, 즉 그가 사랑하는 동안에는, 훗날에도 그녀 만나기를 멈추지 않을 것이라 믿는 것, 그것이 그가 원하던 전부였다. 그는 스스로에게 이렇게 말하곤 하였다. "얼마나 매력적인 집단인가! 그들 사이에서 영위하는 삶이 기실 얼마나 진실한가! 상류 사교계 사람들보다 얼마나 더 총명하고 예술적인가! 조금 우스꽝스러운 하찮은 과장에도 불구하고, 베르뒤랭 부인이 미술과 음악에 대하여 가지고 있는 그 진지한 사랑, 작품들로 향한 그 열정, 예술가들에게 기쁨을 주려는 그 열망 등은 얼마나 큰가! 상류 사교계 사람들에 대한 그녀의 생각이 정확하지 않은 것은 사실이야. 하지만 상류 사교계가 예술가들에 대하여 가지고 있는 생각은 얼마나 더 그릇된가! 아마 대화를 통하여 충족시켜야 할 커다란 지적 욕구가 나에게 없을지 모르나, 꼬따르가 비록 멍청한 신소리나 늘어놓는다 해도, 그와 어울리는 것이 즐거워. 화가의 경우, 그가 사람들을 놀라게 해주려 할 때에는 그의 허풍이 불쾌하지만, 반면 그는 내가 이제껏 사귄 사람들 중 가장 아름다운 지성이야. 그리고 그 무엇보다도, 그들과 함께 있으면, 누구나 자유로움을 느끼고, 제약도 격식도 없이 각자 원하는 것을 할 수 있어. 그 응접실에 날마다 발산되는 유쾌함이 얼마나 큰가! 몇몇 드문 경우를 제외하고는, 이제 결단코 오직 그 사람들과만 어울려야겠어. 장차 내가 점점 더 많은 교제를 하며 진정한 나의 삶을 영위할 곳은 그 응접실이야."

또한, 그가 베르뒤랭 내외의 내재적 본질이라고 믿던 자질들이 실은, 오데뜨에게로 향하던 그의 사랑이 그들의 집에서 맛본, 그리하여 그들 위에 어린, 기쁨의 반영에 불과했던지라, 그 기쁨이 더욱 심각하고 깊고 치명적으로 변함에 따라 그 자질들도 그렇게 되었다. 베르뒤랭 부인이 가끔 스완에게, 오직 그것 하나만으로도 그의 행복을 구성할 수 있을 만한 것을 주곤 하였다. 예를 들어, 어느 날 저녁, 오데뜨가 특정 초대객과 유난히 많은 이야기를 나누는 것을 보고, 그녀의 그러한 거조에 화가 난 스완이, 함께 돌아가겠느냐는 말을 먼저 꺼내려 하지 않자, 베르뒤랭 부인이 선뜻 이러한 말을 하여 그에게 마음의 평화와 기쁨을 가져다 주었다. "오데뜨, 스완 씨를 모시고 갈 거지, 그렇지 않아요?" 혹은, 그 해 여름이 다가오자, 오데뜨가 자기를 떼어놓은 채 떠나지 않을까, 그녀를 계속 날마다 볼 수 있을까 자문하면서 근심하고 있는데, 베르뒤랭 부인이 그들 두 사람을 시골에 있는 자기의 저택으로 초청하여 함께 여름을 보낼 생각이라고 하였다. 그러한 말에 스완은, 자신도 모르는 사이에, 감사의 정과 이권이 자기의 지성에 스며들어 사념들에 영향을 끼치도록 내버려 두면서, 베르뒤랭 부인이 위대한 영혼이라고 널리 알리고 싶은 충동까지 느꼈다. 루브르 예술 전문학교 옛 동료들 중 하나가 그에게 아무리 품위 있고 탁월한 사람들에 대한 이야기를 하여도, 그는 항상 이렇게 대답하곤 하였다. "그들보다는 베르뒤랭 씨 내외를 백배는 더 좋아한다네." 그리고 그에게는 새로운, 엄숙한 태도로 말하였다. "그분들은 관대한 분들일세. 그런데, 엄밀히 말하자면, 이 지상에서 유일하게 중요하고 다른 것과 구별되는 것은 관대함이라네. 자네도 아다시피 이 세상에는 오직 두 계층의 사람들밖에 없는데, 관대한 사람들과 그렇지 못한 사람들이지. 이제 나도 나의 노선을 정하여, 어떤 사람을 좋아해야 할지, 어떤 사람을 무시해야 할지, 결단을 내린 다음, 좋아하는 사람들에 애착하여, 다른 부류 사람들과 어울려 허비한 세월을 벌충하기 위해서라도, 죽을 때까지 그들을 떠나지 않겠다는 결심을 굳힐 나이에 이르렀네. 그런데…!" 우리가 제대로 깨닫지조차 못한 상태에서 어떤 것에 대하여 말할 때, 그것이 진실이기 때문이 아니라 그 말을 하는 자체가 기쁘기 때문에, 그리하여 마치 그것이 우리 자신으로부터가 아니라 다른 곳으로부터 오기라도 하는 듯 우리의 음성 속에서 들리는 그 말에 우리가 귀를 기울이기 때문에 우리가 느끼곤 하는, 그 가벼운 감동 어린 어조로 그가 덧붙였다. "운명은 이미 결정되어, 나는 오직 관대한 심정들만을 좋아하고 오직 관대함 속에서만 사는 길을 택하였네. 자네는 나에게 베르뒤랭 부인이 참으로 지성을 갖추었느냐고 묻네. 자네에게 확언하거니와, 그녀가 나에게 심정상의 고결함, 고양된 영혼의 증거를 이미 보여 주었는데, 더 이상 무슨 말이 더 필요하겠냐만, 그러한 경지에 대등한 사상적 고아함 없이는 도달할 수 없는 법이라네. 물론 그녀가 예술을 깊이 이해하는 것은 틀림없네. 하지만 그녀가 가장 찬탄할 만한 것은 그러한 측면에서가 아닐세. 그녀가 나를 위하여 행한 독창적이고 품위 넘치게 착한 작은 일들, 천재적인 배려, 친숙하게 숭고한 거조 등은, 어떠한 철학적 논설문보다도 존재에 대한 깊은 이해를 드러낸다네."

그러한 말을 하면서 한편 그는, 베르뒤랭 내외 못지않게 소박한 자기 양친의 옛 친구들과, 그 내외 못지않게 예술에 심취한 젊은 시절의 동료들이 있고, 관대한 심성을 가진 다른 사람들을 자기가 잘 알고 있으되, 자기가 소박함과 예술과 관대함을 택한 이후부터는 그들을 더 이상 만나지 못한다고 스스로에게 말하였을 수도 있을 것이다.[110] 하지만 그 사람들은 오데뜨를 몰랐고, 혹시 그녀를 알았다 해도 그녀를 그와 가까워지게 하는 데에는 관심이 없었을 것이다.

마찬가지로, 베르뒤랭 내외 주위에 모이던 사람들 중, 스완 만큼 그들을 좋아하였을, 혹은 자신이 그들을 좋아한다고 믿었을, '신도'는 틀림없이 단 하나도 없었다. 그리고 한편, 베르뒤랭 씨가 스완이 마음에 들지 않는다고 말하였을 때, 그는 자신의 생각만을 표출한 것이 아니라, 자기 처의 생각도 짐작하였다. 스완의 오데뜨에 대한 애정이 너무나 사적인 것이어서, 그가 날마다 베르뒤랭 부인에게 속내 털어놓기를 등한히 한 것은 의심할 나위 없는 사실이다. 또한 의심할 나위 없이, 그들은 짐작조차 못하던 이유(그들은 그것이 '따분한 사람들' 집에서 온 초대에 응하기 위해서라고 생각하였다) 때문에, 저녁식사에 참석하기를 삼가면서 베르뒤랭 내외의 환대에 응하던 바로 그 조심성과, 역시 의심할 나위 없는 것이지만, 그리고 그가 감추려고 취한 모든 예방 조치에도 불구하고 생긴 일이지만, 사교계에서의 화려한 그의 지위를 그들이 점차 알게 된 사실 등, 그 모든 것들이 그에게로 향한 그들의 노기를 돋구는 데 일조한 것은 사실이다. 하지만 그 깊은 이유는 다른 것이었다. 그 다른 이유란, 그의 내면에 그만의, 다른 이들이 침투할 수 없는, 공간 하나가 있고, 그 속에서 그가 자신에게 싸꽝 대공 부인이 우스꽝스럽지 않고 꼬따르가 하는 농담이 전혀 재미있지 않다고, 여전히 조용히 주장하고 있었다는 사실과, 특히, 비록 그가 상냥함을 잃거나 그들의 교조에 반항하는 일은 결코 없었다 하더라도, 그들이 종전에 만난 모든 사람들과는 달리, 자기들의 교조를 강제로 떠안겨 그를 완전히 개종시킬 가능성이 없었다는 사실이다. 그가 만약, 좋은 모범을 보이기 위하여, 신도들 앞에서 따분한 사람들(그의 가슴속 깊은 속에서는 그가 그들보다 베르뒤랭 내외 및 작은 핵을 이루고 있던 모든 사람들을 천 배는 더 좋아하였다)을 부인하였다면, 그 사람들과 교류하는 것을 베르뒤랭 무리가 용서하였을 것이다. 하지만 그것이 그로부터 얻어낼 수 없을 맹세의 위반임을 그들이 깨달았다.[117]

비록 그녀가 단 몇 번밖에 만나지 않았지만, 오데뜨가 그들에게 초대하기를 요청하였고 그들이 큰 기대를 걸었던 그 '신참', 즉 포르슈빌 백작과 스완 간의 차이는 얼마나 컸던가!(공교롭게도 그는 싸니에뜨와 동서지간이었고, 그러한 사실이 신도들을 놀라움으로 가득 채웠다. 늙은 고문서 학자의 태도가 어찌나 겸손했던지, 그들은 항상 그의 사회적 지위가 자기들보다 열등하리라 믿었고, 그가 부유하고 비교적 귀족적인 계층에 속해 있다는 사실을 알게 될 것이라고는 전혀 예상하지 못하였다) 포르슈빌이 상스럽게 태부리는 속물이었음에 반해, 스완은 의심할 나위 없이 그러한 사람이 아니었다. 또한 그 역시 스완처럼 베르뒤랭의 무리를 다른 모든 집단 위에 놓지 않았던 것은 의심할 나위 없는 사실이었다. 그러나, 자신이 알고 지내던 사람들에게 베르뒤랭 부인이 퍼붓던 명백하게 그릇된 비난에 스완이 합세하는 것을 막아주던, 그 천성적 섬세함이 포르슈빌에게는 없었다. 가끔 화가가 늘어놓곤 하던 과장되고 상스러운 장광설이나 꼬따르가 멈칫거리며 던지곤 하던 외판원 수준의 농담들에 대하여, 그 두 사람 모두를 나름대로 좋아하던 스완이, 그들의 잘못을 어렵지 않게 눈감아 주면서도 찬동할 용기와 위선을 드러내지 못한 반면, 포르슈빌은, 그로 하여금 농담을 이해하지도 못하면서 그것에 아연실색하고 경이로움에 사로잡히게 하고 장광설에서 큰 즐거움을 취하게 해주는, 자기의 지적 수준을 드러내곤 하였다. 그런데 바로 포르슈빌이 처음으로 참석한 베르뒤랭 댁에서의 만찬이 그러한 차이를 백일하에 드러냈고, 스완의 자질이 돋보이게 하여 그의 실총을 급전직하로 촉진하였다.

 그 만찬에, 단골들뿐만 아니라 쏘르본느의 교수인 브리쇼라는 사람도 참석하였는데, 그는 베르뒤랭 씨 내외를 온천에서 만났다고 하면서, 자기가 대학에서 맡고 있던 직책과 연구활동이 자기의 자유로운 순간들을 그토록 희귀하게 만들지만 않는다면, 두 내외분의 댁에 기꺼이 자주 올 것이라고 하였다. 왜냐하면, 자기가 삶에 대한 특이한 호기심, 그 맹목적인 애착을 가지고 있는 바, 의학을 신봉하지 않는 의사들이나 라틴어 작문을 중시하지 않는 고등학교 교사들, 특정 부류 지성인들의 연구 대상과 관련된 회의주의와 결합된 그 호기심이, 어느 분야에서나 그 지성인들에게, 폭 넓고 재기 번득이며 심지어 탁월한 지성이라는 명성을 가져다주기 때문이라고 하였다. 그가, 베르뒤랭 부인 댁에서 자기가 철학과 역사에 대하여 이야기할 때에는, 가장 현실적인 것에서 실례들 찾기를 매우 좋아하였는데, 우선 철학과 역사는 삶을 준비하는 하나의 과정에 불과하다고 믿었기 때문이었고, 그다음, 자기가 이제까지 책들을 통해서만 알았던 것을, 그 작은 동아리 속에서 실제적인 행동의 형태로 발견할 수 있으리라 상상하였기 때문이며, 더 나아가 아마, 지난날 특정 주제들에 대한 존경심이 자기에게 주입되어 자신도 모르는 사이에 그것을 간직하고 있는지라, 자기가 그들과 어울려 자유분방한 태도를 취함으로써, 대학인의 경향을 벗어던진다고 믿었기 때문이었을 것이다. 하지만 그 자유분방함이 그에게 그렇게 보인 것은, 그의 뜻과는 반대로, 그가 여전히 대학인으로 남아 있었기 때문이다.

 식사가 시작되기 무섭게, '신참'을 환영하는 뜻으로 한껏 치장을 한 베르뒤랭 부인 오른쪽에 앉았던 포르슈빌 씨가, 그녀에게 말하였다. "이 하얀 드레스가 참으로 독창적입니다." 그러자, 자신이 항상 '하나의 드(de)' 라고 부르던 것이[118] 어떻게 생겼는지 알고 싶은 호기심에 이끌려 잠시도 멈추지 않고 그를 관찰하면서, 그의 주의를 끌어 그에게 더 가까이 다가갈 기회를 찾고 있던 의사가 '하얀' 이라는 단어를 재빨리 나꿔채더니, 자기의 접시로부터 코끝도 쳐들지 않은 채 말하였다. "블랑슈?[119] 블랑슈 드 까스띠유?"[120] 그런 다음, 고개는 돌리지 않고, 줏대 없으며 미소 띤 시선을 좌우로 은밀히 던졌다. 스완이 괴롭고 부질없는 노력을 기울여 미소를 지으려 하였으나, 그러한 노력이, 자기가 그러한 신소리를 어리석다고 여긴다는 증언으로 변했음에 반해, 포르슈빌은, 즐거워하는 기색을 적당한 선에서 억제함으로써, 자신이 그 신소리의 세련됨을 높이 평가하며, 사는 법을 안다는, 두 가지 점을 과시하였고, 그러한 순진성이 베르뒤랭 부인을 매료하였다.

"저런 학자에 대해 어떻게 생각하세요?" 베르뒤랭 부인이 포르슈빌에게 물었다. "저 사람과는 단 2분 동안도 진지하게 이야기를 나눌 방도가 없어요." 그러고 다시 의사 쪽으로 고개를 돌리며 덧붙였다. "병원에서도 사람들에게 그러한 식으로 말씀하시나요? 그렇다면 무료할 틈이 없겠어요. 나도 환자로 받아달라고 해야겠어요."

"의사 선생께서, 제가 감히 이렇게 말합니다만, 블랑슈 드 까스띠유라는 그 까다로운 할망구에 대하여 말씀하신 것 같습니다. 사실 아닙니까, 부인?" 브리쇼가 베르뒤랭 부인에게 물었고, 그러자 그녀가 기절할 듯 눈을 감았고, 얼굴을 처박듯 두 손으로 감싸 잡았으며, 그곳으로부터 숨 가쁜 비명이 새어나왔다. "맙소사, 부인, 이 식탁 둘레에, 쑵 로사(장미꽃 밑에),[121] 경의를 표하는 영혼들이 있다면, 저는 그 영혼들을 놀라게 하고 싶지 않습니다…. 게다가 저는, 우리의 이 필설로 다 형언할 수조차 없는 아테네식—오! 얼마나 아테네 답습니까!—공화국이, 그 반계몽주의적 까뻬 왕조 여인[122]을 완력 센 경찰국장들 중 최초의 인물로[123] 존경할 수 있음을 시인합니다. 예, 사실입니다, 저의 친애하는 주인 양반, 정말 그렇습니다….” 베르뒤랭 씨가 이의를 제기하자, 그에 대한 답변으로, 음절들을 하나씩 떼어 힘주어 발음하면서, 그가 낭랑한 음성으로 덧붙였다. “그 사실의 확실성을 인정하지 않을 수 없는 『쌩—드니 수도원 연대기』[124]가, 그 점에 대해서는 어떠한 의혹도 남기지 않았습니다. 쒸제와 다른 베르나르 성자들이 말하는 바와 같이,[125] 속화(俗化)에 앞장섰던 그 프롤레타리아[126]에 의해 선택된 여주인으로는, 성자를 아들로 둔 그 어머니보다 더 적합한 여자가 없었고, 그녀가 성자에게 씁쓸한 맛을 보여 주기도 하였습니다.[127] 모든 사람들이 그녀로부터 호된 질책을 받았으니 말입니다.”

"저 신사께서는 누구이십니까? 일류급 인사인 것 같습니다.” 포르슈빌이 베르뒤랭 부인에게 물었다.

"어찌 그 유명한 브리쇼를 모르십니까? 유럽 전체에 그 명성이 자자합니다.”

"아! 저 사람이 브레쇼군!” 제대로 알아듣지 못한 포르슈빌이 그렇게 소리쳤다.[128] “저 사람에 대해서 저에게 많은 이야기를 해 주셔야겠습니다. 유명한 사람과 함께 저녁식사를 하는 것은 언제나 흥미로운 일입니다. 여하튼, 부인께서는 항상 정선된 분들과 자리를 함께 하도록 주선하신다고 말씀드려야겠습니다. 부인 댁에서는 도저히 무료함을 느낄 수 없겠습니다.” 그 유명하다는 사람으로부터 휘둥그레진 눈을 떼지 못한 채, 포르슈빌이 덧붙였다.

"오! 특히 아셔야 할 점은, 모두들 깊은 신뢰감을 느낀다는 것입니다." 베르뒤랭 부인이 겸손한 어조로 말하였다. "모두들 원하는 바를 거침없이 털어놓지요. 그리하여 대화가 불꽃처럼 연이어 분출하지요. 브리쇼가 오늘 저녁에 보여 주는 것은 별것 아니에요. 언젠가 한 번은, 이곳에서였지요, 어찌나 눈이 부시던지, 누구든 그 앞에서 무릎을 꿇어야 할 정도였어요. 그렇지만! 그가 다른 사람들의 집에 가면 영 다른 사람으로 돌변하지요. 더이상 기지도 없는 사람으로 변하는지라, 그의 입에서 몇 마디 단어나마 억지로 뽑아내야 할 지경이고, 심지어 따분한 사람이 되지요."

"신기하군요!" 포르슈빌이 놀란 기색으로 말하였다.

브리쇼의 것과 같은 유형의 기지가, 비록 진정한 지성과 양립될 수 있다고 할지라도, 스완과 젊은 시절을 함께 보낸 사람들 사이에서는 순전한 어리석음으로 간주되었을 것이다. 그리고 그 교수의 힘차고 영향 풍부한 지성이 아마, 스완이 기지 넘친다고 여기던 많은 사교계 사람들의 부러움을 자아낼 수도 있었을 것이다. 그러나 사교계 사람들이, 적어도 사교계 생활에 관련된 모든 것에 있어서는, 그리고, 예를 들어 대화라는 것처럼, 오히려 지성의 영역에서 유래한, 사교계에 부속된 부분들에서조차도, 자기들이 좋아하는 것과 싫어하는 것을 어찌나 명료하게 구분하여 그에게 주입시켰던지, 스완은 브리쇼의 농담들이 우스꽝스럽게 현학적이고 상스러우며 구토증을 일으킬 만큼 외설스럽다고 여길 수밖에 없었다. 게다가 평소 정중한 예의에 익숙해 있었던지라, 그 국수주의적 대학인이 사람들을 둘러보며 과장해 꾸미던, 거칠고 군대적인 어조에 충격을 받았다. 그리고 특히 그날 저녁에는 그가, 이상한 생각을 하여 오데뜨가 데려온 포르슈빌에게 베르뒤랭 부인이 한껏 베푸는 친절을 보고, 관대함을 아마 상당히 상실하였던 모양이다. 스완과 마주치자 조금 거북한 듯, 오데뜨가 도착하면서 그에게 물었다.

"제가 초대한 분에 대하여 어떻게 생각하세요?"

그러자, 이미 오래 전부터 알고 있던 포르슈빌이 여자의 환심을 살 수도 있으며 상당히 잘생겼음을 비로소 간파한 그가, 이렇게 대답하였다. "구역질나게 하는군!" 물론 그가 오데뜨로 인하여 질투심을 품을 생각은 없었다. 하지만 평소와 같은 행복감은 느끼지 못하였다. 그리하여, 블랑슈 드 가스띠유의 모친이 '앙리 쁠랑따주네와 결혼하기 전에 여러 해 동안 그와 동거하였다'[129]는 이야기를 시작하면서, 브리쇼가 스완으로 하여금 자기에게 그다음 이야기를 묻게 하고 싶어, 흔히들 자신의 말을 일개 농사꾼이라도 알아들을 수 있도록 하기 위하여 혹은 일개 병사에게 용기를 주기 위하여 짐짓 꾸미는 호쾌한 어조로, 스완에게 '스완씨, 그렇지 않습니까?'라고 하였을 때, 스완은, 자신이 블랑슈 드 가스띠유에 대하여 별 관심을 가지고 있지 않음을 양해하시기 바란다고 하면서, 화가에게 물을 것이 좀 있다고 대답하여, 브리쇼가 노리던 것을 깨끗이 무산시켰고, 그리하여 베르뒤랭 부인이 맹렬한 노기에 휩싸였다. 실제로 그날 오후 화가가, 베르뒤랭 부인의 친구였으며 얼마 전에 작고한 예술가의 작품 전시회에 갔었으며, 따라서 스완이 그를 통해(그의 취향을 높이 평가하였던지라) 고인의 마지막 작품들 속에, 이미 그 이전 작품들을 통해 사람들을 아연실색케 하였던 뛰어난 솜씨 이상의 것이 정말 있는지 알고 싶어하였다.

"솜씨 측면에서는 비범했으나, 사람들이 말하듯 그리 '뛰어난' 예술품 같지는 않았었는데 말씀입니다." 스완이 미소를 지으며 말했다.

"높아진[130]…. 국가 기관 높이로." 꼬따르가 짐짓 엄숙한 기색으로 두 팔을 쳐들며 스완의 말을 끊었다.

식탁에 둘러앉아 있던 사람들이 폭소를 터뜨렸다.

"그와 함께 있으면 아무도 진지한 태도를 유지할 수 없다고 제가 말씀 드렸지요." 베르뒤랭 부인이 포르슈빌에게 말하였다. "전혀 예상하지 못한 순간에 그의 입에서 익살맞은 농담이 불쑥 튀어나와요."

하지만 그녀는 오직 스완만 이맛살을 퍼지 않았음을 간파하였다. 게다가 스완은 꼬따르가 포르슈빌 앞에서 자기를 조롱한 것에 대하여 매우 못마땅해하였다. 그러나 화가는, 자기가 그와 단 둘이 있었다면 아마 하였을 대답, 즉 스완이 궁금해하던 대답을 하는 대신, 사라진 거장의 능란한 솜씨 위에 자기의 것 한 조각을 얹어, 회식자들의 찬사를 받는 편을 택하였다. 그가 말하였다.

"그것이 어떻게 만들어졌는지 보려고 다가가서 그 위로 코를 킁킁거려 보았습니다. 아! 이건 영! 도대체 그것이 무엇으로 만들어졌는지, 풀인지, 루비인지, 비누인지, 청동인지, 태양인지, 똥인지 알 수가 없었습니다!"

"더하기 1이면 12가 되지요." 의사가 소리쳤으나, 그것이 너무 늦어, 아무도 그 끼어든 말을 이해하지 못하였다.[131]

"아무것도 사용하지 않은 것 같았습니다." 화가가 다시 말을 이었다. "「야간 순찰」[132]이나 「여자 관리인들」[133]을 그릴 때 동원하였던 비결을 찾아내는 것만큼이나 불가능했습니다. 또한 그

짐승의 앞발로 말할 것 같으면, 렘브란트나 할스보다 더 강력했습니다. 모든 것이 그 속에 있습니다만, 참 아닙니다, 장담합니다."

그러더니, 부를 수 있는 최고음에 이르러서도 가성(假聲)으로, 즉 아주 약하게, 노래를 계속하는 가수들처럼, 그가 웃으면서, 그 그림이 마치 너무나 아름다워 어처구니없을 정도였다는 듯이, 다음과 같이 웅얼거리는 것으로 만족하였다.

"냄새가 좋고, 보는 사람의 머리를 사로잡고, 숨을 멈추게 하고, 간지럽히는데, 도무지 무엇으로 이루어졌는지 알게 해줄 한 가닥 실마리조차 없습니다. 마법사의, 교활한 술책의, 기적의(아예 웃음을 티뜨렸다) 산물이며, 한 마디로 부정직한 작품입니다!" 그러고 나서 문득 말을 멈추더니, 다시 고개를 엄숙하게 쳐들고, 조화롭게 만들려 애쓰던 깊은 저음으로 한마디 덧붙였다. "그리고 아주 성실합니다!"

그가 「야간 순찰」보다 더 강력하다'고 하여, 「야간 순찰」과 「제9번」 및 「사모트라케」[54]를 이 세상에서 가장 위대한 걸작품들로 여기는 베르뒤랭 부인이 불경한 소리라고 항변하던 순간과, '똥으로 만들었다'는 말이 사람들의 공감을 얻었는지 보기 위하여 포르슈빌이 좌중을 한 번 둘러보며, 점잖은 체하는, 그리고 화해를 구하는 듯한, 미소를 입가에 흘리던 순간을 제외하고는, 스완 이외의 모든 참석자들이 감탄하여 넋 잃은 시선을 시종 화가에게 고정시켰다.

"그가 저렇게 흥분해 날뛸 때에는 정말 재미있어요." 화가가 장광설을 마치자, 포르슈빌 씨가 처음으로 참석한 날 만찬석이 그토록 때맞춰 재미있어진 것에 황홀해진 베르뒤랭 부인이 소리쳤다. "그리고 당신, 도대체 무슨 일이 있길래 커다란 짐승처럼 그렇게 입을 헤 벌리고 있는 거예요?" 그녀가 자기의 남편에게 말하였다. "당신도 그가 말을 잘한다는 사실을 알면서." 그러더니 다시 화가에게 말하였다. "누가 보면 저의 남편이 당신의 말씀을 처음 듣는 줄 알겠어요. 당신이 말씀하시는 동안 저의 남편을 보셨다면, 그가 당신을 마시는 것으로 믿으셨을 거예요. 그리고 내일이 되면, 당신이 하신 말씀을 단 한 단어도 빠뜨리지 않고 우리에게 읊어댈 거예요."

"제가 드린 말씀은 객담이 아닙니다, 결코 그렇지 않습니다." 자기가 거둔 성공에 황홀해져 화가가 말하였다. "제가 헛소리를 하며 허세를 부린다고들 생각하시는 기색이십니다. 제가 여러분을 모두 그곳으로 모시고 갈테니, 직접 보시고, 제가 과장을 하는 것인지 말씀들 해보시지요. 모두들 저보다 더 흥분해서 돌아오실 것이라는 보증서를 써드릴 수도 있습니다!"

"물론 우리들은 당신이 과장한다고 생각하지 않습니다. 오직 당신이 어서, 그리고 저의 남편도, 음식 드시기를 바랄 뿐입니다." 그리고 다시 시중들던 사람들에게 말하였다. "저 선생님께 노르망디산 가자미를 다시 가져다드려요. 보다시피 저분의 가자미가 다 식었어요. 마치 이 집에 불이라도 난 듯 서둘러 음식을 내오는데, 우리가 그토록 바쁘지 않으니, 샐러드는 조금 기다렸다가 내오도록 해요."

꼬따르 부인이 겸손하고 말수 적은 편이었지만, 운 좋은 영감에 이끌려 적절한 단어 하나를 발견하면 자신감을 살릴 줄 알았다. 그녀는 그 단어가 성공을 거둘 것이라 느꼈고, 그 순간 자신감을 얻었으며, 그녀가 그 단어를 놓치지 않고 이용한 것은, 자신의 기지를 뽐내기 위해서가 아니라, 자기 남편의 경력에 도움이 되기 위해서였다. 그리하여 그녀는 베르뒤랭 부인의 입에서 나온 샐러드라는 단어가 그냥 스쳐 지나가게 내버려 두지 않았다.

"일본식 샐러드는 아니지요?" 그녀가 오데뜨 쪽으로 고개를 돌리며 나지막하게 말하였다.

그리고 나서, 뒤마의 그 소문 자자한 새 작품[135]에 대해 조심스러우나 명료하게 변죽을 울린 자신의 과감성과, 그 계제의 적절함에 스스로 황홀해져, 소란스럽지는 않되 너무나 참을 수 없어 잠시 동안 억제하지 못하던, 어수룩한 여인의 매력적인 웃음을 터뜨렸다. "저 부인은 누구이십니까? 기지가 뛰어난 분입니다." 포르슈빌이 말하였다.

"일본식 샐러드는 아니에요. 하지만 모든 분들이 금요일 만찬에 참석하시면 만들어드리겠어요." 베르뒤랭 부인이 말하였다.

"선생님께서 보시기에 제가 촌여자 같을 것입니다." 꼬따르 부인이 스완에게 말하였다. "하지만 저는 모든 사람들 입에 오르내리는 그 유명한 『프랑시옹』을 아직 관람하지 못하였어요. 의사 양반은 이미 그것을 관람하러 가셨었고(선생님과 그날 저녁을 함께 보낸 것이 무척 즐거웠다고 그 양반이 저에게 한 말까지 저는 기억하고 있어요), 따라서 솔직히 말씀 드리지만, 그 양반이 저와 함께 그것을 다시 관람하기 위하여 자리를 예약하는 것은 사리에 합당치 않다고 생각하였습니다. 물론 떼아트르–프랑쎄에서 보낸 저녁 시간을 아까워할 사람은 없을 것입니다. 공연이 항상 탁월하니까요. 그러나 저희들에게는 매우 친절한 친구들이 있어(꼬따르 부인은 사람의 이름을 입에 올리는 경우가 극히 드물었고, 단지 '우리의 친구들' 혹은 '제 여자 친구들 중 하나' 등과 같은 표현을, 우아하게, 인위적인 음성으로, 그리고 자기가 원하는 사람의 이름만을 밝히는 이의 젠체하는 기색으로 사용하는 것에 그치곤 하였다),

칸막이 특별석을 가지고 있는 그들이 볼만한 새로운 작품이 있으면 언제든 저희들을 데려가고자 하는지라, 저는 항상, 다소 이르건 혹은 늦건 상관하지 않고, 『프랑시옹』을 관람할 수 있으리라 확신하였으며, 그 작품에 대한 제 나름대로의 견해를 가질 수 있게 되리라 믿었어요. 하지만 제가 자주 당황하는 경우가 있음을 고백할 수밖에 없군요. 제가 참석하는 모든 모임에서 그 가엾은 일본식 샐러드 이야기만 자연스럽게 나오기 때문이에요. 그리하여 이제는 그 이야기에 조금씩 지치기 시작하는 것 같아요." 그토록 사람들의 입을 달구는 관심사에 스완이 자기가 생각했던 것만큼 관심을 보이지 않음을 눈치채고, 그녀가 덧붙였다. "하지만 그러한 현상이 가끔은 상당히 재미있는 생각을 하게 되는 구실이 됨을 인정할 수밖에 없어요. 따르는 사람 많고 인기 있으며, 매우 아름다움에도 불구하고 매우 괴팍한 여자인 친구 하나가 저에게 있는데, 알렉상드르 뒤마(아들)가 극작품 속에서 언급한 모든 것을 넣어 그 일본식 샐러드를 자기의 집에서 조리하게 하였다고 합니다. 그런 다음 친구 몇을 초대하여 그것을 먹였답니다. 불행하게도 저는 그녀들 축에 끼지 못하였어요. 하지만 얼마 전 그녀가 그녀의 정기적인 모임이 있던 날 저에게 그 이야기를 해주었어요. 그런데 그 맛이 고약했던 모양입니다. 모두들 그 이야기를 듣고 눈물이 나도록 웃었답니다. 그러나 아시다시피 모든 것은 이야기하는 방법에 달렸어요." 스완이 시종 엄숙한 표정을 견지하고 있는 것을 보고 그녀가 그렇게 덧붙였다.

그리고 스완이 아마 『프랑시옹』을 좋아하지 않기 때문일 것이라 짐작하였던지, 다시 한 마디 더 하였다.

"게다가 틀림없이 제가 실망하였을 거예요. 제가 생각하기로는 그 작품이 크레씨 부인의 우상인 『쎄르주 빠닌느』보다 훨씬 못한 것 같아요. 이 작품에는 적어도 깊은 상념에 잠기게 하는 진지한 주제들이 있는데, 떼아트로-극장 무대 위에서 샐러드 조리법이나 장황하게 늘어놓다니! 『쎄르주 빠닌느』는 전혀 딴판이지요! 게다가, 죠르주 오네의 펜으로부터 나온 모든 것이 그렇듯, 항상 글이 멋있어요. 선생님께서도 『철공소 주인』이라는 작품을 아시는지 모르겠어요. 저는 『쎄르쥬 빠닌느』보다도 그 작품을 더 좋아합니다."[136]

"용서하십시오. 하지만, 솔직히 고백합니다만, 제가 그 두 걸작품 각각에 대하여 가지고 있는, 찬미하지 않는 마음은 서로 비슷합니다." 스완이 빈정거리는 기색으로 그녀에게 말하였다.

"정말이지, 그 작품들의 어떤 점을 나무라십니까? 혹시 그것들이 다소 슬프다고 생각하시나요? 여하튼, 제가 항상 말하는 바와 같이, 소설이나 극작품들에 대해서는 절대 토론하지 말아야 해요. 각자에게 나름대로의 보는 방식이 있는 법, 따라서 제가 가장 좋아하는 것을 선생님께서는 타기할 것으로 여기실 수 있어요."

그녀의 말이, 스완에게 마침 큰 소리로 질문을 던진 포르슈빌에 의해 중단되었다. 사실은, 꼬따르 부인이 『프랑시옹』에 관한 이야기를 하고 있던 동안에, 포르슈빌은 화가의 그 짤막한 연설(speech)[137]에 대하여 자기가 갖게 된 찬미의 정을 베르뒤랭 부인에게 털어놓았다.

"저 신사께서는 언변이 능란하고, 기억력이 탁월합니다!" 화가의 말이 끝나자 그가 베르뒤랭 부인에게 말하였다. "보기 드문 사람입니다. 빌어먹을! 저에게도 저런 말솜씨가 있으면 좋겠습니다. 그는 훌륭한 설교사가 될 수도 있겠습니다. 부인께서 브레쇼 씨와 함께 우열을 가리기 어려운 두 인물을 거느리고 계시다고 말할 수 있을 것 같습니다. 혓바닥 재주에 있어서는 저 신사가 교수를 무력화시키지 않을지 모르겠습니다. 언사가 더 자연스럽고, 기교를 부리지 않습니다. 비록 가끔 다소 속된 어휘들을 사용하긴 하지만, 그것은 오늘날의 취향입니다. 저희들이 병영에서 사용하던 표현입니다만, 저토록 능란하게 타구(唾具)를 잡고 있는[138] 경우는 별로 보지 못하였습니다. 참, 그 병영에 저의 동료 한 사람이 있었는데, 저 신사를 보니 그 동료 생각이 언뜻 저의 뇌리를 스칩니다. 무엇에 대해서도, 글쎄 어떤 예를 들어야 할지 모르겠습니다만, 예를 들어 이 유리잔에 대해서도, 그는 몇 시간 동안이고 목구멍을 움직일 수 있었습니다. 아, 물론 여기 있는 이 유리잔은 아닙니다. 제가 멍청한 소리를 지껄이고 있습니다. 하지만 가령 워털루 전투에 대해 이야기를 꺼내면, 가끔, 아무도 생각조차 하지 못하였을 것들을 저희들 앞에 늘어놓곤 하였습니다. 그런데 스완이 같은 연대에 있었습니다. 따라서 그도 틀림없이 그 동료와 알고 지냈을 것입니다."

"스완 씨를 자주 만나시나요?" 베르뒤랭 부인이 물었다.

"천만에요." 포르슈빌 씨가 대답하였다. 그리고, 오데뜨에게 더 쉽사리 접근하기 위하여 스완의 마음에 들기를 갈망하고 있었던 차라, 그에게 아부하기 위하여, 그의 화려한 사회적 관계들에 대하여 말할, 그러나 사교계 인사답게 다정한 비판적 어조로, 그리고 그러한 관계들을 뜻밖의 성공처럼 축하하는 듯한 기색을 띠지 않고 말할, 그 좋은 기회를 붙잡고 싶었던지라 이렇게 말하였다. "그렇지 않은가요, 스완? 내가 당신을 볼 기회가 전혀 없어요. 저 짐승이 항상 라 트레무이유나 롬므[139] 등, 여하튼 그러한 집들에게만 가서 틀어박혀 있는지라…!" 한 해 전부터 스완이 거의 베르뒤랭 내외의 집에만 드나들고 있었으니, 그것은 터무니없는 나무람이었다. 하지만 두 내외와 친분이 없는 사람들의 경우, 그 집에서는 그 이름만 들려도 비난조의 침묵이 감돌았다. 베르뒤랭 씨는 그 '따분한 사람들'의 이름이, 특히 모든 신도들의 면전에 그렇게 요령 없이 던져져서, 자기의 아내에게 남겼을 괴로운 인상이 걱정스러워져, 불안한 염려 가득한 시선을 슬금슬금 그녀에게로 던졌다. 그 순간 그가 보자니, 베르뒤랭 부인은, 조금 전 자기에게 통보된 소식을 공식적으로 인정하지 않고, 그 소식에 전혀 끄떡도 하지 않으려 결심한 듯, 그리고 잘못을 저지른 어떤 친구가 대화 도중에 사과하는 말을 슬쩍 밀어 넣으려 할 경우 그것에 항의하지 않고 귀를 기울인다면 그 사과를 받아들이는 것으로 보이게 될 때, 혹은 어떤 사람이 우리 앞에서 어느 배은망덕한 자의 이름을 꺼낼 때 우리가 짐짓 그러듯, 벙어리 흉내를 낼 뿐만 아니라 귀머거리 행세까지 하기로 결심한 듯, 자기의 침묵이 동의처럼 보이는 것이 아니라 무생물의 아무것도 모르는 침묵처럼 보이도록 하기 위하여, 문득 자신의 얼굴에서 일체의 생기와 가동성(可動性)을 깨끗이 털어냈다. 그리하여 그녀의 툭 불거진 이마는 하나의 아름다운 환조(丸彫)[140] 습작품에 불과했고, 스완이 항상 가서 처박혀 있곤 한다는 집의 라 트레무이유라는 이름은 그 속으로 도저히 침투할 수 없었다. 하지만 그녀의 가볍게 주름진 코가 생명을 본뜬 듯한 오목한 해안선 모양을 드러내고 있었다. 살짝 열린 입도 곧 말을 할 것 같았다. 그녀는 내버려진 한 덩이 밀랍, 하나의 석고 가면, 기념 조각상의 견본, '산업관'[141]에 전시할 하나의 흉상에 불과했고, 관람객들이 그 흉상 앞에 이르면, 조각가가, 라 트레무이유 가문과 롬프 가문 사람들의 품위와 정면으로 상반된, 그 두 가문 및 이 지상의 모든 '따분한 사람들'과 대등한 베르뒤랭 집안 사람들의 절대적인 품위를 표현하면서, 돌의 하얀 색과 단단함에 교황의 것에 가까운 장엄함을 부여하는데 어떻게 성공하였는지 보고 찬탄하기 위하여, 틀림없이 걸음을 멈추었을 것이다. 그러나 대리석이 결국 생기를 되찾고, 라 트레무이유 같은 집안의 여자가 항상 술에 취해 있고 남편이 꼬리도(corridor,복도)를 꼴리도(collidor)라 할 만큼 무지하다 하여, 그러한 집에 가는 것을 혐오스럽게 여겨서는 아니 된다는 뜻을 넌지시 비쳤다.

"그런 물건이 나의 집에 들어오게 하려면 나에게 비싼 대가를 지불해야 할 거예요…." 베르뒤랭 부인이 스완을 강압적인 기세로 쏘아보면서 결론 내리듯 말하였다.

의심할 나위 없이 그녀는, 그가 피아니스트의 숙모가 보인 성스러운 단순함을 모방할 정도로 복종할 것이라고는 기대하지 않았을 것이다. 피아니스트의 숙모는 이렇게 소리쳤다.

"저 꼴이 보입니까? 저를 놀라게 하는 것은, 그들에게 아직도 기꺼이 말을 건네는 사람들이 있다는 사실입니다. 저는 두려울 것 같아요. 한 번 상처를 입으면 가망이 없어요! 도대체 어떻게 아직도 그들의 뒤를 따라다닐 만큼 상스러운 사람들이 있을 수 있나요?"

하지만 적어도 포르슈빌처럼 이렇게는 대꾸하기를 기대하였을 것이다. "하지만 공작 부인 입니다. 아직도 그런 것에 강한 인상을 받는 사람들이 있습니다." 그러면 적어도 베르뒤랭 부인이 이렇게 반박할 수 있었을 것이다. "그것이 그들에게 큰 복을 안겨 주기를!" 하지만 스완은, 그러는 대신, 그러한 정상적이지 못한 언동 따위는 진지하게 여길 수조차 없다는 듯한 기색으로, 그저 웃기만 하였다. 베르뒤랭 씨는, 여전히 자기의 처에게 슬금슬금 눈길을 던지면서도, 그녀가 이단을 뿌리 뽑지 못하는 종교재판소 재판장의 노여움에 휩싸여 있음을 보며 슬퍼하였고, 또 그 모든 것을 너무나 잘 이해하였기 때문에, 스완으로 하여금 공개적으로 자신의 생각을 취소하도록 유도하기 위하여, 또한 그의 견해에 수반된 용기가, 그 견해에 동의하지 않는 사람들의 눈에는 항상 하나의 계산 혹은 일종의 비겁함으로 여겨지기 때문에, 스완에게 당돌한 어조로 말을 건넸다.

"당신의 생각을 툭 터놓고 말씀해 보시오. 우리가 당신의 말을 그들에게 옮기지 않겠소."

그러자 스완이 이렇게 대답하였다.

"그것은 전혀 공작 부인이 두려워서가 아닙니다(라 트레무이유 가문에 대해서 말씀하시는 것이라면). 단언하거니와, 모두들 그녀의 집에 가는 것을 좋아합니다. 저는 그녀가 '심오하다'는 말은 하지 않겠습니다(그는 심오하다는 말을 마치 그것이 우스꽝스러운 말이기나 한 듯 발음하였다. 음악에 대한 사랑 때문에 현저해진 일종의 혁신이 그로 하여금 잠정적으로나마 상실케 한, 기지 뽐내던 습관의 흔적을 그의 언어가 간직하고 있었기 때문이다―그는 가끔 자기의 견해를 열정적으로 표출하곤 하였다―). 그러나, 아주 진지하게 말씀드리거니와, 그녀는 이지적이고 그녀의 남편은 진정한 교양을 갖추었습니다. 모두 매력적인 사람들입니다."

그리하여 베르뒤랭 부인은, 그 이교도 하나로 인하여 '작은 핵'의 정신적 통합의 실현을 꾀하던 그녀의 시도가 방해를 받을 것이라 느껴, 자기가 하는 말이 그녀에게 얼마나 큰 고통을 안겨주는지 전혀 깨닫지 못하는 그 완고한 자에게로 향한 광적인 분노에 휩쓸린 나머지, 가슴속 깊은 곳으로부터 터져나오는 절규를 억제할 수 없었다.

"원하신다면 그렇게 생각하세요. 그러나 적어도 그러한 말을 우리들 앞에서는 하지 말아요."

"모든 것은 당신이 지성이라 칭하는 그것에 달렸소." 자기도 이목을 끌고 싶어 포르슈빌이 끼어들었다. "이보시오, 스완, 당신이 생각하는 지성이란 것은 무엇이오?"

"바로 그거예요!" 오데뜨가 소리쳤다. "설명해 달라고 제가 그에게 항상 요청하는 중대한 것이 바로 그것인데, 그는 도무지 그러고 싶지 않은 모양이에요."

"물론 그러고 싶어요…." 스완이 항변하였다.

"그 허풍!" 오데뜨가 말하였다.

"담배 쌈지?[142)]" 의사가 물었다.

"당신이 생각하는 지성이란 것이, 사교계의 뻔뻔스러운 수다, 혹은 슬그머니 환심을 살 줄 아는 사람들을 가리키나요?" 포르슈빌이 다시 물었다.

"접시를 치울 수 있도록, 어서 당신의 중간후식[143)]을 마저 잡수세요." 베르뒤랭 부인이 짜증 섞인 음성으로 싸니에뜨에게 말하였다. 그가 어떤 생각에 골몰하여, 먹기를 멈추고 있었기 때문이다. 그러더니 자기의 어조가 조금 무색했던지, 다시 고쳐 말하였다. "괜찮아요, 천천히 잡수세요. 제가 그렇게 말한 것은 다른 분들을 위해서였어요. 이어서 다른 음식을 올리는 데 방해가 되기 때문이었어요."

"그 온건한 무정부주의자[144)] 훼늘롱의 글 중에, 지성에 대하여 내린 매우 신기한 정의가 있습니다…." 브리쇼가 음절 하나하나를 망치로 두드리듯 끊어서 힘주어 말하였다.

"잘 들어 보세요!" 베르뒤랭 부인이 포르슈빌과 의사에게 말하였다. "저 양반이 우리들에게 지성이라는 것에 대하여 훼늘롱이 내린 정의를 이야기해 주시려 해요. 재미있는 일이에요. 우리들이 그런 것을 배울 기회가 항상 찾아오지는 않아요."

그러나 브리쇼는 스완이 자기가 내린 정의를 내놓기를 기다렸다. 스완이 아무 대꾸 하지 않았고, 그렇게 슬쩍 피하여, 베르뒤랭 부인이 즐거워하며 포르슈빌에게 마련해 주려 하던 화려한 싸움판을 무산시켰다.

"당연해요. 항상 저에게 하던 버릇이에요." 오데뜨가 토라진 어조로 말하였다. "그가 수준에 미치지 못한다고 여기는 사람이 유독 저뿐만 아니라는 사실을 알게 되어 그리 유감스럽지는 않네요."

"베르뒤랭 부인께서 별로 추천할 만한 사람들이 아니라고 하시던 라 트레무아이유[145] 집안 사람들이, 혹시 그 착한 스놉[146] 쎄비녜 부인이 알게 되어, 그리고 그것이 자기 영지의 농사꾼들에게 유익하기 때문에, 행복하다고 고백하던 그 인물들의 후손입니까?" 브리쇼가 각 음절을 또박또박 힘주어 발음하며 물었다. "그 후작 부인에게 다른 이유가 있었던 것은 사실이며, 그 다른 이유가 그녀에게는 글에 표방된 이유보다 중요했을 것입니다. 그 혼이 글장이었던고로, 그녀가 모방을 그 무엇보다 중시하였을 것입니다. 그런데 그녀가 자기의 딸에게 정기적으로 보낸 일기를 보면, 세력가들로부터 많은 정보를 수집해 가지고 있던 트레무아이유 부인이, 대외 정책을 주도하였습니다."

"천만에요, 저는 같은 가문이라고 생각하지 않아요." 베르뒤랭 부인이 내키는 대로 서둘러 말하였다.

우두머리 시중꾼에게 아직도 음식 가득했던 접시를 서둘러 넘겨준 후, 줄곧 명상하는 기색으로 침묵 속에 다시 잠겨 있던 싸니에뜨가, 이윽고 침묵에서 벗어나 웃으면서 라 트레무아이유 공작과 함께하였다는 만찬 이야기를 하였고, 죠르주 쌍드[147]가 여인의 가명이라는 것을 공작이 모르더라고 하였다. 싸니에뜨에 대한 동정심을 품고 있던 스완은, 공작의 교양에 관한 상세한 이야기를 그에게 해주어, 공작이 그러한 사실을 모르는 것이 실상 불가능함을 입증해 보여 주어야 한다고 생각하였다. 그러나 문득 그가 말을 중단하였다. 싸니에뜨에게 그러한 입증이 필요치 않으며 싸니에뜨도 그러한 사실을 잘 알고 있음을 깨달았는데, 그가 문득 말을 중단한 것은, 조금 전 싸니에뜨가 거짓 이야기를 지어낸 이유 때문이었다. 그 착한 사람은 항상, 베르뒤랭 내외가 자기를 따분한 사람으로 여긴다는 사실에 괴로워하고 있었다. 그런데 그날 만찬에서는 자신이 평소보다도 더 빛을 잃었다고 느껴, 그들을 즐겁게 해주는데 성공하지 못한 채 만찬을 끝내고 싶지는 않았다. 그가 어찌나 빨리 항복을 선언하던지, 기대하던 결과가 무산된 것을 보고 어찌나 불행한 기색을 드러내던지, 그리고 이제 너 이상 필요없게 된 '좋아요, 좋아, 여하튼 비록 내가 잘못 들었다 해도 그것이 범죄는 아니라고 생각해요' 따위의 반박에, 스완이 악착스럽게 달라붙지 않게 하려고 어찌나 비굴한 어조로 대꾸하던지, 스완은 그의 이야기가 모두 사실이며 또 무척 재미있노라고 대답할 수 있다면 얼마나 좋을까 하는 생각에 잠기기도 하였다. 두 사람의 말에 귀를 기울이고 있던 의사가, 그러한 경우를 두고 '쎄 논 에 베로(Se non è vero)'[148]라고 말할 수 있으리라는 생각을 하였다. 그러나 단어들에 자신이 없었고, 혹시 혼동할까 두려워하여 입을 다물었다.

만찬 후, 포르슈빌이 의사에게 스스로 다가가 말을 건넸다.
"베르뒤랭 부인이 한때는 상당히 괜찮은 여자였을 것임에 틀림없소. 게다가 지금도 함께 이야기를 나눌 수 있는 사람이고,

나에게는 그 점이 무엇보다도 중요하오. 물론 그녀가 이제 조금씩 늙기 시작하오. 그러나 크레씨 부인은 상당히 총명해 보이는 귀여운 여인이오. 아! 제기랄, 그녀가 아메리카의 눈[149]을 가지고 있음을 즉각 알 수 있어요…! 우리가 지금 크레씨 부인 이야기를 하고 있는 중입니다…." 마침 담뱃대를 입에 문 채 그들에게로 다가오던 베르뒤랭 씨에게 그가 말하였다. "제가 상상하거니와 여인의 몸매로서는…."

"저는 저의 침대 속에 천둥보다는 그것을 갖고 싶습니다."[150] 혹시 대화의 흐름이 방향을 바꾸면 적절한 계제가 다시 돌아오지 않을 것이라 근심하면서, 그 옛 농담을 끼워넣기 위하여, 잠시 전부터 포르슈빌이 숨 돌릴 순간을 초조히 기다리던 꼬따르가 서둘러 입을 열었고, 하나의 낭독에 불가분하게 수반되는 차가움과 불안을 덮어 가리려는 듯, 지나치게 자발적으로 또 확신을 가지고 읊어댔다. 포르슈빌이 그 농담을 알고 있었으며, 그 뜻을 이해하였고, 재미있어하였다. 한편 베르뒤랭 씨는, 자기의 즐거움을 드러냄에 있어 조금도 주저하지 않았다. 얼마 전부터 즐거움을 표명하기 위하여 상징 하나를 고안하여 사용하기 시작하였기 때문인데, 자기의 처가 일상 사용하는 것과 다르지만, 못지않게 간단하고 명료했다. 그가 폭소를 터뜨리는 사람의 머리 및 어깨 동작을 겨우 시작하였는가 싶은데, 마치 지나치게 웃다가 담뱃대의 연기를 들이마시기라도 한 듯, 즉시 기침을 해대기 시작하였다. 그리고 여전히 입 귀퉁이로 담뱃대를 문 채, 숨이 막힌 채 폭소를 터뜨리는 시늉을 한없이 연장하였다. 그리하여, 그와, 맞은편에서 화가가 들려주는 이야기에 귀를 기울이면서 자기의 두 손바닥에 얼굴을 처박기 전에 눈을 감던 베르뒤랭 부인은, 즐거움을 서로 다르게 형상화하는 극장의 두 가면과 같았다.

 게다가 베르뒤랭 씨가 입에서 담뱃대를 떼지 않은 것은 현명한 일이었으니, 잠시 자리를 떠날 필요를 느낀 꼬따르가, 배운지 얼마 아니 되었고 같은 장소에 가야 할 때마다 되풀이하던 농담을 나지막한 음성으로 던졌기 때문이다. "제가 잠시 오말 공작과 이야기를 나누러 가야겠습니다."[151] 그리하여 베르뒤랭 씨의 발작적인 기침이 다시 시작되었다.
 "이것 보세요, 당신의 담뱃대를 입에서 떼세요. 그렇게 웃음을 참다가 질식하시겠어요." 강한 증류주를 권하러 오던 베르뒤랭 부인이 남편에게 말하였다.
 "부군께서는 정말 매력적이십니다. 기지가 뛰어나십니다." 포르슈빌이 꼬따르 부인에게 큰 소리로 칭찬을 늘어놓았다. 그리고 다시 베르뒤랭 부인에게 말하였다.
 "저와 같은 늙은 병사는 독주 한 모금을 절대 사양하지 않습니다. 감사합니다, 부인."
 "포르슈빌 씨께서 오데뜨가 매력적이라고 하시오." 베르뒤랭 씨가 자기의 처에게 말하였다.
 "마침 그녀 역시 댁과 함께 점심식사를 한 번 하고 싶다는군요. 저희들이 그 일을 주선하겠어요. 하지만 스완이 그 사실을 알아서는 아니 됩니다. 솔직히 말씀드리지만, 그가 사람들을 조금 불편하게 합니다. 점심식사를 저희들과 함께 하신 날에도 물론 만찬에 참석하시지 못할 이유가 없습니다. 저희들은 자주 뵙기를 원합니다. 이제 아름다운 계절이 다가오니, 자주 야외에서 저녁식사를 할 생각입니다. 불론뉴 숲에서 간단한 저녁식사를 해도 괜찮겠습니까? 아주 멋있을 것입니다." 그러더니 젊은 피아니스트에게 느닷없이 큰 소리로 외쳤다. "당신, 맡은 일 하지 않을 거에요?" 포르슈빌과 같은 비중 있는 신참 앞에서, 자신의 기지를 뽐냄과 동시에, 신도들 위에 군림하는 자기의 절대적인 권위를 과시하기 위함이었다.

"포르슈빌 씨께서 저에게 당신의 험담을 하시던 중이었어요." 남편이 응접실로 돌아오자 꼬따르 부인이 그에게 말하였다.

하지만 그는, 만찬이 시작되던 순간부터 그의 뇌리를 사로잡고 있던, 포르슈빌이 귀족이라는 상념에만 매달려, 그녀의 말에 이렇게 대꾸하였다.

"현재 나는 남작 부인 하나를, 푸트부스 남작 부인을 치료하고 있소. 푸트부스 가문[152]은 십자군 원정에 참가하였소. 그렇지 않소? 그들은 포메라니아 지방에 꽁꼬르드 광장 열 개 크기의 호수 하나를 가지고 있어요.[153] 내가 그녀의 류머티스성 관절염을 치료하고 있는데, 매력적인 여인이에요. 게다가 내가 알기로는 그녀도 베르뒤랭 부인과 친분이 있는 것 같아요."

그러한 말이 포르슈빌로 하여금, 잠시 후, 그가 다시 꼬따르 부인과 단둘이 마주하게 되었을 때, 그녀의 남편에 대한 호의적인 평가를 보충할 수 있게 해주었다.

"게다가 부군께서는 참으로 흥미로운 분입니다. 그가 많은 사람들과 교류하고 있음을 알 수 있습니다. 참말로, 의사들이라는 사람들은 아는 것도 많지!"

"제가 스완 씨를 위하여 쏘나따의 그 악절을 연주하겠습니다." 피아니스트가 하는 말이 들려왔다.

"아! 빌어먹을! 그것이 적어도 '쏘나따 독사'[154]는 아니겠지요?" 포르슈빌 씨가 강한 인상을 주기 위하여 그렇게 물었다.

그러나 의사 꼬따르는, 일찍이 그러한 신소리를 들어본 적이

2부 스완의 어떤 사랑　129

없었던지라, 그 말의 뜻을 이해하지 못하였고, 포르슈빌 씨가 오류를 범한 것으로 믿었다. 그가 급히 다가가서 잘못을 고쳐주려 하였다.

"아닙니다, 쏘나따 독사라고들 하지 않고 방울독사[155]라고 합니다." 그가 열렬하고 조급하며 의기양양한 어조로 말하였다.

포르슈빌이 그에게 신소리의 의미를 설명해 주었다. 의사가 얼굴을 붉혔다.

"솔직히 말씀해 보시오, 의사양반, 재미있지 않아요?"

"오! 저도 그것을 오래 전부터 알고 있었습니다." 꼬따르가 대답하였다.

그러나 두 사람은 이내 입을 다물었다. 두 옥타브 떨어진 곳에서 전율하는 지속음으로 자기를 보호하고 있던 바이올린 트레몰로의 격정적인 흔들림 밑으로—마치 산악지역에서, 외견상 움직이지 않으나 현기증 일으키는 어느 폭포 뒤, 이백 삐에 저 아래에 있는, 산책하는 여인의 미세한 형체가 보이듯—그 소악절이, 투명하고 부단하며 소리를 내는 커튼의 길게 펼쳐진 자락의 보호를 받으면서, 멀리, 우아한 자태를 드러내며 이제 막 나타났기 때문이다. 그 순간 스완은, 마치 자기의 사랑을 잘 아는 가장 신뢰하는 어느 여인에게 그러듯, 포르슈빌 따위에게는 신경쓰지 말라고 그에게 자신 있게 말해줄 오데뜨의 친구에게 그러듯, 그 소악절에게, 가슴속 깊은 곳에서 하소연하듯 말을 건넸다.

"아! 늦으셨군요." 겨우 '이쑤시개 자격으로'[156] 초대한 어느 신도에게 베르뒤랭 부인이 말하였다. "우리가 그 누구와도 비교할 수 없는, 화술 뛰어난 브리쇼를 모셨지요! 하지만 그는 이미 돌아갔어요. 그렇지 않아요, 스완 씨? 두 분이 만나신 것은 이번이 처음이라고 생각해요." 스완이 그를 알게 된 것이 자기의 덕이라는 점을 그에게 환기시키기 위한 말이었다. "우리의 브리쇼가 매혹적이었지요, 그렇지 않아요?"

스완이 상체를 굽히며 정중하게 예의를 표하였다.

"아니에요? 그가 당신의 관심을 끌지 못하였나요?" 베르뒤랭 부인이 그에게 냉담한 어조로 물었다.

"물론 그랬지요, 부인, 아주 많이, 저도 매료당했습니다. 하지만 저의 취향에는 조금 독선적이고 지나치게 명랑한 느낌이었습니다. 그가 때로는 조금 주저하는 빛을 보이고 좀 더 부드러우면 좋겠다는 것이 저의 생각입니다. 하지만 여하튼 그가 박식하고 성품 좋은 사람처럼 보이는 것은 느낄 수 있습니다."

모든 사람들이 아주 늦은 시각에 돌아갔다. 꼬따르가 자기의 아내에게 한 첫 마디는 이러했다.

"베르뒤랭 부인이 오늘 저녁처럼 이야기에 열을 올리는 것은 별로 본 적이 없소."

"베르뒤랭 부인이 정확히 말해 어떤 사람이오? 반쪽 비버[157]요?" 함께 돌아가자고 화가에게 제안한 포르슈빌이 물었다.

오데뜨는 포르슈빌이 멀어져 가는 것을 애석한 마음으로 바라볼 뿐, 스완과 함께 돌아가지 않을 생각은 감히 하지 못하였다. 그러나 돌아오는 마차 속에서는 기분이 상해 있었고, 그가 그녀의 집에 함께 들어가야 하느냐고 묻자, 어깨를 신경질적으로 으쓱하며 그에게 말하였다. "물론이죠!" 모든 손님들이 떠난 후, 베르뒤랭 부인이 자기의 남편에게 말하였다.

"우리가 라 트레무이유 부인(Mme La Trémoïlle) 이야기를 할 때, 스완이 얼마나 바보같은 웃음을 흘렸는지 당신도 보셨어요?"

그녀는 스완과 포르슈빌이 그 성(姓) 앞에 있는 전치사[158]를 여러 차례 생략하는 것을 간파하였다. 그것이, 자신들은 작위에 겁 먹지 않는다는 것을 보여 주기 위해서였을 것이라고 믿어 추호도 의심하지 않았던지라, 그녀는 그들의 의연함을 모방하고 싶었다. 그러나 그 의연함이 어떠한 문법적 형태로 표현되었는지는 미처 포착하지 못했다.[159] 그리하여 그녀의 그릇된 어법이 그녀의 공화파적 고집을 제압하였고,[160] 그녀가 아직도 '레 들 라 트레무이유(les de La Trémoïlle, 트레무이유 가문 사람들)', 혹은 그것보다, 통속 음악 다방에서 부르는 노래의 가사나 풍자화가들의 설명문 등에서 흔히 사용되는 생략법을 이용해 'de'를 살짝 감춘 형태 '레 들라 트레무이유(les d'La Trémoïlle)'를 사용하였으나,[161] 이번에 '마담 라 트레무이유(Madame La Trémoïlle)[162]'를 만들어 그것들 대신 사용한 것이다. "마담 라 트레무이유는 스완이 말하듯 라 뒤셰쓰(La Duchesse, 공작부인)에요."[163] 그녀가 미소를 곁들여 빈정대듯 그렇게 덧붙였는데, 그 미소는 그토록 우직하고 우스꽝스러운 호칭을 자기가 인용하였을 뿐, 자기의 책임하게 만들어진 것이 아님을 입증하려는 듯한 미소였다.[164]

"제가 보기에는 그가 매우 멍청하다는 말씀을 당신에게 드려야겠군요."

그러자 베르뒤랭 씨가 그녀의 말에 이렇게 대꾸하였다.

"그는 속내를 시원스럽게 드러내는 사람이 아니오. 항상 종잡을 수 없는, 빈틈없고 영악스러운 신사요. 그는 항상 염소와 양배추의 비위를 동시에 맞추려 하오.[165] 포르슈빌은 그에 비해 얼마나 판이한가! 적어도 자기의 생각을 솔직하게 말하는 사람이오. 좋다든지 혹은 싫다든지를. 무화과도 아니고 포도도 아닌[166] 스완과는 다르오. 게다가 오데뜨도 그보다는 포르슈빌을 훨씬 더 좋아하는 기색이고, 나 또한 그녀가 옳다고 생각하오. 그리고 또, 스완이 우리들 앞에서 상류 사교계 인사 행세를 하면서 공작 부인들의 보호자를 자처하지만, 다른 신사는 적어도 자기의 작위를 가지고 있소. 그리하여 누가 뭐라 해도 그는 포르슈빌 백작이오." 그렇게 덧붙이면서 미묘한 기색을 드러내는 것이 마치, 그 백작령의 역사를 훤히 알고 있어, 그것의 특별한 가치를 세심하게 가늠하기라도 하는 것 같았다.

그러자 베르뒤랭 부인이 말하였다.

"제 생각으로는, 그가 브리쇼에게 독살스럽고 우스꽝스러운 암시적 비난을 좀 퍼부어야 한다고 믿었던 것 같아요. 물론, 브리쇼가 우리집에서 환대 받는 것을 보았던지라, 그것이 우리들에게 상처를 입히는, 우리의 만찬에 삽질을 가하는,[67] 하나의 방법이었어요. 나가면서 동료들을 헐뜯는, 우스꽝스럽고 보잘것없는 애녀석 같아요."

"내가 이미 당신에게 말한 바와 같이, 조금이라도 위대한 것이라면 무엇이든 질시하는 왜소한 인간, 즉 낙오자예요." 베르뒤랭 씨의 대꾸였다.

실제로는 스완보다 더 악의적이지 않은 '신도'는 하나도 없었다. 하지만 그들은 모두, 자기들이 하던 비방에, 잘 알려진 농담이나, 근심과 온정 어린 한마디로 양념을 가하는 신중함을 보였다. 반면, '저희들이 험담을 하는 것은 아닙니다'와 같은 관례적인 말이 결여되었던 — 스완이 그러한 말을 할 만큼 자신을 낮추기를 등한시한지라 — 지극히 하찮은 스완의 검손한 태도는 하나의 배신으로 비쳤다. 작은 과감성만 보여도 사람들의 반발을 사는 독창적인 작가들이 있는데, 그러한 이유는 그들이 먼저 대중의 취향에 아부하지 않았고, 대중에게 익숙한 진부한 상식을 제공하지 않았기 때문이다. 스완이 베르뒤랭 씨를 분개시킨 것도 그러한 식이었다. 독창적인 작가들의 경우처럼 스완의 경우 역시, 그의 뜻에 악의가 있다고 믿게 한 것은 그가 사용한 언어의 새로움이었다.

스완은 베르뒤랭 내외의 집에서 자기를 위협하고 있던 불운을 여전히 까맣게 모르는 채, 그들의 우스꽝스러운 짓들을, 자기의 사랑을 통해 보는지라, 아름다움으로 여기고 있었다.

그는 대개의 경우 오데뜨를 저녁에 만났다. 그러나 낮 동안에는, 그녀의 집으로 찾아갈 경우 그녀가 자기에 대하여 피곤을 느끼지 않을까 저어하면서도, 적어도 자기가 그녀의 사념을 점령하는 것만은 멈추고 싶지 않았으며, 그리하여 그녀의 사념에 개입할 기회를 매 순간 모색하였다. 하지만 그녀에게 즐거울 수 있는 방법으로 개입할 수 있을 기회를 찾았다. 그리하여 혹시, 어느 꽃장수나 보석상의 진열대에 있는 꽃나무나 보석이 그를 매료하면, 그는 즉시, 그것들이 자기에게 안겨 준 그리고 그녀도 느낄 희열이, 그에게로 향한 그녀의 애정을 증대시킬 것이라고 상상하면서, 그것들을 오데뜨에게로 보낼 생각을 하였으며, 그녀가 그로부터 무엇을 받을 때에는 그 역시 어찌 보면 그녀 곁에 있는 것처럼 느낄 수 있을 그 순간을 늦어지게 하지 않기 위하여, 사람을 시켜 그것들을 즉각 라 뻬루즈 로에 보내곤 하였다. 그는 특히, 그녀가 그것들을, 집을 나서기 전에 받을 수 있기를 원하였다. 그녀가 느낀 감사의 정으로 인하여, 베르뒤랭 씨 집에서 그를 보면, 그녀가 더욱 다정하게 그를 맞으리라 기대하였기 때문이다. 혹은 심지어, 누가 알겠는가, 혹시 판매인이 배달을 신속히 할 경우, 그녀가 저녁식사 전에 자기에게 편지를 보내든가, 그녀가 직접, 감사를 표하기 위하여 추가 방문이라고 하면서, 그의 집으로 달려올지도 모르는 일이었기 때문이다. 그가 지난날, 분한 마음에서 나온 반응을 통해 오데뜨의 천성을 시험하였을 때처럼, 그는 그녀가 아직 그에게 드러내지 않은 감정의 내밀한 부스러기들을, 감사의 정에서 나온 반응을 이용해 이끌어 내려 하였다.

그녀가 자주 금전적으로 곤경에 빠졌고, 그리하여 빚에 쪼들릴 때에는 도와달라고 그에게 간청하였다. 그는 그녀에게로 향한 자기의 사랑, 혹은 다만 그의 영향력, 그녀에게 필요할 수 있을 자기의 효용성 등에 대하여, 그녀가 존경심을 품게 해줄 수 있을 모든 것에 그랬던 것처럼, 그녀의 간청에 행복감을 느꼈다. 혹시 누가 초기에, '그녀의 마음을 끈 것은 자네의 신분일세'라고 그에게 말하였다면, 그리고 이제, '그녀가 자네를 사랑하는 것은 자네의 재산 때문일세'라고 말하였다 하더라도, 의심할 나위 없이, 그는 그 사람의 말을 믿지 않았을 것이고, 그녀가 스노비즘이나 금전 등 그토록 강력한 무엇 때문에 자기에게 붙어 있다고 사람들이 상상하는—두 사람이 결합되어 있다고들 느낀다 하여도—것이 그리 불만스럽지도 않았을 것이다. 하지만, 비록 그가 그 말이 사실이라고 생각하였다 할지라도, 그는 자기에게로 향한 오데뜨의 사랑에서 이권이라는, 그녀가 자기에게서 발견할 수 있었던 매력이나 인품보다 더 내구성 있는 그 버팀목이, 그녀가 그와 만나기를 멈추고 싶은 욕구를 느낄 수 있을 날이 영영 도래하지 못하도록 해줄 수 있을 그 이권이, 그의 눈에 띄었다 해도, 그는 아마 괴로워하지 않았을 것이다. 그 당시로서는, 그녀에게 선물을 잔뜩 안겨 주고 도움을 줌으로써, 자신의 인품이나 지성의 외면에 있는 특권들에 기대어 쉬고, 자신이 그녀의 환심을 사기 위하여 기울여야 할, 그리고 기운을 소진시키는, 세심한 주의를 면할 수 있었다. 또한, 가끔은 그 실체를 의심하였으되, 연정에 빠지고 오직 사랑으로만 살아가는 관능적 기쁨을 위하여, 그가 비질료적 느낌의 애호가[168] 답게 그녀에게 지불하던 대가가, 그 기쁨의 가치를 증대시켜 주기도 하였다. 그것은 마치, 바다의 풍경과 파도의 소음이 정말 매혹적인지 확신을 갖지 못한 사람들이, 그것들을 편안히 감상할 수 있게 해줄 호텔의 방을 하루 숙박료 일백 프랑을 지불하고 빌리면서,[169] 바다 풍경과 파도의 소음이 매혹적이라고 확신할 뿐만 아니라, 자기들의 무사무욕한 취향이 보기 드문 탁월한 특질이라고 확신하는 것과도 같았다.

그러한 종류의 생각들이 그를, 사람들이 그에게 오데뜨에 대하여 마치 하나의 얹혀사는 계집[170]처럼 말하였던 시절의 추억으로, 그리고 게다가, 얹혀사는 계집이라는 그 기이하게 전형화된 인물과—귀스따브 모로의 어느 유령[171]처럼, 보석들과 뒤얽힌 독성 강한 꽃들이 치장물처럼 사이사이에 끼워진, 미지의 그리고 악마적 요소들의 아롱거리는 혼합체와 같았다—불행한 사람들에 대한 동정, 불의에 대한 반발, 선행에 대한 고마움 등, 그의 어머니나 친구들에게서도 일찍이 보았던 같은 감정들을 얼굴에 살짝 나타냈던 그 오데뜨를, 그리고 하는 말들이 그토록 빈번하게, 그의 수집품들, 그의 침실, 그의 늙은 하인, 그의 유가 증권들을 맡아 관리하는 은행가 등, 그가 가장 익숙하게 알고 있던 것들을 상기시키던 그 오데뜨를, 재미 삼아 대조시켜 보던 시절의 추억으로 그를 아직도 이끌어가곤 하던 어느 날, 은행가의 그 마지막 영상이 우연히 그에게, 은행에 가서 돈을 인출해야 할 것이라는 사실을 환기시켜 주었다. 실제로, 만약 그 달에, 오천 프랑을 그녀에게 주었던 전달에 비해 그가 그녀를 물질적으로 적게 도와준다면, 그리고 만약, 그녀가 그토록 갖고 싶어하던 다이

아몬드 목걸이를 그녀에게 선사하지 않는다면, 그녀가 그의 후함에 대하여 품고 있던 찬미의 정과, 그를 그토록 행복하게 해주던 사은의 정을 그녀 내면에 갱신시킬 수 없을 뿐만 아니라, 심지어, 사랑의 표시가 전보다 작아진 것을 보고, 그녀가 자신에게로 향한 그의 사랑이 약해졌다고 믿도록 할 위험도 있었다. 그런데 문득 그가, 자신의 그러한 생동들이 곧 그녀를 '건사하는' 짓 아닌지(마치 '건사한다'는 그 개념이, 은밀하지도 패륜적이지도 않을 뿐만 아니라, 예를 들어, 그의 시종이 월정 지출금이나 분기 임대료를 지불하고 남아, 스완의 낡은 책상 서랍에 보관하였던, 그리하여 스완이 다시 꺼내어 다른 넉 장과 함께 오데뜨에게 보낸, 가정적이고 친숙한, 찢어졌으나 다시 풀로 붙인 그 일천 프랑짜리 은행권처럼, 그가 영위하던 생활의 일상적이고 사적인 본질에 속하는 요소들로부터 도출되기라도 한 듯), 그리고 자기가 그녀와 사귀기 시작한 이후부터는(그녀가 자기를 알기 이전에는 그 누구로부터도 금전을 받았으리라고는 단 한 순간도 의심하지 않았던지라) 그녀와 도저히 어울리지 않는다고 자신이 믿던 그 '얹혀사는 계집'이라는 단어를, 오데뜨에게 적용할 수 있지 않을까 스스로에게 물었다. 하지만 그는 그러한 의문을 더 이상 심화시킬 수 없었다. 그에게는 태생적이고 간헐적이며 천만다행이었던 발작적인 뇌수의 나태 증세가, 바로 그 순간에 그의 지능 속 빛을 몽땅 꺼버렸기 때문이며, 그 급작스러움은, 훗날 사방에 전기 조명기구를 설치한 시절에, 한 집의 전기를 단번에 끊을 때의 급작스러움과 같았다. 그의 사념이 한 순간 어둠 속에서 더듬거렸고, 그가 안경을 벗었고, 그 유리를 닦았고, 손으로 눈을 스치듯 가렸으며, 그러다가 전혀 다른 생각이 떠오를 때에야 비로소 빛을 다시 보았는데, 그 생각이란, 오데뜨의 내면에 그것이 야기시킬 놀라움과 기쁨을 위해서, 다음 달에는 그녀에게 오천 프랑이 아니라 육천 프랑이나 칠천 프랑을 보내도록 노력해야겠다는 것이었다.

베르뒤랭 내외의 집에서, 아니 그보다는 두 내외가 좋아하는 볼론뉴 숲, 특히 쌩-끌루[172]에 있는 여름철 식당들 중 하나에서 오데뜨를 다시 만날 시각을 기다리며 집에 죽치고 있지 않는 날 저녁이면, 지난 날 자기를 일상적으로 접대하던 우아한 집들 중 하나를 찾아, 그곳에서 저녁식사를 하기도 하였다. 그는―혹시 누가 알겠는가?―장차 언젠가는 오데뜨에게 혹시 도움이 될 수도 있고, 덕분에, 그 이전에라도, 자기가 오데뜨에게 기분 좋은 사람으로 보이는데 성공할 수 있도록 해줄 사람들과의 인연을 끊고 싶지 않았다. 또한 일찍이 상류 사교계와 호화로움에 익숙해졌던 터라, 그가 상류 사교계를 멸시하면서 동시에 그것을 원하였고, 그리하여 어느 순간부터는, 가장 초라한 집들이 그의 눈에는 가장 화려한 왕족의 저택들과 대등하게 보였으나, 그의 감각기관들이 하도 그 화려한 저택들에 익숙해져 있었던지라, 그가 초라한 집에 처하게 될 경우에는 다소간의 거북스러움도 느꼈을 것이다. 그는 자기에게, 통로용 층계 D[173]를 따라 올라가 육층 층계참 왼쪽에 있는 방에서 춤을 추라고 하는, 소시민 계급에 속하는 사람들에 대하여서도―그들이 믿을 수 없었을 정도로 동등하게―빠리에서 가장 화려한 축제를 베풀던 빠르마 대공 부인에 대한 것과 같은 존경심을 가지고 있었다. 하지만 그 집 주부의 침실에 여러 가정의 아버지들과 함께 서 있으면, 자기가 무도회에 와 있다는 느낌을 맛볼 수 없었고, 수건들로 뒤덮인 세면대들과 갱의실로 탈바꿈한 침대들, 그 침대 덮개들 위에 쌓인 외투들과 모자들을 보노라면, 그것들로 인해 숨이 막힐 듯했으며, 그 느낌은 마치, 이십 년 전부터 전등에 익숙해진 사람들에게, 그을

음이 숯처럼 까맣게 쌓인 램프나 그을음을 내뿜으며 타는 야등의 냄새가 야기시킬 수 있는 느낌과 같았다.

그가 시내에서 저녁식사를 하는 날에는 마차를 일곱 시 반에 매도록 하였다. 그는 온통 오데뜨에 대한 생각에 사로잡힌 채 정장을 가다듬었고, 그렇게 함으로써 자기가 홀로 있다고 느끼지 않았다. 오데뜨에 대한 부단한 생각이, 그가 그녀로부터 멀리 있던 순간에도, 그녀가 자기의 곁에 있을 때와 같은 특이한 매력을 그에게 주었기 때문이다. 마차 위로 오를 때마다 그는, 그 생각 역시, 그가 어디든 데리고 다니며, 같이 식사하는 사람들 모르게 식탁 곁에 데리고 있는 사랑스러운 짐승처럼, 그와 동시에 마차 위로 뛰어올라 그의 무릎 위에 자리 잡는 것을 느끼곤 하였다. 그는 그러한 자기의 사념을 쓰다듬었고, 그것에 의지해 자신의 몸을 덥혔으며, 일종의 나른함을 느끼곤 하였던지라, 장식용 단추구멍에 매발톱꽃 묶음을 꽂으면서, 자기의 목과 코를 급작스럽게 수축시키는, 그리고 그에게는 새로운 현상이었던, 가벼운 경련에 자신을 내맡기곤 하였다. 얼마 전부터, 특히 오데뜨가 포르슈빌을 베르뒤랭 내외에게 소개한 이후부터, 괴로움과 슬픔에 시달렸던지라, 스완은 시골에 가서 휴식을 조금 취하고 싶었을 것이다. 하지만 오데뜨가 빠리에 있는 한, 그는 빠리를 떠날 용기를 내지 못하였을 것이다. 대기가 따뜻했다. 아름다움이 그 절정에 달한 봄날이었다. 그리하여, 외부와 단절된 어떤 저택으로 가기 위하여, 그가 석재로 이루어진 도시를 가로질러도 소용없었으니, 끊임없이 그의 눈앞에서 어른거리던 것은, 그가 꽁브레 인근에 소유하고 있던 넓은 정원이었으며, 그 정원에서는, 아스파라거스 밭에 도달하기도 전에, 오후 네 시만 되어도 벌써, 메제글리즈 평원으로부터 불어오는 바람 덕분에, 물망초와 글라디

올러스가 둘러싸고 있는 연못가, 그리고 그가 저녁식사를 할 때에는 그의 정원사가 함께 묶어놓은 까치밥나무 열매들과 장미꽃들이 식탁 둘레에 여기저기 놓여 있곤 하던 그 연못가에서 못지 않게, 이미 어느 소사나무 밑에서도 시원함을 맛볼 수 있었다.

만찬 후, 불론뉴 숲이나 쌩-끌루에서의 약속을 이른 시각으로 정했을 경우, 그가 식탁에서 일어서기가 무섭게 어찌나 서둘러 떠나곤 하였던지―특히 비가 곧 내릴 기세여서 '신도들'이 평소보다 일찍 돌아갈 위험이 있을 경우―언젠가 한번은 롬므 대공 부인[174]이(그녀의 집에서 저녁식사를 늦게 한지라, 불론뉴 숲의 섬에서 베르뒤랭 내외의 무리와 합류하기 위하여, 스완이 커피가 나오기 전에 그 댁을 떠났다) 이렇게 말하기도 하였다.

"정말이지, 스완의 나이가 지금보다 서른 살은 더 되어 방광질환에 시달린다면, 저렇게 줄행랑 놓는 것을 용서할 수 있겠어요. 하지만 여하튼 그가 상류 사교계를 아랑곳하지 않는 것은 틀림없어요."

그는, 봄의 매력을 느끼기 위하여 꽁브레까지 갈 수 없으니, 그것을 백조들의 섬[175]이나 쌩-끌루에서나마 느껴야겠다고 생각하였다. 하지만 오데뜨 이외에는 그 무엇도 생각할 수 없었던지라, 그는 심지어 자신이 나뭇잎들의 냄새를 느꼈는지, 달빛이 있었는지조차도 알지 못하였다. 식당의 피아노로 연주한 쏘나따의 소악절이 정원에서 그를 맞았다. 피아노가 정원에 갖추어져 있지 않을 경우에는, 어떤 방이나 식당에 있던 것을 정원으로 옮겨놓도록 하기 위하여, 베르뒤랭 내외가 엄청난 수고를 마다하지 않았다. 하지만 그렇다 하여 스완이 다시 그들의 총애를 받게 되었다는 것은 아니다. 그 반대였다. 또한 그렇건만, 어떤 사람을 위하여 기발한 기쁨을 마련한다는 생각이, 비록 그들이 좋아하지 않는 사람을 위하여 그런다 하더라도, 그것을 준비하는데 요하는 시간 동안에는, 그들 내면에 공감과 다정함이라는 덧없고 일시적인 감정을 촉진시켰다. 그리하여 그는 가끔, 그것이 추가적인 봄날 저녁이라 생각하였고, 자신으로 하여금 억지로라도 나무들과 하늘에 관심을 갖도록 하였다. 그러나 오데뜨가 그 자리에 있음으로 인해 그의 내면에 일어난 동요와, 얼마 전부터 그를 거의 떠나지 않던 열에 들뜬 듯한 가벼운 불편함 등이, 자연이 줄 수 있는 인상들의 불가결한 근저인 평온과 편안함을 그에게서 박탈하곤 하였다.

스완이 베르뒤랭 내외의 무리와 함께 저녁식사를 하게 된 어느 날 저녁, 식사 도중에, 그가 다음 날에는 옛날의 동료들과 함께 어느 연회에 참석할 것이라고 말하자, 오데뜨가 식탁 앞에서, 이제 신도들 중 일원이 된 포르슈빌 앞에서, 화가 앞에서, 꼬따르 앞에서, 이렇게 말하였다.

"그래요, 당신이 그 연회에 참석하신다는 것을 알아요. 그러니 당신을 저의 집에서나 뵙겠군요. 하지만 너무 늦지 않도록 하세요."

스완이 비록 아직까지는 단 한 번도 혹시 오데뜨가 신도들 중 어느 특정인에게 친밀감을 느끼지 않을까 정말로 불안해하지는 않았지만, 날마다 이어지는 자기들의 저녁 밀회, 자기가 그녀의 집에서 누리는 특전받은 위치, 그 속에 내포된 그에게로 향한 편애 등을, 그토록 부끄러움 없이 태연하게 모든 사람들 앞에서 털어놓는 그녀의 말을 듣고는, 깊은 안온함을 느꼈다. 물론 스완은, 오데뜨가 어떤 측면에서도 괄목할 만한 여인이 아니라고 자주 생각하였고, 따라서, 자기에 비해 그토록 하위 계층에 있는 사람에게 그가 행사하던 절대적인 지배권을 감안할 때, '신도들' 앞에서의 그러한 선언이 그에게 그토록 기쁨을 줄 만한 아무것도 가지고 있지 않았음은 사실이었다. 그러나 많은 남자들에게 오데뜨가 고혹적이고 욕망을 자극하는 여자처럼 보인다는 것을 간파한 이후부터는, 그들이 그녀의 몸뚱이에서 발견하는 매력이 그의 내면에, 그녀의 가슴속 가장 작은 부분까지도 몽땅 지배하고 싶은 괴로운 욕구를 일깨워 놓았다. 그리하여, 그녀를 자기의 무릎 위에 앉히고, 이런 저런 일에 대하여 생각하는 바를 그녀로 하여금 자기에게 이야기하도록 하며, 이제 자기가 이 지상에서 꼭 소유해야 할 유일한 보화들을 일일이 헤아려 조사하면서 저녁마다 그녀의 집에서 보낸 순간들에게, 이루 가늠조차 할 수 없을 만큼 큰 가치를 부여하기 시작하였다. 또한, 그날 저녁식사 후에도, 그녀를 한 길체로 데리고 가서 열렬히 고맙다는 말 하기를 등한히 하지 않았고, 자기가 그녀에게 표하던 감사하는 마음의 정도에 입각하여, 그녀가 자기에게 안겨 줄 수 있었던 기쁨의 여러 등급들을 그녀에게 가르쳐주려 노력하였는데, 그 최고등급은, 그의 사랑이 지속되는 동안 그에게 치명상을 입힐 수도 있을 질투심이 그를 범할 수 없도록 그녀가 확실히 보장해 주는 것이었다.

다음 날 연회장을 나섰을 때 소나기가 쏟아졌고, 그가 타고 돌아갈 수 있었던 것은 자기의 마차 빅토리아뿐이었다. 친구 하나가 자기의 꾸뻬로 그를 집까지 데려다주겠다 하였고, 오데뜨 또한, 그에게 연회가 끝난 후 자기의 집으로 오라고 한 사실로 보아, 그 이외의 다른 누구를 기다리지 않는다는 확신을 그에게 주었던지라, 그렇게 비를 맞으며 그녀의 집으로 가는 대신, 편안한 마음과 흐뭇한 가슴으로 집에 돌아가 잠자리에 들 수 있을 것 같았다. 그러나 만약, 그가 저녁 시간의 마지막을 항상, 예외 없이,

그녀와 함께 보내는 것에 집착하지 않는 듯한 기색을 그녀가 간 파할 경우, 그가 정말 절실히 갈망할 때에 하필, 그 마지막 시간을 그를 위해 확보해 두기를 등한히 할지도 모를 일이었다.

그가 그녀의 집에 도착한 것은 열한 시가 지나서였고, 더 일찍 올 수 없었던 점을 그가 사과하자, 그녀가 불평조로 말하기를, 정말 너무 늦었고, 폭풍우로 인해 몸이 편치 못하며, 특히 두통 증세가 있는지라, 미리 말해 두지만, 그를 반 시간 이상 자기의 집에 머물게 하지 않고, 자정에는 그를 돌려보내겠다고 하였다. 그런데 얼마 되지 않아, 피곤이 엄습한다고 하더니 잠들기를 갈망한다고 하였다.

"그러면 오늘 저녁에는 카틀레이야가 없는 것이오? 나는 멋지고 작은 카틀레이야 하나를 기대하였는데." 그가 말하였다.

그러자 불만스럽고 신경질적인 기색을 드러내며 그녀가 대꾸했다.

"안 돼요, 나의 아가, 오늘 저녁에는 카틀레이야 없어요. 보다시피 내 몸이 불편해요!"

"그것이 아마 당신에게 도움이 될지도 모르는데. 하지만 고집하지는 않겠소."

그녀는 나가면서 불을 꺼달라고 그에게 부탁하였고, 그가 손수 침대의 커튼을 달아준 다음 그녀의 거처를 떠났다. 하지만 그가 자기의 집에 돌아왔을 때, 오데뜨가 아마 그날 저녁에 어떤 사람을 기다리고 있었고, 단지 피곤한 척하였으며, 그녀가 그에게 불을 꺼달라고 한 것은, 오직 그로 하여금 자기가 정말 자려한다고 믿도록 한 다음, 그가 떠나기 무섭게 불을 다시 켜고, 자기 곁에서 밤을 보내게 되어 있는 남자를 불러들일 것이라는 생각이, 별안간 그를 엄습하였다. 그가 시계를 들여다보았다. 그녀와 헤어진 후 한 시간 반쯤 지난 시각이었다. 그가 다시 집에서 나와 삯마차 한 대를 잡아 탔고, 그녀의 저택 후면이 면하고 있어, 그가 가끔 그녀의 침실 창문을 두드려 그녀가 출입문을 열도록 하기 위하여 들어서곤 하던 길과 수직을 이루는 좁은 길에서 마차를 세웠다. 마차에서 내려 보니, 그 거리에 인적이 끊겼고 사방이 온통 캄캄했다. 몇 걸음 옮기자 이내 그녀의 집 앞이었다. 이미 오래 전부터 불이 꺼진 그 길의 모든 창문들을 뒤덮고 있던 어둠 가운데서, 방을 가득 채우고 있던 빛이 넘쳐 흐르는 창문 하나가―그 방의 신비한 황금빛 과육(果肉)을 압착하는 덧창들 사이로―보였는데, 그 숱한 밤마다, 그가 그 길로 들어설 때면, 그것이 아무리 멀리 보이더라도, '자네를 기다리는 그녀가 저기에 있다'고 하면서 그를 기쁘게 해주던 그 창문이, 이제는 '기다리던 남자와 함께 그녀가 저기에 있다'고 하면서 그를 괴롭혔다. 그는 그 남자가 누구인지 알고 싶었다. 그리하여 벽을 따라 미끄러지듯 창문까지 다가갔다. 그러나 덧창의 비스듬한 나뭇조각들 사이로는 아무것도 보이지 않았다. 다만 밤의 고요 속에서 어떤 대화의 웅얼거림만 들렸다. 그의 눈에 보이지 않고 혐오스러운 한 쌍이 창틀 뒤에서 움직이고, 그 움직임을 감싸고 있는 황금빛 분위기를 조성하고 있던 빛을 보는 것만으로도, 또한 자기가 떠난 후에 온 자가 그곳에 있음을, 오데뜨의 그릇됨을, 그녀가 그 자와 함께 맛보고 있을 행복을 폭로하는 그 웅얼거림을 듣는 것만으로도, 그가 고통스러워하고 있었던 것은 틀림없었다.

하지만, 그럼에도 불구하고, 그는 자신이 그곳에 온 것을 만족스러워하였다. 그가 집에서 다시 나오던 순간, 문득 그러나 무기력하게 의혹을 품었던 오데뜨의 또 다른 삶을, 램프가 환하게 비추는 가운데, 원하기만 하면 언제라도 들어가 불시에 덮쳐 포박할 수 있는, 자신의 처지를 까마득히 모르는 채 방 안에 갇힌 포로 상태로, 그렇게 그의 앞에 잡아두게 된 이제, 그로 하여금 집에서 다시 나오도록 밀어내던 그 괴로움이, 모호한 의혹을 상실함과 동시에 송곳으로 찌르는 듯한 날카로움도 상실하였다. 혹은 방 안으로 들어가기 보다, 매우 늦은 시각에 올 때마다 자주 그랬듯이, 덧창을 두드릴 수도 있었다. 그러면 적어도, 그가 모든 사실을 알아냈고, 불빛을 보았으며, 자기네가 주고받던 이야기를 들었다는 것을 오데뜨가 알게 될 것이며, 그러면, 조금 전까지, 다른 남자와 함께 자신에 대한 그의 환상을 비웃는 그녀를 상상하던 그가, 이제는, 자신들의 오류를 철석같이 믿고 있는, 그가 바야흐로 덧창을 두드리려 하는 찰나에도 그가 그곳으로부터 멀리 있으리라 생각하는, 한마디로 그에 의해 속은, 그들의 꼴을 바라보는 입장에 놓이게 되어 있었다. 그리고 아마, 그가 그 순간 느끼던 거의 유쾌함에 가깝던 것 역시, 어떤 의혹이나 괴로움이 진정되는 현상과는 다른 그 무엇이었으니, 그것은 지적 즐거움이었다. 그가 연정에 사로잡힌 이후, 전에 품었던 사물들에 대한 즐거운 관심을 조금이나마 다시 품었으되, 그것이 단지 그 사물들이 오데뜨의 추억에 의해 조명된 상태에 국한되어 있었다면, 이제 그의 질투심이 되살린 것은 그의 탐구적인 젊은 시절이 가지고 있던 다른 기능, 즉 진실에 대한 열정이었다. 그러나 그 진실 또한, 그와 그의 정부 사이에 가로놓여 있어, 오직 그녀로부터만 빛을 받아 밝혀지는 진실, 오데뜨의 행위들과 그녀가 맺은 관계들과 그녀의 계획들과 그녀의 과거 등을 무한한 가치와 무사무욕의 아름다움을 갖춘 유일한 대상으로 삼는, 온전히 개인적인 진실이었다. 그의 생애 중 전혀 다른 시기에는,

누가 어떤 사람의 일상적인 하찮은 일들과 행위들을 가지고 그에게 쑥덕거려도, 그것들이 항상 스완에게는 아무 가치 없는 것처럼 보였고, 그것이 무의미하게 여겨졌던지라, 비록 그 쑥덕거림에 귀를 기울이더라도, 그쪽으로 고개를 기웃거리던 것은 그의 가장 상스러운 호기심뿐이었다. 그리하여 그러한 순간이 그에게는, 자신이 가장 보잘것없는 사람으로 느껴지던 순간들 중 하나였다. 그러나 사랑의 그 기이한 시기[176]에는, 개인적인 것이 하도 심오한 그 무엇을 수반하게 되는지라, 그가 느끼던, 한 여인의 하찮은 일상사들로 향해 그의 내면에서 눈을 뜨던 그 호기심이 곧, 옛날 그가 '역사'에 대하여 품었던 바로 그 호기심이었다. 그리하여 이제까지는 그가 수치스럽게 여기던 모든 짓들이, 그날 밤처럼 창문 안을 엿본다든가, 또한 누가 알랴, 그러다가 다음 날에는 무관한 사람들을 교묘하게 구슬러 말을 하게 한다든가, 하인들을 매수한다든가, 문 앞에서 엿듣는다든가 하는 짓들이, 어려운 글의 해독이나 각종 증언들의 비교 및 역사적 기념물들의 해석 등처럼, 진정한 지적 가치를 가지고 있으며 진실의 모색에 적합한, 과학적 조사 방법에 불과한 것처럼 보였다.

덧창을 두드리려는 찰나, 자기가 의심을 품었고 그래서 돌아왔으며 길에서 매복하였다는 사실을 오데뜨가 알게 될 것이라 생각하면서, 그는 한순간 수치심을 느꼈다. 그녀가, 질투꾼들과 염탐하는 정인들은 딱 질색이라고, 그에게 자주 말한 바 있었다. 그가 하려던 짓이 정말 서툰 짓이었으니, 그 순간에도, 그가 창문을 두드리지 않는 한, 비록 그를 배신하더라도, 그녀가 아마 그를 사랑하고 있을지도 모르는데, 차후로는 그를 증오할 것이 뻔했기 때문이다. 즉각적인 즐거움에 대한 조바심 때문에, 가능성 있는 행복의 실현을 그렇게 희생시키는 경우가 얼마나 많은

가! 그러나 진실을 알고 싶은 갈망이 더 강했고, 그에게는 그러한 갈망이 더 고아해 보였다. 그는 정확히 복원시키기 위하여 자기의 생명이라도 바쳤을 상황의 실체가, 진귀한 필사본들 중 하나의 금박문자 새긴 표지 밑에서처럼, 불빛이 줄무늬를 이루고 있던 창문 뒤에서 선명히 읽힐 수 있으며, 또한 필사본을 참조하는 학자 역시 그 표지의 예술적 풍요로움에 무심할 수 없다는 사실도 알고 있었다. 그는 그토록 뜨겁고 아름다운 반투명성 질료의 유일하고 덧없으며 진귀한 표본 속에서, 그를 열광시키는 진실을 알아내는 일에 임하여 관능적 쾌감에 가까운 기쁨을 느꼈다. 그리고 더 나아가, 그가 그들에 대해서 느끼던 우월감은—그가 그토록 느끼고 싶어하던—아마, 진실을 안다는 사실 자체보다도, 자기가 안다는 사실을 그들에게 보여 줄 수 있다는 데서 비롯되었을 것이다. 그가 발돋움을 하였다. 창문을 두드렸다. 안에서 그 소리를 듣지 못한 듯하여 더 세게 두드렸고, 대화가 멈추었다. 어느 남자의 음성이 들렸고, 그 순간 스완은, 자기가 알고 있던 오데뜨의 친구들 중 누구의 음성인지 분간해 내려 애를 쓰는데, 음성이 물었다.

"누구요?"

그것이 누구의 음성인지 정확히 알 수 없었다. 그리하여 다시 한 번 더 두드렸다. 안에서 창문을 연 다음 덧창도 열었다. 이제는 물러설 방도가 없었다. 그녀가 모든 실상을 곧 알게 될 참인지라, 지나치게 불쌍하고, 지나치게 질투심에 사로잡히고, 지나치게 호기심에 이끌린 듯한 기색을 보이지 않기 위하여, 무심하고 명랑한 어조로 소리치는 것으로 만족하였다.

"그대로 있어요. 마침 지나다가 불빛을 보았어요. 그리하여 몸이 좀 나아졌는지 묻고 싶었을 뿐이오."

그가 창문을 주시하였다. 그의 앞에, 늙은 남자 둘이 창틀에 모습을 드러냈고, 한 남자가 램프를 들고 있는데, 안을 들여다보니 낯선 방이었다. 그가 매우 늦은 시각에 오데뜨의 집에 올 때마다, 형태가 모두 같은 창문들 중에서 유일하게 불이 밝혀진 것을 보고 그녀의 방 창문임을 알아보던 것에 습관이 되어 있어서, 옆집의 창문을 그녀의 방 창문으로 잘못 알고 두드린 것이다. 그가 미안하다고 하면서 그곳을 떠났고, 두 사람 간의 사랑에 전혀 손상을 입히지 않은 채 호기심을 충족시킨 사실에 행복해져서, 그리고, 그토록 오랜 시일 동안 오데뜨를 대함에 있어 짐짓 일종의 무관심으로 자신을 위장해 오다가, 질투 때문에, 자기가 그녀를 지나치게 사랑한다는 증거를 보여 줄 뻔한 위기를 넘겼다는 사실에 행복해져서 집으로 돌아갔는데, 두 연인 사이에서는, 지나치게 사랑한다는 증거가 상대방의 연정을 영영 약화시킬 수 있기 때문이다. 그는 그녀에게 그 어처구니없는 사건을 이야기하지 않았고, 자신도 더 이상 그 일을 뇌리에 떠올리지 않았다. 그러나, 이따금씩, 그의 사념 한 가닥이 그 사건의 추억과 불시에 우연히 마주쳤고, 그것과 충돌하면서 그것을 곤두박질 시켰으며, 그럴 때마다 스완이 급작스럽고 깊은 고통을 느꼈다. 그것이 마치 육체적 고통이기라도 한 듯, 스완의 사념들은 그 고통을 약화시킬 수 없었다. 하지만 적어도 육체적 고통은, 그것이 사념으로부터 독립되어 있기 때문에, 사념이 그 위에 멈출 수도 있고, 그것이 줄어들었는지 혹은 잠정적으로나마 멈추었는지 등을 확인할 수나마 있다. 반면 스완이 느낀 고통의 경우, 사념이 그것을 상기하기만 하여도, 그것이 재창조되듯 되살아났다. 그 고통에 대하여 생각하지 않으려는 것 자체가 곧 다시 생각하는 것이고, 그것에 다시 시달리는 것이었다. 그리하여, 친구들과 한담을 나누면서 그 고통을 잊고 있다가도, 누가 그에게 한 말 한마디에 그의 안색이 변하곤 하였는데, 그것은 마치 부상당한 사람의 사지를 실수로 건드렸을 때와 같았다. 오데뜨와 헤어진 직후에는 그가 행복했고, 자신이 평온해졌음을 느꼈으며, 이런 저런 사람에 대하여 말할 때에는 빈정거리는 듯하되 그를 향해서는 다정한, 그녀가 짓던 미소와, 그녀가 처음 마차 속에서 그랬듯이, 그것을 숙여 거의 어쩔 수 없이 그의 입술 위로 떨어지게 내버려 두기 위하여 그녀가 그 축으로부터 분리시키곤 하던 그녀 머리의 무게와, 그렇게 숙인 자기의 머리를 마치 추운 듯 그의 어깨에 밀착시키면서, 그의 품에 안겨 있는 동안 그녀가 그에게 던지던 죽어가는 사람의 시선 등을 다시 회상하곤 하였다.

그러나 이내 그의 질투가, 마치 그것이 그의 사랑의 그림자인 양, 그녀가 그날 저녁 그에게 보내던 새로운 미소의 부본(副本)으로—그리고 이제는 반대로 스완을 조롱하며 다른 사람에 대한 사랑으로 가득한 미소로,—이제는 다른 입술을 향해 기울어진 그녀의 얼굴로, 그녀가 그를 위하여 드러냈던, 그러나 이제는 다른 남자에게로 향한, 모든 애정의 표현들로, 자신을 보충하여 완성시켰다. 또한 그가 그녀의 집을 떠날 때 함께 가져가곤 하던 관능적 쾌락의 추억들이, 실내장식가가 우리에게 검토해 보라고 내미는 초벌 그림, 즉 '작업계획' 과 다름없었으며, 그것이 스완으로 하여금, 그녀가 다른 남자들과 어울러 취할 뜨거운 혹은 기절하는 듯한 자세들을 대략적으로나마 짐작할 수 있게 해주었다. 그리하여, 그가 그녀 곁에서 맛본 쾌락 하나하나와, 그녀가 새로 고안한 그리고 그가 경솔하게 그 달콤함을 그녀에게 드러내 알려 준 애무 하나하나, 그가 그녀에게서 발견한 우아함 하나하나를 애석해하기에 이르렀던 바, 잠시 후에는, 그것들이 자기에게 고문을 가하는 연장 일습을 더욱 완벽하게 해줄 것임을 알고 있었기 때문이다.

  형벌과 같은 그러한 고통이 더욱 혹독하게 느껴졌던 것은, 몇 일 전에 스완이 오데뜨의 눈에서 처음으로 뜻하지 않게 발견한, 살짝 스쳐 지나간 시선의 추억이 그에게 되살아났을 때였다. 베르뒤랭 내외의 집에서 만찬을 마친 후였다. 자기와 동서지간인 싸니에뜨가 그들의 집에서 총아 대접 받지 못함을 감지하였던지라, 포르슈빌이 그를 터키 녀석 대가리[177]로 삼아 그들 앞에서 그를 희생시켜 자신을 눈에 띄게 하고 싶었던지, 혹은 싸니에뜨가 조금 전 그에게 하였으나 사실은 그 속에 내포되어 있었을 불쾌감 줄 만한 암시가 무엇인지 전혀 몰라, 함께 있던 사람들이 흘려들은 서툰 말 한마디에, 아무 악의 없이 그 말을 한 사람의 뜻과는 완전히 상반되게, 몹시 역정이 났던지, 혹은 자기를 잘 알며 또 너무 섬세한 성격인지라 자리를 함께 하기만 하여도 어떤 순간에는 자기가 거북함을 느끼지 않을 수 없게 하는 어떤 사람을, 그 집에서 내쫓을 기회를 얼마 전부터 노리고 있었던지, 싸니에뜨의 그 서툰 말에 포르슈빌이, 그를 모욕하기 시작하면서, 또 자기의 포효가 계속되는 동안 싸니에뜨의 두려워하는 기색과 괴로운 표정과 애원하는 듯한 모습에 더욱 대담해지면서, 어찌나 거친 욕설로 대꾸하였던지, 가엾은 사람이, 자기가 그곳에 머물러 있어야 하는지 베르뒤랭 부인에게 물은 후, 그녀로부터 아무 대답이 없자, 눈물 가득한 눈으로 무슨 말을 우물거리면서 물러갔다. 오데뜨는 태연히 그 광경을 지켜보았다. 그러나 싸니에뜨가 나가고 그의 등 뒤로 출입문이 다시 닫히자, 그녀는 자기의 얼굴에서 평소에 볼 수 있던 표정을 여러 급 떨어지게 하여, 그 천함에 있어 포르슈빌과 대등하게 만들면서, 그의 방약무인함에 대한 찬사와 그의 희생물이 된 사람에 대한 빈정거림이 동시에 담긴 음흉한 미소로, 자기의 눈동자를 반짝이게 하였다. 그녀가 악행에 가담한 공모자의 시선을 그에게 던졌고, 그 시선에 분명히 드러난 의미는 이러했다. '멋진 처형이에요, 제가 장담해요. 당황한 그의 기색을 보셨어요? 그가 울었어요.' 그 의미가 어찌나 명료했던지, 포르슈빌의 눈이 그 시선과 마주쳤을 때, 아직도 그를 달구고 있던 노기에서 혹은 가장된 노기에서 깨어난 그가, 미소를 지으며 대꾸하였다.

"그가 고분고분하기만 했으면 그만이에요. 그랬으면 아직도 이곳에 있었을 거요. 좋은 나무람은 어느 나이에 이른 사람에게나 유익하지요."

어느 날, 어떤 사람을 방문하기 위하여 오후 중반쯤에 외출하였던 스완이, 만나고자 하던 사람이 집에 없는지라, 우연히 오데뜨의 집에 들러볼 생각을 하게 되었다. 그가 일찍이 단 한 번도 그녀의 집에 가지 않던 시각이었으나, 그는 그녀가 항상 그 시각에는 집에 있으며, 차 마시는 시간 전에 낮잠을 자거나 편지를 쓴다는 사실을 알고 있었던 고로, 그녀를 크게 방해하지 않고 잠깐 본다면 기쁘겠다고 생각하였다. 그녀가 집에 있는 것으로 안다고 수위가 그에게 말하였다. 그가 초인종을 눌렀다. 가벼운 소음과 걷는 소리가 들리는 것 같은데 아무도 문을 열지 않았다. 근심스럽기도 하고 역정이 나서, 그가 건물의 반대쪽이 면하고 있는 골목으로 돌아가, 오데뜨의 침실 창문 앞에서 우뚝 멈추어 섰다. 커튼 때문에 아무것도 보이지 않는지라, 그가 유리창을 힘차게 두드리며 소리쳐 불렀다. 아무도 창문을 열지 않았다. 그는 이웃 사람들이 자기를 바라보고 있음을 문득 알아차렸다. 그는 자기가 발자국 소리를 들었다고 믿은 것은 결국 착각이었다고 생각하면서 그곳을 떠났다. 하지만 그 일에 하도 골몰하여 다른 것은 생각할 수가 없었다. 한 시간 후에 다시 돌아왔다. 그녀가 집에 있었다. 그녀는, 얼마전 그가 초인종을 눌렀을 때, 자기가 집에 있었으나 자고 있었다고 하였다. 초인종 소리가 자기를 깨웠고, 자기는 그것이 스완임을 직감하였으며, 그래서 서둘러 일어났으나 그가 이미 떠나버렸다고 하였다. 유리창 두드리는 소리도 분명히 들었다고 하였다. 스완은 그녀의 그러한 말에서, 궁지에 몰린 거짓말쟁이들이, 자기들이 고안해 내는 거짓 사실의 구성에 끼워넣으며 위안거리로 삼는, 그리고 그것이 그 속에서 자기 몫의 역할을 하고 절대적 진실로부터 자기와의 유사성을 훔쳐낼 수 있으리라 믿는, 사실의 편린 하나를 즉각 식별해 냈었다. 물론 오데뜨가, 밝히고 싶지 않은 짓을 저지르고 나면, 그것을 자기의 깊숙한 곳에 잘 감추었다. 그러나 자기가 속이고 싶은 사람이 앞에 나타나면, 즉시 어떤 혼란이 그녀를 사로잡았고, 그녀의 모든 사념들이 스스로 무너졌으며, 창의력과 사유기능이 일거에 마비되었던지라, 그녀의 머릿속에서 그녀가 발견할 수 있었던 것은 공허뿐이었고, 하지만 무슨 말이든 해야 할 처지였는데, 마침 그녀의 손이 닿을 수 있는 곳에 있던 것은, 바로 그녀가 감추고 싶어하던 것, 즉 진실이기 때문에 홀로 그곳에 남아 있던 것이었다. 그녀는 그것에서, 자체로는 별 중요성이 없는 작은 조각 하나를 떼어냈고, 그러면서 생각하기를, 그것이 거짓된 편린과 같은 위험을 가져다주지는 않는 진실한 조각이니, 결국 그렇게 하는 것이 나으리라고 하였다. '이것은 적어도 진실이고, 따라서 언제나 그만큼 유리해. 그가 뒷조사를 한다 해도 이것이 진실임을 알게 될 것이니, 이것은 결코 나를 배반하지 않을 거야.' 그녀의 생각이었다. 하지만 그녀가 잘못 생각하였으니,

그녀를 배반한 것은 바로 그것이었다. 그녀는, 자기가 진실에서 임의로 떼어낸 진실한 편린에, 진실을 구성하는 다른 인접 편린들 사이에 들어맞을 수 없는 각(角)들이 있으며, 그 각들이, 그녀가 어떠한 허위 편린들 사이에다 그 진실한 편린을 끼워넣는다 해도, 언제나 초과분과 채워지지 않은 공간을 통하여, 그 편린이 허위 편린들과 어울리지 않음을 드러낸다는 점은 깨닫지 못하였다. '내가 초인종을 누르고, 그다음 창문 두드리는 소리를 들었으며, 그것이 나라고 생각하였고, 나를 보고 싶었노라고 그녀가 실토하고 있어. 하지만 그 모든 것이, 그녀가 사람을 시켜 문을 열어주게 하지 않은 사실과는 이가 맞지 않아.' 그녀의 말을 들으며 스완은 그러한 생각에 잠겨 있었다.

하지만 그는 그러한 모순을 그녀에게 지적해 주지 않았다. 그녀를 그대로 내버려 두면, 그녀가 아마, 진실의 희미한 실마리일 수 있을 거짓말 몇 마디를 제공할 것이라고 생각하였기 때문이다. 그녀가 말을 계속하였다. 그는 그녀의 말을 중단시키지 않았다. 다만, 게걸스럽고 괴로운 경건함으로, 그녀가 자기에게 하던 말을 거두어들일 뿐이었다. 그는 그 말들이, 마치 신성한 너울처럼, 무한히 소중하나 애석하게도 발견할 수 없는 그 실체를(그녀가 그에게 계속 말을 하면서도 그것을 말로 가려 감추고 있었던지라) 간직하고 있으며, 그것의 불분명한 형체를 소묘하고 있으리라 막연히 느꼈다. 그 발견할 수 없는 실체란, 그날 오후 세 시에, 그가 왔을 때 그녀가 하고 있던 짓으로, 그 실체 중, 그는 오직 해독할 수 없고 신성한 흔적과 같은 거짓말밖에 수중에 넣을 수 없을 것이며, 실체는, 그것을 음미할 줄도 모르면서 응시할 뿐 그에게는 결코 넘겨 주지 않을, 장물 은닉 습성을 가지고 있던 그 존재[78]의 추억 속에만 남아 있었다. 물론 그는, 오데뜨의 일상적인 활동이 그것들 자체로서는 열성을 돋굴 만큼 관심을 유발하지 못하며, 그녀가 다른 남자들과 맺을 수 있을 관계들이, 자살 충동을 불러 일으킬 수 있을 만한 병적인 슬픔을, 필연적으로, 보편적으로, 또 모든 생각하는 존재에게, 발산하지 않는다는 사실을 이따금씩 어렴풋이 짐작하곤 하였다. 그럴 때마다 그는, 그 관심이, 그 슬픔이, 오직 그의 내면에만 일종의 병처럼 존재하며, 따라서 언젠가 그 병이 치유되면, 오데뜨의 행위들이, 가령 그녀가 다른 남자들에게 허락하였을 입맞춤들이, 다른 무수한 여인들의 입맞춤처럼, 자기에게 아무 해도 끼치지 않을 것이라는 사실을 깨닫곤 하였다. 그러나 스완이 그것들에 대하여 당시 품고 있던 괴로운 호기심의 원인이 오직 그의 속에만 있었다 하여, 그 사실이 그로 하여금, 그 호기심이 중요하다고 여기며 그것을 충족시키기 위하여 모든 수단을 동원하는 것이 부조리하다고 생각하게 하지는 못하였다. 그 원인은, 그 철학이—그 시대에 유행하던 철학, 스완이 가장 많이 경험한 사회 계층의 철학, 즉 모든 것을 의심하는 회의주의적 태도에 따라 누구든 이지적이라고 평가되며, 오직 각자의 취향만이 실재적이고 명백한 그 무엇이라고 여기던 롬므 대공 부인 측근 인사들의 철학에 의해 조장된 철학이—이미 더 이상 젊은 시절의 철학이 아니고, 그것과는 딴판인, 자기들의 열망 대상들을 객관화하는 대신 이미 흘러가 버린 자기네들의 세월에서 습관들의 고정된 잔재를, 즉 자기들의 내면에 있는 독특성이며 항존성이라고 여길 뿐만 아니라 자기들이 택한 삶의 형태가 충족시킬 수 있도록, 단호하게, 최후선적으로 관심을 쏟을, 자기네 열정의 고정된 잔재를 추려내려고 노력하는 사람들의, 거의 의료적 철학에 가까운 실증적 철학이 되어버린 나이에, 스완이 도달하고 있었기 때문이다. 스완은,

자기가 살아가면서, 습한 기후가 자기의 습진에 야기시키는 돌발적인 재발 현상을 신중히 고려하는 것과 마찬가지로, 오데뜨가 한 짓을 몰라서 자기가 겪는 고통도 고려 대상에 넣는 것이 현명하다고 생각하였다. 또한 그리하여, 적어도 그가 연정에 사로잡히기 전에는, 골동품 수집 취향이나 식도락 취향 등, 그로 하여금 즐거움을 기대할 수 있도록 해주던 다른 취향들을 위하여 예산을 책정하곤 하던 것처럼, 자기가 모르면 몹시 가련한 심회에 사로잡히게 될, 오데뜨의 일상생활에 관한 정보를 얻기 위하여, 자기의 예산에 상당액의 예비비를 책정해 두는 것이 현명하다고 생각하였다.

그가 집으로 돌아가기 위하여 오데뜨에게 작별인사를 하려 하자, 밖으로 나가기 위하여 문을 열려는 순간, 그녀가 그의 팔을 잡으면서 조금 더 있다가 가라 하였고, 심지어 그를 격렬히 만류하기도 하였다. 하지만 그는 그녀의 그러한 거조에 조금도 신경을 쓰지 않았다. 하나의 대화를 가득 채우는 무수한 몸짓들과 말들과 작은 사건들 속에 우리가 휩쓸려 들었을 때, 우리의 의구심이 무턱대고 찾는 진실을 감추고 있는 것들 곁을 스쳐 지나가면서도 우리의 주의를 끄는 것은 전혀 발견하지 못하고, 반대로 아무것도 감추고 있지 않은 것들 앞에서 우리가 멈추어 서는 일이 불가피하게 일어나기 때문이다. 그녀가 계속 같은 말을 반복하였다. "오후에는 좀처럼 오시지 않는 당신이 모처럼 오셨는데, 제가 당신을 뵙지 못하다니, 이 얼마나 큰 불운인가요." 그는, 자기를 영접하지 못한 것을 그토록 애석하게 여길 만큼, 그녀가 자기에 대해 연정을 품고 있지 않다는 사실은 잘 알고 있었으나, 그녀의 심성이 착하고, 언제나 그에게 기쁨을 주고 싶어하며, 그의 기분을 상하게 한 후에는 자주 슬퍼하는지라, 이번에도 그녀가, 그녀에게는 아니지만 그에게는 매우 컸던, 함께 한 시간을 보내는 즐거움을 그에게서 박탈한 사실을 슬퍼하는 것이, 그에게는 지극히 자연스러워 보였다. 그러나, 그것이 별로 중요한 일이 아니었건만 그녀가 계속 괴로워하는 기색을 보이는지라, 결국에는 그도 놀라지 않을 수 없었다. 그리하여 그녀는, 평소에 그가 보던 그녀의 얼굴보다도 더,「쁘리마베라」를 그린 화가에 의해 형상화된 여인들의 얼굴을 상기시켰다. 그 순간 그녀의 얼굴은, 단지 아기 예수가 석류 하나를 가지고 놀도록 내버려 두거나 혹은 모쉐가 구유에 물을 붓는 것을 바라볼 뿐임에도 불구하고, 감당하기 어려운 고통의 무게에 짓눌린 듯 낙담하고 상심한 표정을 짓는, 그림 속 여인들의 얼굴과 다름없었다.[179] 그는 이미 그녀의 얼굴에서 그러한 슬픔을 본 적이 있었으나, 그것이 언제였는지 기억해 낼 수가 없었다. 그런데 문득 기억이 되살아났다. 그녀가 몸이 불편하다는 평계를 대며, 실제로는 스완과 함께 있기 위하여 참석하지 않았던 만찬 그다음 날, 오데뜨가 베르뒤랭 부인에게 거짓말을 할 때였다. 물론 그녀가 가장 양심적인 여인들 중 하나였다 해도, 그토록 악의 없는 거짓말을 하였다 하여 가책감을 느낄 수는 없었을 것이다. 하지만 오데뜨가 일상적으로 하던 거짓말들은 그것보다 덜 순진했고, 그녀가 이런 사람들 혹은 저런 사람들과 맺은 관계에 심각한 난관들을 가져다줄 수 있을 진실의 발견을 방해하는 데 공헌하였다. 그리하여 그녀가 거짓말을 할 때에는, 두려움에 사로잡히고, 자신을 방어할 만큼 무장이 되어 있지 못하다고 느껴, 성공을 확신하지 못한 상태인지라, 충분한 수면을 취하지 못한 아이들처럼 울고 싶은 욕구를 느끼곤 하였다. 게다가 그녀는, 자기가 거짓말로 속이는 남자가 대개 심한 상처를 받을 수 있고, 따라서 거짓말을 능란하게 하지 못할 경우, 자기가 그 남자에 의해 멋대로 휘둘리는 신세가 될 수도 있음을 알고 있었다. 그리하여 그 남자 앞에서는 자신이 겸손해지고 죄인이 된 듯한 느낌을 갖곤 하였다. 또한 그녀가 별 의미 없고 사교적인 거짓말을 해야 할 때에도, 그러한 느낌들과 기억들의 연상작용 때문에, 과로 끝의 불편함과 못된 짓을 저지른 후의 가책감을 느끼곤 하였다.

도대체 얼마나 의기소침하게 하는 거짓말을 그녀가 스완에게 하고 있길래, 그녀의 시선이 그토록 고통스럽고, 그녀의 음성이, 마치 그녀가 자신에게 강요하는 노력에 짓눌려 휘는 듯하고 용서를 비는 듯 구슬프단 말인가? 그는 문득, 그녀가 그날 오후에 있었던 일에 관한 진실만을 감추려 애를 쓰는 것이 아니라, 그것보다 더 현실적이고 아마 아직은 닥치지 않았으되 곧 일어날, 그리고 그 진실을 그에게 밝혀 줄 수 있을, 어떤 일을 감추고 있으리라는 생각을 하게 되었다. 바로 그 순간 초인종 소리가 들렸다. 오데뜨가 말하기를 멈추지 않았다. 하지만 그녀의 말은 이제 비명 소리에 불과했다. 그날 오후 스완을 맞지 못한 점, 그에게 문을 열어주지 못한 사실이, 하나의 진정한 절망으로 변한 것 같았다.

출입문이 다시 닫히는 소리와 마차의 요란한 소음이 들렸다. 어떤 사람이—아마 스완과 마주치지 말아야 할 사람이—오데뜨가 외출하였다는 말을 듣고 돌아가는 모양이었다. 그 순간, 평소에 오지 않던 시각에 왔을 뿐인데, 그녀가 그에게 알리고 싶지 않았을 그토록 많은 일들을 자기가 우연히 방해하게 된 처지를 곰곰이 생각하면서, 그는 거의 절망에 가까운 실의를 느꼈다. 하지만 그가 오데뜨를 사랑하고 있었던지라, 자신의 모든 사념을 그녀에게로 향하게 하는 것이 그의 습관이었던지라, 그는 자신에게로 보낼 수 있었을 연민을 그녀를 위하여 절실히 느꼈으며, 따라서 조용히 중얼거렸다. "가엾은 내 사랑!" 그가 그녀 곁을 떠날 때, 그녀가 탁자 위에 있던 편지 몇 통을 집어들더니, 그것들을 우체통에 넣어줄 수 있겠느냐고 그에게 물었다. 그가 편지들을 가지고 나왔으며, 자기의 집에 돌아가서야 자기가 그것들을 아직도 지니고 있음을 깨달았다. 그는 우체국까지 되돌아갔고, 호주머니에 있던 편지들을 꺼냈으며, 그것들을 우체통에 던져 넣기 전에, 수신인들의 주소를 유심히 들여다보았다. 포르슈빌의 것을 제외하고는 모두 상품 공급업자들의 주소였다. 그가 포르슈빌에게로 가는 편지를 손에 움켜쥔 채 생각에 잠겼다. '이 속에 있는 것을 볼 수 있다면 그녀가 그를 어떤 호칭으로 부르며, 그에게 어떠한 어투를 사용하는지, 두 사람 사이에 어떤 일이 있는지 알 수 있으리라. 내가 편지의 내용을 들여다보지 않는 것이 아마 오데뜨에게 야비한 짓을 저지르는 격이 될 수도 있어. 왜냐하면, 그녀에게는 혹시 중상적일 수 있고, 여하튼 어떠한 경우라도 그녀에게 고통을 주게 되어 있으며, 이 편지가 일단 발송된 후에는 더 이상 그 무엇으로도 해소할 수 없을, 그 의혹으로부터 나를 해방시킬 유일한 수단이 바로 그것이기 때문이지.'

그가 우체국을 떠나 자기의 집으로 돌아왔다. 하지만 그 마지막 편지는 여전히 자기가 지니고 있었다. 그가 양초 한 가락에 불을 붙인 다음, 봉투는 감히 뜯지 못하고, 그것을 촛불 가까이로 가져갔다. 처음에는 그가 아무것도 읽을 수 없었으나, 봉투가 얇았던지라 그 얇은 부분을 속에 들어 있던 빳빳한 카드에 밀착시킴으로써, 그 투명함을 통해, 카드에 적혀 있는 마지막 단어들을 읽을 수 있었다. 그것은 매우 냉랭한 그리고 틀에 박힌 끝맺

음 인사말이었다. 포르슈빌에게로 가는 편지를 들여다본 사람이 그였던 대신, 스완에게로 가는 편지를 들여다본 사람이 포르슈빌이었다면, 포르슈빌은 다른 식으로 다정했던 단어들을 발견할 수 있었을 것이다! 그는, 카드보다 훨씬 큰 봉투 속에서 춤추듯 움직이는 카드를 함부로 움직이지 못하도록 꼭 잡은 다음, 그것을 엄지손가락으로 밀어 미끄러지게 하면서, 그것에 적혀 있던 글을 한 줄씩 연속적으로, 봉투지가 겹쳐지지 않은, 그래서 그곳을 통해 속에 있는 것을 읽을 수 있었던, 그 유일한 부분으로 이끌어 왔다.

그럼에도 불구하고 내용을 선명히 파악할 수 없었다. 하지만 그것은 아무 문제 될 것 없었다. 내용이 별로 중요하지 않은 어떤 작은 일에 관련된 것이었고, 사랑의 관계와는 전혀 관련이 없었기 때문이었다. 오데뜨의 어느 숙부와 관련된 어떤 일이었다. 스완이 그 줄의 시작 부분을 분명히 읽을 수 있었다. "제가 옳았어요." 하지만 오데뜨가 무슨 일을 하였길래 자기가 옳았다고 하는지 이해할 수 없었는데, 그 순간 문득, 그가 처음에는 해독할 수 없었던 단어가 선명하게 모습을 드러내면서 문장 전체의 의미를 밝혀 주었다. "제가 문을 연 것이 옳았어요. 저의 숙부님이셨어요." 문을 열다니! 그렇다면, 그날 오후 스완이 초인종을 눌렀을 때 포르슈빌이 그곳에 있었고, 그녀가 그로 하여금 서둘러 떠나게 하였으며, 그가 들었던 부산한 소리는 그것에 기인하였을 것이다.

그리고 그가 편지 전체를 읽었다. 편지 말미에서 그녀는 자기가 또한 예의 없이 처신한 점도 사과하였고, 그가 담배를 자기 집에 잊고 놓아두었다는 말도 하였다. 스완이 그녀의 집에 드나들기 시작한 초기 어느 날, 그녀가 그에게 보낸 편지에 썼던 것과 같은 구절이었다. 하지만 스완에게 보낸 편지에서는 그녀가 다음 말을 덧붙인 바 있다. "그 속에다 당신의 가슴도 놓아두고 가셨다면, 당신이 담배 케이스를 다시 가져가시도록 하지 않았을 거예요." 포르슈빌에게 보내는 편지에는 그와 유사한 것이 전혀 없었다. 두 사람 사이에 밀통이 있을 것이라 짐작케 해주는 어떤 암시도 없었다. 게다가 사실대로 말하자면, 그 모든 일에 있어서 포르슈빌이 그보다 더 심하게 속은 것이니, 오데뜨가 그에게 편지를 쓴 것은, 방문객이 자기의 숙부였노라고 그가 믿도록 하기 위함이었으니 말이다. 한마디로, 그녀가 더 중요하게 여기는 사람은 스완 그였고, 다른 남자를 서둘러 집에서 내보낸 것도 그를 위해서였다. 하지만 오데뜨와 포르슈빌 사이에 아무 일도 없었다면, 왜 문을 즉시 열지 않았으며, 왜 '저의 숙부님이었으니 문을 연 것이 옳았다' 고 말하였을까? 그녀가 만약 그 순간 아무 나쁜 짓도 하지 않았다면, 그녀가 문을 열지 않을 수도 있었노라고 포르슈빌이 어떻게 따질 수나 있었겠는가? 스완은 비탄에 잠겨, 또 혼란스러워져, 그러면서도, 그의 우아함에 대한 절대적인 신뢰에 이끌려 오데뜨가 두려움 없이 그에게 맡긴, 그러나 그 투명한 창유리 같은 얇은 종이를 통하여, 그가 결코 알 수 있으리라고는 믿을 수 없었던 사건의 비밀과 함께, 미지의 세계 위에 생긴 반짝이는 좁은 절단부를 통해 들여다보이는 듯한 오데뜨의 생활 일부가 스스로 모습을 드러내게 해준 그 봉투 앞에서 행복해져, 잠시 그 상태로 머물러 있었다. 그러다 그의 질투가 즐거워하였는데, 그 질투가 마치, 독립적이고, 이기적이며, 자기에게 영양을 공급하는 것은 무엇이든, 심지어 스완 자신 마저도 희생시키면서, 아귀처럼 먹어 치울 만큼 게걸스러운, 하나의 생명력을 얻기라도 한 것 같았다. 이제 그 질투가 먹이 하나를 얻었고, 따라서 스완이 날마다, 다섯 시경 오데뜨가 받았을 방문들에 대하여 불안해하고, 그 시각에 포르슈빌이 어디에 있었는지 알아내려는 노력을 시작할 수 있게 되었다. 스완의 애정이, 오데뜨의 일상생활에 대한 그의 무지와 그가 상상력으로 그 무지를 보충하지 못하도록 방해하던 뇌수의 게으름이 초기부터 그것에게 각인시켜 준, 바로 그 성격을 간직하고 있었기 때문이다. 그가 초기에는 오데뜨의 생활 전반에 대하여는 질투심을 품지 않았고, 다만, 그것도 아마 잘못 해석되었을, 어떤 상황 하나가 그로 하여금 오데뜨가 자기를 속였을 것이라 추측하게 한 순간들에 대해서만 질투심을 품곤 하였다. 그의 질투가, 첫 번째, 두 번째, 세 번째 닻줄[180]을 차례로 던지는 문어처럼, 저녁 다섯 시라는 그 순간에 단단히 계류되더니, 그다음에는 다른 순간에, 그리고 또 다른 순간에, 차례로 묶였다. 그러나 스완은 자기의 괴로움들을 고안해 낼 줄 몰랐다. 그의 괴로움들이란 외부로부터 그에게 닥쳤던 어떤 괴로움의 추억, 즉 지속상태에 불과했다.

그러나 외부 세계의 모든 것들이 그에게 괴로움을 가져다주었다. 그가 오데뜨를 포르슈빌로부터 멀리 떼어놓기 원하였고, 그녀를 몇일 동안 프랑스 남부로 데려가고 싶었다. 하지만 그는, 호텔에 머무는 모든 남자들이 그녀를 갈망하고, 그녀 또한 그들을 갈망한다고 믿었다. 그리하여, 지난날에는 여행 도중에 새로운 사람들이나 새로운 모임을 찾아다니던 그가, 마치 그것이 자기에게 심한 상처를 입히기라도 한 듯 사람들과의 어울림을 피하는, 야만인의 모습을 보이곤 하였다. 하지만, 모든 남자들 속에서 오데뜨의 잠재적 정인 하나씩을 발견하던 그가, 무슨 수로 인간 혐오자가 아닐 수 있었겠는가? 그리하여 그의 질투가, 초기에 오데뜨에 대하여 그가 가졌던 관능적이고 쾌활한 취향이 그랬던 것보다 오히려 더 심하게 스완의 성격을 변질시켰고, 다른 사람들이 보기에는, 그의 성격을 명료하게 드러내던 외적 특징들의 면모 마저도 깡그리 딴판으로 변하게 하였다.

오데뜨가 포르슈빌에게 보내는 편지를 읽은 날로부터 한 달 후, 스완은 베르뒤랭 내외가 불론뉴 숲에서 베푼 만찬에 참석하였다. 식사 후 모두들 떠날 채비를 하던 순간, 그가 보자니 베르뒤랭 내외와 몇몇 초대객들이 웅기중기 모여 잡담을 하는 것 같았고, 그는 그것이, 다음 날 샤뚜[181]에서 열릴 파티에 꼭 참석하라고, 피아니스트에게 환기시키는 중이라고 믿었다. 그런데 스완은 그 파티에 초대 받지 못하였다.

베르뒤랭 내외는 음성을 낮춰, 그리고 모호한 어휘들을 사용하며 말을 하고 있었으나, 틀림없이 방심한 탓인지, 화가는 큰 소리로 떠들었다. "어떠한 빛도 있어서는 아니 되며, 일들이 스스로 밝혀지는 것이 더 명료하게 보이도록, 그는 어둠 속에서 「월광」 쏘나따를 연주해야 합니다."

스완이 바로 두 걸음 되는 가까운 곳에 있음을 알아차린 베르뒤랭 부인이 즉시 그녀 특유의 표정을 지었는데, 그 표정에서는, 말하는 사람으로 하여금 입을 다물게 하려는 열망과, 그 말을 듣는 사람이 보기에 자신은 무고한 듯한 기색을 고수하려는 열망 등이 모두 시선의 강렬한 전무(全無) 상태로 중화되고, 공모자의 미동조차 하지 않는 내통 신호가 어수룩배기의 미소 밑으로 숨으며, 또한 어떤 실수를 간파한 모든 사람에게서 공통적으로 발견되는 그러한 표정은, 그 실수를 저지르는 사람에게, 여의치 않을 경우 적어도 그 실수의 희생물이 된 사람에게, 즉각적으로 그 실수를 알린다. 오데뜨가 문득, 인생의 감당할 수 없는 난관들에 대항하여 싸우기를 포기하는 절망한 여인의 기색을 띠었는데,

그 거를에도 스완은, 식당을 떠나 그녀와 함께 돌아가는 동안, 그녀에게 일의 자초지종을 묻고, 그녀가 다음 날 샤뚜에 가지 않거나 그도 초대 받게 해주겠다는 약속을 그녀로부터 받아내며, 그녀의 품에 안겨 자기가 심하게 느끼고 있던 괴로움을 진정시킬 수 있을 순간까지 남은 시간을 초조하게 헤아리고 있었다. 드디어 사람들이 마차들을 불렀다. 베르뒤랭 부인이 스완에게 말하였다.

"자 이제 안녕히 가세요, 곧 다시 만나요, 그렇지 않아요?" 그러면서, 시선의 상냥함과 미소의 거북함으로, 자기가 그에게 이제까지 항상 그랬던 것처럼 다음과 같이 말하지 않은 점에 그의 생각이 미치지 못하도록 막으려 애를 썼다. "내일 샤뚜에서 만나요, 그리고 모레는 우리 집에서."

베르뒤랭 씨 내외는 포르슈빌로 하여금 자기들과 함께 마차에 오르게 하였고, 스완의 마차는 그들의 마차 뒤에서 그것이 출발하기를 기다리며 오데뜨를 태울 준비를 하고 있었다.

"오데뜨, 우리가 당신을 데려다주겠어요." 베르뒤랭 부인이 말하였다. "포르슈빌 씨 옆에 당신을 위해 마련한 작은 자리 하나가 있어요."

"예, 부인." 오데뜨가 대답하였다.

"그게 무슨 소리요, 당신을 데려다드릴 사람은 나인 줄 알았는데." 필요한 말을 숨기지 않고 스완이 언성을 높였다. 마차의 문이 이미 열려 있어 존각을 다투어야 할 형편이었고, 그가 그러한 심적 상태로 그녀 없이는 돌아갈 수 없었기 때문이다.

"하지만 베르뒤랭 부인께서 저에게 요청하시니…."

"이것 보세요, 당신은 혼자서도 돌아가실 수 있어요. 당신에게는 우리가 이미 여러 차례 그녀를 독차지하시게 하였어요."

베르뒤랭 부인이 나섰다.

"하지만 제가 저 부인께 말씀드려야 할 중요한 일이 있어서."

"좋아요! 그러면 그녀에게 편지를 보내세요…."

"안녕히 가세요." 오데뜨가 그에게 악수를 청하면서 말하였다.

그가 미소를 지으려 애를 썼지만, 얼굴은 낙담한 기색이었다.

"스완이 이제 감히 우리들을 대하는 그 태도 보셨어요?" 집에 도착하자 베르뒤랭 부인이 남편에게 말하였다. "우리가 오데뜨를 데리고 가겠다고 하였을 때, 그가 저를 잡아먹을 기세였어요. 정말 꼴불견이었어요! 아예 우리가 밀회 장소를 운영한다고 말하지! 저는 오데뜨가 그따위 태도를 참는 것이 납득되지 않아요. 영낙없이 '당신은 내 것이야'라고 말하는 기색이에요. 제가 생각하는 바를 오데뜨에게 말하겠어요. 그녀가 저의 말을 알아들으면 좋겠어요."

그리고 잠시 후, 그녀가 화를 내며 한 마디 덧붙였다. "아니에요, 정말이지, 그 더러운 짐승!" 그렇게, 자신도 의식하지 못한 채, 그리고 아마 자신을 정당화하고 싶은 막연한 욕구에 복종하면서,―꽁브레에서 닭이 죽으려 하지 않자 프랑수와즈가 그랬듯이―죽어가는 무해한 짐승의 마지막 꿈틀거림이 그것을 죽이는 촌사람의 입에서 튀어나오게 하는 말을 사용하였다.

베르뒤랭 부인의 마차가 출발하고 스완의 마차가 다가왔을 때, 그의 마부가 그를 유심히 바라보며, 몸이 불편하지 않은지, 혹은 그에게 어떤 불행한 일이 생기지 않았는지 물었다.

스완이 마부를 돌려보냈고, 걷고 싶었던지라, 불론뉴 숲을 가로질러 걸어서 집에 돌아왔다. 그가 홀로, 큰 소리로, 그리고 그 이전까지 '작은 핵'의 매력들과 베르뒤랭 내외의 너그러움을 소상히 열거하며 찬양할 때 취하던 조금 어색한 어조로 중얼거렸다. 하지만 오데뜨의 말과 미소와 입맞춤이 그 이외의 다른 남자들로 향했을 때, 그것들이 전에 다정스러웠던 것만큼이나 가증스러워 보였듯이, 조금 전까지도 재미있고 예술에 대한 진정한 취향과 심지어 윤리적 고아함까지 감도는 듯했던 베르뒤랭 내외의 응접실이, 그곳에서 오데뜨가 다른 남자를 만나고 자유롭게 사랑하게 된 이제는, 그 응접실 특유의 우스꽝스러움과 어리석음과 상스러움을 그에게 여지없이 드러냈다.

그는 다음 날 샤뚜에서 열릴 야회를 상상하며 일종의 혐오감을 느꼈다. "샤뚜에 갈 생각들을 하다니! 이제 막 점포 문을 닫은 잡화상 주인들처럼! 정말이지 그 사람들은 고상한 도시 서민들이야. 그따위들이 실제로 존재할 수는 없어. 라비슈[182]의 희극에서 나왔음에 틀림없어!"

그곳에 꼬따르 내외와 아마 브리쇼도 갈 것이라는 데에 생각이 미쳤다. "서로 기대어 살며, 내일 샤뚜에서 만나지 못하면 틀림없이 죽기라도 할 것으로 믿는 그 천민들의 삶이라니, 정말 기괴하기 짝이 없어!" 애석한 일이었다! 그곳에는 '혼인 성사시켜 주기' 좋아한다는, 그리하여 오데뜨와 함께 포르슈빌을 자기의 화실로 초대할, 그 화가도 갈 것이다. 그는 그 야외 파티에 참석하기 위하여 지나치게 차려입고 치장한 오데뜨의 모습을 뇌리에 떠올렸다. "그녀가 하도 상스럽고, 게다가 특히, 그 가엾은 어린 것이 어찌나 어리석은지!"

만찬 후에 베르뒤랭 부인이 할 농담들, 표적으로 삼은 '따분한 사람'이 누구이든 오데뜨가 웃었고, 그와 함께 웃었으며, 거의 그의 속에서 웃었던지라 항상 그를 즐겁게 해주던, 그 농담들이 그의 귀에 들려오는 것 같았다. 하지만 이제는 아마 그를 표적으로 삼아 오데뜨를 웃길 것 같았다. "그 무슨 악취 풍기는 농담이란 말인가!" 자신의 입으로 혐오감을 표하면서 그가 중얼거렸다. 그 표현이 어찌나 강했던지, 뒤틀려 셔츠의 깃에까지 가서 격하게 닿는 자신의 찡그린 얼굴 근육을 느낄 수 있을 정도였다. "신의 모습을 본따 얼굴이 빚어진 피조물이 도대체 어떻게 그 구역질 나는 농담들 속에서 웃음거리를 발견할 수 있단 말인가? 조금이나마 섬세한 콧구멍이라면, 그러한 악취에 자신의 기분이 상하지 않도록 하기 위하여, 몸서리치며 고개를 돌릴 거야. 자신에게 신의를 표하며 손을 내민 사람을 두고 감히 그따위 미소를 자신에게 허락함으로써, 이 세상에서 가장 선한 의지로도 그를 다시 구출해 낼 수 없는 더러운 진흙탕 속으로 자신이 천하게 추락한다는 사실을, 하나의 인간이 이해하지 못할 수 있다니, 정말 믿을 수 없는 일이야. 나는 그토록 더러운 수다들이 찰싹거리고 자주 짖어대는 밑바닥으로부터 너무 높은 수천 미터 고도에 살고 있기 때문에, 베르뒤랭과 같은 부류의 여자가 하는 농담의 흙탕이 나에게까지 튀길 수는 없어." 그가 고개를 쳐들면서, 상체를 뒤로 오만하게 젖히면서, 큰 소리로 외쳤다. "내가 오데뜨를 그곳으로부터 이끌어내 더 고아하고 순결한 대기 속으로 치켜올리려 진실로 노력하였음은 신께서 알고 계셔. 그러나 인간의 인내에는 한계가 있고, 나의 인내가 그 한계에 이르렀어." 오데뜨를 모욕적인 빈정거림 가득한 대기로부터 구출해 내는 사명이 마치 몇 분 전이 아니라 훨씬 오래 전부터 시작된 듯, 그리고 자기가 그러한 사명을 자신에게 부여한 것이, 그 빈정거림들이 아마 자기를 표적으로 삼아 자기로부터 오데뜨를 떼어놓으려 한다고 생각하기 시작한 겨우 그 순간부터가 아니라는 듯이, 그렇게 중얼거렸다.

「월광」쏘나따를 연주할 준비가 되어 있던 피아니스트와, 베토벤의 음악이 자신의 신경에 가할 고통에 대한 두려움에 사로잡히는 베르뒤랭 부인의 표정들이 그의 눈에 선하였다. "백치 거짓말쟁이 계집! 그것이 '예술'[183]을 사랑하는 것이라고 믿다니!" 그가 소리쳤다. 그녀가 그를 위하여 자주 그랬듯이, 이번에는 포르슈빌에 대한 찬사 몇 마디를 능란한 솜씨로 오데뜨에게 넌지시 던진 다음, 이렇게 말할 것임에 틀림없었다. "포르슈빌 씨를 위하여 당신 옆에 작은 자리 하나 만들어봐요." "그것도 어둠 속에서! 포주 계집, 뚜쟁이 계집!" 그는 그 두 남녀로 하여금 아무 말 없이 함께 몽상에 잠기고, 서로를 바라보며, 그러다가 서로의 손을 잡으라고 권할 그 음악에도 '뚜쟁이'라는 명칭을 부여하였다. 그는 각종 예술에 대하여 플라톤, 보쒸에, 프랑스의 옛날 교육이[184] 보여 주던 가혹함에도 좋은 점이 있다고 생각하였다.

한마디로, 베르뒤랭 내외의 집에서 영위하던, 그리고 그가 그토록 자주 '진정한 삶'이라고 부르던 그 삶이, 최악의 삶처럼 보였고, 그들의 '작은 핵'이 모든 집단들 중 가장 열등한 것으로 여겨졌다. 그가 다시 중얼거렸다. "정말이지, 사회적 등급 중 가장 하위에 있는 집단이고, 단떼의 마지막 권역[185]이야. 그 숭고한 글이 베르뒤랭 패거리와 관련되어 있는 것은 의심할 여지가 없어! 사실, 사람들이 험담은 할 수 있으나 그 거리의 불량배 집단과는 전혀 다른 사교계 인사들이, 그들과 사귀기를 거부하고, 그렇게 손가락 끝이라도 더럽히는 것을 거부하면서 보여 주는 지혜는 얼마나 심오한가! 쌩-제르맹 구역의 그 '놀리 메 탄게레'[186] 속에 있는 선견지명이여!" 그가 불론뉴 숲의 산책로들을 떠난지 상당히 오래 되었고, 그의 집에 거의 도착하였건만, 그는 아직도 자기의 괴로움과 위선적인 웅변으로부터 깨어나지 못하였으며, 그 웅변의 거짓 가득한 억양과 그 자신의 목소리에 어려 있던 인위적인 음향이 매순간 그에게 더욱 푸짐하게 취기를 불어넣는지라, 그는 여전히 밤의 고요 속에서 열변을 토하고 있었다. "사교계 인사들에게도 그들 나름대로의 단점들이 있고, 그것들을 아무도 나보다는 더 명료하게 분별해 내지 못해. 하지만 그들은 결코 저지르지 말아야 할 짓이 무엇인지를 아는 사람들이야. 내가 알고 지내던 여인도 완벽함과는 거리가 멀었지만, 이런저런 약점에도 불구하고, 그녀에게는 섬세함의 밑바탕과 일종의 신의가 있어서, 어떠한 일이 닥쳐도 그녀가 배신행위는 저지르지 못하며, 그러한 점 하나만으로도, 그녀와 베르뒤랭의 처와 같은 메가이라[187] 사이에는 깊은 심연이 파이지. 베르뒤랭! 무슨 이름이 그따위인가![188] 아! 그 부류 중에서는 완벽하고 멋진 표본들이야! 신께서 도우셔서 내가 그 추한 것들, 그 오물들과 뒤섞이기 직전에 멈출 수 있었어."

하지만, 얼마 전까지도 그가 베르뒤랭 내외 특유의 것이라고 인정하던 미덕들이, 비록 두 내외가 정말 그것들을 갖추었다 하더라도, 그러나 그들이 그의 사랑을 용이하게 해주거나 보호해 주지 않았을 경우에는, 스완의 내면에, 그로 하여금 그들의 너그러움에 감동하게 하던, 그리고 비록 다른 사람들 사이에 퍼져 있었다 해도 오직 오데뜨로부터만 그에게 올 수 있었던, 그 취기를 유발하기에 충분치 못하였을 것처럼, 마찬가지로, 그가 이제 베르뒤랭 내외에게서 발견한 그 부도덕성 또한, 비록 그것이 실재한다 해도, 그들이 그를 배제시킨 채 오데뜨를 포르슈빌과 함께 초대하는 짓을 저지르지 않았다면, 그를 격렬하게 분개시키고 그로 하여금 그들의 '비열한 짓'에 낙인을 찍게 할 수는 없었을 것이다. 그리고 의심할 나위 없이, 스완의 음성이 베르뒤랭 내외의 무리에 대한 혐오 및 그 무리와의 인연을 끊었다는 기쁨으로 가득한 말들을, 마치 그것들이 그의 생각을 표현하기보다는 그의 노여움을 한껏 터뜨리기 위하여 선별되기라도 한 듯, 어색한 억양 이외의 다른 식으로 발음하기를 거절하였을 때, 그 음성은 스완 자신보다도 오히려 더 명민한 통찰력을 가지고 있었다. 사실 그의 생각은, 그가 그 숱한 욕설을 퍼붓고 있던 동안에도 아마, 그 자신도 지각하지 못하는 상태에서, 전혀 다른 대상에 골몰하고 있었을 것이다. 왜냐하면, 집에 도착하여 안으로 들어간 후 대문을 거우 다시 닫았는가 싶은데, 그가 별안간 자신의 이마를 탁 치더니, 대문을 다시 열게 한 다음, 이번에는 자연스러운 음성으로 다음과 같이 중얼거리면서 밖으로 나갔다. "내일 샤뚜에서의 만찬에 나를 초대하도록 할 방도를 찾았어!" 하지만 그 방도가 신통치 않았던 것 같다. 스완이 결국 초대 받지 못하였으니 말이다. 중환자가 생겨 지방에 갔던지라 여러 날 동안 베르뒤랭 내외를 보지 못하였고 샤뚜에도 갈 수 없었던 꼬따르 의사가, 샤뚜에서의 만찬 다음 날, 베르뒤랭 내외의 집에서 식탁 앞에 앉으며 말하였다.

"오늘 저녁에는 스완 씨가 오지 않습니까? 그가 정말 사적인 친분을 맺고 있는…."

"제발 오지 않았으면 좋겠어요!" 베르뒤랭 부인이 그의 말을 끊으며 언성을 높였다. "신께서 우리를 그로부터 보호해 주시기 빌어요. 지긋지긋하고 미련하고 버릇없는 사람이에요."

그 말에 꼬따르가, 자신이 그때까지 믿던 모든 것과 정면으로 배치되지만 항변할 수 없을 만큼 자명한 진리와 맞닥뜨린 듯, 놀라움과 복종하는 태도를 동시에 드러냈다. 그러더니 놀라고 두려움 가득한 기색으로 자기의 코를 접시에 처박으면서, 그리고 자신의 내면 밑바닥까지 질서 정연하게 후퇴하기 위하여, 차츰 낮아지는 음계를 따라 자기 음성의 모든 음역을 뒷걸음질로 통과하면서, 다음과 같은 소리를 내는 것으로 만족하였다. "아! 아! 아! 아! 아!" 그리고 베르뒤랭의 집에서는 스완에 대해 더 이상 언급조차 하지 않게 되었다.

 그리하여, 스완과 오데뜨를 결합시켜 주던 그 응접실이, 그들의 밀회를 방해하는 장애물로 변하였다. 그녀가 따라서 그들의 사랑 초기에 그에게 하던 다음과 같은 말은 더 이상 하지 않게 되었다. "어떠한 경우라도 내일 저녁에는 우리가 다시 만날 수 있을 거예요. 베르뒤랭 씨 댁에서 밤참을 먹을 것이니까." 그러나 이제는 그녀가 이렇게 말하곤 하였다. "내일 저녁에는 우리가 만날 수 없을 거예요. 베르뒤랭 씨 댁에서 밤참을 먹어야 하니까." 혹은 베르뒤랭 내외가, 『클레오파트라의 하룻밤』[189]을 관람하기 위하여, 그녀를 오뻬라-꼬믹 극장에 데려가기로 되어 있다고도 하였으며, 그 순간 스완은 오데뜨의 눈에서, 그가 그녀에게 그곳에 가지 말라고 하지 않을까 하는 두려움을, 전에는 스치듯 나타나기만 해도 그로 하여금 자기 정부의 얼굴에 입을 맞추지 않고는 못 배기게 하였을, 그러나 이제는 그의 울화를 돋구는, 그 두려움을 읽어내곤 하였다. 그러면서 자신에게 이렇게 말하곤 하였다. "하지만, 그녀가 그 똥 같은 음악 속에서 모이를 쪼아 먹으러 가고 싶어하는 것을 보고 내가 느끼는 것은 노여움이 아니야. 그것은 슬픔이야. 물론 나를 위해서 느끼는 것이 아니라 그녀를 위해서 느끼는 슬픔이야. 즉, 여섯 달 동안 이상이나 날마다 나와 접촉하며 살고 나서도, 자의로 기꺼이 빅또르 마쎄를 버릴 수 있을 만큼 충분히 다른 사람으로 성장하지 못한 그녀를 바라보는 슬픔이야! 특히, 조금이나마 섬세한 본질을 갖춘 사람이라면, 상대방이 그것을 요청할 경우, 어떤 즐거움을 선뜻 포기할 줄 알아야 하는 저녁도 있다는 사실을 이해하는 경지에 그녀가 도달하지 못하였기 때문에 느끼는 슬픔이야. 그녀의 대답이 비록 영리함에서 비롯된 것에 불과할지라도, 사람들이 그녀의 영혼에 질적인 등급을 결정적으로 부여하는 것은 그 대답에 입각해서이니, 그녀는 '가지 않겠어요'라고 말할 줄 알아야 해."
그리고, 그날 저녁 오데뜨가 오뻬라-꼬믹 극장에 가는 대신 자기 곁에 머물러 있기를 갈망한 것은, 자기가 그녀의 정신적 자질에 대하여 더 유리한 판단을 내릴 수 있기만을 위해서였노라고 스스로를 설복하였던지라, 그는 그녀에게, 자신에게 늘어놓던 억지와 같은 수준의 거짓이 섞인, 그리고 심지어 한 단계 더 높은 거짓도 섞인, 억지를 늘어놓기도 하였던 바, 그녀의 자존심을 이용하여 그녀를 포획하고 싶은 욕망에 복종하기도 하였기 때문이다.

그녀가 극장으로 향하기 직전, 그가 그녀에게 다음과 같이 말하였다. "내가 맹세코 당신에게 단언하거니와, 당신에게 외출하지 말라고 하는 순간에도 내가 바라던 것은, 너무 이기적이긴 하지만, 당신이 그러한 나의 요구를 거절하였으면 하는 것이었소. 오늘 저녁에 내가 할 일이 무수히 많기 때문이며, 또 나의 기대와는 정반대로 당신이 외출하지 않겠다고 대답하실 경우, 나 자신이 덫에 걸려들어 난처해질 것이기 때문이오. 하지만 나의 일과 나의 즐거움이 전부는 아니오. 나는 당신 생각도 해야 하오. 내가 당신에 대한 애착을 영영 버리는 것을 보시고, 그 앞에서는

2부 스완의 어떤 사랑 171

사랑조차 오래 항거하지 못하는 가혹한 판단을 내가 당신에 대하여 내리게 되리라 예감하였으면서도, 그 결정적인 순간에 내가 당신에게 그러한 사실을 경고하지 않았노라, 당신이 나를 나무랄 권리를 가지실 날이 닥칠 수도 있소. 당신도 아시다시피 『클레오파트라의 하룻밤』(무슨 놈의 제목이 그렇단 말인가!) 자체는 지금 큰 문제가 아니오. 내가 알아야 할 것은, 당신이 정말 하나의 즐거움조차 포기할 능력이 없는 경멸스러운 존재, 지적인 면에서 뿐만 아니라 심지어 매력에 있어서도 최하위에 속하는 그런 존재인가 하는 것이오. 만약 당신이 그러한 존재라면, 어느 누구인들 당신을 사랑할 수 있겠소? 당신이, 비록 불완전하다 해도 최소한 완전해질 가망성이나마 있는 하나의 명확한 존재, 즉 하나의 인격체이지조차 못하니 말이오. 당신은, 앞에 나타나는 경사면을 따라 흐르는 하나의 형체 없는 물줄기이며, 수족관 속에 사는 동안에는 하루에도 수백 번씩 유리벽에 충돌하면서도 그것을 계속 물로 여기는, 기억력도 사유력도 없는 한 마리 물고기요. 당신의 대답이, 물론 내가 당신 사랑하기를 즉각 멈추는 결과를 초래하리라는 뜻으로 하는 말은 아니지만, 그러나 당신이 하나의 인격체가 아니어서 모든 사물들 아래에 있으며, 당신을 이 세상 그 어떤 사물 위에도 놓을 수 없다는 사실을 내가 깨닫게 될 때, 그 대답이 당신을 나의 눈에 덜 매력적으로 보이게 하리라는 것을 이해하시겠소? 물론 나의 요청에도 불구하고 당신이 극장에 가리라 기대하면서, 그것이 하찮은 일인 양 당신에게 『클레오파트라의 하룻밤』(그 비천한 이름으로 나의 입술을 더럽히도록 당신이 나에게 강요하는지라 다시 입에 담지만)을 포기하라고 요청하고 싶었소. 그러나 그 모든 것을 고려하고, 당신의 대답으로부터 그러한 결론들도 이끌어내기로 결단을 내린지라,

나는 당신에게 그러한 사실을 미리 알리는 것이 더 신의 있는 조치라고 생각하였소."

오데뜨가 잠시 전부터 동요되고 불안한 기색을 드러내고 있었다. 스완이 늘어놓던 그 연설의 의미를 그녀가 포착하지는 못하였다 하더라도, 그 연설이, '의미 모호한 장광설'이나, 나무람과 탄원 일색인 다툼 등과 같은 평범한 유형에 속할 수 있음을 깨달았고, 그녀가 남자들의 그러한 버릇에 이미 익숙했던지라, 남자들이 지껄이는 말들 하나하나에 주의를 기울이지 않고도, 그들이 연정에 사로잡혀 있지 않다면 그러한 말을 하지 않을 것이고, 그들이 연정에 들떠 있으니 그들에게 복종하는 것이 불필요한 일이며, 후에는 그들이 오히려 더 연정의 노예가 될 뿐이라는 결론을 내릴 수 있었다. 따라서, 그녀가 만약 시간이 흐르고 있음을 간파하지 못하였다면, 그리하여, 그가 연설을 조금이라도 더 계속할 경우, 그녀가 다정하고 고집스러우며 겸연쩍은 미소를 지으며 그에게 말하였듯이, '결국 서곡을 놓치고 말 것'이라는 점을 깨닫지 못하였다면, 스완의 말에 지극히 태연하게 귀를 기울였을 것이다.

다른 때에는 그가 그녀에게 말하기를, 그로 하여금 그녀 사랑하기를 멈추게 할 것은, 다른 그 무엇보다도, 그녀가 거짓말하는 버릇을 버리지 않는다는 점일 것이라 하였다. 그가 이렇게 말하였다. "교태라는 그 단순한 관점에서만 보더라도, 당신이 비루하게 거짓말을 함으로써 얼마나 많은 매력을 상실하는지, 그 사실을 깨닫지 못한다는 말이오? 한 번의 고백으로 당신이 얼마나 많은 잘못들을 속죄 받을 수 있는가! 정말이지 당신은 내가 믿었던 것보다 훨씬 영리하지 못해!" 하지만, 그녀가 거짓말을 하지 말아야 할 모든 이유들을 스완이 그토록 세세하게 설명한 것 자체가 부질없는 일이었다. 일반적인 경우였다면, 그 이유들이 오데뜨의 내면에서 거짓말의 전반적인 체계를 무너뜨릴 수도 있었을 것이다. 그러나 오데뜨에게는 그 체계가 없었다. 그녀는 다만, 자기가 한 짓에 대하여 스완이 아무것도 모르기를 바랄 경우마다, 그것을 그에게 이야기하지 않는 것만으로 만족하였다. 그리하여 거짓말이 그녀에게는 특이한 부류에 속하는 하나의 미봉책이었다. 또한 그리하여, 그녀로 하여금 그 미봉책을 동원할 것인지 진실을 고백할 것인지 결단을 내리도록 할 수 있었던 것 역시 특이한 부류에 속하는 이유뿐이었으니, 그 이유란 그녀가 진실을 말하지 않았음을 스완이 발견할 가능성이 크냐 혹은 작으냐 하는 것이었다.

육체적으로 그녀는 좋지 않은 시기를 거치고 있었다. 그녀의 몸에 살이 두텁게 오르고 있었다. 또한 표정 풍부하고 애달픈 매력과, 놀란 듯하고 꿈꾸는 듯한 눈 등, 전에 그녀가 가지고 있던 것들이 초기의 젊음과 함께 사라진 것 같았다. 그리하여, 말하자면, 그녀가 육체적으로 훨씬 덜 예뻐 보이던 바로 그 무렵에 오히려, 스완에게 그토록 사랑스러워 보이게 된 셈이다. 그는 지난날 그녀에게서 발견하였던 매력을 다시 포착하려 노력하면서 그녀를 그윽히 바라보곤 하였으나, 그것을 다시 찾지 못하였다. 하지만 그 새로운 번데기 속에 살고 있는 것이 여전히 오데뜨이고, 여전히 덧없고 포착할 수 없으며 앙큼한 같은 의지라는 사실을 아는 것만도, 스완에게는 그녀를 수중에 넣기 위하여 전과 같이 열정 쏟기를 계속할 충분한 이유가 되었다. 또한 그는 두 해 전에 찍은 사진들을 물끄러미 바라보곤 하였고, 그녀가 얼마나 감미로웠는지를 회상하기도 하였다. 그러노라면, 그녀 때문에 그가 감당하던 그 혹독한 괴로움이, 조금이나마 위로를 받곤 하였다.

 베르뒤랭 내외가 그녀를 쌩-제르맹이나 샤뚜, 뫼랑 등지로 데리고 갈 때에는, 자주, 특히 아름다운 계절일 경우, 현장에서 제안하기를, 그곳에서 유숙하고 다음 날 빠리로 돌아가자고 하였다. 그럴 때면 베르뒤랭 부인이, 자기의 숙모가 빠리에 남아 있어 괴로워하던 피아니스트의 가책감을 다독거려 주곤 하였다.
 "하루 동안이나마 당신으로부터 자유로워지셔서 황홀해하실 거예요. 게다가 당신이 우리들과 함께 있는 것을 아시는데, 무슨 근심을 하시겠어요. 뿐만 아니라 내가 모든 것을 떠맡고 있어요."
 하지만 혹시 그녀가 성공하지 못할 경우에는, 베르뒤랭 씨가 즉각 나섰고, 전신국이나 심부름꾼 하나를 찾아내면, 빠리에 소식을 전해야 할 일이 있는 신도들이 누구인지를 물었다. 그러나 오데뜨는 그에게 고맙다고 하면서, 자기는 그 누구에게도 전보를 보낼 일이 없다고 하였다. 그녀가 스완에게, 다른 사람들이 보는 가운데 자기가 그에게 전보를 보내면 자신의 체면이 손상될 것이라고 잘라서 말해 두었기 때문이다. 때로는 그녀가 여러 날 동안 빠리에 돌아오지 않았다. 베르뒤랭 내외가 그녀를 데리고 드르의 묘지들[190]을 구경하러 가거나, 화가의 조언에 따라 꽁삐에뉴로 가서 숲 위로 펼쳐지는 일몰 장면을 감상하였고, 내친 김에 삐에르퐁 성까지 가기도 하였기 때문이다.[191]
 "십 년에 걸쳐 건축학을 공부하였고, 그리하여 가장 탁월한 자질 갖춘 사람들로부터 항상 보베나 쌩-루-드-노에 함께 가자는[192] 간청을 받는 나와 함께, 그녀가 진정한 역사적 건조물들을 방문할 수 있으련만, 그리고 내가 오직 그녀만을 위해 그 사람들을 데려가는 수고를 마다하지 않으련만, 그러는 대신, 그녀가 교양 없는 최하층 것들과 어울려, 루이-필립의 배설물들[193]과 비올레-르-뒤크의 배설물들[194] 앞에서 연속적으로 황홀경에 잠기다니! 그따위 짓을 하기 위해서라면 구태여 예술가일 필요도 없고, 그 누구라도, 비록 특별히 예민한 후각의 소유자가 아닐지라도, 배설물 냄새를 더 잘 맡을 수 있기 위하여 뒷간들 속에까지 가서 별장을 빌리지는 않을 거야."

하지만 그녀가 드르나 삐에르퐁으로 떠나면—애석하게도, 그가 개별적으로, 우연인 것처럼 떠나려 해도, 그것이 '불쾌한 결과'를 낳을 수 있다면서 자기에게 허락하지 않은 채—그는 사랑 이야기들 중 가장 도취하게 하는 이야기 속에, 즉 그에게 오후나 저녁에나 심지어 당일 아침에라도 그녀와 합류할 수 있는 방법들을 알려 주는 열차 시간표 속에 침잠하곤 하였다. 방법들? 거의 그 이상이었으니, 열차 시간표는 곧 허가였다. 왜냐하면, 결국 열차 시간표와 기차들 자체도 개들을 위하여 만든 것이 아니었기 때문이다. 삐에르퐁에 오전 열 시 도착 예정인 기차가 여덟 시에 출발한다고 인쇄물을 통해 공표하였으니, 삐에르퐁에 가는 것은 하나의 적법한 행위이며, 따라서 오데뜨의 허락은 불필요한 것이었다. 또한 그 행위가, 오데뜨를 만나고자 하는 욕구 이외의 다른 동기에서 비롯될 수도 있었다. 그녀를 전혀 모르는 사람들이 매일, 그리고 기관차에 불을 지피는 수고에 상응할 만큼 충분한 무리를 이루어, 그 행위를 하고 있었으니 말이다.

요컨대, 그가 삐에르퐁에 갈 욕구를 느꼈다면, 그녀는 그를 막을 수 없었다! 그런데 공교롭게도 그는 그 욕구가 태동함을 느꼈고, 따라서 만약 오데뜨와 인연이 없었다면 틀림없이 그곳에 갔을 것이다. 오래 전부터 그는 비올레-르-뒤크의 복원 작업에 대하여 더 상세히 알고 싶어하였다. 또한 날씨도 좋아, 그는 꽁삐에뉴 숲에서 산책을 하고 싶은 강렬한 욕구도 느꼈다.

그 당일 그를 유혹하던 유일한 곳에 가지 말라고 그녀가 금하였으니, 정말 큰 불운이었다. 바로 그날이라니! 그녀가 금하였음에도 불구하고 그가 만약 그곳에 간다면, 그 '당일'에도 그녀를 볼 수도 있을 것이다! 하지만, 그녀가 삐에르퐁에서 그녀에게 평소 무관심한 어떤 사람과 우연히 마주쳤다면 '어머나, 당신이 여기에!'라고 쾌활하게 말하면서, 베르뒤랭 내외와 함께 머물고 있는 호텔로 자기를 보러 오라고 하였을 것임에 반해, 그곳에서 스완과 마주쳤다면, 마음이 몹시 상하여, 자기가 추적당했다고 생각할 것이고, 그에게로 향하던 사랑이 더욱 약해질 것이며, 아마 그를 보자마자 몹시 화를 내며 고개를 돌릴 것이다. 그리고 빠리에 돌아와서는 이렇게 말할 것이다. "그렇다면 저에게는 더 이상 여행할 권리도 없군요!" 하지만 결국 더 이상 여행할 권리를 갖지 못하게 된 측은 그였다!

그는, 그것이 오데뜨를 만나기 위해서라는 티를 내지 않고 꽁삐에뉴와 삐에르퐁에 갈 수 있기 위하여, 자기의 친구들 중 하나이며 그곳 인근에 성 하나를 가지고 있던 포레스뗄 후작으로 하여금 자기를 그곳으로 데려가게 할까 하는 생각도 잠시 해보았다. 그 진정한 동기는 밝히지 않고 자기의 그러한 생각을 털어놓으면, 후작이 더할 나위 없이 기뻐할 것이고, 지난 15년 동안 무심하던 스완이 드디어 자기의 사유지를 구경하러 가기로 마음을 정하였다는 것에 경이로워하면서, 그의 말처럼, 그 사유지에 머물기는 원치 않더라도, 그 대신 적어도 며칠 동안이나마 함께 산책을 하거나 소풍을 나가겠노라 약속해 달라고 할 것이다. 스완은 벌써 자기가 포레스뗄 씨와 함께 그곳에 가 있다고 상상하였다. 그곳에서 오데뜨를 보기 전이라도, 심지어 그곳에서 오데뜨를 만나지 못하더라도, 그녀가 그곳 어느 장소에 또 어느 때에 있을지를 몰라, 그녀의 급작스러운 출현의 가능성이 사방에서 심장처럼 박동하는 것을 느낄 수 있을 그 땅에 발을 들여놓으며 얼마나 큰 행복을 느낄 것인가! 그 급작스러운 출현의 가능성은 사방에, 가령 그녀 때문에 보러 가게 되었던지라 그가 보기에 아름다워진 성의 내정, 그에게는 소설적으로 보이는 그 도시의 모든 길들, 깊고 다정한 석양 아래에서 분홍빛을 띤 숲 속의 길 하나하나 등, 그의 행복하고 방황하는 심정이 여러 형태로 증식되어, 희망들의 불확실한 편재성(偏在性)을 띠고 동시에 피신해 오는, 무수하고 한없이 대체될 수 있는 그 피신처들에 있었다. "특히 오데뜨 및 베르뒤랭 내외와 맞닥뜨리는 일이 없도록 합시다. 그들이 바로 오늘 삐에르퐁에 있다는 사실을 조금 전에 알게 되었소. 빠리에서도 서로 볼 시간은 충분한데, 이곳에서조차 개별적으로는 단 한 걸음도 움직일 수 없다면, 구태여 빠리를 떠날 필요가 없을 것이오." 그가 포레스뗄 씨에게 그렇게 말할 것이다. 그러면 포레스뗄 씨는, 그곳에 가자 그가 왜 계획을 스무 번이나 바꾸는지, 꽁삐에뉴에 있는 모든 호텔들의 식당을 샅샅이 뒤졌으되 베르뒤랭 일행의 흔적조차 발견하지 못하였건만, 자기가 피하기 원한다고 하던 것을 열심히 찾는 듯한 기색으로, 그 어느 식당에도 선뜻 앉지 못할 뿐만 아니라, 그 찾던 것을 발견할 경우 즉시 그것을 피하는지, 도저히 이해하지 못할 것이다. 왜냐하면, 그가 만약 그 작은 일행과 마주친다면, 자기가 오데뜨를 보았고 그녀 또한 자기를 보았으며, 특히 그녀에게 별 관심을 보이지 않는 자기를 그녀가 보았으리라는 사실에 만족스러워져, 부자연스러운 태도로 그 일행을 피할 것이기 때문이다. 하지만 어림없는 일이다. 그가 그곳에 온 것이 자기 때문이라는 것을 그너가 훤히 짐작할 것이다. 그리하여, 포레스뗄 씨가 와서 떠나자고 할 때마다 그는 매번 이렇게 말하곤 하였다. "애석하지만 아니 되겠소! 내가 오늘은 삐에르퐁에 갈 수 없소. 오데뜨가 바로 오늘 그곳에 있소." 그렇게 말하고 나서 스완은, 모든 인간들 중 오직 자기만이 그날 삐에르퐁에 갈 권리를 갖지 못하는 것은, 자기가 오데뜨에게는 다른 모든 사람들과는 정말 특이한 사람 즉 그녀의 정인이기 때문이고, 통행의 자유라는 보편적 권리를 침해하면서 자기에게 가해진 제약이란 것도, 자기에게 그토록 소중한, 사랑이라는 예속 형태들 중 하나에 불과하다고 느끼면서, 누가 뭐라 해도 행복감에 잠기곤 하였다. 그녀와 불화할 위험을 초래하지 않고, 인내하며, 그녀가 돌아오기를 기다리는 것이 확실히 나을 것 같았다. 그는 꽁삐에뉴 숲 지도가 '땅드르의 지도'[195]이기나 한 듯, 그것을 들여다보며 여러 날을 보내곤 하였으며, 삐에르퐁 성 사진들을 자기 주위에 늘어놓았다. 그녀가 돌아올 가능성이 있는 날이 도래하기 무섭게 그는 열차 시간표를 다시 펼쳤고, 그녀가 어느 기차를 탔을까 추산해 보았으며, 그녀의 도착이 지체될 경우에는, 어느 기차들이 아직 남았는지 세심히 살피곤 하였다. 그는 혹시 그녀로부터 올지도 모를 전보를 받지 못하지 않을까 두려워 외출도 하지 않았고, 마지막 기차를 타고 온 그녀가 한밤중에 그를 보러 오는 뜻밖의 선물에 대비하기 위하여, 잠자리에 들지도 못하였다. 어느 순간 누가 대문의 초인종을 누르는 소리가 들렸다. 문 열기를 무척 지체하는 것 같았다. 그는 수위를 깨우고 싶었다. 온 사람이 오데뜨라면 그녀를 소리쳐 부르기 위하여 창문으로 다가갔다. 그가 열 번 이상이나 내려가 이미 단단히 당부해 두긴 하였지만, 그가 집에 없노라고 그녀에게 대답할 수도 있기 때문이다. 초인종을 누른 사람은 외출하였다가 돌아오는 하인이었다. 전에는 그가 단 한 번도 주의 깊게 바라보지 않던, 지나가는 마차들의 끊임없는 흐름이 그의 시선을 끌었다. 멀리서부터 다가와 멈추지 않고 자기의 집 대문 앞을 지나가는, 그리고 그에게로 보내진 것이 아닌 소식을 더 먼 곳으로 가져가는, 모든 마차의 소음에 그가 귀를 기울였다. 그가 그렇게 밤새도록 기다렸으나 허사였으니, 베르뒤랭 내외가 귀환을 앞당겼던지라, 오데뜨는 이미 정오부터 빠리에 있었기 때문이다. 그럴건만 그녀는 그러한 사실을 그에게 알릴 생각조차 하지 않았다. 그리고 무엇을 해야 좋을지 몰라, 홀로 극장에 가서 저녁 시간을 보낸 다음, 벌써 오래전에 집에 돌아와 잠들어 있었다.

그녀가 아예 그를 뇌리에 떠올리지도 않았던 것이다. 하지만 그녀가 스완의 존재까지도 망각하였던 그 순간들이 오히려 오데뜨에게 더 유익하였고, 그녀의 그 어떤 교태보다도 스완을 그녀에게 묶어두는 데 더 이바지하였다. 왜냐하면, 스완이 베르뒤랭 내외의 집에서 오데뜨를 만나지 못하여 저녁 내내 그녀를 찾아 헤매던 날 저녁, 그의 사랑을 부화시킬 만큼 강력했던 그 괴로운 동요에 스완이 다시 휩싸여서 살게 되었기 때문이다. 또한 그에게는, 내가 유년시절 꽁브레에서 누리던 행복한 낮 시간, 저녁이면 다시 소생하는 괴로움들이 잊혀지는 그 낮시간이 없었다. 스완은 낮 시간을 오데뜨 없이 보냈다. 그리하여 가끔 그는, 그토록 예쁜 여인이 그렇게 홀로 빠리 거리로 나가도록 내버려 두는 것은, 보석 가득한 상자를 길 한복판에 놓아두는 짓만큼이나 경솔하다고 생각하곤 하였다. 그러한 생각이 들 때마다, 모든 행인들이 마치 모두 도둑들인 양, 그들에 대하여 분개하는 마음을 품곤 하였다. 하지만 그들의 집단적이고 형태 정해지지 않은 얼굴이 그의 상상력에 의해 포착되지 않는지라, 그것이 그의 질투를 촉진하지는 않았다. 다만 그 집단적 얼굴이 스완의 사념을 지치게 하였던지라, 그는, 외면적 세계의 현실이나 영혼의 불멸성 등 문제들을 부둥켜안고 발버둥치다가 지친 자기들의 뇌수에 신앙 행위의 이완을 허락하는 사람들처럼, 손을 이마에 가져다 대며 이렇게 탄식하곤 하였다. "신의 뜻에 맡기노라." 그러나 곁을 떠난 여인에 대한 생각이, 오스트리아의 마르그리뜨가 수려한 휠리베르에 대한 그리움 때문에 브루의 교회당 내부 사방에 자기의 이름 머리글자와 뒤얽혀 새기게 하였던 그의 이름 머리글자들처럼,[196] 스완이 일상 하던 가장 단순한 행동들에—점심식사, 편지 받기, 외출, 잠자리에 들기 등,—그녀 없이 그러한 일을 수행한다는 슬픔 자체에 의해, 항상 분리될 수 없는 상태로 단단히 뒤섞여 있었다. 그가 어떤 날에는 집에 머무는 대신, 상당히 가까이에 있는 어느 식당으로 점심을 먹으러 가곤 하였는데, 그가 전에 그 식당의 뛰어난 요리 솜씨를 좋아하긴 하였지만, 이제는 흔히들 소설적이라고 부르는 신비주의적이며 동시에 우스꽝스러울 정도로 기이한 이유들 중 하나 때문에 그 식당에 다시 가게 되었던 바, 그 식당이(그것이 아직도 그 자리에 있다) 오데뜨가 살던 길 '라 뻬루즈'와 같은 이름을 가지고 있었기 때문이다. 때로는, 그녀가 가까운 곳에 다녀왔을 경우, 여러 날이 지나서야 자기가 빠리에 돌아왔음을 그에게 알릴 생각을 하곤 하였다. 그리고 또한, 전처럼 진실에서 빌린 삭은 편린 하나로나마 아무렇게나 자신을 위장하는 예비 조치도 더 이상 취하지 않고, 단순히 아무렇지도 않은 어투로, 그날 아침 기차로 이제 막 돌아온 것처럼 그에게 말하곤 하였다. 그러한 말들은 거짓이었다. 적어도 오데뜨에게만은 실체가 없는 거짓이었으니, 그것이 진실이었을 경우 그것들이 가지고 있었을, 자기가 역에 도착하던 순간의 기억 속 받침점이 없었기 때문이다. 심지어 그러한 거짓말을 하던 순간 그녀가 그 내용을 상상 속에 떠올리지도 못하였던 바, 자기가 이제 막 기차에서 내렸노라고 주장하던 순간에 실제로 하고 있던 전혀 다른 짓의 모순적인 영상에 의해 그녀가 방해를 받기까지 하였기 때문이다. 그러나 스완의 뇌리에서는 반대로, 그 거짓말들이 어떤 장애물도 만나지 않아 스스로 깊숙이 각인되었고, 어찌나 의심의 여지가 없는 진실의 움직일 수 없는 고정성을 획득하였던지, 혹시 어떤 친구가, 자기도 그 기차를 타고 왔으되 기차 안에서 오데뜨를 보지 못하였노라고 말하였다면, 그의 말이 오데뜨가 한 말과 일치하지 않는지라, 스완은 자기의 친구가 날짜나 시각을 혼동하였다고 굳게 믿었을 것이다. 오데뜨의 말이 그에게 거짓으로 보였던 것은 오직 그가 먼저 그것이 거짓일 것이라 의심할 때뿐이었다. 그녀가 거짓말을 한다고 그가 믿을 수 있기 위해서는 예비 의혹이 하나의 필요조건이었다. 그것이 또한 충분조건이기도 했다. 그러면 오데뜨가 하는 모든 말이 그에게는 의심스러워 보였다. 그녀의 입에서 나온 어떤 이름 하나를 들으면 그것이 틀림없이 그녀의 정인들 중 어떤 사람의 이름일 것이라 믿었다. 일단 그러한 추측 하나를 벼려서 가지면 몇 주일 동안 비탄에 잠기곤 하였다. 그리하여 심지어 한번은 어느 홍신소와 은밀히 교섭하여, 먼 여행을 떠났을 때에만 그로 하여금 안도할 수 있게 할 어느 남자의 주소와 일상을 조사케 하였고, 결국 그 미지의 남자가 20년 전에 작고한 오데뜨의 숙부라는 사실을 알아내기도 하였다.

그녀가 비록 일반적으로는, 사람들의 화제에 오를 위험이 있다고 하면서, 공공장소에서는 그가 자기에게 다가오는 것을 허락하지 않았지만, 그녀처럼 그 역시 초대된 어떤 야회에서는—포르슈빌의 집이나 화가의 집, 혹은 어떤 정부 부처에서 주관하는 자선 무도회 등—그가 우연히 그녀와 자리를 함께 하는 적도 있었다. 하지만 그녀를 보았으되, 그녀가 다른 사람들과 어울려 맛보는 즐거움을 엿보는 듯한 기색으로 그녀의 화를 돋구지 않을까 하는 두려움 때문에, 감히 그곳에 머물지 못하고 집으로 돌아가는 동안에는, 몇 해 후 꽁브레에서 그가 저녁에 우리집에 와서 저녁식사를 하던 날 저녁이면 내가 그럴 수밖에 없었던 것처럼, 그가 불안감에 휩싸여 잠자리에 드는 동안에는, 그녀가 다른 사람들과 어울려 맛볼 즐거움이, 그가 그 끝을 보지 못하였기 때문에, 무한한 것처럼 여겨졌다. 그리고 한 번인가 혹은 두 번, 그러한 날 저녁에, 급작스럽게 정지된 불안의 그토록 격렬한 반동작용을 겪지만 않았다면 누구든 조용한 기쁨이라고 부르고 싶을, 그 특이한 기쁨을 맛보기도 하였던 바, 그 기쁨이 그의 마음을 진정시켰기 때문이다. 예를 들어, 어느 날 그는 화가의 집에서 있었던 모임에 잠시 참석하였다가 그곳을 떠날 채비를 하였다. 그는 화려한 외국 여인으로 분장한 오데뜨를 그곳에 모인 남자들 한가운데에 내버려 두었고, 그에게로 향한 것이 아닌 그녀의 시선과 쾌활함이 그 남자들에게 그곳에서 혹은 다른 곳에서 (아마 그녀가 곧 가지 않을까 하여 그가 전율할 만큼 몹시 두려워하던 그 '뒤죽박죽파들'[177]의 무도회일 수도 있었다) 맛볼 쾌락을, 그리고 스완이 그것을 상상하기가 너무 어려웠기 때문에 그에게 육체적 관계보다도 오히려 더 심한 질투심을 일으킬 수 있었던 그 쾌락을, 암시하는 것 같았다. 그가 이미 아뜰리에의 출입문을 나설 준비를 마쳤는데, 그를 부르는 다음 말이(그에게 두려움을 안겨주던 연회의 그 끔찍한 뒤끝을 잘라버리면서, 그가 그 순간 뒤돌아본 그 연회가 위험성 없는 것처럼 보이게 하였고, 오데뜨의 귀환을 불가해하고 무시무시한 것이 아니라 다정하고 익숙하며 그의 일상생활 중 한 부분과 유사하며 마차 속에서 그의 옆에 자리를 잡은 그 무엇으로 문득 변화시켰고, 오데뜨조차도 그녀의 지나치게 화려하고 쾌활한 외양을 스스로 벗어 던지게 하였고, 그러한 외양도 그녀가 이미 싫증을 느낀 은밀한 쾌락을 위해서가 아니라 그를 위해서 그녀가 잠시 몸에 걸친 변장이었음을 그에게 입증해 보여 준), 그가 이미 문지방을 넘으려는데 오데뜨가 던진 다음 말이, 그에게 들려왔다. "저를 5분만 기다려 주시지 않겠어요? 저도 떠날 거예요. 우리 함께 돌아가요. 저를 집에 데려다주세요."

어느 날 포르슈빌이 자기도 데려다달라고 요청하였으며, 오데뜨의 집 대문 앞에 이르렀을 때, 자기도 함께 들어갈 수 있도록 허락해 달라고 하자, 오데뜨가 스완을 가리키며 이렇게 대꾸한 것도 사실이다. "아! 그것은 이 신사분의 뜻에 달렸으니, 이 신사분께 여쭈어보세요. 여하튼 원하시면 잠시 들어가시되 오랜 시간 지체하시면 안 돼요. 미리 말씀 드리지만, 이 신사분께서는 저와 편안히 이야기하기를 좋아하시고, 자기가 와 있을 때 방문객이 오는 것을 별로 좋아하지 않으세요. 아! 만약 당신이 내가 아는 만큼 이 인간을[198]을 아신다면! 그렇지 않아요, 마이 러브,[199] 당신을 잘 아는 사람은 저뿐이죠?"

또한 그녀가 포르슈빌 앞에서, 다정함과 편애 가득한 말뿐만 아니라, 다음과 같은 나무람 섞인 말도 하는 것을 보고 스완이 아마 더 감동하였을 것이다. "제가 장담하는데, 당신은 아직 일요일 만찬에 관하여 친구분들께 답장을 보내시지 않았어요. 내키지 않으면 참석하지 마세요. 하지만 적어도 예의는 지키세요." 혹은 다음과 같이 말하기도 하였다. "베르메르에 관해 쓰시던 글을 여기에 놓아두신 것은 내일 조금 더 쓰실 수 있도록 하기 위해서였어요? 이런 게으름뱅이가 있나! 작업을 계속하시도록 하겠어요, 내가!" 오데뜨의 그러한 말들은, 그가 사교계로부터 받은 각종 초대와 예술에 관한 그의 연구 등을 그녀가 잘 알고 있으며, 두 사람이 그들만의 생활을 영위하고 있음을 입증해 주었다. 또한 그러한 말을 하면서 그녀가 그에게 미소를 보냈고, 그는 미소의 근저에서 몽땅 자기에게 예속된 그녀를 느끼곤 하였다.

그리고 그다음 순간, 그녀가 두 남자를 위하여 오랑쟈드를 준비하는 동안, 문득, 잘못 조절된 반사경이 처음에는 벽면에 있는 하나의 대상 주위로 거대하고 기괴한 그림자들이 오락가락하게 하고, 곧이어 그것들이 이내 접혀서 그 대상 속으로 사라질 때처럼, 그가 오데뜨에 관해 품었던 끔찍하고 끊임없이 유동적이던 사념들이 자취도 없이 사라져, 스완이 앞에 놓고 바라보던 매력적인 몸뚱이와 다시 합류하였다. 그는 문득, 오데뜨의 집 램프 아래에서 보낸 순간이, 아마 그를 위하여 무대 장치들과 판지로 만든 장식용 과일들로 꾸민 인위적 순간(오데뜨의 진정한 생활 중 한 순간을, 그가 없을 때 오데뜨가 영위하던 삶의 한 순간을, 즉 그가 자신의 뇌리에 명료하게 떠올리지는 못한 채 끊임없이 생각만 하던 그 소름끼치며 동시에 감미로운 것을 은폐하는 역할을 맡은)이 아니라, 아마 정말 오데뜨가 영위하던 삶의 한 순간이고, 만약 자기가 그 자리에 없었다면 그녀가 포르슈빌에게 같은 안락의자를 밀어 앉으라고 권하면서, 미지의 음료가 아닌 바로 그 오랑쟈드를 그의 잔에 부어줄 것이라는 막연한 느낌에 사로잡혔다. 또한 오데뜨가 사는 세계 역시, 그가 그녀를 그 속에 위치시켜 보려 많은 시간을 허비하던, 오직 그의 상상 속에만 아마 존재할지 모르는, 그 무시무시하고 초자연적인 별개의 세계가 아니라, 하등의 특별한 슬픔도 발산하지 않는 실재하는 세계, 그가 글을 쓰는 데 사용할 수 있을 탁자와 맛볼 수 있도록 허락된 음료 등, 그가 감사의 정 못지않게 호기심과 찬미의 정을 느끼며 응시하던 그 모든 사물들을 내포하고 있는 세계일 것이라는 느낌에 사로잡히기도 하였는데, 그 사물들을 바라보며 그러한 감회에 휩싸인 것은, 그의 몽상을 흡수하여 그를 그 몽상으로부터 해방시키면서 그 반대급부로 스스로를 풍요롭게 만든 그 사물들이, 그에게 그가 꿈꾸던 것의 촉지할 수 있는 실현을 보여 주었고, 그의 관심을 끌었으며, 그의 마음을 안정시켜 줌과 동시에 그의 시선 앞에서 두드러진 모습을 띠게 되었기 때문이다. 아! 만약 운명이 그에게 오데뜨와 함께 머물 거처 하나만을 주어, 그녀의 거처가 곧 그의 거처이기를 허락하였다면, 하인에게 점심때에 먹을 것이 무엇이냐고 물었을 때 그가 하인으로부터 들은 답변이 오데뜨에 의해 마련된 식단이었다면, 오데뜨가 아침나절에 불론뉴 숲 가로수길을 따라 산책하고자 할 때, 좋은 남편의 의무가 그로 하여금, 비록 외출할 마음이 없어도, 그녀와 동행하게 하고, 그녀가 너무 덥다고 하면 그녀의 외투를 받아 들게 하였다면, 그리고 저녁에는, 식사 후 그녀가 평상복 차림으로 집에 머물고 싶다 할 경우, 그 역시 그녀 곁에 남아 그녀가 원하는 것을 하도록 강요받았다면, 그 이전에는 스완에게 그토록 서글퍼 보이던 일상생활의 그 모든 하찮은 것들이, 이제는 동시에 오데뜨의 일상생활에도 속하는지라, 심지어 가장 친숙한 것들 까지도—램프나 오랑쟈드, 안락의자 등, 그 많은 꿈을 내포하고 그 많은 욕망을 구체화하던 사물들까지도—일종의 넘치도록 풍족한 다정함과 신비한 밀도를 얻지 않겠는가!

하지만 그는 자기가 그렇게 아쉬워하던 것이, 자기의 사랑에는 이로운 환경일 수 없는, 잔잔함과 평화임을 분명히 짐작하고 있었다. 오데뜨가 그에게, 항상 자리를 비우고 그리워지며 상상 속의 존재이기를 멈추게 될 때, 그녀에게로 향한 그의 감정이, 쏘나따의 소악절이 그의 내면에 일으키던 그 신비한 동요와 더 이상 같지 않고, 자애로움이나 감사의 정과 유사해질 때, 두 사람 사이에 그의 광기와 슬픔을 종식시킬 정상적인 관계가 수립될 때에는, 예를 들어 포르슈빌에게 가는 편지를 그가 봉투의 얇은 종이를 통해 읽던 날처럼, 이미 여러 차례 그러리라고 짐작하였듯이, 오데뜨의 일상 행동들이, 의심할 나위 없이, 그 자체로서는 별 관심의 대상이 될 수 없을 것 같았다. 연구를 하기 위하여 병균을 자신의 몸에 접종이라도 한 듯, 날카롭게 자신의 병을 관찰하면서, 그는 자기가 완전히 치유될 경우, 오데뜨가 무슨 짓을 하든, 그것이 자기의 관심을 끌지 못하리라 생각하였다. 그러나 자기의 그러한 질환 속에서도, 사실은 그가 그러한 치유를 죽음만큼이나 두려워하고 있었는데, 그 치유가 실제로 당시 그의 모두였던 것의 죽음이었을 것이다.

그토록 평온한 저녁을 보낸 후에는 스완의 의혹이 잠잠해졌다. 그는 오데뜨에게 진실로 감사하였고, 다음 날 아침이 밝기 무섭게, 사람을 시켜 그녀의 집으로 가장 아름다운 보석들을 보내게 하였다. 전날 저녁에 그녀가 보여 준 호의가, 그의 감사하는 마음을, 혹은 그 호의가 되풀이되는 것을 보고 싶은 갈망을, 혹은 배출 필요를 느끼던 사랑의 절정 상태를 자극하였기 때문이다.

그러나 어떤 때에는 괴로움이 그를 다시 사로잡아, 오데뜨가 포르슈빌의 정부일 것이라 상상하는가 하면, 불론뉴 숲에서, 그가 초대받지 못하였던 샤뚜에서의 연회 전날, 마부까지도 눈치 챈 그 절망적인 기색으로 함께 돌아가자고 그녀에게 헛되이 간청하다가, 홀로 패배자의 모습으로 발길을 돌리던 그를 두 사람이 베르뒤랭 내외의 란다우식 마차 깊숙한 구석에 앉아서 발견하였을 때, 그를 포르슈빌에게 가리키면서 '흥! 미친 개처럼 날뛰는 꼴이란!' 이라고 속삭이기 위하여, 포르슈빌이 베르뒤랭의 집에서 싸니에뜨를 내쫓던 날 그녀가 보였던 것과 같은, 반짝거리고 간사하며 앙큼하게 아래를 향한 바로 그 시선을 드러냈을 것이라고 상상하기도 하였다.

그럴 때면 스완이 그녀를 몹시 증오하였다. 그가 홀로 중얼거렸다. "그러나 또한 내가 너무 멍청해. 다른 사람들이 즐기는 비용을 내 돈으로 지불하다니. 그렇더라도 이제 그녀가 주의를 하고 또 활시위를 지나치게 당기지[200] 않는 것이 좋을 거야. 내가 그녀에게 더 이상 아무것도 주지 않을 수 있으니까. 여하튼 추가적인 친절은 잠정적으로나마 포기하자! 어제만 해도, 그녀가 바이로이트 음악제를 참관하고 싶다고 하자, 내가 멍청하게도 그녀에게, 우리 두 사람을 위하여 인근에 있는 바이에른 왕의 아름다운 성들 중 하나를 빌리자고 제안하였지.[201] 게다가 그녀는 크게 기뻐하는 기색도 보이지 않았고, 아직 가부간의 답변을 나에게 주지 않았어. 제발 그녀가 싫다고 했으면 좋으련만! 바그너의 음악을, 물고기가 사과 한 알 바라보듯 대하는 그녀와 함께, 보름 동안이나 들어야 하다니, 그것 참 즐겁겠군!" 또한 그의 증오심이, 그의 사랑과 조금도 다름없이, 스스로를 드러내고 작용할 필요를 느끼고 있었던지라, 그는 자기의 부정적 상상을 점점 더 극단적인 쪽으로 이끌어갔고, 그것은, 오데뜨가 저질렀을 것이라 추측하던 배신행위들 덕분에, 그가 그녀를 더욱 증오하게 되었고, 그의 추측이 사실로 판명될 경우─그가 그렇게 상상하려 한 것이지만─그녀를 징벌하고 자기의 점증되는 노기를 그녀에게 터뜨릴 계기를 얻을 수도 있었기 때문이다. 그는 심지어, 그녀로부터 편지 한 통을 받을 것이며, 그녀가 그 편지를 통해 자기에게 바이로이트 인근에 있는 그 성을 빌리는데 필요한 돈을 달라고 하면서도, 그녀가 이미 포르슈빌과 베르뒤랭 내외를 그곳으로 초대하겠노라 약속하였던지라, 그는 그곳에 올 수 없다고 미리 알릴 것이라는 추측까지 하였다. 아! 그녀가 그토록 뻔뻔스러운 짓을 제발 저질러 주었으면 좋을 것 같았다! 그녀의 요청을 거질하며 복수의 답장을 쓰는 기쁨 얼마나 크겠는가! 그는 자기가 실제로 그러한 편지를 받기라도 한 듯, 답장에 사용할 어휘들을 즐겁게 고르는 한편, 그것들을 큰 소리로 중얼거렸다.

그런데 바로 다음 날 그러한 일이 실제 일어났다. 그녀가 편지를 보내 그에게 말하기를, 베르뒤랭 내외와 그들의 친구들이 바그너의 작품 공연을 관람하고 싶다는 뜻을 표하였고, 따라서 그가 기꺼이 자기에게 돈을 보내준다면, 자기를 그토록 자주 집에 초대해 준 내외를 드디어 이번에는 자기가 초대하는 기쁨을 맛볼 수 있으리라고 하였다. 그에 대해서는 단 한 마디도 없었던 바, 그들이 참석하니 그는 제외된다는 뜻을 은연중에 암시하는 것이었다.

그리하여, 전날 저녁에 그 단어 하나하나를 세심하게 정해 두었던, 그러면서도 그것이 실제로 소용되리라고는 감히 기대하지 못하던, 그 무시무시한 답장을 그녀에게 보내는 기쁨을 그가 맛볼 수 있게 되었다. 그러나 애석한 일이다! 바흐와 끌라삐쏭[202]을 구분할 능력조차 없는 주제에, 비록 돈을 주지 않더라도, 그녀가 자기의 수중에 있는 것이나 혹은 어렵지 않게 차용할 수 있는 돈으로, 자기의 욕구대로, 바이로이트에 무엇인가를 빌릴 것임을 그가 분명히 예감하고 있었으니 말이다. 하지만 비록 무엇을 빌린다 해도 그녀가 그곳에서 초라하게 지낼 수밖에 없을 것이다. 이번에도 그가 마치 일천 프랑 은행권 몇장을 그녀에게 보냈기라도 한 듯, 어느 성에서 저녁마다 감미로운 공연 후 야식을 즐기다가, 그녀가 포르슈빌의 품에 안기는―아직까지는 그녀가 단 한 번도 그러지 않았을 가능성이 있었다―엉뚱한 짓을 자신에게 허락하는 등의 일은, 물리적으로 불가능했다. 그리고 적어도, 그 혐오스러운 여행 비용을 지불할 사람이 스완은 아니었다!―아! 그가 그녀를 제지할 수 있었다면! 그녀가 떠나기 직전에 발목이 삐기라도 하는 일이 일어날 수 있었다면! 지난 48시간 전부터 스완에게는, 포르슈빌에게 보내는 공모자의 미소로 에나멜 칠한 눈동자[203]를 반짝이는 간특한 여인으로 보이던 오데뜨를, 그녀를 역으로 태우고 갈 마차의 마부가, 그 대가는 얼마라도 좋으니, 그녀가 한동안 유폐되어 있을 곳으로 데려가겠노라고 동의하였다면 오죽이나 좋았으랴!

하지만 그녀가 오랜 기간 동안 간특한 적은 한 번도 없었다. 단 며칠이 지나지 않아, 반짝이며 교활한 시선이 그 광채와 이중성을 상실하여, 포르슈빌에게 '미친 개처럼 날뛰는 꼴이란!'이라고 속삭이던 혐오스러운 오데뜨의 영상이 희미해져 지워지기 시작하곤 하였다. 그러면, 다른 오데뜨의 얼굴이, 포르슈빌에게도 미소를 보냈지만, 그녀가 다음과 같이 말할 때에는 스완에게로 향한 다정함만이 감도는 미소를 그에게 보내던, 다른 오데뜨의 얼굴이 곱게 빛을 발산하면서 점차적으로 다시 나타나 그의 앞에 솟아오르곤 하였다. "오래 머물지는 마세요. 이 신사분께서는 자기가 제 곁에 머물고 싶을 때 제가 방문객들과 함께 있는 것을 별로 좋아하지 않으니까요. 아! 당신이 저만큼 저 인간을 아신다면!" 그 미소는 또한, 그녀가 매우 귀중하게 여기던 스완의 섬세함이나, 오직 그만을 신뢰할 수밖에 없는 심각한 처지에 놓였을 때 그녀가 그에게 요청한 조언 등에 대해, 고마움을 표하며 짓던 미소와 같은 것이었다.

그런데, 그러한 오데뜨에게, 그녀가 아직까지는 의심할 나위 없이 그가 결코 쓸 수 없으리라고 믿던 그 모욕적인 편지를, 그리고 그가 자기의 선량함과 변함없는 신의로 그녀의 존경심 속에 확보한 유례없는 높은 반열로부터 그를 끌어내릴 수밖에 없을 그따위 편지를, 자기가 도대체 어찌 쓸 수 있었는지 자문하였다. 이제 그가 그녀에게 전보다는 덜 사랑스럽게 보일 수밖에 없게 되었으니, 그녀가 그를 사랑했던 것은, 포르슈빌에게서도 다른 그 누구에게서도 발견하지 못한 그 장점들을, 그녀가 그에게서 발견하였기 때문이었으니 말이다. 오데뜨가 그토록 자주 그에게 상냥함을 보였던 것은 그 장점들 때문이었는데, 그 상냥함이 욕정의 징후가 아니고, 사랑보다는 오히려 자애로움을 입증했던지라, 그가 질투심에 휩싸였던 순간에는 그것을 아무것도 아닌 것으로 취급하였으나, 그가 품고 있던 의혹의 자발적인 이완이, 예술에 관한 글을 읽을 때나 어떤 친구와 대화할 때 그의 내면에서 일어나는 기분 전환이 더욱 촉진시켜 주던 그 이완 현상이, 그의 정염으로 하여금 상호성을 덜 요구하게 해줌에 따라, 그가 그 상냥함의 중요성을 다시 느끼기 시작하였다.

그렇게 좌우로 흔들리는 진동 끝에, 스완의 질투심이 그녀를 멀찌감치 떼어놓았던 그 자리로, 그의 눈에 그녀가 매력적으로 보이는 지점으로, 오데뜨가 자연스럽게 되돌아온 이제, 그는 동의하는 빛 감도는 시선에 다정함 가득한 그녀의 얼굴을 뇌리에 그려보았고, 그러나 그 얼굴이 어찌나 귀엽던지, 그는 그녀가 자기 앞에 있기라도 한 듯, 그리하여 그녀를 포옹할 수 있기라도 한 듯, 그녀를 향하여 자기의 입술을 내미는 자신을 제어할 수 없었다. 또한 그녀가 실제로 그러한 시선을 보이기라도 한 듯, 그리고 그것이 단지 자기의 욕망을 충족시키기 위하여 그의 상상력이 뇌리에 떠올린 것이 아니라는 듯, 그는 그 매혹적이고 착한 시선에 대하여 깊은 감사의 정을 품었다.

그가 그녀에게 얼마나 큰 상처를 줄 수밖에 없었겠는가! 물론 그에게 그녀에 대하여 원한을 품을 만한 상당한 이유들이 있었던 것은 사실이나, 만약 그가 그녀를 그토록 사랑하지 않았다면, 그 이유들이 그로 하여금 원한을 품게 할 만큼 충분하지는 못했을 것이다. 그가 다른 여인들에 대하여 못지않게 심각한 불만을 품은 적 있으되, 그럼에도 불구하고, 이제는 그녀들을 더 이상 사랑하지 않는지라 그녀들에 대하여 노여움도 품지 않고, 기꺼이 도움을 줄 수도 있지 않은가? 그가 만약 훗날 오데뜨 앞에서도 그처럼 무심해진다면, 기회가 생겼으니 이제는 자기도 베르뒤랭 내외로부터 입은 은혜를 갚고 또 한 가정의 주부 행세도 해볼 수 있다는 그녀의 욕망에서, 본질적으로는 그토록 자연스러우며 약간의 치기 및 영혼의 상당한 섬세함에서 비롯된 그 욕망에서, 그로 하여금 악질적이고 용서할 수 없는 그 무엇을 발견하게 한 것은, 오직 그의 질투였다는 사실을 깨닫게 될 것이다.

그는, 자기의 사랑과 질투의 관점과는 정면으로 배치되는, 그리고 가끔 자신의 지적 공평성에 이끌려 다양한 개연성을 참작하기 위하여 자신을 그 위에 놓아보기도 하는 그 관점으로 다시 돌아오곤 하였고, 그 관점에서, 자기가 마치 오데뜨를 전에 사랑하지 않은 듯, 그녀가 마치 자기에게는 다른 여인들과 다름없는 여자인 듯, 오데뜨의 생활이 그가 자리를 비우기 무섭게 달라지 거나, 그 모르게 엮어지거나, 그를 상대로 한 음모처럼 꾸며지거 나 하지 않은 듯 여기면서, 그녀를 판단해 보려 하곤 하였다.

그녀가 그의 곁에서 맛보지 못하였고, 오직 그의 질투만이 멋 대로 몽땅 버리듯 두들겨 만들어낸, 그 도취경에 빠지게 하는 쾌 락들을, 그녀가 그곳에 가서 포르슈빌이나 혹은 다른 사람들과 어울려 맛보리라고 도대체 왜 믿는단 말인가? 빠리에서처럼 바 이로이트에서도 포르슈빌이 그를 생각하는 일이 생긴다면, 오데 뜨의 삶에서 큰 자리를 차지하고 있으며, 그녀의 집에서 만났을 때 자리를 양보할 수밖에 없었던, 그러한 사람으로밖에 생각할 수 없을 것이다. 만약 포르슈빌과 그녀가, 그의 뜻에도 불구하고 바이로이트에 간 것을 하나의 승리로 여기는 일이 생긴다면, 그 것은 부질없이 그녀를 가지 못하도록 막으려 했던 그의 탓일 수 밖에 없으며, 반면 그가 변론의 여지까지 있는 그녀의 계획을 승 인하였다면, 그녀가 그의 뜻에 따라 그곳에 간 듯한 기색을 띨 것이고, 자기가 그에 의해 그곳에 보내져 편안한 숙소에 묵게 되 었다고 느낄 것이며, 자기를 그토록 자주 초대해 준 사람들을 접 대하며 느낄 기쁨에 대해 그녀가 스완에게 감사하였을 것이다.

또한—그녀가 그와 불화한 상태에서 그를 다시 보지 않고 떠 나려 하는 일이 벌어지는 대신—그가 만약 그녀에게 그 돈을 보 낸다면, 그 여행을 그녀에게 권장하면서 여행이 그녀에게 즐거 운 것이 되도록 마음을 쏜다면, 그녀가 행복하고 감사하는 정에 겨워 그에게로 달려올 것이며, 그러면 그는, 거의 일주일 전부터 맛보지 못하였고 이 세상의 그 무엇으로도 대체할 수 없었던, 그 녀를 보는 그 기쁨을 얻게 될 것이다. 왜냐하면, 스완이 혐오감 을 느끼지 않고 그녀를 마음속에 그릴 수 있게 되자마자, 그가 그녀의 미소 속에서 착함을 다시 보자마자, 다른 어떤 남자도 그녀에게 접근하지 못하게 하고픈 욕망이 질투에 의해 그의 사랑에 덧붙여지는 일이 더 이상 없게 되자마자, 그 사랑이 즉시, 오데뜨의 육체가 그에게 주던 느낌들에 대한, 혹은 그녀의 시선들 중 하나가 여명처럼 열리고 미소들 중 하나가 형성되며 그녀의 음성에서 억양 한 가닥이 방출되는 것을 하나의 풍경인 양 감탄하며 바라보거나 하나의 자연현상인 양 살피면서 느끼는 기쁨에 대한, 하나의 취향으로 다시 변하곤 하였기 때문이다. 또한 다른 모든 기쁨들과는 다른 기쁨이 결국 그의 내면에, 그녀에 대한, 그리하여 오직 그녀만이 직접 현신하여 혹은 편지로 충족시킬 수 있는 욕구를, 스완의 생애에서 이전 세월의 무감동과 의기소침에 일종의 정신적 충일(充溢) 상태가 이어졌던, 그러나 신체 허약한 사람이 어느 순간부터 튼튼해지고 살이 오르며 한동안 완전한 치유의 길로 들어서는 것처럼 보이지만 그 이유를 모르는 것처럼, 그가 자기의 내면적 삶이 무엇 덕분에 뜻하지 않게 풍요로워졌는지 모르는 상태에서, 그 새로운 시기를 특징지은 다른 또 하나의 욕구에 거의 못지않게 무사무욕하고 예술적이며 변태적인 욕구를 잉태시키고야 말았는데,[204] 현실적 세계 밖에서도 발육하는 그 다른 또 하나의 욕구란, 음악을 듣고 또 그것을 깊이 알고 싶은 욕구였다.

그렇게, 자기가 겪은 고통 자체의 화학작용을 통해, 그는 자기의 사랑으로 질투를 만든 다음, 오데뜨에게로 향한 다정함과 연민을 다시 제조하기 시작하였다. 그녀가 매력적이고 착한 오데뜨로 다시 변하였다. 그는 자신이 그녀에게 가혹했던 것을 깊이 뉘우쳤다. 그는 그녀가 자기의 곁으로 오기를 원하였고, 그리하여 먼저 그녀에게 어떤 기쁨을 안겨 주고 싶어하였는데, 그녀의 감사하는 정이 그녀의 얼굴을 빚어내고 미소의 모양을 결정하는 것을 볼 수 있기 위해서였다.

오데뜨 역시, 며칠이 지나지 않아, 전과 못지않게 다정하고 고분고분한 그가 자기에게로 와서 화해를 요청할 것이라 확신하고 있었던지라, 자기가 그의 마음에 거슬리거나 심지어 화나게 하는 것조차 더 이상 개의치 않게 되었으며, 그러한 습관 때문에, 자기의 편의를 위해서는, 그가 가장 중요시하던 호의마저 거절하곤 하였다.

두 사람이 불화를 겪는 동안, 그가 돈을 보내지 않겠다고 하며 그녀에게 해를 끼칠 방안을 찾겠다고 말하였을 때에도, 그녀는 그가 자기를 대함에 얼마나 솔직했는지를 아마 모르고 있었을 것이다. 또한 다른 경우에도, 예를 들어 그들 관계의 앞날을 위하여, 그가 그녀 없이도 지낼 수 있으며 절교가 언제든 가능하다는 점을 오데뜨에게 보여 줄 목적으로, 그가 잠정 기간 동안 그녀의 집에 가지 않겠노라 결단을 내렸을 때에도, 그가, 그녀에게는 아니라 할지라도 최소한 자신에게는, 얼마나 솔직했는지 역시 그녀는 아마 몰랐을 것이다.

때로는, 그녀가 그에게 새로운 근심을 유발하지 않은 채 며칠이 흐른 후, 약속된 차후의 몇몇 방문에서 큰 기쁨은커녕 오히려 현재의 평온에 종지부를 찍을 어떤 괴로움만 얻을 가능성이 크다는 사실을 아는지라, 그가 그녀에게 편지를 보내어, 자기가 약속하였던 그 어느 날에도 그녀를 보러 갈 수 없을 것 같다고 하였다. 그런데 그 편지와 엇갈리며 그에게 배달된 그녀의 편지에서, 그녀가 그에게 요청하기를, 약속날짜를 변경하자고 하였다. 그는 즉시 그 곡절이 무엇일까 곰곰이 생각하기 시작하였고, 그의 습관적인 의혹과 괴로움이 그를 다시 사로잡았다. 그가 자신이 문득 처하게 된 그 새로운 동요 속에서는, 비교적 평온했던 직전의 상태에서 하였던 약속을 더 이상 지킬 수 없었고, 그녀의 집으로 달려가, 그다음 날부터 매일 그녀를 보러 오겠다고 억지를 부렸다. 또한, 비록 그녀가 먼저 편지를 보낸 경우가 아니라 할지라도, 잠시 헤어져 살자는 그의 요구에 그녀가 동의하는 답신을 보내기만 하여도, 그것이, 그가 그녀를 만나지 않고는 견딜 수 없도록 하기에 충분했다. 왜냐하면, 스완의 계산과는 반대로, 오데뜨의 동의가 그의 내면을 몽땅 바꾸어놓았기 때문이다. 어떤 물건 하나를 애지중지하는 모든 사람들이 그러듯, 그 또한, 그것 소유하기를 잠시 멈출 경우 어떤 일이 벌어지는지 보기 위하여, 그것을 자기의 뇌리에서 지워버리면서, 나머지 모든 것들은 그것이 뇌리에 있을 때와 같은 상태로 내버려 두었다. 그런데, 어떤 물건 하나의 결여라는 것이 단지 결여만은 아니다. 그것은 단순한 부분적 결여가 아니다. 그것은 나머지 모든 것들의 전복이며, 이전의 상태에서는 예견할 수 없는 하나의 새로운 상태이다.

그러나 다른 때에는 그 반대로—오데뜨가 막 여행길에 오르려 할 때였다—그녀가 여행에서 돌아오기 전에는 그녀에게 편지도 보내지 않고 그녀를 다시 만나지도 않겠노라 그가 결심한 것은, 자신이 선별한 구실을 내세워 작은 다툼을 하나 벌인 후였으며, 그렇게 함으로써, 그 가장 긴 부분은 여행 자체 때문에 불가피하지만 그가 조금 일찍 시작되게 한 그 이별에, 그녀가 아마 결정적이라고 믿을 수도 있을 중대한 불화의 낌새를 부여하여, 그녀로부터의 보상을 기대하기도 하였다. 그럴 때면 그가 미리, 방문도 편지도 받지 못하여 몹시 슬퍼하고 불안해하는 오데뜨의 모습을 상상하였으며, 그러한 그녀의 영상이, 그의 질투심을 누

그러뜨리면서, 그가 그녀 만나는 습관을 쉽게 버릴 수 있도록 해주었다. 물론, 이따금씩, 자기가 수락한 이별의 3주간이라는 길이가 가로놓인 덕분에 그의 결심이 그녀를 밀어넣은 그의 뇌리 저쪽 끝자락에서, 오데뜨가 돌아오면 자기가 그녀를 다시 보리라는 상념을 즐거운 마음으로 응시하기도 하였다. 하지만 그러면서도, 자기의 조바심이 어찌나 적었던지, 그는 그토록 쉬운 금욕 기간을 기꺼이 배로 늘려 볼까 자신에게 묻기 시작하였다. 그의 금욕이 시작된지는 아직 사흘밖에 되지 않았고, 그 사흘이라는 기간은, 그가 오데뜨를 만나지 않고 자주 보내곤 하던, 그리고 이번 경우처럼 미리 계획되지 않았던, 그 기간보다도 훨씬 짧았다. 그렇건만 문득 생긴 가벼운 신체적 장해나 불편함이—그로 하여금 현재의 순간을 하나의 예외적인 순간, 규율의 적용을 받지 않는 순간, 하나의 즐거움이 가져다주는 진정제 효과를 받아들이고 유용한 노력을 재개할 때까지 의지에 휴가를 주는 것을, 현명함조차도 용납하는 순간으로 간주하도록 그를 교사하면서—의지의 활동을 보류시켜, 그것이 압축 작용을 멈추도록 하였다. 혹은 그보다 더 하찮은 일들 때문에, 예를 들어, 오데뜨가 어떤 색으로 자기의 마차를 다시 도색하기로 결정하였는지 그녀에게 묻는 것을 깜빡 잊은 사실이 뇌리에 떠올랐기 때문에, 혹은 어떤 주식을 매입함에 있어 그녀가 보통주를 원하는지 혹은 우선주(優先株)를 원하는지를 알고 싶었기 때문에(자기가 그녀를 보지 않고도 태연히 머물러 있을 수 있음을 그녀에게 보여 주는 것이 매우 멋진 일이긴 하지만, 만약 그렇게 멋을 부린 후, 마차를 다시 도색해야 하거나 구입한 주식이 배당금을 확보해 주지 못할 경우, 그가 헛수고를 한 꼴이 될 판이었으니) 그녀를 다시 본다는 상념이, 잔뜩 당겼다가 놓아버린 고무줄처럼 혹은 살짝 연 배기 펌프 속 공기처럼, 문득 껑충 뛰어, 현재의 그리고 즉각적인 가능성의 경개로 단걸음에 되돌아왔다.

 그 상념이 더 이상 아무 저항도 받지 않고 그 가능성의 경개로 되돌아왔으며, 게다가 그것이 어찌나 매혹적이었던지, 스완에게는, 오데뜨와 헤어진 상태에 있어야 했을 보름간의 날들이 하루씩 차례대로 접근하는 것을 느끼는 것이, 그를 그녀의 집으로 데려갈 마차에 그의 마부가 말을 매는데 소요되었고 또 그가 조바심과 기쁨의 격정에 휩싸여서 보낸 그 십 분을 기다리는 것보다 훨씬 덜 어려웠으며, 그 십 분 동안에 그는, 그토록 멀리 있다고 믿던 순간에 급작스럽게 돌아와 그의 곁에, 그의 가장 가까운 의식 속에, 있던 그 상념을 수천 번이나 거듭 붙잡으면서, 그것에게 자기의 애정을 아낌없이 쏟았다. 다시 말하자면, 그 상념이, 그것에 즉시 저항하려던 스완의 욕구 즉 그 장애물과 더 이상 마주치지 않았기 때문인데, 스완이, 자신에게는 매우 쉬운 일임을 스스로에게 입증한지라—그는 적어도 그렇게 믿었다—이제는 자기가 원하기만 하면 틀림없이 결행할 수 있는 이별 시도를 연기하는 것에 하등의 불리함도 없다고 생각하게 된 이후에는, 그에게 그러한 욕구가 더 이상 없었다. 그것은 또한, 그녀를 다시 본다는 그 상념이, 습관에 의해 무디어졌으되 사흘이 아닌 보름 동안의 결핍에 의해 다시 담금질된(하나의 단념 기간이란, 예상이라는 것을 통해, 이미 지정된 날까지 흐른 것으로 계산되어야 한다) 하나의 새로움으로, 하나의 매력으로, 스스로를 치장하고 하나의 독성을 품은 채 되돌아와서, 그때까지는 흔히들 쉽게 희생시키는 하나의 예상된 쾌락이었을 것을 가지고, 그 앞에서 누구든 저항할 힘을 잃는, 뜻밖의 행복을 만들어내었기 때문이다. 그리고 결국 그 상념이, 그로부터 소식이 끊기자 오데뜨가 하였을 생각과 행동을 스완이 전혀 모른다는 사실에 의해 미화되어 되돌아왔기 때문인데, 그것이 어찌나 미화되었던지, 그가 이제 발견할 것은, 그에게 거의 알려져 있지 않은 또 다른 오데뜨의 도취시킬 듯한 모습이었다.

하지만 그녀는, 그가 돈 주기를 거절하였을 때 그것이 하나의 시늉에 불과하다고 믿었듯이, 스완이 자기에게 다시 도색해야 할 마차나 구매해야 할 주식에 관해 물으러 왔을 때에도 그것에서 하나의 핑계를 발견하였을 뿐이다. 왜냐하면, 그녀는 그가 겪던 내면적 우여곡절의 다양한 단계들을 재구성하지 못하였고, 자기가 미리부터 아는 것밖에, 즉 필연적이고 어김없으며 항상 유사한 결말밖에 믿지 않는지라, 그 우여곡절에 대한 그녀의 생각에서 그 심리적 과정을 이해하는 것은 빠트렸기 때문이다. 자기의 고질적인 습관으로부터 드디어 자신이 해방되려는 순간에 어떤 외부적 사건에 의해 방해를 받았다고 확신하는 모르핀 중독자나, 자기가 드디어 회복되려는 순간에 우발적인 신체적 불편함에 의해 방해를 받았다고 확신하는 결핵 환자가, 자신들의 의사에 의해 이해되지 못한다고 느끼는 것처럼, 자신이 오데뜨에 의해 이해되지 못한다고 틀림없이 생각하였을 스완의 관점에서 판단한다면, 그것이 불완전한―아마 그만큼 심오할 수도 있지만―생각일 수 있다. 그러나 환자들이 악벽의 교정(矯正)이나 치유의 꿈에 젖어 있는 동안에도, 실제로는 치유할 수 없을 만큼 끊임없이 그들을 짓누르는 악벽과 병세로 인해 다시 환자들에게 고통을 느끼게 할, 의사는 꾸민 눈속임에 불과하다 하고 환자들은 우발적이라고 주장하는 그 현상에, 의사는 그들과 같은 중요성을 부여하지 않는다. 또한 사실, 스완의 사랑은, 일반 의사나 심지어 가장 과감한 외과의사 마저도, 특정 증세 앞에서, 하나의 환자를 어떤 악벽으로부터 벗어나게 하거나 그의 고통을 제거해 주는 일이 과연 합리적인지, 혹은 심지어 가능하기나 한지, 스스로 묻게 할 단계에까지 이르러 있었다.

물론 그 사랑의 넓이를 스완이 정확히 인식하지는 못하였다. 그것을 측정해 보려 할 경우, 때로는 그것이 줄어들었거나 거의 사라진 듯 보일 때도 있었다. 예를 들어, 그가 오데뜨를 사랑하기 전에 그로 하여금 애착은커녕 거의 거부감마저 느끼게 하였던, 그녀의 표현력 강한 용모나 싱싱함 결여된 안색이, 어떤 날에는 그의 뇌리에 되살아나기도 하였다. "정말이지 나에게도 느껴질 만한 발전이 이루어졌군. 모든 것을 정확히 검토해 보니, 내가 어제 그녀의 침대 속에서 거의 어떤 즐거움도 느끼지 못하였어. 기이한 일이긴 하지만, 그녀가 심지어 추하게 보이기도 하였어." 그가 다음 날 자신에게 한 말이다. 또한 의심할 나위 없이 그것은 솔직한 심정이었다. 하지만 그의 사랑은 육체적 욕망의 지경 훨씬 저너머로 펼쳐지고 있었다. 오데뜨의 육체 그 자체도 그 사랑 속에서는 더 이상 중요한 자리를 점하지 못하였다. 탁자 위에 놓여 있는 오데뜨의 사진과 그의 시선이 마주칠 때, 혹은 그녀가 그를 보러 올 때에, 그는 판지나 살로 만들어진 그녀의 얼굴이, 그의 내면에 거처를 정한 그 고통스럽고 한결같은 동요와 동일한 존재임을 확인하는데 어려움을 겪곤 하였다. 그는, 마치 어떤 사람이 우리의 질병들 중 하나를 외재화(外在化)된 상태로 우리 앞에 불쑥 내밀었지만, 그것이 우리를 괴롭히던 질병과 닮지 않았다고 여길 때처럼, 거의 놀라움에 사로잡혀 중얼거리곤 했다. "그녀야." 그는 '그녀'라는 것이 무엇인지 자신에게 물으려 애를 썼다. 왜냐하면, 사람들이 항상 아무 생각 없이 반복해 이야기하는 그토록 막연한 특질들에 대해서보다는, 혹시 그 실체가 숨어버리지 않을까 저어하여, 우리로 하여금 인격체의 비밀에 대하여 더 깊은 질문을 던지게 하는 것이 사랑과 죽음 사이에 있는 하나의 유사성이기 때문이다. 또한 스완의 사랑이라는 그 질병이 어찌나 증식되었던지, 그 사랑이 스완의 모든 습관에, 그의 모든 행동에, 그의 사유에, 그의 건강에, 그의 수면에, 그의 생활에, 심지어 그가 자신의 죽음 후에 바라던 것에까지 어찌나 밀접하게 섞여 있었던지, 그 사랑이 그와 어찌나 일체가 되었던지, 그 사람 자체를 거의 몽땅 파괴하지 않고는 그에게서 그 사랑을 뽑아낼 수 없었을 것이다. 흔히 외과의사들이 말하듯, 그의 사랑은 더는 수술조차 할 수 없는 상태였다.

그 사랑으로 말미암아 스완이 모든 이해(利害)로부터 어찌나 초연해졌던지, 자기가 맺은 교분들이, 물론 그녀가 그 진가를 정확히 감식할 줄 모르지만, 한 마리의 멋있는 말처럼, 그녀의 눈에 보이는 자신의 가치를 다소나마 회복시켜 줄 수 있으리라 생각하면서 우연히 상류 사교계에 돌아가곤 하였을 때(그의 교분들이 그 사랑으로 인해 품위를 잃지 않았다면 아마 정말 그랬을 것인데, 그 사랑이 오데뜨를 위하여, 자기와 접촉하는 모든 것이 그녀보다 덜 귀중하다고 선포하는 듯하였다는 사실 때문에, 그 모든 것의 가치를 하락시켰다), 그는 그곳에서, 그녀가 모르는 장소 및 그녀가 모르는 사람들 한가운데에 와 있다는 깊은 슬픔을 느끼면서도, 다른 한편으로는, 자기의 집에서, 자기가 좋아하던 문인들 중 하나인 쌩-시몽의 책 속에 이야기된 맹뜨농 부인의 기계적인 나날들이나 그녀의 식단 혹은 뤀리의 신중한 인색함과 호화로운 생활[315] 등을 읽는 것과 같은 방법으로, 자기 가정 내의 기능적 상황, 의상실과 하인들의 우아함, 정확한 투자 실태 등을 즐겨 검토하듯, 한가한 계층 사람들의 오락이 묘사된 소설이나 화폭에서 얻을 수 있을 무사무욕한 즐거움을 느끼기도 하였다. 또한 그 초연함이 절대적이지 못했다는 미약한 한도 내에서이긴 하지만, 스완이 맛보던 그 새로운 즐거움의 원인은, 그의 사랑이나 괴로움 등과는 전혀 무관한 상태로 남아 있던 그 자신의 희귀한 부분들 속으로 잠시 동안이나마 이주할 수 있었다는 데 있었다. 그러한 측면에서는, 나의 대고모님께서 그에게 부여하시던, 그리고 더 개인적인 '샤를르 스완'이라는 인격체와 선명히 구별되던, '아들 스완'이라는 인격체 속에서 그가 이제 더 만족스러워하였다. 어느 날, 빠르마 대공 부인의 생일을 기하여(또한 스완에게 큰 향연이나 금혼식 등에 참석할 기회를 줌으로써 그녀가 간접적으로나마 오데뜨의 마음을 자주 즐겁게 해줄 수 있었던지라), 그녀에게 과일을 보내고 싶었으나 그것들을 어떻게 주문하는지 몰라, 그가 그 일을 자기 모친의 사촌 자매들 중 한 사람에게 맡겼고, 그를 위하여 심부름을 한 것에 황홀해진 그녀가, 그에게 결과를 보고하면서, 모든 과일들을 한 장소에서 사지 않고, 포도는 그것을 전문적으로 취급하는 크라뽀뜨 상점에서, 딸기는 죠레 상점에서, 배는 가장 좋은 것들만을 취급하는 슈베 상점에서, '과일 하나하나를 일일이 직접 살펴' 구입하였다는 내용의 편지를 보냈다. 그리고 정말, 대공 부인의 고맙다는 인사를 통하여, 딸기의 향기와 배의 부드러움 및 감미로움을 그가 판단할 수 있었다. 하지만 특히 '과일 하나하나를 일일이 직접 살폈다'는 말이, 그가 원하기만 하면 언제든 이용할 수 있는 '유용한 주소들'과 주문을 제대로 할 줄 아는 기술 등을 대를 이어 간직하고 있는, 부유하고 의젓한 중산층 가문의 상속권자인 그에게 귀속되어 있었건만 그가 매우 드물게 발을 들여놓던 경개로 그의 의식을 이끌어 가면서, 그의 괴로움을 다독거려 주었다.

물론 자신이 '아들 스완'이라는 사실을 너무 오랫동안 망각하고 있었기 때문에, 그가 잠시 '아들 스완'으로 되돌아온 순간, 다른 나머지 세월에 그가 느꼈을, 그리고 싫증을 느꼈을, 기쁨들보다 더 강렬한 기쁨을 느끼지 않을 수 없었을 것이다. 또한, 그를 다른 무엇이기보다 특히 중산층으로 여기는 중산층 사람들의 친절이, 비록 귀족들의 친절보다 덜 강렬하다 할지라도(하지만 그들의 친절이란 적어도 존경과 결코 분리되어 있지 않아 더 기쁨을 준다), 어느 전하의 편지가, 그것이 왕족들의 어떠한 놀이를 그에게 제안한다 하더라도, 그에게는 자기 양친의 옛 친구들 가문에서 올리는 혼례식에, 증인으로 혹은 단순히 하객으로, 참석해 달라고 하는 편지만큼 기분 좋을 수 없었는데, 그들 중 어떤 사람들은—그 전년에 내 어머니의 혼례식에 그를 초대한 나의 할아버지처럼—그를 계속 만났고, 다른 어떤 사람들은, 비록 개인적으로는 그와 거의 친분이 없었으나, 고(故) 스완 씨의 당당한 상속권자인 그의 아들에게 예의를 표해야 할 의무를 가지고 있다고 믿었다.

　그러나 상류 사교계 사람들과 이미 오래 전부터 맺은 친분 때문에, 그들 또한 어느 정도는 그의 집과 가족과 가문의 일부를 형성하고 있었다. 그는 자기가 맺은 그 화려한 친분관계들을 생각할 때마다, 자기의 선조들로부터 물려받은 아름다운 사유지와 아름다운 은식기들과 냅킨 및 식탁보 등을 바라볼 때처럼, 외부로부터의 후원과 편안함을 느끼곤 하였다. 그리하여, 자기가 급성 질환에 걸려 쓰러질 경우, 자기의 하인이 자연스럽게 서둘러 찾아갈 사람들은 샤르트르 공작, 로이쓰 대공, 뤽상부르 공작, 샤를뤼스 남작 등일 것이라는 생각이, 자신이 죽은 후 수의용 표시가 있고 기운 것이 아닌(혹은 기웠다 하더라도 하도 섬세하게 기워져 그 일을 한 여인의 정성을 높이 평가할 수밖에 없게 하는) 고운 천에 싸여, 즉 그녀에게 편안함은 아니더라도 최소한 자긍심만은 어느 정도 충족시켜 주는 흔한 무늬가 찍힌 수의에 싸여, 자신이 땅에 묻힐 것이라는 것을 알고 우리의 늙은 프랑수와즈가 느꼈던 것과 같은 위안을, 그에게 가져다주었다. 하지만 특히, 오데뜨와 관련된 모든 행동과 생각에서, 스완이, 그녀에게는 자기가 베르뒤랭 내외의 '신도들' 중 가장 따분한 자보다도, 그 누구보다도, 아마 덜 소중한 것은 아니되 적어도 보기엔 덜 유쾌할 것이라는, 차마 고백하지 못하던 감정에 의해 끊임없이 지배되고 인도되었던지라, 그를 가장 우아한 사람으로 여기고, 그를 유인하기 위하여 무슨 일이든 가리지 않으며, 그를 보지 못하여 비탄에 잠기던 하나의 세계를 회상할 때에는, 여러 달 전부터 치료를 위하여 절식을 하며 침대에 누워 있던 중 어느 공식 오찬의 식단이나 시칠리아에서의 항해 유람 공고를 신문에서 읽은 환자에게 그런 현상이 생기듯, 그가 더 행복한 삶이 존재한다고 다시 믿기 시작할 뿐만 아니라, 거의 삶에 대한 강한 욕구마저 다시 느끼기 시작하곤 하였다.

그가 상류 사교계 인사들에게 변명을 늘어놓을 수밖에 없었던 것이 그들을 방문하지 않기 위해서였다면, 오데뜨에게 변명을 늘어놓은 것은 그녀를 방문하기 위해서였다. 게다가 그녀를 방문하기 위해서는 경비까지 지출하였으며(그녀의 참을성을 이용하여 그녀를 자주 보러 가기라도 한 경우에는, 월말에 이르러, 그녀에게 사천 프랑 보내는 것이 과연 충분한지 스스로에게 물으면서), 매번 방문할 때마다, 그녀에게 주어야 할 선물을 가져왔다느니, 그녀가 알고 싶어하던 것을 알아내었다느니, 그녀의 집으로 가던 샤를뤼스 씨와 우연히 마주쳤는데 그가 함께 가자고 극구 권하였다느니 등, 핑계거리를 찾아내곤 하였다. 그리고 어떠한 핑계거리도 찾지 못할 경우에는, 그가 샤를뤼스 씨에게 간곡히 부탁하기를, 급히 그녀의 집으로 달려가, 그녀와 대화를 나누던 중, 스완에게 할 말이 불현듯 생각났다고 그녀에게 태연히 말하면서, 급히 사람을 보내어 스완을 불러달라고 그녀에게 정중히 요청하라고 하였다. 그러나 대개의 경우 스완은 헛되이 기다렸고, 그날 저녁 샤를뤼스 씨가 그에게 말하기를, 방법이 성공을 거두지 못하였노라고 하였다. 그리하여, 이제 그녀가 자주 빠리를 떠나기도 하였지만, 비록 그곳에 머물러 있을 때에도, 그녀가 그를 거의 만나 주지 않았다. 그리고 그를 사랑하던 시절에는, '저는 항상 자유로워요.' 또는 '다른 사람들의 견해가 저와 무슨 상관 있어요?' 등과 같은 말을 하던 그녀가, 이제는 걸핏하면, 사회적 관례를 들먹이는가 하면, 자신이 몹시 바쁘다는 핑계를 내세우곤 하였다. 또한 그가, 그녀도 참석할 예정인 어느 자선축제나 미술 전람회 개막식이나 연극 초연(初演)에 참석한다는 말을 하면, 그녀는, 그가 자기들의 관계를 사람들 앞에 드러내놓으려 하고, 자기를 거리의 여자 취급한다고 하였다. 그리하여 급기야, 아무 곳에서도 그녀를 만나지 못하는 지경에 이르지 않기 위하여, 그녀가 그의 옛 친구이기도 했던 나의 아돌프 종조부님[200]과 친하고 그를 좋아한다는 사실을 알고 있었던지라, 어느 날, 벨샤쓰 로에 있는 아파트로 나의 종조부님을 찾아가, 오데뜨에게 영향력을 행사해 달라고 요청하였다. 그녀가 스완에게 나의 종조부님에 대하여 이야기할 때에는 항상 시적인 기색[207]을 띠며 이렇게 말하곤 하였다. "아! 그 사람, 당신과는 달라요, 그 사람의 우정이 나에게는 어찌나 아름답고 어찌나 위대하며 어찌나 귀여운지! 그 사람만은, 나를 대동하고 모든 공공장소에 모습을 드러내려 할 만큼, 나를 하찮게 여기지 않을 거예요." 따라서 스완이 주춤하였고, 그녀에 대해 나의 숙부님께 어떤 어조로 말을 해야 할지 선뜻 가늠하지 못하였다. 그가 우선 오데뜨의 '선험적' 탁월성, 공리(公理)처럼 자명한 쎄라핌적 초인성, 증명되지 않으며 그 개념이 경험에서 유래하지 않는 미덕의 계시 같은 자명성 등을 긍정적으로 가정하였다.[208] "당신과 이야기를 좀 나누고 싶소. 다른 사람은 몰라도 당신만은, 오데뜨가 다른 모든 여인들을 능가하는, 얼마나 사랑스러운 존재이며 어떤 천사인지 잘 아시오. 그러나 빠리에서의 생활이라는 것이 어떤 것인지 당신도 잘 아시오. 모든 사람들이 당신과 내가 아는 오데뜨의 참모습을 아는 것은 아니오. 그런데 내가 조금 우스꽝스러운 역을 맡고 있다고 생각하는 사람들이 있소.[209] 내가 그녀를 밖에서, 가령 극장에서, 만나는 것조차 그녀가 받아들이지 않기 때문이오. 그녀의 깊은 신뢰를 얻고 있는 당신이, 나를 위해 그녀에게 몇 마디 하시어, 나의 인사가 그녀에게 끼치는 해를 그녀가 과장하는 것이라고 그녀를 설득해 주실 수 없겠소?"

나의 숙부님은 스완에게 오데뜨를 잠정 기간 동안 만나지 말라고 조언하시면서, 그러면 그것 때문에 그녀가 그를 더 사랑하게 될 것이라 하셨고, 한편 오데뜨에게는, 스완이 원하면 어디에서든 그가 그녀를 만날 수 있도록 내버려 두라고 하셨다. 며칠 후, 오데뜨가 스완에게 말하기를, 나의 숙부께서 다른 남자들과 다름없음을 깨닫고 실망하였노라 하였다. 나의 숙부께서 자기를 겁탈하려 하였다는 것이다. 그 말을 들은 직후 나의 숙부님께 결투를 신청하러 가겠다는 스완을 그녀가 진정시키기는 하였으나, 나의 숙부님을 그후에 다시 만났을 때, 그가 악수를 거절하였다. 그가 아돌프 숙부님과의 그 불화를 매우 애석하게 여겼는데, 자기가 숙부님을 가끔 다시 만나 흉금을 털어놓고 이야기를 나눌 수 있으면, 오데뜨가 지난날 니쓰에서 영위하던 생활에 관련된 몇몇 소문의 진상을 밝힐 수 있으리라 기대하고 있었기 때문이다. 아돌프 숙부님께서 그곳에서 겨울을 보내시곤 하였으니 말이다. 그리하여 스완은, 아마 그곳에서 숙부님께서 오데뜨와 사귀시게 되었을 것이라 생각하였다. 오데뜨의 정인이었을지 모를 어느 남자에 관하여, 어떤 사람이 그의 앞에서 무심코 한 하찮은 말 한마디가, 스완을 몽땅 뒤흔들어 놓았다. 그러나 그것들을 알기 전에는 듣기에 가장 끔찍하고 믿기 가장 어려운 것으로 여겼을 그 일들이, 그가 일단 그것들을 알게 된 후에는, 그의 슬픔과 영영 일체가 되었고, 그것들을 시인하였으며, 그 일들이 존재하지 않을 수 있다는 사실을 더 이상 믿을 수 없었을 것이다. 다만 그 일들 하나하나가, 자기의 정부에 대하여 그가 품었던 생각에 하나의 지워질 수 없는 가필을 가할 뿐이었다. 그는 심지어 자기가 짐작도 못하였을 오데뜨의 그 가벼운 품행이 상당히 잘 알려져 있었으며, 옛날 그녀가 바덴이나 니쓰에서 여러 달 동안 머물곤 하던 시절에는, 그녀가 사랑행각에서 일종의 명성을 누렸음도 모처럼 깨닫게 되었다. 그는 몇몇 난봉꾼들에게 접근하여 그들에게 캐물을 방안도 찾아보았다. 하지만 그들은 이미, 그가 오데뜨와 잘 아는 사이라는 사실을 알고 있었다. 게다가, 그 또한, 자기가 그들로 하여금 다시 그녀 생각을 하게 하여, 그들이 그녀 뒤를 밟는 일이 생기지 않을까 두려워하였다. 하지만 그 시절까지는 바덴이나 니쓰의 범세계적인 생활상과 관련된 모든 것을 다른 그 무엇보다도 역겹게 여기던 그가, 지난날 오데뜨가 아마 그 두 도시에서 방탕한 생활을 하였으리라는 사실을 알게 되었으되, 그 방탕한 생활이, 단지 그 덕분에 그녀가 더 이상 느끼지 않게 된 금전욕을 충족시키기 위한 것이었는지, 혹은 언제라도 다시 나타날 수 있는 바람기를 충족시키기 위해서였는지 영영 알 수 없게 되었을지도 모를 이제, 7년 임기가 시작되던,[210] 그리고 사람들이 영국인들의 산책로에서 겨울을 보내고 바덴의 보리수 그늘에서 여름을 보내던, 그 초기 몇 해가 침강해 사라져 버린 바닥 없는 심연 위로, 무기력하고 막막하며 현기증 일으키는 극도의 번민에 휩싸여, 상체를 숙여 바라보게 되었고, 그 몇 해에서, 어떤 시인이 그 세월에 부여하였을 것과 같은, 하나의 고통스러우나 장엄한 깊이를 발견하곤 하였다. 그리하여 그는, 만약 그 시절 꼬뜨다쥐르[211] 지역 신문 기사들이 오데뜨의 미소나 시선—하지만 그토록 정직하고 천진스러운—속에 있는 것을 조금이나마 이해하는 데 도움을 줄 수만 있다면, 그 기사들 속에 보도된 자질구레한 사건들을 원상대로 재구성하는 일에, 보띠첼리의 쁘리마베라,[212] 아름다운 반나,[213] 혹은 베누스[214] 등의 영혼 속으로 더 깊숙이 들어가기 위해서, 15세기의 휘렌체가 남긴 문서들을 세밀히 조사하는 미학자[215]보다도 오히려 더 많은 열정을 쏟았을 것이다. 그가 아무 말 없이 그녀를 바라보며 생각에 잠기는 일이 잦았고, 그럴 때마다 그녀가 그에게 말하였다. "당신의 기색이 무척 슬퍼요!" 그녀가 착하며, 자기가 사귀었던 여인들 중 가장 탁월한 여인들과 흡사하다는 생각으로부터, 그녀가 남자들에 얹혀사는 계집이라는 생각으로 그가 이동한 것이 불과 얼마 전인데, 그 이후, 그러한 생각과는 정반대로, 그가, 홍청대는 남자들이나 호색꾼들에게는 아마 지나치게 잘 알려져 있을 '오데뜨 드 크레씨'로부터, 가끔 그토록 유순한 표정을 드러내는 얼굴과 그토록 인정 많은 천성 곁으로 돌아오는 일이 생기곤 하였다. 그가 자신에게 역설하였다. "오데뜨 드 크레씨가 누구인지, 니쓰에서는 모든 사람들이 다 안다는 그 말이 도대체 무슨 뜻인가? 그러한 평판들은, 그것들이 비록 사실이라 할지라도, 다른 사람들의 견해들로 이루어졌어." 그는 전설 같은 그 평판이 —비록 틀림없다 하더라도—오데뜨의 외면에 있을 뿐, 요지부동의 그리고 해악을 끼치는 인품처럼 그녀의 내면에 있지는 않다고 생각하였다. 또한 무엇에 이끌려 잘못을 저질렀을 수도 있을 그 여인의, 실은 착한 눈과, 타인의 고통에 대한 연민으로 가득한 가슴과, 그가 품에 안고 포옹하며 애무할 때 고분고분했던 몸뚱이를 가진 여인이며, 따라서 그가 자신을 그녀에게 불가결한 사람으로 만드는데 성공할 경우, 언젠가는 몽땅 소유할 수 있을 어자라고 생각하였다. 그녀가, 대개의 경우 피곤한 기색으로, 스완에게 괴로움을 안겨 주던 미지의 일에 열에 들뜬 듯 그리고 기쁘게 골몰하기를 잠시 멈춘, 텅 빈 얼굴을 드러내곤 하였다. 그리고 자신의 두 손으로 머리채를 양쪽으로 젖히곤 하였다. 그러면 이마가, 얼굴이, 더 넓어 보였다. 그 순간, 문득, 단순한 인간적 상념 같은 것이, 휴식이나 내성(內省)의 순간에 자신들이 오직 자신들에게만 맡겨지면 모든 여인들에게서 발견되는 어떤 착한 감정이, 노란 햇살처럼 그녀의 두 눈에서 발산되곤 하였다. 또한 그 즉시, 해가 지는 순간 별안간 구름이 걷혀 모습이 변하는 회색빛 들판처럼, 그녀의 얼굴 전체가 밝아지곤 하였다. 그 순간 오데뜨의 내면에 있던 삶뿐만 아니라, 그녀가 몽상에 잠긴 기색으로 바라보고 있는 듯한 미래까지도, 스완이 그녀와 함께 나눌 수 있을 것 같았다. 어떠한 못된 내면적 동요도 그 얼굴에 찌꺼기를 남긴 것 같지 않았다. 그 순간들이 비록 드물어지곤 했어도 무용지물은 아니었다. 스완이 추억으로 그 편린들을 연결하여 그것들간의 간극을 무너뜨리고, 마치 황금으로 그러듯 착함과 평온함으로 오데뜨를 주조하여, 훗날(이 작품의 두 번째 부분에서 알게 되겠지만) 다른 오데뜨라면 얻지 못하였을 공물을 그 주조된 오데뜨에게 헌납하였다. 하지만 당장은 그러한 순간들이 얼마나 희귀했으며, 그녀를 만나는 일이 얼마나 적었던가! 심지어 두 사람의 저녁 만남을 위해서도, 그녀는 마지막 순간에 이르러서야 자기가 그것을 그에게 허락할 수 있을지 여부를 그에게 알렸던 바, 그는 언제든 자기가 원할 때에 볼 수 있다고 믿었던지라, 우선 자기를 보러 올 다른 사람이 없는지 확인하고자 하였기 때문이다. 그녀는 그러면서 매번, 자기에게 가장 중요한 어떤 답변을 기다려야 할 처지에 있다고 핑계를 내세웠으며, 심지어 스완을 자기의 집으로 부른 후에도, 친구들이 극장이나 어느 만찬장으로 그녀를 부르면, 이미 두 사람의 저녁시간이 시작되었음에도 불구하고, 기뻐서 펄쩍 뛰면서 서둘러 정장을 가다듬곤 하였다. 그녀의 몸치장이 진척됨에 따라, 그 행동 하나하나가, 스완이 그녀와 헤어져야 하고 그녀는 걷잡을 수 없을 기세로 도망칠 순간으로 그를 이끌어갔고, 드디어 외출 준비가 끝나, 한껏 기울인 주의로 인해 긴장되고 밝아진 시선을 마지막으로 거울 속으로 던지면서, 입술에 루즈를 조금 더 바르고 이마 위에 머리카락 한 꼭지를 고정시킨 다음 황금빛 술 장식 달린 자기의 야회용 하늘색 외투를 내오라고 분부할 때에는, 스완이 어찌나 슬픈 기색을 띠곤 하였던지, 그녀가 신경질적인 몸짓을 억제하지 못하고 이렇게 말하곤 하였다. "제가 당신을 마지막 순간까지 저의 곁에 두었건만, 그 고마움을 기껏 이렇게 표시하시는군요. 저는 당신에게 상당한 친절을 베푼다고 생각하였어요. 다음부터는 이번 일을 참고하겠어요!" 때로는, 그녀를 화나게 할 위험을 무릅쓰고, 그녀가 어디에 갔었는지를 알아내겠노라 작정하면서, 혹시 그것을 자기에게 알려 줄 수도 있을 포르슈빌과 제휴해 볼까 하는 몽상에 잠기기도 하였다. 하기야, 그녀가 어떤 사람들과 함께 야회에 참석하였는지를 그가 아는 경우에는, 야회가 끝난 후 그녀와 함께 나간 남자를 간접적으로나마 아는 사람을, 자기와 가까이 지내는 이들 중에서 찾아내지 못하는 경우가 드물었으며, 따라서 그 남자에 대하여 이런저런 사실들을 용이하게 알아낼 수 있었다. 그리하여, 그가 자기의 친구들 중 하나에게 이러저러한 점을 명확히 밝혀 보라고 요청하는 편지를 쓰는 동안에는, 항상 답이 없는 질문들을 자신에게 던지기를 중단하고 그 노고를 다른 사람에게 이전하는 데서 오는 마음의 평온을 느끼곤 하였다. 스완이 이저런 사실들을 알게 되었다 해도 그가 더 나아지지 않았던 것은 사실이다. 앎이 항상 무엇을 방지해 주는 것은 아니지만, 적어도 우리가 아는 것들은, 비록 우리의 손아귀 속에는 아니더라도, 최소한 우리 뜻대로 배치할 수 있는 우리의 사념 속에 붙잡아 둘 수 있는지라, 그러한 현상이 우리에게, 그것들을 지배하는 일종의 권능과 같은 환상을 준다. 그는 샤를뤼스 씨가 어떤 모임에 그녀와 함께 참석할 때마다 행복해하였다. 샤를뤼스 씨와 그녀 사이에서는 어떤 일도 일어날 수 없고, 샤를뤼스 씨가 오데뜨를 대동하고 그 모임을 떠난다 해도 그것은 자기에게로 향한 우정 때문이며, 그가 자기에게 그녀의 행적을 이야기해 줌에 있어 까다롭게 굴지 않으리라는 것을 스완이 잘 알고 있었다. 가끔 오데뜨가, 특정일 저녁에는 그를 만날 수 없노라고 어찌나 단호히 선언하던지, 어떤 외출을 어찌나 중시하는 듯한 기색을 보이던지, 스완은 샤를뤼스 씨가 그녀를 수행하는 것에 진정한 중요성을 부여하곤 하였다. 그리고 다음 날에는, 샤를뤼스 씨에게 감히 많은 질문은 던지지 못한 채, 그의 첫 답변들을 제대로 이해하지 못하였다는 기색을 보임으로써, 그로 하여금 답변을 반복하도록 강요하다시피 하였고, 답변 한마디를 들을 때마다 마음이 더 편안해짐을 느꼈는데, 그 답변들을 통하여, 오데뜨가 자기의 저녁 시간을 가장 순진한 즐거움으로 채웠음을 금방 알게 되었기 때문이다. "하지만 어떻게, 나의 사랑스러운 메메,[216] 나는 이해할 수 없소…. 그대들 두 사람이 그레뱅 미술관[217]에 간 것이 그녀의 집을 떠난 직후가 아니라고? 두 사람이 먼저 다른 곳에 갔었어. 아니라고? 오! 그것 참 우습소! 나의 사랑스러운 메메, 그대들 두 사람이 나를 얼마나 즐겁게 하는지 짐작도 못할 거요. 하지만 그런 다음 '검은 고양이'[218]에 갈 기묘한 생각을 그녀가 하였다니, 정말 그녀다운 생각이오…. 아닌가요? 그럼 당신이겠지. 기이한 일이오. 여하튼 나쁜 생각은 아니오. 그녀가 그곳에 온 사람들을 많이 아는 모양이지요? 아니라고? 그녀가 아무에게도 말을 건네지 않았다고? 놀랄 만한 일이군요. 그러면 그대들 두 사람만 그곳에 우두커니 머물렀단 말씀이지? 그 장면이 여기서도 보이는군요. 당신 정말 친절해요, 나의 사랑스런 메메, 나는 당신을 무척 좋아한다오." 스완은 마음이 편안해짐을 느꼈다. 자기와 무관한 사람들과 한담을 나누던 중, 그리하여 별로 그들의 말에 귀를 기울이지 않았건만, 가끔 어떤 한마디를(예를 들면 이런 말이다. "내가 어제 크레씨 부인을 보았는데, 그녀는 내가 모르는 어떤 신사와 함께 있었소."), 스완의 가슴속에서 즉각 단단한 상태로 전이되고, 그곳에 상감(象嵌)한 듯 응고되며, 가슴을 찢어놓고 그곳을 더 이상 떠나지 않는 말을 우연히 들은 적 있는 그에게, 반대로 '그녀가 아무도 모르고 아무에게도 말을 건네지 않았다'는 말은 얼마나 달콤했겠으며, 그의 내면에서 얼마나 편안히 순환하였겠으며, 말 자체가 얼마나 유동적이고 수월하며 숨 쉴 만했겠는가! 또한 그러나, 잠시 후 그는, 오데뜨가 자기와 함께 있기보다 차라리 그런 즐거움을 선택할 만큼 자기를 따분한 사람으로 여김에 틀림없다고 생각하였다. 또한 그 즐거움들의 하찮음이, 비록 그를 안심시키기는 하였지만, 하나의 반역처럼 그의 마음을 괴롭혔다.

비록 그녀가 어디로 가는지 알 수 없을 경우에라도, 만약 오데뜨가 그에게 자기가 없는 동안 자기의 집에 남아서, 자기의 귀가 시각까지, 어떤 마법에 기인한 환상이나 주문(呪文)이 그로 하여금 다른 것들과는 다르다고 믿게 하는 시각들이 그 평온함에 와서 뒤섞이는 그 시각까지, 기다리도록 허락만 하였더라도, 그것이, 오데뜨의 현신(現身)이나 그녀 곁에서 느끼는 안온함만이 유일한 특효약(종국에는 많은 치료제들처럼 병세를 악화시키지만 적어도 잠정적으로는 통증을 가라앉혀 주는)으로 작용하던, 그 당시 그가 느끼던 극도의 불안을 진정시키기에 충분했을 것이다. 하지만 그녀가 그것을 원치 않았고, 그리하여 그는 자기의 집으로 돌아오곤 하였고, 도중에 애써 여러 가지 계획을 세우며 오데뜨에 대하여 생각하기를 그치곤 하였고, 심지어 옷을 벗으면서 속으로 즐거운 생각들을 어루만지는 일까지 있었고, 다음 날 어느 걸작품을 감상하러 가야겠다는 희망으로 가슴이 뿌듯해져서 침대에 누워 불을 끄곤 하였다. 그러나 잠을 청하기 위하여, 하도 습관적인 것으로 되어버린지라 그가 의식조차 하지 못하던, 자신에게 가하던 제약을 멈추기 무섭게, 바로 그 순간, 얼음장처럼 차가운 전율이 그의 내면에서 역류하였고, 그가 흐느끼기 시작하였다. 그는 그 원인조차 알고 싶지 않았고, 묵묵히 눈물을 닦을 뿐, 웃으면서 스스로에게 말하였다. "매력적인 일이야, 내가 신경병 증세를 보이는군." 그다음 순간, 다음날에는 오데뜨의 전날 행적을 알아내려는 노력을 다시 시작해야 하고, 그녀를 만나기 위하여 자기의 영향력 동원하는 일을 다시 시작해야 한다는 생각을 하자, 짓눌러오는 엄청난 피로감을 억제할 수 없었다. 일시적인 중단도, 변화도, 결과도 없는 활동의 그 불가피성이 그에게는 어찌나 잔혹했던지, 어느 날, 자기의 복부가 불룩해진 것을 보면서 그는, 자기에게 아마 치명적인 종양이 생긴 모양이라는 생각에, 이제 자기에게는 더 이상 마음 쓸 일이 없다는 생각에, 곧 닥쳐올 생의 종말까지 그것이 자기를 지배하고 자기를 장난감으로 삼을 것이라는 생각에, 그는 진정한 기쁨을 느꼈다. 그리고 사실, 그 시절, 그가 자신에게조차 그 사실을 고백하지 않은 채 죽음을 갈망하는 일이 빈번했다면, 그것은 그가 겪던 고통의 날카로움으로부터이기보다는 그가 쏟던 노력의 단조로움으로부터의 탈출을 위해서였다.

또한 그렇건만 그는, 자신이 그녀를 더 이상 사랑하지 않게 될 시절까지, 그녀가 그에게 거짓말을 할 하등의 이유가 없어서, 그가 그녀를 보러 갔던 그날 오후, 그녀가 포르슈빌과 육체적 관계를 가졌는지 여부를 그녀의 입을 통해 알 수 있게 될 시절까지, 살 수 있기를 바라기도 하였다. 며칠 동안은, 그리고 자주, 그녀가 포르슈빌 이외의 다른 어떤 남자를 사랑하지 않을까 하는 의혹이, 우리들을 이전의 증세들로부터 잠정적으로 해방시키는 듯한, 같은 질환의 새로운 증세들처럼, 그로 하여금 포르슈빌과 관련된 그 질문을 자신에게 던지는 것에서 벗어나게 하였고, 그 문제에 무관심해지도록 해주기도 하였다. 심지어, 그가 어떠한 의혹에 의해서도 고통을 받지 않는 날들도 있었다. 그는 자신이 완치된 줄로 믿기도 하였다. 그러나 다음 날 아침, 잠에서 깨어나는 순간, 그는 같은 국부에서 되살아나는, 같은 통증을 느꼈고,

그것은, 전날 낮 동안, 다양한 인상들의 소용돌이 속에서 그가 희석된 상태로 느꼈던 그 감각이었다. 하지만 그 통증이 자리를 떠나지 않은 것이다. 뿐만 아니라 심지어, 스완을 잠에서 깨운 것은 바로 그 통증의 날카로움이었다.

오데뜨가, 그녀를 날마다 그토록 사로잡을 만큼 중요한 일들에 대하여, 그에게는 일언반구도 없는지라(쾌락 이외의 다른 아무것도 없으리라는 것을 알 만큼 그의 경험이 충분했음에도 불구하고), 그는 오랫동안 연속적으로 그 일들을 상상할 수 없었고, 그의 뇌수 또한 헛되이 작동할 수밖에 없었다. 그럴 때마다 그는, 마치 자기의 외알박이 안경 유리를 닦으려는 듯한 동작으로, 자기의 손가락을 지친 눈꺼풀 위로 가져갔고, 생각하기를 완전히 멈추곤 하였다. 하지만 그 미지의 세계 위로 몇몇 일들이 가끔 떠올라 부유하였고, 그것들은 그녀에 의해 먼 친척들이나 옛날의 친구들에 대한 어떤 의무에 연관 지어진 것들이었으며, 그것들이 그녀가 그와 만나는 것을 방해하는 유일한 요인들인 듯 그녀가 그에게 자주 지목하여 말하였던지라, 스완에게는 그것들이 오데뜨의 삶을 구성하는 고정되고 필요한 틀처럼 보였다. 그리하여, 몸이 불편함을 느끼는 날이면, '아마 오데뜨가 내 집에 들를지도 모르지' 하는 생각을 하다가도, '저의 친구와 경마장에 가는 날'이라고 그녀가 가끔 말하던 때의 그 어조 때문에, 그가 문득 그날이 바로 그녀가 경마장에 가는 날임을 상기하였고, 자신에게 이렇게 말하였다. "아! 아니야, 오라고 그녀에게 요청해 보았자 부질없는 일이야. 내가 좀 더 일찍 그 생각을 하였어야 했는데. 그녀가 친구와 함께 경마장에 가는 날이야. 가능한 것을 위해 좀 더 기다리자. 받아들여질 수 없고 미리 거절될 일들 때문에 자신을 소진하는 것은 쓸데없는 짓이야." 또한 오데뜨에게 과해진, 그리하여 스완이 그 앞에서 자신을 굽히는, 경마장에 가야 한다는 그 의무가 그의 눈에는 단지 불가피하게만 보인 것이 아니었다. 그 의무에 각인된 필요성이라는 성격이, 가깝게든 혹은 멀리든, 그 의무와 관련된 모든 것들을 수긍할 수 있고 정당한 것으로 만드는 것 같았다. 혹시 오데뜨가 길에서 스완의 질투심을 일깨운 어느 행인으로부터 인사를 받으면, 그녀는 스완의 질문에 답하면서, 그 미지의 행인을, 자기가 그에게 말하곤 하던 커다란 의무 두셋 중 하나와 연관시켰고, 그리하여, 예를 들자면, 이렇게 대답하곤 하였다. "저와 함께 경마장에 가는 제 친구의 칸막이 좌석에 앉아 계셨던 신사분이에요." 그러한 설명이 스완의 의혹을 잠재웠고, 스완 또한 실제로, 오데뜨의 친구가 그녀 이외에 다른 사람들을 자기의 칸막이 좌석에 초대하는 것이 불가피했으리라 생각하였다. 하지만 그 사람들을 자신의 뇌리에 떠올려보려 노력하거나 혹은 그것에 성공한 적은 단 한 번도 없었다. 아! 그가 경마장에 간다는 그 친구와 교분 맺기를, 그리고 그녀가 오데뜨와 함께 자기도 경마장에 데려가주기를, 얼마나 간절히 바랐으랴! 오데뜨와 일상적으로 만나는 사람이라면, 그 사람이 비록 손톱 화장하는 여자이건 혹은 여점원이건, 그 사람을 사귀기 위해서라면, 그가 상류 사교계 인사들과의 관계를 얼마나 가볍게 포기하였겠는가! 그녀들을 위해서라면 왕비들을 위해서보다도 더 많은 경비를 선뜻 지불하였을 것이다. 그녀들이, 오데뜨의 생활 중 일부를 간직하고 있음으로 해서, 그의 고통을 가라앉혀 줄 수 있을 유일한 진정제를 그에게 제공할 수 있지 않았겠는가? 이권 때문이건 혹은 진정한 소박함 때문이건, 오데뜨가 관계를 유지하고 있던 그 신분 낮은 사람들 중 어떤 이가 부르기만 하였다면, 그가 얼마나 기뻐하며 그 사람의 집으로 달려갔으랴! 오데뜨가 그를 데려가지 않던, 그리고, 그가 어느 은퇴한 이름없는 재봉사 여인의 정인 행세를 하면서 그곳에 살았다면 거의 날마다 오데뜨의 방문을 받았을, 그 불결하되 부러워하던 집의 6층에, 그가 얼마나 흔쾌히 자기의 영구적인 거처를 정하였으랴! 거의 서민적인 그러한 동네에서 그가 무한히 영위하기를 수락하였을, 비천하되 달콤하고 평온과 행복을 자양분으로 삼는, 그 삶이 얼마나 소박했던가!

아직도 가끔, 그녀가 스완을 만났을 때, 스완이 모르는 어떤 남자가 자기에게 다가오는 것을 발견할 때면, 포르슈빌이 그녀의 집에 와 있을 때 스완이 그녀를 방문하였던 날 그녀가 드러냈던 그 슬픔을, 스완이 오데뜨의 얼굴에서 발견할 수 있는 경우가 있긴 하였다. 그러나 그러한 경우가 매우 드물었다. 왜냐하면, 그녀가 해야 할 일들과 사람들이 어찌 생각할까 하는 두려움에도 불구하고 그녀가 겨우 그를 만나주는 날, 이제 그녀의 태도에서 지배적이었던 것은 자신감이었기 때문이다. 커다란 대조였다. 아마, 그녀가 그를 처음 알게 되었던 초기에 그의 곁에서 느꼈을, 혹은 멀리에서도, 다음과 같은 말로 편지의 허두를 열며 느꼈을 두려움에 대한 무의식적인 앙갚음이나 자연스러운 반발이었을지도 모른다. "나의 벗님, 저의 손이 하도 심하게 떨려, 글을 겨우 쓸 수 있을 지경이에요." (그녀가 적어도 그렇다고 주장하였으며, 두려움을 과장하고 싶어하였으니 그것 중 약간은 솔직했을 것임에 틀림없었다). 스완이 그 시절에는 그녀의 마음에 들었다. 누구든 오직 자신을 위해서만, 사랑하는 사람들을 위해서만, 두려움에 전율한다. 우리의 행복이 더 이상 그들의 수중에 있지 않게 될 때, 우리가 그들 앞에서도 얼마나 태평스럽고 자유로우며 과감해지는가! 그녀가, 그와 관련되었을 경우 '나의', '나의 것'

이라고 말할 계기를 만들어 내면서―"당신은 나의 재산, 그것은 우리 우정의 향기, 그것을 제가 간직하겠어요."―장래에 대하여, 심지어 죽음에 대하여서도, 마치 그들 두 사람을 위한 단 하나의 일에 대한 것처럼 말할 계기를 만들어내면서, 그가 자기에게 예속되었다는 환상을 자신에게 주려고 애쓸 때 사용했던 단어들을, 이제는 그와 대화를 하면서도, 그에게 편지를 쓰면서도, 더 이상 사용하지 않았다. 스완이 그녀의 마음에 들었던 시절에는, 그가 하는 모든 말에 그녀가 감탄하면서 이렇게 대꾸하곤 하였다. "당신, 당신은 결코 평범한 사람들처럼 될 수 없어요." 그러면서 이마가 조금 벗겨진 그의 길쭉한 얼굴을 그윽히 바라보곤 하였고, 스완이 거둔 성공을 아는 사람들은 그러한 얼굴을 놓고 이렇게들 생각하였다. "그가 일반적인 관점에서 보면 잘생기지 않았다고들 말할 수도 있을 거요. 하지만 그는 멋져요. 그 정수리의 머리 뭉치, 그 외알박이 안경, 그 미소를 보시오!" 그리고 그녀는, 그의 정부가 되기를 갈망하기보다 그가 어떤 사람일까 하는 호기심에 더 사로잡혔던지, 이렇게도 말하곤 하였다. "저 머리통 속에 있는 것을 내가 알 수 있다면 얼마나 좋을까!"

하지만 이제는 스완이 하는 모든 말에, 때로는 신경질적인 어조로, 때로는 너그러운 어조로, 이렇게 말하곤 하였다. "아! 당신은 도무지 다른 사람들처럼 될 기미조차 보이지 않아요!" 그녀는 근심 때문에 조금 더 늙었을 뿐인 그의 머리통을 유심히 바라보면서(하지만 이제는 그것을 놓고 모두들, 미리 그 프로그램을 읽었을 경우 교향곡의 의도들을 발견하게 해주는, 그리고 어떤 아이의 혈족 관계를 알 경우, 그 아이의 유사점들을 발견하게 해 주는 능력 덕택으로,[219]) 이렇게들 생각하였다. "그의 용모가 정말로 추하지는 않다고 말할 수도 있을 거요. 하지만 그는 우스꽝스러워요. 그 외알박이 안경, 그 미소를 보시오!" 그러면서 그들에게 암시된 상상 속에다, 진정한 연인의 머리통과 오쟁이 짐꾼 머리통 사이를 몇 달 동안의 거리로 갈라놓는 비질료적 경계지역을 만들어놓았다) 이렇게 말하곤 하였다. "아! 그 머리통 속에 있는 것을 내가 바꾸어 지각 있게 만들 수 있다면 얼마나 좋을까!" 자신이 희원하는 것은 언제나 믿을 준비가 되어 있었던지라, 오데뜨가 자기를 대하는 태도의 진의에 대한 믿음의 여지가 보이기만 하면, 그는 마치 달려들듯게걸스럽게, 그녀에게 말하곤 하였다. "원하시면 하실 수 있소."

또한 그는, 자기를 다독거려 인도하고, 자기로 하여금 연구에 전념하게 하는 것이 하나의 고결한 과업이며, 그녀 이외의 다른 여인들은 오직 그 과업에 헌신할 수 있기만을 원한다는 사실을 그녀에게 입증해 보려 애를 썼으며, 동시에 부언하기를, 그러한 과업이 다른 여인들의 수중으로 들어간다면, 그것이 자기의 자유에 대한 주제넘고 참을 수 없는 침탈 행위 이상으로 보일 것이라고 하였다. 그가 자신에게 말하곤 하였다. "그녀가 조금이나마 나를 사랑하지 않는다면 나를 변화시키기를 희원하지 않을 거야. 나를 변화시키려면 그녀가 나를 더 자주 만나야 할 거야." 그렇게 그는, 자기에게로 향한 그녀의 나무람 속에서, 자기에 대한 관심의, 나아가 사랑의, 증거 비슷한 것을 발견하곤 하였으며, 사실, 그녀가 이제는 그에게 그러한 증거 보여 주는 경우가 어찌나 적었던지, 이런 일 혹은 저런 일은 하지 말라는 그녀의 말을 그러한 증거들로 여길 수밖에 없었다. 어느 날 그녀가 그에게 털놓고 말하기를, 자기는 그의 마부가 마음에 들지 않으며, 자기가 원하는 만큼 마부가 그에게 깍듯하지도 공손하지도 않다고 하였다. 그녀는, 그가 한 번의 입맞춤을 갈망하듯, 그녀로부터 다음과 같은 말이 나오기를 갈망하는 것을 직감하였다. "저의 집에 오실 때에는 더 이상 그를 대동하지 마세요." 마침 그녀의 기분이 좋았던지라, 그녀가 그렇게 말하였고, 그가 감동을 받았다. 그날 저녁, 그녀에 대해 함께 터놓고 이야기를 나눌 수 있는 즐거움을 맛보곤 하던 샤를뤼스와 한담을 하던 중(그가 하는 지극히 하찮은 말 한마디조차, 그녀를 모르는 사람들에게 하였다 해도, 어떠한 식으로든 그녀에게 전해지곤 하였기 때문이다), 그가 샤를뤼스에게 말하였다. "하지만 나는 그녀가 나를 사랑한다고 믿네. 그녀가 나를 향해 그토록 친절한 마음을 간직하고 있으니, 틀림없이 내가 하는 일에 무심하지는 않을 걸세." 그리고 혹시, 그녀의 집으로 가려는 순간, 중도에서 내려줄 어느 친구와 함께 마차에 오르려는데, 그 친구가 그에게 묻기를, '이보게, 마부석에 앉은 사람이 로레다노가 아니잖은가?' 하면, 그의 말에 대꾸하던 스완의 우수에 젖은 기쁨이 얼마나 컸던가! "오! 젠장, 아닐세! 자네에게 솔직히 말하네만, 라 뻬루즈 로에 갈 때에는 로레다노[220]를 대동할 수 없다네. 오데뜨는 내가 로레다노 대동하는 것을 좋아하지 않는다네. 그가 나에게 어울리지 않는다는군. 결국 어찌 하겠나, 여인들이란, 자네도 알다시피! 그를 대동하고 가면 그녀의 마음이 상하리라는 것을 내가 잘 아네. 아! 그렇다네! 내가 레미를 대동하면 한바탕 소동이 벌어질 것은 뻔하네!"

이제 그를 대하는 오데뜨의 냉담하고 소홀하며 신경질적인 새로운 태도에 스완이 고통을 받고 있었음은 분명했다. 하지만 그는 자신의 고통을 모르고 있었다. 그를 대함에 있어 오데뜨가 하루하루 단계적으로 냉각되었기 때문에, 그녀의 초기 모습을 오늘의 모습과 마주 놓아야만, 그사이에 이루어진 변화의 깊이를 그가 탐조할 수 있었을 것이다. 그런데 그 변화란, 밤낮 가리지 않고 그에게 고통을 주던 깊고 은밀한 상처였던지라, 그의 사념들이 그것 근처로 조금만 지나치게 다가가도, 고통 받는 것이 두려운 나머지, 그가 그 사념들을 거세게 다른 쪽으로 돌리곤 하였다. 물론 그가 자신에게 막연히 이런 말은 자주 하였다. "오데뜨가 지금보다 더 나를 사랑하던 시절이 있었지." 하지만 그가 그 시절을 다시 보는 경우는 없었다. 그가 그녀를 처음으로 그녀의 집에 데려다주었던 그 첫날 저녁에 그녀가 준 국화꽃과, '그것 속에다 당신의 가슴도 잊고 놓아두셨다면, 당신이 그것을 다시 가져가시게 내버려 두지 않겠다' 든가, 혹은 '밤낮 어느 시각에든, 제가 필요하시면 저에게 알리시고 저를 뜻대로 처분하시라' 고 그녀가 쓴 편지들이 서랍 하나에 간직되어 있었던지라, 그가 바라보지 않도록 배치하였고 드나들 때에도 피하여 우회하던 서랍장 하나가 그의 집무실에 있었던 것처럼, 그의 내면에도, 그가 자기의 오성이 결코 접근하지 못하게 하며, 필요할 경우에는, 그 앞으로 지나가지 못하도록 하기 위하여, 긴 추론이라는 우회로를 택하게 하던 장소 하나가 있었던 바, 그것은 행복했던 날들의 추억이 살고 있던 장소였다.

하지만 그가 사교계에 갔던 어느 날 저녁, 그의 그토록 용의주도한 신중함이 좌절되었다.

그것은 쌩-으베르뜨 후작 부인 댁에서 개최된 그 해의 마지막 야회에서였는데, 후작 부인은 야회가 개최될 때마다 음악가들의 연주를 들려주었고, 그 음악가들이 또한 그녀가 개최하곤 하던 자선음악회에서도 활동하였다. 그녀가 개최한 모든 야회에 연달아 참석하고 싶었으나 그럴 수 없었던 스완이, 그 마지막 연회에 참석하기 위하여 정장을 갖추던 중 샤를뤼스 남작의 방문을 받았고, 남작은, 혹시 자기가 함께 있어 조금이나마 그의 무료함이 경감되고 슬픔이 완화될 수 있다면, 후작 부인 댁에 그와 함께 가겠노라 하였다. 그러나 스완이 그에게 다음과 같이 대답하였다.

"당신과 함께 있는 것이 나에게 얼마나 큰 기쁨인지 의심하실 여지가 없소. 하지만 당신이 나에게 안겨 주실 수 있을 가장 큰 기쁨은, 나와 동행하기보다 오데뜨를 보러 가시는 것이오. 당신이 그녀에게 끼치는 훌륭한 영향을 당신은 잘 알고 계시오. 내가 믿기로는, 그녀가 오늘 저녁, 옛날 그녀의 의상을 도맡았던 양재사의 집에 가기 전까지는 외출을 하지 않을 것이며, 당신이 함께 가 주신다면 그녀가 흡족해할 것이오. 여하튼 먼저 그녀의 집으로 가셔서 그녀를 만나시오. 그녀의 기분을 전환시켜 주시고 또 이치를 따져 이야기해 보시오. 그녀에게 기쁨을 줄 수 있고 또 우리 세 사람이 함께 내일 할 수 있는 일을 주선하실 수 있으면 좋으련만…. 혹시 그녀가 이번 여름에 하고 싶은 것이 있다면, 가령, 내가 어찌 알겠소만, 항해 여행을 원한다면, 그 계획을 세워보시도록 하오. 오늘 저녁에는 그녀를 만날 계획이 없소. 하지만 그녀가 나 보기를 원하거나, 원하도록 할 비법을 당신이 찾아내시면, 자정까지는 쌩-으베르뜨 부인 댁으로, 그 이후에는 우리 집으로, 간단히 한마디 적어 보내시면 되오. 나를 위해 하시는 모든 일에 감사드리오. 내가 당신을 얼마나 좋아하는지 아실 것이오."

남작이, 그를 쌩-으베르뜨 저택 입구까지 데려다준 다음, 그가 원하는 바대로 그녀를 방문하겠노라 그에게 약속하였고, 스완은 샤를뤼스가 라 뻬루즈 로에서 저녁 시간을 보낼 것이라는 생각에 평온해진 마음으로, 그러나 오데뜨와 관련되어 있지 않은 모든 것에 대한, 특히 사교계에 관련된 것에 대한, 우울한 무관심 상태로 그곳에 도착하였고, 그 무관심이, 더 이상 우리 소망의 대상이 아닌지라 우리의 눈에 그 본양(本樣)이 포착되는 것의 매력을, 오히려 그것들에게 부여하였다. 마차에서 내리던 첫 순간부터 스완은, 저택들의 안주인들이 흔히 정중한 예식이 있는 날이면 의복과 치장의 진면목을 철저히 준수하면서 초대 손님들에게 보여 주려 애쓰는 자기네 가정생활의 허구적 축도(縮圖) 전경(前景)에서, 발쟈이 이야기한 「호랑이들」[221]의 후계자들, 즉 평소 주인이 출타할 때 수행하는 제복 입은 마부 빛 시종들을 보고 즐거움을 느꼈는데, 모두들 모자를 쓰고 장화를 신은 그들은, 자기네들이 가꾼 화단들 입구에 도열해 있음 직한 정원사들처럼, 저택 앞 대로변이나 외양간 앞에 서 있었다. 항상 살아 있는 사람들과 미술관에 있는 초상화들 사이의 유사점을 찾으려 하던 그의 특이한 성향이, 이번에도 그러나 더 지속적이고 더 보편적인 양태로 발휘되어, 사교계를 멀리하게 된 이제, 사교계 생활 전반이 마치 일련의 화폭들처럼 그의 앞에 모습을 드러내고 있었다. 지난 날 그가 사교계 인사였던 시절, 외투를 입고 들어갔다가 연미복 차림으로 다시 나오곤 하던 현관 방, 그러나 그곳에 잠시 머무는 동안에도 그가 막 떠나온 연회나 곧 안내를 받아 참석할 연회에만 벌써 생각이 가 있어, 그곳에서 무슨 일들이 일어나는지 까마득히 모르던 그 현관 방에서, 그토록 늑장 부리는 초대 손님의 뜻하지 않은 도착 때문에 깨어난, 여기저기 흩어져서 긴 의자나 고리짝 위에서 자고 있다가 그레이하운드들의 고아하고 뾰족한 얼굴을 쳐들며 천천히 일어서서 그의 주위에 둥글게 모여들던, 체구 큰 그 시종들의 화려하고 한가한 무리를 그가 이제야 처음으로 발견하게 되었다.

그들 중 용모 유난히 사나워, 고문 장면을 그린 르네쌍스 시절의 몇몇 화폭 속에서 발견되는 망나니를 연상시키는 시종 하나가, 그의 물건들을 받아 들기 위하여 가차없는 기색을 띤 채 그에게로 다가왔다. 그러나 시종의 강철 같은 시선의 냉혹함은 그가 끼고 있던 실장갑의 부드러움으로 완화되었고, 그리하여, 그가 스완에게로 다가오면서, 그의 몸뚱이에게는 경멸감을 드러내고 그가 쓰고 있던 모자에게는 경의를 표하는 것 같았다. 그가 정성스럽게 또한 우아하게 모자를 받아 들었는데, 그 동작의 정확성으로 인하여 정성스러움에 소심함 같은 것이 감돌았고, 그의 강력한 힘을 발산하는 신체적 도구[222]로 인하여 그 우아함이 거의 감동적이었다. 그런 다음 모자를 자기의 조수들 중 하나에게 넘겼고, 신참이며 수줍은 그 조수는, 사방으로 맹렬한 시선을 굴리면서 자기가 느끼던 두려움을 나타냈고, 생포되어 길들여진 야수의 초기모습에서 발견되는 동요를 드러냈다.

몇 걸음 떨어진 곳에, 시종의 제복을 입은 체구 크고 건장한 사내 하나가, 조각상처럼 미동도 하지 않고 아무짝에도 쓸모없는 사람처럼 꿈을 꾸는 듯 서 있었는데, 그의 모습은 만떼냐의 가장 소란스러운 화폭들 속에서, 모두들 돌진하며 바로 곁에서 서로의 목을 따는 와중에도 방패를 짚고 서서 몽상에 잠기는, 그리고 오직 장식적 기능만을 수행하는 그 전사의 모습과 같았다.[223] 스완의 주위로 서둘러 몰려드는 동료들로부터 멀찌감치 물러서 있던 그는, 또한 자기의 냉혹한 청록색 눈으로 무심히 바라보던 그 광경이 무고한 사람들의 학살이나 성자 야코부스의 순교 장면인 양, 아예 그것에 관여하지 않기로 결심한 것 같았다. 그는, 빠도바의 거장이 모델로 삼았던 그 지역의 어떤 사람이나 알브레히트 뒤러[224]가 그린 어느 작센족 모델이 수태시킨, 어느 고대 조각상으로부터 태어났을, 그리고 사라져버린—혹은 아마 싼 제노 대교회당[225]의 제단 안쪽 벽이나 에레미따니 교회당 벽화 속 이외에는 아예 존재한 적도 없을지 모르지만 스완이 그 화폭들 곁으로 이끌어간지라 아직도 그곳에서 몽상에 잠겨 있는—바로 그 족속의 일원인 듯 보였다.[226] 또한 자연에 의해 곱슬곱슬하게 되었으되 머릿기름을 이용하여 접착시킨 적갈색 머리 타래들은, 만또바의 화가가 끊임없이 연구하던 그리스의 조각[227]에서처럼 폭이 넓게 손질되어 있었는데, 그리스의 조각은, 그 창조작업을 통하여 기껏 인간의 형상만을 묘사하는 데 그친다 하더라도, 최소한 어찌나 다양한 풍요로움을, 살아 있는 자연 전체에서 빌려온 듯한 풍요로움을, 인간의 단순한 형체들로부터 이끌어낼 줄 아는지, 하나의 두발이, 그 컬의 반들반들하게 감긴 모양과 뾰족한 끄트머리로 인하여, 혹은 머리털 다발들이 세 겹의 그리고 피어나는 듯한 왕관 모양으로 중첩된 상태에서는, 해초 뭉치와, 둥지를 가득 채운 비둘기 새끼들과, 히아신스 꽃으로 엮은 머리띠와, 사리를 튼 뱀들을 동시에 연상시킨다.[228]

역시 거구인 다른 시종들은 웅장한 층계의 계단들 위에 서 있었는데, 그들의 장식적인 모습과 대리석 같은 부동성이 그 층계에 베네치아 총독궁에 있는 층계의 명칭 즉 '거인들의 층계'[229]라는 명칭을 족히 부여하게 할 만하였고, 스완은 오데뜨가 그 층계를 한 번도 올라가 보지 못하였다는 슬픈 생각에 잠겨 층계를 오르기 시작하였다. 아! 반대로 그가, 이름 없는 양재사 여인이 물러나 살고 있던 건물의 어둡고 역한 냄새 풍기며 자칫 목이 부러질 정도로 위험한 층들은, 얼마나 즐거운 마음으로 기어올랐으랴! 그 건물 '6층'에서, 오데뜨가 그곳에 오는 날, 그리고 심지어 그녀가 오지 않는 다른 날에도, 그녀에 대한 이야기를 나눌 수 있고, 그가 그곳에 오지 않을 때에도 그녀를 습관적으로 만나며 따라서 그에게는 자기 연인의 삶 중 더 실제적이고, 가까이할 수 없으며, 더 신비한 무엇을 감추고 있는 것처럼 보이던 사람들과 어울릴 수 있기 위하여, 오페라 극장의 칸막이 좌석 한 주간 가격보다도 더 비싼 비용을 그곳에서 하루 저녁 보낼 권리금으로 지불하는 것이 그토록 행복했기 때문이다. 역한 냄새 풍기지만 갈망의 대상인 그 층계에서는, 보조 뒷층계가 없는지라, 저녁이면 각 출입문 앞 신발 털개 거적 위에 내놓은 불결하고 텅 빈 우유 깡통 하나씩이 보이는 반면, 그 순간 스완이 오르고 있던 웅장하되 그에게는 하찮게 여겨지던 그 층계 양쪽 서로 다른 높이에 있던 외랑(外廊) 쪽 창문이나 일련의 방으로 통하는 출입문 앞 굴곡부에는, 자신들이 주도하던 일체의 가사를 대변하고 초대 손님들에게 극도의 존경을 표하면서, 문지기와 우두머리 하인과 청지기 등이(다른 날에는 각자의 사유지에서 얼마간은 독립적으로 살며, 소상인들처럼 당당하게 자기들 집에서 저녁식사를 즐기고, 아마 다음 날에는 어느 의사나 실업가의 부르주와적 행사에 봉사할지도 모를 선량한 사람들이다), 드물게 입는지라 그 속에서는 별로 편안함을 느끼지 못하는 화려한 제복을 입기 전에 받은 당부 사항들에 소홀히하지 않으려 잔뜩 조심하면서, 굴곡부 입구 아케이드 밑에서, 벽감 속의 성자들[230]처럼, 기층민적 착함으로 완화된 성대한 화려함을 드러내며 자리를 지키고 있는데, 체구 거대한 안내인 하나가 교회당 안내인과 같은 복장을 한 채, 새로 도착한 손님이 지나갈 때마다, 들고 있던 지팡이로 바닥의 포석을 힘차게 찧곤 하였다. 안색 창백하고, 고야가 그린 교회당지기나 고전극 속의 하급 공증인처럼 캐도건식 머리띠로 뒤통수에 머리카락을 작은 꼬리처럼 동여맨 하인[231] 하나를 줄곧 뒤따르게 한 채, 층계 꼭대기에 도달한 스완이 어느 책상 앞을 지나갔고, 커다란 장부들을 앞에 놓고 앉아 있던 공증인들 같은 시종들이 자리에서 일어나, 그의 이름을 기록하였다. 그런 다음 그가 작은 문간방―집주인에 의해 특정 예술품 한 점만을 놓아두기 위한 목적으로 정비되어 그 예술품으로부터 명칭을 얻고, 의도적으로 장식을 없앤지라 다른 아무것도 없는 그러한 방이었다―하나를 통과하였는데, 그가 들어서자 그 방이, 마치 벤베누또 첼리니의 파수꾼을 형상화한 어느 진귀한 조각상[232]이라도 되는 듯, 몸뚱이를 앞쪽으로 가볍게 굽히고 붉은색 장식 깃 위로, 열렬함과 수줍음과 열성을 발산하는, 장식 깃보다 오히려 더 붉은 얼굴을 꼿꼿이 세우고 있는 젊은 시종 하나를 자랑스럽게 불쑥 내보이는데, 그 시종은, 맹렬하고 경계를 늦추지 않으며 광적인 자기 특유의 시선으로, 응접실 앞에 드리워놓은 오뷔쏭산 융단을[233] 꿰뚫으면서, 군인적 무감각과 초자연적 신앙으로―경악의 우의화이고 기다림의 화신이며 대소동의 기념물이었다―천사인지 파수꾼인지 분간할 수 없는 모습으로, 아성(牙城)의 주탑 망루에서 혹은 대교회당 종루에서, 적의 출현을 혹은 최후의 심판 시각을 엿보고 있는 듯한 기색을 띠고 있었다.[234] 이제 스완에게 남은 일은 연주실 안으로 들어가는 것뿐이었는데, 사슬 장식을 부착한 문지기가, 그에게 어느 도시의 열쇠라도 넘기는 듯 정중하게, 허리를 깊숙이 굽히며 문을 열어주었다. 하지만 그는, 만약 오데뜨가 허락하였다면 그 시각 자기가 가 있었을 수도 있을 그 집을 생각하고 있었으며, 출입문 앞 신발 털개 거적 위에 있던 빈 우유 깡통에 대한 어림풋한 기억이 그의 가슴을 아프게 조였다.

 융단 장막 너머에서 시종들의 광경에 이어 내빈들의 광경이 펼쳐졌을 때, 스완은 남자들이 추하다는 감정을 신속히 되찾았다. 그러나 그 얼굴들의 추함마저도, 그가 그 추함을 이미 잘 알고 있었건만, 얼굴의 윤곽들이―그때까지 그에게는 일련의 추구해야 할 쾌락이나 피해야 할 귀찮은 일 혹은 차려야 할 예의 등을 상징하던 이러저러한 인물을 알아보는데 실용될 수 있는 징표들이기보다―오직 미학적 관계에 의해서만 연결되어 그 선들의 자율성 속에 머물게 된 순간부터는, 그의 눈에 새롭게 보였다. 그리하여, 어느덧 스완도 모르는 사이에 그를 둘러싸고 있던 사람들에게서는, 많은 사람들이 쓰고 있던 외알박이 안경들 마저도(따라서 전에는 기껏 스완으로 하여금 그들이 외알박이 안경을 썼다는 말이나 할 수 있게 해주었을), 모든 사람들에게 공통적인 하나의 습관으로부터 해방된 이제, 그것들 각개가 일종의 개성을 띠고 그의 앞에 나타났다. 프로베르빌 장군과 브레오떼 후작이, 그를 죠키 클럽에 소개하였고 그가 결투를 할 때에는 그를 도왔던, 그에게는 오랜 세월 동안 유익한 친구들이었건만, 입구에서 이야기를 나누고 있던 그들을 아마 그가 어느 화폭 속의 두 인물로만 바라보았기 때문인지, 퀴클로프스의 외눈처럼 이마를 애꾸눈으로 만들면서 그 중앙에, 상스럽고 칼자국이 있으며 의기양양한 얼굴에 박힌 포탄의 파편처럼 눈꺼풀들 사이에 끼어 있던 장군의 외알박이 안경이, 스완에게는 그것을 입어서 영광스러울 수는 있으되 과시하면 단정치 못한 하나의 흉물스러운 상처로 보였다. 반면 브레오떼 씨가 축제의 징표로 자기의 연회색 장갑과 오페라 모자[235]와 백색 넥타이에 추가하여 갖추었고, 사교계에 가기 위하여(스완 자신도 그러듯이) 일상적으로 사용하던 두알박이 코안경 대신 쓰던 그의 외알박이 안경은, 현미경 렌즈 밑에 있는 박물학 표본처럼 그 뒷면에 밀착되어 있는, 그리고 천장들의 높이와 연회들의 아름다움과 프로그램들의 흥미로움과 각종 다과의 질 등에 대하여 끊임없이 미소로 만족감을 표하는, 극도로 미세하고 상냥함 가득한 시선 한 가닥을 간직하고 있었다.

"이런, 드디어 나타나셨군, 당신을 마지막으로 본 이후 영겁의 세월이 흘렀소." 장군이 스완에게 한마디 하더니, 그의 용모가 초췌한 것을 발견하고, 그로 하여금 사교계를 멀리하게 한 것이 아마 어떤 중병이라고 결론을 내렸음인지, 다시 덧붙였다. "신색이 참으로 좋으시오!" 그러는 동안 브레오떼 씨는, 자기의 심리학적 연구와 무자비한 분석을 담당한 유일한 장치인 외알박이 안경을 이제 막 자기의 눈 한 귀퉁이에 고정시킨 어느 세속적인 소설가에게, 이런 말을 하고 있었다. "어찌된 일인가, 나의 친구여, 도대체 당신이 이곳에서 무엇을 하실 수 있단 말인가?"[256] 그 말에 소설가가, 거만하고 불가사의한 기색으로, 'r' 음을 굴리면서 대답하였다.

"관찰하고 있소."[257]

포레스뗄 후작의 외알박이 안경은 미세했고 장식테가 전혀 없었으며, 그 출현이 불가해하고 소재가 희귀한 어떤 불필요한 연골처럼, 그것이 박힌 눈으로 하여금 부단히 또 고통스럽게 경련하게 함으로써, 후작의 얼굴에 일종의 쓸쓸한 우아함이 감돌게 하였고, 여인들로 하여금 그가 사랑의 위대한 슬픔을 느낄 수 있는 사람이라고 여기게 하였다. 그러나 토성처럼 거대한 고리로 둘러싸인 쌩-깡데 씨의 외알박이 안경은, 어느 순간이건 그것과 관련하여 정돈되는 얼굴의 무게 중심(中心)이었고, 그 얼굴의 떨리는 붉은 코와 두툼한 입술 돌출한 빈정대는 입이, 자기들의 온갖 찡그림들을 동원하여 유리 원반을 번득이게 하는 기지(機智)의 연속 사격과 대등해지러 애를 썼으며, 결국 그 외알박이 안경이 교태 부리며 타락한 젊은 여인들에게 인위적 매력과 관능의 세련에 대한 꿈을 품게 하여, 그녀들로 하여금 이 세상에서 가장 아름다운 시선들보다는 자기를 택하게 하고 있었다. 그러는 동안 스완의 외알박이 안경 뒤에서는, 눈 둥근 잉어 대가리를 닮은 커다란 머리통을 이고, 마치 방향을 찾으려는 듯, 아래턱을 이따금씩 일정한 간격을 두고 늦추면서 연회장 가운데를 천천히 이동하는 빨랑씨 씨가, 전체를 형상화하는데 쓰일, 우발적으로 생겼으며 아마 순전히 상징적일지도 모르는, 자기 수족관의 전면 유리창 한 조각을 손수 운반하는 것처럼만 보이는데, 그러한 모습이, 빠도바에 있는 죠또의 「악덕들」과 「미덕들」을 열렬히 좋아하는 스완에게, 곁의 잎 무성한 잔가지 하나가 그 소굴이 감추어져 있는 숲들을 환기시키는 그 「불의」[238]를 회상시켜 주었다.

쌩-으베르뜨 부인의 간청에 따라 스완이 안으로 들어갔고, 어느 플루트 연주자가 연주하는 『오르페우스』[239]의 아리아를 듣기 위하여 어느 귀퉁이에 자리를 잡았는데, 불행하게도 그의 앞에 펼쳐지는 유일한 전망은, 나란히 앉아 있는 이미 성숙한 두 귀부인, 즉 깡브르메르 후작 부인과 프랑끄또 자작 부인이었으며, 그녀들은 사촌지간이었던지라, 야회에 참석하여서도, 가방을 움켜쥐고 딸들을 뒤따르게 한 채, 마치 기차역에서처럼 서로를 찾아다니는 데 시간을 다 보내다가, 자기들의 부채나 손수건으로 나란히 있는 자리 둘을 표하여 잡아둔 다음에야 마음을 놓곤 하였던 바, 깡브르메르 부인은 교분 맺은 사람들이 극히 적었던지라 동무할 사람 하나 있는 것이 그만큼 더 다행스럽게 여겨졌고, 반대로 교분이 많던 프랑끄또 부인은, 자기가 사귄 모든 화려한 사람들에게, 그들보다는 자기와 함께 젊은 시절의 추억들을 공유하고 있는 이름없는 부인을 선호한다는 것을 보여 줌이, 우아하고 독창적인 그 무엇이라 여겼기 때문이다. 스완은,

쓸쓸하게 빈정거리는 심경으로, 두 여인이 플루트 아리아에 이어진 막간 피아노곡(리스트의 「새들에게 말하는 프란체스꼬 성자」[20])에 열심히 귀를 기울이면서 연주자의 현기증 일으키는 손가락 기교를 따라가고 있는 모습을 바라보았는데, 프랑끄또 부인은 걱정스러운 기색에, 연주자의 손가락들이 치달리고 있던 건반의 키들이 일련의 곡예용 그네들이기라도 한 듯, 그리하여 연주자가 팔십 미터 높이에서 떨어질 수도 있다는 듯 경악한 눈빛이었고, 그런 와중에도 곁에 있던 동무에게 놀라움 가득하고 부인하는 빛 역력한 시선을 던졌으며, 그 시선의 의미는 이러한 것 같았다. "믿을 수 없는 일이야, 인간이 저런 것을 할 수 있으리라고는 생각조차 못했어요." 한편 깡브르메르 부인은, 집중적인 음악 교육을 받은 여인답게, 메트로놈의 추로 변해 버린 자기의 머리로 박자를 헤아리는데, 한 어깨로부터 반대편 어깨 사이를 오가는 그 추의 진동폭과 속도가 어찌나 격렬했던지 (더 이상 자신을 의식조차 하지 못하고 자신을 제어할 생각도 하지 않으면서 '어찌 하겠어요!' 라는 말만 웅얼거리는, 고통에 휩싸인 이들의 광란적이고 자포자기적인 시선도 곁들여), 그녀는 매 순간 블라우스의 어깨끈을 자기의 보석 하나 박힌 장식 고리에 다시 걸었고, 그녀의 머리에서 흘러내리는 검은 포도알 모양의 장식물들을 다시 치켜올릴 수밖에 없었건만, 그러면서도 그 운동의 가속을 멈추지 않았다. 프랑끄또 부인의 다른 쪽 옆에, 그러나 조금 앞쪽으로 치우친 자리에, 갈라르동 후작 부인이, 자기와 게르망뜨 가문이 인척관계에 있다는, 그녀가 가장 좋아하는 상념에 잠겨 앉아 있었는데, 그러한 인척관계를 그녀가 사교계에서나 혹은 스스로도 큰 자랑거리로 여기고 있었으되, 그녀가 따분해서인지, 심보 사나워서인지, 한미한 지파 태생이어서인지, 혹은 아무 이유 없이 그러는지, 게르망뜨 가문의 가장 화려한 인물들이 그녀를 조금 멀리하는지라, 그녀가 약간의 수치심을 느끼고 있었다. 지금 프랑끄또 부인 곁에 앉게 된 것처럼 교분이 없는 사람과 우연히 자리를 가까이하게 될 때에는, 자기가 게르망뜨 가문과 인척관계임을 느끼는 그녀의 의식이, 비잔틴식 교회당들의 모자이크 속에서 상하로 배열되어, 어느 신성한 인물 옆에, 그 인물이 한 것으로 추정되는 말을 종단(縱段)으로 새기는 문자들처럼, 외부로 표면화될 수 없다는 사실에 고통스러워하곤 하였다. 그 순간 그녀는, 자기의 종자매인 롬므 대공녀가 결혼한 지 여섯 해가 되었건만, 아직 단 한 번도 초대장을 보내거나 자기를 방문한 적이 없다는 생각을 하고 있었다. 그러한 생각이 그녀를 노여움으로, 하지만 또한 긍지로도, 가득 채웠다. 롬므 부인 댁에서 그녀를 도무지 만나지 못하여 놀랍다고 하는 이들에게, 그곳에 가면 마띨드 공주[241]와 마주칠 처지에 놓일 수밖에 없기 때문이라고—과격왕당파인 자기의 가문이 결코 용서할 수 없었을 일이라고 하면서—하도 자주 대꾸한 나머지, 그녀는 자기가 동생뻘 되는 종자매의 집에 가지 않는 이유가 정말 그것이라고 믿게 되었다. 하지만 자기가 일찍이, 수차례에 걸쳐, 어떻게 하면 그녀를 만날 수 있겠느냐고 롬므 부인에게 직접 물었던 것을 기억하고 있었으되, 그 사실을 어렴풋이만 기억에 떠올렸을 뿐만 아니라, 한 걸음 더 나아가, 조금은 모욕스러운 그 기억을 다음과 같은 불평으로 중화시키곤 하였다. "여하튼 내가 먼저 나설 일은 아니야. 내가 그녀보다 스무 살이나 위야." 홀로 중얼거린 그 말의 효능 덕분에, 그녀가 자기의 몸통으로부터 분리된 양쪽 어깨를 거만하게 뒤로 젖혔고, 그 어깨 위에 거의 수평으로 놓인 그녀의 머리통이, 털을 뽑지 않은 채 식탁 위에 차려놓은 거만한 꿩의 '다시 붙인' 대가리를 연상시켰다. 물론 그녀가 원래부터 땅딸막하고 남자 같으며 공처럼 똥똥하지 않았다는 말은 아니다. 절벽 끝 위험한 지점에서 발아한 나무들이 균형을 유지하기 위하여 뒤쪽으로 자랄 수밖에 없듯, 그녀가 받은 모욕들이 그녀를 다시 일으켜 세워놓았을 뿐이다. 게르망뜨 가문의 다른 사람들과 전적으로 대등하지 못한 자신을 위로하기 위하여, 자기가 그들을 별로 만나지 않는 것이 원칙의 완강함과 자긍심 때문이라고 자신에게 끊임없이 말해야 할 처지였던지라, 그러한 생각이 결국 그녀의 몸매를 변형시켜 일종의 기품을 탄생시켰으며, 그것이 부르주와 계층 여인들의 눈에는 귀족의 징후처럼 보였고, 그것이 때로는 사교계 남자들의 지친 시선을 덧없는 욕망으로 뒤흔들기도 하였다. 비교적 높은 빈도를 보이는 부호들을 간추려 암호의 열쇠를 찾아내는 방법으로 갈라르동 부인의 대화를 분석하여 보았다면, 어떠한 표현도, 심지어 가장 일상적인 표현도, '나의 게르망뜨 사촌들 집에서'나 '나의 게르망뜨 숙모님 댁에서', '엘제아르 드 게르망뜨의 건강', '나의 게르망뜨 종자매의 칸막이 좌석' 등 만큼은 자주 들먹어지지 않았을 것이다. 혹시 누가 그녀에게 어느 저명한 사람에 관해 이야기를 하면, 그녀는 자기가 그 사람과 개인적인 교분은 없으나 게르망뜨 숙모님 댁에서 그와 수천 번이나 마주쳤노라 대답하였고, 하지만 그 대답을 하는 어조가 어찌나 차갑고 음성이 어찌나 나지막했던지, 그녀가 그 인사와 개인적으로 교분을 맺지 않은 것이, 체조 선생들이 학생들의 흉곽을 발달시키기 위하여 그 위에 학생들을 눕히곤 하는 그 사다리에 어깨를 대듯 그녀의 어깨가 뒤로 힘차게 스스로를 기대는, 그 근절될 수 없고 고집스러운 원칙들 때문임이 분명한 것 같았다.

그런데, 쌩-으베르뜨 부인 댁에서 볼 수 있으리라고는 사람들이 예상조차 하지 못하였을 롬므 대공 부인이 그때 막 도착하였다. 자기가 호의를 베풀기 위해서 왔을 뿐인 그 응접실에서, 자기가 신분의 우월함을 티내려 하지 않는다는 것을 보여 주기 위해서, 그녀는 헤치고 지나가야 할 군중이나 지나가기를 기다려야 할 사람이 없는 곳에서조차 어깨를 옆으로 비스듬히 돌리면서 들어왔으며, 고위 관리들에게 알리지 않은 채 어느 극장 입구에서 줄을 서고 있는 국왕처럼, 마치 자기의 자리에 와 있다는 듯한 기색으로 일부러 후미진 곳에 머물러, 그리고 자기의 시선을 단지―자기가 와 있음을 알리고 사람들의 경의를 요구하는 듯한 인상을 주지 않기 위하여―융단의 문양이나 자기가 입은 치마의 문양을 들여다보는 데 국한시키면서, 자기가 보기에 가장 수수한 듯한 곳에(그러나 쌩-으베르뜨 부인이 그녀를 발견하기 무섭게 지를 황홀감에 겨운 탄성이 자기를 그곳으로부터 이끌어낼 것임을 잘 알면서), 즉 그녀에게는 낯선 깡브르메르 부인 옆에, 꼼짝도 하지 않고 서 있었다. 그녀가 자기 옆에 있던 음악광 여인의 몸짓을 유심히 바라보긴 하였으나 그녀를 흉내 내지는 않았다. 하지만 그것은, 기왕 쌩-으베르뜨 부인 댁에서 잠시나마 시간을 보내기 위해서 왔고, 따라서 자기가 표하는 예의가 두 배로 여겨지기를 바랐을 롬므 대공 부인이, 자신을 가능한 한 상냥하게 보이기를 원하지 않아서가 아니었다. 그녀가 천성적으로 자신이 '과장'이라고 지칭하던 것을 몹시 싫어하였고, 자기가 속해 있던 사회적 집단에 친숙한 '유형'과 어울리지 않는 감동 표현에, 그러나 다른 한편으로는 여전히, 비록 열등하더라도 새로운 환경의 분위기가 심지어 가장 자신만만한 사람들의 내면에도 확장시키는, 소심함에 가까운 모방 정신의 효력 때문에 강력한 인상을 그녀에게 주기도 하는, 그 감동 표현에 자신을 내맡길 '이유가 없다'는 것을 과시하는데 집착하고 있었기 때문이다. 그녀는 곁에 있던 여인의 몸짓이 혹시, 연주하고 있던, 그리고 자기가 그날까지 들어오던 음악의 범주에 아마 들어가지 않을, 그 곡의 특성 때문에 필요한 것이 아닌지, 그리고 감동 표현의 절제가 작품을 이해하지 못한다는 증거가 되거나 그 댁 안주인에 대한 결례가 되지 않을지, 스스로에게 묻기 시작하였고, 그리하여 '마지못해 응하는 타협안'에 따라 자기의 상호 모순되는 감정들을 표현하기 위하여, 자기 곁의 걱정적인 여인을 차가운 호기심으로 뜯어보면서, 자기의 어깨끈을 다시 치켜올리거나, 그녀의 머리 매무새를 단순하되 매력적으로 보이게 하는, 다이아몬드가 성에처럼 덮인 작은 산호 혹은 분홍색 에나멜 구슬들이 자기의 금발 속에 잘 있는지를 손으로 매만져 확인하는가 하면, 때로는 자기의 부채로 잠시 동안 박자를 맞추기도 하였으나, 자기의 독립성을 포기하지 않기 위하여, 엉뚱한 박자를 두드리기도 하였다. 피아니스트가 리스트의 곡을 마치고 쇼뺑[212]의 서곡을 시작하자, 깡브르메르 부인이 프랑끄또 부인에게, 우월감에서 비롯된 만족감과 과거에 대한 암시에 의해 감동된 미소를 한 번 지어 보였다. 그녀는 일찍이 젊은 시절에, 구불구불하고 한량없이 긴 협로를 가진, 그토록 자유롭고 그토록 유연하며 그토록 촉감 넘치는, 그리고 출발시 방향으로부터 멀리 벗어난 곳에서, 그것들이 도달할 것이라 기대할 수 있었을 지점으로부터 아주 먼 곳에서, 자기들의 자리를 찾아 헤매는 일부터 시작하고, 오직 더 단호하게—마치 사람들의 외마디소리를 자아낼 만큼 강하게 울릴 크리스탈 잔을 후려치듯, 더욱 정확하게, 더욱 주도면밀하게 계획된 귀환처럼—돌아와 우리의 가슴을 후려치기 위해서만 그 환상의 먼 벽촌에서 놀고 있는, 쇼뺑의 악절들 어루만지는 법을 배웠다.

다른 이들과의 교분이 거의 없는 시골 가문에서 살며 무도회에 가는 일도 드물었던지라, 그녀는 퇴락한 작은 성의 고적함 속에서, 상상 속의 그 많은 남녀 짝들이 추는 춤의 속도를 늦추다가는 재촉하기도 하고, 그들을 꽃잎들처럼 하나 하나 떼어내다가는 잠시 무도회장을 떠나, 호수 주변의 전나무들 사이로 지나는 바람 소리를 들으러 가고, 음성이 노래 부르는 듯하고 기이하며 부자연스러운, 그리고 하얀 장갑을 낀 날씬한, 일찍이 이 지상의 연인들 모습으로 몽상 속에 사람들이 떠올렸던 그 어떤 인물과도 다른, 젊은이 하나가 문득 그곳에 나타나 자기에게로 다가오는 것을 상상하며 도취경에 빠지곤 하였다. 그러나 이제는 그 음악의 유행 지난 아름다움이 신선함을 잃은 것 같아 보였다. 몇 해 전부터는 음악에 정통한 사람들의 호의적인 평가도 없어져, 그 음악이 영광과 매력을 상실하였고, 저질 취향을 가진 사람들마저도 그 음악에서 차마 드러내지 못하는 초라한 즐거움만을 발견하는 것이 고작이었다. 깡브르메르 부인이 자기 뒤쪽으로 은밀히 시선을 던졌다. 그녀는 자기의 젊은 며느리가(음율과 그리스어까지 아는지라, 자기가 특별한 식견을 가지고 있는 지적인 분야 이외에서는, 시댁에 대하여 깊은 존경심을 품고 있는) 쇼뺑을 멸시하며, 그의 작품 연주를 들으면 괴로워한다는 사실을 알고 있었다. 그러나, 같은 또래의 한 무리와 함께 멀찌감치 떨어져 있던 그 바그너 애호가의 감시가 멀어지면, 깡브르메르 부인이 그 감미로운 인상에 자신을 맡겨 버리곤 하였다. 롬프 대공 부인도 그 인상을 느끼고 있었다. 음악에 재능은 없었으나, 쌩-제르맹 구역의 피아노 선생이었던 천재적인 여인이, 만년에 이르러 가난 때문에, 자기의 옛 제자들의 딸들과 손녀들을 상대로, 나이 칠십에 재개한 교습을 15년 전에 그녀가 받은 바 있었다. 그 피아노 선생은 이미 세상을 떠났다. 하지만 그녀의 주법과 아름다운 음색은, 가끔 제자들의 손가락 밑에서, 심지어 다른 면에서는 평범하기 이를 데 없고, 음악에서 손을 뗀지라 더 이상 거의 피아노 뚜껑을 열지 않는 제자들의 손가락 밑에서도, 부활하곤 하였다. 그리하여 롬므 대공 부인은, 그 정체를 잘 아는 사람으로서, 자기가 외우고 있던 그 서곡을 연주하는 피아니스트의 주법을 정확히 음미하는지라, 역시 머리를 흔들 수 있었다. 그가 시작한 악절의 마지막 부분이 그녀의 입술에서 스스로 노래를 불렀다. 그리고 그녀가 홀로 속삭였다. "언제나 매력적이야." 그러면서 단어(charmant, 매력적인) 머리의 'ch'를 중복 발음하였는데, 그것은 섬세함의 흔적이었으며, 그것으로 인하여 자기의 입술들이 한 송이 아름다운 꽃처럼 어찌나 소설적으로 오무려졌음을 느꼈던지, 그녀는 자기의 시선에 그 순간 일종의 감상적인 성격과 막연한 그리움의 빛을 띠면서 그것을 본능적으로 입술들과 조화시켰다. 한편 그동안에 갈라르동 부인은, 자기와 롬므 대공 부인이 마주칠 기회가 흔치 않음은 유감스러운 일이라 생각하고 있었는데, 대공 부인의 인사에 자기가 대꾸를 하지 않는 식으로 그녀의 버르장머리를 한 번 고쳐주고 싶었기 때문이다. 그녀는 자기의 종자매가 그곳에 와 있음을 모르고 있었다. 프랑끄또 부인이 머리를 움직이는 바람에 대공 부인의 모습이 그녀의 눈에 띄었다. 그녀가 모든 사람들을 마구 건드리면서 대공 부인에게로 와락 다가갔다. 그러나 마띨드 공주와 자칫 마주칠 수 있는 집 사람이며, '자기 연배'가 아닌지라 자기가 마중할 이유가 없는 사람과, 자기가 친분 맺기를 갈망하지 않음을 모든 이들에게 상기시켜 줄 거만하고 냉랭한 기색을 간직하려 하였고, 그러면서도 자기의 거동을 정당화하고 대공 부인으로 하여금 대화에 임하지 않을 수 없게 할 몇 마디 말로, 그 거만하고 냉랭한 기색을 벌충하려 하였다. 그리하여, 자기의 종자매 곁에 이르자, 굳어진 얼굴로, 마치 마술사에 의해 강요된 카드 뽑듯 한 손을 내밀면서, 대공이 중병에라도 걸린 듯 근심 가득한 음성으로, 갈라르동 부인이 물었다. "자네의 남편은 어떻게 지내나?" 대공 부인이, 그녀 특유의, 그리고 다른 이들에게 자기가 어떤 사람을 비웃고 있음을 보여 줌과 동시에, 또한 얼굴의 윤곽선들을 자기의 생기 넘치는 입과 반짝이는 시선 주위로 집중시켜 자신을 더 귀엽게 보이도록 하는 용도로 마련된 웃음을 터뜨리면서, 그녀의 말에 대꾸하였다.

"물론 더할 나위 없이 잘 지내요!"

그러고 나서 그녀가 다시 웃었다. 그러는 동안 다시 몸매를 꼿꼿이 세우고 안색을 차갑게 하면서, 여전히 대공의 건강을 염려한다는 기색으로, 갈라르동 부인이 자기의 종자매에게 말하였다.

"오리안느(그 순간 롬므 부인이 놀란 그리고 생글거리는 기색으로 눈에 보이지 않는 어떤 제삼자에게로 시선을 보냈고, 자기가 갈라르동 부인에게 자기를 이름으로 부르도록[243] 허락한 적이 결코 없노라고 그 사람에게 증언하는 듯한 기색을 나타냈다), 자네가 내일 저녁 우리집에 잠시 와서 모짜르트의 클라리넷 오중주곡 연주를 꼭 들었으면 좋겠네. 그 곡에 대한 자네의 견해를 듣고 싶네."

그녀는 초대하는 말을 하는 것이 아니라 호의를 간청하는 것 같았고, 모짜르트의 오중주곡이 마치 새로운 요리사가 조리한 요리이기라도 한 듯, 그 요리사의 재능에 대한 미식가의 견해를 청취하는 것이 그녀에게 매우 유용할 것처럼, 그것에 대한 대공 부인의 견해를 필요로 하는 것 같았다.

"하지만 제가 그 오중주곡을 잘 아니, 지금 당장 제 견해를 말씀 드릴 수 있어요…. 저는 그것을 좋아해요!"

"자네도 아다시피, 내 남편의 건강이 좋지 않다네. 그의 간이…. 그가 자네를 보면 크게 기뻐할 걸세." 이제는 아예, 자기의 집 야회에 대공 부인이 참석하는 것을 그녀가 반드시 베풀어야 할 자비로 단정하는 듯, 갈라르동 부인이 그렇게 말하였다.

대공 부인은 사람들에게 자기가 그들 집에 가기 원하지 않는다는 말 하기를 좋아하지 않았다. 그녀는 날마다, 자기가 참석할 꿈조차 꾸지 않았을 야회에 참석하지 못하여—자기 시어머니의 뜻하지 않은 방문, 자기 시동생으로부터의 초대, 오페라 극장, 어떤 야유회 등 때문에—애석하다는 편지를 쓰곤 하였다. 그렇게 하여 많은 사람들에게, 그녀가 자기들과 친분이 두텁고, 따라서 기꺼이 자기들 집에 내왕할 수 있으되, 왕족들에게나 닥칠 수 있을 불의의 사태들, 자기들의 야회와 경쟁관계에 놓이는 것을 보고 으쓱해하는, 그 뜻밖의 사태들 때문에 그리지 못하였을 것이라고 믿는 기쁨을 선사하곤 하였다. 게다가, 메리메로부터 유래하고 그 마지막 표현들이 메약과 알레비의 극작품들 속에서 실현된, 상식과 진부한 감정들을 떨쳐 버린 민첩한 기지[240] 같은 것이 존속하던 게르망뜨 가문에 속하는지라, 그녀는 그 민첩한 기지를 사회적 관계에도 적용하였고, 심지어 매사에 실증적이고 구체적이려고 노력하며 소박한 진실에 접근하려 노력하는, 그녀 특유의 예절에도 그 민첩한 기지를 담았다. 따라서 그녀는 어떤 집의 안주인에게, 그 댁 야회에 참석하고 싶다는 열망의 표현을 길게 늘어놓지 않았다. 그보다는, 그녀의 참석 여부를 좌우할 몇

몇 소소한 사실들을 그 안주인에게 간략하게 제시하는 것이 더 친절한 거조라 여겼다.

"잘 들어보세요, 말씀드리겠어요." 그녀가 갈라르동 부인에게 말하였다. "내일 저녁 저는 오래전부터 만나자고 하던 친구의 집에 가야 해요. 만약 그녀가 우리들을 극장에 데려갈 경우, 아무리 그러고 싶어도, 제가 언니 댁에는 갈 방법이 없어요. 하지만 혹시 그녀의 집에 머문다면, 그녀와 저 둘만 만나는 것이니까, 틈을 보아 그녀와 일찍 헤어질 수 있을 거예요."

"이럴 수가, 자네의 친구 스완 씨를 자네도 보았나?"

"천만에요, 그 사랑스러운 샤를르가 이곳에 와 있을 줄은 까마득히 몰랐어요. 그의 시선을 끌어보아야지."

"그가 쌩-으베르뜨 노파의 집에까지 드나들더니, 참으로 우습군." 갈라르동 부인이 말하였다. "오! 그가 영리하다는 것은 나도 알지." 그가 모사꾼이라는 뜻으로 덧붙인 말이다. "유대인이 오라비와 시숙 모두 대주교인 여인의 집에 드나들다니!"

"부끄러운 일이지만, 솔직히 말해, 저는 그러한 사실에 놀라지 않았어요." 롬므 대공 부인이 말하였다.

"그가, 심지어 그의 부모와 조부모까지도, 이미 개종한 것은 알고 있다네. 하지만 흔히들 말하기를, 개종한 사람들이 그러지 않은 사람들보다 자기들의 원래 종교에 더 애착하며, 개종은 일종의 속임수라고 한다네. 그것이 사실인가?"

"저는 그러한 일에 관하여 전혀 아는 것이 없어요."

쇼뺑의 곡 둘을 연주하게 되어 있던 피아니스트가, 서곡을 마친 다음 즉시 폴란드 무곡 하나를 연주하기 시작하였다. 그러나 갈라르동 부인이 자기의 종자매에게 스완이 와 있음을 알린 순간 이후부터는, 비록 부활한 쇼뺑이 몸소 그곳에 와서 자기의 모든 작품들을 연주하였다 해도, 롬므 부인의 주의는 끌지 못하였을 것이다. 그녀는 인간의 두 부류 중, 자기가 모르는 사람들에게 호기심을 갖는 부류와는 달리, 그 호기심 대신, 자기가 아는 사람들에게 관심을 갖는 그런 부류에 속해 있었다. 쌩-제르맹 구역 사교계의 많은 여인들의 경우처럼, 그녀가 있던 곳에 자기의 패거리에 속하는 어떤 사람이 나타나면, 비록 그에게 특별히 할 말이 없어도, 나머지 모든 것은 내버려 둔 채, 관심을 전적으로 그 사람에게 집중하곤 하였다. 그 순간부터는, 스완이 자기를 발견하리라는 기대 속에서, 대공 부인이 오직, 그 앞으로 설탕 한 조각을 내밀었다가 다시 뒤로 당길 때마다 길들여진 흰쥐가 그러듯, 쇼뺑의 폴란드 무곡에 담긴 감정과는 아무 관련 없는 은밀한 합의의 징표 수천이 어린 자기의 얼굴을, 스완이 있던 방향으로 돌릴 뿐이었고, 혹시 그가 자리를 옮기면, 그녀 역시 자석에 이끌려 가는 듯한 자신의 미소를 동시에 이동시키곤 하였다.

"오리안느, 이 말에 화내지 마시게." 어떤 불쾌한 말을 하면서 맛보는 비천하고 즉각적이며 은밀한 즐거움을 위해서라면, 언젠가는 사교계의 경탄을 불러일으키고자 하던 자기의 가장 큰 사회적 희망까지 희생시키는 자신을 결코 제지할 줄 모르던 갈라르동 부인이 다시 말하였다. "저 스완 씨라고 하는 사람이, 어느 집에서건 받아들일 수 없는 인물이라고, 많은 이들이 주장하는데, 그것이 사실인가?"

"하지만…. 그 말이 사실임을 언니가 아주 잘 알 텐데요. 언니가 그에게 50번이나 초대장을 보냈지만 그가 단 한 번도 오지 않았으니." 롬므 대공 부인의 대꾸였다.

그러더니, 심한 모욕감에 사로잡힌 자기의 종자매를 내버려 둔 채 그 곁을 떠나며 그녀가 다시 한 번 웃음을 터뜨렸고, 그 웃음소리가 음악에 귀기울이고 있던 사람들의 빈축을 샀으나, 예의상 피아노 곁에 머물러 있다가 그때서야 대공 부인을 발견한 쌩-으베르뜨 부인은, 롬므 부인이 아직도 게르망뜨[245]에서 편찮으신 시아버지[246]를 간호하고 있으리라 믿고 있었던 터라, 그녀를 보자 그만큼 더 황홀해졌다.

"대공 부인, 도대체 어떻게, 이미 와 계셨습니까?"

"예, 한구석에 앉아 있었어요. 그리고 아름다운 것들을 들었어요."

"이럴 수가, 오래전부터 와 계셨다니!"

"물론이에요. 아주 긴 시간이었지만 저에게는 짧게 여겨졌고, 다만 부인을 뵙지 못하여 길었을 뿐이에요."

쌩-으베르뜨 부인이 자기의 안락의자를 대공 부인에게 권하였다.

"천만에요! 왜냐고요? 저는 아무 데나 앉아도 편안합니다!"

그러더니, 등받이 없는 작은 의자 하나를 의도적으로 고르면서, 지체 높은 귀부인의 소박함을 과시하려는 듯 다시 말하였다.

"이 원통 방석이면 족요. 이것 덕분에 제가 꼿꼿한 자세로 앉아 있을 수 있겠어요. 오! 맙소사, 제가 또 소음을 내는군요. 이러다간 야유를 받겠어요."

그러는 동안 피아니스트가 연주 속도를 배가시켜 음악적 감동이 그 절정에 달했는데, 하인 하나가 쟁반에 놓인 음료수를 손님들에게 건네며 숟가락 부딪치는 소리를 내었고, 그러자 매주 그러듯, 쌩-으베르뜨 부인이 하인에게 물러가라는 신호를 보냈지만, 그는 그 신호를 보지 못하였다. 새댁 하나가, 젊은 여인은 무감각해진 티를 내서는 아니된다고 배웠던지, 기쁨의 미소를 지었고, 그러한 대향연을 마련하며 '자기를 생각해 준' 것에 대하여 시선으로 감사를 표하기 위하여, 그 댁의 안주인을 찾아 눈을 두리번거렸다. 그러면서도, 비록 프랑끄또 부인보다는 태연했지만, 그녀가 연주를 편안히 듣고 있었던 것은 아니다. 그녀가 느끼던 불안의 원인은, 피아니스트의 현란한 연주솜씨 자체가 아니라, 피아노 위에 놓인 촛불이, 최강음으로 연주하는 순간마다 심하게 흔들려, 갓에 옮겨붙지는 않더라도, 혹시 피아노의 자단(紫檀) 목재에 얼룩을 남기지 않을까 하는 것이었다. 결국 그녀가 더 이상 참지 못하고, 피아노가 놓여 있던 단(壇)으로 올라가는 디딤판 둘을 넘어, 촛대를 들어내기 위하여 내달았다. 하지만 그녀의 손이 겨우 촛대에 닿는 순간, 곡의 마지막 화음과 함께 연주가 끝났고, 피아니스트가 일어섰다. 그럼에도 불구하고 그 젊은 여인의 과감한 자발적 행위와, 그 행위로 인해 유발된 그녀와 악사 사이의 짧은 뒤섞임이, 대체적으로 호의적인 인상을 남겼다.

"대공 부인, 저 젊은 여인의 행동을 눈여겨보셨습니까?" 쌩-으베르뜨 부인이 잠시 곁을 떠난 사이에 인사를 건네려고 다가온 프로베르빌 장군이 롬므 대공 부인에게 물었다. "신기한 일입니다. 저 여인도 연주자입니까?"

"아니에요, 저 여자는 애송이[47] 깡브르메르 부인이에요." 대공 부인이 아무렇게나 대답하더니, 격한 어조로 덧붙였다. "저는 제가 들은 말을 옮겨 드릴 뿐이에요. 저 여자가 누구인지 전혀 아는 것이 없어요. 저의 등 뒤에서 누가 말하기를, 저 사람들이 모두 쌩-으베르뜨 부인의 시골 이웃들이라고 하였으나, 제가 믿기로는 아무도 그들을 모를 거예요. '시골뜨기들'일 거예요! 게다가, 공께서는 혹시 여기에 모인 찬연한 인사들 사이에 널리 알려지셨는지 모르겠으나, 저는 이 모든 놀라운 인물들의 이름을 단 하나도 몰라요. 이 사람들이, 쌩-으베르뜨 부인의 야회가 없을 때에는 무슨 일로 소일한다고 생각하세요? 그녀가 음악가들, 의자들, 다과류 등과 함께 이 사람들을 주문하였음에 틀림없어요. '벨루와르 대여점의 초대객들'[248]이 정말 찬연하다고 인정하셔야 해요.[249] 그녀가 정말 이 보조 출연자들을 매주 고용할 용기를 가지고 있을까요? 불가능한 일이에요."

"아! 그러나 깡브르메르는 공인된 유서 깊은 가문 이름입니다." 장군이 말하였다.

"저는 그 성씨가 옛스러운[250] 것은 전혀 탓하지 않아요." 대공 부인이 냉담하게 대답하였다. "그러나 여하튼 '음조가 좋은' 성씨는 아니에요." '음조가 좋은' 이라는 단어가 마치 따옴표 속에 있기라도 한 듯, 그 단어를 분리하여 발음하며 그렇게 덧붙였는데, 그것은 게르망뜨 가문과 친한 사람들 특유의 작은 어법상의 꾸밈이었다.

"그렇게 생각하십니까? 하지만 그녀는 깨물어 먹고 싶을 만큼 귀엽습니다. 대공 부인께서는 그렇게 생각하지 않으십니까?" 깡브르메르 부인에게서 눈을 떼지 않은 채 장군이 물었다.

"그녀는 너무 나대요. 젊은 여자가 그러는 것은 보기 좋지 않아요. 저와는 세대가 달라서 그래요." 롬프 부인이 대꾸하였다 (세대가 다르다는 표현은 갈라르동 집안 사람들과 게르망뜨 가문 사람들이 공통적으로 사용하였다).

그러나, 프로베르빌 씨가 깡브르메르 부인을 계속 주시하는 것을 본 대공 부인이, 반은 깡브르메르 부인에게로 향한 심통 때문에, 반은 장군에게로 향한 상냥함에 이끌려 다시 덧붙였다. "보기에 좋지 않아요···. 그녀의 남편을 위해서는! 저 여인이 공의 마음에 드니, 공께 제가 소개시켜 드리면 좋으련만, 애석하게도 저 여인을 제가 개인적으로 알지 못합니다." 그 젊은 여인과 친분이 있었다 하더라도 전혀 손을 쓰지 않았을 대공 부인이 그렇게 말하였다. "저는 이제 공께 작별인사를 올려야겠군요. 제 친구의 생일을 축하해 주러 가야 하기 때문이에요." 자신이 참석하였던 사교적 모임을, 따분하지만 그곳에 가는 것이 의무적이고 또 감동적인 축하연 수준으로 깎아내리면서, 겸손하고 진심 어린 어조로 말하였다.

"그뿐만 아니라, 제가 이곳에 있는 동안, 공께서도 아시리라 믿습니다만, 어느 교량의 명칭과 같은 성씨를 가진 친구들,[51] 즉 예나 가문 친구들을 만나러 갔던 바쟁과 그곳에서 만나기로 하였어요."

"대공 부인, 그것이 처음에는 전승의 명칭이었습니다." 장군이 말하였다. 그러고 나서, 마치 붕대를 갈아 붙이기라도 하는 듯, 자기의 외알박이 안경을 떼어내 닦으면서 한마디 덧붙이는데, 그 순간 대공 부인이 본능적으로 눈을 다른 쪽으로 돌렸다. "어찌하겠습니까, 저와 같은 늙은 직업군인에게는, 그 제정 시대의 귀족[52]이, 물론 다른 것이지만,[53] 여하튼 그것 자체로는, 그 유형에 있어서는 매우 아름다우며,[54] 한마디로 그들은 영웅적으로 싸운 사람들입니다."

"물론 저는 영웅들에 대하여 존경심을 가지고 있어요." 대공 부인이 가볍게 빈정거리는 어조로 말하였다. "제가 그 예나 대공 부인 댁에 바쟁과 함께 가지 않는 것은 전혀 그런 이유 때문이 아니에요. 단지 제가 그들을 개인적으로 모르기 때문이에요. 바쟁은 그들과 교분이 있고, 그들을 무척 아낀답니다. 오! 아니에요, 하지만 그 또한 공께서 생각하실 수 있는 그런 것 때문에 가는 것이 아니에요. 일시적 연정 때문에 가는 것이 아니며, 따라서 제가 반대할 이유가 없어요!" 그녀가 우수 어린 음성으로 그렇게 덧붙였다. 롬므 대공이, 자기의 고혹적인 사촌 누이와 혼례를 치른 다음 날부터, 끊임없이 바람을 피운 사실을 모든 사람들이 알고 있었기 때문이다. "여하튼 경우가 달라요. 그들은 옛날부터 그와 알고 지내던 사람들이고, 그가 그들로부터 이득을 취하는데, 저는 좋은 일이라 여겨요. 우선, 다른 것 말고, 그가 그들의 집에 관하여 저에게 이야기해 준 것만 말씀드리자면…. 그들의 가구들이 온통 제정 시절 양식이라는 것을 생각해 보세요!"

"하지만 대공 부인, 그들의 조부모들께서 사용하시던 가구들이니 당연한 일입니다."

"물론 그렇지 않다는 말은 아니에요. 하지만 그렇다 하여 덜 추한 것은 아니지요. 우리가 항상 예쁜 것들만을 가질 수 있는 것은 아니라는 사실을 저도 잘 알지만, 적어도 우스꽝스러운 것들은 소유하지 말아야 해요. 무엇을 기대할 수 있겠어요? 욕조들처럼 백조 대가리들을 곁들인 그 서랍장들만을 예로 들더라도, 그 끔찍한 양식보다 더 과장되고 부르주와적인 것을 저는 본 적이 없어요."

"하지만 제가 알기로는 그들이 아름다운 것들을 가지고 있다 합니다. 어느 조약에 서명할 때 사용되었던 그 유명한 모자이크 탁자도 그들이 가지고 있을 것이라고 합니다만…."

"아! 저는 그들이 역사적 관점에서 흥미로운 것들을 가지고 있지 않다는 말을 하는 것이 아니에요. 하지만 그것이 아름다울 수는 없어요…. 보기에 끔찍하니까요! 저 역시 바쟁이 몽떼스끼우 집안으로부터 물려받은[255] 비슷한 물건들을 가지고 있어요. 다만 그것들은 게르망뜨 성의 창고에 있어 그 누구의 눈에도 띄지 않아요. 어하튼, 게다가, 그런 것이 문제 되는 것은 아니에요. 저 또한, 제가 그들과 교분만 있다면, 바쟁과 함께 그들의 집으로 서둘러 가서, 그들이 애지중지하는 스핑크스와 구리에 둘러싸여 있는[26)] 그들을 만날 거에요…. 그러나 저와 그들 간에는 교분이 없어요! 저의 경우, 제가 어렸을 때, 어른들이 저에게 항상 말씀하시기를, 모르는 사람들의 집을 방문하는 것은 예의에 어긋난다고 하셨어요." 그녀가 어린아이의 어조로 말하였다. "그래서 저는 사람들이 가르쳐준 대로 해요. 낯선 사람 하나가 불쑥 자기네 집으로 들어서는 것을 바라보는 그 착한 사람들을 상상하실 수 있어요? 그들이 아마 저를 홀대할지도 모르지요!"

그러더니, 장군에게 고정시킨 자기의 하늘색 시선에, 꿈꾸는 듯하고 부드러운 표정을 부여하면서, 자기의 그러한 짐작이 자아낸 미소에 교태를 곁들어 그것을 아름답게 꾸몄다.

"아! 대공 부인, 그들이 기쁨을 감당치 못할 것임은 부인께서 잘 아십니다…."

"천만에요, 도대체 왜?" 그녀가 격한 어조로 그에게 물었다. 자신이 프랑스에서 가장 지체높은 귀부인들 중 하나이기 때문이라는 것을 안다는 티를 내지 않기 위해서이거나, 그 사실을 장군의 입을 통하여 듣는 즐거움을 맛보기 위해서였을 것이다. "도대체 왜? 공께서 그 내막을 어찌 아시겠어요? 그것이 아마 그들에게는 가장 불쾌한 일일 수도 있어요. 저는 모르겠어요. 그러나 저의 입장에서 판단하면, 제가 아는 사람들 만나는 것만으로도 벌써 지긋지긋한데, 만약 모르는 사람들까지 만나야 한다면, 그들이 비록 '영웅적인' 사람들이라 하더라도, 제가 틀림없이 미쳐버릴 거에요. 게다가, 생각해 보세요, 그것과 상관없이 서로 친숙한, 공과 같은 옛 친구들의 경우를 제외한다면, 영웅주의라는 것이 사교계에 어울리기나 하는지 저는 도무지 모르겠어요. 저로서는 이미 만찬을 자주 베풀어야 한다는 것만으로도 지긋지긋한데, 만약 식탁으로 가는 동안 스파르타쿠스257)의 팔에 저의 팔을 걸쳐야 한다면…. 정말 아니에요, 저는 결코 베르쌩제또릭스258)에게 말석에라도 앉으라는 손짓은 하지 않을 거예요. 대규모 야회에서는 제가 그 말석을 마련할지도 모르겠어요. 하지만 저는 그러한 야회를 결코 열지 않으니까…."

"아! 대공 부인, 부인께서 공연히 게르망뜨 가문 분이라 칭송되는 것은 아님을 알겠습니다. 진정 게르망뜨 가문의 기지를 지니셨습니다."

"흔히들 게르망뜨 가문 '사람들'의 기지라는 말을 항상 합니다만, 저는 그 연유를 단 한 번도 이해하지 못하였어요. 공께서는 그러면 기지를 가진 '다른 게르망뜨 가문 사람들'을 알고 계신가요?" 거품처럼 부풀어 오르고 쾌활한 폭소를 터뜨리며 그녀가 한마디 덧붙이는데, 그녀 얼굴의 윤곽선들은, 집결되어 활기의 망상체 속에서 상호 짝을 이루고, 형형한 두 눈은, 비록 대공 부인 자신이 한 것이라 할지라도, 그녀의 기지나 아름다움에 대한 찬사만이 그렇게 빛나게 할 수 있는, 쾌활함의 햇볕에 활활 타고 있었다. "잠깐, 스완이 공의 깡브르메르에게 인사를 하고 있는 것 같아요. 저기…. 쌩-으베르뜨 노파 옆에 있는 것 보이지 않나요! 공을 그녀에게 소개시켜 달라고 그에게 부탁하세요. 서두르세요, 그가 이곳을 떠날 방도를 찾고 있어요!"

"그의 안색이 얼마나 끔찍한지, 눈여겨보셨습니까?" 장군이 말했다.

"나의 가엾은 샤를르! 아! 드디어 그가 오는군요. 그가 저를 보고 싶어하지 않는다고 추측하기 시작하였는데!"

스완이 롬므 대공 부인을 매우 좋아하는데다, 그녀의 모습이, 꽁브레 인근에 있는 영지 게르망뜨뿐만 아니라, 그가 그토록 좋아하되 오데뜨로부터 멀리 떨어지지 않으려고 더 이상 돌아가지 않던, 그 고장 전체를 그에게 상기시켜 주었다. 그가 대공 부인의 호감을 사는데 능숙하게 활용할 줄 알며, 자기에게 친숙했던 지난날의 환경에 잠시나마 다시 잠길 때마다 자연스럽게 되찾곤 하던, 반쯤 연극적이고 반쯤 정중한 어투를 사용하며―그리고 다른 한편으로는 오직 자신을 위하여 시골에 대한 그리움을 표출하고 싶었던지라―대화 상대자이던 쌩-으베르뜨 부인과, 자기에게 말할 동기를 제공한 롬므 부인에게 동시에 들리도록, 마치 불특정인에게 하는 식으로 다음과 같이 말하였다.

"아! 매력적인 대공 부인께서 왕림하셨습니다! 보십시오, 그녀는 리스트의 곡 「아씨시의 프란체스꼬 성자」를 들으시려고 게르망뜨 영지에서 일부러 오셨으며, 따라서 귀여운 박새처럼, 머리를 장식하기 위하여 새오얏[250]과 산사나무 열매 몇 알[260] 슬쩍 하러 가실 여유밖에 없으셨습니다. 그리하여 아직도, 작은 이슬들과, 과육 부드러운 배[261]로 하여금 틀림없이 비명을 지르게 할 하얀 서리가, 머리에 남아 있습니다. 정말 예쁩니다, 저의 사랑스러운 대공 부인!"

"도대체 어떻게, 대공 부인께서 게르망뜨로부터 일부러 먼 걸음을 하시다니? 저에게는 과분한 영광이에요! 저는 까맣게 몰랐어요. 송구스러울 뿐이에요." 스완의 재담에 별로 익숙하지 못한 쌩-으베르뜨 부인이 호들갑을 떨었다. 그러더니 대공 부인의 머리 매무새를 유심히 들여다보며 다시 말하였다. "정말이에요, 뭐라고 해야 할까…. 밤들과 비슷하지는 않고,[262] 아니에요, 오! 정말 매력적인 착상이에요! 하지만 대공 부인께서 도대체 어떻게 저의 프로그램을 아실 수 있었을까! 연주자들이 그것을 나에게도 알리지 않았는데."

통상적으로 정중한 언사를 서로 주고받는 여인 곁에 있을 때에는, 많은 사교계 사람들이 이해할 수 없는 미묘한 것들에 대하여 말하는 습관을 가지고 있었던지라, 스완은 자기가 단지 은유적으로 말하였을 뿐이라는 점조차 구태여 쌩-으베르뜨 부인에게 설명할 필요를 느끼지 못하였다. 한편 대공 부인은 폭소를 터뜨리기 시작하였는데, 우선 스완의 기지가 자기네들 사이에서는 극도로 높이 평가되었기 때문이며, 또한 그녀가 자기에게로 향한 찬사를 들으면, 그 찬사에서, 가장 세련된 우아함과 함께, 폭소를 억제할 수 없게끔 하는 익살스러움을 발견하곤 하였기 때문이다.

"좋아요! 샤를르, 나의 작은 산사나무 열매들이 마음에 든다니 황홀해요. 그런데 왜 저 깡브르메르에게 인사를 하지요? 당신도 그녀의 시골 이웃인가요?"

그동안, 대공 부인이 스완과 담소하며 만족스러워하는 기색을 본지라, 쌩-으베르뜨 부인은 그들 곁을 떠났다.

"하지만 대공 부인께서 그녀의 이웃입니다."

"제가 그녀의 이웃이라니, 도대체 저 사람들은 사방에 자기네 시골을 가지고 있군요! 저도 그들의 처지였으면 좋겠어요!"

"깡브르메르 가문 사람들이 그렇다는 말씀이 아니라, 그녀의 부모들이 그러합니다. 그녀는 꽁브레에 사유지를 가지고 있는 르그랑댕 집안의 딸입니다. 대공 부인께서는, 자신이 꽁브레의 백작 부인이시며, 따라서 그곳 교구 참사회가 대공 부인께 정기적으로 지불해야 할 부과금이 있다는 사실 등을 알고나 계신지 모르겠습니다."

"교구 참사회가 저에게 지불해야 할 것이 무엇인지는 모르겠으나, 주임사제가 매년 갉아먹듯 저에게서 일백 프랑을 빌려가는 것은 알아요. 물론 저에게는 없어도 되는 돈이지만. 어하튼 저 깡브르메르 집안 사람들의 성씨는 참으로 놀랄 만해요. 겨우 적시에 끝나긴 하지만 끝이 나빠요!"[203] 그 말을 하면서 그녀가 다시 웃었다.

"시작도 나을 것이 없습니다."[204] 스완이 대꾸하였다.

"정말 그 이중 단축형이라니…!"[205]

"매우 화가 났으나 또한 매우 단정하여 첫 단어의 끝까지는 감히 가지 못한 어떤 자입니다."[206]

"하지만 어차피 두 번째 것 시작하려는 자신을 막지 못할 처지였다면, 첫 번째 것을 마쳐서 아예 끝마치는 것이 나았을 거예요. 나의 사랑스러운 샤를르, 우리가 지금 매력적인 취향의[207] 농담을 늘어놓고 있군요. 하지만 당신과 이야기하는 것을 내가 그토록 좋아하건만, 근래에는 당신을 도무지 볼 수 없으니 정말 유감이에요." 그녀가 다정한 어조로 덧붙였다. "깡브르메르라는 성씨가 놀랄 만하다는 것을 저 멍청한 프로베르빌에게는 제가 이해시킬 수조차 없었다는 사실을 생각해 봐요.[208] 삶이라는 것이 끔찍하다는 사실을 인정하세요. 제가 지긋지긋해하기를 멈추는 것은 당신을 만날 때뿐이에요."

물론 그 말은 진실이 아니었다. 하지만 스완과 대공 부인은 사소한 일들을 판단함에 있어 태도가 같았고, 따라서 그 결과로─원인에 있어서는 아니더라도─표현의 방법에 있어서, 심지어 그 발음에 있어서까지, 커다란 유사성을 보였다. 하지만 그러한 유사성이 그 누구의 눈에도 띄지 않았던 바, 두 사람의 음성이 판이하였기 때문이다. 그러나 한편, 스완이 하는 말을 감싸고 있는 음색과 그 말이 거쳐 나오는 콧수염 등을 상상으로나마 벗겨 버리는데 성공하면, 그것이 게르망뜨 가문 사람들의 것과 같은 구절이고 같은 억양이며 같은 어투라는 것을 깨달을 수 있었다. 중요한 사안들에 대하여서도, 스완과 대공 부인의 생각은 어느 한 가지에서도 같지 않았다. 그러나, 울음을 터뜨리기 직전에 나타나는 일종의 전율 같은 것을 느끼며 스완이 몹시 슬퍼하게 된 이후부터는, 살인자가 자기의 범행에 대하여 말하고 싶은 욕구를 느끼듯, 그가 자기의 슬픔에 대하여 말하고 싶은 욕구를 품고 있었다. 대공 부인이 그에게 삶이 끔찍한 것이라고 말하는 것을 들으면서, 그는 마치 그녀가 오데뜨에 대하여 자기에게 무슨 말을 하기라도 한 것처럼 다정함을 느꼈다.

"오! 그래요, 삶이란 끔찍한 것입니다. 나의 다정한 벗님이시여, 우리는 서로 자주 보아야 해요. 부인의 다정한 점은, 지나치게 쾌활하시지 않다는 것입니다. 우리가 함께 저녁시간을 보낼 수 있을 것입니다."

"저도 그렇게 생각해요. 게르망뜨에 못 오실 이유가 있나요, 저의 시어머니께서 매우 기뻐하실 거예요. 그곳이 볼품없는 고장으로 알려져 있지만, 저는 그 고장이 저의 마음에 거슬리지 않는다고 말할 수 있어요. 저는 '그림같은' 고장들을 싫어해요."

"저도 동감입니다. 사랑스러운 고장입니다." 스완이 대꾸하였다. "이 순간 저에게는 거의 지나치리만큼 아름답고 지나치게 생생한, 행복할 수 있는 고장입니다. 그것은 아마 제가 그곳에서 살았기 때문일 터이지만, 그곳에서는 모든 것들이 저에게 무수한 사연을 털어놓습니다! 바람 한 가닥이 일기 무섭게, 그리하여 밀밭이 일렁이기 시작하기 무섭게, 누가 곧 오거나 제가 어떤 소식을 받을 것 같습니다. 또한 냇가에 있는 그 작은 집들…. 제가 무척 불행해질 것입니다!"

"오! 나의 사랑스러운 샤를르, 조심해요, 저기 있는 끔찍한 랑뻬용이 저를 보았어요. 저를 숨겨줘요, 그녀에게 무슨 일이 생겼는지 나에게 말해 줘요. 그녀가 자기의 딸인지 정인인지를 혼인시켰는데, 제가 혼동하여 더 이상 모르겠어요. 아마 그 두 사람을…. 그리고 서로에게! 아! 아니에요, 이제 생각나요, 그녀는 자기의 대공으로부터 버림을 받았어요…. 저 베레니케²⁰⁰가 저를 만찬에 초대하기 위하여 다가오지 못하도록, 저에게 계속 말을 하는 척하세요. 여하튼 저는 이곳을 탈출하겠어요. 잘 들어요, 나의 사랑스러운 샤를르, 모처럼 당신을 이렇게 만났으니, 제가 당신을 납치하여 빠르마 대공 부인 댁으로 데려가도록 내버려두지 않겠어요? 대공 부인은 물론, 그곳에서 저와 합류하기로 되어 있는 바쟁 역시 매우 기뻐할 거예요. 우리가 메메를 통해서나마 당신의 소식을 듣지 못하였다면…. 요즈음에는 제가 당신을 전혀 보지 못한다는 점을 생각해 보아요!"

스완이 사양하였다. 쌩-으베르뜨 부인 댁으로부터 곧장 자기의 집으로 돌아가겠노라고 샤를뤼스 씨에게 미리 말해 두었던지라, 빠르마 대공 부인 댁으로 갈 경우, 자기가 연회가 계속되는 경우에도 줄곧 어느 하인이 자기에게 건네주지 않을까 기대하던, 그리고 혹시 자기의 집 수위실에서 발견할지도 모를, 어떤 전언을 놓치지 않을까 저어하였기 때문이다. "가엾은 스완, 전과 다름없이 친절하건만, 몹시 불행한 기색이에요." 그날 저녁 롬므 부인이 자기의 남편에게 말하였다. "조만간 저녁식사를 하러 오겠다고 약속하였으니, 당신도 아시게 될 거예요. 저는 그처럼 총명한 사람이 그러한 부류의 여자로 인해, 사람들 말로는 멍청하다 하니, 흥미롭지도 못한 여자로 인해, 고통 받는 것이 우스꽝스럽다고 생각해요." 총명한 남자는 오직 그럴 만한 가치가 있는 여자 때문에만 불행을 겪어야 한다고 생각하는, 연정에 사로잡히지 않은 사람들처럼 현명하게 그녀가 덧붙인 말이다. 그녀의 말은 거의, 미세한 간균(杆菌)과 같은 작은 존재로 인하여 인간이 황송하게도 콜레라에 걸려 주시는 것에 놀라는 격이었다.

스완이 떠나기를 원했으나, 그가 드디어 빠져나가려는 순간, 프로베르빌 장군이 그에게, 자신을 깡브르메르 부인에게 소개시켜 달라고 요청하는지라, 어쩔 수 없이 장군과 함께 그녀를 찾으러 응접실 안으로 다시 들어갔다.

"말씀해 보시오, 스완, 나는 야만인들 손에 학살당하기보다는 기꺼이 저 여인의 남편 되는 쪽을 택하겠는데, 당신의 생각은 어떻소?"

'야만인들 손에 학살당한다'는 말이 스완의 심장을 고통스럽게 꿰뚫었다. 그리고 이내, 장군과의 대화를 계속하고픈 욕구가 그를 사로잡았다.

"아!" 그가 장군에게 말하였다. "그러한 식으로 마감한 아름다운 생애들이 많았습니다…. 그렇게, 공께서도 아시다시피…. 뒤몽 뒤르빌이 그 유해를 가져온, 항해가 라 뻬루즈[270]…." (그 순간 벌써 스완은 마치 자기가 오데뜨에 대하여 이야기라도 한 듯 행복감에 젖었다.) "라 뻬루즈의 성품이 아름다워, 저는 그에 대하여 깊은 관심을 가지고 있습니다." 그가 쓸쓸한 기색으로 그렇게 덧붙였다.

"아! 물론이오, 라 뻬루즈, 널리 알려진 이름이지요. 그의 이름이 부여된 길도 있다오."

"아시는 분이 라 뻬루즈 로에 사십니까?" 스완이 동요된 기색을 띠며 물었다.

"나는 그 심성 착한 쇼쓰삐에르의 누이 샹리보 부인밖에 모르오. 그녀가 일전에 우리들을 위하여 멋진 희극 야회를 준비하였지요. 그녀의 응접실이 언젠가는 매우 우아해질 것이오, 두고 보시오!"

"아! 그녀가 라 뻬루즈 로에 사시는군요. 정감 넘치고 에쁘며 쓸쓸한 길이지요."

"천만에, 보아하니 그곳에 한동안 가시지 않은 모양이오. 더 이상 쓸쓸하지 않소. 그 동네 전체에 건축 공사가 한창이오."

이윽고 스완이 프로베르빌 씨를 젊은 깡브르메르 부인에게 소개하였을 때, 그녀가 장군의 이름을 들은 것이 처음이었던지라, 그녀는 마치 사람들이 자기 앞에서 일찍이 그 이름 이외에는 다른 어떤 이름도 입밖에 내지 않았다는 듯이, 기쁨과 놀라움 가득한 미소를 살짝 지었다. 왜냐하면, 자기 시댁 가문의 친구들을 전혀 모르는지라, 그녀는 누가 한 사람을 자기에게 소개할 때마다 그 사람 또한 시댁 가문의 친구들 중 하나이리라 믿었고, 따라서 자기가 결혼한 이후 그 사람에 관하여 시댁 식구들이 하는 말을 많이 들었다는 듯한 기색을 보임으로써 자기의 재치를 입증한다고 생각하여, 그녀에게 일찍부터 주입되었으나 그녀가 극복해야 할 조심성과 그 조심성을 상대로 급기야 승리를 거두는 자연발생적인 친근감을 동시에 입증할 용도로 꾸민, 멈칫거리는 기색을 띠면서 손을 내밀곤 하였기 때문이다. 또한 그리하여, 그녀가 아직도 프랑스에서 가장 찬연한 사람들로 믿고 있던 그녀의 시부모 역시 그녀를 천사라고 치켜세웠는데, 그렇게 하였던 것은, 자기들의 아들을, 그녀의 막대한 재산보다는 그녀의 탁월한 인품에 이끌려, 그녀와 혼인시킨 듯 보이는 편을 택하였기 때문이다.

"부인, 음악가의 영혼을 가지셨음을 알겠습니다." 자신도 모르는 사이에 촛대 사건을 암시하면서, 장군이 그녀에게 말하였다.

그러나 연주가 다시 시작되었고, 스완은 새로 시작한 곡이 끝날 때까지는 자신이 그곳을 떠날 수 없음을 깨달았다. 그는 그곳에 모인 사람들 한가운데에 갇혀 괴로워하였고, 그의 사랑을 모르는지라, 아니 알았다 해도, 그것에 관심을 가질 능력이 없고, 그것을 마치 유치한 장난인 양 비웃거나 하나의 광기인 양 개탄하는 것 이외의 다른 일은 할 능력이 없어, 그들이 사랑이라는 것을, 오직 그에게만 존재하며 외부 세계의 그 무엇도 그것의 실체를 확인해 주지 못하는, 하나의 주관적 상태의 모습으로만 그의 앞에 나타나게 하는지라, 그들의 멍청함과 우스꽝스러움이 그만큼 더 그에게 고통스러운 충격을 주었다. 하지만 그는 그 무엇보다도, 오데뜨가 결코 오지 않을 곳에서 아무도, 그 무엇도, 그녀를 모르는지라 그녀가 완전히 배제된 그곳에서, 자기의 유배 상태가 연장되는 것을, 심지어 악기의 소리마저도 그에게 비명을 지르고 싶은 충동을 줄 정도로, 괴로워하였다.

그런데 문득 그녀가 그곳으로 들어선 듯했고, 그 뜻밖의 출현이 그에게는 어찌나 찢는 듯한 괴로움이었던지, 그가 자신의 심장 위로 손을 가져다대지 않을 수 없었다. 즉, 바이올린이 높은 음들 위로 올라가 어떤 기다림을 위해서인 듯 그곳에 머물러 있었는데, 그 기다림은, 다가오는 기다림의 대상을 벌써 알아보고 열광하면서, 그리고 그것이 도착할 때까지 존속하고, 숨을 거두기 전에 그것을 영접하며, 그러지 않으면 다시 떨어질 문[271]을 지탱하듯, 그것이 지나갈 수 있도록 마지막 힘을 다 쏟아, 그것을 위하여 아직 한 순간 더, 길을 열린 상태로 유지하려 절망적인 노력을 기울이면서, 바이올린이 그 음들 지속시키기를 중단하지 않는 상태에서 연장되던 기다림이었다. 그리고 스완에게는, 그것이 무엇인지 깨닫고 자신을 경계하기 위하여 이렇게 생각할 겨를조차 없었다. "저것은 뱅뙤이유의 쏘나따에 있는 작은악절이야. 그것에 귀 기울이지 말자!" 하지만 그러기 전에, 오데뜨가 그에게 반해 있던 시절의 모든 추억들이, 그날까지 그가 자신의 심층부에 보이지 않게 성공적으로 억눌러 두었던 추억들이, 되돌아온 줄로 믿은 그 사랑의 시절이 불쑥 발산하는 햇살에 속아, 다시 깨어나 힘차게 날갯짓을 하며 심층부로부터 다시 올라와, 그가 겪고 있던 불운 따위는 아랑곳하지 않은 채, 행복의 망각된 후렴들을 미친 듯이 노래하였다.

'내가 행복했던 시절', '내가 사랑받던 시절' 등, 그때까지 그가 자주 입에 담곤 하던 추상적인 표현들, 그러면서도, 그의 지성이 그의 과거 중 그 과거의 아무것도 간직하지 못하는 소위 과거의 추출물들만 담아놓았던지라 그가 별로 괴로워하지 않으면서 입에 담곤 하던 그 표현들 대신, 그가 이제 그 잃어버린 행복 특유의 기화하기 쉬운 진수를 영영 고정시킨 모든 것들을 문득 다시 발견하였다. 그리하여, 그녀가 그의 마차 속에서 그에게 던져주었고 그가 자신의 입술에 가져다대고 있었던 국화의 눈처럼 희고 곱슬곱슬한 꽃잎들 — 그가 다음과 같은 구절을 읽은 편지에 부각되어 보이던 '메종 도레'의 주소. "당신에게 이 편지를 쓰면서 저의 손이 하도 심하게 떨려" — 그녀가 애원하는 기색으로 '너무 오래 후에 소식 주실 것은 아니죠?'라고 말하던 순간에 서로 가까워지던 그녀의 두 눈썹 등, 그 모든 것들이 다시 그의 눈앞에 어른거렸다. 그는 또한, 로레다노가 어린 직공 아가씨를 찾으러 간 동안 자기의 '솔 머리'를 세우는데 사용하던 이발기구의 쇠 냄새와, 그해 봄에 그토록 자주 쏟아지던 폭우, 달빛을 받으며 자기의 빅토리아를 타고 돌아올 때의 차가움 등, 그의 상상적 습관들과 계절적 인상들과 피부의 반응들로 구성되었던, 그리고 이제 다시 그의 몸뚱이를 사로잡은 단조로운 그물을 여러 주간의 연속선 위로 펼치던, 그 그물코들을 느꼈다. 그 시절에는, 사랑으로 살아가는 사람들의 쾌락을 경험하면서, 그가 하나의 관능적 호기심을 충족시키곤 하였다. 그는 자기가 그 단계에서 멈출 수 있으리라, 그리하여 사랑으로 살아가는 사람들의 고통을 구태여 배우지 않아도 될 것이라 믿었다. 하지만 이제, 그 시절 오데뜨가 발산하던 매력이, 그것으로부터 불순한 후광처럼 뻗쳐 나오는 엄청난 공포감에 비하면, 다시 말해, 그녀가 매순간 무슨 짓을 했는지 알 수 없어서, 그리고 그녀를 언제 어디서나 소유할 수 없어서 느끼던 그 거대한 번민에 비하면, 그에게 얼마나 하찮은 것으로 여겨졌던가! 애석한 일이다! 그는 다음과 같이 외치던 그녀의 억양을 다시 뇌리에 떠올렸다. "하지만 제가 당신을 항상 뵐 수 있을 거예요. 저는 언제나 자유로워요!" 이제는 더 이상 결코 자유롭지 못한 그녀가 그렇게 외쳤다. 그는 또한 그 억양과 아울러, 그의 사생활에 대하여 그녀가 품고 있던 관심과 호기심, 그 사생활 속으로 침투하기를 바라던, 그래서 그렇게 하도록 내버려 두는 호의를 베풀었을,—그 시절에는 오히려 귀찮은 혼란의 원인처럼 그가 두려워하던 호의지만—그녀의 열렬했던 희망 등도 뇌리에 떠올렸다. 뿐만 아니라, 그가 자신의 뜻을 굽혀 베르뒤랭의 집으로 그녀에 의해 이끌려 가도록 하기 위하여, 그녀가 얼마나 그에게 간청할 수밖에 없었는지, 그리고 그녀가 한 달에 한 번씩 그의 집에 오도록 허락하였을 때, 그가 그녀의 뜻에 따르기 전에는, 날마다 서로를 보는 습관의 감미로움에 대하여 그녀가 얼마나 무수히 그에게 반복하여 말하였는지 등도 뇌리에 떠올렸다. 날마다 서로를 보는 습관이 그 시절에는 그녀의 꿈이었던 반면 그에게는 지긋지긋한 성가심처럼 보였는데, 어느덧 그녀가 그 습관에 싫증을 느끼게 되어 그것을 영영 버린 반면, 그에게는 이제 그것이 억제할 수 없고 괴로운 욕구가 되어 있었다. "도대체 왜 제가 더 자주 오도록 허락하지 않으시나요?" 그녀를 세 번째 보았을 때 그녀가 반복하여 그렇게 묻자, 그가 웃으면서 한껏 정중하게 '고통 받는 것이 두려워서'라고 대답할 때에는, 자신이 그토록 진실한 말을 하는지 미처 몰랐다. 아직도, 애석한 일이다! 가끔 어느 식당이나 호텔에서 그것들의 명칭이 인쇄된 종이에다 그녀가 몇 줄 편지를 써서 그에게 보내는 일이 있었는데, 그것은 마치 그를 태우는 불의 편지와 같았다. "부이유몽 호텔에서 쓴 것이야! 도대체 무엇 하러 그곳에 갔단 말인가? 누구와 함께? 그곳에서 무슨 일이 있었나?" 그는, 거의 초자연적인 것처럼 보였고 또 정말 그 문들이 다시 닫힌 다음에는 영영 다시 갈 수 없는 신비로운 세계에 속하는 그 밤에,—그녀에게는 그를 만나 그와 함께 집으로 돌아가는 것보다 더 큰 기쁨이 없을 것이라고 하도 확신하였던지라, 자기가 그녀를 찾아 헤매고 그녀를 그렇게 찾아내는 것이 그녀를 불쾌하게 하지 않을까 하는 따위의 질문조차 자신에게 던지지 않던 시절의 밤이다—배회하는 망령들 사이에서 전혀 뜻밖에 그녀를 만났을 때,[270] 이딸리앵 대로에서 사람들이 끄고 있던 가스등들을 상기하였다. 그 순간 스완은, 부활한 그 행복과 마주 서서 꼼짝도 하지 않는 불행한 남자 하나를 발견하였고, 그를 즉시 알아보지 못하여 그에게 연민을 품었으며, 그 연민이 하도 깊어, 눈물 가득한 자기의 눈이 사람들에게 보이지 않도록 하기 위하여 고개를 숙여야 했다. 그 남자는 곧 그 자신이었다.

그러한 사실을 깨달았을 때 그의 연민이 멈추었으나, 그 속에 사랑이 없는 사랑한다는 막연한 생각을, 사랑으로 가득한 국화 꽃잎들과 '메종 도르'[273]라는 글씨 인쇄된 편지지와 맞바꾸어 가지게 된 이제, 그녀가 일찍이 사랑하였던 다른 자신에 대한, 그리고 '그녀가 아마 그들을 사랑할 것'이라고 자신에게 별로 괴로워하지 않으면서 자주 말하던 바로 그 남자들에 대한 질투심이 문득 태동하였다. 그다음 순간, 그의 괴로움이 너무 격렬해지는지라, 그가 손을 자신의 이마로 가져갔고, 자기의 외알박이 안경이 눈에서 떨어지게 내버려 두었으며, 그것의 유리를 닦았다. 그리고 의심할 나위 없이, 그 순간에 그가 자신을 보았다면, 자기가 성가신 상념인 양 이동시키면서, 흐려진 그 표면에서 수심들을 손수건으로 지워버리려 하던 그 외알박이 안경을, 앞서 눈여겨보았던 것들의 목록에[274] 추가하였을 것이다.

바이올린에는—악기가 보이지 않아, 그 음색을 변모시키는 악기에 대하여 우리가 가지고 있는 영상과 우리의 귀에 들리는 것을 연관시킬 수 없을 경우—꼰뜨랄또[275]의 특정 음성들과 하도 유사한 소리들이 있어, 우리는 여가수 하나가 협주에 보충 참가하였다고 착각하게 된다. 눈을 쳐들어 바라보지만 보이는 것은 중국식 상자들[276]처럼 진귀한 악기의 몸통들뿐, 그러나 이따금씩 우리는 또다시 쎄이렌[277]의 기만적인 부름에 속는다. 또한 때로는, 마법에 걸려 전율하는 그 도저(到底)한 상자 깊숙한 속에서, 어느 정령 하나가 포로가 되어,[278] 성수반 속에 빠진 마귀처럼 몸부림치는 소리가 들리는 것 같기도 하다. 그리고 또 어떤 때에는, 초자연적이고 순결한 어떤 존재 하나가, 자기의 보이지 않는 계시를 허공 중에 연속적으로 두루마리처럼 펼치면서 지나가는 것 같기도 하다.

악사들이 마치, 소악절을 연주하기보다는, 그것이 출현하는 데 절대적으로 요구되는 의식을 훨씬 더 수행하기라도 하는 듯, 그리하여 그 소악절이 환생하는 기적을 성취하고 그 기적을 몇 순간이나마 연장시키는 데 필요한 주문(呪文)을 외우기라도 하는 듯, 그 소악절이 자외선의 세계에 속해 있는 듯 그것을 볼 수 없었고 그것에 다가가다가 겪은 순간적인 실명상태에서 변신의 상쾌한 느낌 비슷한 것을 맛보고 있던 스완은, 자기의 사랑을 보호하고 그 사연에 귀 기울여 줄 뿐만 아니라, 군중 앞에 있는 자기에게까지 도달하여 자기에게 은밀한 사연을 전할 요량으로 자기를 한 길체로 데려가기 위하여, 음향처럼 보이는 변복을 입은 어느 여신처럼, 그 소악절이 와 있음을 느꼈다. 그리하여, 가볍고 마음을 진정시켜 주며 향기처럼 속삭이는 소악절이, 그에게 전할 말을 해주면서 그의 곁을 지나갈 때, 그 말의 모든 단어들이 그토록 신속히 날아가 버리는 것을 애석해하면서 그것들을 유심히 바라보던 그는, 도망치는 그 조화로운 몸뚱이가 자기 앞을 지나는 순간, 자신도 모르게 그것에 입을 맞추려 입술을 움직였다. 그는 더 이상 자신이 유배되어 홀로 있다고 느끼지 않았던 바, 그에게 말을 건네던 그 소악절이 나지막한 음성으로 그에게 오데뜨 이야기를 해주었으니 말이다. 그가 더 이상 전처럼, 오데뜨와 자신이 그 소악절에게 낯선 사람들일 것이라는 인상을 느끼지 않았기 때문이다. 그것은 다시 말해, 그 소악절이 그토록 자주, 그들이 느끼던 기쁨의 증인이었다는 뜻이다! 그 기쁨이 얼마나 깨지기 쉬운지, 소악절이 그에게 자주 경고하였던 것 역시 사실이다. 그리고 심지어, 그 시절에는 소악절의 미소에서, 맑고 실망한 음정에서, 그가 얼마간의 고통을 어렴풋이나마 발견하였지만, 이제 그가 소악절에서 발견하게 된 것은, 거의 기쁨에 가까운 체념의 우아함이었다. 소악절이 전에 그에게 이야기해 주던 그 괴로움들, 그것이 자기의 구불구불하고 빠른 흐름 속에 담아 미소지으며 끌고 다니던, 그것을 보면서도 그가 괴로워하지 않던, 그리고 이제 그의 것이 되어 그가 그것들로부터 해방될 희망이 영영 없어진, 그 괴로움들에 대하여 소악절이, 옛날 그의 행복에 대하여 말하던 투로, 이렇게 말하는 것 같았다. "그것이 무엇이란 말인가? 그 모든 것이 아무것도 아니야." 그리하여 스완의 사념이 처음으로, 그 뱅뙤이유에게로 향한, 역시 숱한 괴로움을 겪었을 그 미지의 그리고 숭고한 형제에게로 향한, 연민과 애정의 도약에 자신을 맡겼다. 그의 삶이 어떠했을까? 어떤 고통의 밑바닥으로부터 그가 그 신의 힘을, 그 무한한 창조력을 퍼올렸을까? 그의 괴로움이 공허함을 소악절이 그에게 일깨워 주는 동안에는, 바로 얼마 전, 자기의 사랑을 전혀 중요하지 않은 망상으로 여기는 무심한 사람들의 얼굴에서 그것이 감지되었을 때 용서할 수 없을 것처럼 보이던 바로 그 현명함 속에서, 스완이 위안을 얻었다. 그것은 소악절이, 그들과는 반대로, 또한 그러한 영혼 상태의 덧없는 지속에 대한 자신의 견해가 어떠하건, 그 현상에서 그 모든 사람들처럼 일상의 삶보다 덜 진지한 무엇을 발견한 것이 아니라, 오히려 훨씬 더 우월하여 오직 그것만이 표현될 가치가 있는, 그 무엇을 발견하였기 때문이다. 내밀한 슬픔이 가지고 있는 매력들, 소악절이 모방하고 재창조하려 하였던 것은 바로 그것들이었으며, 심지어 다른 이들에게 전달할 수도 없고, 그것들을 느끼는 사람 이외의 모든 이들에게는 경박해 보이는, 그 매력들의 진수까지도 소악절이 포착하여 가시적인 것으로 만들어놓았다. 그 작업이 어찌나 훌륭했던지, 소악절이 청중석에 앉아 있던 모든 이들로 하여금―그들에게 약간이나마 음악적 소양이 있다면―그 매력들의 가치를 시인하고 그것들이 주는 신성한 위안을 맛보게 하였으되, 그러나 그 사람들이 일상의 생활에서는, 그리고 자기들 주변에서 태동하는 것을 보게 될 특이한 개개의 사랑에서는, 그 매력들을 발견하지 못할 것이 뻔했다. 물론 소악절에 의해 체계화된 그 매력들의 집합적 형태가 이성적 사유로 귀착될 수는 없었다. 하지만 그의 영혼 속에 있던 숱한 풍요로움을 그 자신에게 계시하면서, 적어도 한동안이나마 지속되던 음악에 대한 사랑이 그의 내면에 태동한지 한 해 이상 전부터, 스완은 음악적 모티프들을 다른 세계, 다른 질서에 속하는 진정한 관념들, 암흑으로 가려져 있고 알려지지 않았으며 지성이 침투할 수 없는 관념들, 하지만 서로 간의 분별적 차이나 각개의 가치 및 의미간 상이함이 그렇다 하여 모호해지지 않은 관념들로 여기고 있었다. 베르뒤랭 내외가 마련한 야회가 끝난 후, 자기를 위하여 그 소악절을 다시 연주하게 하면서, 그것이 한 가닥 향기, 하나의 애무처럼 자기를 에워싸고 감싸는 양상을 규명하러 노력하던 중, 그는 그 움츠러들고 소심한 아름다움의 인상이, 소악절을 구성하고 있던 다섯 음들 간의 좁은 간격과 그것들 중 두 음의 지속적인 반복에 기인한다는 사실을 깨달았다. 하지만 실제로는 그가, 소악절 자체에 대하여 자신이 그렇게 사유를 별치는 것이 아니라, 베르뒤랭 내외와 교분을 맺기 전, 그 쏘나따를 처음으로 듣던 날 저녁에 이미 감지한 바 있는 실체를 자기 지성의 편의를 위하여 대체한, 단순한 음가(音價)에 대하여서만 생각하고 있음을 잘 알고 있었다. 그는 그 곡을 연주하던 피아노에 대하여 자기가 간직하고 있던 기억 자체도 음악적 요소들이 나타나던 도면까지 왜곡시킨다는 사실을 알고 있었으며, 그 곡을 지은 음악가 앞에 열린 영역이란 일곱 개 음으로 구성된 초라한 건반이 아니라, 공통의 척도로는 측량할 수 없고 거의 전체가 아직은 알려지지 않은 건반, 그리하여 그곳 여기저기에, 아무도 답사하지 않은 짙은 암흑에 의해 분리된 채, 별개의 두 우주만큼이나 서로 다르며 그 건반을 구성하고 있는, 다정함과 열정과 용기와 평온의 키들 수백만 개 중 몇몇이, 자기들이 발견한 주제에 상응하는 존재를 우리들 내면에 일깨워 놓음으로써, 우리가 흔히 공허와 허무로 간주하는 우리 영혼 속 그 전인미답의 그리고 우리의 용기를 꺾는 어둠이, 어떠한 풍요로움과 어떠한 다양성을 우리 모르게 감추고 있는지를 우리에게 보여 주는, 몇몇 위대한 예술가들에 의해 발견되는 그러한 건반임을 알고 있었다. 뱅뙤이유가 그러한 음악가들 중 하나였다. 그의 소악절에서는, 그것이 비록 이성에 모호한 표면을 내보일지라도, 어찌나 단단하고 명시적인 내용이 느껴지던지, 그 내용에 소악절이 어찌나 새롭고 독창적인 힘을 부여하던지, 그것을 한 번 들은 이들은 그것을 지성이 포착한 개념들과 대등하게 자신들의 내면에 저장하였다. 스완은 그 소악절을 사랑과 행복의 개념인 양 뇌리에 떠올리곤 하였으며, 그러면 『끌레브 대공 부인』이나 『르네』라는 소설 제목이 그의 기억에 떠오를 때 못지않게, 그것이 어떤 면에서 특이한지 즉각 알아챘다.[279] 심지어 그가 소악절에 대하여 생각을 하지 않을 때에도 그것은, 빛과 소리와 요철(凹凸)과 육체적 쾌락 등의 개념들처럼 등가물(等價物)이 없는 다른 몇몇 개념들과 같은 자격으로 그의 뇌리에 잠재해 있었으며, 그것들은 모두 우리의 내적 영역을 다양화하고 치장해 주는 우리의 풍요로운 재산이다. 우리가 무(無)로 돌아가면 아마 우리가 그것들을 상실할 것이고, 그것들이 자취를 감출 것이다. 그러나 우리가 살아 있는 한, 어떤 실체적 대상과의 경험을 무시할 수 없듯이, 예를 들어 어둠의 추억조차 탈출하여 사라진 우리 침실의 변신된 사물들을 밝히는 램프의 불빛을 의심할 수 없듯이, 우리는 그러한 개념들과의 경험을 무시할 수 없다. 그러한 과정을 통하여, 뱅뙤이유의 악절이, 예를 들어 우리에게는 특정 감정의 획득을 상징하기도 하는 『트리스탄』의 어떤 주제처럼,[280] 필멸이라는 우리의 존재조건을 받아들였고, 상당히 감동적으로 인간적인 그 무엇을 취하였다. 그의 운명은 미래와 연결되어 있었고, 또한 그의 악절이 가장 특별하고 가장 확실하게 차별화된 치장물 역할을 하는 우리 영혼의 현실과도 연결되어 있었다. 아마 진실한 것은 허무이고, 우리의 모든 꿈은 존재하지 않는 것일지도 모른다. 하지만 그러면, 그 악절들, 그리고 우리의 꿈과 관련되어 존재하는 그 개념들 또한 아무것도 아닐 수밖에 없을 것이라 여겨진다. 우리가 죽을 것이지만, 우리는 우리의 운명을 뒤따라올 그 신성한 포로들을 인질로 잡고 있다. 또한 그 인질과 함께하는 그 죽음은, 덜 씁쓸하고 덜 수치스러운 무엇을 가지고 있으며, 아마 그 개연성도 약할지 모른다.

따라서 스완이 쏘나따의 그 악절이 실제로 존재한다고 믿은 것은 오류가 아니었다. 물론 그러한 관점에서는 인간적이었으되, 그러면서도 그 악절은 초자연적인 존재들의 범주에 속하였고, 그 존재들을 우리가 일찍이 본적 없지만, 그럼에도 불구하고, 보이지 않는 세계를 탐험하는 어떤 이가 그것들 중 하나를 생포하여, 그만이 들어갈 수 있는 신성한 세계로부터 이끌어 와 우리의 세계 위에서 잠시 동안 반짝이게 하는 데 성공하면, 우리는 황홀감에 젖어 그 존재를 알아본다. 그것이 바로 소악절을 위하여 뱅뙤이유가 한 일이다. 스완은, 작곡자가 자기의 악기들을 가지고 그것의 너울을 벗겨 가시적인 존재로 만든 다음, 그 윤곽선을 어찌나 단정하고 신중하며 섬세한 그리고 어찌나 확신에 찬 손길로 따라가며 존중했던지, 그 음이, 하나의 그늘을 가리키기 위해서는 희미해지다가 조금 더 과감한 굴곡에서는 다시 강렬해지면서, 매 순간 변하도록 하는 것으로 만족하였음을 감지하였다. 그리고 그 악절이 실제로 존재한다고 믿었을 때, 스완이 오류를 범한 것이 아니라는 하나의 증거는, 만약 뱅뙤이유가, 그 악절의 형태를 발견하고 표현할 힘이 부족하여, 자기가 임의로 고안한 선들을 여기저기에 덧붙이는 식으로, 자기 시각의 빈틈이나 재능의 결여를 은폐하려 하였다면, 어떤 애호가이든, 웬만한 감식력만 가지고 있으면, 그러한 협잡을 즉각 알아차렸을 것이라는 사실이다.

그 소악절이 사라졌다. 스완은 그것이 마지막 악장 말미에서, 베르뒤랭 부인의 피아니스트가 항상 건너뛰던 그 부분을 다 연주한 후에, 다시 나타날 것이라는 것을 알고 있었다. 그 소악절에는, 스완이 처음 들었을 때 분별해 내지 못하였던, 그리고 이제, 그것들이 마치 그의 기억 속 갱의실에서 새로움이라는 일률적인 변장을 벗어버린 이제야 인지하게 된, 찬탄할 만한 사념들이 있었다. 스완은, 필요한 결론에 들어가야 할 전제(前提)들처럼 그 악절의 구성에 들어가야 함 직한, 흩어져 있던 모든 주제들에 유심히 귀를 기울였다. 다시 말해 그가 소악절의 탄생 현장을 지켜보고 있었다. 그러면서 감회에 잠겼다. "오! 라부와지에의 대담성, 앙뻬르의 대담성에 못지않을 천재적인 대담성이여![281] 미지의 힘을 지배하는 신비한 법칙을 발견하고 실험하면서, 자신을 그것에 맡기면서도 영영 눈으로는 보지 못할 마차를,

전인미답의 경지를 지나 유일한 그러나 가능한 목적지로 이끌어 가는 뱅뙤이유 같은 이의 대담성이여!" 곡의 마지막 부분 허두에서 스완이 들은, 피아노와 바이올린 간에 이루어지던 그 아름다운 대화여! 인간 어휘의 삭제가 소악절을, 사람들이 흔히 믿듯, 환상이 지배하도록 방임하기는커녕, 그 소악절에서 환상을 제거해 버렸던 바, 일찍이 인간의 입에서 나온 언어가, 그토록 단호하게 필연성을 띤 적 없었고, 그 경지에 이른 질문의 타당성과 답변의 명료함을 경험하지 못하였을 것이다.[282] 먼저 외톨이 피아노가, 짝으로부터 버림받은 새처럼 구슬프게 불평을 늘어놓았다. 바이올린이 그 소리를 들었고, 마치 근처 나무 위에 있었다는 듯 그 소리에 응답하였다. 마치 태초에, 아직은 지상에 그 둘만 있었을 때와 같았다. 아니 그보다는, 나머지 모든 것을 향해서는 닫혀 있고 어느 창조자의 논리에 의해 구축된 세계 속에 영영 그 둘만 있게 된 것 같았는데, 그 구축된 세계는 곧 그 쏘나따였다. 그 보이지 않으며 신음 소리 내는 존재, 곧 이어 피아노가 그 하소연을 애정 어린 투로 반복해 주던 그 존재가, 한 마리 새일까? 소악절의 아직은 불완전한 영혼일까? 하나의 요정일까? 그것의 비명이 하도 급작스러워서, 바이올린 연주자가 그 비명을 거두어 들이기 위하여 허겁지겁 자기의 활을 집어들어야 했다. 경이로운 새였다! 바이올린 연주자가 그 새를 매혹시키고 길들여 수중에 넣기를 바라는 것 같았다. 벌써 그 새가 바이올린 연주자의 영혼 속으로 들어갔고, 불려온 소악절이 정말로 신들린 연주자의 몸뚱이를 벌써 영매(靈媒)의 몸뚱이처럼[283] 격렬히 뒤흔들고 있었다. 스완은 소악절이 아직도 한 번 더 말을 할 것임을 알고 있었다. 또한 그가 어찌나 완벽하게 자신을 둘로 나누어놓았던지, 소악절과 그가 다시 마주할 임박한 순간의 기다림이, 아름다운 시 한 구절이나 어떤 슬픈 소식이—하지만 우리가 홀로 있을 때가 아니라, 그것들을 우리가 친구들에게 들려주면서 그들 속에서 우리 자신을 하나의 타인처럼 발견하고, 그 다른 존재의 개연적 감동이 그 친구들을 감동시킬 경우—우리들 내면에 유발하는 흐느낌으로 그를 뒤흔들었다. 소악절이 다시 나타났다. 그러나 이번에는 허공에 매달려 잠시 동안만 놀다가 꼼짝도 하지 않는 듯하더니 이내 숨을 거두었다. 스완 또한 그것이 스스로를 연장하던 그토록 짧은 시간 중 단 한 찰나도 허비하지 않았다. 소악절은 아직 그곳에 스스로를 지탱하는 무지개빛 감도는 물방울처럼 있었다. 그 광채가 약해져 희미해지다가 꺼지기 전에 다시 일어서, 잠시 전례 없이 열광하는 무지개처럼, 그때까지 나타나게 하던 두 색깔에, 소악절이 다른 알록달록한 현(絃)들을, 프리즘의 모든 색들을 추가하여, 그것들로 하여금 노래 부르게 하였다. 스완은 감히 몸을 움직이지도 못하였고, 지극히 작은 움직임이라도, 그토록 스러져버리기 쉬운 초자연적이고 감미로우며 연약한 매력을 망칠 수 있을 것 같아, 다른 모든 사람들 역시 조용히 해주기를 바랐다. 실은 아무도 입을 열 생각도 하지 않았다. 그곳에 없던 단 한 사람, 아마 죽었을지도 모를(스완은 뱅퇴이유가 아직도 살아 있는지조차 모르고 있었다) 그 사람의 형언할 수 없는 말이, 제식 집행자들의 그 의식 위로 발산되면서, 삼백 명의 주의를 꼼짝 못하게 하기에 족했고, 그리하여 영혼 하나가 그렇게 불러온 그 단(壇)을, 초자연적인 의식이 수행될 수 있을 가장 고결한 제단들 중 하나로 만들고 있었다. 그리하여 드디어 소악절이 해체되어, 이미 그것의 자리를 차지한 다음 모티프들 속에서 찢긴 조각들 형태로 부유하고 있을 때, 스완이 처음에는, 쏘나따가 채 끝나기도 전에 자기가 받은 인상을 그에게 토로하기 위하여 그를 향해 상체를 기울이는, 고지식하기로 유명했던 몽뜨리앙데르 백작 부인을 보고 신경질이 났으나, 반면 미소를 짓지 않을 수 없었으며, 아마 또한 그녀가 사용하던 단어들 속에서, 그녀는 미처 깨닫지 못한 하나의 심오한 의미를 발견하지 않을 수 없었다. 악사들의 뛰어난 솜씨에 경탄한 나머지, 백작 부인이 스완에게 감격한 어조로 말하였다. "정말 경이로워요, 이토록 놀라운 것을 저는 본 적이 없어요…." 그러나 정확하고자 하는 소심함에 이끌려 그러한 단언을 수정하더니, 다음과 같은 유보적 언급을 추가하였다. "아무것도…. 교령(交靈) 원탁들[280] 이후에는!"

그 야회 이후, 스완은 오데뜨가 일찍이 자기를 향해 품었던 감정이 영영 부활하지 않을 것이며, 자기가 품고 있던 행복의 희망도 더 이상 실현되지 않을 것임을 깨달았다. 그리하여 우연히 그녀가 아직도 그를 대함에 친절하고 다정했던 날, 혹시 다소나마 그에게 각별한 주의를 쏟을 경우, 그는 그를 향한 그녀의 감정이 가볍게나마 소생하는 듯한 그 표면상의 그리고 기만적인 징후들을, 불치병에 걸려 생의 마지막 시기에 이른 벗을 간호하면서, 비록 그것들이 불가피한 죽음 직전에는 아무 의미도 내포하지 않는다는 것을 알지만, 마치 그것들이 매우 진귀한 현상인 양 다음과 같이 상세히 진술하듯 이야기하는 이들의, 그 다정하면서도 회의적인 염려와 절망적인 기쁨을 느끼면서 유의해 보아두곤 하였다. "어제는 그가 손수 계산을 하였고, 우리가 저지른 덧셈의 실수도 그가 찾아냈다. 그가 계란 하나를 즐겁게 먹었는데, 그것을 잘 소화하면 내일은 양갈비나 돼지갈비를 먹어볼 생각이다." 의심할 나위 없이 스완은, 자기가 만약 이제 오데뜨와 멀리 떨어져 살기만 하면 그녀가 결국 자기의 관심 밖으로 밀려날 것을 확신하고 있었으며, 따라서 그녀가 영원히 빠리를 떠난다면 만족스러워하였을 것이다. 그리고 꿋꿋이 빠리에 머물렀을 것이다. 하지만 그에게 스스로 빠리를 떠날 용기는 없었다.

그가 빠리를 떠날 생각에 자주 잠기기는 하였다. 베르메르에 관한 연구에 이미 다시 착수한 이제, 그가 며칠 동안만이라도 헤이그나 드레스덴 및 브라운슈바이크 등지를 다시 방문할 필요를 느꼈음 직하다. 그는 마우리츠허이스 미술관이 골드슈미트 경매장에서 니콜라스 마에스의 작품인 줄 알고 매입한 「화장하는 디아나」[285]가 사실은 베르메르의 작품임을 확신하고 있었다. 따라서 자기의 확신을 더욱 공고히 하기 위해서라도, 현장으로 가서 그림을 세밀히 검토하고 싶었을 것이다. 그러나 오데뜨가 빠리에 있는 동안, 그리고 심지어 그녀가 그곳에 없는 동안에라도, 빠리를 떠난다는 것이―일상적 습관에 의해 감각들이 마모되지 않는 낯선 곳에서는 마음의 고통이 되살아나 더욱 강렬해지기 때문에―그에게는 하도 가혹한 계획이었던지라, 그러한 계획은 결코 실행하지 않으리라는 결심이 자신의 내면에 서 있음을 몰랐다면, 그가 감히 반복하여 그 생각을 하지도 못하였을 것이다. 그러나 그가 잠든 동안에 그 여행 의도가 그의 내면에 부활하였고―그러한 여행이 불가능함을 그가 상기하지 못한 상태에서―그것이 실현되는 일이 생겼다. 어느 날 그는 자기가 한 해 예정으로 여행길에 오르는 꿈을 꾸었다. 승강장에서 그에게 울면서 작별인사를 하는 어느 젊은이를 향하여 객차 출입문 밖으로 상체를 숙인 채, 스완이 자기와 함께 떠나자고 젊은이를 설득하고 있었다. 기차가 움직이기 시작하는 바람에 초조함이 그를 깨웠고, 그는 자기가 여행길에 오르지 않을 것이며, 그날 저녁에, 다음 날에, 그리고 거의 매일 오데뜨를 보게 될 것이라는 사실을 상기하였다. 그 순간, 꿈으로 인한 놀라움에 온통 사로잡혀 있는 상태에서도, 그는 자기의 삶이 무엇에 예속되지 않게 해주던 특수한 처지, 그 덕분에 자기가 오데뜨 가까이에 머무를 수 있고, 아울러 그가 그녀를 가끔 볼 수 있도록 그녀의 허락을 얻는 데 성공할 수 있게 해주는, 자기의 그 특수한 처지를 신이 내리신 축복으로 여겼다. 그리고, 때로는 그것이 너무나 절실하게 필요하여 그녀로 하여금 선뜻 절교를 결심하지 못하게 하는 그의 막대한 재산(사람들 말로는, 심지어 그녀가 그로 하여금 자기와 혼인하도록 하려는 속셈마저 가지고 있다고 할 만큼), 실제로는 그로 하여금 오데뜨로부터 무엇을 얻게 해주는 일이 결코 없으되 그녀가 높이 평가하는 그 공동의 친구가 자기에 대하여 그녀에게 듣기 좋은 말을 하리라고 느끼는 달콤함을 주는 샤를뤼스 씨의 그 우정, 그리고 심지어 자기의 존재가 오데뜨에게 유쾌하지는 않더라도 최소한 필요한 것으로 느껴지도록 그가 날마다 새로운 계략을 짜낼 수 있도록 해주는 그의 총명함까지, 자신의 처지가 누리고 있는 그 모든 특권들을 뇌리에 떠올려 일별하면서, 그는 그 모든 것이 없었다면 자기가 어찌 되었을지를 곰곰이 생각해 보았고, 자기가 다른 숱한 사람들처럼 가엾고 보잘것없으며 궁핍하여 무슨 일이든 가리지 않고 할 수밖에 없거나, 혹은 부모나 아내에게 묶여 있었다면, 오데뜨 곁을 떠날 수밖에 없으리라는 생각에 잠겨 보기도 하였으며, 아직도 그 놀라움이 채 가시지 않은 꿈속의 일이 사실일 수 있다는 생각도 하면서, 그가 자신에게 중얼거렸다. "사람은 자신의 행복을 몰라. 우리가 결코 우리가 생각하는 것만큼 불행하지는 않아." 그러나 차근히 따져 보니, 그러한 삶이 벌써 여러 해 전부터 이어져 왔고, 그가 기대할 수 있는 것이라야 기껏, 그러한 삶이 언제까지라도 계속되는 것이었으며, 그에게 행복하다 할 만한 아무것도 가져다줄 수 없는 그녀와의 만남을 날마다 기다리는 짓에 자기가 좋아하는 일과 기쁨과 친구들을 희생시키는 것인지라, 그는 자신이 혹시 잘못 생각하고 있는 것이 아닌지, 그녀와의 관계를 도와주고 절교를 막아준 그것이 자기의 운명에 해를 끼치지 않았는지, 진정 바람직한 사건은 그것이 꿈속에서만 일어났던지라 자신이 기뻐한 사건 즉 그 떠남이 아니었을지 등을 스스로에게 물은 끝에, 사람은 누구나 자신의 불행을 모르며, 우리가 결코 우리가 생각하는 것만큼 행복하지 않다고 자신에게 말하였다.[286]

때로는 그가, 외출하여 아침부터 저녁까지 시내의 거리나 각 지방으로 이어지는 도로에 있던 그녀가 사고를 당해, 고통 없이 죽기를 바라기도 하였다. 그렇건만 그녀가 번번이 건강하게 무사히 돌아오자, 그는 인간의 몸뚱이가 그토록 유연하고 동시에 강하며, 자기를 둘러싸고 있는 모든 위험들을(그의 은밀한 열망이 그것들을 산정한 이후 스완은 그것들이 무수함을 발견하였다) 옴짝달싹 못하게 하고 그 의도를 좌절시켜, 사람들이 날마다 그리고 거의 벌 받지 않고, 자기들의 사기 행각과 쾌락의 추구에 매진하도록 허락하는 사실에 찬탄을 금치 못하였다. 그럴 때마다 스완은, 자신이 좋아하던 벨리니의 초상화 작품 속의 주인공이며, 베네치아의 전기작가가 꾸밈없이 전하는 이야기에 의하면, 자기의 여인들 중 하나에게로 미칠 듯한 연정이 꿈틀거림을 느끼자, 자신의 정신적 자유를 되찾기 위하여 그녀를 단검으로 찔러 살해하였다는 마호멧 2세가, 자기의 심장 아주 가까이에 와 있는 것을 느끼곤 하였다. 그런 다음에는 그렇게 오직 자신만을 생각하는 자신에 대하여 분개하였고, 그 순간 자신이 겪은 괴로움들이 하등의 동정을 받을 자격이 없는 것으로 여겨졌던 바, 그 자신

역시 오데뜨의 생명을 그토록 하찮게 여기고 있었기 때문이다.

기왕 그녀와 영원히는 헤어질 수 없었으니, 적어도 헤어지는 일 없이 그가 그녀를 볼 수 있었다면, 그의 고통이 결국에는 가라앉고 말았을 것이고, 아마 사랑 역시 꺼지고 말았을 것이다. 또한 그녀 자신이 빠리를 영영 떠나는 것은 원치 않았으니, 그는 그녀가 어떠한 경우에도 절대 빠리를 벗어나지 않기를 바랐을 것이다. 또한 적어도, 그녀가 매년 단 한 번 가장 오랫동안 빠리를 8월과 9월에 걸쳐 비운다는 사실을 알고 있었던지라, 그가 여러 달 전부터 자신의 속에 예견하여 간직하고 있었으며 현재의 날들과 균질(均質)인 날들로 구성되어 있어, 그가 슬픔을 유지하고 있던 뇌리에서, 투명하고 차가운 상태로 순환하기는 하되 지나치게 심한 괴로움은 야기하지 않던 그 미래의 '기간' 내내, 그녀가 빠리에 없다는 쓸쓸한 사념을 용해시켜 버릴 어유를 여러 달 앞서 가지고 있었다. 그런데 오데뜨의 말 단 한 마디가 스완의 내면에까지 파고들어, 그 내면의 미래, 그 빛깔 없고 자유로운 강을 적중하여, 마치 한 덩이 얼음처럼, 그것을 움직이지 못하게 하였고, 그것의 유동성을 응고시켰으며, 그것 전체가 얼어붙게 하였다. 그 순간 스완은, 자신이 별안간, 자기 전존재의 내벽을 파열시킬 만큼 그것을 짓누르는 거대하고 건고한 덩어리 하나에 의해 가득 채워졌음을 느꼈다. 오데뜨가 앙큼하고 미소 띤 시선으로 그를 살피면서 이러한 말을 한 것이다. "포르슈빌이 성신 강림절에 멋진 여행길에 오를 거예요. 그가 이집트에 갈 거예요." 그러자 스완은 즉시 그 말이 다음과 같은 뜻을 가지고 있음을 깨달았다. "저는 성신 강림절에 포르슈빌과 함께 이집트에 갈 거예요." 그런데 정말, 며칠 후 스완이 그녀에게 '포르슈빌과 함께 떠나겠노라고 당신이 나에게 말씀하시던 그 여행에 관한 이야기인데'라고 운을 떼자, 그녀가 아무 생각 없이 이렇게 대꾸하였다. "그래요, 나의 사랑스러운 아가, 우리는 19일에 떠나요. 우리가 당신에게 피라미드 풍경 한 장 보내드릴 거에요." 그 말에 스완은 그녀가 포르슈빌의 정부인지를 알고 싶어졌고, 그것을 그녀에게 직접 묻고 싶었다. 그는, 그녀가 워낙 미신에 빠져 있었던지라 특정한 몇몇 종류의 거짓 맹세는 결코 하지 않는다는 사실을 알고 있었고, 게다가 오데뜨에게 무엇을 캐묻다가 혹시 그녀의 감정을 자극하지 않을까, 또한 그리하여 그녀가 자기를 몹시 싫어하게 만들지 않을까 하는, 그를 이제까지 억제하던 그 두려움도, 그녀로부터 사랑 받을 희망을 몽땅 상실한 이제는, 더 이상 존재하지 않았다.

어느 날 그가 익명의 편지 한 통을 받았는데, 그 편지 내용에 의하면, 오데뜨가 무수한 남자들(그들 중 몇을 거명하였는데, 포르슈빌과 브레오떼 씨 그리고 화가 등의 이름도 있었다)과 무수한 여인들의 정부였던 적이 있으며, 그녀가 아직도 사창가를 자주 출입한다는 것이었다. 그는 자기의 친구들 중에 그 편지를 자기에게 감히 보낼 수 있는 자가 있다는 생각에 몹시 괴로워하였다(몇몇 세부사항들을 보건데 그 편지를 쓴 자가 스완의 사생활을 잘 알고 있었기 때문이다). 그러한 자가 누구일 수 있을까, 그가 곰곰이 생각해 보았다. 하지만 그는 일찍이 사람들의 알려지지 않은 행위들, 즉 그들의 언사와 가시적 연관이 없는 행위들에 대해서는 결코 의혹을 품어본 적이 없었다. 그리하여, 그 비열한 행위가 태동하였을 법한 미지의 국부(局部)를, 샤를뤼스 씨와 롬므 씨와 오르상 씨 중 누구의 표면적인 성격 밑에 위치시켜야 할지 알아내고자 하였을 때, 그 사람들 중 어느 누구도 일찍이 그의 앞에서 익명의 편지라는 것에 찬동한 적이 없을 뿐만 아니라, 그들이 그에게 한 모든 말들이, 그들 또한 익명의 편지라는 것을 비난한 다는 뜻을 함축하고 있었던지라, 그는 그 비열한 짓을 그들 중 어느 특정인의 천성과 연관지을 이유를 발견하지 못하였다. 샤를뤼스의 천성은 머리 고장난 사람의 것과 약간 비슷했으나 근본적으로는 착하고 다정했으며, 롬므 씨의 천성 또한 조금 무뚝뚝하지만 건강하고 올곧았다. 오르상 씨에 대해 말하자면, 가장 슬픈 상황에서조차도 그보다 더 진솔한 언사와 더 사려 깊고 적절한 거조로 자기에게 다가오는 사람을, 스완은 아직 만나보지 못하였다. 그리하여, 어느 부유한 여인과 오르상 씨가 관계를 맺었을 때, 사람들이 별로 우아하지 못한 역할을 그에게 들씌웠을 때에도, 스완은 사실을 도무지 납득하지 못하였고, 그 이후 오르상 씨를 생각할 때마다, 그의 세련됨을 입증해 주는 그 숱한 징표들과 양립할 수 없는 그 못된 소문은 옆으로 밀어놓곤 하였다. 순간 스완은 자신의 오성이 흐려지는 것을 느꼈고, 그리하여 약간의 빛이나마 되찾기 위하여 다른 것을 생각하였다. 그런 다음 용기를 내어 자기가 숙고하던 것 곁으로 다시 돌아왔다. 하지만 그러자, 조금 전 아무도 의심할 수 없었던 그가, 이번에는 모든 사람들을 의심할 수밖에 없게 되었다. 누가 뭐라고 하든 샤를뤼스 씨는 그를 좋아했고 착한 심성의 소유자였다. 하지만 그는 신경병환자였던지라, 아마 내일은 스완이 병석에 누웠다는 소식에 눈물을 흘릴지라도, 오늘은 그를 돌연히 엄습한 어떤 상념으로 인한 질투심이나 노기에 이끌려 그에게 해를 끼치려 할 수 있는 사람이었다. 깊이 따져보면, 그러한 부류의 인간들이 그 다른 어느 족속보다도 더 악질이다. 물론 롬므 씨가 샤를뤼스 씨만큼 스완을 좋아하기에는 어림도 없었다. 하지만 바로 그러한 사실 때문에, 그가 스완을 대할 때 샤를뤼스 씨처럼 신경과민 증세는 드러내지 않았다. 또한 게다가, 의심할 나위 없이 차가운 천성이었으되, 위대한 행위를 할 능력이 없었던 것처럼 비천한 짓을 저지를 능력도 없었다. 스완은 자기가 살아오면서 그러한 자들에게만 집착한 것을 후회하였다. 그러다가 그는, 인간들로 하여금 자기들의 이웃에 해를 끼치지 못하도록 막아주는 것은 착함이고, 따라서 자기가 보증할 수 있는 것은, 심정과 관련된 일에 있어서 샤를뤼스의 것이 그렇듯이, 자기의 것과 유사한 천성들뿐이라는 상념에 잠겼다. 스완에게 그러한 심적 고통을 안겨 준다는 생각만으로도 샤를뤼스 씨는 격분하였을 것이다. 그러나, 롬므 대공이 그랬던 것처럼, 다른 인간부류에 속하는 무감각한 사람을 상대할 경우, 본질적으로는 전혀 다른 동인(動因)들이 그를 어떤 행위들로 이끌어 갈지 무슨 수로 예견한단 말인가? 착한 심성을 갖는 것이 전부인데, 샤를뤼스 씨가 그러한 심성을 가지고 있었다. 오르상 씨에게도 그러한 심성이 결여되어 있지 않았고, 모든 것에 대한 생각이 일치하였던지라 함께 이야기하는 즐거움에서 태동한, 다정하지만 친밀하지 않은 스완과의 관계가, 좋건 나쁘건 열정적인 행위로 표출될 수 있었던 샤를뤼스 씨의 열광적인 우정보다는 더 안정적이었다. 스완이 항상, 자신을 이해하고 섬세하게 좋아하는 사람이 있음을 느꼈던 바, 그 사람은 오르상 씨였다. 사실이었다. 하지만 그가 영위하던 별로 명예롭지 못한 생활은? 스완은 자신이, 개자식[287]과 어울릴 때만큼 친근감과 존경심을 강하게 느껴본 적이 없다고 자주 농담 삼아 속내를 털어놓으면서 그러한 사실을 고려하지 않은 점을 후회하였다. 그리고 자신에게 이렇게 말하였다. "인간들이 자기들의 이웃을 심판하기 시작한 이래, 그가 저지른 행위들만을 근거로 삼는 것은 그만한 이유가 있어. 오직 행위만이 어떤 의미를 내포할 수 있고, 말과 생각은 전혀 그렇지 못해. 샤를뤼스와 롬프에게 이러저러한 단점들이 있을 수 있으나, 그들은 정직한 사람들이야. 오르상에게는 아마 단점이 없을지 모르나, 그는 정직한 사람이 아니야. 그가 다시 한 번 잘못을 저질렀을 수도 있어."[280] 그다음 스완이 레미를 의심하였는데, 사실 그가 할 수 있었을 일은 기껏 누구로 하여금 그러한 편지를 쓰도록 부추기는 짓뿐이었을 테지만, 그러한 추측이 스완에게는 잠시나마 정확한 것처럼 보였다. 우선 그 로레다노가 오데뜨에게 원한을 품을 이유들이 있었다. 그리고 더 나아가, 우리보다 못한 처지에서 사는지라, 우리의 실제 재산과 단점에 자기들이 상상한 재산과 악벽을 보태어 부풀려 우리를 부러워하거나 멸시하는 우리의 하인들이, 우리가 살고 있는 세계 속 사람들과는 다르게 행동하는 쪽으로 이끌려 가는 것이 숙명적임을 어찌 추측하지 못한단 말인가? 그는 또한 나의 할아버지도 의심하였다. 스완이 할아버지에게 어떤 도움을 청할 때마다 할아버지께서 항상 거절하시지 않았던가? 그러시고 나서, 당신의 부르주와적 이념에 따라, 스완에게 이로운 조치라고 믿으셨을 수도 있었을 것이다. 스완은 베르고뜨와 화가 그리고 베르뒤랭 내외까지도 의심하였으며, 그러면서, 그러한 일들이 허용될 뿐만 아니라 심지어 멋진 익살극이라는 이름으로 공인되기까지 하는 예술가 집단과 친밀하게 어울리려 하지 않는, 상류 사교계 사람들의 현명함에 감탄하였다. 하지만 그는 그 보헤미안들 속에 있는 정직한 면모를 뇌리에 떠올렸고, 그러한 모습을, 거의 야바위짓에 가까운 궁여지책으로 영위하는 삶, 그리고 귀족들 마저 금전의 결핍과 사치 욕구, 타락한 쾌락 등으로 인해 자주 휩쓸려 드는, 그러한 삶과 대비시켜 보았다. 간단히 말해, 그 익명의 편지는 그와 악랄한 짓을 능히 저지를 수 있는 자 간에 개인적 친분이 있음을 입증해 주었다. 하지만 그 악랄함이, 냉정한 사람보다는 다정한 사람의, 부르주와보다는 예술가의, 시종보다는 지체 높은 나리의 성격 근저에—타인에 의해 답사되지 않은—감추어져 있어야 할 더 큰 이유들은 그가 발견하지 못하였다. 사람들을 판단함에 있어 무엇을 기준으로 삼아야 하는가? 사실 그와 교분을 맺고 있던 사람들 중에서 차마 그토록 비열한 짓은 저지를 수 없었을 사람이 단 하나도 없었다. 그들 모두를 만나지 말아야 할까? 그의 오성에 너울이 드리워졌다. 그리하여 그가 두세 번 자신의 손을 이마로 가져갔고, 손수건으로 외알박이 안경을 닦았으며, 여하튼 자기에 못지않은 사람들도 샤를뤼스 씨와 롬므 대공 및 기타 다른 이들과 교제한다는 사실을 생각하면서 스스로에게 말하기를, 그것은, 그들이 비열한 짓을 저지를 수 없음을 비록 의미하지 않는다 하더라도, 최소한, 비열한 짓은 차마 저지르지 못하는 사람들이 혹시 아닐 수 있을 사람들과도 교제하는 것이, 누구나 받아들여야 할 삶의 불가피성임을 의미한다고 하였다. 그리하여, 그 친구들이 아마 자기를 절망 속으로 밀어 넣으려 하였을지도 모른다는 순전히 형식적인 유보 조항만 설정해 둔 채, 자기가 의심하였던 그들 모두와 계속하여 악수를 나누었다. 한편 편지의 내용 자체에 대해서는 그가 전혀 마음을 쓰지 않았으니, 오데뜨를 겨냥한 비난들 중 단 하나도 진실임 직한 기미조차 보이지 않았기 때문이다. 많은 사람들처럼 스완에게도 정신적 게으름이 있었고, 창의력이 결여되어 있었다. 그 역시 인간들의 삶이 서로 상반되는 요소들로 가득하다는 사실을 하나의 보편적 진리인 양 잘 알고 있었으나, 특정한 개인 각각을 대할 때에는, 그의 삶 중 자기가 모르는 부분 전체가 자기가 알고 있는 부분과 동일하다고 상상하곤 하였다. 오데뜨가 그의 곁에 있을 때, 두 사람이 함께 어떤 이에 의해 저질러진 상스러운 행위나 어떤 이가 품었던 상스러운 감정에 대하여 이야기를 나누게 될 경우, 스완이 항상 자기의 부모님께서 주장하시는 것을 들었고 또 그리하여 충실히 지키던 것과 같은 원칙에 입각하여, 그녀가 그러한 행동과 감정을 심하게 비난하곤 하였다. 그런 다음 그녀는 자기의 꽃들을 정돈하고 차 한 잔을 마시면서 스완의 연구를 걱정하기도 하였다. 따라서 스완은 그러한 습관이 오데뜨의 생활 나머지 부분으로까지 확장되리라 생각하였고, 그녀가 멀리 있을 때의 시간을 그녀가 어떻게 보내는지 상상해보고 싶을 때마다, 그녀의 그러한 거조들을 뇌리에 반복적으로 떠올리곤 하였다. 만약 어떤 사람이 그녀의 모습을, 아니 그보다는, 그녀가 그와 함께하던 그토록 오랜 세월 동안의 모습을, 그러나 다른 남자 곁에서 그녀가 드러내곤 하던 모습을, 그에게 가감 없이 묘사하였다면 그가 몹시 괴로워하였을 것인 바, 그 묘사된 영상이 그에게는 진실임 직하게 보였을 것이기 때문이다. 그러나 혹시 누가 그에게 말하기를, 그녀가 포주 여자들 집에 드나들고, 여자들과의 난잡한 놀이에 자신을 내맡기며, 비천한 계집들의 방탕한 생활에 빠져 있다고 하였다 해도, 그는 그 말을 미친 자의 헛소리쯤으로 여겼으리니, 천만다행하게도, 그의 상상 속 국화꽃들과 그녀가 자주 마시던 차와 미덕에서 비롯된 그녀의 분개 등이, 그따위 일들이 벌어질 여지를 허용치 않으리라 믿었기 때문이다! 다만 가끔, 어떤 자가 악의로 자기에게 그녀의 행적을 낱낱이 이야기해 준다고, 그가 오데뜨에게 넌지시 내비치곤 하였으며, 그런 다음, 우연히 알게 된 하찮으나 사실인 세부적인 일 하나를, 그것이 마치 자신이 알면서 깊숙이 감추고 있는 오데뜨의 생활 전모에서 그 자신도 모르게 누출된, 그녀의 생

활을 구성하고 있는 다른 많은 사항들 중 작은 부스러기인 양 이
용하여, 그녀로 하여금, 그가 실제로는 알지도 심지어 짐작도 못
하던 일들이 그에게 상세히 보고되었다고 믿도록 그녀를 유도하
곤 하였는데, 왜냐하면, 그가 매우 자주 오데뜨에게 진실을 왜곡
하지 말라고 간곡히 요청한 것은, 자기가 납득하든 못하든, 오직
오데뜨로 하여금 그녀가 하는 모든 짓들을 그에게 털어놓게 하
기 위함이었기 때문이다. 의심할 나위 없이, 그가 오데뜨에게 입
버릇처럼 말하던 것처럼, 그는 솔직함을 좋아하였다. 그러나 자
기 정부의 생활을 자기에게 낱낱이 알려 주는 포주 좋아하듯 하
였다. 따라서 솔직함을 아끼는 그의 마음이 무사무욕하지 않았
던지라, 그를 더 나은 사람으로 변모시키지는 못하였다. 그가 귀
하게 여기던 진실은 오데뜨가 그에게 털어놓을 진실이었다. 하
지만 그 자신 역시, 그 진실을 얻기 위하여 거짓말 동원하기를
서슴지 않았으며, 그 거짓말은, 모든 인간을 예외 없이 타락의
구렁텅이로 이끌어 간다고 그가 항상 오데뜨에게 역설하던 그러
한 거짓말이었다. 요컨대 그가 오데뜨 못지않게 거짓말을 한 것
은, 그녀보다 더 불행했던지라, 그가 그녀보다 덜 이기적이지 못
했기 때문이다. 한편 그녀는, 자기가 실제로 저지른 짓들을 스완
이 당사자인 자기에게 그토록 직설적으로 이야기하는 것을 들을
때마다, 자신의 행위로 인해 자기가 굴종하고 수치스러워하는
기색을 드러내지 않기 위하여, 그를 경계하는 눈초리로 바라보
다가는, 적시에 노기를 띠기도 하였다.

그가 발작적인 질투심에 다시 사로잡히지 않고 아직 통과할
수 있었을 가장 긴 평정기에 있던 어느 날, 그는 롬므 대공 부인
이 그날 저녁 극장에 가자고 한 제안을 수락하였다. 무엇을 공연
하는지 보려고 신문을 펴는데, 떼오도르 바리에르의 『대리석 여

인들』이라는 제목이 그의 눈에 어찌나 가혹한 충격을 주었던지, 그가 움찔하면서 고개를 돌렸다. 항상 습관적으로 하도 자주 보던 단어인지라 눈여겨 보지 않을 정도가 된 그 '대리석'이라는 말이, 새로운 자리에 놓여 무대의 각광(脚光)을 받은 듯 문득 다시 그의 시야에 들어왔고, 오데뜨가 전에 그에게 들려준, 베르뒤랭 부인과 함께 '산업관'[289] 전람회에 갔던 이야기가 즉시 기억 속에 되살아났다. 그때 베르뒤랭 부인이 오데뜨에게 이런 말을 하였다고 했다. "조심하게, 내가 자네를 능히 녹일 수 있네, 자네가 대리석으로 만들어지지는 않았네." 그 이야기를 하면서 오데뜨는 그 말이 그저 농담에 불과하다고 그에게 확언하였으며, 그 또한 그 말에 하등의 중요성도 부여하지 않았다. 하지만 그 시절에는 그가 지금보다 더 그녀를 신뢰하고 있었다. 그런데 공교롭게도 익명의 편지 내용이 바로 그러한 부류의 사랑 이야기였다.[290] 그는 신문을 감히 쳐다보지도 못한 채 그것을 펴서, 『대리석 여인들』이라는 말을 보지 않기 위하여 한 장을 넘긴 다음, 지방 소식들을 기계적으로 읽기 시작하였다. 망슈 해역에 폭풍이 일어, 디에쁘와 까부르 및 뵈즈발 등지에 피해가 컸다고 하였다. 그 순간 그가 다시 움찔하였다.

뵈즈발이라는 명칭이 그로 하여금 그 지방의 다른 한 지점 명칭인 뵈즈빌을 생각하게 하였는데, 그 명칭이 다른 하나의 지명 브레오떼와 연결부호(하이픈)로 결합되어 있고,[291] 그가 지도에서 그것을 자주 보았지만, 그것이 자기의 친구인 브레오떼 씨와 같은 명칭임을 처음으로 알아챘으며, 익명의 편지가 오데뜨의 지난날 정인이라고 지목한 그 사람의 이름이었다. 사실 브레오떼 씨의 경우, 그에게로 향한 비난이 터무니없지는 않았다. 그러나 베르뒤랭 부인과 관련된 비난에는 불가능한 점이 있었다. 오데뜨가 가끔 거짓말을 한다고 해서 그녀가 진실한 말은 결코 하지 않는다고 결론지을 수는 없었으며, 그녀가 베르뒤랭 부인과 주고받았다는 그리고 스스로 스완에게 들려준 그 말에서, 그는 경험 부족과 악습에 대한 무지로 인하여 여인들이 함부로 입에 담는 부적절하고 위험한 농담들을 발견하였는데, 여인들의 그러한 말이, 그 어떤 여자보다도 다른 여인에게로 향한 열렬한 애정과는 거리가 먼—예를 들면 오데뜨처럼—여인들의 순진무구함을 드러낸다. 한편 그러한 말과는 반대로, 자기가 한 이야기가 한순간 뜻하지 않게 그의 내면에 불러일으킨 의혹을 부인하면서 드러낸 격분은, 그가 자기 정부의 취향 및 기질에 대하여 알고 있었던 모든 것과 아귀가 맞았다. 그러나 바로 그 순간, 이제 겨우 시 한 구절 혹은 현상 하나를 발견한 시인이나 학자에게, 장차 그들의 엄청난 잠재력이 될 개념이나 법칙을 가져다주는 영감과 유사한 질투꾼들의 영감들 중 하나에 충동질되어, 이미 두 해 전에 오데뜨가 한 말 한마디를 스완이 처음으로 뇌리에 떠올렸다. "오! 요즈음 베르뒤랭 부인께서는 오직 제 생각뿐이에요. 제가 그분의 총아예요. 그분이 저의 볼에 입을 맞추시고, 함께 쇼핑도 하자고 하시며, 제가 자기를 스스럼없는 호칭(tu)으로 부르기를[292] 바라세요." 당시에는 스완이 그 말에서, 오데뜨가 그 이전에 그에게 들려주었던, 나쁜 버릇을 가지고 있는 척하기 위하여 베르뒤랭 부인이 하였다는, 그 어처구니없는 말과의 어떤 상관관계를 발견하기는커녕, 그 말을 따스함 넘치는 우정의 징표로 받아들였다. 그런데 이제 베르뒤랭 부인이 표하던 그 다정함의 추억이 불쑥 되살아나, 그녀가 대화 중에 하였다는 저질 취향적 언사의 추억과 합류하였던 것이다. 그는 자신의 뇌리에서 그것들을 더 이상 분리할 수 없었고, 다정함이 진지하고 중요한 무엇인가를 그러한 농담들에게 부여하고 그 농담들 또한 마치 반대급부처럼 다정함으로 하여금 순진무구함을 상실케 하면서, 그것들이 현실 속에서도 뒤섞인 것을 보았다. 그가 오데뜨의 집으로 갔다. 그녀로부터 멀찌감치 자리를 잡고 앉았다. 그녀의 볼에 감히 입을 맞추지도 못하였다. 한 번의 입맞춤이 그녀의 그리고 그의 내면에 일깨워 놓을 것이 애정일지 혹은 노기일지 몰랐기 때문이다. 그가 입을 다문 채 자기들의 사랑이 죽어가는 것을 응시하였다. 문득 그가 결단을 내렸다. 그가 말하였다.

"오데뜨, 내 사랑,[29] 나는 내가 가증스럽고 추악하다는 것을 잘 알지만, 당신에게 몇 가지를 묻지 않을 수 없소. 내가 당신과 베르뒤랭 부인간의 관계에 대하여 품었던 생각을 기억하시오? 그녀와의 관계건 혹은 그녀 이외의 다른 여자와의 관계건, 그러한 관계가 사실이었는지 말해 주시오."

그녀가 입을 잔뜩 오므리면서 머리를 가로저었는데, 그것은 어떤 사람이 다음과 같이 물었을 때, 자기들은 가지 않겠으며, 그러한 일이 자기들에게는 귀찮다는 뜻으로 대답하는 이들에게서 빈번하게 발견되는 몸짓이다. "기마 행렬 지나가는 것 구경하러 가시겠어요? 열병식을 참관하시겠어요?" 하지만 미래의 사건을 대하며 그렇게 습관적으로 부자연스럽게 고개를 가로젓는 동작은, 그 부자연스러움으로 인하여, 지나간 사건을 부인하는 동작에 불확실한 무엇을 가미해 준다. 게다가 그러한 동작은, 심한 지탄, 즉 하나의 윤리적 불가함보다는, 단지 개인 사정에 관련된 이유들을 시사할 뿐이다. 오데뜨가 그렇게 사실이 아니라는 몸짓을 하자, 스완은 자기가 제기한 의혹이 아마 사실일 것이라고 이해하였다. 그녀가 성이 난, 그러나 불쌍한 기색으로 덧붙였다.

"제가 그 이야기를 당신에게 하였고, 당신도 잘 알고 있어요."

"그렇소, 알고 있소, 하지만 장담하실 수 있소? '당신이 잘 알고 있어요' 라고 나에게 말하지 말고, '어떠한 여인과도 그러한 종류의 짓은 결코 하지 않았어요' 라고 나에게 말씀해 주시오."

그녀가 배운 구절 외우듯, 비아냥거리는 어조로, 그리고 그를 떨쳐 버리고 싶다는 듯, 그 말을 반복하였다.

"저는 어떠한 여인과도 그러한 종류의 짓은 결코 하지 않았어요."

"당신이 가지고 있는 라게의 노트르-담므 예배당 메달을 걸고 맹세하실 수 있소?"

스완은 오데뜨가 그 메달을 걸고는 거짓 맹세를 하지 않으리라는 것을 알고 있었다.

"오! 당신이 나를 정말 불쌍하게 만드는군요!" 조여드는 그의 질문으로부터 감정의 폭발을 이용하여 빠져나가면서 그녀가 소리쳤다. "제발 그만두지 못하겠어요? 도대체 오늘 무슨 일이에요? 제가 당신에게 반감을 품고 당신을 혐오하게 만들기로 작정하신 거예요? 모처럼 당신과 함께 지난날처럼 좋은 시간을 보내고 싶었는데, 그것에 대한 당신의 사례가 고작 이것이군요!"

그러나, 수술을 중단시키기는 하였으나 그것을 포기하게까지는 하지 못한 경련이 멈추기를 기다리는 외과의사처럼, 그녀를 놓아주지 않은 채, 그가 설득조의 그리고 기만적 부드러움 가득한 어조로 그녀에게 말하였다.

"오데뜨, 내가 그 일로 당신을 추호라도 탓한다고 상상하신다면, 그것은 잘못이오. 나는 오직 내가 아는 것에 대해서만 당신에게 이야기하며, 그러한 경우, 나는 항상 내가 말하는 것보다 훨씬 더 많은 것을 알고 있다오. 하지만 그것들이 다른 이들에 의해서만 나에게 은밀히 알려졌던지라, 오직 당신만이, 당신의 고백으로, 나로 하여금 당신을 증오하게 하는 그것을 가라앉힐 수 있다오. 당신에게로 향한 나의 노기가 당신의 행위에서 비롯되는 것이 아니라—내가 당신을 사랑하는지라 나는 모든 것을 용서하오—당신의 거짓말, 내가 이미 알고 있는 사실조차도 당신으로 하여금 고집스럽게 부인하게 하는 그 어처구니없는 거짓말에서 비롯된다오. 하지만 내가 이미 거짓으로 알고 있는 것을 당신이 내 앞에서 아니라 주장하고 맹세까지 하려 한다면, 내가 어떻게 계속하여 당신을 사랑할 수 있기를 기대할 수 있겠소? 오데뜨, 우리 두 사람에게는 혹독한 고문인 이 순간을 연장시키지 마시오. 당신이 원하시기만 하면 이 고문이 단 1초 안에 끝날 것이고, 당신은 영원히 해방될 것이오. 당신이 그러한 짓을 혹시 저지른 적이 있는지 혹은 없는지, 당신의 메달을 걸고 예 혹은 아니오라고만 말해 주시오."

"하지만 저는 아무것도 모르겠어요." 그녀가 성을 내며 언성을 높였다. "아마 아주 오래전에, 내가 무슨 짓을 하는지 깨닫지도 못한 채, 아마 두세 번 그랬을 거예요."

스완은 모든 가능성을 이미 예상한 바 있었다. 그런데 현실이란, 가능성들과 하등의 관계도 없는 그 무엇, 우리의 몸뚱이를 파고드는 칼날과 그 순간 우리의 머리 위에 있던 구름덩이들의 가벼운 움직임 사이에 정립되는 것 이상의 관계를 가능성들과 맺지 않은 그 무엇인 바, '두세 번'이라는 단어들이 그의 가슴속 생살에 일종의 십자가를 그어놓았으니 말이다. 허공을 향해 일정한 간격을 두고 발설된, 그저 단어들일 뿐인 그 '두세 번'이라는 단어들이, 정말 심장에 가닿은 듯 그것을 찢을 수 있고, 삼킨 독약처럼 그것을 병들게 할 수 있다니, 참으로 기이한 일이다.

스완은 자신도 모르게 쌩-으베르뜨 부인 댁에서 들은 다음 말을 뇌리에 떠올렸다. "교령(交靈) 원탁들 이후 제가 본 가장 강력한 것이에요." 그가 느끼던 고통은 그가 일찍이 그러리라고 생각하였던 그 무엇과도 유사하지 않았다. 그녀에 대한 불신이 가장 깊던 순간에도, 악폐가 그토록 깊었다는 사실을 거의 상상조차 하지 않았기 때문만이 아니라, 그가 그러한 일을 혹시 상상하였을 때에도, 그것이, '아마 두세 번' 이라는 단어들로부터 마구 발산되던 그 특이한 혐오감이나, 그가 일찍이 경험한 모든 것들과는 생전 처음 걸린 질병만큼이나 다른 그 특유의 혹독성을 모르는 채, 막연하고 불확실한 상태로 남아 있었기 때문이다. 그렇건만, 그 모든 고통의 발원지인 그 오데뜨가 그의 눈에 덜 사랑스러워 보이는 것이 아니라, 마치 고통이 점점 더 심해짐에 따라 동시에 오직 그 여인만이 소유하고 있던 진정제 즉 해독제의 가격도 상승하듯, 그녀가 오히려 더 귀중해 보였다. 그는 위중해졌음을 문득 알게 된 어떤 질환 다루듯, 그녀에게 더 많은 정성을 쏟고자 하였다. 그는 그녀가 '두세 번' 하였노라고 자기에게 말한 그 끔찍한 일이 재발될 수 없기를 바랐다. 그러기 위해서는 그가 오데뜨를 돌보아야 했다. 흔히들 말하기를, 친구에게 그의 정부가 저지르는 실절을 알려 줌으로써, 그를 그녀에게 더욱 밀착시키는 데 성공할 뿐이라고 한다. 그가 그러한 말을 믿지 않기 때문인데, 혹시 그러한 말을 믿을 경우에는 얼마나 더 밀착되던가! "하지만 그녀를 어떻게 성공적으로 보호한단 말인가?"[294] 스완이 자문하였다. 그가 혹시 특정 여인으로부터는 그녀를 보호할 수 있었으되, 그러한 여인들이 수백에 달했고, 그제야, 오데뜨를 베르뒤랭 내외의 집에서 만나지 못했던 그날 저녁, 다른 한 존재를 소유하고자 하는 영영 실현 불가능한 그 욕망을 품기 시작하였을 때, 어떤 광기가 자기를 사로잡았었는지를 비로소 깨달았다. 스완을 위해서는 다행하게도, 그의 영혼 속으로 떠돌이 침략자들처럼 이제 막 난입한 그 새로운 괴로움들 밑에, 손상된 조직들을 복구하는 조치를 즉시 취하기 시작하는 다친 기관의 세포들처럼, 운동을 재개하려 시도하는 마비된 사지의 근육들처럼, 더 오래되었고 더 유순하며 소리 없이 근면한 천성의 근본 하나가 있었다. 더 오래 되었고 더 토착적인 그의 영혼 속 거주자들이, 회복기 환자나 수술 받은 환자에게 휴식을 취하였다는 환상을 주는 그 희미한 복구작업에, 잠시 동안 스완의 모든 기력을 동원하였다. 이번에는, 탈진에서 비롯된 그 이완상태가, 평소처럼 스완의 뇌리에서이기보다는, 그의 가슴속에서 발생하였다. 그러나 한 번 존재하였던 모든 생물체는 스스로를 재창조하기를 지향하는 법, 그리하여 이미 끝난 것처럼 보이던 경련의 소스라침이 죽어가는 짐승을 다시 한 번 뒤흔들듯, 잠시 피해를 모면하였던 스완의 심장 위에다, 같은 고통이 스스로 와서 같은 십자가를 다시 그었다. 그가 달빛 밝던 그 저녁들을, 그를 라 뻬루즈 로 쪽으로 데려가던 그의 빅토리아 속에 길게 다리를 뻗고 기대 앉은 채, 연정에 사로잡힌 남자의 감동을 자신의 내면에 게걸스럽게 증식시키면서도, 그 감동으로부터 필연적으로 산출될 중독된 과일이 있음은 모르던, 그 저녁들을 상기하였다. 하지만 그 모든 상념들은, 그가 자신의 손을 자기의 가슴 위로 가져가고, 호흡을 재개하고, 자신의 고통을 감추기 위하여 미소짓기에 성공하던 그 짧은 한순간 동안만 지속되었다. 이미 그가 자신의 질문들을 다시 던지기 시작하고 있었다. 왜냐하면, 그 어느 적조차도 그에게 그러한 타격 가하는데 성공하기 위하여 감당하지 않았을 노고를, 또한 그가 아직 단 한 번도 겪지 못하였을 가장 혹독한 괴로움을 실감토록 해주기 위하여 감당하지 않았을 노고를, 그러한 노고를 선뜻 떠맡은 그의 질투, 그가 충분히 고통 받지 못하였다고 여긴 그의 질투가, 그로 하여금 보다 더 깊은 상처를 받도록 하기를 꾀하였기 때문이다. 심보 못된 어느 신과 같은 질투가[295] 스완을 들쑤셔 그를 파멸로 처박고 있었다. 그의 괴로움이 혹시 애초에 악화되지 않았다면, 그것은 그의 잘못이 아니라 오직 오데뜨만의 잘못이었다.

"내 사랑, 마지막으로 드리는 말씀인데, 그것이 내가 아는 사람과였소?" 그가 말하였다.

"천만에요, 맹세해요, 게다가 제가 과장한 것 같고 그런 짓까지는 하지 않았을 거예요."

그가 미소를 지은 다음 말을 계속하였다.

"어찌하겠소? 별일은 아니지만, 그러나 당신이 나에게 이름을 말해 주실 수 없다면 딱한 일이오. 당사자를 나의 뇌리에 떠올릴 수 있다면, 그것이 나로 하여금 더 이상 그 일을 생각하지 못하게 할 것이오. 당신을 위하여 이런 말을 하는 것이니, 그래야만 내가 더 이상 당신을 귀찮게 하지 않을 것이기 때문이오. 자신의 뇌리에 사물들을 선명히 그려보면 그만큼 마음이 가라앉는다오! 진정 끔찍한 것은, 상상조차 할 수 없는 바로 그것이오. 하지만 당신은 이미 나에게 넘칠 만큼 다정한 배려를 베푸셨고, 따라서 나는 당신을 들볶고 싶지 않소. 나는 당신이 나에게 베풀어주신 모든 호의에 진심으로 감사하오. 이제 되었소. 다만 이 한마디, 그것이 얼마 전 일이오?"

"오, 샤를르! 당신이 지금 저를 죽이고 계심을 깨닫지 못하시는군요! 까마득한 옛날 이야기에요. 저는 그 일을 아예 다시 생각조차 하지 않았는데, 당신은 기필코 저에게 그러한 상념들을 되살려 주시고 싶은 모양이에요. 그러시다가 후회막급의 처지에 놓이실 거에요." 그녀가 무의식적인 어리석음과 고의적인 악의를 섞어 말하였다.

"오! 나는 다만 그것이 내가 당신을 만난 이후에 있었던 일인지 알고 싶었을 뿐이오. 지극히 자연스러운 일이오만, 그러한 일이 여기에서 있었소? 그러한 일이 어느 특정일 저녁에 있었는지, 그리하여 내가 그 시각에 무엇을 하고 있었는지 상상해 볼 수 있도록, 나에게 말씀해 주실 수 있겠소? 그것이 누구와 함께였는지, 오데뜨, 내 사랑, 당신이 그것을 기억할 수 없다는 것은 불가능한 일임을 당신도 충분히 이해할 것이오."

"모르겠다니까요 저는, 제 생각으로는, 당신이 우리들과 합류하려고 섬으로 오셨던 날, 불론뉴 숲에서였을 거에요. 당신은 그날 롬므 대공 부인 댁 만찬에 참석하셨지요." 자기의 진실성을 보증해 주는 구체적 사실 하나를 제시하는 것이 다행스러운 듯한 그녀의 말이었다. "곁 식탁에 제가 오랫동안 만나지 않았던 여자 하나가 있었어요. 그녀가 저에게 말하였어요. '어서 저 작은 바위 뒤로 가서 수면에 비친 달빛을 구경합시다.' 제가 우선 하품을 하고 나서 대꾸하였지요. '싫어요, 피곤해요, 나는 여기가 편해요.' 일찍이 그러한 달빛은 없었노라고 그녀가 단언하였어요. 제가 그녀에게 말하였지요. '허튼 소리!' 제가 그녀의 속셈을 잘 알고 있었으니까요."

그 일이 지극히 자연스러운 것으로 보였던지, 혹은 그렇게 그 중대성을 약화시킬 수 있다고 믿었음인지, 혹은 모욕당한 기색을 보이지 않기 위해서였음인지, 오데뜨는 그 이야기를 거의 웃으면서 늘어놓았다. 그러다가 스완의 얼굴을 보더니 문득 어조를 바꾸었다.

"당신은 불쌍한 사람이에요. 저에게 고문 가하는 것을 즐길 뿐만 아니라, 저를 가만히 내버려 두시도록 하기 위하여 제가 할 수밖에 없는 거짓말을 저에게 즐겨 강요하고 계세요."

스완에게 가해진 그 두 번째 타격이 첫 번째 것보다도 오히려 더 잔혹했다. 그는 그것이 그토록 최근에 일어난 사건이며, 그것을 알아차릴 수 없었던 그의 눈에 그것이 감추어진 것이, 그가 생판 모르는 과거 속이 아니라, 그가 그토록 생생히 기억하고, 오데뜨와 함께 보냈으며, 자기에게 그토록 잘 알려졌다고 믿던, 그리하여 이제 돌이켜 보니 교활하고 잔혹한 무엇을 띤, 그 저녁들 속이었다는 것을 일찍이 추측조차 못하였다. 그 저녁들 한가운데에 문득, 불론뉴 숲의 그 섬에서 흐른 순간이, 즉 그 휑한 구멍이 뚫렸다. 오데뜨가 총명하지는 못하지만 자연스러움이라는 매력은 가지고 있었다. 그녀가 어찌나 자연스럽게 이야기를 하고 또 그 광경을 몸짓과 표정으로 흉내 내었던지, 스완은 가쁜 숨을 몰아쉬면서, 오데뜨의 하품이나 바위 등 모든 것을 훤히 보았다. 그녀가—애석하지만! 명랑하게—대꾸하는 소리가 그의 귀에 쟁쟁하게 들렸다. "그 허튼 소리!" 그는 그녀가 그날 저녁에는 더 이상의 아무 말도 하지 않으리라는 것을 직감하였고, 당장에는 더 이상 기대할 새로운 사실도 없었다. 그리하여 그녀에게 말하였다. "나의 가엾은 사랑, 나를 용서해요; 내가 당신에게 괴로움을 안겨 드리는 것 같소, 이제 되었소, 더 이상 그 생각 하지 않겠소."

하지만 그녀는, 그의 두 눈이 그가 모르는 것들 위에, 모호했던지라 그의 기억 속에서는 단조롭고 달콤했던, 그리고 이제, 불론뉴 숲의 그 섬에서, 달빛 아래에서, 롬므 대공 부인 댁 만찬 후에 흐른 순간들이 깊은 상처처럼 아프게 찢는, 그들 두 사람이 나누던 사랑의 과거 위에 머물러 고정되어 있음을 보았다. 하지만 그는 하도 습관적으로 삶이 흥미롭다고 여기었던지라--또한 삶 속에서 이루어지는 신기한 발견들을 찬미하는 습관을 가지고 있었던지라--자기가 그러한 고통은 오래 견디지 못할 것이라 믿을 지경으로 괴로워하면서도, 자신에게 이렇게 말하였다. "삶이란 정말 놀랍고 우리를 위하여 많은 뜻밖의 선물들을 비축하고 있어. 내가 신뢰하였고, 그토록 순진하고 그토록 정직해 보이며, 여하튼 비록 가볍긴 했어도 그토록 정상적이며 취향 건전해 보이던 여인 하나가 있는데, 사실임 직하지 않은 밀고에 입각하여 내가 그녀를 추궁하였더니, 그녀가 나에게 고백하는 하찮은 사항들이, 우리가 짐작할 수 있었던 것보다 훨씬 많은 것들을 드러내는군." 하지만 그는 그러한 객관적인 관찰에 그칠 수 없었다. 그는, 그러한 짓들을 그녀가 자주 저질렀다고, 또한 그러한 짓들이 차후에도 반복될 것이라고 결론지어야 할지 그 여부를 판단하기 위하여, 그녀가 자기에게 이야기해 준 것의 가치를 정확히 산정해 보려 하였다. 그는 그녀가 한 말들을 되뇌어 보았다. "저는 그녀의 속셈을 잘 알고 있었어요.", "두세 번", "그 허튼 소리!" 하지만 그 말들은 스완의 기억 속에 무장해제된 상태로 다시 나타난 것이 아니고, 그것들 각개가 칼 하나씩을 지니고 있었으며, 그에게 새로운 일격을 가하였다. 자신에게 통증을 느끼게 하는 동작을 매 순간 시도하고 싶은 욕구를 환자가 억제하지 못하듯, 그가 아주 오랫동안 다음과 같은 말들을 홀로 되뇌곤 하였다. "나는 여기가 편해요.", "그 허튼 소리!". 그러나 고통이 하도 심하여 그가 멈출 수밖에 없었다. 그는, 자기가 항상 그토록 가볍게 또 경쾌하게 평가하던 행위들이, 이제 그에게, 죽음을 초래할 수도 있는 어떤 질병만큼이나 중대해졌다는 사실에 경탄하였다. 그는 오데뜨를 감시해 달라고 부탁할 만한 여인들을 여럿 알고 있었다. 하지만 그녀들이 자기와 같은 관점을 가지리라고, 또한 그토록 오랜 세월 동안 자기의 것이었으며 그리하여 항상 자기의 관능적 쾌락을 쫓던 삶을 인도하던 관점을 갖지 않으리라고, 나아가 자기를 비웃으며 이렇게 말하지 않으리라고, 어떻게 기대할 수 있단 말인가? "다른 이들의 쾌락을 박탈하려는 추한 질투꾼!" 도대체 어떤 함정문이 문득 주저앉으며 그를 거칠게(전에는 오데뜨에 대한 사랑에서 섬세한 즐거움만을 취하던 그를), 영영 빠져나올 가망이 보이지 않는 지옥의 그 새로운 권역[296] 속으로 처박았단 말인가? 가엾은 오데뜨! 그는 그녀를 원망하지 않았다. 그녀 몫의 잘못은 절반뿐이었다. 그녀가 아직 아이에 불과했던 시절에, 니쓰에서, 어느 부유한 영국인에게 넘겨진 것이, 그녀의 친모에 의해서였다고들 하지 않는가? 그가 지난 세월에 무심히 읽은 적 있는 알프레드 드 비니의 『어느 시인의 일기』 중 다음 몇 구절이, 이제 그의 눈에는 얼마나 고통스러운 진실을 내포하고 있는 것처럼 보였던가! "자기가 어떤 여인에 대하여 연정을 품기 시작하였다고 느끼면, 자신에게 이러한 질문들을 던져야 할 것이다. 그녀가 어떤 사람들에 의해 둘러싸여 있는가? 그녀가 어떤 삶을 영위해 왔는가? 인생의 모든 행복은 그런 것들에 의존한다."[297] 스완은, 자기의 상념이 더듬거리며 읽어준 '그 허튼 소리!', '저는 그녀의 속셈을 잘 알고 있었어요' 등, 그토록 단순한 구절들이 자기에게 그토록 고통을 줄 수 있다는 사실에 놀랐다. 하지만 자기가 단순한 구절들이라고 믿던 것들이, 오데뜨의 이야기를 듣는 동안 그가 겪었던 고통을 간직하고 있으며, 그것들을 그에게 언제라도 돌려줄 수 있는, 어떤 골조의 조각들임을 깨달았다. 그가 새로이 느끼던 고통이 그가 이미 겪은 바로 그 고통이었으니 말이다. 이제는 그가 그러한 말들을 자신에게 되뇌이는 순간에, 그의 지나간 고통이 그를 오데뜨가 고백하기 이전의 그, 아무것도 모르고 그래서 무조건 신뢰하던 그로 되돌려 놓아도—심지어 세월이 흘러 그가 조금은 망각하고 용서하여도—소용없었다. 그의 잔인한 질투가, 오데뜨의 고백으로 그를 후려치기 위하여, 그를 아직 아무것도 모르는 사람의 자리에 계속 되돌려 놓곤 하였고, 여러 달이 흐른 후에도 그 이미 오래된 이야기가 마치 하나의 새로운 폭로인 양 그를 몽땅 어시럽히곤 하였다. 그는 자기 기억의 무시무시한 재생 능력에 놀라곤 하였다. 그가 자기에게 가해지던 고문의 완화를 기대할 수 있었던 것은 오직, 나이와 함께 그 번식력이 줄어드는 그 생식체의 기능 약화로부터였다. 하지만 오데뜨가 한 말들 중 하나가 가지고 있던 힘, 그로 하여금 괴로움에 시달리게 하던 힘이 조금 소진된 듯 보이면, 그 순간, 그때 까지는 스완의 주의를 거의 끌지 못하던 거의 새롭다고 할 만한 말 한마디가, 다른 말들에 이어 새롭고 온전한 기운으로 그를 후려치곤 하였다. 그가 롬므 대공 부인 댁 만찬에 참석하였던 날 저녁의 기억이 그에게 괴로웠지만, 그것은 고통의 중심점일 뿐이었다. 그 고통이 그것과 인접한 모든 날들 속에서 희미하게 원형으로 퍼지곤 하였다. 그리하여 그가 자기의 추억 속에서, 베르뒤랭 패거리가 그토록 자주 불론뉴 숲의 섬에서 만찬을 즐기던 계절의 어느 시점을 떠올려도, 그에게 다시 고통을 느끼게 하는 것은 그 계절 전체였다. 그 고통이 어찌나 심했던지, 그의 질투가 그의 내면에 촉발시키던 호기심들이, 그것들을 충족시키면서 그가 자신에게 가할 새로운 고문들에 대한 두려움에 의해 조금씩 약화되었다. 그는, 오데뜨가 자기를 만나기 이전에 흘러간 그녀의 생애가, 그가 전에는 단 한 번도 상상해 보려 하지 않던 그 시기가, 그가 막연히 생각하던 추상적인 기간이 아니라, 각각의 특수한 세월들로 구성되었고 구체적인 사건들로 채워져 있음을 깨닫고 있었다. 하지만 그는, 그러한 것들을 알게 됨으로써, 무채색이고 유동적이며 그래서 견딜 만했던 그 과거가, 하나의 촉지할 수 있고 더러운 몸뚱이를, 하나의 개별적이며 악마적인 얼굴을 얻게 되지 않을까 두려워하였다. 그리하여, 생각의 게으름 때문이 아니라 고통 받는 두려움 때문에, 그 과거를 상상하지 않으려는 노력을 계속하였다. 그는, 자기가 언젠가는, 불론뉴 숲의 섬이라는 지명이나 롬므 대공 부인이라는 인명 등을, 찢는 듯한 괴로움을 느끼지 않으면서 들을 수 있으리라 기대하였고, 그리하여, 이제 겨우 가라앉은 고통이 다른 형태로 부활하게 할 수도 있을 새로운 말들이나 지명들 및 각종 상황들을 오데뜨로 하여금 자기에게 제공하도록 들쑤시는 것은 신중하지 못하다고 생각하였다.

그러나 그가 모르던, 이제는 그가 알기를 두려워하던 일들을, 오데뜨 자신이 무의식중에 그에게 자발적으로 폭로하는 일이 잦아졌다. 사실 오데뜨의 실제 생활과, 자기의 정부가 영위한다고 스완이 믿었고 또 지금도 자주 기꺼이 믿던 상대적으로 순진무구한 생활 사이에 악벽이 만들어놓은 간극을, 그 간극의 넓이를, 오데뜨는 가맣게 모르고 있었다. 악벽에 젖어 있는 사람은, 자기의 악벽들을 눈치채지 못하였으면 좋을 사람들 앞에 항상 같은 미덕을 과시하면서도, 자기의 악벽들이, 그 지속적인 증식이 그에게는 이미 느껴지지도 않는 그 악벽들이, 그를 정상적인 생활방식으로부터 얼마나 멀리 조금씩 이끌어 가는지 깨닫게 해줄 제어용 척도를 가지고 있지 않기 때문이다. 오데뜨의 뇌리 깊숙한 곳에서, 그녀가 스완에게 감추고 있던 행위들의 추억과 공서

(共棲)하던 나머지, 다른 행위들이 그 추억의 반사광을 조금씩 지속적으로 받았고, 결국에는 그 감추어져 있던 행위들에 감염 되었으되, 그녀는 그 감염된 행위들 속에서 기이한 점을 전혀 발견하지 못하였고, 그것들 또한, 그녀가 자기 내면에 마련해 준 특이한 환경 속에서 불협화음을 내지 않았다. 하지만 그녀가 그 행위들을 스완에게 이야기하면, 그 행위들이 누설하던 특이한 환경의 계시에 그가 소름끼치는 공포감을 느끼곤 하였다. 어느 날 그가, 오데뜨의 마음에 상처를 주지 않으면서, 혹시 단 한 번이라도 뚜쟁이 여인들 집에 간 적이 있느냐고 물으려 하였다. 사실 그는 그러지 않았으리라 확신하고 있었다. 익명의 편지가 그러한 추측을 그의 뇌리에 이끌어 들이긴 하였지만, 그것은 단지 기계적인 현상일 뿐이었다. 그 추측이 그의 뇌리에서 어떤 신임도 얻지 못하였으나 실제로는 그 속에 남아 있었고, 따라서 스완은, 편지라는 순전히 물질적인 형태로만 존재하되 거추장스러웠던 그 의혹의 짐을 벗어버리기 위하여, 오데뜨가 아예 그것을 뿌리 채 뽑아주기를 희원하고 있었다. "오! 아니에요! 그렇다 하여 제가 들볶이지 않았다는 것은 아니에요." 그것이 스완에게는 정당하게 보일 수 없음을 더 이상 눈치채지 못하게 된 그녀가, 한 가닥 미소 속에 자만심을 드러내면서 그렇게 덧붙였다. "어제도 대문 앞에서 저를 두 시간 이상이나 기다린 뚜쟁이 하나가 있어요. 값은 부르는 대로 지불하겠다고 하였어요. 어느 대사가 그녀에게 이렇게 말하였던 모양이에요. '만약 당신이 그녀를 나에게 데려오지 않으면 내가 자살하겠소.' 제가 외출하였노라고들 그녀에게 말하였지만, 결국에는 제가 직접 나가서 그녀를 돌려보내야 했어요. 제가 그녀를 어떻게 대접하였는지, 당신이 보셨으면 좋으련만. 근처 방에서 제가 하던 말을 들은 저의 침모가 저

에게 말하기를, 제가 목이 터져라 이렇게 소리쳤다는군요. '분명히 말하지만 싫어요! 그따위 생각은 저의 마음에 들지 않아요. 어쨌든 제가 자유롭게 원하는 것을 할 수 있다고 생각해요! 만약 제가 돈이 필요하다면 모르려니와….' 그 여자를 다시는 들여보내지 말라고 수위에게 엄명을 내렸어요. 아! 당신이 가까이에 숨어 계셨더라면 얼마나 좋았을까! 나의 사랑, 당신도 틀림없이 만족스러워하셨을 거예요. 비록 사람들이 그토록 가증스럽게 여기지만, 보시다시피, 당신의 이 작은 오데뜨에게도 장점이 있어요."

게다가, 그에 의해 발각되었으리라 짐작하고 그에게 고백한 그녀의 비행들마저도, 지난날 그가 품었던 의혹들에 종지부를 찍어주기보다는, 오히려 스완에게 새로운 의혹들의 출발점을 제공하였다. 그녀의 자백이, 그가 품었던 의혹과 정확히 일치하는 경우가 결코 없었기 때문이다. 오데뜨가 자기의 고백에서 본질적인 것들을 몽땅 삭제하였어도 헛일, 부차적인 것 속에 스완이 전혀 상상조차 하지 못하던 것이 남아 있어, 그것이 자기의 새로움으로 그를 몹시 괴롭혔고, 급기야 그로 하여금 자기의 질투 문제에 새로운 한계를 부여케 하였다. 그리하여 그가 더 이상 그녀의 그러한 자백들을 잊을 수 없게 되었다. 그의 영혼이, 자기가 마치 강물인 양, 그것들을 시체들처럼 휩쓸어 끌고 다니다가 강변에 던져놓거나, 그것들을 물결로 가볍게 흔들어주곤 하였다. 그러는 동안 그의 영혼이 그러한 고백에 중독되었다.

언젠가 한 번 그녀가, 포르슈빌이 빠리-무르씨아 축제가 열리던 날 자기를 방문하였다는 이야기를 그에게 하였다. "도대체 어떻게, 당신이 그를 벌써 알고 있었다는 말이오? 아! 그렇지, 그건 맞소." 그 사실을 모르고 있었던 것처럼 보이지 않기 위하여 그가 그렇게 고쳐 말하였다. 그리고 문득, 그가 그토록 정성스럽게 간직하였던 그 편지를 그녀로부터 받은 바로 그 빠리-무르씨아 축제일에, 그녀가 아마 포르슈빌과 함께 메종 도르에서 점심 식사를 하고 있었을 것이라는 생각에, 그가 전율하기 시작하였다. 그녀는 맹세코 아니라고 하였다. "하지만 그래도 메종 도르는 내가 아는 한 진실하지 못한 그 무엇인가를 나에게 상기시켜 준다오." 그녀에게 겁을 주려고 그가 그렇게 말하였다. "그래요, 당신이 저를 프레보 까페로 찾으러 가셨던 날, 제가 저녁에는 메종 도르에 가지 않았건만 그곳에서 나오는 길이라고 당신에게 말한 그것이지요." 그녀가(그의 기색에 미루어 그가 진실을 알고 있다고 믿었던지라) 단호하게 대꾸하였는데, 그 단호함 속에는 냉소주의보다 스완의 마음을 언짢게 하지 않을까 하는 두려움이 더 컸고, 하지만 자존심 때문에 그녀가 그것을 감추려 하였으며, 그 두려움 이외에도, 자기가 솔직할 수 있음을 그에게 입증해 보이고 싶은 욕망 또한 있었다. 그렇게, 망나니처럼 정확하고 힘차게 그녀가 스완을 가격하였으나, 그것에는 잔인함이 없었던 바, 오데뜨는 자기가 스완에게 가하던 고통을 의식조차 못하였으니 말이다. 그리고 심지어 그녀가 웃기 시작하였는데, 아마, 사실이지, 특히 모욕감을 느끼고 당황한 기색을 보이지 않기 위해서였을 것이다. "제가 메종 도레에 가지 않았고, 포르슈빌의 집에서 나오던 길이었음은 사실이에요. 제가 정말 프레보 까페에 갔었는데, 꾸며낸 이야기가 아니에요, 그가 지를 우연히 빌견하였고, 자기의 판화들을 보러 자기 집으로 들어가자고 하였어요. 하지만 어떤 사람이 그를 보러 왔어요. 제가 당신에게 메종 도르로부터 나오는 길이라고 한 것은, 혹시 당신의 마음을 상하게 하지 않을까 두려워서였어요. 보시다시피 저로서는 오히려 자상하게 배려한 셈이에요. 제가 잘못을 저지른 것이라 치더라도, 저는 그 것을 당신에게 분명하게 말씀드려요. 제가 빠리-무르씨아 축제일에 그와 함께 점심식사를 하였다는 것이 사실인데, 그것을 당신에게 이야기해 드리지 않음으로써 저에게 돌아올 이익이 무엇이겠어요? 게다가 그 무렵에는 우리 두 사람이 아직 서로를 깊이 알지도 못하였는데, 대답해 보세요, 내 사랑." 그 감당할 수 없는 말들로 인해 문득 기력 상실한 존재로 변하여 버린 그가, 그러한 존재 특유의 무기력증 어린 미소를 지었다. 그렇게, 두 사람이 너무나 행복했던 기간이었던지라 그가 감히 돌이켜 생각조차 못 하던 그 여러 달 동안에도, 그녀가 그를 사랑했던 그 몇 개월 동안에도, 그녀가 벌써 그에게 거짓말을 하고 있었다니! 메종 도레로부터 나오는 길이라고 그녀가 그에게 말하였던 그 순간(두 사람이 '카틀레야를 한' 첫날 저녁) 못지 않게, 역시 스완이 짐작조차 하지 못한 거짓말을 감추고 있을 다른 순간들이 얼마나 많겠는가! 그는 그녀가 어느 날 자기에게 한 말을 다시 뇌리에 떠올렸다. "저의 드레스가 아직 준비되지 않았고, 저의 마차가 늦게 도착하였노라고 베르뒤랭 부인에게 말하면 그만이에요. 언제나 적당히 조처할 방법은 있어요." 늦게 온 사유를 설명하기 위하여, 약속시간을 변경할 때 그 명분을 내세우기 위하여, 그녀가 여러 차례 그에게 넌지시 건넨 그 말들이, 아마 그에게도, 당시에는 그가 상상조차 못하던, 그녀가 다른 남자와 해야 할 무엇을 감추고 있었음에 틀림없을 것이고, 그 다른 남자에게도 그녀가 이렇게 말하였을 것이다. "저의 드레스가 아직 준비되지 않았고, 저의 마차가 늦게 도착하였노라고 스완에게 말하면 그만이에요. 언제나 적당히 조처할 방법은 있어요." 그리하여, 스완의 가장 달콤한 모든 추억들 밑으로, 오데뜨가 그에게 하였던 가장 순진한, 그리하여 그가 복음서의 말처럼 믿었던, 그 말들 밑으로, 그녀가 그에게 이야기해 준 일상의 행위들 밑으로, 그녀의 재단사 여인이 살던 집과 불론뉴 숲의 산책로와 경마장 등 그에게 가장 친숙해진 장소들 밑으로, 가장 조밀하게 짜여진 일정들 속에서도 아직 놀이를 즐길 여유와 공간을 남기고 또 특정 행위들에게는 은신처로도 이용될 수 있는 시간의 그 잉여분 덕분에 가려진 채, 그가 매종 도레에 관련된 자백을 들으면서 이미 느꼈던 암흑과 같은 공포감이 사방에 어렴풋이 감돌게 하면서, 그리고 니느웨의 폐허 속에 있는 더러운 짐승들처럼 돌 하나하나를 뒤집어 그의 과거를 몽땅 뒤흔들면서,[208] 그에게 남아 있던 가장 소중한 모든 것들(그의 가장 아름다웠던 저녁들, 오데뜨가 그에게 알려 주던 것과는 항상 다른 시각에 그녀가 떠나곤 하였을 라 뻬루즈로 자체 등)을 그가 보기에 더럽고 역겨운 것으로 만들어버리는 생생한 거짓말들이, 그 모든 것들 밑으로 슬그머니 끼어드는 것을 느꼈다. 그의 기억이 매종 도레라는 명칭을 그에게 상기시킬 때마다 이제 그가 고개를 돌리는 것은, 최근에도 쌩-으베르뜨 부인 댁 야회에서 그랬듯, 그 명칭이 그가 오래 전에 상실한 행복을 그에게 상기시켰기 때문이 아니라, 이제야 막 알게 된 자기의 불행을 그 명칭이 일깨워 주었기 때문이다. 그런 다음 매종 도레라는 명칭 역시 불론뉴 숲 섬의 명칭처럼 변하여, 스완에게 괴로움 주기를 조금씩 멈추었다. 왜냐하면, 우리가 우리의 사랑 혹은 우리의 질투라고 믿는 것이, 지속적이고 분할 불가능한 하나의 같은 열정이 아니기 때문이다. 그것들은 무한수의 연속적인 사랑들과 다양한 질투들로 구성되고 또 그것들이 모두 일시적이지만, 그것들의 중단되지 않는 반복성으로 인하여 지속성이 있는 듯한 인상과 통일성이 있는 듯한 환상을 준다. 스완의 사랑이 영위하던 생명과 그의 질투가 보이던 한결같음은, 모두들 오데뜨를 그 대상으로 삼고 있던 죽음과 실절과 무수한 욕망과 무수한 의심 등으로 형성되어 있었다. 그가 그녀를 보지 않고 오랫동안 있었다면, 소멸될 것들이 다른 것들로 대체되지는 않았을 것이다. 그러나 오데뜨의 존재가 스완의 가슴에 교차되는 애정과 의혹의 씨를 지속적으로 뿌리고 있었다.

어떤 날 저녁에는, 그녀가 문득 그를 다시 한껏 상냥하게 대하면서, 그러한 기회를 즉시 이용해야 한다고 그에게 거칠게 말하는 한편, 그러지 않으면 그러한 상냥함이 재현되는 것을 여러 해가 흘러도 볼 수 없을 것이라고 경고하였다. 그러면 '카틀레야를 하기' 위하여 그녀의 집으로 즉시 돌아와야 했는데, 그녀가 그에 대하여 품었다고 주장하던 그 욕망이 어찌나 급작스럽고 불가해하며 강압적이었던지, 그다음 그녀가 그에게 퍼붓던 애무가 어찌나 시위성(示威性) 농후하고 기괴하였던지, 그 난폭하고 진실임 직하지 않은 애정이 스완에게, 하나의 거짓말이나 못된 짓 못지않게 슬픔을 안겨 주었다. 어느 날 저녁 그렇게, 그녀의 명령에 따라 그녀와 함께 돌아왔고, 그녀의 일상적인 냉담함과 큰 대조를 보이는 열렬한 말들을 그녀가 입맞춤 사이 사이에 쏟아놓는데, 문득 무슨 소리가 그의 귀에 들리는 것 같았다. 그가 벌떡 일어나 사방을 유심히 살폈고, 아무도 발견하지 못하였으나 그녀 곁에 다시 앉을 용기를 내지 못하였다. 그러자 화가 머리끝까지 치민 그녀가, 단지 하나를 집어던져 깨뜨리면서 스완에게 말하였다. "당신과는 도무지 아무것도 할 수 없어요!" 결국 그는, 그녀가 어떤 사람의 질투심에 고초를 가하기 위하여, 혹은 그 사람의 감각에 불을 붙이기 위하여, 그 사람을 그 방에 숨겨 두었었는지 여부에 대해서는 어떤 확신도 갖지 못하였다.

그가 가끔, 차마 그녀의 이름은 발설하지 못하였으되, 그녀에 관해 무엇인가를 알아낼 수 있기를 기대하며 사창가에 들르곤 하였다. "댁의 마음에 들 어린 여자 하나가 있어요." 포주가 그에게 말하곤 하였다. 그리하여 그가 처음 보는 가엾은 소녀와 한 시간쯤 이런저런 이야기를 나누곤 하였고, 그가 더 이상 아무 짓도 하지 않는 것에 소녀가 몹시 놀라곤 하였다. 아주 어리고 매혹적인 소녀 하나가 어느 날 그에게 말하였다.

"제가 바라는 것은 남자 친구 하나 만나는 것이에요. 그러면 제가 다시는 다른 어느 누구와도 어울리지 않으리라고 확신할 수 있을 거에요."

"누가 자기를 사랑한다는 사실에 한 여자가 감동할 수 있으며, 그 남자를 결코 배신하지 않을 것이라고, 자네는 정말 믿는가?" 스완이 초조한 기색으로 물었다.

"물론이에요! 하지만 성격 나름이에요!"

스완은 롬므 대공 부인의 마음을 기쁘게 해줄 수 있을 것 같은 말들을 그러한 여자들에게도 해주지 않을 수 없었다. 남자 친구를 찾는다고 한 소녀에게 그가 미소를 지으며 말하였다.

"멋지군, 자네는 자네의 푸른 눈에 자네의 허리띠 색깔을 맞추었군."

"손님의 소매도 푸른색이에요."

"이런 장소에서 나누는 우리의 대화가 참 멋있군! 내가 혹시 따분하지 않은가? 혹시 할 일이라도 있지 않은가?"

"아니에요, 저는 한가해요. 댁이 성가시게 여겨지면 솔직히 말씀드리겠어요. 하지만 정반대에요, 말씀하시는 것 듣기가 좋아요."

"내 마음에 썩 드는 말씀을 하시는군. 우리의 대화가 정답지 않은가요?" 그때 마침 들어온 포주에게 그가 말하였다.

"물론이에요, 바로 제가 생각하던 것이에요. '두 사람이 얌전하기도 해라! 바로 저것이야! 이제는 사람들이 조용히 대화하기 위하여 우리 집에 오는군.' 일전에 대공께서 말씀하시기를, 이곳이 자기 아내의 처소보다 낫다고 하였어요. 요즈음 상류 사교계에서는 여자들이 모두 잘난 체하는 모양인데, 정말 꼴불견이에요! 이만 물러가겠어요. 저는 입이 무거운 사람이에요." 그녀가 스완을 눈 푸른 소녀와 단둘이만 남겨 놓았다. 그러나 그도 곧 일어섰고, 소녀에게 작별인사를 하였다. 그녀에게 아무 관심도 없었던 바, 그녀가 오데뜨와 아는 사이가 아니었기 때문이다.

화가가 병석에서 일어난지 얼마 아니 된지라, 의사 꼬따르가 바닷가로 여행을 떠나라고 그에게 권하였다. 여러 '신도들'이 그와 함께 떠날 논의를 하였고, 베르뒤랭 내외도 자기들만 외톨이로 남아 있을 수 없어 요트 한 척을 빌렸다가, 결국에는 아예 그것을 취득하였으며, 따라서 오데뜨가 빈번히 해상유람을 떠나곤 하였다. 그녀가 떠날 때마다, 떠난지 얼마 아니 되어, 스완은 자신의 마음이 그녀로부터 멀어지기 시작하는 것을 느꼈으나, 마치 그러한 심리적 거리가 물리적 거리에 비례하기라도 하는 듯, 오데뜨가 돌아오면, 그 사실을 알게 된 순간부터는 그녀를 만나지 않고는 배기지 못하였다. 언젠가 한 번은, 단지 한 달 예정으로 여행길에 오른다고들 믿었는데, 그들이 중도에 유혹을 느꼈던지, 혹은 베르뒤랭 씨가 자기 처를 기쁘게 해주기 위하여 미리 은밀히 일을 그렇게 꾸몄다가 '신도들'에게 상황 보아가며 점차적으로 알렸는지, 여하튼 그들이 알제로부터 튀니스로 갔고, 그다음 이딸리아로, 그리스로, 콘스탄티노플[299]로, 그리고 소아시아로 갔다. 여행은 거의 한 해 동안 계속되었다. 스완은 자신이 완벽하게 평온함을, 거의 행복함을 느꼈다. 베르뒤랭 부인이 피아니스트와 의사 꼬따르에게, 한 사람의 숙모나 다른 한 사람의 환자들이 전혀 그들을 필요로 하지 않고, 어하튼 베르뒤랭 씨의 확언에 의하면 혁명의 와중에 있다는 빠리로 꼬따르 부인이 돌아가게 내버려 두는 것은 신중치 못하다고 하며 그들을 설득하려 하였음에도 불구하고, 그녀가 콘스탄티노플에서 그들에게 그들의 자유를 돌려줄 수밖에 없었다. 그리하여 화가도 그들과 함께 빠리로 떠났다. 어느 날, 그 세[300] 여행자가 돌아온지 얼마 아니 된 무렵, 마침 용무가 있던 뤽상부르 공원 방면으로 가는 승합마차를 발견하고 스완이 그 속으로 뛰어올랐고, 장식용 깃털 꽂은 모자, 비단 드레스, 방한용 외짝 모피 토시, 양산 겸용 우산, 명함 케이스, 깨끗이 세탁한 흰색 장갑 등으로 한껏 치장한 채 '당일' 순방길에 나선 꼬따르 부인과 마주 보고 앉게 되었다. 그 온갖 표장(標章)들로 몸을 감싼 채, 날씨가 궂지 않을 때에는, 그녀가 같은 구역 안에 있는 집들을 하나 하나 걸어서 방문하였으나, 다른 구역으로 이동하기 위해서는 환승 가능한 승합마차를 이용하였다. 여인의 천성적인 친절함이 소시민적 여자의 뻣뻣함을 뚫고 모습을 드러내기 전 처음 순간에는, 그리고 게다가 베르뒤랭 내외에 대해 자기가 스완에게 이야기를 해야 할지 잘 몰라서, 그녀가 아주 자연스럽게, 승합마차의 천둥같은 소음에 이따금씩 완전히 묻혀 버리던 그녀의 느리고 어색하며 부드러운 음성으로, 하루에 그 층계들을 마다하지 않고 오르내리던 스물다섯 집에서 자기가 듣고 또 옮기기도 하던 말들 중에서 선별한 것을 그에게 건넸다.

"선생님, 당신처럼 요즘 추세에 훤하신 분께, 모든 빠리 사람들이 마샤르[301]가 그린 초상화를 보러 미를리똥[302] 전람회장으로 꾸역꾸역 몰려가는 이때에, 그것을 보셨느냐고 새삼스럽게 여쭙지는 않겠어요. 그래, 그 작품에 대해서 어떻게 생각하세요? 선생님께서는 그 작품을 찬양하는 쪽이신가요, 혹은 비방하는 쪽이신가요? 어느 댁 응접실에 가든 마샤르의 초상화 이야기뿐이에요. 마샤르의 초상화에 대하여 나름대로의 견해 하나쯤 내놓지 못하면 멋있거나 교양 있거나 현대적인 사람으로 취급받지 못해요."

그 초상화를 보지 못하였노라고 스완이 대답하자, 자기가 그로 하여금 그러한 사실을 고백하도록 한 것이 아닌가 하여, 꼬따르 부인이 순간 걱정스러운 마음에 휩싸였다.

"아! 그러한 사실을 거침없이 말씀하시고, 마샤르가 그린 초상화를 아직 보시지 못하였어도 그 사실을 불명예로 여기시지 않으니 정말 다행이에요. 저는 그러시는 선생님이 정말 멋지다고 생각해요. 그래요, 저는 그것을 보았어요, 견해는 분분하여, 조금 지나치게 꼼꼼한, 핥듯이 그린 작품이라고들 하는가 하면, 휘저어 일으킨 크림 거품 같다고 하는 이들도 있으나, 저는 그것이 초상화의 이상형이라고 생각해요. 물론 그 초상화 속 여인이 우리의 친구 비슈가 그린 하늘색과 노란색 짙은 여인들을 닮지는 않았어요. 그러나 저는 솔직히 고백해야겠어요. 비록 제가 별로 세기말적이지 못하다고[303] 생각하시더라도 저의 생각을 말씀드리거니와, 저는 모두지 이해할 수 없어요. 물론 그가 그린 제 남편의 초상화에 장점들이 있음은 인정해요. 그 초상화는 그가 평소에 그리는 것들보다는 덜 기이해요. 하지만 저의 남편에게 푸른 수염을 붙여 주지 않고는 못 배겼어요. 반면 마샤르는 어떤가요! 제 말 들어 보세요. 제가 지금 보러 가는(선생님과 동행하게 되어 저에게는 커다란 기쁨이지만) 친구의 남편도, 그녀에게 약속하기를, 자기가 한림원 회원에 임명되면(저희 집 의사 양반의 동료들 중 하나예요) 마샤르로 하여금 그녀의 초상화를 그리도록 하겠노라 하였답니다. 물론 하나의 아름다운 꿈이지요! 저에게 다른 친구 하나가 있는데, 그녀는 를루와르[304]가 더 좋다고 하더군요. 저는 일개 문외한에 불과하고, 또 를루와르가 기술적으로는 아마 우월할지도 모르지요. 그러나 제가 생각하기로는, 하나의 초상화가 갖추어야 할 최우선적 장점은, 특히 그 가격이 일만 프랑에 달할 경우에는,[305] 그것이 실제 인물을 닮아야 하고, 또 그 유사성이 보기에 기분 좋아야 한다는 것이에요."

자기의 장식용 깃털의 높이와, 명함 케이스에 새겨진 이름 첫 글자들, 세탁소 주인이 그녀의 장갑 속에 잉크로 써넣은 번호, 베르뒤랭 내외에 대하여 스완에게 말하기 어려웠던 곤혹스러움 등이 그녀에게 불어넣은 영감에 이끌려 그러한 말들을 늘어놓은 다음, 마부가 자기를 내려 주게 되어 있는 보나빠르뜨 로 모퉁이가 아직 먼 것을 깨닫고는, 꼬따르 부인이, 자기에게 시종 다른 말을 하라고 조언하고 있던 자기의 심정에 드디어 귀를 기울이게 되었다.

"저희들이 베르뒤랭 부인과 여행을 하는 동안 내내, 선생님의 귀가 몹시 간지러웠을 거예요." 그녀가 그렇게 허두를 떼었다. "모두들 선생님 이야기만 하였으니까요."

스완이 크게 놀랐다. 베르뒤랭 내외 앞에서는 아무도 자기의 이름을 결코 입에 담지 않았으리라 짐작하고 있었기 때문이다.

"게다가 크레씨 부인이 함께 있었으니 더 이상 말할 것 없지요." 꼬따르 부인이 덧붙였다. "오데뜨는 어디엘 가든 얼마 아니 되어 선생님 이야기를 꺼내지 않고는 못 배기지요. 그리고 짐작하시겠지만 험담이 아니에요. 아니! 저의 말을 의심하시나요?"

스완의 회의적인 몸짓을 보고 그녀가 말하였다.

그리고, 자기가 가지고 있던 확신의 진실성에 휩쓸려, 또한 친구들을 결합시켜 주는 다정함에 대하여 말하기 위해 사용할 때의 의미로만 그녀가 이해하는 말 속에 추호도 못된 사념을 부여하지 않으면서, 다시 말하였다.

"그녀가 정말 선생님을 열렬히 사랑해요! 아! 제가 확신하거니와, 그 누구도 그녀 앞에서 선생님을 비방해서는 아니 될 거에요! 틀림없이 곤경에 처하게 될 거에요! 어떠한 계기이든, 예를 들어 우리들 앞에 그림 한 폭이 있으면, 그녀가 이렇게 말하곤 하였지요. '아! 그가 여기에 있으면, 이 그림이 진품인지 아닌지 우리들에게 말해 줄 수 있으련만. 그런 일에서는 아무도 그를 따를 수 없어요.' 그리고 항상 궁금해하며 이렇게 말하곤 하였어요. '지금 무얼 하고 있을까? 연구만이라도 조금 하면 얼마나 좋을까! 그토록 재능 탁월한 젊은이가 그토록 게으르다니, 불행한 일이에요.' (저의 이러한 말버릇을 용서해 주시는 거죠, 그렇지 않아요?) '지금 그가 제 눈에 보여요. 그가 우리들 생각에 잠겨, 우리들이 어디에 있을까 자신에게 묻고 있어요.' 그녀가 심지어 제가 보기에는 매우 예쁜 말 한마디도 하였어요. 베르뒤랭 씨가 그녀에게 물었지요. '당신이 지금 그가 있는 곳으로부터 팔백 리으[306]나 되는 곳에 계신데, 도대체 어떻게 그가 하고 있는 것을 볼 수 있단 말이오?' 그러자 오데뜨가 이렇게 대꾸하였어요. '연인의 눈에는 불가능한 것이 없어요.' 아니에요, 맹세합니다만, 이러한 이야기를 해드리는 것은 선생님의 비위를 맞추기 위해서가 아니에요. 정말 흔치 않은 진정한 연인을 두셨어요. 아울러 말씀드리지만, 혹시 그러한 사실을 모르신다면, 오직 선생님만 모르시는 거에요. 심지어 베르뒤랭 부인께서도 마지막 날까지 저에게 말씀하셨어요(아시다시피 떠나기 직전에는 모두들 더 곡진하게 이야기하는 법이지요). '오데뜨가 우리들을 좋아하지 않는다고는 하지 않겠어요. 하지만 우리 모두가 한꺼번에 그녀에게 하는 말이 스완 씨가 그녀에게 하는 말의 무게는 갖지 못해요.' 오! 맙소사, 마부가 저를 위하여 마차를 세우는군요. 선생님을 상대로 수다를 떨다가 그만 보나빠르뜨 로를 지나칠 뻔하였어요…. 저를 도와주시는 뜻에서 저의 치장용 깃털이 똑바로 서 있는지 말씀해 주시겠어요?"

그러더니 꼬따르 부인이 자기의 외짝 토시로부터 하얀 장갑 낀 손을 빼내어 스완에게 내밀었고, 그 장갑으로부터 환승표 한 장과 함께, 승합마차를 가득 채운 상류층 생활의 환영(幻影)이 세탁소 냄새와 혼융되어 튀쳐나왔다. 그리하여 스완은, 베르뒤랭 부인에게로 향한 것만큼이나(또한 거의 오데뜨에게로 향한 것만큼—그가 오데뜨에 대하여 느끼고 있던 감정이, 그것에 더 이상 괴로움이 섞여 있지 않아, 더 이상 사랑의 감정이 거의 아니었으니), 그녀에게로 향한 다정함이 자기를 채우고 넘쳐 흐르는 것을 느꼈고, 그동안 승합마차의 승강대 위에 선 채 그는, 모자의 깃털 장식을 높직이 세우고, 한 손으로는 자기의 드레스 자락을 치커올리는 한편, 다른 한 손으로는 양산 겸용 우산과 문자들이 잘 보이도록 명함 케이스를 들고, 토시가 앞에서 춤추듯 덜렁거리게 하면서, 보나빠르뜨 로에 씩씩하게 접어들고 있는 그녀를 눈으로 따라가고 있었다.

스완이 오데뜨에 대하여 품고 있던 병적인 감정들에 맞서 경쟁 시키기 위하여, 자기의 남편보다 오히려 뛰어났을 치료사였던 꼬따르 부인이, 그것들 곁에 감사나 우정과 같은, 이번에는 정상적인, 다른 감정들을 이식하였는데, 그것들은 스완의 뇌리에서 오데뜨가 더욱 인간적으로 보이게 할(즉, 다른 여인들 또한 그에게 그러한 감정들을 불어넣어 줄 수 있으니, 그러한 여인들과 더 닮은), 그리고, 화가의 집에서 있었던 연회 후 그를 포르슈빌과 함께 자기의 집으로 데리고 가서 오랑쟈드 한 잔을 대접하던, 그리하여 그 곁에서 행복하게 살 수 있으리라고 스완이 언뜻 가능성을 간파하였던, 바로 그러한 오데뜨로의 최종적인 변형을 촉진시킬 감정들이었다.

지난날, 자기가 언젠가는 오데뜨에게 반하기를 멈추게 되리라 자주 생각하였던지라, 그는 항상 주의를 게을리하지 않으리라, 그리하여 사랑이 자기를 떠나기 시작한다고 느끼기 무섭게 그것에 매달려 그것을 잡아두겠노라, 자신에게 약속하였다. 그런데 뜻밖에도 그가 품었던 사랑의 약화에, 연정에 사로잡힌 상태로 남고 싶던 욕망의 약화가 동시발생적으로 상응하였다. 왜냐하면, 지금은 더 이상 아닌 인물의 감정에 복종하기를 계속하면서 자신이 변할 수는, 즉 다른 인물이 될 수는, 없기 때문이다. 가끔, 어느 신문에서 언뜻 본, 오데뜨의 옛 정인일 수 있었으리라 그가 추측하던 남자들 중 하나의 이름이, 그에게 다시 질투심을 불러 일으키곤 하였다. 그러나 그것이 아주 가벼웠고, 게다가 그 질투심이, 그가 그토록 엄청난 고통에 시달리던—하지만 또한 그토록 관능적인 느낌도 경험한—시절로부터 아직 완전히 빠져나오지 못하였고, 따라서 중도에 만나는 우연들이 그로 하여금 아마 언뜻 그리고 멀리에서나마 아직도 그 시절의 아름다움들을 바라보도록 허락하리라는 것을 입증하였던지라, 그 질투심은 오히려, 베네치아를 떠나 프랑스로 돌아가는 어느 침울한 빠리 사람에게, 마지막 남은 모기 한 마리가, 이딸리아와 여름이 아직은 그리 멀리 가버린 것이 아니라고 증언해 주듯, 그에게 일종의 유쾌한 자극을 유발해 주곤 하였다. 그러나 대개의 경우, 그의 생애 중 그토록 특별했던 시기로부터 빠져나오면서, 그곳에 더 머물려는 것은 아니로되, 적어도 아직 그럴 수 있는 동안에 그 시기의 명료한 영상 하나를 얻어 간직하려 노력할 때마다, 그는 이미 그것이 불가능함을 간파하였다. 그는 자기와 이제 막 작별한 그 사랑을, 곧 시야에서 사라질 풍경 바라보듯 멀리에서 바라보고 싶었다. 그러나 스스로를 이중적 존재로 만들어, 느끼기를 그친 어떤 감정의 진실한 광경을 자신에게 제공하는 것이 하도 어려운지라, 결국 얼마 아니 되어 그의 뇌수에 어둠이 드리워졌고, 아무것도 보이지 않았으며, 그가 응시하기를 포기한 후, 자기의 외알박이 안경을 벗어, 그 렌즈를 닦곤 하였다. 그리고 자신에게 말하기를, 조금 쉬는 편이 나으며, 잠시 후로 미루어도 늦지 않을 것이라 하더니, 오랜 세월 살았고, 그리하여 마지막 작별인사를 하기 전에는 시야에서 사라지도록 내버려 두지 않겠다고 스스로에게 다짐한 그 고장으로부터, 점점 더 빨라지는 속도로 멀리 자신을 이끌어 가는 객차 속에서, 잠을 청하기 위하여 자신의 눈 위로 모자를 내려 얼굴을 덮는, 졸음에 겨운 어느 여행자의 마비상태 속으로, 모든 호기심을 버린 채 주저앉곤 하였다. 심지어, 프랑스 땅에 들어와서야 잠에서 깨어날 경우 그 여행자가 그랬을 것처럼, 포르슈빌이 오데뜨의 정인이었다는 증거를 자신의 주변에서 우연히 발견하였을 때, 스완은 자신이 아무런 고통도 느끼지 않고, 이제 사랑이 멀리 가버렸음을 간파하였으며, 그것이 자기 곁을 영원히 떠나던 순간이 자기에게 통보되지 않았음을 아쉬워하였다. 또한, 오데뜨를 처음으로 포옹하기 직전, 자기에게 그토록 오랫동안 익숙했으나 그 입맞춤의 추억이 변형시킬 그녀의 얼굴을 자신의 기억에 각인하려 하였듯이,

최소한 생각으로나마, 그에게 사랑과 질투의 정을 불러일으키는 오데뜨, 그에게 숱한 괴로움을 안겨 주는 그 오데뜨, 하지만 이제 영영 다시 못 볼 그러한 오데뜨에게, 그녀가 아직 존재하는 동안에, 작별인사를 할 수 있기를 아마 바랐을 것이다. 그가 착각하고 있었다. 그러한 오데뜨를, 몇 주 후, 다시 한 번 더 보게 되어 있었다. 그것은 그가 잠든 동안, 꿈의 어스름한 빛 속에서였다. 그가 베르뒤랭 부인, 의사 꼬따르, 누구인지 모를 터키 모자 쓴 젊은이, 화가, 오데뜨, 나뽈레옹 3세, 그리고 나의 할아버지 등과 함께, 바다 위로 불쑥 나와, 때로는 아주 높게, 때로는 불과 몇 미터 높이로 절벽을 이루는, 그리하여 끊임없이 오르막과 내리막이 차례로 이어지는, 어느 해변의 길을 따라 산책을 하고 있었다. 이미 내리막길로 들어선 산책자들은 아직도 오르막길에 있던 이들의 시야에서 사라졌고, 얼마 남지 않은 낮의 밝음이 약해지고 있어, 캄캄한 어둠이 곧 널리 펼쳐질 것 같았다. 가끔 물결이 길섶까지 뛰어올랐고, 스완은 자기의 볼에 차가운 물방울이 튀는 것을 느꼈다. 오데뜨가 그에게 물방울들을 닦으라 하였으나 그것이 불가능했고, 그녀 앞이었던지라 그리고 자기가 잠옷 차림이었던지라, 어찌 할 바를 몰랐다. 그는 사람들이 어둠 때문에 그러한 사실을 알아차리지 못하리라 기대하고 있었는데, 하지만 그러는 동안에도 베르뒤랭 부인은 놀란 시선으로 그를 한동안 뚫어지게 바라보았고, 그가 보자니, 그녀의 얼굴이 일그러지면서 그녀의 코가 길어졌고 커다란 콧수염이 나 있었다. 그가 오데뜨를 바라보기 위하여 고개를 돌렸다. 작고 붉은 반점들이 있는 그녀의 두 볼은 창백했고, 눈가에 거무스레한 무리가 져 있는 얼굴이 초췌하건만, 그녀가 다정함 가득하고 눈물처럼 얼굴에서 분리되어 금방이라도 그에게로 떨어질 듯한 눈[307]으로 그를 바라보는지라, 그녀를 사랑하는 그의 정이 어찌나 강했던지, 그는 즉시 그녀를 데리고 그곳을 떠나고 싶을 지경이 되었다. 오데뜨가 문득 자기의 손목을 돌려 작은 시계를 들여다보더니 이렇게 말하였다. "저는 가야 해요." 그녀가 모든 사람들에게, 또 스완에게 따로, 그날 저녁이나 다른 날, 어디에서 다시 만날 것인지도 말하지 않고, 다른 사람들에게와 마찬가지로 작별을 고하였다. 그는 그녀에게 감히 그것을 묻지 못하였고, 그녀를 따라가고 싶었지만, 그녀를 향해 돌아서지도 못한 채, 베르뒤랭 부인의 어떤 질문에 미소를 지으며 대답할 수밖에 없었다. 그러나 그의 심장이 무시무시하게 두근거렸고, 오데뜨에게로 향한 증오심에 휩싸여, 조금 전까지도 그토록 좋아하던 그녀의 두 눈을 뽑고, 생기 없는 그녀의 두 볼을 짓이기고 싶은 지경이 되었다. 그는 베르뒤랭 부인과 함께 계속하여 올라갔다. 즉, 반대 방향으로 내려가고 있던 오데뜨로부터 한 걸음 옮길 때마다 멀어졌다. 그녀가 떠난 직후 나뽈레옹 3세도 자취를 감추었다고, 화가가 스완에게 알려 주었다. 그러면서 덧붙여 말하였다. "틀림없이 두 사람 사이에 합의되었던 일인 듯합니다. 해변 아래쪽에서 만나기로 되어 있었으나, 예의상 함께 작별인사를 하고 싶지는 않았던 모양입니다. 그녀가 그의 정부입니다." 낯선 그 젊은이가 울기 시작하였다. 스완이 그를 달래며 애를 썼다. "누가 뭐라 해도 그녀의 처신이 옳아요." 젊은이의 눈물을 닦아주며, 또 그가 더 편안하도록 그의 터키 모자를 벗겨 주며,[308] 스완이 그에게 말하였다. "내가 그녀에게 열 번이나 그러라고 권하였어요. 그 일을 왜 슬퍼하나요? 누구보다도 그녀를 이해할 수 있는 남자였어요." 스완이 그렇게 자신을 향해 말하고 있었으니, 그가 처음에 누구인지 알아볼 수 없었던 젊은이 역시 그였으니 말이다. 특정

부류의 소설가들처럼, 그가 자기의 인격을 두 인물에게 분배하였던 바,[309] 두 인물이란 꿈을 꾸는 인물과, 터키 모자를 쓰고 그 인물 앞에 나타난 젊은이를 가리킨다.

나뽈레옹 3세라는 명칭의 경우, 포르슈빌에게 그러한 명칭을 부여하게 한 것은, 여러 관념들의 어렴풋한 연합, 남작[310]의 평소 용모에 가해진 일정 수준의 변형, 그리고 그의 가슴팍 위로 늘어진 목걸이 모양의 커다란 레지옹 도뇌르 훈장 리본 등이었다. 그러나 실제로는, 그리고 꿈속에 등장한 인물이 그에게 나타내고 또 상기시킨 모든 것들로 보아, 그 인물은 틀림없는 포르슈빌이었다. 왜냐하면, 불완전하고 변화무쌍한 영상들로부터 잠든 스완이 잘못된 추론을 이끌어 내고 있었을 뿐만 아니라, 순간적으로나마, 몇몇 하등 생물체들처럼 단순한 분열을 통해 스스로를 번식시키는 그 엄청난 창조력을 얻었기 때문이다. 그리하여, 자기가 느낀 자신의 손바닥 열기를 가지고, 자기가 악수하며 쥐고 있는 것으로 믿는 타인의 손 오목한 부분을 빚어내거나, 아직 한 번도 의식하지 못하였던 감정들과 인상들로부터 일종의 의외적 사건들이 발생하게 하였는데, 그 의외적 사건들이, 자기들 고유의 논리적 맥락을 통해, 스완의 꿈속 지정된 순간에다, 그의 사랑을 받거나 그의 깨어남을 촉발하는데 필요한 인물을 데려다놓게 되어 있었다.[311] 별안간 칠흑같이 어두워지더니 경종이 울렸고, 주민들이 화염에 휩싸인 집들로부터 피신하여 달음박질을 치며 지나가는데, 마구 뛰어오르는 물결 소리와, 흉곽 속에서 불안감에 휩싸여 못지않게 맹렬한 기세로 두근거리는 심장의 박동 소리가, 스완의 귀에 들려왔다. 문득 그의 심장 박동 속도가 배로 빨라졌고, 그가 고통과 함께 원인 알 수 없는 구토증을 느꼈다. 온몸이 화상으로 뒤덮인 촌사람 하나가 지나가면서 그에게 던지듯 한마디 하였다. "샤를뤼스에게 가서, 오데뜨가 그의 동료와 저녁 시간을 함께 보내기 위하여 어디로 갔는지 물어보시오. 샤를뤼스가 전에는 그녀와 어울렸던지라, 그녀가 그에게는 모든 이야기를 하오. 불을 지른 사람들은 그들이오." 그 촌사람은 다름아닌 그의 시종이었고, 그를 깨우러 온 시종이 그에게 말하였다.

"나리, 여덟 시입니다. 이발사가 이미 왔습니다만, 제가 한 시간 후에 다시 들르라고 하였습니다."

하지만 시종의 그 말이, 스완이 잠겨 있던 수면파(睡眠波)[312]를 통과하였던지라, 그의 의식에 도달하기 위해서는, 한 줄기 광선이 깊은 물속에서 하나의 태양으로 보이게 하는, 그러한 굴절을 겪을 수밖에 없었으며, 마찬가지로, 잠시 전 울린 초인종 소리가, 수면상태라는 그 심연 속에서 경종의 음색을 얻어, 화재 사건을 잉태시킨 것이다. 그러는 동안 그의 목전에 있던 장식적 풍경들이 먼지처럼 날아가 버렸고, 그가 눈을 떴으며, 멀어져 가고 있던 바다의 물결들 중 하나의 소음을 마지막으로 들었다. 그가 자기의 볼을 만져보았다. 볼에는 물기가 없었다. 하지만 차가운 물의 느낌과 소금맛은 생생히 기억해 내었다. 그가 일어나 옷을 입었다. 깡브르메르 부인이—즉 르그랑댕 아씨가—꽁브레에 가서 며칠 동안 머물게 되어 있다는 사실을 알고, 그날 오후 꽁브레에 가겠노라고 전 날 나의 할아버지에게 편지를 보냈던지라, 이발사를 일찍 부르게 하였던 것이다. 그 젊은 얼굴의 매력과 그가 그토록 오랫동안 가지 않았던 그 시골의 매력이, 그의 기억 속에서 서로 연합하여, 그로 하여금 며칠 동안 빠리를 떠나기로 결심하도록 그를 함께 유혹하였던 것이다. 우리들을 특정인들 앞에 데려다놓는 다양한 우연들이, 우리가 그 인물들을 사랑하는 시기와 일치하지 않고, 그 시기를 넘어 연장되는지라, 그 시기가 시작되기 전에 일어날 수 있고 끝난 후에도 반복될 수 있는 것처럼, 훗날 우리의 마음에 들 운명에 놓여 있는 사람이 우리의 생애에 모습을 드러내는 그 최초 출현이, 훗날 돌이켜보면, 하나의 경고 내지 징조의 가치를 갖는다. 오데뜨를 처음 만났던 그날 저녁에는 그녀를 다시 만나리라고 꿈조차 꾸지 않았건만, 그날 극장에서 만난 그녀의 영상을 스완이 자주 회상하는 것은 그러한 형태로였고—이제, 자기가 프로베르빌 장군을 깡브르메르 부인에게 소개한 현장인 쌩-으베르뜨 부인 댁 야회 역시 그러한 식으로 회상하였다. 우리의 삶이 표시하는 관심은 하도 다양하여, 우리를 괴롭히는 고통이 깊어지는 현장 바로 옆에, 아직까지 존재하지 않던 행복의 이정표들이 세워지는 것은 드물지 않은 일이다. 또한, 의심할 나위 없이, 그러한 일이 쌩-으베르뜨 부인 댁 이외의 다른 곳에서도 일어날 수 있었을 것이다. 심지어, 그날 저녁, 그가 만약 다른 곳에 있었다면, 혹시 다른 행복들이, 다른 괴로움들이 그에게 닥쳐, 훗날 그것들이 그에게는 필연적으로 보이지 않았을지 누가 알겠는가? 그러나 그가 보기에 필연적이었다고 여겨지던 것은, 이미 실제로 일어난 것이었고, 따라서 자신이 쌩-으베르뜨 부인 댁 야회에 참석하기로 결단을 내린 그 사실 속에서, 그는 섭리적인 그 무엇을 자칫 발견할 지경이었는데, 그것은, 생의 풍요로운 창의력 찬미하기를 갈망하되, 가장 희구해야 할 것이 무엇일까 알아내는 것과 같은 부류의 어려운 질문을 자신에게 오랫동안 지속적으로 제기할 능력이 없던 그의 오성이, 그가 그날 저녁 느낀 고통들과 아직 짐작도 못하였지만 이미 싹트고 있던 즐거움들—그것들 사이에 균형을 확립하는 것 또한 너무 어려웠다—속에 일종의 필연적 연계가 있다고 믿었기 때문이다.

  그러나, 잠에서 깨어난지 한 시간 후, 기차 객실에서 자기의 '솔머리'가 흐트러지지 않도록 하라고 이발사에게 설명하는 동안, 그가 자기의 꿈을 다시 생각하였고, 오데뜨의 창백한 안색, 지나치게 야윈 볼, 초췌한 용모, 푸르스름한 눈자위 등—오데뜨에 대한 지속적인 사랑으로 말미암아, 그가 그녀로부터 받은 영상을 오랫동안 망각하게 한, 연속적인 애정 표현이 진행되던 동안—그들의 관계 초기 이후에는 그의 시선을 끌지 못하던 그 모든 것들을 곁에서 느끼듯 다시 보았는데, 그가 잠든 동안 그의 기억이 그것들의 정확한 느낌을 그 초기 시절로 찾으러 갔었음에 틀림없었다. 또한 그 순간, 그가 더 이상 불행하지 않기 무섭게, 그리고 동시에 그의 윤리적 수준이 낮아지기 무섭게, 그에게 나타나곤 하던 그 간헐적 상스러움을 드러내면서, 그가 속으로 이렇게 외쳤다. "나의 마음에 썩 들지도 않고 나의 취향에 맞지도 않는 여자를 위하여, 나의 생애 중 여러 해를 낭비하였고, 내가 심지어 죽으려고 하였으며, 나의 가장 심각한 사랑을 쏟았다니!"

3부

고장들의 명칭-명칭

불면의 밤이면 내가 그 영상을 가장 자주 뇌리에 떠올리던 방들 중 어느 것도, 오톨도톨하고 꽃가루에 덮여 있고 식용할 수 있고 신앙심 돈독한 공기 흩뿌려 놓은 꽁브레 방들[1]과의 이질성에 있어, 발벡 해변의 그랜드 호텔 방만큼 심하지 않았는데, 그 호텔 방의 리프 에나멜[2] 칠한 벽들은, 물로 하여금 푸른색을 띠게 하는 수영장의 매끄러운 내벽들처럼, 맑고 바다처럼 푸르며 소금기 머금은 공기를 내포하고 있었다. 그 호텔의 설비 책임자였던 바이에른 출신의 실내장식업자가 방들의 치장에 변화를 주어, 내가 우연히 투숙하였던 그 방의 세 벽면을 따라 유리창 달린 낮은 책장들을 죽 늘어놓았는데, 책장들이 놓인 자리에 따라, 그리고 실내장식 업자도 예상하지 못하였던 뜻밖의 효과로 인해, 바다의 변화무쌍한 화폭 중 이런 저런 부분이, 오직 마호가니 널빤지들만이 군데군데 끊던 얇은 남색 장식띠 한 가닥을 펼치면서, 책장들에 반사되곤 하였다. 그리하여 그 방 전체가 '모던 스타일'[3] 가구 전시회에서 보여 주는 공동침실 견본을 닮았는데, 그 공동침실들은 한결같이, 그곳에서 잘 사람들의 눈을 즐겁게 해줄 수 있으리라 짐작되는, 그리고 그 숙소가 자리 잡을 입지의 유형과 관련이 있는 주제를 내포하고 있는, 예술품들로 장식한다.

그러나, 폭풍우가 심한 날이면, 바람이 하도 강하여, 나를 샹젤리제로 데리고 가던 프랑수와즈가, 머리에 기왓장이 떨어질 위험이 있으니, 걸으면서 담장에 너무 가까이 다가가지 말라고 나에게 당부하는 한편, 신문들이 보도한 대재난과 난파 사고들에 대하여 탄식하며 이야기할 때마다 내가 자주 동경하던 그 발백만큼, 실제의 발백과 닮지 않은 것은 없었다. 나에게는, 바다 위에 펼쳐지는 폭풍을 바라보는 것보다, 그러나 단순히 아름다운 광경으로보다는 자연의 실재적 생명이 너울을 벗은 한순간으로 바라보는 것보다, 더 큰 열망은 없었다. 혹은 그보다는, 내가 보기에 아름다운 광경들이란, 나의 즐거움을 위하여 인위적으로 조합된 것들이 아니라, 풍광이나 위대한 예술의 아름다움처럼 필연적이고 무엇으로도 대체할 수 없는 광경들뿐이었다. 나는, 나 자신보다도 더 진실하다고 내가 믿던 것, 어느 위대한 천재의 사념이나, 인간의 개입이 없이 자신에게 맡겨진 채 스스로 드러나는 자연의 힘 혹은 우아함을 다소나마 나에게 보여 주는, 그러한 가치가 있어 보이는 것들에 대해서만 호기심을 품었고 그것들 알기를 갈망하였다. 축음기에 의해 재생된 어머니의 아름다운 음성이 어머니를 잃은 우리의 마음을 달래줄 수 없듯이, 마찬가지로, 기계적으로 모방한 폭풍우에 대해서는 내가, 박람회장의 조명 찬란한 분수에 대해서만큼이나 무심했을 것이다.[4] 나는 또한, 폭풍우가 완벽하게 천연적이도록, 해변도, 근래에 이르러 지방 관청에서 조성한 방파제가 아니라, 자연적으로 형성된 해변이기를 바랐다. 게다가, 그것이 나의 내면에 일깨워 놓던 모든 감정들로 보아, 자연이란 것이 인간의 기계적 산물들에 가장 정면으로 배치되는 것처럼 보였다. 자연이 인간의 흔적을 적게 간직할수록, 그만큼 나의 가슴이 확장될 수 있는 공간을 나에게 제공하는 것 같았다. 그런데 나는 일찍이, 르그랑댕이 언급한 발백이라는 명칭을, '무수한 해난 사고로 유명하고 염포(殮布) 같은 안개와 물결의 포말이 연중 여섯 달 동안 감싸고 있는 그 죽음의 해안' 아주 가까이에 있는 해변의 명칭으로 기억해 두고 있었다.

그가 이렇게 말하였다. "그곳에 서면 아직도 발 밑에, 심지어 휘니스떼르[5]에서보다도 더(그리고 이제, 대지의 가장 태곳적 뼈대를 변모시키지 못한 채, 호텔들이 포개져 들어설지라도), 프랑스의, 유럽의, 태곳적 대지의, 끝이 있음을 느끼지요. 또한 그곳은, 바다 안개와 망령들의 영원한 왕국을 정면으로 대하며 태초부터 살아온 모든 어부들과 유사한, 그러한 어부들의 마지막 야영지이지요."[6]

어느 날 내가 꽁브레에서, 가장 사나운 폭풍우를 구경하기에 그곳이 가장 좋은 지점인지 그로부터 직접 듣기 위하여, 스완 씨 앞에서 그 발백 해변 이야기를 꺼냈고, 그가 내 말에 이렇게 대답하였다. "내가 발백에 대해서는 제법 안다고 생각해요. 12세기로부터 13세기에 걸쳐 지어졌고, 반쯤은 여전히 로마네스크 양식인 발백의 교회당이 아마 노르망디 고딕 양식의 가장 신기한 표본일 것이며, 그것이 어찌나 기이한지, 그것이 페르시아 예술의 산물이라고 할 만해요." 그 말을 듣는 순간, 그때까지 나에게는 거대한 지질학적 현상들이 발생하던 시기의 상태로 남아 있는, 태고의 자연을 간직한 것처럼 여겨지던—그리고 또한, '중세'를 모르기는 고래들보다 나을 것 없는 그 야만적인 어부들과 함께, '오케아노스'나 '큰 곰' 만큼이나 인간의 역사 범주 밖에 있는 것으로 여겨지던[7]—지역들이, 문득 로마네스크 시대를 경험하고 세기들의 열(列)에 들어서는 것을 보는 것과, 봄이 되면 극지방의 설원 여기저기에 별들처럼 모습을 드러내는 연약하되 생기 넘치는 그 특이한 식물들처럼, 고딕풍의 클로버[8]가 적시에 와서 그 험한 암석들 표면에 잎맥처럼 새겨졌다는 사실을 알게 된 것이, 나에게는 커다란 매력이었다. 나는 그 어부들이 어떻게 살았을지, 그리고 '중세'를 거치며, 죽음의 절벽 발치에 있는 '지옥의 해변'[9] 어느 지점에 옹기중기 모여 시도하였을, 그 최초의 조심스럽고 갑작스러웠던 사회적 관계 정립 노력을 상상해 보려 하였다. 그러자, 그때까지 내가 항상 도심지에 있는 것으로 상상하던 고딕 양식이, 도시들로부터 분리되어 더욱 생동하는 듯하였고, 특별한 경우, 그것이 어떻게 사나운 암석 위에서 발아하여 하나의 섬세한 종탑으로 피어났는지를 선명하게 그려 볼 수 있었다. 어른들이 나를 데리고 발백에 있다는 유명한 석상들, 가령 양떼처럼 굼실거리고 코가 납작한 사도들이나 그곳 교회당 정문에 있다는 성처녀상 등의 복제품을 구경하러 갔었는데, 내가 직접, 그것들이 영원하고 소금기 머금은 안개 위로 형상을 이루며 떠오르는 것을 볼 수 있으리라는 생각을 하는 순간, 나의 호흡이 기쁨에 겨워 나의 흉곽 속에서 문득 멈추었다. 그 이후, 비바람 몰아치고 포근한 2월의 밤마다, 바람이—나의 침실 벽난로 못지않게 뒤흔들던 나의 가슴속에 발백으로의 여행 계획을 불어넣으면서—나의 내면에, 고딕식 건물에 대한 열망과 바다 위에 일어나는 폭풍우에 대한 열망을 뒤섞어 놓곤 하였다.

나는 당장 다음 날부터라도 그 멋지고 너그러운 한 시 이십이 분 기차에 오르고 싶었고, 철도회사의 안내판이나 주유(周遊) 여행 광고문에서 그 출발시각을 읽을 때마다 가슴이 두근거렸다. 그 시각이 내가 보기에는, 오후의 어느 정확한 지점에 감미로운 홈 하나를 혹은 신비한 표시 하나를 새기고, 일탈한 시각들이 그것으로부터 평소와 다름없이, 그날 저녁에, 그리고 다음 날 아침에 이르되, 빠리에서가 아니라, 기차가 경유하면서 우리에게 선택하기를 허락하는 도시들 중 하나에서 우리가 맞게 될, 그 저녁과 그다음 날 아침에 이르게 되어 있는 것 같았다. 기차가 바이으, 꾸땅스, 비트레, 께스땅베르, 뽕또르송, 발백, 라니옹, 랑발, 베노데, 뽕-아벤, 깽뻬를레 등지에서 정차한 다음,[10] 그것이 나에게 제공하던, 그러나 어느 것 하나 희생시킬 수 없어 선택이 불가능한, 명칭들을 멋지게 잔뜩 싣고 여행을 계속하게 되어 있었기 때문이다. 그러나 나의 부모님이 허락만 하신다면, 나는 그 시각의 기차를 기다리지 않고, 서둘러 옷을 차려입은 후 당장 저녁에라도 출발하여, 광란하는 바다 위로 동이 틀 무렵 발백에 도착한 다음, 바다로부터 날아오르는 포말에 대비하여 그 페르시아 양식의 교회당 안으로 피신할 수 있을 것 같았다. 그러나 부활절 휴가철이 다가와, 나의 부모님께서 내가 모처럼 휴가를 이딸리아 북부에서 보내도록 해주시겠다고 약속하셨을 때, 물결들이 사방으로부터 질주하듯 몰려와, 외부의 벽들이 절벽처럼 깎아지른 듯하고 거칠며 그 종탑 속에서는 바닷새들이 날카롭게 소리를 질러대는 교회당들 곁으로, 가장 야성적인 그 해안으로, 언제까지라도 끊임없이 더 높이 도약하는 것을 보고 싶어하던 나를 가득 채우고 있던, 폭풍우에 대한 몽상들 대신, 문득 그것들을 지워버리면서, 그것들로부터 일체의 매력을 빼앗아버리면서, 그 몽상들이 자기와 상충되어 자기를 약화시킬 수 있을 뿐인지라 그것들을 배제하면서, 그 정반대의 몽상이, 가장 알록달록

한 봄날에 대한 몽상이 내 속에 자리를 잡았는데, 그 봄날은, 계절이 바뀌어도 여전히 바늘 같은 서릿발로 콕콕 찔러대는 꽁브레의 봄날이 아니라, 벌써 휘에솔레[11]의 전원지역을 백합과 아네모네로 뒤덮어, 안젤리꼬의 작품 배경과 유사한 황금빛 배경으로[12] 휘렌체를 현혹시키는 봄날이었다. 그 이후부터는 오직 햇살과 향기와 색채만이 중요한 가치를 지닌 것처럼 보였다. 영상들의 교체가, 나의 내면에 욕망의 대상을 바꾸는 변화를, 그리고—가끔 음악에서 일어나는 것 못지않게 급작스러운—나의 감수성 속에서 일어난 색조의 완전한 변화를 초래하였기 때문이다. 그다음, 어떤 계절의 도래를 기다리지 않더라도, 대기의 단순한 변동이 나의 내면에 그러한 변화를 촉발하기에 충분한 경우가 생겼다. 우리가 현재의 계절 속에서, 다른 계절의 길 잃은 날 하나를 우연히 만나면, 그날이 우리를 그 계절 속에서 살게 하고, 그 계절을 즉시 일깨워 불러다 주며, 다른 장(章)에서 떨어져 나온 페이지를 멋대로 가필한 행복의 일정표 속에, 자기의 차례보다 더 이른 혹은 더 늦은 지점에 놓음으로써, 우리들로 하여금 그 계절 특유의 즐거움들을 갈망하게 하며, 우리를 사로잡고 있던 몽상들을 중단시키는 일이 빈번하기 때문이다. 그러나 얼마 아니 되어, 과학이 수중에 넣어 자기의 뜻에 따라 발생시키며, 우연의 감시에서 벗어난 그리고 우연의 동의를 면제받은 그 출현의 가능성을 우리의 손에 넘겨줄 때 까지는, 우리의 편안함이나 건강에 우연적이고 보잘것없는 혜택만을 줄 뿐인 자연현상들처럼, 대서양과 이딸리아에 대한 그러한 몽상들의 발생 또한, 오로지 계절과 날씨의 변화에만 종속되기를 멈추었다. 그러한 몽상들이 부활하도록 하기 위해서는, 발백, 베네치아, 휘렌체 등과 같은 명칭들을 입에 올리면 그만이었고, 다른 아무것도 필요 없었던 바, 그 명칭들이 가리키던 고장들이 나에게 고취하던 열망들이 결국 그 명칭들 속에 축적되어 있었기 때문이다. 봄철이라 해도, 어떤 책에서 발백이라는 명칭을 발견하기만 해도, 그것이 나의 내면에 폭풍우와 노르망디 지방의 고딕식 건축물에 대한 열망을 일깨워 놓기에 충분했고, 폭풍우 심한 날이라 해도, 휘렌체나 베네치아라는 명칭이, 나에게 태양과 백합들과 베네치아 총독궁[13]과 싼따-마리아-델-휘오레[14]에 대한 열망을 불러일으키곤 하였다.

그러나 내가 가지고 있던 그 도시들의 영상을 그 명칭들이 영영 자기들의 것으로 흡수하는 과정에서, 그 영상을 불가피하게 변형시켰고, 그것의 재출현(나의 내면에서의)을 자기들 고유의 법칙에 예속시켰다. 그렇게 함으로써 그 명칭들은, 그 영상을 더 아름답게, 그러나 노르망디나 또스까나의 도시들이 실제로 지니고 있을 모습과는 훨씬 다르게 만들어버리는, 그리고 내 상상 속의 인위적 기쁨을 증대시킴으로써, 훗날 내가 여행하면서 느낄 실망감을 심화시키는 결과를 낳았다. 그 명칭들은 이 지상의 특정 지역들을 더욱 특별한 것들로 변모시키면서, 또 그 결과 더욱 실제적인 것들로 만들면서, 그것들에 대하여 내가 가지고 있던 관념을 강화시켰다. 그리하여 나는 도시들과 풍경들과 역사적 기념물들을 같은 질료덩이 여기저기에서 오려낸 비교적 마음에 드는 화폭들로 상상하지 않고, 그것들 각각을, 다른 것들과는 본질적으로 다르며 나의 영혼이 갈망하고 또 알면 유익할, 하나의 미지의 존재로 상상하였다. 오직 그것들만을 위한 명칭들, 인물들이 가지고 있는 것과 같은 명칭들, 그러한 명칭들로 지칭됨으로 인하여, 그것들이 개별적인 그 무엇을 얼마나 많이 얻었던가! 단어들은 우리에게, 하나의 작업대나 한 마리 새나 하나의 개미

집 등, 같은 종류의 사물들은 모두 유사하다고 생각한 것들의 표본을 아이들에게 보여 주기 위하여 교실 벽에 거는 그림들처럼 명료하고 통상적인, 사물들의 작은 영상 하나씩을 제시한다. 그러나 명칭들은 인물들의―그리고, 그것들이 우리들로 하여금 개별적이며 고유하다고 습관적으로 믿도록 한 도시들의―어렴풋한 영상 하나씩을 제시하는데, 그 영상은 그 명칭들로부터, 즉 그것들의 눈부시거나 혹은 어두운 음색으로부터, 몽땅 푸르거나 몽땅 붉은, 그리하여 그 속에서는, 사용된 기법의 한계 때문에 혹은 장식가의 변덕으로 인해, 하늘과 바다뿐만 아니라, 조각배들, 교회당, 행인들까지도 모두 푸르거나 붉은, 그 특이한 포스터들 중 하나처럼 자기를 균일하게 물들인, 그 색깔을 획득한다. 내가 『빠르마의 수도원』을 읽은 이후부터는 가장 가보고 싶던 도시들 중 하나였던 빠르마라는 도시의 명칭이, 혹시 누가 나에게 장차 내가 머물게 될 빠르마에 있는 어느 집 이야기를 해줄 경우, 아담하고 윤기 있고 연보라색이고 포근하게 보였던지라, 그는 나에게 내가 윤기 있고 아담하고 연보라색이고 포근한 거처에, 이딸리아의 그 어느 도시에 있는 거처들과도 연관이 없는 거처에, 머물게 되리라고 생각하는 즐거움을 주곤 하였던 바, 내가 그 거처를, 오직 '빠름므' 라는 무거운 음절,[15] 공기가 전혀 통하지 않는 그 음절 및 스땅달적 포근함과 보라색의 반사광 중 내가 그 음절에 흡수시킨 모든 것만의 도움을 받아 상상하였기 때문이다. 또한 내가 휘렌체를 생각할 때에는, 그곳이 마치 기적적으로 향기에 덮인, 그리하여 꽃부리와 유사한 도시인 듯 생각하였던 바, 그 도시가 백합의 도시라 불렸고, 그곳의 주교좌 대교회당이 싼따―마리아―델―휘오레[16]였기 때문이다. 한편 발백의 경우, 그것은, 생산된 지역 토양의 색깔을 아직도 간직하고 있는 옛 노르망디산 도기 표면에처럼, 그 속에 사라진 어떤 관습, 어떤 영주권, 어떤 옛 향토적 특색, 그 명칭의 불규칙적이고 기괴한 음절들을 만들어냈으며, 또 내가 도착하면 교회당 앞의 고삐 풀린 바다를 구경하자고 나를 그곳으로 데려가면서 나에게 밀크커피를 대접할, 그리고 내가 항상 화블리오[17]에 등장하는 다투기 좋아하고 엄숙하며 중세적인 인물로 상상하던 여인숙 주인에게서도 틀림없이 다시 발견할 수 있으리라 확신하던, 더 이상 통용되지 않는 발음 관습 등의 상징이 생생하게 드러나는 명칭들 중 하나였다.

만약 나의 건강이 호전되어, 부모님께서 나에게, 발벡에 가서 체류하지는 않는다 하더라도 최소한 노르망디나 브르따뉴의 건축물들과 풍광을 보러 가기 위하여, 내가 그토록 자주 상상으로나마 오르곤 하였던 그 한 시 이십이 분 기차를 한 번쯤 타도록 허락하셨다면, 나는 가장 아름다운 도시들을 선별하여 그곳에서 하차하고자 하였을 것이다. 그러나 내가 그 도시들을 아무리 서로 비교하여도 헛일이었으니, 불그스름한 빛 감도는 고아한 레이스에 감싸여 있고 그 정상이 그 명칭의 마지막 음절에 감도는 낡은 금빛 조명으로 장식된 바이으,[18] 그 명칭의 강세 억양 부호가 검정색 목재로 그것의 옛 유리창에 마름모꼴을 그리고 있는 비트레,[19] 그 백색이 계란 껍질의 노란색으로부터 진주의 회색으로 전이하는 포근한 랑발,[20] 그 명칭의 지방질을 띤 그리고 황금빛으로 변하는 마지막 이중모음이 버터 탑 하나를 왕관처럼 씌워준 노르망디풍 대교회당 꾸땅스,[21] 시골 마을의 고요 속에서 파리가 따라붙는 역마차 소음 들리는 라니옹, 하천이 많고 시적인 그 지역 도로에 하얀 깃털들과 노란 부리들 흩어져 있는 우스꽝스럽고 천진스러운 께스땅베르와 뽕또르송, 강물이 자기의 해

초들 사이로 이끌어 가고 싶어하는 듯 보이는 겨우 정박한[22] 명칭인 베노데, 운하의 녹색으로 변한 물속에 파르르 떨면서 반사되는 촌여인들의 가벼운 모자 날개처럼 흰색과 분홍색을 띠고 날아오르는 뽕―아밴,[23] 이미 중세 시절부터 개울들 사이에 단단히 부착된 채, 채색 유리창에 걸린 유리창을 통하여 끝 무뎌진 반짝이는 은바늘로 변한 햇살이 그리는 것과 유사한 회색빛 그림으로 개울들이 자신을 구슬로 장식해 주는 동안, 개울들에 대하여 쓸데없는 말을 재잘거리는 깽뻬를레[24] 등, 그 도시들 중에서 어느 도시를, 호환(互換) 불가능한 개별적 인물들 중에서 특정 인물 고르는 것보다 더 나은 방법으로 고를 수 있단 말인가?

그 영상들은 다른 이유에서도 부정확했다. 그것들이 필연적으로 몹시 단순화되었으니 말이다. 의심할 나위 없이, 나의 상상력이 열망하던 것이었으되 나의 감각이 현재 속에서 불완전하게 혹은 아무 즐거움 느끼지 못하며 인지하던 것을, 내가 일찍이 명칭이라는 피신처에 가두어버렸기 때문이다. 그리고 의심할 나위 없이, 내가 그 속에다 몽상을 축적해 두었던지라, 이제 그 명칭들이 나의 욕망들에게 자성(磁性)을 부여하고 있었다. 그러나 명칭들의 내부란 그리 광활하지 못하다. 내가 그 속에 어떤 도시의 명물이나 명소 두셋 들어가게 할 수 있던 것이 고작이었고, 그 속에 들어가서도 그것들이 아무 중개물 없이 그저 나란히 놓였다. 그리하여 발백이라는 명칭 속에서도, 해수욕장에서 쉽게 구입할 수 있는 펜대에 달린 확대경 속에서처럼, 나는 페르시아풍 교회당 둘레에 넘실거리는 물결들을 보곤 하였다. 아마 심지어, 그 영상들의 단순화가 그것들이 나를 지배하게 된 원인들 중 하나였을 것이다. 어느 해인가, 우리 모두 함께 휘렌체와 베네치아에서 부활절 휴가를 보내자고 아버지께서 결정을 내리셨을 때,

일반적으로 도시들을 구성하는 요소들이 들어가야 할 자리를 휘렌체라는 명칭에서 발견하지 못하여, 나는 죠또의 천부적 재질이라고 믿던 것의 정수를 몇 가지 봄의 향기로 수태시켜, 그것에서 초자연적인 도시 하나가 태어나게 하였다. 그러나 기껏―또 한 하나의 명칭 속에 공간보다 더 많은 지속이 지탱하게 할 수는 없는지라―같은 사람이 여기에서는 침대에 누워 있고 저기에서는 말에 오를 준비를 하고 있는 등, 행위의 서로 다른 두 순간에 있는 한 사람을 보여 주는 죠또의 몇몇 화폭들처럼,[25] 휘렌체라는 명칭이 두 칸으로 나누어질 뿐이었다. 그 한 칸 속에서는, 웅장한 닫집 아래에서, 내가 벽화 하나를 응시하고 있었는데, 그 벽화 위로, 먼지 덮이고 비스듬하며 점점 확장되는 아침 햇살로 이루어진 커튼이 부분적으로 포개져 있었다. 그리고 다른 칸에서는(명칭이란 것들을, 도달할 수 없는 이상이 아니라 내가 장차 뛰어들어 잠길 하나의 실재하는 환경이라 생각하여, 내가 그것들 속에 가두어둔 아직 겪지 않은 삶, 아무도 손대지 않아 순결한 삶이, 가장 물질적인 즐거움들에게, 가장 단순한 광경들에게, 르네쌍스 이전 화가들의 작품들 속에서 그것들이 가지고 있던 특유의 매력을 주었던지라) 내가―각종 과일과 끼안띠 포도주[26]를 곁들인 점심식사를 더 빨리 시작하기 위하여―황수선화와 수선화 및 아네모네 등이 수북한 뽄떼 베키오를[27] 신속하게 건너갔다. 바로 그러한 것들이 (비록 빠리에 있었지만) 내가 본 것이로되, 실제로 나를 둘러싸고 있던 것은 아니다. 가장 단순한 현실적 관점에서 보더라도, 우리의 실제 생활에서는, 우리가 실제로 처해 있는 고장보다는 우리가 보기를 열망하는 고장들이 매순간 더 많은 자리를 차지한다. 의심할 나위 없이, 그 시절 내가 '휘렌체에, 빠르마에, 베네치아에 간다'는 말을 할 때, 나의 사념 속에 있던 것에 더 유의하였다면, 그 순간 내가 보고 있던 것이 결코 하나의 도시가 아니라, 내가 알고 있던 모든 것과는 전혀 다른 무엇, 일상의 삶이 항상 겨울날의 끝자락 속에서만 흘러가는 사람에게 일찍이 경험하지 못한 경이(驚異)가, 즉 봄날의 아침나절이, 그랬을 것만큼이나 감미로운 그 무엇이었음을 깨달았을 것이다. 비현실적이며 고정되어 항상 유사했던 그 영상들이, 나의 밤들과 낮들을 가득 채우면서, 내 생애의 그 시기가 앞서 지나간 시기들(또한 사물들을 오직 외부로부터만 보는, 즉 아무것도 보지 못하는, 관찰자의 눈에는 그 시기와 혼동될 수 있을)과 구별되게 하였는데, 그것은 마치 오페라에서 하나의 선율 모티프가, 오직 대본을 읽기만 하거나 특히 극장 밖에 머물러 흐르는 시간이나 측정하는 사람은 짐작도 할 수 없을, 하나의 새로운 것[28]을 도입하는 것과 같았다. 또한 게다가, 그 단순한 양적 관점에서 보더라도, 우리의 삶 속에서 모든 날들이 균일하지는 않다. 그 날들을 주파하기 위하여, 나의 것처럼 조금 신경질적인 기질들은, 자동차들처럼 서로 상이한 '속도들'을 구비한다. 기어오르는 데 무한정의 시간을 바치는 가파르고 불편한 날들이 있는가 하면, 노래를 부르면서 전속력으로 내려가도록 내버려 두는 내리막 날들이 있다. 그 달 내내―그것들이 마치 어떤 멜로디인 양 내가, 충족감을 얻지 못한 채, 끊임없이 되씹던 그 휘렌체, 베네치아, 삐사 등지의 영상들이 나의 내면에 촉발시킨 그 도시들로 향한 열망이, 하나의 사랑만큼이나, 한 인간에게로 향한 사랑만큼이나, 지극히 개별적인 무엇을 간직하고 있던 그동안―나는 그 영상들이 나로부터 독립된 하나의 현실에 부합된다고 믿기를 멈추지 않았으며, 그 결과 그 영상들이 나로 하여금, 초기의 어느 예수교도가 낙원에 들어가기 전날에 품을 수 있었던[29] 것에 못지 않게 아름다운 희망을 경험하게 해주었다. 그리하여, 몽상에 의해 생성된지라 감각기관에게는 인지되지 않는 것을 감각기관을 통하여 바라보고 또 만져보고 싶어하는 모순을 내가 염려하는 일 없이―그리고 감각기관들이 알고 있던 것과 다르면 다를수록 그만큼 더 그것들에게는 유혹적이었지만―나의 열망을 가장 뜨겁게 불태우던 것은, 그 영상들의 실체를 나에게 상기시켜 주던 것이었으니, 그것이 곧 나의 열망이 충족될 수 있으리라는 일종의 약속이었기 때문이다. 그리하여, 나의 열광이 비록 예술적 즐김의 욕구라는 동기를 가지고 있었어도, 여행 안내서가 미학 서적들보다도 더 그 열광을 강력하게 유지시켜 주었고, 여행 안내서보다는 열차 시간표가 그 열광을 더 강력하게 유지시켜 주었다. 나를 감동시키던 것은, 나의 상상 속에서 가까이 있으나 내가 도달할 수 없었던 그 휘렌체에, 나의 내면에서 그것을 나로부터 떼어놓고 있던 길이 만약 통행 불가능할 경우, 내가 '안전한 길'[30]로 접어들어 비스듬하게 우회하여 그곳에 도달할 수 있으리라고 생각하는 것이었다. 물론, 내가 장차 보러 갈 것에 커다란 가치를 부여하면서, 베네치아가 '죠르죠네의 화파이고 띠찌아노의 거처이며 중세 주거용 건축의 가장 완비된 박물관'[31]이라고 나 자신에게 거듭 같은 말을 반복할 때마다, 나는 내가 행복해짐을 느꼈다. 그렇지만, 심부름을 하기 위하여 밖으로 나와, 때 이른 봄날이 며칠 계속되다가 다시 겨울로 변한 날씨(우리가 꽁브레에서 부활절 전 성주간이면 겪곤 하던 날씨 같은) 때문에 부지런히 걸으면서―그리고 대로변에서, 차갑고 물처럼 액체상인 대기 속에 잠겼건만, 시간 잘 지키는 초대손님답게 벌써 복장을 정제하고, 또 그러한 대기 때문에 용기를 잃는 일 없이, 조금도 위축되지 않은 채, 매력적인 초록색을, 추위의 돈좌성(頓挫性) 힘이 그 점진적인 성장을 방해는 하지만 억제하지 못하는 초록색을, 자기들의 냉동된 덩어리에 둥글게 두르고 세공하기를 시작하는 마로니에들을 보면서—나는, 이미 뽄떼 베키오 위에는 히아신스와 아네모네가 수북히 쌓여 있을 것이고, 봄날의 햇빛이 벌써 대운하의 물결을 어찌나 짙은 남색과 어찌나 고아한 에메랄드색으로 물들이고 있는지, 그 물결들이 띠찌아노의 화폭들 발치[32]에 와서 부서지면서 화폭들을 상대로 배색법(配色法)의 풍요로움[33]을 겨루고 있을 것이라 생각할 때면, 내가 보다 더 행복해짐을 느끼곤 하였다. 나의 아버지께서, 기압계를 열심히 들여다보시는 한편 추위를 개탄하시면서, 어느 기차가 가장 좋을지 궁리하시기 시작하셨을 때, 그리고 우리가 점심식사 후 석탄 냄새 풍기는 실험실, 자기 주변에 있는 모든 것들의 변환을 책임진 그 마법의 방 속으로 진입하기만 하면, 다음날, '벽옥(碧玉)으로 장식하고 에메랄드 포석(鋪石)을 깐' 대리석과 황금의 도시에서 깨어날 것이라는 사실을 깨달았을 때, 나는 더 이상 나의 기쁨을 주체할 수 없었다. 그렇게, 그 도시와 백합의 도시가 단지 우리가 임의로 우리의 상상력 앞에 가져다놓곤 하던 허구적 화폭들에 불과하지 않고, 그 도시들을 보러 가고자 한다면 반드시 건너야 할 빠리로부터의 일정 거리밖에, 지상의 다른 그 어느 곳도 아닌 특정 지점에 존재하는, 한마디로 실재하는 도시들이었다. 또한 아버지께서, '간단히 말해 모두들 4월 20일부터 29일까지 베네치아에 머물다가 부활절 당일 아침 휘렌체에 도착할 수 있을 것'이라고 말씀하시면서 그 두 도시 모두가, 단지 추상적 '공간'으로부터뿐만 아니라, 단 하나만이 아닌 동시다발적인 다른 여행들을 그 속에 위치시키면서도 그것들이 그저 가능성일 뿐이기 때문에 우리가 별로 감동하지 않는, 그 가상적 '시간'[34]으로부터도—하도 쉽사리 스스로 만들어지는지라

한 도시에서 보낸 후 다른 도시에서도 다시 보낼 수 있는 그 '시간'—빠져나오도록 하셨을 때, 그리고 아버지께서 언급하신 그 다시 없는 날들이란, 사용됨에 따라 소모되고 다시 돌아오지 않아 우리가 그것들을 저곳에서 보낸 후에는 더 이상 이곳에서 다시 보낼 수 없는지라, 그 날들이 바쳐진 대상들의 진품보증서이기도 한 그 특별한 날들 중 얼마를 그 두 도시에 할애하셨을 때, 두 도시가 나에게는 더욱 실재적으로 여겨지게 되었다. 그 순간 나는, 두 여왕 도시가, 그곳의 원형 지붕들과 탑들을 내가 가장 감동적인 기하학을 이용하여 내 삶의 지도 위에 새길 수 있게 될 그 두 여왕 도시가, 그것들이 아직 존재하지 않던 관념적인 시기로부터 빠져나온 직후 가서 그곳에 흡수되기 위하여 향할 곳이, 내가 전에 잉크로 뒤덮은 흰색 조끼를 빨아 세탁소 여자가 나에게 다시 가져오기로 되어 있던 월요일로 시작되는 그 주간 쪽임을 느꼈다. 하지만 나는 아직도 환희의 마지막 단계로 향하는 길에 겨우 들어섰을 뿐이었다. 아버지께서 다음과 같이 말씀하시는 것을 들었을 때서야(물결 찰랑거리고 죠르죠네의 벽화들에서 반사되는 빛으로 붉어진 길들 위에서,[35] 다가올 주에, 즉 부활절 전주에, 산책할 이들이, 그 숱한 경고에도 불구하고 내가 지속적으로 상상하였던, '자신들의 핏빛 망토 자락들 밑에 청동빛 어른거리는 갑주(甲胄)를 갖춘 장엄하고 바다처럼 사나운'[36] 사람들이 아니라, 그곳에서 산책할 사람이, 일찍이 누가 나에게 빌려준 적이 있던 커다란 싼 마르꼬 바실리카 사진 속에다 어떤 삽화가가, 그 정문 앞에 중산모(中山帽)를 쓰고 서 있는 모습으로 그려 넣었을, 미세한 인물인 나일 수 있다는 사실을 그때서야 갑자기 깨달았던지라) 내가 그 환희의 절정에 도달하였다. "대운하 주변의 날씨가 아직 차가울 것이니, 만약에 대비해, 여행 가방에 너의 겨울 외투와 두툼한 상의를 챙겨

두는 것이 좋을 것이다." 그 말씀에 나는 일종의 황홀경에 이르렀다. 그때까지는 불가능하다고 믿었건만, 그러한 내가 정말 그 '인도양의 암초와 유사한 자수정 암석들'[37] 사이로 진입하고 있음을 느꼈다. 나를 둘러싸고 있던 내 방의 공기를, 쓸모없는 겉껍질인 양, 나의 힘에 부치는 절체절명의 곡예동작으로 벗어던지면서, 나는 나의 상상력이 베네치아라는 명칭 속에 가두어두었던, 꿈속의 것처럼 형언할 수 없을 만큼 특이한 그 바다의 대기, 그 베네치아 대기의 한결같은 부분들로 그것을 대체하였고, 그 순간 나의 내면에서 기적적인 영육분리[38] 현상이 발생하는 것을 느꼈다. 그 현상에, 심한 인후통이 시작될 때 흔히 느낄 수 있는 막연한 구토 욕구가 즉시 수반되었고, 집요한 신열에 시달리는 나를 자리에 눕힐 수밖에 없었으며, 그리하여 의사가 말하기를, 내가 휘렌체와 베네치아로 여행 떠나는 것을 단념해야 할 뿐만 아니라, 나의 건강이 완전히 회복된 후에도, 최소한 한 해 동안은, 일체의 여행 계획이나 기타 나를 흥분시킬 수 있을 요인들은 피해야 한다고 하였다.

그리고 애석하게도, 그가 또한 나를 극장에 보내어 라 베르마의 공연을 듣게 하는 것도 엄히 금지시켰다. 베르고뜨가 천재적이라고 생각하던 그 탁월한 예술가가, 나로 하여금 못지않게 중요하고 아름다운 무엇을 알게 함으로써, 휘렌체와 베네치아에 가지 못하였고 발백에도 가지 못하게 된 나를 아마 위로해 줄 수 있었을 것이다. 모두들 내가 과로하지 못하게 할 사람의 감시하에,―그 사람은 나의 레오니 숙모님 작고 후에 우리 집에서 일하게 된 프랑수와즈였다―나를 매일 샹젤리제에 보내는 것으로 만족해야 했다. 샹젤리제에 가는 것이 나에게는 견딜 수 없는 일이었다. 만약 베르고뜨가 자기의 어느 책에서 그것을 묘사하기만

하였어도, 내가 그것을, 나의 상상 속에 누가 그 부본을 먼저 넣어준 모든 것들처럼, 틀림없이 보러 가고 싶어하였을 것이다. 나의 상상력이 그것들을 덥히고 그것들에게 생명을 주며 하나의 인격을 부여하는지라, 내가 그것들을 현실 속에서 다시 만나기를 원하곤 하였으나, 그 공원에 있던 것들 중에는 그 무엇도 나의 몽상과 연관되어 있지 않았다.

어느 날 내가, 회전목마들 곁에 있는 우리들의 친숙한 자리에서 지루해하는 기색을 보이자, 프랑수와즈가 나를 데리고 ─ 보리사탕 파는 여자 상인들의 작은 보루들[30]이 일정한 간격을 두고 지키고 있던 경계선을 넘어 ─ 이웃해 있으나 낯설고, 모르는 사람들 얼굴만 보이며, 염소들이 끄는 수레가 왔다 갔다 하는 구역으로 산보 삼아 넘어갔다. 그런 다음 그녀가, 월계수 덤불을 등지고 있는 자기 의자 위에 놓아두었던 소지품을 가지러 그곳으로 돌아갔다. 나는 그녀를 기다리면서, 연약하고 짧게 깎았으며 햇볕으로 인해 노랗게 변한 널찍한 잔디밭을 무심히 짓밟고 있었고, 잔디밭 건너편 언저리에는 중앙에 조각상 하나를 높직하게 세운 분수대 연못 하나가 보였는데, 근처 오솔길에서 외투를 몸에 걸치는 한편 자기의 라켓을 챙기던 소녀 하나가, 분수대 근처에서 배드민턴 놀이를 하고 있던 붉은색 도는 금발 소녀에게 간결한 음성으로 소리쳤다. "안녕, 질베르뜨, 나 먼저 돌아갈게. 오늘 저녁식사 후, 우리들이 너의 집에 간다는 것 잊지 마." 부재하는 사람에 대하여 이야기할 때처럼 이름이 단지 그 사람을 지칭만 하였던 것이 아니라, 이번에는 큰 소리로 그녀를 직접 불렀던지라, 그 이름이 가리키는 소녀의 존재를 그만큼 더 생생하게 상기시키면서, 질베르뜨라는 이름이 내 가까이로 지나갔다. 그 이름이 그리던 궤적의 곡선에 따라, 그리고 목표물에 접근함에 따라, 점점 더 증대되던 힘을 띠고, 말하자면 활동하는 상태로, 내 곁을 그렇게 지나갔으며, 또한—내가 그 사실을 느꼈거니와, 그 이름이 향하던 소녀에 대하여 내가 아니라 소녀를 부르던 친구가 가지고 있던 지식과 개념들, 그 이름을 부르던 순간 그 친구가, 자기들의 일상적 친교와 상호 방문 그리고 나에게는, 접근할 수 없어 더욱 괴롭건만, 반대로, 내가 접근할 수 없던 바로 그것으로 나를 살짝 건드리면서 그것을 한마디 고함에 담아 허공에 던지던 그 행복한 친구에게는 그토록 친숙하고 다루기 쉬운, 모든 미지의 것들 중 그녀가 이름을 부르던 순간 다시 자기의 눈앞에 떠올릴 수 있었거나, 적어도 자기의 기억 속에 간직하고 있었을 그 모든 것들을, 그 이름에 실어 운반하면서,—우선 그날 저녁식사 후 그녀의 집에서 일어날 일들과 같은, 스완 아가씨의 생활 중 보이지 않는 몇몇 사항들을 정확히 건드려, 스스로 빠져나온 그 감미로운 발산물들이 벌써부터 허공에 둥둥 떠다니게 하면서,—아이들과 하녀들 사이로 지나간 그 천상의 나그네가, 말들과 마차들로 가득한 오페라의 구름덩이처럼, 언뜻 보이는 신들의 생활을 섬세하게 반사하는 뿌쌩의 아름다운 정원[40] 위로 뭉게뭉게 피어오르는 구름덩이와 흡사한 진귀한 색깔을 띤 작은 구름덩이 하나를 만들어놓으면서,—그리고 마침내, 뽑힌 풀 위로, 그 풀이 시든 잔디 뭉치임과 동시에 배드민턴 놀이를 하던 금발 소녀의(푸른색 깃털 꽂은 모자를 쓴 여자 가정교사가 부를 때까지 셔틀콕 치고 받기를 멈추지 않던) 오후 중 한순간으로 보이던 그 지점 위로, 반사광처럼 촉지할 수 없고 융단처럼 겹쳐진, 그리고 연보랏빛 띤 경이로운 작은 빛의 띠를 던지면서—그 이름이 지나갔는데, 나는 멈칫거리고 그리움 가득한 불경스러운 발로 그 빛의 띠를 아무리 밟아도 싫증이 나지 않건만, 프랑수와즈

게다가, 어머니도 그리고 아버지도, 스완의 조부모나 명예 증권 중매인이라는 직함에 대해 말씀하시는 것에서, 다른 모든 것들을 능가하는 즐거움을 발견하시지 못하는 것 같았다. 나의 상상력은, 석재로 이루어진 빠리에서 특정 주택을 선정하여 그 대문에 조각을 하고 창문들을 진귀하게 변형시켜 신성하게 만들었듯이, 사회적 빠리에서도 특정 가문을 골라 신성하게 만들었다. 하지만 그러한 장식물들이 오직 나의 눈에만 보였다. 나의 아버지와 어머니께서, 스완이 살던 집을, 같은 시기에 불론뉴 숲 인근 구역에 지은 다른 집들과 유사하다고 여기셨듯이, 스완의 가문 역시 두 분에게는 다른 많은 증권 중매인 가문들과 같은 부류로 보였다. 두 분은, 그 가문이, 그 가문 이외의 다른 이들에게도 공통된 장점을 구비한 수준에 의거하여 그 가문을 높게 혹은 낮게 평하실 뿐, 그 가문 특유의 장점은 발견하지 못하셨다. 그와는 반대로, 그 가문의 장점이라고 여기시는 것들을, 다른 곳에서도 같은 수준이나 더 우월한 상태로 발견하시곤 하였다. 마찬가지로, 스완의 집 위치가 좋다고 하신 후, 두 분은 위치가 더 좋은, 그러나 질베르뜨와는 아무 관련도 없는 다른 집이나, 혹은 그녀의 할아버지보다 한 급 높은 다른 금융인들에 대하여 이야기하시곤 하였다. 그리하여 두 분이 한 순간 나와 같은 견해를 가지신 듯 보였다면, 그것은 곧 걷힐 오해 때문이었다. 그것은 다시 말해, 질베르뜨를 둘러싸고 있던 모든 것들 속에서 미지의 자질 하나를 인지하는 데 필요한, 색채의 세계 속 적외선과 유사한 역할을 감동의 세계 속에서 맡고 있는, 그리고 사랑이 나에게 갖추어준, 그 보충적이고 일시적인 감각이 나의 부모님에게는 결여되어 있었다는 뜻이다.

질베르뜨가 샹젤리제에 오지 않을 예정이라고 나에게 미리 알려 준 날에는, 나를 조금이라도 그녀 가까이로 이끌어 갈 수 있을 산책로를 따라 걸으려 애를 썼다. 가끔 나는 스완 댁 가족이 사는 집 앞으로 프랑수와즈를 이끌어 순례의 길에 오르곤 하였다. 그러면서, 여자 가정교사로부터 그녀가 스완 부인에 관해 들은 이야기들을 끊임없이 반복하게 하였다. "그녀는 메달들을 굳게 믿는 모양이에요. 올빼미 소리를 들었거나, 벽에서 벽시계 소리 같은 똑-딱 소리가 들리거나, 자정에 고양이를 보았거나, 혹은 가구의 목재가 삐걱거리는 소리를 들었을 경우, 그녀는 절대 여행을 떠나지 않는다고 해요. 아! 정말 신앙심 깊은 분이에요." 내가 질베르뜨에 어찌나 반해 있었던지, 그렇게 길을 가던 중, 개를 산책시키고 있던 그녀의 집 우두머리 하인을 보면, 격한 감동에 걸음을 멈출 수밖에 없었고, 열정 가득한 시선을 그의 하얀 구레나룻에 고정시키곤 하였다. 그럴 때마다 프랑수와즈가 나에게 말하곤 하였다.

"도대체 무슨 일이에요?"

그런 다음 우리는 다시 길을 떠나 그들의 집 대문 앞에 이르렀고, 다른 어느 수위와도 다르고, 정복 소매 장식줄에까지 내가 질베르뜨라는 이름에서 일찍이 느꼈던 괴로운 매력이 스며들어 있는, 그곳에 있던 수위는, 자기가 엄히 지켜야 할 책임을 맡고 있던 그 신비한 삶 속으로 침투하는 것이, 원초적 결격사유에 의해 영영 금지되어 있는 사람들 중에 나도 속해 있다는 사실을 알고 있는 기색이었고, 고아하게 늘어진 모슬린 커튼 자락들 사이로 보이는, 질베르뜨의 눈을 닮았을 뿐, 다른 어느 창문들과도 닮지 않은 중이층의 창문들 역시, 그 신비한 삶 위로 자신들이 굳게 닫혔음을 의식하고 있는 것 같았다.

다른 때에는 우리가 대로들을 따라 걷기도 하였는데, 그럴 경우 나는 뒤포 로 입구에 보초처럼 우뚝 서서 주위를 살피곤 하였다. 사람들이 나에게 말하기를, 그곳에서 자기의 치과의사에게 가는 스완을 자주 볼 수 있다고 하였기 때문이다. 그러한 날이면, 나의 상상력이 질베르뜨의 아버지를 나머지 다른 인간들과 어찌나 다르게 여겼던지, 현실 세계 속으로의 그의 출현이 어찌나 많은 경이로움을 그 속에 이끌어 들였던지, 뜻밖의 초자연적인 출현이 발생할 수 있을 길에 접근한다는 생각에, 나는 아직 마들렌느 교회당에도 이르기 전부터[70] 격한 감동에 사로잡히곤 하였다.

그러나 대개의 경우—내가 질베르뜨를 볼 수 없는 날—스완부인이 거의 날마다, '아카시아' 산책로에서, 큰 호수 둘레에서, 그리고 '렌느-마르그리뜨' 산책로에서 산책을 한다는 사실을 내가 알았던지라,[71] 나는 프랑수와즈를 불론뉴 숲 방향으로 이끌어 가곤 하였다. 그 숲이 나에게는, 다양한 식물군(群)과 서로 상반된 풍경들이 함께 집합된 것을 볼 수 있는 동물원들과 같았다. 즉, 동산 하나를 지나면 동굴 하나, 작은 초지 하나, 바위들, 개울 하나, 구렁 하나, 다시 동산 하나, 늪지 하나가 보이지만, 그것들이 하마, 얼룩말, 악어, 러시아 토끼, 곰, 왜가리 등이 한껏 자유롭게 뛰놀 수 있는 합당한 장소와 아기자기한 풍경을 제공하기 위해서만 조성된 것임을 누구나 알 수 있다. 불론뉴 숲은 또한 복합적인 숲이기도 하여, 다양하고 닫힌 작은 세계들을 모아놓고 있는—적단풍들과 아메리카 떡갈나무들을 심은 어느 농장이, 버지니아의 농경지처럼, 호수 주변에 있는 전나무 숲이나, 한 마리 들짐승의 아름다운 눈을 반짝이며 잰 걸음으로 산책하던 어인이 부드러운 모피에 감싸인 채 문득 튀어나오기도 하는 대수림에 연이어지게 하는—여인들의 정원이었다. 그리하여—

『아이네이스』의 뮈르토스 산책로처럼—그녀들을 위하여 단 한 종류의 나무들만 심은 아카시아 산책로에는 명성 높은 미인들의 왕래가 빈번했다.[72] 물개가 쉬다가 물속으로 뛰어들곤 하는 바위의 정상이 멀리 보이기만 해도, 자기들이 물개를 곧 보게 될 것임을 아는 아이들이 기쁨에 들뜨듯이, 아카시아 산책로에 도달하기 훨씬 전부터, 사방으로 퍼지면서 힘차되 동시에 나긋나긋한 식물적인 개성의 독특함과 그것이 가까워짐을 느끼게 해주던 아카시아들의 향기, 그리고 내가 다가가면 보이던, 자연스럽게 우아하고 얇은 천으로 귀엽게 재단되었으며 그 위로 수백 송이 꽃들이 날개 달리고 파르르 진동하는 진귀한 기생생물 떼처럼 내려앉은 무성한 잎무리의 꼭대기, 심지어 나른하고 감미로운 그 여성적인 이름까지, 그 모든 것들이 나의 심장을 두근거리게, 그러나 무도회장 입구에서 안내인이 소리쳐 통고하는 아름다운 여인들의 이름만을 우리에게 상기시켜 주는 왈츠들처럼, 세속적인 욕망으로 두근거리게 하였다. 사람들이 나에게 말하기를, 비록 결혼하지 않은 여자들이지만 흔히들 스완 부인과 나란히 거명하는, 그러나 대개의 경우 가명으로 일컬어지는, 몇몇 우아한 여인들을 그 산책로에서 볼 수 있다고 하였다. 그녀들이 혹시 새로운 이름 하나를 지어 가졌다 해도, 그것은 자신의 익명성을 지키기 위한 이름에 불과했으며, 따라서 그녀들에 관해 이야기하려는 사람들은, 듣는 이가 자기의 말을 이해할 수 있도록, 그 이름을 걷어내는 정성을 들여야 한다고들 하였다. '미'가—여인들의 우아함이라는 분야에서—여인들이 이미 입문한 신비스러운 법칙에 의해 지배되며, 그녀들이 그것을 실현할 능력을 가지고 있음을 생각하여, 나는 그녀들의 치장과 그녀들이 탄 마차 및 기타 수천 가지 자질구레한 것들의 출현을 마치 계시인 양 미리 받아들였고, 그런 다음, 하나의 걸작품에 통일성을 부여하는 내적 영혼처럼 그 덧없고 끊임없이 움직이는 덩이리에 통일성을 부여하던 나의 믿음을, 그 모든 것들 한가운데에 놓곤 하였다. 그러나 내가 보고 싶었던 것은 스완 부인이었고, 그리하여 나는, 그것이 질베르뜨이기라도 한 듯 한껏 들떠, 그녀가 지나가기를 기다리곤 하였는데, 질베르뜨의 양친은, 그녀를 둘러싸고 있던 모든 것들처럼 그녀의 매력을 흠뻑 머금고 있었던지라, 나의 내면에 그녀 못지않게 사랑을, 심지어 더 괴로운 동요를(그녀와 닿아 있던 그들의 접촉점이 나에게는 금지되어 있던 그녀 생활의 내적 부분이었던지라), 그리고(뒤에 모두들 알게 되겠지만, 내가 그녀와 함께 노는 것을 그들이 좋아하지 않는다는 사실이 머지않아 나에게 알려졌기 때문에) 우리에게 고통을 가하는 위력을 무제한으로 행사하는 이들에게 우리가 항상 바치는 존경 등을 유발시키곤 하였다.

나는 스완 부인이 폴란드풍 부인복을 입고 머리에는 무지개 꿩[75] 깃으로 장식한 작은 빵모자를 얹은 채, 드레스 몸통 부위에 제비꽃 한 줌을 꽂은 차림으로, 그것이 마치 자기의 집으로 돌아가는 가장 가까운 길인 양, 걸어서 바삐 아카시아 산책로를 건너면서, 멀리에서도 그녀의 모습을 알아보고 그녀에게 인사를 건네며 자기들끼리 그녀보다 더 멋진 사람은 없다고 하던, 마차 탄 신사들에게 한 번의 눈짓으로 답례하는 것을 볼 때마다, 미학적 장점과 사회적 위대함의 서열에서 검소함에게 첫째 자리를 부여하곤 하였다. 그러나, 더 이상 걷지 못하겠다고 하며 두 다리가 '다시 몸통 속으로 들어갈 지경'이라고 하던 프랑수와즈로 하여금 한 시간에 겨우 일백 보쯤 걷게 한 끝에 드디어, 도핀느 관문으로 이어지는 산책로에서 불쑥 튀어나와―그것이 나에게는 국왕의 위세, 즉 군주의 행차가 남기는 영상, 그리고 실재하는 어느 왕비도 나에게 그러한 인상을 줄 수 없던 영상이었는데, 실제의 왕비들이 누리는 권능에 대해서는, 덜 모호하고 경험에 입각한 개념을 내가 가지고 있었기 때문이다—카자흐스탄 사람처럼 모피로 몸을 감싸고 마부석에 앉아 있는 거구의 마부와 '고(故) 보드노르'의 '호랑이'[74]를 연상시키는 자그마한 시종을 태운 채, 꽁스땅땡 기의 스케치[75]에서 볼 수 있는 날씬하고 균형 잡힌 격렬한 말 두 필이 날듯이 질주하여 이끌어 온 비길 데 없는 빅토리아 한 대가 보이면—아니 그보다는 선명하고 기운 고갈시키는 상처가 그 형체를 내 가슴에 새기는 것이 느껴지면—, 고의로 조금 높게 설계하였고, 최신 유행의 사치 속에 옛 형태가 은은히 드러나게 한, 그리고 그 뒷 좌석에, 회색 머리가 한 줌 섞인 금발은 주로 제비꽃으로 엮은 띠로 왕관을 쓰듯 둘렀고, 그 띠로부터 긴 베일들을 늘어뜨렸으며, 손에는 연보라색 양산을 들고 있었고, 나의 눈에는 오직 지존(至尊)의 온정만이 보였으되 특히 갈보의 도발이 돋보이던, 입술에 어려 있던 그 모호한 미소를, 자기에게 인사하는 사람들을 향하여 고개를 부드럽게 까딱하며 보내던 스완 부인이, 나른한 듯 몸뚱이를 널브러뜨린 채 쉬고 있던 그 빅토리아가 보이면, 나는 검소함 대신 호사스러움을 가장 높은 반열에 놓곤 하였다. 그 미소가 실제로 어떤 사람들에게는 이러한 뜻을 전하고 있었다. "지금도 기억이 생생해요, 감미로웠어요!" 다른 사람들에게는 이렇게 말하는 듯했다. "제가 얼마나 그러고 싶었는데요! 운이 좋지 않았어요!" 그리고 또 다른 사람들에게는 이렇게도 말하는 것 같았다. "당신이 원하신다면 물론! 아직은 잠시 열을 따라가다가, 기회를 보아 즉시 이탈하겠어요." 모르는 사람들이 지나갈 때에도 그녀는 역시 한 가닥 한가

한 미소를, 어떤 기다림이나 어느 친구의 추억을 향하고 있는 듯한 미소 한 가닥을, 자기의 입술 언저리에 남겨 놓았고, 그것을 본 사람들이 이렇게 감탄하도록 하였다. "아름답기도 해라!" 그리고 몇몇 남자들에게만 가시 돋히고, 부자연스럽고, 소심하고, 차가운 미소를 보냈는데, 그 미소의 뜻은 이러했다. "그래, 못된 망아지야, 당신이 독사의 혀를 가지고 있으며, 주둥이를 닥치지 못함을 내가 알고 있어! 내가 당신의 그따위 짓에 끄떡이나 할 줄 알아?" 꼬끌랭[76]이 자기의 말에 귀를 기울이는 친구들에 둘러싸여 한바탕 연설을 늘어놓으며 지나가다가, 마차를 타고 가는 사람들을 향하여 극장에서 하듯 손을 한껏 처들어 인사를 보냈다. 하지만 나는 스완 부인에 대한 생각에만 골몰해 있었고, 그러면서도 그녀를 못 본 척하였다. 그녀가 '띠르 오 삐종'[77] 근처에 도달하면, 자기의 마부에게 마차 행렬로부터 이탈하여 마차를 세우라고 한 다음, 걸어서 산책로를 따라 내려올 것임을 내가 잘 알고 있었기 때문이다. 그리하여 그녀 곁을 지나갈 용기가 생기는 날이면, 내가 프랑수와즈를 그쪽으로 이끌어 가곤 하였다. 어느 순간 정말, 스완 부인이, 일반인들이 상상하는 여왕들처럼, 다른 여인들에게서는 볼 수 없는 값비싼 피륙에 감싸이고 화려하게 치장한 채, 가끔 자기의 시선을, 들고 있던 양산 손잡이 위로 던지면서, 자기에게 중요한 일과 유일한 목표는 오직 운동을 조금 하는 것이라는 듯이, 지나가는 사람들은 거의 개의치 않고, 모든 사람들의 눈이 자기를 향하고 있다고는 생각하지 않는 듯, 연보라색 드레스 자락이 자기 뒤로 길게 끌리도록 내버려 둔 채, 인도를 따라 우리들 쪽으로 걸어오는 것을 내가 발견하곤 하였다. 그러나 가끔 자기의 그레이 하운드를 부르기 위하여 고개를 돌릴 때면, 그녀가 자기의 주위로 감지될 수 없을 만큼 은밀한 시선을 던지곤 하였다.

그녀를 모르는 사람들조차, 기이하고 과도한 무엇에 의해—혹은 라 베르마의 연기가 절정에 달하는 순간이면 무지한 군중 속에 박수가 터져 나오게 하는 것과 유사한 일종의 정신 감응에 의해—그녀가 어떤 저명한 인물이라는 예고를 받기도 하였다. "누구지?" 그들은 자기들끼리 그렇게 묻다가, 때로는 지나가는 사람에게 묻는가 하면, 세상 물정에 더 밝은 친구들에게 묻기 위하여, 그녀의 치장을 하나의 지표로 삼아, 그것을 잘 기억해 두겠노라 스스로에게 다짐하기도 하였다. 다른 산책자들은 걸음을 반쯤 멈춘 채 다음과 같은 대화를 나누기도 하였다.

"저것이 누구인지 아시겠소? 스완 부인이라오! 생각나는 것 없소? 오데뜨 드 크레씨 생각나지 않소?"

"오데뜨 드 크레씨라고? 나도 마침 그 생각을 하던 참이었소, 저 구슬픈 눈이며…. 하지만 아시다시피 그녀가 더 이상은 한창 때 같지 않을 거요! 마끄—마옹이 하야하던 날 내가 그녀와 잠자리를 같이 한 것이 생각나는군."

"내 생각으로는, 그녀에게 공께서 그 일을 상기시키지 않으시는 것이 좋을 듯하오. 그녀가 이제는 스완 부인, 즉 죠키 클럽의 일원이시며 웨일스 대공의 친구이신 분의 아내이니 말이오."

"옳은 말씀이오, 하지만 공께서 그 시절에 그녀와 상관하셨다면…. 정말 귀여웠지요! 그녀는 중국풍 골동품들 가득한 매우 기이하고 작은 저택에 살고 있었소. 지금도 기억하는데, 우리 두 사람이 신문팔이들의 고함 소리에 기분을 잡쳤고, 그녀가 결국 나를 잠자리에서 일으켜 세웠소."

나는 그러한 논평에는 귀를 기울이지 않고, 그녀의 주위에서 명성이 야기시킨 웅성거림이 계속되고 있음을 감지하였다. 그 모든 사람들이—그들 중에 나를 멸시하는 듯하던 어느 흑백 혼혈 은행가가 있지 않음을 알아차리고 내가 실망하였지만—이제껏 자기네들의 주의를 전혀 끌지 못하던 이름없는 젊은이가(사실은 그녀를 개인적으로 알지 못하지만, 내 부모님이 그녀의 남편과 교분을 맺으셨고 나 또한 그녀의 딸과 놀이동무인지라, 나는 나에게 그것이 허락되었다고 믿었다), 미모와 부정한 행실과 우아함으로 명성 자자한 그 여인에게 인사 올리는 것을 목격할 수 있으려면 아직도 한 순간이 더 흘러야 한다고 생각하였을 때, 내 가슴이 조바심으로 두근거렸다. 그러나 이미 나는 스완 부인 아주 가까이에 가 있었고, 그리하여 내가 어찌나 크고 긴 동작으로 모자를 벗어 경의를 표하였던지, 그녀가 미소를 참지 못하였다. 사람들이 소리를 내어 크게 웃었다. 그녀의 입장에서 보자면, 내가 질베르뜨와 함께 있는 것을 그녀가 일찍이 단 한 번도 본 적 없고, 그녀가 나의 이름조차 모르는지라, 내가 그녀에게는—물론 뉴 숲 경비원들 중 하나처럼, 혹은 그곳 호수의 놀잇배 사공처럼, 혹은 그녀가 빵 부스러기를 던져주곤 하던 오리들처럼—불론뉴 숲에서 그녀가 하던 산책에 부수되던, 친숙하되 이름없는, '극장의 보조 출현자' 만큼이나 개성 결여된 인물들 중의 하나였다. 내가 아카시아 산책로에서 그녀와 마주치지 못하는 날에는, 홀로 걷기를 원하는 여인들이, 혹은 그런 척하는 여인들이, 찾곤 하던 렌느-마르그리뜨 산책로에서 그녀를 우연히 보는 날도 있었다. 하지만 그녀가 오랫동안 홀로 있지는 않았다. 얼마 아니 되어, 자기들의 마차 두 대가 뒤를 따르게 하고 그녀와 긴 대화를 나누곤 하던, 대개 회색 '튜브'[780]를 쓰고 나타나던, 내가 모르는 그녀의 어떤 친구가 그녀와 합류하였기 때문이다.

불론뉴 숲을 하나의 인위적 장소로, 그리고 동물학적 의미에서건 혹은 신화적 의미에서건 하나의 '정원'으로 만드는[79] 그 복합성을, 빠리에서 집 안에 머물러 있노라면 목격할 겨를도 없이 순식간에 끝나는 가을 정경을 가까이에 두고도 구경하지 못하는 처지가 우리에게 잠을 이루지 못하게 할 만큼 죽어가는 잎들에 대한 그리움을, 하나의 진정한 열병을, 안겨 주는 그 특이한 십일 월의 어느 날 아침, 나는 그 해에, 트리아농[80]에 가기 위하여 불론뉴 숲을 가로지르다가 그 복합성을 다시 발견하였다. 나의 꼭 닫힌 방 안에서도, 그것들을 보고자 하는 나의 열망에 의해 상기된 그 죽어가는 잎들이, 한 달 전부터 나의 사념과 내가 열중하고 있던 모든 일들 사이로 끼어들어, 우리가 무엇을 바라보고 있든 가끔 우리 눈 앞에서 춤을 추는 그 노란 점들처럼 선회하곤 하였다. 그런데 그날 아침, 앞서 여러 날 동안 내리던 빗물 떨어지는 소리가 더 이상 들리지 않고, 쾌청한 날씨가 닫힌 커튼 귀퉁이에서, 자기가 느끼는 행복감의 비밀이 새어 나가게 내버려 두는 꼭 다문 입의 귀퉁이에서처럼, 미소를 짓는 것이 보이는지라, 나는 빛에 의해 투과된 그 노란 잎들을 그 절정의 아름다움 상태에서 볼 수 있으리라 직감하였다. 그리하여, 옛날 나의 방 벽난로 굴뚝에서 세찬 바람을 느낄 때마다 해변 지역으로 떠나고 싶어하던 욕망만큼이나 강한, 그 나무들을 보러 가고 싶은 욕망을 억제할 수 없어, 나는 불론뉴 숲을 거쳐 트리아농으로 가기 위하여 집을 나섰다. 불론뉴 숲이, 더 세분화되었기 때문만이 아니라 다른 식으로 분화되었기 때문에, 아마 가장 다양해 보이는 그러한 시각이었고 계절이었다. 넓은 공간이 한 눈에 보이는 개활지에조차, 여기저기에, 잎이 없거나 아직도 자기들의 여름날 잎들을 가지고 있는 나무들의 멀찌감치 떨어져 있는 검은 무더기들과 마주한 곳에, 오렌지색 마로니에들 두 줄만이, 겨우 그리기 시작한 어느 화폭 속에서처럼, 나머지 다른 부분에는 아무 색도 가하지 않았을 무대 배경화가에 의해 그려진 것 같았고, 훨씬 뒤에나 추가될 인물들의 삽화적인 산책을 위하여, 햇빛 가득한 자기네들의 산책로를 길게 뻗고 있었다.
　더 멀리, 푸른 잎들이 아직도 나무들을 온통 뒤덮고 있는 곳에, 작고 땅딸막하고 머리가 잘리고 고집스러운 나무 한 그루만이 홀로, 못생긴 붉은 머리채를 바람에 내맡겨 뒤흔들고 있었다. 다른 곳에서는 아직도 잎들의 오월이 처음으로 깨어나고 있는 듯하고, 겨울철 분홍색 산사나무꽃처럼 경이롭고 미소 띤 개머루 잎들은, 그날 아침부터 온통 활짝 피어나고 있었다. 그리하여 불론뉴 숲은, 식물학적 목적으로 혹은 어떤 축제를 준비하기 위하여, 아직 옮겨 심지 않은 평범한 수종(樹種)의 나무들 사이에 환상적인 잎들을 피우는 두세 가지 진귀한 수종 묘목들을 심어, 그것들 주위에 빈 공간을 확보하고 통풍이 잘 이루어지게 하며 빛이 들어올 수 있게 한, 어느 묘목밭이나 공원의 잠정적이고 인위적인 모습을 띠고 있었다. 그렇게 불론뉴 숲이, 가장 다양한 수종들을 노출하고, 가장 많은 서로 다른 부분들의 복합체를 나란히 펼쳐 보여 주는 계절이었다. 또한 그럴 시각이었다. 나무들이 아직도 자기들의 잎들을 간직하고 있던 여기저기에서는, 태양빛이 와서 닿은 부분부터 시작하여, 그 나무들이 일종의 질료적 변이를 겪고 있었고, 몇 시간 후 황혼이 시작될 무렵에도 다시 같은 형태가 되며 아침이면 수평으로 비추는 햇빛이, 하나의 램프처럼 점화되어, 멀리서부터 잎들 위로 인위적이고 따스한 반사광을 던지며, 자신의 불타는 꼭대기를 받치고 있는 불연소성이고 흐릿한 가지 많은 큰 촛대 모양으로 남아 있던 어느 한 나무의 최상단 잎들이 활활 타오르게 하고 있었다. 이곳에서는 햇빛이 마로니에의 잎들을, 벽돌들처럼 그리고 하늘색 윤곽선을 두른 페르시아 석재 한 조각처럼 두꺼워지게 하여, 하늘에 시멘트로 접착시키고 있는가 하면, 반대로 저쪽에서는, 황금빛 손가락들을 뻗어 잎들이 움켜잡으려 하는 나무로부터 잎들을 떼어내고 있었다. 개머루 덩굴에 감싸인 어느 나무 중간 높이에, 눈부심으로 인해 선명하게 식별할 수 없는, 아마 카네이션의 변종일 듯한 거대한 붉은색 꽃다발 하나를 햇빛이 접목시켜 활짝 피어나게 하고 있었다. 여름에는 푸르름의 두께와 단조로움 속에 더 잘 혼융되어 있던 숲의 여러 부분들이 훤히 드러나 있었다. 더욱 밝아진 공간들이 거의 모든 부분들의 입구가 드러나게 하거나, 혹은 어느 화려한 잎 무더기가 마치 국왕의 깃발처럼 입구가 있음을 말해 주고 있었다. 마치 천연색 지도에서처럼, 아르므농빌, 프레 까뜰랑, 마드리드, 경마장, 호수 언저리 등을[81] 식별할 수 있었다. 이따금씩, 무용지물의 건축물, 모조 동굴, 나무들이 물러서며 자리를 만들어주거나 잔디밭이 그 폭신한 기단(基壇)까지 이끌어다 놓은 방앗간 등이 모습을 드러냈다. 불론뉴 숲이 단순한 숲만이 아니고, 그것이 나무들의 삶과 무관한 하나의 용도에 부응하고 있으며, 내가 느끼던 열광이 가을에 대한 찬미에 의해서가 아니라 하나의 욕망에 의해서 야기되었음을 감지할 수 있었다. 욕망이란, 영혼이 처음에는 그 원인을 모르는 채, 그리고 외부로부터는 아무것도 그 동인을 제공하지 않는다는 사실을 이해하지 못한 채 느끼는, 기쁨의 위대한 원천이다. 그렇게 나는 충족되지 않은 애정을 품은 채 그 나무들을 바라보았으나, 그 애정은 나무들을 지나, 나무들이 날마다 몇 시간 동안씩 품어 감추는 걸작품 즉 산책하는 아름다운 여인들에게로, 나 자신도 모르는 사이에 향하곤 하였다. 나는 아카시아 산책로 쪽으로 가고 있었다. 나는 큰 나무들로 이루어진 숲을 가로질렀고, 그곳에서는 숲에 새로운 분할을 강제로 부여하던 아침 햇빛이 나무들의 곁가지들을 쳐내고 여러 줄기들을 모아 다발들을 묶고 있었다. 햇빛이 나무 두 그루를 솜씨 좋게 잡아당겨, 햇살과 그늘로 이루어진 강력한 가위를 이용하여 각 나무에서 둥치와 가지들의 반을 잘라낸 다음, 두 나무의 나머지 반을 함께 엮어, 그것으로, 주위의 햇볕이 경계를 설정해 준 단 하나의 그늘 기둥이나, 혹은 검은 그늘의 망상체 하나가 그 부자연스럽고 떨리는 윤곽선을 에워싸고 있는 빛의 유령 하나를 만들곤 하였다. 한 줄기 햇살이 가장 높은 가지들을 금빛으로 물들일 때에는, 번쩍이는 습기에 젖은 그 가지들이, 숲 전체가 바다 밑으로 들어가듯 잠겨 있던 액상(液狀)의 에메랄드 빛 대기로부터 홀로 떠오르는 것 같았다. 왜냐하면, 나무들은 자신들이 간직하고 있는 생명력만으로 여전히 삶을 지속하고 있었으며, 잎들이 사라졌건만 그 생명력은 나무의 줄기들을 감싸고 있는 초록색 벨벳 칼집 위에서, 혹은 미켈란젤로의 「천지 창조」 속에 그려진 태양과 달처럼[82] 둥글며 버드나무들 꼭대기 여기저기에 뿌려진 듯 뿌리를 내린 겨우살이의 구면(球面)을 감싸고 있는 하얀 에나멜 위에서, 더욱 밝게 빛나고 있었기 때문이다. 그러나 하도 여러 해 전부터 여인과 접목(接木)된 상태에서 함께 살 수밖에 없었던지라, 나무들은 나에게 드뤼아스[83]를, 지나갈 때마다 자기들의 가지로 덮어 자기들처럼 계절의 힘을 느끼지 않을 수 없게 하는 잽싸고 생기발랄한 아름다운 사교계 여인을, 나에게 상기시켜 주었다. 또한 나무들은, 무엇이든 쉽사리 믿던 나의 행복했던 젊은 시절을, 무의식적이되 공모자였던 나뭇잎들 사이에서 잠시 동안이나마 여성적 우아함의 걸작품이 실현되던 장소들로 내가 게걸스럽게 오곤 하던 때를, 상기시켜 주기도 하였다. 그러나 그러한 면에서는 내가 보러 가고 있던 트리아농의 마로니에와 라일락들보다 더 자극적인 불론뉴 숲의 전나무들과 아카시아들이 갈망하도록 충동질하던 그 아름다움이, 나의 밖에, 즉 역사적인 어느 시기의 추억이나, 예술품들 속이나, 발치에 손바닥 모양의 황금빛 잎들이 쌓여 있는 에로스의 작은 신전 안에 고정되어 있지는 않았다. 내가 호수 언저리로 접어들어 '띠르 오 삐종'까지 갔다. 내가 가지고 있던 완벽함이라는 것의 개념을, 그 시절에는 내가 빅토리아라는 마차의 높이나, 디오메데스의 잔인한 말들[84]처럼 눈에 핏발이 서 있으며 말벌들처럼 맹렬하고 날렵한 말들의 날씬함에 부여하였는데,[85] 이제, 내가 좋아하던 것을 다시 보고 싶은 욕망에 사로잡혀, 여러 해 전에 나를 같은 길로 떠밀던 것에 못지않게 강렬한 욕망에 사로잡혀, 나는 다시, 크기는 조막만하고 게오르기오스 성자처럼 애띤[86] 시종의 감시를 받으며, 스완 부인의 체구 우람한 마부가 그 말들의 놀라서 전율하며 몸부림치는 강철 날개들을[87] 제압하려 애쓰던 순간의 모습을 다시 목격하고 싶어졌다. 그러나 애석한 일이었다! 체구 큰 시종들이 수행하는 콧수염 난 기계 기사들이 모는 자동차들밖에 없었다. 나는, 하도 낮아서 하나의 단순한 화관처럼 보이던 여인들의 작은 모자들이, 내 기억의 눈에 보이던 것만큼 매력적인지 확인하기 위하여, 그것들을 내 몸뚱이의 눈앞에 놓고 싶었다. 이제는 모든 모자들이 광막하다 할 만큼 넓었고, 과일들과 꽃들과 각종 새들로 뒤덮여 있었다. 스완 부인이 입으면 그녀를 여왕처럼 보이게 하던 아름다운 드레스 대신, 타나그라 식으로 주름을 잡은,[88] 그리고 때로는 벽지처럼 꽃무늬 가득한 쉬퐁 리버티[89] 천을 이용하여 5인 집정관 시절의 스타일로 지은,[xx] 그리스-작센풍[xxi]의 헐렁한 반코트가 부쩍 자주 눈에 띄었다. 스완 부인과 함께 렌느-마르그리뜨 산책로를 거닐었을 신사들의 머리에서, 지난 세월의 모자도 다른 어떤 모자도 발견할 수 없었다. 그들은 맨머리로 외출하였다. 또한 그러한 광경의 그 새로운 구성요소들에게 실체와 통일성과 생명을 부여하는데 필요한 믿음도 나에게 더 이상 없었다. 그것들이 흩어진 상태로, 우연히, 실체도 없이, 나의 눈이 옛날처럼 구성해 보려 시도했을 아름다움도 내포하지 못한 채, 내 앞으로 지나가고 있었다. 그것은 평범한 여인들이었고, 그녀들의 우아함에 대하여 나는 어떤 믿음도 가지고 있지 않았으며, 그녀들의 치장이 나에게는 하찮아 보였다. 그러나 하나의 믿음이 사라져도— 새로운 사물들에게 실재성을 부여하는 그러나 우리가 상실한, 그 힘의 결여를 감추기 위하여 점점 더 생명력 강해지는—마치 신성함이 머물던 곳이 우리들 내면이 아니라 그 사물들 속이었다는 듯이, 그리고 우리가 현재 품고 있는 불신이 신들의 죽음이라는 우발적인 원인에서 비롯되었다는 듯이, 그 믿음이 일찍이 활기를 띠게 하였던 옛날의 사물들에 대한 물신숭배적 애착이 살아남는다.

얼마나 끔찍한 일인가! 나를 사로잡은 감회였다. 저 자동차들이 옛날의 마차들처럼 우아하다고들 여길 수 있을까? 내가 의심할 나위 없이 너무 늙었다. 하지만 나는, 옷감 축에도 들지 못하는 천으로 지은 드레스로 여인들이 자신들을 속박하는 세상에 살게끔 만들어지지 않았다. 붉게 물들던 그 섬세한 나뭇잎들 아래에 모이던 것들 중 아무것도 남지 않았는데, 나뭇잎들이 그림틀 모양으로 감싸던 그 세련된 것들의 자리를 상스러움과 멍청한 짓들이 차지하였는데, 그 나무들 밑으로 온들 무슨 소용이랴?

얼마나 끔찍한 일인가! 더 이상 세련됨이 없는 오늘날, 나의 위안이란, 나와 교분 맺었던 여인들을 생각하는 것뿐이다. 하나의 새 사육장이나 한 뙈기 채마밭으로 뒤덮인 모자[92]를 쓰고 있는 그 끔찍한 여자들을 바라보며 감탄하는 사람들이, 소박하게 누비질한 연보라색 부인모나 꼿꼿한 붓꽃 한 송이만을 꽂은 외출용 모자를 쓴 스완 부인을 보면서, 도대체 무슨 수로 그것 속에 있는 매력을 느낄 수 있겠는가? 수달피 외투를 입고, 두 자루 칼날 같은 자고새 깃털 둘을 수직으로 꽂은 소박한 베레모를 쓴 채 걷고 있으되, 주위에는 오직 그녀의 가슴팍에 으스러지듯 붙어 있는 제비꽃 한 줌만이 상기시키는 그녀 아파트 내의 인위적인 따스함이 어려 있고, 회색 하늘과 차가운 대기와 가지들의 맨살이 드러난 나무들 앞에서 생생하게 푸른색으로 피어나는 제비꽃들이, 그녀의 거실 불 지핀 벽난로와 비단 천 씌운 까나뻬 앞에 있는 꽃병들 및 화분들 속에서 닫힌 창문을 통하여 눈 내리는 광경을 바라보던 꽃들처럼, 계절과 날씨 따위는 하나의 그림틀쯤으로 여기면서, 하나의 인간적 분위기 속에서, 즉 그 여인의 분위기 속에서, 사는 매력을 발산하는데, 그러한 스완 부인과 겨울날 아침에 마주치며 내가 느끼던 감동을 그들에게 이해나 시킬 수 있었겠는가? 뿐만 아니라, 옷차림과 치장물들이 비록 옛 시절의 것과 같았다 하더라도, 나에게는 그것만으로 충분하지 못했을 것이다. 하나의 추억을 구성하는 서로 다른 여러 부분들, 우리의 기억력이 하나의 결합체 속에서 그 부분들 간의 균형을 유지하고 있는지라 우리가 어느 것 하나 떼어낼 수도 없고 거부할 수도 없는, 그 부분들 사이에 존재하는 연대의식 때문에, 내가 그러한 여인들 중 한 사람의 집으로 직접 가서, 스완 부인의 아파트가 아직 그랬던 것처럼(이 이야기의 제1부가 끝나는 다음 해

끝에, 그것을 자기의 장갑 소매에 밀어넣으면서 온갖 아양을 떨곤 하였다. 그 합당한 자리를 발견한 후, 그녀가 목을 돌려 주위를 한 번 둘러본 다음, 자기의 모피 목도리를 다시 추스르더니, 장갑 소매 밖으로 삐죽 나와 있는 노란색 종이 끝을 의자 관리원 여인에게 보이면서, 그녀에게 아름다운 미소를 집요하게 보내곤 하였는데, 그것은 마치 어떤 여인이, 어느 젊은이에게 자기의 드레스 몸통 부분을 가리키며 다음과 같이 말할 때 보내는 미소 같았다. "당신이 주신 이 장미꽃들을 알아보시겠죠!"

내가 질베르뜨를 마중하기 위하여 프랑수와즈를 이끌고 개선문까지 갔다가, 그녀가 오지 않을 것이라 생각하고 잔디밭을 향해 돌아오는데, 회전목마들이 있는 곳에 도달하였을 때, 음성 간결한 그 소녀가 달려들듯 불쑥 내 앞으로 나서며 말하였다. "서둘러요, 어서, 질베르뜨가 도착한 지 벌써 십오 분은 되었어요. 그녀는 곧 돌아간대요. 포로 잡기 놀이 하려고 모두들 당신을 기다리고 있어요." 내가 샹젤리제 대로를 거슬러 올라가고 있는 동안에, 질베르뜨는 부와씨-당글라 로를 따라서 와 있었는데, 모처럼 날씨가 좋아, 가정교사 아씨가 쇼핑을 하였기 때문이었다. 또한 스완 씨가 자기의 딸을 데리러 오기로 되어 있다고도 하였다. 따라서 그것은 나의 잘못이었다. 내가 잔디밭으로부터 멀리 가지 말았어야 했다. 왜냐하면, 질베르뜨가 다소 늦어질 경우, 그녀가 이느 쪽으로부터 올지 도무지 알 수 없었고, 그리하여 그 기다림이 결국, 그 어느 지점에서건 또 그 어느 순간에건 질베르뜨의 영상이 나타날 수 있을 하나의 광막한 공간적 그리고 시간적 영역이었던, 샹젤리제 전체와 그날 오후의 전체 지속 시간뿐만 아니라, 아울러 그녀의 영상 자체도 나에게 더욱 감동적으로 보이게 하였기 때문인데, 그 영상이 감동적으로 보인 것은, 내가, 그것이 오후 두 시 반 대신 네 시에, 놀 때 쓰는 베레모 대신 외출용 모자를 쓰고, 두 인형극 극장 사이로부터가 아니라 '앙바싸되르' [62] 앞으로부터, 화살처럼 날아와 나의 심장에 박힌 이유가 그 영상 뒤에 숨어 있는 것을 어렴풋이 느꼈고, 질베르뜨로 하여금 외출하거나 집에 머물도록 강요하던, 그리고 내가 질베르뜨를 따라서 할 수 없었던, 몇 가지 일들이 있음을 짐작하여, 그녀의 알려지지 않은 생활의 신비와 접촉하고 있었기 때문이다. 그 신비는 또한, 음성 간결한 그 소녀의 말에 따라 포로 잡기 놀이를 시작하기 위하여 달려가던 중, 우리들과 놀 때에는 그토록 발랄하고 거칠던 질베르뜨가 〈데바〉를 읽는 그 부인에게 상체와 무릎을 구부려 인사를 하고(부인이 그녀에게 말하였다. "햇볕이 아름답기도 해라. 불 같아요."), 그녀에게 말할 때 수줍은 미소를 지으며, 질베르뜨가 자기 양친의 집에서 양친의 친구분들과 함께 있을 때, 혹은 누구를 방문할 때, 내가 모르는 그녀의 일상생활에서 그럼 직한, 전혀 다른 소녀의 모습을 나로 하여금 뇌리에 떠올리게 하던 어색한 표정을 짓는 것을 보았을 때 나를 뒤흔들던, 바로 그 신비였다. 하지만 그녀의 그러한 생활에 연관되었을 법한 강한 인상을, 다른 그 누구도, 조금 뒤 자기의 딸을 데리러 온 스완 씨만큼은 나에게 주지 못하였다. 그것은, 그와 스완 부인이―그들의 딸이 두 내외의 집에 살고 있었으며, 그 딸의 학업과 놀이와 교유관계가 그 두 사람에 의존되어 있었기 때문이다―내가 보기에는, 질베르뜨처럼, 아니 질베르뜨보다도 아마 더, 그녀 위에 군림하는 전능한 신들답게, 그녀 속에 발원지가 있을, 내가 도저히 접근할 수 없는 미지의 것, 나에게는 고통스러운 하나의 매력을 내포하고 있었기 때문이다. 그들과 관련된 모든 것들이 나에게는 어찌나 한결같은 관심의 대상이었던지, 그날처럼 스완 씨가(그가 우리 집 어른들과 가까이 지낼 때, 내가 그를 그토록 자주 보았건만 나의 호기심을 자극하지 않던) 질베르뜨를 데리러 샹젤리제에 오는 날이면, 그의 회색 모자와 여행용 외투의 출현이 뒤흔들어 놓은 내 가슴의 두근거림이 가라앉은 후에도, 우리가 그 인물에 관한 일련의 책들을 막 읽고 난 직후라 그들의 작은 특징들조차도 우리를 열광시키는 역사적 인물의 모습처럼, 그의 모습이 여전히 나에게 강한 인상을 주곤 하였다. 빠리 백작과 그사이의 교분도, 내가 꽁브레에서 그 이야기를 들을 때에는 별것 아닌 것처럼 보였으나, 이제는 경이로운 무엇처럼 보여, 그 이외의 다른 사람들은 아무도 오를레앙 왕가 사람들과 교분이 없었던 것처럼 여겨졌고, 그의 그러한 교분이, 샹젤리제의 그 산책로를 가득 채우고 있던 다양한 계층의 산책자들이 이루고 있던 상스러운 배경 위로 문득 부각되었건만, 그가 그들로부터 특별한 예우 받기를 요구하지 않고 그들 속에 섞이기를 동의하는 사실에 내가 감탄하였는데, 그를 감싸고 있던 익명성이 하도 깊었던지라, 아무도 그에게 경의를 표할 꿈조차 꾸지 않았다.

그는 질베르뜨의 동무들이 하는 인사에 정중하게 대꾸하였고, 비록 우리 가문과 사이가 나빠졌지만 나의 인사에도 그렇게 대꾸하였다. 그러나 나를 아는 내색은 하지 않았다. (그 사실이 하지만 그가 나를 시골에서 매우 자주 보았음을 나에게 상기시켰다. 하지만 내가 그늘 속에 간직해 두었던 추억이었다. 내가 질베르뜨를 다시 보게 된 이후부터는, 스완이 나에게는 무엇보다도 그녀의 아버지였지, 더 이상 꽁브레의 스완은 아니었기 때문이다. 내가 이제 그의 이름에 연결시키게 된 사념들이, 지난날 그의 이름을 내포하던 사념들의 망상체와는 다르고, 또한 내가 그에 대해 생각할 때에도 더 이상 그 지난날의 사념들은 사용하지 않게 되었던지라, 그가 나에게는 새로운 인물로 변해 있었다. 하지만 그럼에도 불구하고, 나는 하나의 인위적이고 부차적인 횡단선(橫斷線)으로, 그를 지난날 우리 집에 자주 오던 그 손님에 비끄러매었다. 또한 이 세상의 그 무엇도 나의 사랑에 유익한 만큼의 가치밖에 갖지 않게 되었던지라, 이제 샹젤리제에서 그 순간 나와 마주하고 있던, 하지만 질베르뜨로부터 아마 다행히 아직은 내 이름을 듣지 못하였을 바로 그 스완이 보기에, 내가 저녁이면 그토록 자주, 그와 나의 아버지와 내 조부모님 등과 함께 정원의 탁자 앞에서 커피를 들고 계시던 엄마에게 사람을 보내어 나의 침실로 올라와 밤인사 해달라고 졸라, 나 자신을 우스꽝스럽게 만들곤 하던 그 시절을 회상할 때마다, 그 세월을 지워버릴 수 없다는 수치심과 회한이 수반되곤 했다.) 그가 질베르뜨에게, 놀이 한 판 더 하도록 허락한다고, 또 십오 분 쯤 더 기다리겠다고 말한 다음, 다른 모든 사람들처럼 철제 의자 위에 앉으면서, 필립 7세[63]가 그토록 자주 자기의 손으로 꼭 쥐곤 하던 그 손으로 의자 대여비를 지불하는 동안, 우리들은 잔디밭 위에서 놀이를 다시 시작하곤 하였고, 그 바람에 놀라 일제히 날아 오른 비둘기들의, 심장 모양을 닮았고 새들의 왕국에 있는 라일락꽃들 같은 아름다운 무지개빛 몸뚱이들이 도망쳐 피난처를 찾는데, 어떤 녀석은 커다란 석제 수반 위에 앉아 자기의 부리를 그 속으로 넣어 사라지게 하는 순간, 그 석제 수반으로 하여금, 자기가 쪼아먹고 있는 척하던 과일이나 곡식을 자기에게 듬뿍 제공하는 동작을 취하게 하고, 그 수반이 그러한 용도로 그곳에 놓였다는 듯한 인상을 주는가 하면, 또 다른 녀석은 조각상의 이마에 앉아, 자신의 몸뚱이가 마치 고대의 몇몇 예술품에서 석재의 단조로움에 다양성을 부여하는 알록달록한 에나멜 도료 칠한 물건들 중 하나이기라도 한 듯, 또한 어느 여신의 머리에 얹혀 그녀에게 특별한 별명을 얻게 해주고, 따라서 하나의 다른 이름이 새로운 여인 하나를 탄생시키듯 새로운 신 하나를 탄생시킬 하나의 상징이기라도 한 듯, 자신의 몸뚱이가 그 조각상 위에 새로운 치장물처럼 얹히게 하였다.

나의 소망을 실현시켜 주지 않은 어느 햇볕 좋던 날, 나는 질베르뜨에게 나의 실망감을 차마 감추지 못하였다.

"오늘 마침 당신에게 여쭈어볼 것이 많았어요." 내가 그녀에게 말하였다. "저는 오늘이 우리의 우정에 많은 의미를 갖게 될 날이라 기대하였어요. 그런데 오시기 무섭게 떠나다니요! 내가 마침내 당신에게 할 말을 털어놓을 수 있도록, 내일은 일찍 오시도록 해봐요."

그녀의 얼굴이 환하게 빛났고, 그녀가 기쁨에 겨워 발을 구르며 대답하였다.

"내일이요? 기대하세요, 나의 아름다운 벗님, 하지만 나는 오지 않아요! 성대한 오후 간식 모임이 있어요. 모레도 오지 않을 거예요. 친구의 집에 가서 창문을 통해 떼오도즈[4] 국왕이 도착하는 장면을 구경할 거예요. 멋있을 거예요. 그리고 그다음 날에는 『미셸 스트로고프』[5] 공연을 보러 갈 거고, 그다음엔 곧 성탄절과 신년 방학이에요. 어른들이 아마 나를 데리고 남부 지방으로 여행을 떠날 거예요. 얼마나 멋질까! 비록 그래서 크리스마스트리를 받지 못하더라도. 어하튼, 빠리에 머문다 헤도 나는 여기에 오지 않을 기예요. 엄마와 함께 인사를 다녀야 하니까요. 잘 가요. 저기서 아빠가 나를 부르세요."

나는 프랑수와즈와 함께, 축제 끝난 후의 저녁나절처럼 아직도 태양빛으로 뒤덮인 길들을 따라, 집으로 돌아왔다. 발을 옮겨 딛을 기운조차 없었다.

"놀랄 일이 아니야, 계절에 어울리는 날씨가 아니야, 너무 더워." 프랑수와즈가 말하였다. "아! 하느님 맙소사, 사방에 가엾은 병자들이 널려 있을 거야. 저 높은 곳에서도 모든 것이 엉망임에 틀림없어."

나는 질베르뜨가, 샹젤리제에 한동안 오지 않을 것이라고 기쁨을 한껏 드러내면서 하던 말들을, 흐느낌을 억제하면서 나 자신에게 되풀이하였다. 그러나 벌써, 나의 뇌수가, 그녀를 생각하기 무섭게, 그 단순한 기능을 이용하여 자기 속에 가득 차게 하고 있던 매력과, 하나의 심리적 습관에서 비롯된 내적 제약이 질베르뜨와의 관계에서 나에게 필연적으로 설정해 준―비록 비통했지만―특별한, 그리고 유일한 처지 등이, 그녀가 나에게 보인 그 무관심의 징표들에게까지 소설적인 무엇을 이미 가미하기 시작하였고, 그리하여 내가 흘리던 눈물 속에서 한 가닥 미소가 형성되고 있었는데, 그것은 다름 아닌 입맞춤의 수줍은 시작이었다. 그리하여, 우편물 배달 시각이 도래하였을 때, 나는 그날 저녁에도, 다른 날에 그랬던 것처럼 나 자신에게 다음과 같이 말하였다. "내가 질베르뜨로부터 편지 한 통을 곧 받을 것이고, 그 편지를 통해, 자기가 나 사랑하기를 결코 멈춘 적 없었노라고 드디어 고백할 것이며, 나에게 그 사랑을 감추도록, 나를 만나지 않고도 행복할 수 있는 척하도록, 그녀를 억압한 그 신비한 이유, 그녀가 단순한 놀이 동무 질베르뜨일 뿐인 척할 수밖에 없었던 이유를 나에게 설명할 거야."

매일 저녁 나는 그 편지를 즐겨 상상하였고, 내가 정말 그 편지를 읽는다고 믿었으며, 한 구절 한 구절을 나에게 낭송해 주었다. 그러다가 문득 두려워져 낭송을 멈추곤 하였다. 혹시 내가 질베르뜨로부터 편지 한 통을 받는다면, 그것이 여하튼 내가 낭송하던 그 편지일 수 없을 것이라는 사실을 깨달았던 바, 내가 낭송하던 것은 내가 조금 전에 막 지은 것이었기 때문이다. 그리하여 그 순간부터는, 그녀가 편지에 써주었으면 하는 마음으로 기대하던 말들로부터 나의 사념을 다른 쪽으로 돌리려 애를 썼고, 그것은, 내가 상상한 편지들을 낭송하던 나머지, 나에게 정작 가장 귀하고 내가 가장 열망하던 그녀의 말들을, 가능성 있는 실현의 영역으로부터 축출하게 되지 않을까 하는 두려움에서였다. 또한 혹시 있음 직하지 않은 우연의 일치로, 질베르뜨가 나에게 보낼 편지가 바로 내가 상상하던 그것일 경우라 해도, 그 편지에서 나의 작품을 발견하는 순간, 내가 나로부터 오지 않은 무엇, 실제적이고 새로운 무엇, 나의 오성 외부에 있고 나의 의지로부터 독립되었으며 진정 사랑에 의해 주어진 행복을 받는다는 인상은 느낄 수 없었을 것이다.

그러면서 나는, 질베르뜨가 나에게 쓴 것이 아니지만 적어도 그녀로부터 온 글, 즉 라씬느에게 영감을 준 태고적 신화들의 아름다움에 대하여 베르고뜨가 쓴 글, 그리고 내가 항상 마노 구슬과 나란히 내 곁에 간직하고 있던 그 글을 거듭 다시 읽곤 하였다. 나는 사람을 시켜 그 글을 찾아내게 한 내 연인의 착함에 감동하였다. 그리고 사람은 누구나, 자기를 사로잡는 정염에 구실을 찾아줄 필요를 느끼는지라, 문예작품이나 사람들과의 대화 등이 사랑을 촉발시킬 만한 여인들의 장점이라고 자기에게 일러준 그 장점들을 자기가 사랑하는 사람에게서 발견하고 행복해할 만큼, 그리고 그 장점들이, 그의 사랑이 본능적이었을 경우에 추구하였을 장점들과 비록 정면으로 배치되더라도—스완이 지난날 오데뜨의 아름다움에서 미학적 특징을 발견하고 그랬듯—그것들을 동류시하여 자기 사랑의 새로운 구실로 만들 만큼, 자기의 정염에 구실을 찾아줄 필요를 느끼는지라, 나 또한, 꽁브레 시절부터, 그녀의 삶 중 미지의 부분 때문에, 나에게는 더 이상 아무것도 아니게 된 나의 삶을 내동댕이치고 뛰어들어 그 일부가 되면 좋을 성싶었던 그 부분 때문에, 처음으로 질베르뜨를 사랑하게 된 내가 이제, 언젠가는 질베르뜨가 저녁이면 나의 일을 도우며 나를 위하여 소책자들을 대조 검토하는, 나에게는 지극히 평범하고 하찮게 여겨지는 내 삶 속의 공손한 하녀, 편리하고 편안한 조력자가 될 수 있을 것이라고, 그것이 마치 이루 가격을 매길 수조차 없는 장점이기라도 한 것처럼 생각하곤 하였다. 베르고뜨의 경우, 무한히 현명하여 거의 신성하게 여겨졌던 그 노인의 경우, 내가 질베르뜨를 직접 목격하기 전부터 먼저 그녀를 사랑하게 된 것은 그 노인 때문이었건만, 이제는 특히 질베르뜨 때문에 그를 좋아하고 있었다. 나는 그가 라씬느에 대하여 쓴 글에 못지않게, 그녀가 그 글을 넣어가지고 왔던, 커다란 흰색 밀랍으로 봉하였고 물결 같은 연보라색 리본으로 묶은 그 봉투도 기쁨을 느끼며 바라보곤 하였다. 나는 내 연인의 심정 중 가장 좋은 부분이었던, 경박하지 않고 충직하여, 비록 질베르뜨가 영위하던 삶의 신비한 매력으로 치장하였으되, 나의 곁에 머물러 나의 방에 기거하며 나의 침대에서 자던 그 부분에, 즉 그 마노 구슬에 입을 맞추곤 하였다. 그러나 그 돌의 아름다움, 그리고 또한 베르고뜨가 쓴 글의 아름다움, 나의 사랑이 하나의 허무로밖에 보이지 않을 때마다 그 사랑에 일종의 밀도를 부여하기라도 하는 듯, 질베르뜨에게로 향하던 내 사랑의 관념에 내가 행복해하며 연관시키던 그 아름다움들에 관하여 말하거니와, 나는 그것들이 나의 그 사랑보다 앞서 생겼고, 그 사랑을 닮지 않았고, 그것들의 구성요소들이 재능 혹은 광물학적 법칙에 의해 질베르뜨가 나를 알게 되기 전에 이미 확정되었고, 만약 질베르뜨가 나를 사랑하지 않았다면 그 글이나 돌 속에 하등의 특별한 것이 없을 것이고, 따라서 그 무엇도 내가 그것들 속에서 행복의 계시를 읽어내도록 허락하지 않는다는 사실을 간파하였다. 그리고 나의 사랑이, 다음 날에는 질베르뜨가 자기의 사랑을 고백하기를 끊임없이 기다리면서, 매일 저녁 자기가 그날 온종일 한 일을 파기하고 해체하는 동안, 나의 내면 어두운 그늘에서는, 미지의 여자 직조공이 그렇게 풀어진 실들을 폐기하지 않고, 나를 즐겁게 한다든지, 그래서 나의 행복을 위하여 일을 한다든지 하는 따위에는 전혀 신경 쓰지 않으면서, 그녀가 자기의 모든 제작물에 여일하게 부여하는 특이한 질서 속에 그 실들을 배치하곤 하였다. 나의 사랑에 하등의 특별한 관심을 표하지도 않고, 내가 진실로 사랑 받는다는 판결을 내리는 것으로 시작하지도 않으면서, 그녀는 내가 보기에 도저히 설명할 수 없는 질베르뜨의 행위들과 내가 이미 용서한 그녀의 잘못들을 모두 거두어 갈무리하고 있었다. 그러자 그 행위들과 잘못들이 각각 하나의 의미를 얻곤 하였다. 그 새로운 질서는, 질베르뜨가 샹젤리제에 오지 않고 그 대신 어떤 오후 간식 모임에 간다든가, 자기의 여자 가정교사와 함께 쇼핑을 하러 간다든가, 신년 휴가를 떠날 준비를 하는 것을 보고 내가 다음과 같이 생각하는 것은 잘못이라고, 나에게 말하는 것 같았다. '그녀가 경박하거나 혹은 고분고분하기 때문이야.' 그녀가 만약 나를 사랑하였다면 경박하거나 고분고분하기를 멈추었을 것이고, 그녀가 순종하기를 강요당하였다면, 내가 그녀를 만나지 못하는 날에 느끼던 것과 같은 절망감에 휩싸여 그 강요에 응하였을 것이기 때문이라는 것이다. 그 새로운 질서가 덧붙여 말하기를, 내가 질베르뜨를 사랑하니, 사랑한다는 것이 무엇인지는 알아야 한다고 하였다. 그리고, 그녀에게 돋보이게 하려는 끊임없는 나의 근심을, 그것으로 인하여 프랑수와즈에게도 고무장화와 푸른색 깃털 장식이 달린 모자를 사주시라고, 아니 그보다는 나의 낯이 뜨거워지게 하는 하녀를 더 이상 나와 함께 샹젤리제에 보내시지 말라고(그것에 대해 어머니는, 내가 프랑수와즈에게 공정하지 못하다고, 또 그녀가 우리에게 헌신적인 착한 여인이라고 하셨다), 어머니를 설득하려고 내가 애쓰게 하도록 한 그 끊임없는 근심을 지적하였고, 아울러 질베르뜨를 보고자 하는 나의 그 유일한 욕구도 지적하였는데, 나는 그 욕구로 인하여, 그녀가 어느 시기에 빠리를 떠날 것인지 그리고 어디로 갈 것인지 알아내려고 몇 개월 전부터 오직 그 생각만 하였고, 아무리 쾌적한 고장이라도 그녀가 그곳에 없으면 하나의 유배지로 여기면서, 그녀를 샹젤리제에서 볼 수 있는 한, 언제까지라도 빠리에 머물러 사는 것만을 갈망하였다. 그렇게 지적한 후 그 새로운 질서는, 내가 그러한 근심도, 그 절박한 욕구도, 질베르뜨의 행위 속에서는 발견할 수 없으리라는 사실을 별로 힘들이지 않고 나에게 입증해 보여 주었다. 그녀는, 내가 어찌 생각할지는 전혀 근심하지 않은 채, 오히려 자기 여자 가정교사의 뜻을 따르곤 하였다. 그녀는, 그것이 가정교사 아씨와 쇼핑을 가기 위해서라면 샹젤리제에 오지 않는 것이 당연하며, 자기의 어머니와 함께 외출하기 위해서라면 오히려 기분 좋은 일이라고 하였다. 또한 그녀가 나로 하여금 자기와 같은 곳에서 휴가를 보내도록 나에게 허락한다고 가정하더라도, 최소한 그녀는 그 장소를 고름에 있어 자기 부모의 뜻이나 사람들이 자기에게 이야기해 준 숱한 오락거리들을 염두에 둘 뿐, 나의 가족이 나를 보내기로 의중에 생각하고 있던 장소는 전혀 고려하지 않았을 것이다. 그녀가 가끔, 자기가 나를 다른 남자 친구들 중 어느 한 아이보다 덜 좋아한다든가, 내가 부주의로 인하여 그녀로 하여금 놀이에서 지게 하였기 때문에 전날보다 나를 덜 좋아한다고 나에게 단언할 때마다, 나는 그녀에게 용서를 빌었고, 그녀가 나를 전날처럼 다시 좋아하도록 하려면, 그리고 나를 다른 아이들보다 더 좋아하도록 하려면, 내가 무엇을 해야 하는지 그녀에게 묻곤 하였다. 그러면서 나는, 그녀가 나에게 이미 그렇게 되었노라고 말해 주기를 바랐고, 그녀가 마치 자기의 뜻대로, 그리고 나의 뜻대로, 나에게 기쁨을 주기 위하여, 나의 좋은 혹은 못된 처신에 의해 좌우되는 그녀의 말만으로 나에 대한 그녀의 감정을 수정할 수 있기라도 한 듯, 그녀에게 그렇게 해주기를 간청하곤 하였다. 내가 도대체, 그 시절에는, 그녀에게로 향한 나의 감정이, 그녀의 행동에 의해서도, 나의 의지에 의해서도, 좌우될 수 없다는 사실을 몰랐단 말인가?

그 보이지 않는 여자 직조공이 윤곽을 제시한 그 새로운 질서가 끝으로 말하기를, 이제까지 우리에게 괴로움을 안겨 준 사람의 행동들이 본심에서 우러나온 것이 아니기를 우리가 갈망할 수는 있으되, 그 행동들 다음에는 우리의 갈망도 어찌 해볼 수 없는 명료함이 이어지고, 우리는 그 사람이 내일 어떠한 행동들을 보일지, 우리의 갈망에게보다는 그 명료함에 물어보아야 한다고 하였다.

그 새로운 말들이 나의 사랑에게 들렸는데, 그 말들이 나의 사랑에게 설득하듯 이르기를, 다음 날도 이전의 다른 날들과 다르지 않을 것이고, 나에 대한 질베르뜨의 감정이 이미 너무 오래되어 바뀔 수 없는데, 그 감정이란 무관심이며, 질베르뜨와의 우정에 있어서 좋아하는 사람은 오직 나뿐이라고 하였다. "사실이야, 이 우정을 더 이상 어찌 해볼 수 없어, 그것이 변하지 않을 거야." 내 사랑의 대꾸였다. 그리하여 다음 날이 되기 무섭게(혹은, 그것이 가까이 다가오고 있을 경우 그 공휴일을, 어떤 기념일을, 새해를, 여하튼 과거의 유산을 떨쳐 버리면서, 또 슬픔의 유산을 수락하지 않으면서, 새로운 시절이 시작되는, 즉 다른 날들과 유사하지 않은 그러한 날들 중 하나를 기다리면서) 나는 질베르뜨에게, 우리의 지난 우정은 포기하고 새로운 우정의 초석을 놓자고 요청하였다.

나는 항상 빠리 지도를 내 손이 닿을 수 있도록 곁에 두고 있었고, 그 속에서 스완 씨 내외가 살고 있던 길을 식별할 수 있었기 때문에, 그 지도가 나에게는 어떤 보물을 간직하고 있는 것처럼 보였다. 그리하여, 기쁨 때문에, 또한 일종의 기사도적 충직성에 이끌려, 나는 무엇에 관해 이야기를 하더라도 그 길의 명칭을 입에 올렸고, 그러자, 어머니와 할머니와는 달리 나의 사랑에 대해 아무것도 모르시던 아버지가 나에게 묻곤 하셨다.
"도대체 너는 왜 항상 그 길 이야기만 하느냐? 그곳에 특별한 것이라곤 아무것도 없어. 불론뉴 숲에서 두어 걸음밖에 떨어져 있지 않아서 살기에는 쾌적한 곳이지. 하지만 그러한 길들이 열은 될 것이다."
나는 무슨 이야기가 나오든 어른들로 하여금 스완이라는 이름을 입에 올리시도록 온갖 수단을 동원하곤 하였다. 물론 내가 그 이름을 마음속으로 끊임없이 외운 것은 사실이다. 하지만 나는 그 이름의 감미로운 음색도 듣고 싶은 욕구를 느꼈고, 그리하여 소리 내지 않고 읽는 것으로는 충분하지 못했던 그 음악을 다른 이들로 하여금 연주하도록 하고 싶었다. 내가 오래 전부터 알고 있었던 그 스완이라는 이름이, 가장 일상적인 단어들을 대할 때 특정 실어증 환자들에게 그러한 현상이 발생하는 것처럼, 이제 나에게는 전혀 새로운 단어였다. 그 이름이 항상 나의 사념 속에 있었으나, 나의 사념이 그 이름에 익숙해질 수 없었다. 내가 그 단어를 분해하여 글자 하나하나를 읽었고, 나에게는 그 철자가 하나의 놀라운 현상이었다. 그리고 그것이 나에게는 친숙하게 보이기를 멈춤과 동시에 결백하게 보이기도 멈추었다. 내가 그 이름을 들으며 맛보던 기쁨을 나는 어찌나 죄스럽게 여겼던지, 어른들께서 내 생각을 짐작하시는 것 같았고, 내가 그 이야기를 하려는 기색을 보이면 화제를 바꾸시는 것 같았다. 뿐만 아니라 나는 질베르뜨와 관련된 화제들 쪽으로 급선회하여 끊임없이 같은 말을 되풀이하였고, 그것들이 그저 말일 뿐이라는— 그녀로부터 멀리서 하여 그녀에게 들리지 않는 말, 이미 있는 것을 그대로 전할 뿐 변모시킬 수 없는 말—사실을 내가 잘 알아도 소용없었으니, 그럼에도 불구하고, 질베르뜨와 인접해 있는 모든 것들을 그렇게 휘저어 뒤섞다 보면, 그것으로부터 행복한 무엇이 아마 나올 수도 있을 것 같았다. 나는 부모님께 질베르뜨가 자기의 여자 가정교사를 매우 좋아한다고 거듭 말씀드렸으며, 백 번째 반복한 그러한 말이 문득 질베르뜨로 하여금 영원히 우리 곁으로 와서 함께 살도록 하는 결과를 낳을 것 같았다. 그러면서 〈데바〉를 읽는 늙은 부인에 대한 칭찬도 다시 시작하여(나는 그녀가 아마 어느 대사 부인이나 왕족일 것이라고 부모님께 넌지시 암시하였다), 그녀의 아름다움과 너그러움과 고아함을 한껏 찬양하던 중 어느 날, 질베르뜨의 입에서 나온 이름으로 미루어, 그녀가 블라땡 부인임에 틀림없다고 하였다.

"오! 그것이 누구인지 알겠구나." 어머니가 놀란 듯이 그렇게 말씀하시는 동안 나는 수치심에 얼굴이 벌겋게 달아오름을 느꼈다. "조심해! 조심해! 너의 가엾은 할아버님이시라면 그렇게 말씀하셨을 게다.[66] 그런데 너는 그녀가 아름답다고 하다니! 하지만 그녀는 몹시 추하고 또 항상 그랬어. 어느 집달리의 미망인이란다. 네가 어렸을 때, 체조 교실에서, 그녀가, 나와 아는 사이가 아니건만, 네가 '남자아이라고 하기에는 너무 예쁘다' 고 하면서 나에게 말을 걸려고 하였을 때, 내가 그녀를 피하기 위하여 부리던 술책들을 기억하지 못하겠니? 그녀는 항상 미친 듯이 사람들과 사귀려 하였는데, 그녀가 정말 스완 부인과 아는 사이라면, 내가 항상 생각한 것처럼 그녀가 일종의 미친 여자임에 틀림없구나.[67] 왜냐하면, 그녀가 비록 지극히 평범한 계층 출신이긴 하지만, 적어도 내가 아는 한 그녀가 구설수에 오르도록 할만한 일은 전혀 없었으니 말이다. 하지만 그녀가 항상 사람들을 사귀지 않고는 못 배겼지. 그녀는 몹시 추하고 끔찍하게 상스러우며, 게다가 사람들을 난처하게 만들지."

스완에 관련된 이야기를 하자면, 내가 그를 닮기 위하여, 탁자 앞에 앉아 나의 코를 잡아당기고 눈을 비비는[68] 것으로 시간을 보내곤 하였다. 그러한 내 꼴을 보시고 아버지가 말씀하시곤 하였다. "저 아이가 백치야, 자라면 그 꼴이 끔찍하겠어." 나는 특히 스완처럼 대머리였으면 좋을 것 같았다. 그가 나에게는 어찌나 비범한 존재로 보였던지, 나와 일상 만나는 사람들 역시 그를 알고, 아무 날에나 사람들이 그와 우연히 마주칠 수 있다는 사실 등을, 나는 경이로운 일로 여겼다. 그리하여 언젠가는, 나의 어머니께서, 매일 저녁에 그러시듯, 저녁식사 중, 그날 오후에 쇼핑하신 이야기를 하시다가, 나에게는 몹시 따분하게만 보이던 당신의 이야기 속에, 다른 아무것도 섞이지 않은 다음과 같은 말씀 한마디로, 신비한 꽃 한 송이가 피어나도록 하셨다. "참, 내가 트르와 까르띠에⁽⁶⁹⁾의 우산 매장에서 누구를 만났는지 알아맞춰 봐요. 스완이에요." 바로 그날 오후에, 스완이 자신의 초자연적인 형체의 윤곽을 군중 속에 나타내며 우산을 사러 갔다는 사실을 알게 된 것이, 나에게는 얼마나 우수 어린 기쁨이었던가! 크건 작건 나의 관심을 끌지 못하기는 마찬가지였던 사건들 한가운데서, 그 사건만은, 질베르뜨에게로 향하던 나의 사랑을 한결같이 격동시키던 그 특별한 떨림을 나의 내면에 일깨워 놓았다. 그 무렵 프랑스의 국빈이었고, 흔히들 프랑스의 친구라고 떠들어대던, 떼오도즈 국왕의 프랑스 방문이 초래할 정치적 결과에 대해 모두들 이야기를 할 때, 내가 그것에 귀를 기울이지 않는 것을 보시고, 아버지께서는 내가 아무것에도 관심을 보이지 않는다고 말씀하시곤 하였다. 그러나 반면, 혹시 스완이 두건 달린 여행용 외투를 입고 있었는지는 내가 얼마나 알고 싶어하였던가!

"두 분이 서로 인사를 나누셨어요?" 내가 물었다.

"물론이지, 그가 나에게로 와서 인사를 하였어. 나는 처음에 그를 못 보았으니까." 우리 가족이 스완과 냉랭한 관계라고 당신께서 고백하실 경우, 당신께서 교분을 맺으시고 싶지 않은 스완 부인이 꺼려져서, 혹시 사람들이 당신께서 원하시는 것 이상으로 당신과 스완을 화해시키려 하지 않을까, 항상 염려하시는 기색이셨던 어머니가 그렇게 대답하셨다.

"그렇다면 두 분의 사이가 나빠진 것이 아니란 말씀이에요?"

"사이가 나빠지다니? 도대체 너는 왜, 우리들의 사이가 나빠졌다고 생각하니?" 마치 내가 당신과 스완과의 좋은 관계라는 그 허구에 위해라도 가한 듯, 그리고 '화해' 공작이라도 꾸민 듯, 격한 어조로 대답하셨다.

"어머니가 그를 더 이상 초대하시지 않아, 그가 어머니에게 원한을 품을 수도 있을 거예요."

"모든 사람을 초대할 의무가 우리에게 있는 것은 아니란다. 그가 나를 초대하더냐? 나는 그의 아내와 일면식도 없다."

"하지만 꽁브레에는 자주 오셨는데."

"그건 사실이다! 꽁브레 집에는 자주 왔지, 하지만 빠리에서는 그에게 다른 할 일이 있고, 나 역시 그렇단다. 그러나 내가 너에게 장담하거니와, 우리 두 사람이 사이 틀어진 사람들의 기색은 전혀 띠지 않았단다. 그가 산 물건을 포장하여 가져오기를 기다리며 잠시 함께 머물러 있었지. 그가 네 안부를 묻더니, 자기의 딸이 너와 함께 논다고 나에게 말하더구나." 어머니가 덧붙이듯 마지막 말씀을 하셨고, 그 말씀이, 내가 스완의 뇌리에 존재하였을 뿐만 아니라 더 나아가, 샹젤리제에서 내가 그의 앞에서 사랑 때문에 덜덜 떨고 있던 동안에도, 그가 나의 이름과 나의 어머니가 누구인지 알았으며, 자기 딸의 놀이 동무라는 나의 자격 둘레에다 나의 조부모님과 그분들의 가문, 우리가 살던 곳, 지난날 우리가 영위하던 삶의 특징들, 아마 나에게조차 알려지지 않았을 그 모든 것들을 혼융시킬 수 있었을 만큼, 상당히 완벽한 형태로 그의 뇌리에 존재하였다는 그 기적으로, 나를 경이로움에 휩싸이게 하였다. 그러나 어머니는, 스완이 당신을 발견하던 순간, 당신께서 그에게 하나의 특정한 인물로, 그로 하여금 다가와서 인사를 드릴 수밖에 없게끔 한 공동의 추억들을 간직한 인물로 비쳤던, 트르와 까르띠에의 그 판매대에서 특이한 매력을 발견하시지 못한 것 같았다.

게다가, 어머니도 그리고 아버지도, 스완의 조부모나 명에 증권 중매인이라는 직함에 대해 말씀하시는 것에서, 다른 모든 것들을 능가하는 즐거움을 발견하시지 못하는 것 같았다. 나의 상상력은, 석재로 이루어진 빠리에서 특정 주택을 선정하여 그 대문에 조각을 하고 창문들을 진귀하게 변형시켜 신성하게 만들었듯이, 사회적 빠리에서도 특정 가문을 골라 신성하게 만들었다. 하지만 그러한 장식물들이 오직 나의 눈에만 보였다. 나의 아버지와 어머니께서, 스완이 살던 집을, 같은 시기에 불론뉴 숲 인근 구역에 지은 다른 집들과 유사하다고 여기셨듯이, 스완의 가문 역시 두 분에게는 다른 많은 증권 중매인 가문들과 같은 부류로 보였다. 두 분은, 그 가문이, 그 가문 이외의 다른 이들에게도 공통된 장점을 구비한 수준에 의거하여 그 가문을 높게 혹은 낮게 평하실 뿐, 그 가문 특유의 장점은 발견하지 못하셨다. 그와는 반대로, 그 가문의 장점이라고 여기시는 것들을, 다른 곳에서도 같은 수준이나 더 우월한 상태로 발견하시곤 하였다. 마찬가지로, 스완의 집 위치가 좋다고 하신 후, 두 분은 위치가 더 좋은, 그러나 질베르뜨와는 아무 관련도 없는 다른 집이나, 혹은 그녀의 할아버지보다 한 급 높은 다른 금융인들에 대하여 이야기하시곤 하였다. 그리하여 두 분이 한 순간 나와 같은 견해를 가지신 듯 보였다면, 그것은 곧 걷힐 오해 때문이었다. 그것은 다시 말해, 질베르뜨를 둘러싸고 있던 모든 것들 속에서 미지의 자질 하나를 인지하는 데 필요한, 색채의 세계 속 적외선과 유사한 역할을 감동의 세계 속에서 맡고 있는, 그리고 사랑이 나에게 갖추어준, 그 보충적이고 일시적인 감각이 나의 부모님에게는 결여되어 있었다는 뜻이다.

질베르뜨가 샹젤리제에 오지 않을 예정이라고 나에게 미리 알려 준 날에는, 나를 조금이라도 그녀 가까이로 이끌어 갈 수 있을 산책로를 따라 걸으려 애를 썼다. 가끔 나는 스완 댁 가족이 사는 집 앞으로 프랑수와즈를 이끌어 순례의 길에 오르곤 하였다. 그러면서, 여자 가정교사로부터 그녀가 스완 부인에 관해 들은 이야기들을 끊임없이 반복하게 하였다. "그녀는 메달들을 굳게 믿는 모양이에요. 올빼미 소리를 들었거나, 벽에서 벽시계 소리 같은 똑-딱 소리가 들리거나, 자정에 고양이를 보았거나, 혹은 가구의 목재가 삐걱거리는 소리를 들었을 경우, 그녀는 절대 여행을 떠나지 않는다고 해요. 아! 정말 신앙심 깊은 분이에요." 내가 질베르뜨에 어찌나 반해 있었던지, 그렇게 길을 가던 중, 개를 산책시키고 있던 그녀의 집 우두머리 하인을 보면, 격한 감동에 걸음을 멈출 수밖에 없었고, 열정 가득한 시선을 그의 하얀 구레나룻에 고정시키곤 하였다. 그럴 때마다 프랑수와즈가 나에게 말하곤 하였다.

"도대체 무슨 일이에요?"

그런 다음 우리는 다시 길을 떠나 그들의 집 대문 앞에 이르렀고, 다른 어느 수위와도 다르고, 정복 소매 장식줄에까지 내가 질베르뜨라는 이름에서 일찍이 느꼈던 괴로운 매력이 스며들어 있는, 그곳에 있던 수위는, 자기가 엄히 지켜야 할 책임을 맡고 있던 그 신비한 삶 속으로 침투하는 것이, 원초적 결격사유에 의해 영영 금지되어 있는 사람들 중에 나도 속해 있다는 사실을 알고 있는 기색이었고, 고아하게 늘어진 모슬린 커튼 자락들 사이로 보이는, 질베르뜨의 눈을 닮았을 뿐, 다른 어느 창문들과도 닮지 않은 중이층의 창문들 역시, 그 신비한 삶 위로 자신들이 굳게 닫혔음을 의식하고 있는 것 같았다.

다른 때에는 우리가 대로들을 따라 걷기도 하였는데, 그럴 경우 나는 뒤포 로 입구에 보초처럼 우뚝 서서 주위를 살피곤 하였다. 사람들이 나에게 말하기를, 그곳에서 자기의 치과의사에게 가는 스완을 자주 볼 수 있다고 하였기 때문이다. 그러한 날이면, 나의 상상력이 질베르뜨의 아버지를 나머지 다른 인간들과 어찌나 다르게 여겼던지, 현실 세계 속으로의 그의 출현이 어찌나 많은 경이로움을 그 속에 이끌어 들였던지, 뜻밖의 초자연적인 출현이 발생할 수 있을 길에 접근한다는 생각에, 나는 아직 마들렌느 교회당에도 이르기 전부터[70] 격한 감동에 사로잡히곤 하였다.

그러나 대개의 경우―내가 질베르뜨를 볼 수 없는 날―스완 부인이 거의 날마다, '아카시아' 산책로에서, 큰 호수 둘레에서, 그리고 '렌느–마르그리뜨' 산책로에서 산책을 한다는 사실을 내가 알았던지라,[71] 나는 프랑수와즈를 불론뉴 숲 방향으로 이끌어 가곤 하였다. 그 숲이 나에게는, 다양한 식물군(群)과 서로 상반된 풍경들이 함께 집합된 것을 볼 수 있는 동물원들과 같았다. 즉, 동산 하나를 지나면 동굴 하나, 작은 초지 하나, 바위들, 개울 하나, 구렁 하나, 다시 동산 하나, 늪지 하나가 보이지만, 그것들이 하마, 얼룩말, 악어, 러시아 토끼, 곰, 왜가리 등이 한껏 자유롭게 뛰놀 수 있는 합당한 장소와 아기자기한 풍경을 제공하기 위해서만 조성된 것임을 누구나 알 수 있다. 불론뉴 숲은 또한 복합적인 숲이기도 하여, 다양하고 닫힌 작은 세계들을 모아놓고 있는―적단풍들과 아메리카 떡갈나무들을 심은 어느 농장이, 버지니아의 농경지처럼, 호수 주변에 있는 전나무 숲이나, 한 마리 들짐승의 아름다운 눈을 반짝이며 잰 걸음으로 산책하던 여인이 부드러운 모피에 감싸인 채 문득 튀어나오기도 하는 대수림에 연이어지게 하는―여인들의 정원이었다. 그리하여―

『아이네이스』의 뮈르토스 산책로처럼—그녀들을 위하여 단 한 종류의 나무들만 심은 아카시아 산책로에는 명성 높은 미인들의 왕래가 빈번했다.[72] 물개가 쉬다가 물속으로 뛰어들곤 하는 바위의 정상이 멀리 보이기만 해도, 자기들이 물개를 곧 보게 될 것임을 아는 아이들이 기쁨에 들뜨듯이, 아카시아 산책로에 도달하기 훨씬 전부터, 사방으로 퍼지면서 힘차고 동시에 나긋나긋한 식물적인 개성의 독특함과 그것이 가까워짐을 느끼게 해주던 아카시아들의 향기, 그리고 내가 다가가면 보이던, 자연스럽게 우아하고 얇은 천으로 귀엽게 재단되었으며 그 위로 수백 송이 꽃들이 날개 달리고 파르르 진동하는 진귀한 기생생물 떼처럼 내려앉은 무성한 잎무리의 꼭대기, 심지어 나른하고 감미로운 그 여성적인 이름까지, 그 모든 것들이 나의 심장을 두근거리게, 그러나 무도회장 입구에서 안내인이 소리쳐 통고하는 아름다운 여인들의 이름만을 우리에게 상기시켜 주는 왈츠들처럼, 세속적인 욕망으로 두근거리게 하였다. 사람들이 나에게 말하기를, 비록 결혼하지 않은 여자들이지만 흔히들 스완 부인과 나란히 거명하는, 그러나 대개의 경우 가명으로 일컬어지는, 몇몇 우아한 여인들을 그 산책로에서 볼 수 있다고 하였다. 그녀들이 혹시 새로운 이름 하나를 지어 가졌다 해도, 그것은 자신의 익명성을 지키기 위한 이름에 불과했으며, 따라서 그녀들에 관해 이야기하려는 사람들은, 듣는 이가 자기의 말을 이해할 수 있도록, 그 이름을 걷어내는 정성을 들여야 한다고들 하였다. '미'가—여인들의 우아함이라는 분야에서—여인들이 이미 입문한 신비스러운 법칙에 의해 지배되며, 그녀들이 그것을 실현할 능력을 가지고 있음을 생각하여, 나는 그녀들의 치장과 그녀들이 탄 마차 및 기타 수천 가지 자질구레한 것들의 출현을 마치 계시인 양 미리 받아들였고, 그런 다음, 하나의 걸작품에 통일성을 부여하는 내적 영혼처럼 그 덧없고 끊임없이 움직이는 덩어리에 통일성을 부여하던 나의 믿음을, 그 모든 것들 한가운데에 놓곤 하였다. 그러나 내가 보고 싶었던 것은 스완 부인이었고, 그리하여 나는, 그것이 질베르뜨이기라도 한 듯 한껏 들떠, 그녀가 지나가기를 기다리곤 하였는데, 질베르뜨의 양친은, 그녀를 둘러싸고 있던 모든 것들처럼 그녀의 매력을 흠뻑 머금고 있었던지라, 나의 내면에 그녀 못지않게 사랑을, 심지어 더 괴로운 동요를(그녀와 닿아 있던 그들의 접촉점이 나에게는 금지되어 있던 그녀 생활의 내적 부분이었던지라), 그리고(뒤에 모두들 알게 되겠지만, 내가 그녀와 함께 노는 것을 그들이 좋아하지 않는다는 사실이 머지않아 나에게 알려졌기 때문에) 우리에게 고통을 가하는 위력을 무제한으로 행사하는 이들에게 우리가 항상 바치는 존경 등을 유발시키곤 하였다.

나는 스완 부인이 폴란드풍 부인복을 입고 머리에는 무지개꿩[7)] 깃으로 장식한 작은 빵모자를 얹은 채, 드레스 몸통 부위에 제비꽃 한 줌을 꽂은 차림으로, 그것이 마치 자기의 집으로 돌아가는 가장 가까운 길인 양, 걸어서 바삐 아카시아 산책로를 건너면서, 멀리에서도 그녀의 모습을 알아보고 그녀에게 인사를 건네며 자기들끼리 그녀보다 더 멋진 사람은 없다고 하던, 마차 탄 신사들에게 한 번의 눈짓으로 답례하는 것을 볼 때마다, 미학적 장점과 사회적 위대함의 서열에서 검소함에게 첫째 자리를 부여하곤 하였다. 그러나, 더 이상 걷지 못하겠다고 하며 두 다리가 '다시 몸통 속으로 들어갈 지경'이라고 하던 프랑수와즈로 하여금 한 시간에 겨우 일백 보쯤 걷게 한 끝에 드디어, 도핀느 관문으로 이어지는 산책로에서 불쑥 튀어나와—그것이 나에게는 국왕의 위세, 즉 군주의 행차가 남기는 영상, 그리고 실재하는 어느 왕비도 나에게 그러한 인상을 줄 수 없던 영상이었는데, 실제의 왕비들이 누리는 권능에 대해서는, 덜 모호하고 경험에 입각한 개념을 내가 가지고 있었기 때문이다—카자흐스탄 사람처럼 모피로 몸을 감싸고 마부석에 앉아 있는 거구의 마부와 '고(故) 보드노르'의 '호랑이'[74]를 연상시키는 자그마한 시종을 태운 채, 꽁스땅땡 기의 스케치[75]에서 볼 수 있는 날씬하고 균형 잡힌 격렬한 말 두 필이 날듯이 질주하여 이끌어 온 비길 데 없는 빅토리아 한 대가 보이면—아니 그보다는 선명하고 기운 고갈시키는 상처가 그 형체를 내 가슴에 새기는 것이 느껴지면—, 고의로 조금 높게 설계하였고, 최신 유행의 사치 속에 옛 형태가 은은히 드러나게 한, 그리고 그 뒷 좌석에, 회색 머리가 한 줌 섞인 금발은 주로 제비꽃으로 엮은 띠로 왕관을 쓰듯 둘렀고, 그 띠로부터 긴 베일들을 늘어뜨렸으며, 손에는 연보라색 양산을 들고 있었고, 나의 눈에는 오직 지존(至尊)의 온정만이 보였으되 특히 갈보의 도발이 돋보이던, 입술에 어려 있던 그 모호한 미소를, 자기에게 인사하는 사람들을 향하여 고개를 부드럽게 까딱하며 보내던 스완 부인이, 나른한 듯 몸뚱이를 널브러뜨린 채 쉬고 있던 그 빅토리아가 보이면, 나는 검소함 대신 호사스러움을 가장 높은 반열에 놓곤 하였다. 그 미소가 실제로 어떤 사람들에게는 이러한 뜻을 전하고 있었다. "지금도 기억이 생생해요, 감미로웠어요!" 다른 사람들에게는 이렇게 말하는 듯했다. "제가 얼마나 그러고 싶었는데요! 운이 좋지 않았어요!" 그리고 또 다른 사람들에게는 이렇게도 말하는 것 같았다. "당신이 원하신다면 물론! 아직은 잠시 열을 따라가다가, 기회를 보아 즉시 이탈하겠어요." 모르는 사람들이 지나갈 때에도 그녀는 역시 한 가닥 한가

한 미소를, 어떤 기다림이나 어느 친구의 추억을 향하고 있는 듯한 미소 한 가닥을, 자기의 입술 언저리에 남겨 놓았고, 그것을 본 사람들이 이렇게 감탄하도록 하였다. "아름답기도 해라!" 그리고 몇몇 남자들에게만 가시 돋히고, 부자연스럽고, 소심하고, 차가운 미소를 보냈는데, 그 미소의 뜻은 이러했다. "그래, 못된 망아지야, 당신이 독사의 혀를 가지고 있으며, 주둥이를 닥치지 못함을 내가 알고 있어! 내가 당신의 그따위 짓에 끄떡이나 할 줄 알아?" 꼬끌랭[70]이 자기의 말에 귀를 기울이는 친구들에 둘러싸여 한바탕 연설을 늘어놓으며 지나가다가, 마차를 타고 가는 사람들을 향하여 극장에서 하듯 손을 한껏 처들어 인사를 보냈다. 하지만 나는 스완 부인에 대한 생각에만 골몰해 있었고, 그러면서도 그녀를 못 본 척하였다. 그녀가 '띠르 오 삐죵'[77] 근처에 도달하면, 자기의 마부에게 마차 행렬로부터 이탈하여 마차를 세우라고 한 다음, 걸어서 산책로를 따라 내려올 것임을 내가 잘 알고 있었기 때문이다. 그리하여 그녀 곁을 지나갈 용기가 생기는 날이면, 내가 프랑수와즈를 그쪽으로 이끌어 가곤 하였다. 어느 순간 정말, 스완 부인이, 일반인들이 상상하는 여왕들처럼, 다른 여인들에게서는 볼 수 없는 값비싼 피륙에 감싸이고 화려하게 치장한 채, 가끔 자기의 시선을, 들고 있던 양산 손잡이 위로 던지면서, 자기에게 중요한 일과 유일한 목표는 오직 운동을 조금 하는 것이라는 듯이, 지나가는 사람들은 거의 개의치 않고, 모든 사람들의 눈이 자기를 향하고 있다고는 생각하지 않는 듯, 연보라색 드레스 자락이 자기 뒤로 길게 끌리도록 내버려 둔 채, 인도를 따라 우리들 쪽으로 걸어오는 것을 내가 발견하곤 하였다. 그러나 가끔 자기의 그레이 하운드를 부르기 위하여 고개를 돌릴 때면, 그녀가 자기의 주위로 감지될 수 없을 만큼 은밀한 시선을 던지곤 하였다.

그녀를 모르는 사람들조차, 기이하고 과도한 무엇에 의해— 혹은 라 베르마의 연기가 절정에 달하는 순간이면 무지한 군중 속에 박수가 터져 나오게 하는 것과 유사한 일종의 정신 감응에 의해—그녀가 어떤 저명한 인물이라는 예고를 받기도 하였다. "누구지?" 그들은 자기들끼리 그렇게 묻다가, 때로는 지나가는 사람에게 묻는가 하면, 세상 물정에 더 밝은 친구들에게 묻기 위하여, 그녀의 치장을 하나의 지표로 삼아, 그것을 잘 기억해 두겠노라 스스로에게 다짐하기도 하였다. 다른 산책자들은 걸음을 반쯤 멈춘 채 다음과 같은 대화를 나누기도 하였다.

"저것이 누구인지 아시겠소? 스완 부인이라오! 생각나는 것 없소? 오데뜨 드 크레씨 생각나지 않소?"

"오데뜨 드 크레씨라고? 나도 마침 그 생각을 하던 참이었소, 저 구슬픈 눈이며…. 하지만 아시다시피 그녀가 더 이상은 한창때 같지 않을 거요! 마끄-마옹이 하야하던 날 내가 그녀와 잠자리를 같이 한 것이 생각나는군."

"내 생각으로는, 그녀에게 공께서 그 일을 상기시키지 않으시는 것이 좋을 듯하오. 그녀가 이제는 스완 부인, 즉 죠키 클럽의 일원이시며 웨일스 대공의 친구이신 분의 아내이니 말이오."

"옳은 말씀이오, 하지만 공께서 그 시절에 그녀와 상관하셨다면…. 정말 귀여웠지요! 그녀는 중국풍 골동품들 가득한 매우 기이하고 작은 저택에 살고 있었소. 지금도 기억하는데, 우리 두 사람이 신문팔이들의 고함 소리에 기분을 잡쳤고, 그녀가 결국 나를 잠자리에서 일으켜 세웠소."

나는 그러한 논평에는 귀를 기울이지 않고, 그녀의 주위에서 명성이 야기시킨 웅성거림이 계속되고 있음을 감지하였다. 그 모든 사람들이—그들 중에 나를 멸시하는 듯하던 어느 흑백 혼혈 은행가가 있지 않음을 알아차리고 내가 실망하였지만—이제껏 자기네들의 주의를 전혀 끌지 못하던 이름없는 젊은이가(사실은 그녀를 개인적으로 알지 못하지만, 내 부모님이 그녀의 남편과 교분을 맺으셨고 나 또한 그녀의 딸과 놀이동무인지라, 나는 나에게 그것이 허락되었다고 믿었다), 미모와 부정한 행실과 우아함으로 명성 자자한 그 여인에게 인사 올리는 것을 목격할 수 있으려면 아직도 한 순간이 더 흘러야 한다고 생각하였을 때, 내 가슴이 조바심으로 두근거렸다. 그러나 이미 나는 스완 부인 아주 가까이에 가 있었고, 그리하여 내가 어찌나 크고 긴 동작으로 모자를 벗어 경의를 표하였던지, 그녀가 미소를 참지 못하였다. 사람들이 소리를 내어 크게 웃었다. 그녀의 입장에서 보자면, 내가 질베르뜨와 함께 있는 것을 그녀가 일찍이 단 한 번도 본 적 없고, 그녀가 나의 이름조차 모르는지라, 내가 그녀에게는—불론뉴 숲 경비원들 중 하나처럼, 혹은 그곳 호수의 놀잇배 사공처럼, 혹은 그녀가 빵 부스러기를 던져주곤 하던 오리들처럼—불론뉴 숲에서 그녀가 하던 산책에 부수되던, 친숙하되 이름없는, '극장의 보조 출현자'만큼이나 개성 결여된 인물들 중의 하나였다. 내가 아카시아 산책로에서 그녀와 마주치지 못하는 날에는, 홀로 걷기를 원하는 여인들이, 혹은 그런 척하는 여인들이, 찾곤 하던 렌느–마르그리뜨 산책로에서 그녀를 우연히 보는 날도 있었다. 하지만 그녀가 오랫동안 홀로 있지는 않았다. 얼마 아니 되어, 자기들의 마차 두 대가 뒤를 따르게 하고 그녀와 긴 대화를 나누곤 하던, 대개 회색 '튜브'[780]를 쓰고 나타나던, 내가 모르는 그녀의 어떤 친구가 그녀와 합류하였기 때문이다.

불론뉴 숲을 하나의 인위적 장소로, 그리고 동물학적 의미에서건 혹은 신화적 의미에서건 하나의 '정원'으로 만드는[79] 그 복합성을, 빠리에서 집 안에 머물러 있노라면 목격할 겨를도 없이 순식간에 끝나는 가을 정경을 가까이에 두고도 구경하지 못하는 처지가 우리에게 잠을 이루지 못하게 할 만큼 죽어가는 잎들에 대한 그리움을, 하나의 진정한 열병을, 안겨 주는 그 특이한 십일 월의 어느 날 아침, 나는 그 해에, 트리아농[80]에 가기 위하여 불론뉴 숲을 가로지르다가 그 복합성을 다시 발견하였다. 나의 꼭 닫힌 방 안에서도, 그것들을 보고자 하는 나의 열망에 의해 상기된 그 죽어가는 잎들이, 한 달 전부터 나의 사념과 내가 열중하고 있던 모든 일들 사이로 끼어들어, 우리가 무엇을 바라보고 있든 가끔 우리 눈 앞에서 춤을 추는 그 노란 점들처럼 선회하곤 하였다. 그런데 그날 아침, 앞서 여러 날 동안 내리던 빗물 떨어지는 소리가 더 이상 들리지 않고, 쾌청한 날씨가 닫힌 커튼 귀퉁이에서, 자기가 느끼는 행복감의 비밀이 새어 나가게 내버려 두는 꼭 다문 입의 귀퉁이에서처럼, 미소를 짓는 것이 보이는지라, 나는 빛에 의해 투과된 그 노란 잎들을 그 절정의 아름다움 상태에서 볼 수 있으리라 직감하였다. 그리하여, 옛날 나의 방 벽난로 굴뚝에서 세찬 바람을 느낄 때마다 해변 지역으로 떠나고 싶어하던 욕망만큼이나 강한, 그 나무들을 보러 가고 싶은 욕망을 억제할 수 없어, 나는 불론뉴 숲을 거쳐 트리아농으로 가기 위하여 집을 나섰다. 불론뉴 숲이, 더 세분화되었기 때문만이 아니라 다른 식으로 분화되었기 때문에, 아마 가장 다양해 보이는 그러한 시각이었고 계절이었다. 넓은 공간이 한 눈에 보이는 개활지에조차, 여기저기에, 잎이 없거나 아직도 자기들의 여름날 잎들을 가지고 있는 나무들의 멀찌감치 떨어져 있는 검은 무더기들과 마주한 곳에, 오렌지색 마로니에들 두 줄만이, 겨우 그리기 시작한 어느 화폭 속에서처럼, 나머지 다른 부분에는 아무 색도 가하지 않았을 무대 배경화가에 의해 그려진 것 같았고, 훨씬 뒤에나 추가될 인물들의 삽화적인 산책을 위하여, 햇빛 가득한 자기네들의 산책로를 길게 뻗고 있었다.

  더 멀리, 푸른 잎들이 아직도 나무들을 온통 뒤덮고 있는 곳에, 작고 땅딸막하고 머리가 잘리고 고집스러운 나무 한 그루만이 홀로, 못생긴 붉은 머리채를 바람에 내맡겨 뒤흔들고 있었다. 다른 곳에서는 아직도 잎들의 오월이 처음으로 깨어나고 있는 듯하고, 겨울철 분홍색 산사나무꽃처럼 경이롭고 미소 띤 개머루 잎들은, 그날 아침부터 온통 활짝 피어나고 있었다. 그리하여 불론뉴 숲은, 식물학적 목적으로 혹은 어떤 축제를 준비하기 위하여, 아직 옮겨 심지 않은 평범한 수종(樹種)의 나무들 사이에 환상적인 잎들을 피우는 두세 가지 진귀한 수종 묘목들을 심어, 그것들 주위에 빈 공간을 확보하고 통풍이 잘 이루어지게 하며 빛이 들어올 수 있게 한, 어느 묘목밭이나 공원의 잠정적이고 인위적인 모습을 띠고 있었다. 그렇게 불론뉴 숲이, 가장 다양한 수종들을 노출하고, 가장 많은 서로 다른 부분들의 복합체를 나란히 펼쳐 보여 주는 계절이었다. 또한 그럴 시각이었다. 나무들이 아직도 자기들의 잎들을 간직하고 있던 여기저기에서는, 태양빛이 와서 닿은 부분부터 시작하여, 그 나무들이 일종의 질료적 변이를 겪고 있었고, 몇 시간 후 황혼이 시작될 무렵에도 다시 같은 형태가 되며 아침이면 수평으로 비추는 햇빛이, 하나의 램프처럼 점화되어, 멀리서부터 잎들 위로 인위적이고 따스한 반사광을 던지며, 자신의 불타는 꼭대기를 받치고 있는 불연소성이고 흐릿한 가지 많은 큰 촛대 모양으로 남아 있던 어느 한 나무의 최상단 잎들이 활활 타오르게 하고 있었다. 이곳에서는 햇빛이 마로니에의 잎들을, 벽돌들처럼 그리고 하늘색 윤곽선을 두른 페르시아 석재 한 조각처럼 두꺼워지게 하여, 하늘에 시멘트로 접착시키고 있는가 하면, 반대로 저쪽에서는, 황금빛 손가락들을 뻗어 잎들이 움켜잡으려 하는 나무로부터 잎들을 떼어내고 있었다. 개머루 덩굴에 감싸인 어느 나무 중간 높이에, 눈부심으로 인해 선명하게 식별할 수 없는, 아마 카네이션의 변종일 듯한 거대한 붉은색 꽃다발 하나를 햇빛이 접목시켜 활짝 피어나게 하고 있었다. 여름에는 푸르름의 두께와 단조로움 속에 더 잘 혼용되어 있던 숲의 여러 부분들이 훤히 드러나 있었다. 더욱 밝아진 공간들이 거의 모든 부분들의 입구가 드러나게 하거나, 혹은 어느 화려한 잎 무더기가 마치 국왕의 깃발처럼 입구가 있음을 말해 주고 있었다. 마치 천연색 지도에서처럼, 아르므농빌, 프레 까뜰랑, 마드리드, 경마장, 호수 언저리 등을[81] 식별할 수 있었다. 이따금씩, 무용지물의 건축물, 모조 동굴, 나무들이 물러서며 자리를 만들어주거나 잔디밭이 그 폭신한 기단(基壇)까지 이끌어다 놓은 방앗간 등이 모습을 드러냈다. 불론뉴 숲이 단순한 숲만이 아니고, 그것이 나무들의 삶과 무관한 하나의 용도에 부응하고 있으며, 내가 느끼던 열광이 가을에 대한 찬미에 의해서가 아니라 하나의 욕망에 의해서 야기되었음을 감지할 수 있었다. 욕망이란, 영혼이 처음에는 그 원인을 모르는 채, 그리고 외부로부터는 아무것도 그 동인을 제공하지 않는다는 사실을 이해하지 못한 채 느끼는, 기쁨의 위대한 원천이다. 그렇게 나는 충족되지 않은 애정을 품은 채 그 나무들을 바라보았으나, 그 애정은 나무들을 지나, 나무들이 날마다 몇 시간 동안씩 품어 감추는 걸작품 즉 산책하는 아름다운 여인들에게로, 나 자신도 모르는 사이에 향하곤 하였다. 나는 아카시아 산책로 쪽으로 가고 있었다. 나는 큰 나무들로 이루어진 숲을 가로질렀고, 그곳에서는 숲에 새로운 분할을 강제로 부여하던 아침 햇빛이 나무들의 곁가지들을 쳐내고 여러 줄기들을 모아 다발들을 묶고 있었다. 햇빛이 나무 두 그루를 솜씨 좋게 잡아당겨, 햇살과 그늘로 이루어진 강력한 가위를 이용하여 각 나무에서 둥치와 가지들의 반을 잘라낸 다음, 두 나무의 나머지 반을 함께 엮어, 그것으로, 주위의 햇볕이 경계를 설정해 준 단 하나의 그늘 기둥이나, 혹은 검은 그늘의 망상체 하나가 그 부자연스럽고 떨리는 윤곽선을 에워싸고 있는 빛의 유령 하나를 만들곤 하였다. 한 줄기 햇살이 가장 높은 가지들을 금빛으로 물들일 때에는, 번쩍이는 습기에 젖은 그 가지들이, 숲 전체가 바다 밑으로 들어가듯 잠겨 있던 액상(液狀)의 에메랄드 빛 대기로부터 홀로 떠오르는 것 같았다. 왜냐하면, 나무들은 자신들이 간직하고 있는 생명력만으로 여전히 삶을 지속하고 있었으며, 잎들이 사라졌건만 그 생명력은 나무의 줄기들을 감싸고 있는 초록색 벨벳 칼집 위에서, 혹은 미켈란젤로의 「천지 창조」 속에 그려진 태양과 달처럼[82] 둥글며 버드나무들 꼭대기 여기저기에 뿌려진 듯 뿌리를 내린 겨우살이의 구면(球面)을 감싸고 있는 하얀 에나멜 위에서, 더욱 밝게 빛나고 있었기 때문이다. 그러나 하도 여러 해 전부터 여인과 접목(接木)된 상태에서 함께 살 수밖에 없었던지라, 나무들은 나에게 드뤼아스[83]를, 지나갈 때마다 자기들의 가지로 덮어 자기들처럼 계절의 힘을 느끼지 않을 수 없게 하는 잽싸고 생기발랄한 아름다운 사교계 여인을, 나에게 상기시켜 주었다. 또한 나무들은, 무엇이든 쉽사리 믿던 나의 행복했던 젊은 시절을, 무의식적이되 공모자였던 나뭇잎들 사이에서 잠시 동안이나마 여성적 우아함의 걸작품이 실현되던 장소들로 내가 게걸스럽게 오곤 하던 때를, 상기시켜 주기도 하였다. 그러나 그러한 면에서는 내가 보러 가고 있던 트리아농의 마로니에와 라일락들보다 더 자극적인 불론뉴 숲의 전나무들과 아카시아들이 갈망하도록 충동질하던 그 아름다움이, 나의 밖에, 즉 역사적인 어느 시기의 추억이나, 예술품들 속이나, 발치에 손바닥 모양의 황금빛 잎들이 쌓여 있는 에로스의 작은 신전 안에 고정되어 있지는 않았다. 내가 호수 언저리로 접어들어 '띠르 오 삐종'까지 갔다. 내가 가지고 있던 완벽함이라는 것의 개념을, 그 시절에는 내가 빅토리아라는 마차의 높이나, 디오메데스의 잔인한 말들[84]처럼 눈에 핏발이 서 있으며 말벌들처럼 맹렬하고 날렵한 말들의 날씬함에 부여하였는데,[85] 이제, 내가 좋아하던 것을 다시 보고 싶은 욕망에 사로잡혀, 여러 해 전에 나를 같은 길로 떠밀던 것에 못지않게 강렬한 욕망에 사로잡혀, 나는 다시, 크기는 조막만하고 게오르기오스 성자처럼 애띤[86] 시종의 감시를 받으며, 스완 부인의 체구 우람한 마부가 그 말들의 놀라서 전율하며 몸부림치는 강철 날개들을[87] 제압하려 애쓰던 순간의 모습을 다시 목격하고 싶어졌다. 그러나 애석한 일이었다! 체구 큰 시종들이 수행하는 콧수염 난 기계 기사들이 모는 자동차들밖에 없었다. 나는, 하도 낮아서 하나의 단순한 화관처럼 보이던 여인들의 작은 모자들이, 내 기억의 눈에 보이던 것만큼 매력적인지 확인하기 위하여, 그것들을 내 몸뚱이의 눈앞에 놓고 싶었다. 이제는 모든 모자들이 광막하다 할 만큼 넓었고, 과일들과 꽃들과 각종 새들로 뒤덮여 있었다. 스완 부인이 입으면 그녀를 여왕처럼 보이게 하던 아름다운 드레스 대신, 타나그라 식으로 주름을 잡은,[88] 그리고 때로는 벽지처럼 꽃무늬 가득한 쉬퐁 리버티[89] 천을 이용하여 5인 집정관 시절의 스타일로 지은,[90] 그리스-작센풍[91]의 헐렁한 반코트가 부쩍 자주 눈에 띄었다. 스완 부인과 함께 렌느-마르그리뜨 산책로를 거닐었을 신사들의 머리에서, 지난 세월의 모자도 다른 어떤 모자도 발견할 수 없었다. 그들은 맨머리로 외출하였다. 또한 그러한 광경의 그 새로운 구성요소들에게 실체와 통일성과 생명을 부여하는데 필요한 믿음도 나에게 더 이상 없었다. 그것들이 흩어진 상태로, 우연히, 실체도 없이, 나의 눈이 옛날처럼 구성해 보려 시도했을 아름다움도 내포하지 못한 채, 내 앞으로 지나가고 있었다. 그것은 평범한 여인들이었고, 그녀들의 우아함에 대하여 나는 어떤 믿음도 가지고 있지 않았으며, 그녀들의 치장이 나에게는 하찮아 보였다. 그러나 하나의 믿음이 사라져도—새로운 사물들에게 실재성을 부여하는 그러나 우리가 상실한, 그 힘의 결여를 감추기 위하여 점점 더 생명력 강해지는—마치 신성함이 머물던 곳이 우리들 내면이 아니라 그 사물들 속이었다는 듯이, 그리고 우리가 현재 품고 있는 불신이 신들의 죽음이라는 우발적인 원인에서 비롯되었다는 듯이, 그 믿음이 일찍이 활기를 띠게 하였던 옛날의 사물들에 대한 물신숭배적 애착이 살아남는다.

얼마나 끔찍한 일인가! 나를 사로잡은 감회였다. 저 자동차들이 옛날의 마차들처럼 우아하다고들 여길 수 있을까? 내가 의심할 나위 없이 너무 늙었다. 하지만 나는, 옷감 축에도 들지 못하는 천으로 지은 드레스로 여인들이 자신들을 속박하는 세상에 살게끔 만들어지지 않았다. 붉게 물들던 그 섬세한 나뭇잎들 아래에 모이던 것들 중 아무것도 남지 않았는데, 나뭇잎들이 그림틀 모양으로 감싸던 그 세련된 것들의 자리를 상스러움과 명청한 짓들이 차지하였는데, 그 나무들 밑으로 온들 무슨 소용이랴?

얼마나 끔찍한 일인가! 더 이상 세련됨이 없는 오늘날, 나의 위안이란, 나와 교분 맺었던 여인들을 생각하는 것뿐이다. 하나의 새 사육장이나 한 뙈기 채마밭으로 뒤덮인 모자[92]를 쓰고 있는 그 끔찍한 여자들을 바라보며 감탄하는 사람들이, 소박하게 누비질한 연보라색 부인모나 꼿꼿한 붓꽃 한 송이만을 꽂은 외출용 모자를 쓴 스완 부인을 보면서, 도대체 무슨 수로 그것 속에 있는 매력을 느낄 수 있겠는가? 수달피 외투를 입고, 두 자루 칼날 같은 자고새 깃털 둘을 수직으로 꽂은 소박한 베레모를 쓴 채 걷고 있으되, 주위에는 오직 그녀의 가슴팍에 으스러지듯 붙어 있는 제비꽃 한 줌만이 상기시키는 그녀 아파트 내의 인위적인 따스함이 어려 있고, 회색 하늘과 차가운 대기와 가지들의 맨살이 드러난 나무들 앞에서 생생하게 푸른색으로 피어나는 제비꽃들이, 그녀의 거실 불 지핀 벽난로와 비단 천 씌운 까나빼 앞에 있는 꽃병들 및 화분들 속에서 닫힌 창문을 통하여 눈 내리는 광경을 바라보던 꽃들처럼, 계절과 날씨 따위는 하나의 그림틀쯤으로 여기면서, 하나의 인간적 분위기 속에서, 즉 그 여인의 분위기 속에서, 사는 매력을 발산하는데, 그러한 스완 부인과 겨울날 아침에 마주치며 내가 느끼던 감동을 그들에게 이해나 시킬 수 있었겠는가? 뿐만 아니라, 옷차림과 치장물들이 비록 옛 시절의 것과 같았다 하더라도, 나에게는 그것만으로 충분하지 못했을 것이다. 하나의 추억을 구성하는 서로 다른 여러 부분들, 우리의 기억력이 하나의 결합체 속에서 그 부분들 간의 균형을 유지하고 있는지라 우리가 어느 것 하나 떼어낼 수도 없고 거부할 수도 없는, 그 부분들 사이에 존재하는 연대의식 때문에, 내가 그러한 여인들 중 한 사람의 집으로 직접 가서, 스완 부인의 아파트가 아직 그랬던 것처럼(이 이야기의 제1부가 끝나는 다음 해에) 벽들을 어두운 색으로 칠하였고, 오렌지색 불꽃들과 붉은 숯불과 국화의 불꽃 모양으로 피어나던 분홍색 및 흰색 꽃잎들이 11월의 황혼 속에서, 갈망하던 즐거움을 내가 발견할 수 없었던 (후에 알게 될 것이다) 그 순간들과 유사한 몇 순간 동안 반짝이는 아파트에서, 하루를 마칠 수 있기를 바랐을 것이기 때문이다. 그러나 이제 돌이켜 보니, 비록 나를 아무것으로도 인도하지는 못하였어도, 그 순간들이 자체 속에 상당한 매력을 가지고 있었던 것 같았다. 나는 내가 회상하던 그 상태로 그 순간들을 다시 만나고 싶었다. 그러나 애석한 일이다! 온통 하얗고 여기저기에 하늘색 수국들을 그려 치장한 루이 16세 시절 풍 아파트들밖에 없었다. 게다가 모두들 아주 늦게서야 빠리로 돌아오게 되어 있었다. 내가 혹시 스완 부인에게, 먼 옛날 어느 해와, 즉 그곳으로 다시 거슬러 올라가는 것이 나에게 허락되지 않은 형성년도와 결부되었으리라고 느끼던 추억의 요소들을, 즉 옛날 나의 욕망이 헛되이 추구하던 쾌락처럼 이제는 그 자체도 접근할 수 없는 것이 되어버린 그 욕망의 요소들을, 나를 위하여 재구성해 달라고 요청하였다 해도, 그녀가 어느 성에서 나에게 답신하기를, 2월에나 빠리로 돌아올 것이라 하였을 것이다. 또한, 내가 믿음을 가지고 있던 시절, 나의 상상력이 개별화하여 각각에게 전설 하나씩을 부여하였던지라 그 각각의 치장이 나의 관심을 끌었던, 바로 그 여인들도 나에게는 필요했을 것이다. 그러나 애석한 일이다! 아카시아 산책로에서—즉 뮈르토스 산책로에서—그녀들 중 몇몇을 내가 다시 보았으되, 이제는 늙어, 옛 모습의 무시무시한 망령에 불과했던 그녀들은, 그 비르길리우스의 숲 속에서 무엇인가를 절망적으로 찾으면서 배회하고 있었다.[93] 나는 아직도 인적 끊긴 오솔길들에게 질문을 던지고 있는데, 그녀들은 이미 오래전에 자취를 감추었다. 태양도 이미 모습을 감추었다. 그곳이 엘뤼시오스[94]에 있는 여인들의 정원이라는 사념도 이미 날아가 버린 불론뉴 숲에, 자연이 다시 군림하기 시작하고 있었다. 바람이, 일반적인 호수에 그러듯이, 그곳 큰 호수의 수면을 잔물결들로 주름지게 하고 있었다. 커다란 새들이 일반적 숲에서 그러듯 불론뉴 숲 여기저기를 빠르게 돌아다니다가, 날카로운 소리를 지르면서 커다란 떡갈나무들 위로 하나씩 차례로 내려앉는데, 떡갈나무들은 드루이다의 왕관[95]을 쓰고 도도네의 장엄함[96]을 한껏 떨치면서, 폐용된 숲에 더 이상 인간이 없음을 선포하는 것 같았고, 우리의 기억 속 화폭들이 가지고 있는 매력은 기억 자체에서 비롯되며 감각기관에 의해 인지되지 않는지라, 기억 속에 간직된 화폭들을 현실 속에서 찾으려 하는 것이 모순임을 나로 하여금 더 분명히 깨닫도록 도와주고 있었다. 내가 일찍이 알고 있던 현실은 더 이상 없었다. 스완 부인이 옛날과 똑같은 차림으로 같은 순간에 나타나지 않는 것만으로도, 가로수 심은 길이 전혀 다른 길로 바뀌기에 충분했다. 우리가 일찍이 간적이 있어 알게 된 장소들은, 우리가 편의상 그것들을 위치시키는 공간 세계에만 속하지 않는다. 장소들이란, 그 시절 우리의 삶을 형성하고 있던 연이어진 인상들 속에 끼워진 얇은 조각 하나에 불과하다. 따라서 특정 영상에 대한 추억이란 어느 특정 순간에 대한 회한 가득한 그리움에 불과하다. 또한, 집들도, 도로들도, 가로숫길들도, 애석한 일이다! 세월처럼 순식간에 도망쳐 사라진다.

옮긴이 주

2부 스완의 어떤 사랑

1) 카톨릭 신앙의 기본 조항들을 내포하고 있는 사도들의 신경(信經), 즉 신조를 가리키는데, 그것이 크레도(Credo, 저는 믿습니다)라는 말로 시작되기 때문에 그러한 명칭을 갖게 되었다. 한 개인의 굳건한 행동 준칙이나 견해를 가리키기도 한다.
2) 프랑스의 피아니스트이며 작곡가로, 그의 연주가 1872년 이후 큰 호응을 얻었다고 한다.
3) 리스트와 함께 19세기 후반의 가장 유명한 피아니스트로 여겨지던 사람이다.
4) 프랑스 의학 학술원 회원이며, 훗날 프랑스 학사원 위원으로 선임된 사람이다.
5) 「발퀴러」는 바그너의 4부작 『니벨룽엔의 반지』 중 두 번째 작품이다(「라인강의 금」, 「발퀴러」, 「지그프리트」, 「신들의 황혼」). 〈기마행렬〉은 「발퀴러」 3막 1장의 서곡을 이룬다.
6) 3막으로 이루어진 바그너의 가극 『트리스탄과 이졸데』를 가리킨다. 뮌헨에서 1865년에 초연된 작품이다.
7) 1870년대 중반부터 바그너의 음악(및 가극)이 프랑스에서 유행하던 세태를 희화적으로 암시한 언급이다. 한편, 자신의 섬세한 감수성을 과장하는 베르뒤랭 부인의 우스꽝스러운 태깔이 일말의 진실을 드러내기도 한다. 바그너의 과장된 격정을, 그 굉음을, 넌지시 지적하는 일화일 수도 있다.
8) 예수의 죽음을 기념하는, 부활절 직전 금요일을 가리킨다.
9) 프랑스 중남부 산악지역으로, 프랑스에서 가장 후미진 두메이다.
10) 오데뜨가 영어로 말한 부분이다. 19세기 말, 훗날의 에드워드 7세인 웨일스 대공이 프랑스를 자주 방문하여, 영어를 섞어 사용하는 풍조가 유행하였다고 한다. 그러나 오데뜨의 그러한 버릇은 인품의 일단을 드러내기도 한다. 그러한 현상을 천박하게 여기는 시선은 고금이 다르지 않은 모양이다.
11) 프랑수와 보엘디으(1775~1834)의 대표적인 가극 『하얀 귀부인』(1825), 1막 마

지막 부분에서 인용한 것이라 한다.
12) 쥘르 마쓰네(1842~1912)의 가극 『헤로디아드』(1881) 2막에서, 대왕 헤롯 1세 (B.C 73~B.C 4)가 뭇 동맹의 무상함을 한탄하는 말일 것이라고 한다(따디에 교수). 로마인들에 의해 유대인들의 왕으로 선포되었던 그는, 처음 안토니우스와 동맹을 맺었다가, 악티움 전투에서 옥타비아누스에게 그가 패하자(B.C 31), 다시 옥타비아누스와 동맹을 맺었고, 후에는 자기의 권력을 공고히 하기 위하여 자신의 아내까지 죽였다.
13) 몰리에르의 희극 『암피트뤼온』과 제목이 같은 그레트리의 희가극 마지막 부분이라고 한다. 한편 몰리에르의 작품에서, 암피트뤼온의 아내 알크메네에게 연정을 품은 유피테르로 인해 분규가 일어나자, 암피트뤼온의 시종 쏘시아가 한 말은 다음과 같다. "이러한 사건에 대해서는 언제나, 아무 말 하지 않음이 최선이로다."(3막 10장, 1941~1942행).
14) 자기의 것이라고 믿으며, 결혼이라는 형태로든 혹은 트리스탄과 이즈의 사랑과 같은 '한결같은 사랑'의 형태로든, 한 여인을 오랜 기간 자기 곁에 잡아두는 사람들의 행태를 넌지시 지적하는 언급처럼 들린다. 상대를 자주 바꾸는 스완의 모습이나 그의 시각은, '사랑의 가장 큰 즐거움이 대상을 자주 바꾸는 데 있다'고 한 돈 후안(『돈 후안』, 몰리에르)의 말을 연상시키기도 한다.
15) 뭇 남자들이 각자의 취향에 따라 선택한 여자들, 즉 일상 우리들 앞을 지나가는 평범한 여자들을 가리킬 듯하다.
16) 오데뜨가 영어(smart)를 사용하였다. 같은 문장에 있는 집(home) 또한 마찬가지이다.
17) 영국풍이라는 유행에 젖은 오데뜨의 전형적인 모습 중 한 단면이다.
18) 홀랜드 출신의 화가 베르메르 드 델프트(1632~1675)에 대한 프루스트의 지속적이고 첨예한 관심이 『잃어버린 시절을 찾아서』 전편에 걸쳐 나타난다. 특히, 프루스트 자신의 말처럼, '수세기 동안 잊혀졌던' 그 화가의 작품이 20세기에 이르러 세상에 널리 알려지게 된 것은, 아마 프루스트의 그러한 관심 덕분일지도 모르겠다. 또한 릴케(1875~1926)가 극찬하였다는 「베르고뜨의 죽음」(『갇힌 여인』) 일화에서, 베르메르의 「델프트 풍경」이라는 화폭이 이야기의 핵심을 이루고 있는지라, 더욱 유명해졌을지도 모르겠다. 한편 베르메르(Vermeer)를 프루스트는 베르 메르(Ver Meer)로 표기하였으나, 이 번역본에서는 통용되는 '베르메르' 형태를 취한다.

19) aréopage라는, 흔히 사용되지 않는 단어의 라틴어 어원은 아레오파구스 (Areopagus)이며 그 라틴어의 원래 어원은 그리스어 아레이오스 파고스(Areios Pagos, 아레스의 동산)로, 고대 아테네의 아레스 동산에서 열리던 법정을 가리 키던 말이다. '판사들, 학자들, 문인들의 모임'이라는 의미는 그것에서 파생된 것이다. 오데뜨가 그러한 단어를 사용한 것이 조금은 의외이며 부자연스러워 보인다.
20) 앞에 지적한 '아에로빠주'와 전혀 어울리지 않는 표현이다(fourrer son nez dans de vieux papiers). 고서 뒤적거리기 좋아하는 소위 학자라고 하는 사람들 에 대한 가벼운 빈정거림도 느껴진다.
21) 외모가 빼어나지 않아도 매력이 항거할 수 없을 만큼 강력하여, 그 앞에서는 무너지지 않기 어려운, 한 여인을 두고 하는 말이다.
22) 귀족의 혈통을 가리킨다.
23) 바쁘고, 무질서하며, 방탕한 삶을 가리킨다.
24) 라블레가 국왕(프랑수와 1세)의 밀사 자격으로 로마에 갔다가 돌아오던 중, 리 용에 도착하였을 때 노자가 떨어져 곤경에 빠졌던 일화에서 비롯된 표현이며, '주머니가 비어 있을 때 술값이나 식비를 치러야 할 순간'을, 즉 곤경에 처한 순간을 가리킨다.
25) 사교계에서 명성 떨치는 사람을 가리킬 듯하다. '사교계의 총아' 쯤일 것이다.
26) '백지 위임장을 준다'는 뜻이다. '백색 카드를 남긴다(laisser carte blanche)' 고도 한다. 전권을 위임한다는 뜻이다.
27) '끼아'는 '…때문에(parce que…)'를 뜻하는 라틴어 쿠이아(quia)의 프랑스식 발음이다. '…때문에'라는 말만 무수히 반복해야 할 처지, 즉 답변이 몹시 궁 색한 처지에 몰린다는 뜻이다.
28) 얼연한다는 뜻이다.
29) 이 부분은 역자가 괄호 안에 넣었다.
30) snobisme을 흔히(경우에 따라서는 적절하지만) '속물 근성'이라 옮기기도 하 나, 새화공(snob)이 캠브릿지 대학 학생인 척하듯, 여대생, 신사, 학자, 부자 등 을 흉내내는 직공 아가씨들, 건달, 무식한 이, 가난한 사람들을 '속물'이라 휩 쓸어 칭하는 것이 가혹한 듯하여 여기에서는 그 번역어를 취하지 않는다. '태 부림' 쯤으로 옮기는 것이 적절할 듯하다.
31) '비슈(Biche)'는 베르뒤랭의 집에서 화가 엘스띠르(Elstir)에게 붙여준 별명인

데, 그 별명이 의미하는 것은 '암사슴'이다. 암컷 앞에, 남성의 이름이나 칭호 앞에 사용하는 monsieur(씨, 공, 군)를 사용하였으니, 그것이 농담으로 들릴 수밖에 없을 것이다. 또한 그리하여, 작가가 그 단어를 강하게 부각시켰을 것이다("monsieur"). 하지만 그것이 왜 화가에게는 '신성한 농담'이란 말인가? 화가 또한 자신의 속에 여성을 가지고 있는 자웅동체란 말인가?

32) 스완이 자신을 싸니에뜨 씨에게 소개해 달라고 하였으나, 베르뒤랭 부인에게는, 그가 싸니에뜨 씨를 자기에게 소개해 달라는 것처럼 보였다는 뜻일 듯하다. 그러나 그 순간 스완이 어떤 어조나 태도로 그렇게 하였는지 명시되지 않아, 의미가 조금 모호하다.

33) 스완이 물론 처음에는 그 형용사(éminent)를 통용의미(발군의, 탁월한…)로 사용하였을 것이나, 베르뒤랭의 반박 앞에서 그가 '부각시킨' 것은 그 어원적 의미('불쑥 돌출한')였을 것이다. 속된 말로, 사교계에서 '튀지 않는' 여인이라는 뜻이니, 찬사에 오히려 가깝다는 스완의 변명이다.

34) "그렇게 해주신다면 물론 그것이 (저에게는) 하나의 행복일 것입니다." 스완이 그렇게 말하려 하였을 것이다.

35) fumisteries. 세상을 조롱하는 어느 벽난로공의 이야기로 꾸민, 풍자성 강한 통속극을 가리킨다. 벽난로공(fumiste)을 주인공으로 등장시켰던 그 통속 희극(1840)은, 굴뚝 청소부(ramoneur, 속어적으로는 음탕한 의미를 갖는다)를 주인공으로 등장시키던 중세의 많은 익살극(farce)에 그 맥이 닿아 있을 듯하다.

36) 험담을 쏟아놓는 사람에 대하여 우호적이라는 뜻이며, 그 척도는 웃음이다.

37) Reichstag. 북부 도이칠란트 연방(1866~1871)과 도이칠란트 제국(1871~1918)의 입법의회를 지칭하던 말이라고 한다. 하지만 구체적으로 어떤 사건을 염두에 둔 언급인지는 밝히지 못하였다.

38) 베토벤의 교향곡 제9번을 가리킨다.

39) 바그너의 오페라 『뉘른베르크에서 온 노래의 명인들』(Die Meistersinger von Nürnberg, 1861~1867)을 가리킨다.

40) 베토벤의 제9번 교향곡 마지막 악장이 그 곡의 절정을 이루며, 바그너의 오페라 『노래의 명인들』 서곡에 작품의 중추적 주제들이 담겨 있다고 한다.

41) 루이 14세 시절, 꼴베르가 보베에 왕립 융단 공장을 세웠고(1664년), 18세기에는 쟝-바띠스뜨 우드리가 경영을 맡아 공장이 크게 번창하였다고 한다. 그러나 1940년에 파괴되어 공장이 사라졌다고 한다.

42) 퐁뗀느블로는 쎈느-에-마른느 구역(면)의 중심지이다. '퐁뗀느블로 요법' 이 혹시 그 지역에서 생산되는 청포도(샤쓸라)를 염두에 둔 말이 아닌지 모르겠다.

43) 화가가 사용한 '애무' 라는 단어를 겨냥한 말이다. '애무한다'라고 옮긴 peloter는 원래 실이나 노끈, 밧줄 등을 공 모양으로 감는 행위를 가리키며, '애무한다' 는 그 단어의 파생적 의미이되, 일반적인 애정의 표현인 애무(caresser)와는 달리, 주로 성교 직전 단계의 다소 일방적이고 난폭하기도 한 행위를 가리킨다. 화가가 그러한 비어적 의미로 그 단어를 사용한 것이고, 베르뒤랭 부인은 '주물러댄다' 쯤으로 들은 모양이다.

44) 본질적인 문제에 대한 관심을 사람들 앞에서 드러내지 않는 반면, 사회적(외형적) 도리에서는 충실한, 진정 겸허한 모색자(구도자)의 그러한 모습은, 발백 인근 위디메닐에서 세 그루 노목을 바라보던 주인공의 모습을 연상시킨다(「피어나는 소녀들의 그늘에서」).

45) '깊숙이 공감하는 영향' 은 influence élective를 옮긴 것이다. 직역하면 '선택적 영향' 이 되겠으나, 그 말은 곧 '가장 내밀한 영향' 을 뜻하며, 다시 말해 '선택 친화력' 에서 비롯된 영향을 뜻하며, 따라서 화학반응처럼 필연적인 유래(원인)가 존재할 법한 영향이다. 괴테의 『선택 친화력』이라는 소설에서 영향을 받은 듯한, 프루스트의 핵심적 세계관 중 하나이다. 그가 『쟝 쌍뙤이유』에서 남녀간의 관계를 인산과 유황 간의 반응 현상에 비유한 것도 같은 맥락이다.

46) 소년 주인공이, 자신의 내면에 조용한 파문을 일으킨 사물들(조약돌 위에 어린 햇빛, 종각들, 길가 풀숲에서 발산되는 냄새 등…)의 영상을 고스란히 간직하여 집으로 가져갈 수 있으리라 믿은 경우와 같다. 주인공이나 스완의 그러한 믿음이 아마 모든 애착의 소이연일 듯하다.

47) 오렌지 즙과 물과 설탕을 혼합한 음료이다.

48) 원문(être amoureux) 그대로 직역한다.

49) '질문을 던짐은 곧 답을 알고 있음을 뜻한다' 는, 일반화된 견해에 입각한 언급이다.

50) 원의는 '간판 상단에 오르는' 음악가라는 뜻이며, 이딸리아어의 관용적 표현이다. 의사가 그 관용적 표현을 사용하였으나 '최고의 음악가' 로 옮긴다.

51) '질문을 던짐은 곧 답을 알고 있음을 뜻한다' 는 말을 의사가 엉뚱한 경우에 적용한 것이다. 물론 베르뒤랭 부인이 추측이긴 하나 단정적인 어투("그 사람

일 거예요.")로 말하였고, 스완이 '그러한 추측은 하시지 않을 것'이라는 뜻으로 자신에게 '그러한 질문을 던지시지 않을 것'이라고 대꾸한 것은 사실이다.
52) 어수룩한 사람을 장난 삼아 속인다는 뜻이다.
53) 샤뜰레 광장에 있는 극장을 가리킬 듯하다. 그 극장을, 프루스트가 이 작품을 쓰던 시절에는, '사라 브르나르 극장'이라고 불렀다.
54) 제3공화국(1870~1940) 초기(1870~1880년대), 군주파와 보나빠르뜨파 및 공화파 등 여러 정파가 심한 갈등 양상을 보이던 시절, 강베따(1838~1882)가 공화파 연합을 이끌며 마끄-마옹(제3공화국 초대 대통령, 1873~1879)의 보수 성향을 띤 정권에 대항하여, 대통령을 퇴진시켰다. 마끄-마옹의 뒤를 이어 대통령 직을 수행한 이가 그레비(Jules Grévy, 1807~1891)이다. 정치·사회적으로 몹시 혼란스러웠던 시절이라 통행증이 필요했던 모양이다.
55) 삐에르 드 꼬르뱅-크루코프스키의 『다니셰프』가 1876년 오데옹 극장에서 초연되었고, 1884년에 뽀르뜨-셍-마르땡 극장에서 재상연되었다고 한다.
56) 샹젤리제 북쪽에 있는 엘리제 궁이 프랑스 공화국 대통령 관저로 사용되기 시작한 것은 1873년부터이다.
57) 그레비가 고령에 이르러(73세~81세) 대통령직을 수행하였기 때문에 생긴 험구일지 모르겠다.
58) '후회하며 짜증을 냈다' 쯤의 뜻일 듯하다.
59) 호흐(1629~1683)의 「홀랜드 가정」(1662), 「실내 풍경」(1663), 「어느 궁정에서의 음악회」(1667), 「어머니」(1670) 등 대부분의 작품들에서는, 열린 문틀(창문틀)로 인하여 깊은 원경이 형성된다.
60) 일본산 국화가 처음 프랑스에 수입된 것은 1860년대 초였고, 사람들 사이에서 그것이 유행하여, 1880년대에는 실험을 거듭한 끝에, 흰색, 적색, 노란색 등 국화꽃의 색깔이 다양해졌다고 한다.
61) cat(t)leya. 꽃이 크고 색깔이 화려한 난초의 일종으로, 그 개량종을 만들어낸 영국의 식물학자 캐틀리(W.Cattley)를 기려 그 꽃에 '카틀레이야'라는 라틴어 학명을 부여하였다고 한다.
62) Khimaira. 머리와 가슴팍은 사자, 복부는 염소, 꼬리는 용의 모습을 하고, 입으로는 불길을 내뿜는 상상적 괴물이다.
63) 난초꽃(특히 카틀레이야)의 민망스러운 모양과 색깔을 염두에 둔 언급일 듯하다. 여성을 연상시키는 모양과 색깔이며, 프루스트의 작품 속에서는 그 꽃이

곧 육체적 관계를 상징하기도 한다.

64) 일반적(전통적)으로는 가장 혐오스러운 짐승들로 여겨진다. 오데뜨가 자기 취향의 기이함을 과장하는 것이다.

65) 니쓰와 모나꼬 중간 지점에 있는 라게(Laghet, Laguet) 골짜기에 작은 예배당 하나가 있었는데, 1652년에 성처녀 마리아가 헌신하여 많은 기적을 일으켰고, 그 이후 그곳이 성스러운 순례지로 여겨졌다고 한다.

66) 보띠첼리가 1481~1482년 간에 씩스티나 예배당 내부 벽에 그린 「모쉐의 생애 일화들」 중 한 부분이다.

67) 안또니오 리쪼(혹은 리쵸)가 조각한 베네치아 총독 안드레아 로레다노의 청동제 흉상이 베네치아에 있다고 한다.

68) 도메니꼬 기를란다요가 1490년에 그린 「노인과 소년의 초상」을 가리킨다.

69) 야꼬뽀 띤또레또가 1588년에 그린 「자화상」을 가리킨다.

70) 보띠첼리의 본명은 알레쌘드로 디 마리아노 휠리뻬삐인데, 어린 시절부터(어떤 이들은 그의 형으로부터 물려받았다고 한다) 사람들이 그에게 작은 통(botticello)을 뜻하는 그 별명을 주었다고 한다. 그 별명에 대하여 프루스트가 길게 부연한 까닭이 선뜻 포착되지 않는다. 하지만 보띠첼리가 여인의 육체 묘사에 뛰어났다는 사실과 연관이 있어 보인다. 한편, 작품에서는 프루스트의 그 사족 같아 보이는 설명이 괄호 속에 있지 않으나, 역자가 그 부분을 괄호로 묶어놓았다.

71) 「모쉐의 생애」라는 일련의 벽화가 있는 곳은 물론 로마(바티칸)이다. '휘렌체의 걸작품'이라고 한 것은, 그것을 그린 보띠첼리가 휘렌체 태생이기 때문일 듯하다.

72) 보띠첼리의 작품(시쁘라의 모습)에 드러난 원칙들을 가리킬 듯하다.

73) 'une chair abîmée'를 직역한 것이다. 오데뜨의 젊음이 한풀 꺾였다는 뜻으로만 한 말이라면 une chair fanée(시든 살)가 더 적합하겠으나, 프루스트가 사용한 표현은 더 많은 의미적 국면을 내포하고 있다.

74) Maison Dorée. '황금빛 집'이라는 뜻이다. 라휘뜨 로 1번지에 있던 고급 식당이라고 한다.

75) 1879년 10월 14~15일 간에 에스빠냐 남부 무르씨아 지역을 홍수가 휩쓸었고, 수재민들을 돕기 위한 자선 잔치가 1879년 12월 18일에 빠리에서 개최되었다고 한다. 프루스트가 태어난 해는 1871년이다.

76) 불론뉴 숲(Bois de Boulogne)일 듯하다.
77) 연인들이 밀회하기 좋은 시각이나 기회를 가리킨다.
78) '어처구니없다'는 정도의 뜻을 가진 탄성일 듯하다.
79) 저승으로 내려간 오르페우스가 유령들 사이를 헤집고 다니면서 에우뤼디케를 찾아 헤매는 모습은 비르길리우스의 『농경시』(제4장)에서 발견된다.
80) Tortoni. 이딸리앵(이딸리아 사람들) 대로 22번지에 있는 까페라고 한다.
81) Café anglais. 이딸리앵 대로 13번지에 있다고 한다.
82) 원래는 외투를 의미하던(manteau→mantilla) 에스빠냐어로, 옛 에스빠냐 여인들이 머리와 어깨를 감싸는데 사용했던 일종의 숄이다.
83) 보띠첼리의 주요 작품들, 가령 「베누스의 탄생」, 「라 쁘리마베라」, 「유딧의 귀환」, 「점성술사들의 경배」 등에 중심인물로 등장하는 여인들의 고개는 한결같이 옆으로(대개 오른쪽으로) 기울어져 있어, 연약하고 구슬픈 양상을 보인다.
84) 한 여자와 '상관한다' 든가 한 여자의 육체를 '수중에 넣는다'는 뜻으로 사용되는 동사 posséder(소유하다)의 그 관습적 활용 내지 그러한 시각에 대한 프루스트의 냉소적 촌평일 듯하다. 혹은 그 허망하고 따라서 애처로운 몸부림에 대한 연민의 반어적 표현일지도 모르겠다.
85) '사랑을 한다'로 직역한 faire l'amour가 옛날에는 '구애한다'는 뜻으로 사용되었으나, 요즈음에는 육체적 관계(및 그 행위)를 가리키는 완곡어법으로 사용된다. 한편, 스완과 오데뜨가 그 관용적 어법을 모방하여 카틀레이야를 한다(faire catleya)라는 은유를 만들었던 모양이다.
86) 영국의 빅토리아 여왕(재위, 1837~1901)에서 그 명칭이 유래한 사륜 무개 마차이다.
87) 샤뜰레 극장 오케스트라의 지휘자였던 올리비에 메트라(1830~1889)의 작품들 중 가장 널리 알려진 곡이라고 한다.
88) 디오도네 딸리아휘꼬(1821~1900)는 '곡과 가사를 직접 쓴 진정한 시인'이라는 점에서 드뷔씨나 포레 등과 비교되며, 그의 〈「가엾은 미치광이들」(프루스트는 '가엾은 미치광이'로 표기하였으나 바로잡아 옮긴다)은 「새가 노래할 때」, 「마리네뜨의 노래」 등과 함께 불후의 명작으로 꼽힌다.
89) unicorne와 licorne 두 형태로 사용되며, 특히 중세(13~14세기) 프랑스의 많은 노래들 속에서는 처녀성과 순결 및 한결같은 사랑을 상징하였고, 형상은 이마 중앙에 곧게 솟은 뿔 하나를 가진 사슴이나 말의 모양으로, 옛 융단에 수놓아

지기도 하였다. 스완이 자신을 일각수에 비유한 것은 많은 의미적 국면을 시사한다.
90) 아교나 풀 계란 등 유착제를 섞은 액체에 녹인 물감이나 그러한 물감으로 그린 그림을 가리키는 이딸리아 말이다(a tempera).
91) 그러한 여인들 중 대표적인 인물이 아마 마농(레스꼬)일 것이다.
92) 앙뚜완느 바또가 1713년 경에 남긴 「여인의 얼굴과 상반신, 다섯 번의 습작」을 가리킬 듯하다(에릭 카펠리스, 『프루스트의 작품 속 그림들』). 한편 바또는, 뤽상부르 공원에 앉아, 행인들의 표정과 몸짓을 스케치하며 여러 시간을 보내곤 하였다고 한다.
93) 챙이 큰 검은색 모자를 가리키며, '반 다이크풍' 혹은 '루벤스풍' 모자라고 하는 이들도 있다고 한다.
94) 오늘날의 라 보에씨 로라고 한다(빠리 제8구역).
95) 레이몽 드 보렐리 자작(1837~1906)은 사교계 시인이었다고 한다.
96) 소위 서정시(la poésie lyrique)라는 것을 짓던 사람들에 대한 부정적인 시각은, 이미 16세기부터(즉 롱사르나 뒤 벨레 등이 편당을 짓던 무렵부터) 여러 문인들의 글에서 발견된다(본아방뛰르 드 뻬리에, 샤를르 쏘렐, 몽떼스끼유…등). 프루스트가 오데뜨의 입을 빌려 자신이 느끼던 감회의 일단을 표출하였는지도 모르겠다.
97) 나쁜 것(소문)이 점점 널리 퍼진다는 뜻이다.
98) 오늘날의 포슈 대로(avenue Foch)이다. 제2제정 시절 앵뻬라트리스(황후) 대로라는 이름을 얻었다가, 제정이 끝난 직후부터(1870년) 불론뉴 숲 대로(avenue du Bois-de-Boulogne)라 불렸고, 다시 포슈 대원수(maréchal Foch) 사후(1929)부터 그의 이름이 부여되었다. 개선문으로부터 불론뉴 숲의 입구인 도핀느 관문(porte de Dauphine)으로 이어지며, 그 관문으로부터 불론뉴 숲 산책로가 시작된다. 오데뜨가 훗날 마차를 타고 그 산책로에 자주 나타난다.
99) 도핀느 관문에서 남서쪽으로 조금 가면 남쪽으로 길게 뻗어 있는 호수가 나타난다.
100) 발레를 주로 공연하던 극장이라고 한다(l' éden Théâtre).
101) 잘 다듬어진 근육질 몸매의 상징이다.
102) 늙은 얼굴에 화장을 요란스럽게 한 우스꽝스러운 늙은 여자를 가리키는 속어이다. 우리말에서 경멸적 의미로 사용되는 화상(畵像) 쯤으로 옮길 수 있을

듯하다.

103) 오데뜨가 사용한 영어(Darling)를 그대로 음기한다.
104) 유피테르가 테바이의 총사령관 암피트뤼온의 아내 알크메네에게 연정을 품고, 그녀의 남편이 집을 비운 사이에 남편의 모습으로 변신하여 그녀와 뜨거운 하룻밤을 보냈는데(그날 밤 헤라클레스가 잉태되었다), 그 사실이 다음 날 밝혀져, 알크메네의 진짜 남편과 그의 모습으로 변신한 유피테르 사이에 서로 자기가 남편이라며 옥신각신 다툼이 벌어진다. 그러자 암피트뤼온의 시종 쏘시가 이렇게 말하며 문제를 해결하려 한다. "진정한 암피트뤼온은 만찬을 주최한 암피트뤼온입니다."(몰리에르, 『암피트뤼온』, 3막, 5장) 쏘시아가 한 그 말로 인하여 '암피트뤼온'이 만찬을 베푸는 집의 주인(hôte)을 뜻하게 되었다.
105) 루와르 강변에 있고, 프랑스의 여러 왕들이 머물던 성으로, 13세기부터 17세기까지의 양식이 혼재하며, 특히 벽난로들이 천장에까지 닿을 정도로 높다고 한다.
106) 특히 가구나 실내장식에 있어서, 루이 16세 등극 초기에, 즉 18세기 후반기에, 프랑스에서 시작되어 서유럽에 유행하게 된 고전주의풍으로의 회귀 성향을 띠었던 기풍을 가리킨다. 로꼬꼬풍이었던 루이 15세풍과 5인집정관 시절(le Directoire)의 기풍 사이에 있던 일종의 과도적 기풍이었다.
107) 음악이나 미술, 문예 등에 대한 애호 성향을 가리키는 이딸리아어이다.
108) Reine Topaze. 1856년에 처음 공연된 빅토르 마쎄의 희가극이라고 한다. 황옥(黃玉)을 뜻하는 '또빠즈'가 인명으로 사용된 경우도 흔하다.
109) Thé de la Rue Royale. 루와얄 로 3번지와 12번지에 있던, 영국풍 애호가들이 모이던 찻집이라고 한다. 차 마시는 유행이 영국으로부터 프랑스에 전해진 것은 주지하는 바와 같다.
110) muffins, toasts. 원전에 영어를 그대로 사용하였다. '머핀'은 옥수수 가루 등을 넣어 구운 작은 빵이라고 한다.
111) 오데뜨가 영어를 사용하였다. 영어의 '젠틀맨'은 옛 프랑스어 gentil(지체 높은)와 hom(남자)이 복합되어 만들어진 말이다. 오데뜨가 '작위' 운운한 것은 그러한 사실을 염두에 두었기 때문일 듯하다.
112) 브르따뉴 지방 민담에 특히 유령 이야기가 많음은 널리 알려진 사실이다. 윤회신화를 믿던 켈트적 신앙의 유산일 듯하다.
113) 죠르주 오네(G. Ohnet)라는 사람의 작품으로, 1882년에 초연되었다고 하며,

따디에 교수의 견해에 따르면, 오데뜨의 저속한 취향을 상징하기 위해 언급되었다고 한다.
114) Righi. 이딸리아 서북부 제노바 근처에 있는 작은 휴양지라고 한다. 오데뜨가 살았다는 니쓰로부터 멀지 않은 곳에 있다.
115) 홀랜드나 베르사이유(물론 성일 것이다)에 대한 스완의 취향 내지 관심은 예술품들과 관련된 것들이었을 것이다.
116) 스완이 느꼈을 가책감에 대한 언급일 듯하다.
117) 모든 종류의 집단들이 예외 없이 가지고 있는 속성이다.
118) 귀족의 이름 앞에 드(de, 출신지를 드러낸다)가 붙던 관행에 입각하여, 의사가 귀족들을 '드'라고 불렀던 모양이다. 즉, 그가 보기에는 드(de)가 귀족을 환유하는 것처럼 여겨졌던 모양이다.
119) blanche. '하얗다'는 말이다.
120) Blanche de Castille (Blanca de Castilla, 1188~1252, 빨렌시아 출생). 흔히 성왕이라 지칭되는(saint-Louis) 루이 9세의 모후이다.
121) sub rosa. 고대 로마 시절에, 함께 술을 마시는 사람들이 모두 장미꽃 화관을 쓰던(그리하여 모두가 장미꽃 밑에 있게 되었던) 관습에서 유래한 라틴어 표현으로, '친구들끼리'라는 뜻을 갖게 되었다고 한다.
122) 블랑슈 드 까스띠유는 까뻬 왕조 제8대 왕 루이 8세(재위, 1223~1226)의 왕비로, 아들 루이 9세가 즉위한 1226년부터 1235년까지 섭정을 맡았고, 왕이 재차 십자군 원정길에 오르자 다시 섭정을 맡았다(1249~1252). 한편, '반계몽주의적이인'이라고 한 이유는, 그녀가 신심 깊던 왕의 어머니였다는 사실 때문일 듯하다. 하지만 루이 9세의 치세기에 학문, 예술, 윤리 등 모든 분야에서 프랑스가 유럽의 중심이 될 만큼 혁신이 이루어졌던 바, 브리쇼의 말이 선뜻 수긍되지 않는다.
123) 그녀가 영주들의 반란을 제압하였고(상빠뉴의 띠보가 주도했던), 알비 토벌전을 종식시켰으며(1229년, 흔히들 알비 성전이라 부른다), '목동들의 난'을 진압한 사실(1251)등을 염두에 둔 언급일 듯하다.
124) 12세기에 쌩-드니 수도원 원장 쒸제(Suger, 1081~1151)가 쓰기 시작하여, 같은 수도원에서 1286년까지 계속된 연대기로, 프랑스 왕들의 역사를 라틴어로 기록하였다.
125) 쒸제나 베르나르 성자(Bernard de Clairvaux, 1091~1153) 모두, 블랑슈 드 가스

띠유가 태어나기 전에 이미 타계한 사람들이니, 그들이 그녀에 대한 이야기를 남겼을 리 없다. 그들의 후계자들을 가리키는 것일까? '다른 베르나르 성자들'이라는 언급을 보면 그럴 가능성도 있다. 그러나 그녀와 『쌩-드니 수도원 연대기』 간에는 별 관계가 없다. 브리쇼의 착각에서 비롯된 언급일 듯하다.

126) 어떤 인물을 가리키는지 분명치 않다. 혹시, 귀족들의 세력을 약화시키고 왕권을 강화하기 위하여, 자유시의 출현을 꾀하였다는 쒸제의 정책을 뇌리에 떠올렸던 것일까? 물론 쒸제가 그녀를 '선택'할 수는 없었다.

127) 역시 모호한 언급이다. 브리쇼가 술에 취했거나 엉터리 학자일 듯하다.

128) '브리쇼'나 '브레쇼' 모두 목동들이 끼니거리로 가지고 다니던 빵 덩이를 가리키는 브리슈똥(bricheton)이나 브리슈(briche), 브리쉐(brichet) 등을 연상시킨다.

129) 블랑슈 드 까스띠유는 까스띠야의 알퐁소 8세와 잉글랜드의 엘레오노르 사이에서 태어났고, 엘레오노르는 쁠랑따주네 왕조의 앙리 2세와 아끼뗀느의 알리에노르 사이에서 태어났다. 즉, 블랑슈 드 가스띠유는 앙리 쁠랑따주네의 딸이 아니라 외손녀이다. 한편, 잉글랜드의 앙리(헨리) 2세(1133~1189)로부터 시작된 왕조의 명칭을 쁠랑따주네(Plantagenêt)라 표기한 것은, 그 말의 어원 때문인데, 앙리 2세의 부친 앙주 백작(죠프루와 5세)이 평소 금작화(genêt)를 모자에 꽂고(planter) 다녀, 쁠랑따주네가 그의 별명이 되었으며, 그것이 다시 왕조명이 된 것이다. 게다가 그 시절에는 잉글랜드 지배계층의 공용어가 프랑스어였으니, 프랑스어 식으로 표기하는 것이 마땅할 듯하다. '플랜터저넷'이라 표기하는 것은 어원에도 맞지 않으니(금작화를 영어로 옮기면 broom이된다), 그 표기는 단순한 발음상의 오류일 뿐이다.

130) 스완이 한 뛰어나다(élevé)라는 말의 어원은 높이다(élever)이다. 꼬따르가 그 말의 원의를 가지고 한 유치한 말장난이다.

131) 화가가 나열한 단어들 중 '청동'을 뜻하는 프랑스어는 bronze이며, 그 단어의 끝 부분 -onze가 11을 뜻한다는 점에 착안하여 의사가 평소의 습관대로, 그 우스꽝스러운 신소리를 만들어냈는데, 그 단어 직후에 그 신소리를 하지 못하고, 나머지 두 단어(태양, 똥) 뒤에 하였기 때문에 아무도 그 뜻을 이해하지 못하였다는 말이다.

132) 렘브란트가 1642년에 그린 작품이다.

133) 프란츠 할스가 1664년에 그린 「구호소의 여자 관리인들」을 가리킨다.

134) 1863년 사모트라케(트라케의 사모스) 섬에서 발굴되어, 「사모트라케의 빅토리아」라고 명명된 승리의 여신상을 가리킨다. 현재 루브르에 있는 그 유명한, 날개 달린 여신상을 가리킨다. 한편, 「제9번」은 베토벤의 교향곡을 가리킬 듯하다.

135) 알렉상드르 뒤마(아들)의 『프랑시용』이라는 작품이 1887년 1월에 떼아트르-프랑쎄에서 초연되었다고 한다. 그 작품 1막 2장에 그 일본식 샐러드 조리법이 상세하게 설명되어 있다고 한다.

136) 죠르주 오네(1848~1918)는 별로 명성을 얻지 못한 소설가로, 그의 소설 『철공소 주인』과 『쎄르쥬 빠닌느』가 각각 1883년과 1881년에 연극 형태로 각색되었다고 한다.

137) 포르슈빌이 사용한 영어 단어이다.

138) '자기만 지껄여댄다'는 뜻이다.

139) 라 트레무이유(La Trémoïlle) 가문은 프랑스에서 가장 유서 깊은 가문들 중 하나였고, 롬므(Laumes) 가문은 프루스트의 작품에만 등장하는 허구적 가문이다.

140) ronde-bosse(ronde bosse, bosse ronde). bosse의 중세적 의미는 '조각품'이다. 즉 그 둘레를 따라서 돌며 전체를 볼 수 있는 조각품이라는 뜻이다. 부조(浮彫)와 대비되는 말이다.

141) 최초의 만국 박람회 당시(1855.5.15~10.31), 쎈느 강과 평행을 이루며 건설되었던 전시관이며, 그 길이가 192미터에 달했다고 한다. 그 이후 회화 및 조각품 전람회장으로 사용되었다고 한다.

142) '허풍'이나 '터무니없는 농담'을 가리키는 단어 blague가 동시에 '담배쌈지'를 가리키기도 한다는 점에 착안한 신소리이다.

143) 본식과 후식 중간에 먹던, 소금에 절인 생선이나 채소를 가리키는 entremets를 번역한 것이다.

144) 비록 보쒸에가 그의 후견인이었던 고위 사제였으나, 훼늘롱이 정치적 전제주의나 철학적 절대주의를 경계하였다는 점을 염두에 둔 언급일 듯하다. 그가, 당시 사회의 실상과 전제 왕권이 내포하고 있던 위험들을 고발하며 썼다는 『텔레마코스의 모험』(1699년 출간)으로 인해, 루이 14세의 마음을 불편하게 하였다는 사실과, 그 작품이 18세기 문인들(철학자들)의 마음을 사로잡았다는 사실을 동시에 상기시키는 언급이다.

옮긴이 주 399

145) La Trémouaille. 트레무이유(Trémoille)를 브리쇼가 잘못 발음한 것이다.
146) 쎄비녜 부인이 26세에 미망인이 되어, 브르따뉴의 일르-에-빌랜느 지역 로쉐에 있던 영지에 물러나 살면서도, 자주 빠리에 나타나 사교계에 드나들던 행적과, 자기의 딸 그리냥 백작 부인에게 보내던 격조 높은 편지들을 염두에 둔 언급일 듯하다. 그녀가 딸에게 보낸 편지들이 처음 『서한집』으로 출간된 것은 1726년(그녀가 타계한 것은 1696이다)이며, 프루스트의 모친과 외조모가 항상 지니고 다니면서 읽던 책이라고 한다. 물론 이 작품에서도 자주 언급된다.
147) 그녀의 이름은 오로르 뒤뼁(Aurore Dupin, 1804~1876)으로, 격렬한 사랑 이야기인 『인디아나』(1832)를 출간할 때 처음으로 죠르주 쌍드(그녀의 정인 쥘르 쌍도의 이름에서 따온 것이라 한다)라는 가명을 사용하였다고 한다.
148) "혹시 사실이 아닐지라도, 그것은 좋은 발견이야"라는 이딸리아 격언(Se non è vero, è bene trovato)의 첫머리라고 한다. 어떤 사람이 가설을 제시하였을 때, '창의적인 가설이긴 하지만 입증되지 않았다'는 뜻으로 사용하는, 널리 알려진 표현이라고 한다.
149) 아메리카 원주민 사냥꾼처럼, 앞을 보고 있으면서도 좌우에 심지어 뒤에 있는 짐승도 놓치지 않는, 날카로운 눈을 가리키는 듯하다.
150) 혹은 이렇게 말하기도 한다. "나는 나의 침대 속에 천둥보다는 그것이 떨어지기를 원합니다." '그것'을 완곡하게 '장미꽃'이라 설명하는 이들도 있다. 침대 속의 '장미'가 무엇이겠는가!
151) 오말 공작(duc d' Aumale, 1822~1897)은 루이-필립의 넷째 아들로서, 군사적으로 많은 공을 세웠고, 특히 자기의 재산인 샹띠이 성과 무수한 예술품들을 프랑스 학사원에 기증한 것으로 유명한 사람이다. 많은 예술적 유산이 그의 덕에 보존될 수 있었다. 꼬따르가 한 말은, 오말(Aumale)을 그 발음에 입각하여, 오(haut, 높은, 거센)와 말(mâle, 수컷)로 이루어진 표현으로 변형시킨 저질 농담이다. 화장실에 다녀오겠다는 뜻이다.
152) 푸트부스(Putbus) 가문은, 도이칠란트 북부 포메라니아 지방에서, 12세기부터 터전을 이룬 유서 깊은 가문이라고 한다.
153) 매우 이상한 언급이다. 꽁꼬르드 광장 열배 크기의 호수가 어떤 의미를 갖는단 말인가? 성 안에 있는 호수의 크기가 그렇단 말인가? 그렇다 해도 대단할 것이 없다.
154) 프루스트가 드나들던 사교계에서 피아노를 연주하던 디안느 드 쌩-뽈 후작

부인이 '쏘나따 독사' 라는 별명으로 널리 알려졌었는데(serpent à sonates), 탁월한 피아니스트임과 동시에 독설가로 유명했다고 한다.

155) 흔히 '방울뱀' 이라고 옮기는 serpent à sonnetes를 앞에 나온 '쏘나따 독사' 와 대비시키기 위하여 '방울독사' 로 직역한다.

156) 식사가 끝난 후에 오도록 초대한 손님을 가리키는 속어이다.

157) demi-castor를 자구대로 옮겼다. 비버와 다른 짐승의 모피를 섞어 만든 모자를 가리키며, 파생적 의미로 '수상한 사람' 을 가리키기도 한다.

158) 귀족의 성(姓) 앞에 붙이던 de를 가리킨다.

159) 귀족의 성 앞에 붙는 de가 생략되는 경우는 그 가문 사람들을 총칭할 때, 혹은 그 가문 사람들 중 특정인을 어떤 친구가 격의없이 지칭할 때뿐이다. les La Trémoïlle(라 트레무이유 가문 사람들, 패거리, 녀석들⋯등), le La Trémoïlle(라 트레무이유 그 친구, 그 녀석, 그 놈⋯등). 반면 이름이나 호칭과 함께 사용될 때에는 반드시 de를 병기해야 한다. 스완이나 포르슈빌, 브리쇼 등이 les La Trémoïlle, ces La Trémoïlle, Les Laumes 등의 형태를 사용한 것은, 베르뒤랭 부인이 생각하듯 자존심 때문이 아니었다. 프루스트의 가벼운 야유이다.

160) '공화파적 고집' 이 무엇을 의미할까? 그것은 물론, 귀족이 이미 사라졌고 또 사라져야 할 것이니, de라는 상징도 사라져야 한다는 굳은 신념일 것이다. 그러나 베르뒤랭 부인은, 자기의 그러한 신념에도 불구하고, 그 보기 싫은 de를 삭제하지 못한다. 무지한 공화파에 대한 프루스트의 혹독한 야유이다. 대혁명 시절에 무수한 문화유산을 파괴한 얼치기 공화파들이나, 19~20세기에 유행하였던 소위 민중문학이라는 것으로 보내던 그의 냉소적인 시선(『되찾은 시절』)을 연상시키는 언급이다.

161) 두 경우 모두 les La Trémoïlle로 써야 한다.

162) Madame de La Trémoïlle로 써야 한다.

163) 스완이 사용한 La duchesse에 de가 붙지 않았으니 Madame La Trémoïlle에도 de를 붙이지 않았다는 주장이다.

164) 무지할 뿐만 아니라 비겁하기까지 한 억지꾼들의 전형이다.

165) 염소와 양배추는 먹고 먹히는 관계에 있는데, 그 양편의 비위를 동시에 맞추려 한다는 말이다. 신중함이 지나쳐 위선과 혼동될 지경인 현상을 가리키는 프랑스 속담이다.

166) 말린 무화과 열매와 건포도를 가리킨다. 정체가 의심스러운 사람을 가리킨

다. '반은 무화과, 반은 포도' 라는 표현이 더 일반화 되어 있다.
167) 격렬하게 비방한다는 뜻이다.
168) dilettante de sensations immatérielles을 번역한 것이다. '비질료적 느낌' 이라는 것이 존재할 수 있을지 의문이다. '정신적인 사랑' 이라는 말만큼이나 아마추어적인 언급이다. '딜레땅뜨' 라고 한 것도 아마 그러한 이유 때문일 듯하다.
169) 즉 매우 비싼 대가를 지불하였기 때문에.
170) la femme entretenue를 번역한 것이다. 대개의 사전들이 '첩' 이라고 옮기는 말이다. 하지만 한 남자와 공인된 관계 속에 살았던 우리네의 첩과는 개념이 크게 다르다.
171) 귀스따브 모로(1826~1898)가 그린(1876) 화폭의 명칭이다. 프루스트가 묘사한 것은, 그 그림 속의 유령이 아니라 쌀로메(세례 요한을 죽인 헤로디아스의 딸)이다(「마테오」, 14장 6절).
172) 불로뉴 숲 서쪽을 감싸고 흐르는 쎈느 강 좌안 기슭 지역으로, 빠리 근교 유원지들 중 가장 오래된 그리고 대중적인 곳이다.
173) '통로용 층계 D' 는, 하인들이 사용하던(혹은 세입자들 전용의) 뒷계단(l' escalier de service)이나 비밀계단(l' escalier dérobé)를 완곡하게 가리키는 것 같다.
174) la princesse des Laumes. 게르망뜨 공작 부인(오리안느)과 같은 인물이다.
175) l' île des Cygnes. 일반적으로는 쎈느 강에 있는(빠리 15구와 16구 사이) 길이 890미터 폭 11미터 되는 섬을 가리킨다. '백조들의 오솔길' 이라는 산책로가 있다. 하지만 따디에 교수는, 불론뉴 숲 호수에도 백조의 섬이라고 불리는 섬이 있다고 한다.
176) 모든 이들의 사랑에 숙명적으로 수반되는 질투의 태동기를 가리킨다.
177) tête de Turc. 터번을 씌운 머리 모양 부분을 가격하여, 각자의 힘을 측정하여 서로 비교할 수 있도록 고안한 일종의 동력계(動力計)이며, 흔히 장터에 설치되어 있었다. 비유적으로는, 끊임없이 조롱거리가 되는 사람을 가리킨다.
178) 오데뜨를 가리킨다.
179) 보띠첼리의 1482년 작품인 「쁘리마베라」(봄맞이 축제 장면이다)에 등장하는 여인들이나 그의 「멜라그라나의 마돈나」(1487년 작)에 등장하는 여인들의 얼굴에는 '낙담하거나 상심한' 기색이 보이지 않는다. 「모쉐의 재판」에 등장시

킨 여인들의 모습이 약간 우수에 잠긴 듯 보일 뿐이다. '아기 예수가 석류 하나를 가지고 노는 장면'은 「멜라그라나의 마돈나」에, '모쉐가 구유에 물을 붓는' 장면은 「모쉐의 재판」이라는 벽화(씩스티나 예배당)에 보인다.

180) 문어의 발을 가리키는 듯하다. 선박의 계류에 사용되는 닻이나 닻줄 따위를 총칭하는 amarre를 직역하였다.

181) 빠리 서쪽 약 16킬로미터 되는 지점에 있는 쎈느 강변 마을이다. 19세기 후반에, 낚시꾼들, 보트 놀이꾼들, 인상파 화가들이 그곳에 자주 모였다고 한다.

182) 으젠느 라비슈(1815~1888)는 제2제정 및 제3공화국 초기 시절의 소시민들(쁘띠 부르주와)을 예리하게 관찰하여, 그들의 풍습과 취향과 비뚤어진 혹은 우스꽝스러운 행태들을 생생하게 묘사한 극작가이다. 중세의 익살극(farce)으로부터 이어져 내려오던 통속 희극(vaudeville)을 완벽한 수준까지 끌어올렸다는 평을 받고 있다.

183) 예술 일반을 가리키기 위하여 프루스트가 대문자로 표기하였다.

184) 프랑스의 옛날 교육은 교회가 담당하였고, 보쉬에(1627~1704)는 고위 사제였으니, 자유로운 감성과 몽상의 산물인 예술이 어떠한 대접을 받았을지는 구태여 설명할 필요조차 없을 것이다. 플라톤은 철학자답지 않게, 『쏘크라테스의 변론』, 『이온』, 『공화국』 등 여러 책에서 예술에 대한 부정적인 시각을 드러내고 있다. 하기야 『파이돈』 같은 책을 쓴 사람이니 놀랄 일은 아니다.

185) 단떼의 『신성한 희극』 제1부 「지옥」편 제31장부터 34장까지에 이야기된, 지옥의 마지막 권역이며 가장 악질적인 죄인들인 배신자들이 모여 있는 제9권역을 가리킨다.

186) Noli me tangere. 직역하면 '나를 만지지 마라'이다. 프랑스어판 『신약』들은 물론, 따디에 교수의 주석에서도 그렇게 번역하고 있다. 그러나 그 문맥을 고려하면, '나를 더 이상 잡지 마라'가 합당하다(『요한』, 제20장, 17절). 예수가 막달라 마리아에게 하는 말이다. 프루스트 또한, 예수가 막달라 마리아에게, (너는 불결한 여자이니) 자기를 만지지 말라고 말한 것으로 이해하고, 그 구절을 인용하면서 쌩-제르맹 구역 상류 사교계와 예수를 비교한 듯하다. 하지만 예수 같은 이가 창녀에게인들 어찌 그러한 말을 할 수 있겠는가! 오역에서(혹은 모호한 원전)에서 비롯된 합당치 못한 비유 아닐지 모르겠다.

187) Megaira. 그리스 신화에 등장하는 복수의 여신들 중 하나이다. 일반적으로 성마른 여자를 가리키는 보통명사(mégère) 형태로 사용된다.

188) 초목의 녹색이나 노인의 원기 등을 가리키는 베르뒤르(verdure)와 '—꾼'이나 출신지 혹은 자재 등을 의미하는 접미사 '—in'을 뇌리에 떠올리며 하였을 법한 말이다.
189) 빅또르 마쎄(1822~1884)의 가극이라고 한다. 그의 또 다른 가극『뽈과 비르지니』는 19세기 후반에 세계적인 명성을 얻기도 하였다고 한다.
190) 드르(Dreux)는 빠리 서쪽 외르-에-루와르 군의 중심 도시이며, 그곳 예배당에 오를레앙 가문 종친들의 무덤들이 있다고 한다.
191) 꽁삐에뉴에는 이미 메로베 왕조 시절부터 여러 왕들이 즐겨 머물렀으며, 그곳 숲이 유명하다. 삐에르퐁 성은 15세기에 처음 축조되었다가 19세기 후반에 복원되었으며, 꽁삐에뉴 숲 언저리에 있다. 그 복원 공사가 1857년 비올레-르-뒤크에게 맡겨졌다.
192) 보베(Beauvais)에 있는 주교좌 교회당 쌩-삐에르는 13세기부터 14세기에 걸쳐 축조된 것으로, 내부의 성가대석이 아름답기로 유명하다. 한편 쌩-루-드-노의 교회당은 프랑스에서 가장 오래된 로마네스크식 교회당들 중 하나라고 한다.
193) 앞에서 언급한, 드르에 있는 오를레앙 가문 종친들의 무덤들을 염두에 두고 하는 말일 듯하다.
194) 삐에르퐁 성의 복원 작업이 비올레-르-뒤크의 주도하에 착수된 사실을 가리킨다.
195) Carte de Tendre. 직역하면 '애정 지도'이며, 애정의 나라 지도(Carte du Pays de Tendre)이다. 17세기 초, 마들렌느 드 스뀌데리의 소설『클렐리아, 로마 이야기』에서 영감을 얻어 그린 우의적인 지도이다. 상상의 나라 땅드르의 중앙부를 애정(Inclination)이라는 강이 가르며 흘러 위험한 바다(열정)에 이르고, 그 하구에서 존경(Estime)과 사은(Reconnaissance)이라는 두 지류와 합류된다. 바다 건너에 있는 땅은 미지의 나라이다. 맹목적인 열정이라는 위험한 바다에 이르는 세 길(애정, 존경, 사은)을 우의적으로 보여주는 지도이다.
196) 싸부와 공작 휠리베르 2세('수려한 휠리베르'는 그의 별호이다)와 결혼한 마르그리뜨가, 1504년 그녀의 나이 24세에, 동갑내기였고 그녀를 사랑하던 휠리베르가 급서하자, 브루(Brou) 근처에 교회당을 건립하여 고인을 기렸다고 한다. 그녀의 무덤 또한 그 교회당 내부에 있으며, 교회당은 고딕식 교회당들 중 걸작품으로 꼽힌다고 한다.

197) 19세기 말(1882년)에 쥘르 리베라는 사람이 창시한 예술 운동을 가리키는 'Incohérents'을 직역한 것이다. 염세주의 혹은 비관주의 쪽으로 지나치게 경도되어 있던 프랑스인들에게 웃음을 돌려주려는 뜻에서 시작한 운동이라고 한다. 따라서 어떠한 방법을 사용하든 사람들이 웃음을 되찾게 하는 것이 궁극적 목적이며, 근엄하거나 외설적인 것을 제외한 모든 것을 예술작품으로 인정하였다고 한다. 1883년 최초로 공식적인 전람회(Exposition des Arts Incohérents)를 개최하였는데, 회화, 조각, 시, 소설, 만화 등, 모든 유형의 작품들이 뒤섞어 출품되었고, 전람회와 함께 무도회도 열렸다고 한다. '뒤죽박죽파'라고 번역한 것은 전람회의 그러한 특성을 염두에 두었기 때문이다.
198) cet être-là를 직역한 것인데, 오데뜨와 스완이 아무리 친근한 사이라 할지라도 조금 지나쳐 보이는 어투이다. 오데뜨의 애매성이 돋보이게 하는 어투이다.
199) 오데뜨가 사용한 영어(my love)를 음기한다.
200) 다른 사람의 너그러움이나 호의를 악용한다는 뜻이다.
201) 바이에른의 루드비히 2세가 1872년에, 바그너의 작품 공연을 위하여 바이로이트에 극장을 지어 『니벨룽엔의 반지』를 초연하였고, 1882년부터는 바이로이트에서 연례 바그너 음악제가 개최되었다. 대부분의 예술제들이 그렇듯, 바이로이트 가극제 역시 예술적 스놉들의 사교장이라는 시각을 가진 사람들이 많다.
202) 『약혼녀』, 『발레단의 무희』, 『팡쇼뜨』 등 희가극 작품을 작곡하였다고 한다 (1808~1866).
203) 뱀의 눈을 연상시키는 말이다.
204) 예술적 창조행위를 생식행위에 비유하는 프루스트의 시각을 연상시키는 언급이다.
205) 루이 14세와의 결혼 후 맹뜨농 부인이 보였던 일상생활을 쌩-시몽이 '기계적'이라 칭하였는데, 그녀가 극소수의 사람들만을 인견하거나 방문한 것이 그 특징이다(『회고록』, 1715년). 또한 루이 14세 타계 후, 그녀가 쌩-씨르의 수녀원으로 물러나 다시는 밖으로 나오지 않았다는 이야기는, 레오니 숙모의 모습을 연상시키기도 한다. 한편 루이 14세 궁정의 음악 총감독관이었던 죠반니 바띠스따 룰리(1632~1687)에 관한 이야기는 쌩-시몽의 『회고록』에서 찾아볼 수 없다. 프루스트의 언급이 매우 구체적인데('신중한 인색함과 호화로운 생활') 그 출처는 확인하지 못하였다. 그가 희가극으로 작곡한 몰리에르의 많은 작품들

에 등장하는 인물들 중 하나의 모습일 수도 있을 듯하다.
206) 앞에서 이미 언급된 '아돌프 숙부'와 같은 인물이다. 외조부와 형제지간이다. 엄밀히 말하자면 '외종조부'이다.
207) des airs poétiques를 번역한 것이다. 프루스트가 태연스럽게(특별한 부호를 곁들이지 않고) 사용한 표현이지만, 그러한 말이 성립되는지 모르겠다. 소위 서정시라는 것을 낭송하는 사람들이 얼굴에 혹은 음성에 드러내곤 하는 싸구려 감정을 희화적으로 규정하는 말일 듯하다.
208) 의외적이고 조금 과장된 듯한 구절이다. 선험적(a priori)이라든지 공리(axiome)라든지 쎄라핌적 초인성(supra-humanité séraphique)이라든지 계시(révélation)라든지 하는 등의 표현들은, 광신도들의 신앙을 방불케 하는 스완의 증상을 해학적으로 지칭하는 말들이다. 스완의 어처구니없는 사랑의 한 단면을 암시하는 프루스트의 해학적인 구절이, 동시에 서유럽의 몇몇 철학자들(칸트, 라이프니쯔 등)과 종교 이론가들도 겨냥하고 있는지 모르겠다. 또한 위의 구절이 다소 엉뚱해 보이는 것도 프루스트의 그러한 익살적 의도에 기인한 듯하다.
209) 그가 오쟁이 진 남편의 역을 맡았다는 말일 듯하다.
210) 프랑스 제3공화국 대통령 마끄-마옹의 7년 임기가 시작되었던 해는 1873년이다.
211) Côte d'Azur. '하늘빛 해안'이라는 뜻이다. 지중해 연안의 휴양지로, 주요 도시로는 망똥, 니쓰, 깐느, 쌩-라파엘, 쌩-트로뻬 등이 있다.
212) 「쁘리마베라」(봄) 속에 등장하는 여인들을 가리키는 듯하다.
213) 「어느 처녀에게 선물을 건네는 베누스와 미의 세 여신」이라는 보띠첼리의 그림을 가리켜 「죠반나 또르나부오니와 미의 세 여신」이라고도 하는데, '어느 처녀'가 곧 '아름다운 반나'인 듯하다(루브르 미술관 소장).
214) 「베누스의 탄생」이라는 유명한 화폭에 그려진 베누스를 가리키는 듯하다.
215) 프루스트가 그 저서들(『아미앵의 성서』, 『베네치아의 돌』)을 번역하기도 하고 오랜 세월 연구한, 영국의 예술 이론가 러스킨을 가리킬 듯하다. 그가 『휘렌체의 아침』을 저술하였는데, 프루스트가 『아미앵의 성서』 번역 서문에 그 책을 인용하고 있다.
216) Mémé. 샤를뤼스의 이름들 중 하나인 빨라메드(Palamède)의 지소사(애칭)이다. 그의 친구들이 그를 그렇게 부르지만, 그것은 또한 '할머니'를 뜻하는 아

이들의 말이기도 한다.
217) 알프레드 그레뱅이라는 사람이 세운, 밀랍 조각상을 주로 전시하는 미술관이라고 한다.
218) 예술가들, 사교계 인사들, 갈보들이 모이던 술집이라고 한다.
219) 가벼운 비아냥거림이 어른거리는 언급이다.
220) 스완의 마부 레미가, 베네치아 총독 삐에뜨로 로레다노(16세)의 흉상(리쪼의 작품)을 닮았다 하여, 그에게 로레다노라는 별명을 붙여 주었다.
221) 일반적으로는 '호랑이'가 주인을 수행하는 '마부'나 '시종'(groom)을 뜻하지 않는데, 발작이 『까디냥 대공 부인의 비밀』이라는 소설에서, 보드노르의 시종 빠디를 그렇게 불렀다고 한다(프루스트, 『모작과 잡문』, 「발자끄의 어느 소설 속에서」, 1908년 2월 22일자 〈휘가로〉지에 게재).
222) 'l' appareil de sa force' (힘의 도구)라는 매우 모호한 표현의 의미를 짐작하여 옮겼다. 그의 손과 팔을 가리킬 듯하다. 앞 부분에서 '동작의 정확성'이라고 옮긴 'l' exactitude de sa pointure' (치수의 정확성) 역시 이 문장에서는 그 의미가 모호하다. 'l' appareil'를 '자명성'으로, 'pointure'를 '균형'으로 옮기는 이도 있으나(Lydia Davis), 그러한 번역 또한 자의적 해석일 듯하다. 여하튼, 이 단락과 그 앞 단락은 어떤 화폭들을 묘사하고 있다는 인상이 짙은데, 프루스트가 이 문장을 쓰던 순간, 시종의 모습과 동작을 어느 화폭 속의 것과 혼동하지 않았나 여겨진다.
223) 빠도바의 에리미따니 교회당 내 오베따리 예배소에, 야코부스 성자와 크리스토포로스 성자의 일대기를 그렸는데(안드레아 만떼냐), 그 벽화들 중 하나인 「야코부스 성자의 순교」라는 화폭 중앙에, 자기의 앞에 세워놓은 방패를 두 손으로 짚은 채, 고개를 오른쪽으로 돌려 무엇을 물끄러미 바라보는 무사 한 사람이 있다.
224) 알브레히트 뒤러(1471~1528)는 만떼냐의 영향을 많이 받았다고 한다.
225) San Zeno. 베로나 시의 주교회당(바실리카)이며, 그 교회당 주제단 뒷면(레따블로)에 만떼냐가 1456~1459년 간에 장식화의 일부를 그렸고, 알브레히트 뒤러 역시 1503년에 「성자 게오르기오스」라는 그림을 그렸다고 한다.
226) '그리스의 조각상에서 태어났을, 그리고 사라져 버린' 그 '족속'이 어떤 족속을 가리킬까? 싼 제노 대교회당의 제단 뒤편의 그림 속 인물들 중, 마리아의 오른쪽 두 번째 그리고 왼쪽 두 번째에 있는 두 젊은이의 얼굴을 보면, 그들이

남자인지 여자인지 구별하기 어렵다. 만떼냐의 다른 그림들 중에서도 그러한 경향을 발견할 수 있는데,「게오르기오스 성자」(1460년경)라는 화폭 속에 있는 성자의 모습이나,「승리의 성처녀」라는 화폭 속에서 성처녀의 좌우에 시립해 있는 두 젊은 성자의 모습은 여인들의 모습에 더 가깝다. 한편 고대 그리스 사회에서는(특히 철학자들이나 예술가들 사이에서는) 동성애가 지극히 자연스러운 현상으로 간주되었다고 하는 바, 프루스트가 '그리스의 조각상'에서 태어났음 직하다고 한 건, 그러한 사실을 염두에 두었기 때문일 듯하다.

227) 만떼냐가 태어난 곳은 빠도바 근처이나, 그의 나이 29세 되던 해에 만또바의 곤자가(Gonzaga) 가문 공식 화가로 발탁되어, 1506년 작고할 때까지 그곳에서 살았다고 한다. 그가 그리스 조각 작품들을 연구하여 그 모티프들을 자기의 화폭에 담기 시작한 것도 그 시절이라고 한다.「쎄바스티아누스 성자의 순교」(1467),「죽은 구세주」(1465~1466) 등이 대표적인 예일 듯하다.

228) "…그리스의 조각은…" 이하의 언급이 그리스 조각의 보편적 특색을 묘사하고 있는 듯하지만, 실은 만떼냐의 여러 화폭(「싼 제노 교회당 제단」,「게오르기오스 성자」,「쎄바스티아누스 성자의 순교」,「죽은 구세주」,「승리의 성처녀」,「올리브 동산의 구세주」 등)에서 여일하게 발견되는 특징이다.

229) 베네치아의 싼 마르꼬 광장 남쪽에 있는 총독궁의 중앙 층계에, 전쟁의 신 마르스와 해신 넵투누스의 거대한 조각상들이 있다고 한다.

230) 옛 교회당 내부 벽감에 있는 성자들의 조각상을 가리킨다.

231) 캐도건(Cadogan)이라는 영국의 어느 장군이 머리카락을 뒤통수에 쪽처럼 동여매고 다녔는데, 그러한 머리 매무새가 1780~1782년 간에 유행하였다고 한다. 그러나 고야(1746~1828)가 그렸다는 '교회당지기'가 어느 화폭에 등장하는 인물인지 알 수 없다. 따디에 교수는 프루스트의 그러한 언급이 바이욘느 미술관에 있는「호세 데 깔라산스의 성체배령」이라는 그림에서 영감을 받았을 것이라 하나, 프루스트의 언급과 그 그림 간에 어떤 유사점이 있는지 모르겠다. 프루스트의 언급이 연상시키는 것은, 고야의 1777년 작품「양산」과 1787년 작품인「가을(혹은 포도 수확)」에 등장하는 두 청년의 긴 모발을 치장한 머릿수건과, 그 청년들의 여인과 같은 얼굴이다. 만떼냐의 그림들과 고야의 그림들 속에 등장하는 인물들 중 프루스트가 부각시켜 언급한 인물들은 모두 양성구유적 특징을 보인다는 공통점을 가지고 있다.

232) 어느 작품을 염두에 둔 언급인지 짐작하기 어렵다.

233) 오뷔쏭의 융단을 가리켜 루이 14세 시절에도 '국왕의 융단'이라고 했을 만큼, 그 지역 제품이 명성을 얻었고, 오늘날에는 유네스코 문화 유산 목록에 등재되었다.
234) 어느 시종에 대한 이 상세하고 기이한 언급은, 식당의 종업원 소년들(「게르망뜨 쪽」)이나 정육점 종업원들(「갇힌 여인」)에 대한 언급(여일하게 천사들에 비유하고 있다), 혹은 샤르뤼스와 쥐뻬앵의 최초 조우 장면(「소돔과 고모라」)등을 연상시킨다. 이 기이한 언급에서 특히 눈에 띄는 일련의 알쏭달쏭한 어휘들의 정체는 점차적으로 밝혀질 것이다.
235) 고안자의 이름을 부여하여 프랑스에서는 지뷔스(gibus)라고 부르는 높직한 중절모를 가리키는데, 영국인들의 번역어(opera hat)를 취한다.
236) 물론 다음과 같은 의례적인 인사말일 것이다. "당신이 도대체 어떻게 이곳에까지 왕림하셨는가?" 그러나 그의 답변을 참작하여 직역한다.
237) J'observe. 'r' 음을 굴러 발음하는 사람들이 프랑스 남부 지역에서 많이 발견된다.
238) 죠또가 우의화로 형상화한 일곱 악덕들 중 하나이다. 한편, 악덕을 상징하는 인물 앞에는 크고 작은 나무 여러 그루가 그려져 있다.
239) 글루크(von Gluck, 1714~1787)의 오페라 『오르페우스와 에우뤼디케』를 가리킨다고 한다.
240) 리스트의 1863년 작인 『아씨시의 프란체스꼬 성자 전설』 속 일화일 듯하다. 한편, 「새들에게 설교하는 아씨시의 프란체스꼬 성자」라는, 죠또가 그린 그림도 전한다.
241) 나뽈레옹 1세의 아우인 제롬 보나빠르뜨의 딸로서(1820~1904), 일찍이 훗날의 나뽈레옹 3세인 사촌 루이 나뽈레옹과 약혼한 적도 있었다. 1870년 이후 프랑스를 한동안 떠났다가 빠리로 돌아왔으며, 당시의 많은 문인들(뗀느, 르낭, 공꾸르 형제, 플로베르 등)이 그녀의 집(응접실)에 드나들었다.
242) Chopin. 그의 부친이 프랑스 사람일 뿐만 아니라, 성씨 자체도 술꾼과 연관된(chopine, chopiner 등) 전형적인 프랑스식 성인지라 프랑스어 발음 관행을 따른다.
243) 어떤 사람을 성(姓)이 아닌 이름으로 부르는 경우는, 두 사람의 관계가 친숙하고 격의없을 때이다.
244) 메리메(1803~1870)의 문체가 간결하고 민첩하다 못하여 건조하다고까지 할

만하다는 사실은 널리 알려진 바이다. 『까르멘』, 『일르의 베누스』, 『록키』, 『마 떼오 활꼬네』, 『꼴롬바』 등, 어느 작품에서도 여일하게 발견되는 특징이다. 한편 메약(1831~1897)과 알레비(1834~1908)는 제2제정 시절에 명성을 떨친 희가극 작가들이다. 두 사람이 오펜바하의 오페라 대본을 쓰기도 하였다.
245) 꽁브레에서 '10리으'(약 40킬로미터) 떨어진 곳에 있는 게르망뜨 가문의 영지와 성이 있는 지점을 가리킬 듯하다.
246) 롬프 대공 부인의 부군 바쟁(훗날의 게르망뜨 공작) 및 샤를뤼스, 쌩-루(후작)의 모친 마르상뜨 부인 등의 부친을 가리킨다.
247) 'petite'를 옮긴 것이다. 당연히 며느리(bru)라고 해야 하건만, 그 단어를 회피한 의도를 살려 번역한다.
248) 무도회나 야회에 필요한 소품들을 대여하던 벨루와르(la maison Belloir)라는 대여점이 빅뚜와르 로에 실제로 있었다고 한다. 즉, 그 대여점에서 빌려온 초대객(보조 출현자)이라는 뜻이다.
249) 물론 비아냥거리는 반어법이다. 꼴불견의 초대객들이라는 뜻이다.
250) '옛스럽다'고 옮겼으나, 대공 부인의 어조에서 풍기는 의미는 '골동품' 내지 '고물'에 더 가깝다.
251) 빠리 7구에 있는 에펠탑과 16구에 있는 트로까데로(샤이오) 궁을 이어주는 교량 예나(Iéna, Jena)교는, 나뽈레옹 1세가 1806년 프러시아 군대를 도이칠란트 동부 튀링겐 지역의 고도 예나에서 격파한 것을 기념하여 놓은 다리이다.
252) 제1제정 시절에 작위를 받은 귀족들을 가리킨다.
253) 구왕조 시절의 세습 귀족과 다르다는 말이다.
254) 나뽈레옹 휘하에서 평범한 사병으로 복무하면서 전공을 세워, 장교로, 그리고 다시 장군으로 승진하였다가, 심지어 왕이 되기도 하고 혹은 작위를 받기도 하던 예를 가리킨다. 그 현상은, 중세의 기사들이 혁혁한 전공을 세워 귀족의 작위를 얻던 현상과 다름이 없는 바, 비록 시대가 바뀌었어도, 그 자체로서는 아름답다는 말이다.
255) 바쟁, 즉 게르망뜨 공작(롬프 대공)은 허구적 인물이고, 몽떼스끼우 집안 사람들은 실존했던 인물들이다. 프루스트가 상상한 게르망뜨 가문과, 대혁명 초기, 비상 신민회의에서 활약하였던 몽떼스끼우(Montesquiou-Fezensac, 1756~1832) 간에 어떤 관계가 있는지 분명치 않다.
256) 야유에 가까운 언급이다. 제정 시절(1804~1815)에 유행하였던 가구 장식 재

료로 청동이 많이 사용되었으며, 문양으로는 월계관, 스핑크스, 날개 달린 어신상, 풍요의 뿔(과일 및 곡물이 가득 담긴) 등이 흔히 사용되었다는 사실을 암시하는 언급이다.

257) Spartacus(?~B.C 73). 트라케 지방 목동 출신, 검투사 학교에서 탈출하여 다른 노예들과 함께 폭동을 일으켰으나, 까뿌아에서 크라쑤스에게 패하여 죽임을 당했다.

258) Vercingétorix(B.C 72경~B.C 46). 카이사르의 침략군에 대항하여 싸우던 갈리아 연합군 총사령관이다. 간계에 밝았던 카이사르에 대비되는, 비극적 영웅의 상징으로 간주되는 인물이다. 라틴어식으로 '베르킨게토릭스'라고도 한다.

259) prunier des oiseaux를 직역한 것이다. 옛날에는 '새버찌'(역시 프랑스식 명칭이다) 즉 야생버찌를 그렇게 불렀다고 한다.

260) 앞에서 언급한 산호와 에나멜을 가리키는 듯하다.

261) la duchesse를 옮긴 것이다. 쟝 미이 교수의 판본에서는 그 단어를 la Duchesse로 표기하여 '공작 부인'을 뜻하게 하였으나, 그것이 어느 공작 부인을 가리키는지 알 수 없다. 한편 la duchesse가 '과육 부드러운 배'를 의미하던 것은 옛날이며, 따라서 프루스트가 그 고어적 의미로 그 단어를 사용하였다면 다른 암시적 의미도 염두에 두었을 것이다.

262) 산호 및 에나멜 조각들을 보고 어떻게 밤들을 뇌리에 떠올렸는지 모르겠다.

263) 깡브르메르(Cambremer)의 끝부분 메르(-mer)를 두고 하는 말이다. 그 자체로는 '바다'를 뜻한다. 무엇이 나쁘다는 말일까?

264) 깡브르(Cambre-) 부분을 가리킨다. 그 자체로는 활 모양으로 휜 것을 가리킨다. 그 말이 왜 나쁘다는 것인지 짐작하기 어렵다.

265) 깡브르(cambre)와 메르(mer)가 각각 어떤 단어의 단축형들이며, 꼴불견이라는 말이다.

266) 그 단어를 차마 끝까지 발음하지 못하고 중단하였다는 말일 듯하다.

267) '별로 우아하지 못하다'는 뜻으로 한 일종의 반어법일 듯하다.

268) 앞에서 그녀가 프로베르빌에게 깡브르메르에 대하여 말하면서, '음조가 좋은 성씨'가 아니라고 한 사실을 가리킬 듯하다. 하지만 그러한 성씨가 왜 '놀랄 만한지' 어느 누가 이해할 수 있겠는가? 스완과 대공 부인이 그 성씨를 두고 주고 받는 대화를 아무리 세심하게 검토해 보아도, 그 성씨의 음이나 의미에서 '놀랄 만한' 요소는 발견되지 않는다. 두 사람만이 이미 알고 있는 어떤 요소

가 그러한 대화를 성립시켜 주는데, 자기들의 대화를 이해하지 못하는 사람들을 깔보는, 특정 집단이나 계층에서 발견되는 현상이다. 프루스트가 사교계의 그러한 한 측면을 가볍게 꼬집는 것일까? - 한편, 스완과 대공 부인의 대화 소재인 깡브르메르가, 워털루 전투 최후의 순간에, 항복하라는 잉글랜드 측의 권유에 메르드(Merde! 똥이나 먹어라!)라고 대꾸하였다는 근위대 장군 깡브론느(Cambronne)의 일화를(전설적 일화이며, 위고가 『레 미제라블』에 그 이야기를 담아 유명해졌다. 공식적으로 전해진 깡브르메르의 말은 이러하다. "근위대는 죽되 항복하지 않는다.") 염두에 둔 것일 수도 있다고 추정하는 이도 있다(리디아 데이비스). 하지만 두 사람의 대화 속에 그러한 추정의 단서가 될 만한 객관적 요소는 없다.

269) 헤롯 아그리파 왕(28~79)의 딸이며, 그녀보다 스무 살 연하인 티투스 황제가 열렬히 사랑하였던 인물이다. 황제가 로마 시민들의 반대에 부딪쳐, 그녀를 황후로 맞아들이지 못하고, 예루살렘으로 돌려보냈다. 라씬느의 비극 『베레니케』는 그 이야기를 다룬 작품이다.

270) 라 뻬루즈 백작(1741~1788)이 1785년, 탐험대의 일원으로 브레스트 항을 떠나, 1788년 2월, 오스트랄리아 보터니(Botany) 만에서 마지막 편지를 띄운 후 실종되었는데, 뒤몽 뒤르빌이 1828년에 탐험대의 흔적을 발견하였다고 한다. 탐험대의 선단이 좌초한 후 대원들이 원주민들에 의해 죽임을 당하였을 것이라고 추측할 뿐이다. 『라 뻬루즈의 세계 일주 여행』이라는 책이 1797년에 발간되었다고 한다.

271) 내리닫이 창(fenêtre à guillotine)을 가리킬 듯하지만 원문대로 직역한다(une porte).

272) 이미 앞에서 비르길리우스의 『농경시』 제4권에 이야기된 장면이라 언급하였으나, 오뒷세우스(『오뒷세이아』, 제11장)나 아이네아스(『아이네이스』, 제6장) 역시 저승에서 '창백한 유령들' 혹은 '배회하는 망령들' 사이를 헤집고 다닌다. 사랑 받던 시절과 그렇지 않은 시절 간의 거리가 저승과 이승 간의 거리만큼이나 멀다는 점을 부각시키는 언급이다.

273) Maison d'Or. 메종 도레(Maison Dorée)일 듯하다. 여하튼 의미는 마찬가지이다.

274) 그 야회장에 처음 들어서던 순간, 초대객들의 외알박이 안경들 각개가 일종의 개성을 띠고 스완 앞에 나타났으며, 그것들을 그가 상세하게 관찰하였다.

275) 여성 음역들(쏘프라노, 메조-쏘프라노, 알또, 꼰뜨랄또) 중 최저 음역을 가리킨다.

276) 크기의 순서대로 포개 넣을 수 있는 상자나 복제 찬합 등을 가리킬 듯하다.

277) 머리와 상반신은 여인이고 물고기 꼬리를 가진 신화 속 존재이며, 아름다운 노래로 선원들을 유혹하여 배를 좌초시킨다고들 믿었다. 트로이아로부터 귀환하던 오뒷세우스 일행을 유혹하던 쎄이렌들의 일화가 유명하다(『오뒷세이아』, 12장).

278) 언급이 매우 구체적이어서 그 전거(典據)가 있을 듯하다. '성수반 속에 빠진 마귀'에 비유된 것으로 보아, 솔로몬에게 반기를 들었다가 구리 항아리에 갇혔다는 그 정령일 듯하다(『천일 야화』, 「어부의 이야기」, 앙뚜완느 갈랑, 제9야~11야). 한편, '성수반 속에 빠진 마귀'는 극도로 고통스러운 상태로 갇힌 사람을 가리키는, 거의 속담에 가까운 표현이다.

279) 끌레브 대공 부인의 느무르 공작에게로 향한 정염(情炎)과 르네의 아멜리에게로 향한 정염 사이에서 발견되는 공통점 및 특징은, 그것이 밖으로 단 한 번도 흔연히 분출되지 못하고 사그라졌다는 사실이다.

280) 프루스트가 언급한 바그너의 주제들 중 가장 절절한 어조로 이야기된 것은 '기다림'의 주제이다. 외출한 알베르띤느의 전화를 기다리며 이졸데의 스카프를 뇌리에 떠올리다가(『갇힌 여인』, 『트리스탄과 이졸데』, 2막 2장), 혹은 자신이 탄 자동차의 경적 소리가 자신을 기다리시는 어머니에게는 목동의 피리 소리(『트리스탄과 이즈』, 3막 1장, 『모작』) 같을 것이라 생각하다가, '바그너가, 이제까지 인간의 영혼을 채워 본 일이 없는 가장 경이로운 유열의 기다림'을 표현하였다고 생각한다.

281) 라부와지에(1743~1794)는 『화학의 기초 이론』(1789)이라는 책의 저자로, 현대 화학의 창시자라고 한다. 한편 『과학 철학론』의 저자인 앙뻬르(1775~1836)는 물리학자이며 수학자로, 전사기학(電磁氣學) 및 전기 역학 분야에서 그가 이룩한 발견들 덕분에 1820년 이후에 유명해졌다고 한다. 또한 전류계(galvanomètre), 전신, 전자석(電磁石) 등을 발명하였다고 한다.

282) 프루스트의 글은 단정적이지만(…jamais le langage parlé ne fut si…, ne connut à ce point…), 그 내용을 고려하여, 유보적인 추측의 어투로 옮긴다.

283) 신과 인간 사이에서 중개자 역할을 하는 사람들에게 신이 내렸을 때, 그들이 나타내는 경련성 몸짓을 가리킨다.

284) 여러 사람이 원탁에 둘러앉아 손을 그 위에 올려놓고, 특정인의 혼을 불러 그 혼과 교령(交靈)하는 일종의 강신술(降神術)을 가리킨다(table-turning, tables tournantes). 19세기 중반에 영국으로부터 프랑스로 건너와 전유럽에 퍼졌으며, 빅또르 위고가 저지섬에 망명해 있던 시절, 그 강신술을 이용하여 죽은 딸 레오쁠딘느의 혼령을 불러 대화를 나눈 이후, 플라톤, 쏘크라테스, 마호멧 등 무수한 역사적 인물들 및 심지어 예수나 메데이야 같은 전설적 존재들의 혼령도 불러 대화를 나누었다는 일화로 유명하다. 연주 행위를 초혼(招魂) 의식 혹은 강신술로 여기는 스완이 듣기에, 백작 부인의 그 말이 '심오한 의미'를 내포하고 있는 것처럼 보였을 것이다.

285) 「디아나와 그녀의 동료들」이라는 화폭을 가리킨다. 마우리츠허이스 미술관(헤이그)이 소장하고 있으며, 1653~1654년 간의 작품이다.

286) 라 로슈푸꼬의 다음과 같은 말을 연상시키는 생각이다. "우리는 결코 우리가 상상하는 것만큼 그렇게 행복하지도 불행하지도 않다."(『금언』, 49.)

287) 경멸스럽고 부정직하며 사회에 해로운 사람을 가리키는 canaille를 그 어원 (cane, 개)에 입각하여 옮겼다.

288) 어느 판본에도 따옴표가 없으나 역자 임의로 그것을 부여한다.

289) Palais de l'Industrie, 제2부, 주141 참조.

290) 떼오도르 바리에르의 극작품 『대리석 여인들』은 화류계 여인들의 생활을 다룬 작품이라고 한다. 1853년에 초연되어 큰 성공을 거두었다고 한다.

291) 뵈즈빌-브레오떼 혹은 브레오떼-뵈즈빌 형태로 결합되어 있다는 말인데, 그러한 지명은 『프랑스 지명 어원사전』에서도 발견되지 않는다. 한편 뵈즈빌이라는 고장은 외르 지역에 있고, 브레오떼는 인접 지역인 쎈느-마리띰므에 있다.

292) 이야기가 펼쳐지고 있던 시대에는, 즉 19세기 말이나 20세기 초에는, 부부 사이나 아이들 사이에서도, 스스럼없는 호칭 tu보다는 정중한 호칭 vous가 더 일반적으로 사용되었다. 베르뒤랭 부인이 오데뜨에게 한 말은, 두 사람의 관계에 대하여 누구든 의혹을 품게 할 만큼 이례적이다.

293) 'mon chéri'. 당연히 'ma chérie'라고 해야 한다. 그 말을 하는 순간 스완이 mon cher enfant(내 사랑스러운 아가)이라 부르고 싶었던 것일까? 혹은 그녀 속에서 남자를 발견하였던 것일까? 혹은 심지어, 그 사랑 이야기가 실은 두 남자 사이의 사랑 이야기라는 점을, 프루스트가 살짝 드러내고 싶었던 것일까?

294) 모든 판본에는 인용부호가 없으나, 역자가 추가한다.
295) 복수의 여신들(에리뉘에스)을 가리킨다(『소돔과 고모라』).
296) 물론 단떼의 『신성한 희극』, 「지옥」편에 질투꾼들의 권역은 없다. 속임수에 능했던 사람들이 고초를 당하는 권역이 그 마지막 권역을 형성하고 있다. 오데뜨와 같은 여인들이 고초를 당하는 권역이다. 그 권역보다 더 혹독한 권역을 하나 더 마련하여 질투꾼들을 그 속에 처박아야 한다는 뜻일까?
297) 알프레드 드 비니(1797~1863)가, 사랑의 쓰라린 경험에서 비롯된 소회를 1833년 4월 22일, 자기의 수첩에 기록해 둔 것이라고 한다.
298) 『구약』의 예언서들 중 하나인 「스바니야」(「쎄파니야」)에서, 화려함을 자랑하던 도시 니느웨(니니베, 니니바)를 폐허로 만들어버리겠다고 한 경고를 연상시키는 언급이다. 그 예언서의 말은 다음과 같다. "니느웨를 쑥대밭으로 만드시리니, 사막처럼 메마른 곳이 되리라. 골짜기에서 사는 갖가지 짐승떼가 그 복판에서 쉬고, 남은 돌기둥 위에서는 갈가마귀나 올빼미가 밤을 지새우고…"(2장, 13~14절) '니느웨의 폐허'는 물론 사랑의 추한 잔재를 가리킬 듯하다.
299) 오늘날의 이스탄불을 가리킨다. 뷔잔티온, 비잔티움, 콘스탄티노폴리스, 콘스탄티노플로 불리우던 그 도시가 이스탄불이라는 공식적인 명칭을 얻은 것은 1930년 3월부터이다.
300) 세 사람이 아니라, 피아니스트, 의사 꼬따르 내외, 화가 등 네 사람일 것이다.
301) Machard(1839~1900). 초상화 화가로 몇 해 동안 인기를 누렸다고 한다.
302) Mirliton. 19세기 후반에 생긴 화가 협회의 명칭이다. 프랑스의 옛 노래 후렴으로 사용되던 말이며, 후에 '갈대나 판지로 만든 피리'를 뜻하게 되었다. 자신들의 작품이 소박하다는 뜻을 강조한 명칭일 듯하다.
303) 19세기 말부터 나타나기 시작한 새로운 화풍의 독창성이나 장점을 알아보는 심미안이 없다는 뜻일 듯하다.
304) Auguste Leloir(1809~1902). 역사적 혹은 신화적 인물들의 초상화를 주로 그렸다고 한다.
305) 예술품의 가치를 그 거래가격에 입각하여 판단하는 사람들을 겨냥한 프루스트의 은근한 야유일 수 있다.
306) 약 3,200킬로미터.
307) 보띠첼리가 그린 「모쉐의 재판」속 여인들의 눈을 연상시키는 묘사이다.
308) '터키 모자'는, 계란형 혹은 심지 형의 장식끈이 달리고, 양모로 만든 원뿔

대(臺) 모양의 모자를 가리킨다(fez).

309) 언뜻 보기에, 또 상식적인 견해로 보면, '특정 부류의 소설가들'이 자서전적 작품을 쓰는 소설가들을 암시하는 것처럼 여겨질 것이다(따디에 교수도 그러한 주석을 붙였다). 하지만 프루스트의 일관된 소설론에 입각해서 보면, 그 표현은 많은 학자들의 시각을 은근히 꼬집는 일종의 반어법이다. 진정한 소설이란(오스카 와일드의 경우, 진정한 평론문 역시) 진정한 내면의 일기, 즉 진정한, 추상같이 정직한, 자서전이라는 것이 프루스트의 핵심적 주장이니 말이다. 사실 탁월한 소설들 중 자서전 아닌 작품이 있겠는가!

310) 물론 '백작'이라 해야 할 것이다. 작가의 작은 혼동일 듯하다.

311) 이 작품의 허두에서 술회한 꿈 이야기, 즉 자신의 허벅지에서 여인 하나가 태어났다는 그 일화와 같은 이야기이다. 또한 잠에서 깨어나는 순간, '한 마리 짐승의 심층부에서 파르르 떨고 있을 존재감정'만을 느꼈다는 술회도 연상시키는 이야기이다.

312) 'les ondes du sommeil'를 직역한 것이다. 물리학적으로 혹은 생물학적으로 입증된 현상인지 알 수 없다.

3부 고장들의 명칭-명칭

1) 특히 레오니 숙모님의 거처에 있는 방들을 연상시키는 언급이다. 구체적으로 언급된 다른 방들(주인공의 침실 등)의 특질과는 관련이 없을 듯한 묘사이다.

2) 리프(Riep)라는 네덜란드 사람이 자신의 이름을 상품명으로 삼아 특허 신청을 한 에나멜이라고 한다. 프랑스에서는 그의 이름을 형용사형으로 변형시켜 리뽈랭(즉 리프의) 에나멜이라고 한다.

3) 프루스트가 영어(modern style)를 사용하였다.

4) 1889년 박람회를 기하여 조명시설을 갖춘 분수들을 샹-드-마르스(옛날 군사학교의 연병장이었으며 현재는 공원이다)에 설치하였다고 한다.

5) 옛 로마인들이 휘니스 테라이(finis terrae, 즉 땅끝)라고 부른데서 비롯된 명칭이다. 브르따뉴 서북단 지역으로, 특히 그곳의 라 곶(pointe du Raz)인근 해역은 옛날부터 해양 조난 사고가 빈번하기로 유명하다.

6) 르그랑댕의 이 말이 아나똘 프랑스의 『삐에르 노지에르』에 묘사된 해안을 연

상시키는데, 프랑스의 묘사를 자세히 읽어 보면, 그가 라 곳 및 그 옆에 있는 '사자(死者)들의 만' 등을 묘사하고 있음을 즉시 알아차릴 수 있을 것이다. 한편 르그랑댕이 앞에서는, '망령들의 왕국'을 『오뒷세이아』에 이야기된 진정한 킴메리에 사람들의 나라'라고 하였다. 즉, 오뒷세우스가 방문한 저승을 가리킨다.

7) 제우스가 뉨퍼들 중 하나인 칼리스토를 사랑하자, 질투심에 사로잡힌 헤라가 오케아노스(즉 지구를 둘러싸고 있던 대양)에게 요구하여(자신이 그녀를 큰 곰 그리고 그녀의 아들 아르카스를 작은 곰으로 변신시킨 다음), 바다 밑에서 쉬지 못하고 영원히 북극을 선회하도록 하였다고 한다. 즉, 발백과 그 인근지역이 신화시대에 머물러 있는 것으로 여겨졌다는 말이다.

8) 특히 고딕식 교회당에서 흔히 볼 수 있는 삼엽형(三葉形) 홍예틀(아치)을 가리킨다.

9) 휘니스떼르의 북쪽 연안 지역(Côtes-du-Nord)을 흐르는 트레기에 강 하구에 그러한 명칭(côtes d' Enfer)을 가진 지점이 있다고 한다.

10) 노르망디의 깔바도스 지역(바이으)에서 출발하여, 망슈, 일르-에-빌렌느, 꼬뜨-뒤-노르, 휘니스떼르, 모르비앙까지 이어지는 여정일 듯하다. 따라서, 순서대로 나열하려면 비트레(일르-에-빌렌느)와 뽕또르송(망슈)이 자리를 바꾸어야 하고, 께스땅베르(모르비앙)는 마지막에 놓아야 한다. 한편 프루스트는 베노데를 Benodet(브노데)로 표기하였으나, Bénodet로 즉 '베노데'로 읽어야 한다. 벤(Ben 혹은 Pen, 즉 끝, 곶)과 오데(Odet, 껭베르를 관류하는 강)의 합성어이기 때문이다. '오데 강 하구'라는 뜻이다.

11) 휘렌체 인근의 작은 읍이라고 한다.

12) 안젤리꼬(1400경~1455)가 1434년에 그린 것으로 알려져 있고, 현재 우피치 박물관이 소장하고 있는 「성처녀 마리아의 대관식」을 가리킬 듯하다. 한편 그의 1432년 작품으로 알려진 「성처녀의 대관식」(루브르 박물관 소장)의 배경은 '황금빛'이 아니고 짙은 남색이며, 죠또의 많은 작품에서 발견되는 배경색과 유사하다.

13) 물론 싼 마르꼬 광장(piazza San Marco)이 포함된 풍광일 것이다.

14) 휘렌체의 대교회당 명칭이다. '꽃의 마리아'라는 뜻이다.

15) 'syllabe lourde'를 직역한 것이다. '빠름므'는 빠르마의 프랑스식 명칭인데, 그 음절은 폐음절 빠름(Parm)과 문법학자들이 벙어리(무음)라고 규정한 'e'가

옮긴이 주 417

합성되어 이루어진 것이다. 그러나 실제 언어생활에서는 그 'e'가 문법학자들의 주장과는 달리 '으'에 가까운 음으로 엄연히 살아 있다. 다시 말해 '벙어리'가 아니다. 또한 그리하여 '무거운 음절'이라고 하였을 것이다. '빠름므' '쎈느', '깐느', '안느', '샤를르' 등이라 발음하지, '빠름' '쎈', '깐', '안', '샤를'이라 하지 않는다. 여하튼 프루스트가 '공기가 전혀 통하지 않는 음절'이라 한 것은 Parme의 마지막 철자 'e'가 '벙어리'로 간주되어, 그 음절이 소위 폐음절(자음으로 끝나는 음절)이라 여겼기 때문일 듯도 한데, 구태여 '무거운 음절'이라 한 것은 다른 이유 때문인 듯하다.

16) Fiore. '꽃'을 뜻하는 이딸리아어이다.
17) fabliau. 12~13세기, 빠리 이북 지역에서 유행하였던, 풍자적이고 냉소적이며 때로는 몹시 노골적인, 운문 단편 소설이다. 떠돌이 이야기꾼들(jongleurs, 고대 그리스의 랍소도스나 우리네의 전기수와 유사한 이들이다)이 지은 것으로 추측되는 바, 지금까지 그 이름이 전해지는 대표적 이야기꾼이 뤼뜨뵈프(Rutebeuf, 12~13세기)이다. 현재까지 약 2백여 편이 전하는데, 『켄터베리 이야기』나 『데카메론』 등도 그것들의 영향을 받은 듯 보이며, 프랑스 문예의 가장 유구한 전형 혹은 원기(原器)로 보아도 무방할 듯하다. 아이소포스나 라 퐁뗀느의 우화와는 여러 측면에서 이질적이며, 오히려 우리의 패설(稗說)과 많은 점에서 유사하다.
18) '바이으'라는 도시명이 그곳에 있는 후기 고딕 양식 교회당을 환유하고 있다. 바이으의 대교회당은 그 불꽃 양식으로 유명하다.
19) 비트레(Vitré)라는 지명 자체가 '유리를 끼운'이라는 뜻을 가진 말이다. 역시 그곳 교회당을 환유하고 있는 듯하다.
20) 랑발(Lamballe)이라는 명칭이 블랑(blanc, 흰색)이라는 음가(音價)를 연상시킨다는 사실에 입각한 언급일 듯하다.
21) 꾸땅스의 대교회당이 전형적인 노르망디 고딕 양식 건물이라고 한다. 한편 루앙 대교회당 종탑들 중 하나의 명칭이 '버터 탑'이라고 한다. 그러나 '마지막 이중모음'이라는 말은, 그 단어(diphtongue)의 원의적 의미인 겹음(이중음, double son)이라는 뜻으로 사용한 것 같다. Coutances의 두 번째 음절 tances의 마지막 음 '-ances'를 가리키는 것이 아닌지 모르겠다. 그 음이 학자들에 의해서는 비모음 하나와 자음 하나로 구성된 것으로 간주되나(ɑ̃s), 실제 발음에 있어서는 그것에 모음(흔히들 벙어리 e라고 하는) 하나가 덧붙여진다.

22) 휩쓸려가기를 겨우 면하였다는 뜻일 듯하다. 즉, 휘니스떼르 내륙 산악지역 (Montagne Noire)으로부터 오데 강물에 실려 내려오다가 대서양 연안에 걸렸다는 뜻일 듯하다.
23) 휘니스떼르 남부 뽕-아뱅(Pont-Aven) 강변에 있는 읍이다.
24) 껭뻬를레(Quimperlé)의 끝 두 음절 뻬를레(perlé)는 '진주로 장식한'이라는 뜻이다.
25) 언급이 상당히 구체적이지만 죠또의 어떤 화폭들을 가리키는지 짐작하기 어렵다. 이어지는 술회가 연상시키는 것은 오히려 까르빠쵸의 많은 화폭들이다. 화폭 속에 등장하는 인물들의 시선이나 동작이, 즉 그들의 관심이, 한 곳으로 수렴되지 않고 제각각인 것이 까르빠쵸의 대부분 화폭에서 발견되는 특징이다. 예를 들어「아기 예수의 봉헌례」라는 화폭에서는, 마리아가 제사장에게 아기 예수를 보여 주는 동안, 그들의 발치에서는 화류계 여자들인 듯한 여인 셋이, 무엇을 먹거나 악기를 연주하거나 몽상에 잠겨 있다. 전혀 이질적인 동작(사건) 둘이 같은 화폭 속에서 동시에 이루어진다.「마리아 봉헌례」,「우르술라 성녀 전설」,「화류계 여인들」,「마리아의 탄생」,「로마에 도착한 우르술라 성녀」등, 거의 모든 작품들에서 발견되는 현상이다.
26) 이딸리아 또스까나 지방의 끼안띠(Chianti)라는 구릉지대에서 생산되는 적포도주를 가리킨다.
27) 우피치 박물관 앞 아르노 강 위에 놓인 다리이다. 다리 위의 보석 상점들로 유명하다. '옛날 다리'라는 뜻이다.
28) 뜻밖의 사건이나 주제를 가리킬 듯하다. nouveauté를 직역한다.
29) 유보적 어조가(…품을 수 있었을) 더 자연스럽겠으나, 원문대로(…que pouvait en nourrir…) 옮긴다.
30) 일반적으로는 '육로'를 가리키는 'voie de terre'를 옮긴 것이다. 옛 그리스 사람들에게는, 특히 항해중인 사람들을 죽은 사람들로 분류해야 할지 산 사람들로 분류해야 할지 모르겠노라고 하였다는 아나카르시스(B.C 6세기) 같은 사람들에게는, '바닷길'에 대칭되는 '육로'와 '안전한 길'이 동의어로 여겨졌다고 하며, 프루스트가 그 단어를 따옴표 속에 넣은 것은, 그 말의 약간은 해학적인 측면을 부각시키기 위해서였던 것 같다. 혹은 단순히, 철로(voie ferrée)가 아닌 도로(즉 흙길)를 가리킨다고 볼 수도 있다.
31) 따옴표 속에 있는 부분은 러스킨의『현대 화가들』여기저기에서 인용한 것이

라고 한다(따디에 교수). 죠르죠 다 가스뗄프랑꼬(1477~1510, '죠르죠네'는 별칭이다)는 베네치아 화파의 거두였다고 한다.

32) 대운하(Canal grande) 주변에 있는 미술관들을 가리킬 듯하다.

33) 띠치아노의 나이 60세가 넘어서 화폭의 배색이 크게 바뀐 사실뿐만 아니라, 그의 엄청나게 풍요로운 작품세계도 염두에 둔 언급일 듯하다.

34) 앞의 '공간'에는 '추상적'이라는 부가어를 붙인 반면, '시간'에는 그 부가어를 피하고 가상적(imaginaire)이라는 부가어를 붙인 이유가 무엇일까? '시간'이라는 것이 어차피 실체 없는 추상적 개념일 뿐이기 때문이 아닌지 모르겠다. 또한 '가상적 시간'은 '가상적 시기'와 같은 뜻이 아닐지 모르겠다. 당연히 '시기'나 '기간'으로 옮겨야겠으나, 작가가 공간(Espace)과 시간(Temps)이라고 대문자로 부각시켜 양립시킨 뜻을 살려 '시간'이라고 옮긴다. 하지만 실체인 '공간'과 허구적 개념에 불과한 '시간'이 양립될 수 있는지 모르겠다. '시간'이라는 개념이 '공간'이라는 실체에 종속되니 말이다.

35) 죠르죠네가 그렸다고 알려진 벽화는 없다. 또한 그의 작품으로으로 확실시되는 「폭풍우」나 「세 철학자」 등 화폭에서도 붉은색이 지배적이지는 않다.

36) 러스킨의 『베네치아의 돌들』에서 인용한 구절이라고 한다(따디에 교수).

37) 역시 『베네치아의 돌들』에서 인용한 것이라고 한다.

38) désincarnation. 작품 허두에서 윤회(métempsychose)라는 단어를 사용할 때 그랬던 것처럼, 프루스트는 이 단어 역시 지극히 천연덕스럽게 사용하고 있다. 그의 작품에서 발견되는 특징들 중의 한 측면(일종의 강신술과 같은 측면)을 상징하는 어휘들이다.

39) 물론 간이매점일 듯하다.

40) 신화적, 철학적, 문예적 소재들을 자주 화폭에 담았던 뿌쌩(1594~1665)의 대표작 「봄, 혹은 지상낙원」의 풍경을 가리킬 듯하다(1660년 작품).

41) jeu de barres. 두 편으로 나뉘어진 아이들이, 두 편 사이 땅바닥에 줄을 긋거나, 풀밭일 경우 가는 나뭇가지들을 한 줄로 놓아 경계를 표시한 다음, 상대편을 자기의 진영으로 억지로 끌어들이는, 일종의 드잡이질에 가까운 격렬한 놀이다. 13세기부터 이 놀이 명칭이 문헌에 나타나기 시작했다고 하는데, 짐작하거니와, 옛날 소규모 정찰대가 적의 정찰대와 맞닥뜨려 벌이던 일종의 전초전(前哨戰, l'escarmouche)에서 유래한 듯하다. 19세기 말까지 프랑스 아이들이 즐겼다는 이 놀이의 구성원 수는, 한쪽 진영의 수가 최하 6명 최대 10명 내외로

제한되어 있었다고 한다. 우리나라의 사전들이 '사람 잡기 놀이'로 옮기고 있으나 그 의미가 너무 막연하여 그 번역어는 취하지 않는다. '술래 잡기'로 옮기는 이들도 있으나, 이 놀이와는 관계 없는 번역어일 듯하다.

42) 'petits-enfants'을 옮긴 것이다.

43) Le Journal des débats politiques et littéraires(정치 및 문예 토론지)의 축약 명칭이다. 1789년에 창간되어 1944년까지 존속되었던 신문이다. 조간과 석간이 있었는데, 석간을 가리켜 데바 로즈(Débats roses, 장밋빛 데바)라 하였다.

44) chic. '거침없는 솜씨', '과감한 멋', '우아함' 등을 가리키는 말로, 19세기 초부터 사용되었다고 한다. '능란한 솜씨'를 뜻하는 도이칠란트어 Geschik에서 온 말일 것이라 한다.

45) crâne. '두개골'을 뜻하는 말인데, 18세기 말엽부터 '용기있고 용맹함을 펼치는 사람'이라는 뜻으로도 사용되기 시작하였다고 한다. 20세기 전반부터는 속어적으로 '탈옥한 도형수'를 가리키기도 하였다.

46) 다음에 이어지는 언급을 보건대 먼 길을 떠날 순간 혹은 출전할 순간을 상징하는 듯하다.

47) 프랑수와 1세가 잉글랜드의 헨리 8세를 맞기 위하여 빠-드-깔레 지역에(긴느와 아르드르 사이에) 임시로 마련하였던(1520년) 화려한 진영 혹은 그 지점 자체를 가리킨다(Camp du drap d'or). 까를로스 낑또 황제에 대항하기 위하여, 프랑수와 1세가 헨리 8세와 동맹을 맺으러 시도하였으나, 그곳에서의 회견이 무위로 끝났다.

48) 본능을 가리킬 듯하다.

49) 본능이 드러내는 막무가내의 태도일 듯하다.

50) 부연 설명이 너무 길어, 역자가 괄호 안에 넣어 옮겼다.

51) 변심의 징후이니.

52) 다시 말해 솎아내는 작업이다. 원예와 과수 재배가 일찍부터 발달했던 프랑스에 그러한 작업이 없었을 리 만무하건만, 왜 하필 '일본 정원사들'을 이끌이다 비유하였을까? 19세기 후반에 프랑스 및 유럽에 소개되어 잠시 유행되었던 일본풍(le japonisme)의 흔적이 아닌지 모르겠다. 또한 프루스트의 비유가 적합한지 생각해 볼 일이다.

53) 물론 질베르뜨를 가리킨다. 볼떼르가 『깡디드』에서, 팡글로스와 하녀 빠께뜨 혹은 깡디드와 뀌네공드 사이의 '사랑'을 묘사하며 사용한 어휘들, 즉 '원인'

과 '결과'를 연상시키는, 지극히 유물적이고 해학적인 언급이다.
54) 「신명기」에 다음과 같은 구절이 있다. "야훼께서 이집트의 악질 종기와 치질과 음과 습진을 내려 너희를 치시리니 너희가 낫지 못하리라."(28장, 27절). 한편 '변비증' 치료에 관한 이야기가 『탈무드』에 있다고 한다.
55) 19세기 말이나 20세기 초의 프랑스 화폐를 기준으로, 1쑤(sou)는 5쌍띰(centime), 1프랑은 100쌍띰이었다.
56) 주인공의 세례명은 마르셀(Marcel)이며, 그 이름을 「갇힌 여인」 편에서 알베르띤느가 부른다. "나의 마르셀, 나의 사랑 마르셀"
57) 경칭이다.
58) 프루스트의 모친 쟌느 베일(Jeanne Weil)의 사진에서 발견할 수 있는 머리 모양이기도 하다.
59) 실내 공간을 가로지르는 햇살 속에 부유하는 미세 먼지를 가리킨다.
60) 「En revenant de la revue」. 혁명 기념일(7월 14)에 거행된 열병식을 구경하고 돌아오며 그 감회를 이야기하는 어느 소박한 남자의 말을 가사로 삼아, 1886년 파울루스(본명, 쟝-뽈 아방, 1845~1908)가 처음 부른 노래라고 한다. 패전(1870)의 아픔을 딛고 일어서던 프랑스 군대의 영광에 바치는 노래였고, 곧 이어, 군의 개혁을 주도하던 불랑제 장군(1837~1891) 지지자들(boulangistes)의 노래가 되었다고 한다.
61) l'orgue de Barbarie. 멜빵을 이용하여 메고 다닐 수 있는, 특히 거리의 악사들이 주로 사용하던, 휴대용 오르간이라고 한다. 명칭의 유래에 대한 주장이 분분하나, 어느것이 정설인지 밝혀진 바 없다고 한다.
62) Ambassadeurs. '대사들(사절들)'이라는 뜻이다. 프루스트 시절, 꽁꼬르드 광장에서 가까운 샹젤리제 대로변에 있었고, 특히 그 테라스가 아름다웠던 식당이라고 한다.
63) 루이-필립 왕의 손자 루이-필립-알베르 도를레앙(1834~1894)이, 즉 빠리 백작이, 1883년 자신이 정통 왕위 계승자임을 선포할 때 사용한 이름이다.
64) Théodose. 어떤 인물을 가리키는지 확인할 수 없다. 따디에 교수는 러시아의 마지막 황제 니꼴라이 2세(1868~1918)가 1896년에 프랑스를 방문한 사실을 암시한 구절이라 하나, 떼오도즈 즉 테오도시우스 1세(346~395)가 로마(통합) 제국의 마지막 황제였다는 사실 이외에는 니꼴라이 2세와의 공통점을 찾기 어렵다.

(65) 쥘르 베른느가 1876년에 발표한 소설인데, 희곡으로 각색하여 1880년에 초연하였다고 한다.
(66) 스완이 어떤 여자에 반하여 할아버지에게 도움을 청할 때마다 할아버지가 하시던 말씀이다. 자기 앞에서 늙은 여자 이야기를 꺼내는 아들이 그러한 스완과 다를 바 없음을 엄마가 암시하고 있는 것이다. 또한 '가엾은 할아버님'이라고 한 말은, 지난날 스완이 하던 짓을 손자가 하는 것을 보시면 얼마나 슬퍼하시겠느냐고, 아들을 나무라는 말이다.
(67) 아무리 사람 사귀기 좋아한다고 해도, 스완 부인과 같은 사람과도 사귀는 것을 보니, 미친 여자임에 틀림없다는 말이다. 늙은 여자의 부정적인 측면을 아들 앞에서 한껏 부각시켜 스완 부인을 그녀와 대조시킴으로써, 스완 부인의 천함을 아들에게 상기시키는 엄마의 고도로 세련되고 가혹한 화법이다. 아들이 질베르뜨를 사랑하는데, 질베르뜨의 어머니가 매춘부 출신이라고 어찌 아들에게 말할 수 있었겠는가!
(68) 스완의 코가 매부리코이고, 그가 생각에 잠길 때면 손을 자신의 눈 위로 가져가곤 하던 그 습성을 가리킨다.
(69) Galerie des Trois Quartiers. 빠리 제1구 마들렌느 광장에 있는, 고급 상품을 판매하는 상점가이다.
70) 뒤포 로(rue Duphot)는 마들렌느 교회당이 있는 광장으로부터(빠리 제1구) 시작하여 방돔 광장에 이른다.
71) '아카시아' 산책로는 흔히 롱샹 산책로라고 부른다. 마이요 관문으로부터 불론뉴 숲을 남서 방향으로 관통하며 롱샹 경마장에 이르는 길이 3킬로미터에 달하는 산책로이다. '렌느-마르그리뜨' 산책로는 불론뉴 숲을 북쪽에서 남쪽으로 종단하며, 중간에서 롱샹 산책로와 비스듬히 교차한다.
72) 동물원을 연상시키는 불론뉴 숲의 정경은, 『아이네이스』에 묘사된, '수천 야수들의 망령들이' 들끓는 '오르쿠스 고갯길 입구'의 풍경을 그대로 옮겨 놓은 듯한 인상을 준다. 또한 프루스트가 '여인들의 정원'이라든가 '뮈르토스 산책로'라는 명칭을 사용한 것은, 비르길리우스가 『아이네이스』 제6원권에 묘사한 '눈물의 숲'과 '뮈르토스만을 심은 오솔길'을 염두에 두었기 때문인 듯하다. 비르길리우스가 묘사한 그 '눈물의 숲'에는 '불행한 사랑의 괴로운 정염으로 인해 기진한 이들', 예를 들어 히폴뤼토스를 사랑하던 화이드라, 에바드네, 파시파에, 카르타고의 여왕 디도 등과 같은 여인들이 머물며, 그 전설적 미인들

은 뮈르토스만을 심은 오솔길을 배회한다. 한편 뮈르토스(미르투스, 라틴어)는 지중해 지역 섬에 자생하는 상록 관목으로, 그 잎과 열매는 물론 나무의 줄기까지 향신료로 사용되며, 고대 그리스 시절부터 베누스(아프로디테)에게 헌정되어, 사랑(정염)을 상징하는 식물이다. 도금양(桃金孃)으로 옮기는 사전들이 있으나, 그 말의 출처를 밝힐 수 없어 어원(그리스어)대로 표기한다.

73) lophosphore(도가머리 새라는 뜻이다)를 중국인들의 번역어 홍치(虹稚)에 의지하여 옮긴 것이다. 깃털의 색깔이 화려한 야생닭의 일종이라고 한다.

74) 발작의 작품 『까디냥 대공 부인의 비밀』에 등장하는 보드노르 공작의 시종을 가리킨다. 얼굴이 여자처럼 예쁜 시종이다.

75) 「숲 속에서의 산책」이라는 작품이다.

76) 브누와-꽁스땅 꼬끌랭(1841~1909)을 가리킨다. 꼬메디-프랑쎄즈 소속 배우로, 몰리에르의 작품에 등장하는 시종들, 보마르쉐의 휘가로, 에드몽 로스땅의 씨라노 드 베르주락 등의 연기로 유명했다고 한다.

77) Tir aux Pigeons. '비둘기를 쏜다' 는 뜻이며, 불론뉴 숲에 있는 사격 클럽의 명칭이라 한다. 그 건물이 '아카시아 산책로' 에서 보이는 지점에 있다고 한다.

78) tube. 튜브나 굴뚝처럼 생긴 높은 모자라고 한다. 영국인들은 topper 혹은 top hat이라 한다.

79) '동물학적 의미' 에서의 정원은 동물원을, '신화적 의미' 에서의 정원은 비르길리우스가 『아이네이스』에 묘사한 저승에 있는 여인들의 정원, 오솔길에 오직 사랑의 상징인 뮈르토스만 심은 정원, 즉 '눈물의 숲' 을 가리킨다.

80) Trianon. 베르사이유 성 안에 있는 아름답고 아기자기한 별궁이다. 불론뉴 숲 남서쪽 끝으로 나와 쎈느 강을 건너면 바로 베르사이유로 이어진다.

81) 불론뉴 숲에 실존하는 지점들이다.

82) 미켈란젤로가 씩스티나 예배당 천장에 그린 「천체들의 창조」(1511년) 중 두 번째 그림을 가리킨다.

83) 그리스 신화에서 숲을 보호하는 역을 맡은 뉨파이다.

84) 트라케의 전설적인 폭군 디오메데스가 기르던 말들은 인육(人肉)을 먹었다고 한다. 헤라클레스가 그 왕을 처단하였다고 한다.

85) 앞에서 언급한 꽁스땅땡 기의 「숲 속에서의 산책」이라는 작품에서 볼 수 있는 말들의 모습이다.

86) 만떼냐가 1460년 경에 그렸다는 성자의 모습일 듯하다. 용을 죽이고 리비아의

공주를 구출한 직후의 모습인데, 여인의 용모에 더 가까운 성자의 모습에 부각된 것은, 통통하고 싱싱한 볼, 수줍음에 가깝도록 천진난만한 시선, 부러진 창을 꼭 잡고 있는 오른손의 고사리 같은 손가락들 등이다. 한마디로 소녀의 모습이다.
87) 날렵하고 힘찬 말들이 아마 그리스 신화 속의 날개 달린 말 페가소스를 연상시켰던 모양이다.
88) 그리스 보이오티아 지방의 고대 도시 타나그라 인근에서 기원전 6~4세기 경의 것으로 보이는 작은 조각상이 발견되었고, 그 조각상의 옷매무새가 1900년대 초에 프랑스 의상계에서 유행하였던 모양이다.
89) chiffon liberty. '헝겊'과 '자유'라는 두 단어로 기이하게 형성된 말이다. 요즈음은 Silk-chiffon liberty라는 형태로 자주 사용되는 듯하다. 잡다한 문양들을 자유분방하게 프린트한 얇은 천을 가리키는 듯하다. 앞에서 언급한 '과일들과 꽃들과 각종 새들로 뒤덮인' 모자는, 그러한 천으로 만든 모자를 가리키는 듯하다.
90) 5인 집정관 시절(le Directoire, 1795~1799)에 프랑스의 풍습이 모든 면에서 해이했던 것은 주지하는 바이다.
91) 어떤 스타일인지 짐작하기 어렵다. '헐렁한 반코트'라고 옮긴 tunique는 원래 고대 그리스인들과 로마인들이 입던 긴 속옷이었는데, 북유럽 종족인 작센족과 그러한 의상 양식 간에 어떤 연관이 있는지 밝히지 못하였다.
92) 잡다한 문양을 자유분방하게 프린트한 천(chiffon liberty)으로 지은 모자를 가리킬 듯하다.
93) 비르길리우스가 묘사한 '눈물의 숲'은 이러하다. "힘든 사랑이 가혹하게 소진시켜 삼켜 버린 이들은, 외진 곳에서, 자기들을 숨겨 줄 오솔길들과 은신처 제공하는 뮈르토스 숲을 찾는다. 죽었건만, 사랑의 괴로움이 그들을 떠나지 않기 때문이다. (…) 그녀들 중, 페니키아 여인 디도 역시, 아직도 피를 흘리면서 광막한 숲 속을 배회하고 있었다."(『아이네이스』 6장). 디도가 카르타고의 여왕이었는데, 당시에는 알제리 및 리비아를 비롯한 북아프리카 지중해 연안이 페니키아의 지배하에 있었다.
94) 엘뤼시온 페디온(페디아), 즉 '엘뤼시오스 들판'이라는 말이다. 고대 그리스 신화의 저승에 있는 낙원이다(라틴어로는 '엘리시우스'라고 한다). 빠리의 샹젤리제(Champs-Elysées)는 그 말에서 유래한 것이다. 프랑스 역사의 획기적인 전

환기를 상징하는 명칭이다.
95) couronne druidique를 옮긴 것이다. 드루이다(드루이다교 사제)들은 제정이 분리되지 않았던 켈트족 사회에서 왕의 지위도 누렸을 듯하여 '왕관'이라 옮긴다. 한편 떡갈나무는 켈트족 혹은 갈리아인들이 신성시하던 나무이다.
96) 도도네는 그리스 서북 지역 발칸 반도의 에페이로스 지방에 있던 옛 도시이다. 그곳에 있던 제우스 신전 사제들이, 신성한 떡갈나무 잎들의 부스럭거리는 소리를 해석하여 신탁을 내렸다고 한다.